U0107950

总策划 鲁牛

海淀年度高考训练

思想政治

主编／张学风

周周练 月月考

北京海淀名校名师打造

高三全程备考实战训练

新课标 **2012**

星球地图出版社

商务印书馆

主　　编：张学风
（北京市海淀区教师进修学校）

编　　者：任兴来
（海淀二十中）
赵爱军
（北京十一学校）
蓝利军
（北京育英学校）

责任编辑：梁训新
美术编辑：武　娜

图书在版编目（ＣＩＰ）数据

海淀年度高考训练．思想政治／星球地图出版社编．——
北京：星球地图出版社，2010.6
ISBN 978-7-5471-0221-3

Ⅰ．①海…　Ⅱ．①星…　Ⅲ．①思想政治课－高中－习题－
升学参考资料　Ⅳ．①G634

中国版本图书馆CIP数据核字(2010)第079682号

书　　名	海淀年度高考训练——思想政治
出版发行	星球地图出版社　商务印书馆
地址邮编	北京市北三环中路69号　100088
网　　址	http://www.starmap.com.cn
印　　刷	北京旺都印务有限公司
开本印张	787×1092　1/16　18.5印张
版次印次	2010年6月第1版　2011年6月修订第3次印刷
书　　号	ISBN 978-7-5471-0221-3
定　　价	33.30元

著作权所有，本书内容未经同意不得转载。
如发现印、装问题，影响阅读，请与本社联系调换。

话说鲁牛一干人等正为编写《年度高考指导》忙得热火朝天，一些意想不到的"麻烦"也随之而来：流水的书稿常常在征求意见的过程中，被"偶窥真容"的考生、家长和老师纷纷索要，圈内同仁和亲朋好友也闻风而至。惊喜之余，鲁牛不禁感慨，其实高考用书无须多么时髦的教学理念，也非曲高和寡的名家应景之作。《年度高考指导》之所以受到考生、家长和教师的欢迎，也许是因为一个最简单却常被人忽视的道理，即备考图书的目标是"应试得分"。当然，也许最难做到的正是这一点，因为它折射的是学识、经验，更是心血。令鲁牛感动的是，不少家长和老师还积极给予了一些建设性的意见和建议。他们认为，对于大多数学生和大多数学校来说，加强高考的训练也是必需的，是否可以按此思路再编一套供课堂使用的高考训练用书？鲁牛等人大受鼓舞，未待《年度高考指导》送商务印书馆付梓，即着手构思其姐妹篇——《年度高考训练》。

念及高考训练，久居中关村的鲁牛脑海中自然闪现出"海淀"二字。三十年前，当少年鲁牛负笈读书备战高考之际，一套北京海淀区的高考训练习题集辗转而至，令他大获其益。大学通知书到来之时，恩师亲临家门，恩留这套"秘籍宝典"以资全校公用。三十年后，鲁牛爱女也自海淀名校顺利跨入了学子们梦寐以求的名牌大学。鲁牛深知，海淀引领全国文化教育之风尚，也是京城教育的一面旗帜。这里名校荟萃，既有北大、清华和人大等一流的高等学府，也有北大附中、清华附中、人大附中、101中学、十一学校等知名中学。京城学子无不以考入海淀名校为最大殊荣；海淀高考模拟卷，几乎成为考生高考填报志愿唯一的标杆和依据；每年高考进入北大、清华两大学府的京城学子，近一半出自海淀各所名校。

由此可见，非但鲁牛父女俩，整个京城乃至全国得益于"海淀高考训练"的又何止万千人众？多年来，在海淀教师进修学校的凝聚下，形成了一支远近闻名、实力雄厚的"海淀教研团队"，这里荟萃了一批优秀的学科教研员和名校名师。鲁牛与"678高考沙龙"所往来友人中，不少出自"海淀团队"，他们大都为人低调，惟勤于思考，总力图在常识之外有所创见。每有会晤，鲁牛常述及自己对"海淀高考"由来已久的景仰，也曾表达欲结合"678高考沙龙"所思所得及理念来重新打造"海淀品牌"高考用书之凤愿。诸君渐次心动，亦有人疑虑：在日渐普及的新课标高考制度下，海淀的训练模式是否仍然可以"放之四海而皆准"？鲁牛则示之以乐观：重树"海淀高考品牌"正逢其时！值此新课程改革之机，当依据新课标考纲，面向全国，依托海淀的教研优势和名校训练特色，集名校名师备考实战训练之大成，定为广大考生心所向往之。大家遂欣然而从。于是，得海淀教师进修学校各学科教研员之大力襄助，汇聚了海淀各名校骨干教师的"海淀团队"，历时一年，精心创编，方成就此套《海淀年度高考训练》。

解放军总参所辖之星球地图出版社，地处海淀文化中心圈，乃近年来国内出版界夺目之新锐，在教育图书出版领域亦多有建树。周瑞祥君、骆建军君等多位社内高层皆为鲁牛多年至交。闻有此举，均表示出浓烈兴趣，并愿意为此"海淀品牌"的打造提供优质平台。由是，方有此丛书之出版面市。

鲁牛于心感念，特执意命名此丛书《海淀年度高考训练》，愿"海淀"二字能实至名归，广泽学子，不辱斯土。

鲁牛 2010年元月于中关村

编写特色

● **北京海淀名校名师倾力打造**

北京海淀区以文化、教育、科技发达而闻名全国。这里名校荟萃，既有北大、清华和人大等一流的高等学府，也有北大附中、清华附中、人大附中、101中学、十一学校等全国知名的中学。

本套丛书由海淀教师进修学校各科教研员组织海淀名校高考把关教师，以及具有丰富高考实战经验的中青年骨干教师合力打造。

● **以全国新课标高考考试大纲为编写依据**

本套丛书面向全国，以新课标考试大纲为依据，体现新课程改革理念，把握新课标高考命题特点和趋势，研究新课标高考卷的新题型新变化，使训练更有针对性。

● **以应试得分为目标 重在提升高考解题能力**

按照海淀名校备考方案和进度，由海淀名师引领你走一轮系统的、完整的、真实的高考实战训练。重在培养学生应试解题的思路、方法、技巧，帮助学生把握得分点、规避失分点及寻找解题切入点。针对文科科目还安排有高分策略、防丢分策略及典型错误分析等应考策略。

● **"周周练、月月考"凸显海淀高考训练特色**

精解一道高质量的经典考题，胜过做十道普通题。本套丛书讲（学）、练、考有机统一，按进度安排了一系列的"周试"、"月考"。除了精选全国及各地新课标高考经典题外，为了凸显海淀的品牌特色，还展示了高质量的海淀高考模拟题，以及正常渠道未公开的海淀名校高考训练题。本套丛书许多作者为海淀高考模拟题的命题组成员。

目录

HAIDIANNIANDUGAOKAO

必修1 《经济生活》

▌第一单元　生活与消费▌

第一课　神奇的货币

▌▌考点梳理▌▌

1.商品的基本属性

[考点解读]

(1)商品的含义和产生

①商品是用于交换的劳动产品。

②商品出现在原始社会末期。

(2)商品的基本属性:使用价值和价值

①使用价值是商品能够满足人们某种需要的属性;价值是凝结在商品中无差别的人类劳动。

②使用价值是商品的自然属性;价值是商品的本质属性和社会属性。商品是使用价值和价值的统一体,使用价值是价值的物质承担者。

[真题展示]

(2010 福建26)福州至厦门高速铁路客运专线(动车)开通后,福州的张先生和李先生在"乘坐动车还是汽车前往厦门"的讨论中,张先生说,我会选择动车,虽然它的价格高一些,但速度快,用时少。李先生说,我会选择汽车,虽然它的速度没有动车快,但价格低。由此可见(　　)

　　A.商品价格的高低受供求关系影响

　　B.商品价格的高低反映商品质量的优劣

　　C.人们选择商品关注的是商品的有用性

　　D.人们选择商品关注的是使用价值与价值的统一

分析:本题旨在通过高速铁路这一时政热点考查学生,提取材料有效信息调动和运用知识的能力。考点主要涉及影响价格的因素,商品的基本属性。

动车与汽车同为交通工具,张先生和李先生根据自己的消费水平进行取舍,体现了消费者力图实现商品的使用价值和价值的统一。A、B为无关选项,C项片面。

答案:D

2.货币的产生与本质

[考点解读]

(1)含义:从商品中分离出来固定地充当一般等价物的商品

(2)产生:货币是商品交换发展到一定阶段的产物。所以,"金银天然不是货币,货币天然是金银"

(3)本质:一般等价物

思维误区:商品和货币是一对孪生兄弟。

货币是商品交换发展到一定阶段的产物;货币的出现要比商品晚得多。

[真题展示]

(2009 广东 1)"夫珠玉金银,饥不可食,寒不可衣",但人们还是喜欢金银。这表明金银作为货币(   )

A.从起源看,是和商品同时产生的 　　　　 B.从作用看,是财富的唯一象征

C.从本质看,是固定充当一般等价物的商品 D.从职能看,具有价值尺度、贮藏手段两种基本职能

分析:货币是商品交换发展到一定阶段的产物,A项错误;货币是固定充当一般等价物的商品,C项正确;金银不是财富的唯一象征,B项错误;价值尺度和流通手段是货币的基本职能,D项错误。

答案:C

3.货币的基本职能

[考点解读]

(1)基本职能:价值尺度和流通手段

①价值尺度:

货币所具有的表现和衡量其他一切商品价值大小的职能。货币本身是商品,有价值,所以具有执行价值尺度的职能。此时,并不需要现实的货币,只需要观念上的货币。

②流通手段:

货币充当商品交换媒介的职能。货币执行流通手段职能时,必须是现实的货币,不能用观念上的货币。

(2)其他职能:贮藏手段、支付手段和世界货币

(3)流通中所需要的货币量是受货币流通规律支配的

$$流通中所需要的货币量 = \frac{商品价格总额}{货币流通速度}$$

思维误区:流通手段就是商品流通。

流通手段:货币充当商品交换媒介的职能,强调货币在商品流通中充当媒介作用。商品流通:以货币为媒介的商品交换,用公式表示:商品——货币——商品。

[真题展示]

(2009 浙江 24)从历史发展的过程看,下列判断正确的是(   )

A.一切商品都能承担价值尺度职能 　　　 B.只有货币能承担价值尺度职能

C.凡是劳动产品都能承担价值尺度职能 　 D.仅仅金银能承担价值尺度职能

分析:本题主要考查对价值尺度职能的理解。近年高考试题对货币基本职能的考查主要是选择题。

题目中"从历史发展的过程看"的隐含信息是在没有货币的时候,即物物交换阶段,用谁来衡量商品的价值呢?就是用商品自身的价值来衡量。所以排除了B选项,C、D两个选项本身就错误,故排除。

答案:A

4.金属货币与纸币

[考点解读]

(1)金属货币最初是以金银条块的形式流通的,但在长期流通中会逐渐磨损。与金属货币相比,纸币的制作成本低,更易于保管、携带和运输,避免了金属货币在流通中的磨损。

(2)纸币的含义:由国家(或某些地区)发行的,强制使用的价值符号。国家有权发行纸币,但无法决定纸币的购买力。

(3)纸币的发行量必须以流通中所需要的货币量为限度。过多,则引起通货膨胀;过少,则发生通货紧缩。

知识拓展:

	通货膨胀	通货紧缩
含义	经济运行中出现的全面持续的物价上涨的现象	经济运行中出现的全面持续的物价下跌的现象
原因	纸币发行量过多是引发通货膨胀的主要原因之一	通货紧缩多由流通中的纸币量不能满足市场交换的需要引起

	通货膨胀	通货紧缩
影响	一般会引起:纸币贬值,物价上涨,影响人民生活和社会经济秩序	短期内对消费者而言,能增加货币购买力,一定程度上提高消费水平;长期来看,阻碍商品流通,产品积压,再生产乏力,就业率下降,最终会影响人们生活水平的提高
对策	国家多采取适当从紧的财政政策和货币政策,以减少市场货币量,平抑物价,促进经济平稳发展	国家多采用积极的财政政策和货币政策,以增加市场货币流通量,刺激消费,扩大需求,促进经济健康快速发展

联系:二者都是由社会总供给与社会总需求不平衡造成的,即货币的发行量与流通中实际需要的货币量不平衡造成的;从长远来讲,对社会发展、企业生产、人民生活都会产生不利影响

[真题展示]

(2010 四川 25)为克服金融危机的影响,许多国家实行宽松的货币政策,增加货币发行量,向金融机构注资,引发了人们对通货膨胀的担忧。是否发生了通货膨胀,必须看是否出现(　　)

①流通中实际需要的货币量超过纸币的发行量　②商品价格总额超过价值总额,货币持续贬值　③国家发行的货币数量超过上一年发行的数量　④物价总水平不断上涨使居民购买力普遍下降

A. ①　　　　　B. ②④　　　　　C. ①②③　　　　　D. ②③④

分析:本题属于知识立意,主要考查通货膨胀及其影响。

解答本题的关键是熟悉通货膨胀的相关知识。从通货膨胀的含义看,①、③错误。

答案:B

5.货币与财富

[考点解读]

(1)货币是财富的象征

从起源看,货币是商品交换长期发展的产物;从本质上看,它是固定地充当一般等价物的商品;从职能上看,它具有价值尺度、流通手段两个基本职能;从一定意义上看,货币是财富的象征。

(2)正确对待金钱

在我国社会主义初级阶段,仍然存在着商品货币关系,生产、分配、交换、消费等各种经济活动,都离不开货币。对于金钱,要取之有道,用之有益,用之有度。

(3)树立正确的金钱观

正确的金钱观,指导我们理性地对待金钱,通过合乎道德与法律的正当途径挣钱,把钱用到有利于国家、社会和他人的地方,用到有利于自己发展、实现人生价值的地方。

6.结算与信用工具

[考点解读]

信用卡和支票等,是经济往来结算中经常使用的信用工具。

(1)信用卡

①含义

信用卡是具有消费、转账结算、存取现金、信用贷款等部分或全部功能的电子支付卡。

②优点

信用卡可以集存款、取款、消费、结算、查询为一体,能减少现金使用,简化收款手续,方便购物消费,增强消费安全,给持卡人带来诸多便利。

③职能

信用卡作为电子货币的一种(属于纸币,无价值),在使用过程中执行货币的流通手段和支付手段的职能。

(2)支票

①转账支票:

付款单位开出转账支票后,收款单位凭此票到银行把这笔钱转入自己账户。

②现金支票:

由付款单位开出,收款人凭票到银行支取现金。

7.外汇和汇率

[考点解读]

(1)外汇:用外币表示的用于国际间结算的支付手段

(2)汇率:(汇价)两种货币之间的比率

①汇率变化的判断标准:

某种货币升值,该货币汇率升高;货币贬值,该货币汇率跌落。

②人民币汇率变化的影响:

人民币汇率升高:人民币升值,出口下降,进口增加,就业率下降,外资流出。

人民币汇率跌落:人民币贬值,出口扩大,进口减少,就业率上升,吸引外资。

联系实际:保持人民币币值基本稳定的意义

近几年来,人民币升值压力时而走强,保持人民币币值基本稳定,即对内保持物价总水平稳定,对外保持人民币汇率稳定,对保持人民生活安定、国民经济又好又快发展,对世界金融的稳定、经济的发展,具有重要意义。

[真题展示]

(2009 四川 26)小张按 1 美元兑换 8 元人民币的汇率换得 1000 美元,两年后美元兑换人民币的汇率下跌了 20%。小张又将 1000 美元换回人民币。在不考虑其他因素的条件下,小张( )

A.损失了人民币 1600 元   B.减少了人民币损失 1600 元

C.损失了美元 160 元   D.减少了美元损失 160 元

分析:本题考查对汇率的理解,旨在考查计算能力和理解能力。解答计算题,切忌主观判断,最好是分步骤运算。本考点是高考常考点,近年高考试题对本考点的考查一般都是选择题。

根据"小张按 1 美元兑换 8 元人民币的汇率换得 1000 美元",可以推算他拥有 1000×8＝8000 人民币。而根据"两年后美元兑换人民币的汇率下跌了 20%",又不难得出现在 1000 美元可换人民币为 1000×8×(1－20%)＝6400 元人民币。因此,同两年前相比,小张损失了 8000－6400＝1600 元人民币。

答案:A

解题指导

1.(2010 安徽 1)在"商品—货币—商品"的流通过程中,"商品—货币"阶段的变化"是商品的惊险的跳跃。"这个跳跃如果不成功,摔坏的不是商品,而是商品所有者。这说明( )

A.商品生产者需要生产适销对路、质量上乘的商品

B.商品生产者生产的商品就失去了使用价值和价值

C.货币作为商品交换的媒介必须是观念上的货币

D.回避作为一般等价物在物物交换中起决定作用

2.(2010 全国 24)假设某国 2009 年甲产品的总量是 100 万件。每件产品价值用货币表示为 10 元。2010 年生产甲产品的社会劳动生产率提高一倍,在货币价值不变和通货膨胀率为 20% 的不同情况下,甲产品 2010 年的价格分别是( )

A.5 元   6 元   B.10 元   12 元

C.20 元   24 元   D.8 元   16 元

3.(2009 海南 1)假设 2007 年 1 单位 M 国货币/1 单位 N 国货币为 1∶5.5。2008 年,M 国的通货膨胀率为 10%,其他条件不变,从购买力角度来看,则两国间的汇率为( )

A.1∶4.95   B.1∶5

C.1∶5.6   D.1∶6.05

4.(2009 重庆 35)根据表 1 数据计算判断,汇率的变化将有利于( )

表 1   欧元兑美元与美元兑人民币汇率

日期汇率	欧元兑美元	美元兑人民币
2008 年 2 月 12 日	1.46	7.18
2008 年 7 月 14 日	1.59	6.83

A.中国对美国的出口

B.欧元区对中国的出口

C.中国对欧元区的出口

D.欧元区对美国的出口

5.(2009 全国 25)2009 年 4 月,国务院决定在上海、广州、深圳、珠海和东莞 5 市开展跨境贸易人民币结算试点。跨境贸易人民币结算(　　)

①将扩大人民币的职能从而使其成为世界货币　②使人民币在一些国际贸易中发挥流通手段的职能　③有利于中国国内物价保持稳定　④有利于降低中国与贸易伙伴国的汇率风险

A.①③　　　　　　B.②③

C.①④　　　　　　D.②④

【答案】

1.A 思路点拨:在商品流通过程中,能否实现从商品到货币的转化对商品生产者至关重要,因为只有这样商品的价值才能实现,商品生产才能正常进行。使用价值是价值的物质承担者,A 项正确;B、C、D 项表述错误。

2.A 思路点拨:社会劳动生产率提高一倍,则单位商品的价值量为原来的一半。货币价值不变时,即为 5 元;通货膨胀率为 20%时,物价上涨 20%,则甲商品的价格为 5+5×20%=6 元,选 A。

3.B 思路点拨:2008 年 M 国的通货膨胀为 10%,据此可以判断,2008 年 M 国货币贬值,1.1 单位货币相当于 2007 年的 1 单位货币,货币的实际购买力是下降了。因此 M 国和 N 国的汇率变化可以通过计算得出:1/1.1=X/5.5,B 项正确。

4.C 思路点拨:经过模糊计算可知,欧元兑美元升值比率为(1.59-1.46)÷1.46≈10%,人民币兑美元汇率升值比率为(7.18-6.83)÷7.18≈5%。人民币的升值比率小于欧元的升值比率,所以有利于中国向欧洲出口产品。

5.D 思路点拨:解答此题的关键是要明确跨境贸易人民币结算的意义。因为按照中国目前的贸易结算机制,境内企业和境外企业发生贸易只能采用非人民币币种结算。这就意味着,企业在贸易过程中必须承担汇率风险。

在当前应对国际金融危机的形势下,开展跨境贸易人民币结算,对于推动我国与周边国家和地区经贸关系发展,规避汇率风险,改善贸易条件,保持对外贸易稳定增长,具有十分重要的意义。故④符合题意;人民币在跨境贸易结算中代替货币行使流通手段的职能,故②符合题意;①夸大人民币的作用,表述错误;③与题意无关,故选 D。

第二课　多变的价格

考点梳理

1.价值与价格

[考点解读]

(1)价格:通过一定数量的货币表现出来的商品价值

(2)影响价格的因素

①价值决定价格:价格是价值的货币表现,价值是价格的基础。

②供求影响价格:供不应求,价格上涨;供过于求,价格下跌。

[真题展示]

(2008 重庆 29)如果你对大人们说:"我看到一幢用玫瑰色的砖盖成的漂亮的房子,它的窗户上有天竺葵,屋顶上还有鸽子……"他们怎么也想象不出这种房子有多少好。必须对他们说:"我看见了一幢标价十万法郎的房子。"那么他们就会惊叫道:"多么漂亮的房子啊!"(选编自圣·德克旭贝里《小王子》)材料中提到的"十万法郎"是(　　)

①房子的价格　②房子的价值　③房子的交换价值　④在执行货币的价值尺度职能

A.①②　　　　　　B.①④　　　　　　C.②③　　　　　　D.③④

分析:从知识角度看,本题主要考查对"价值与价格"和"货币的基本职能"的理解;从能力角度看,本题主要考查"获取和解读信息"的能力。价值与价格的关系是近年高考的常考考点,一般是以选择题的形式呈现。解答本题,要抓住材料中的关键词"标价十万法郎",它既是指房子的价格,也表明了货币在执行价值尺度职能,①④正确,②③明显不符合题意。

答案:B

2.价值决定价格

[考点解读]

(1)商品的价值量由社会必要劳动时间决定

社会必要劳动时间。指在现有的社会正常的生产条件下,在社会平均的劳动熟练程度和劳动强度下,制造某种商品所需要的劳动时间。

(2)商品价值量与劳动生产率的关系

①与商品价值量相关的因素

劳动生产率	单位商品价值量	单位时间价值总量	使用价值总量
个别劳动生产率	无关	正比	正比
社会劳动生产率	反比	不变	正比

②社会劳动生产率提高,生产商品的社会必要劳动时间减少,价值量降低,是商品价格不断下降的根本原因。

思维误区:社会劳动生产率提高,同一劳动同一劳动时间创造的价值总量增加

商品的价值量由社会必要劳动时间决定。社会劳动生产率提高,既意味着同一劳动在同一时间生产的使用价值(商品)数量增多,也意味单位商品的价值量降低。价值总量＝单位商品价值量×使用价值数量,因而价值总量不变,社会劳动生产率与价值总量无关。

知识拓展:商品生产者为什么要提高产品质量?

(1)商品是使用价值和价值的统一体,使用价值是价值的物质承担者,商品生产者只有生产出高质量的产品,才能顺利让渡使用价值,获得商品的价值。

(2)提高商品质量,创优质品牌,能更好地满足消费者需求,有利于扩大市场,获得更多利润。

(3)高质量的产品往往凝结了较多的社会必要劳动时间,价值量较大,价格较高,利润也较多。

[真题展示]

(2008 北京 33)2006 年,某商品价值为 1 元。2007 年,生产该商品的社会劳动生产率提高了 25%,其它条件不变,该商品的价值是( )

A.0.75 元   B.0.80 元   C.0.85 元   D.1.25 元

分析:本题主要考查商品的价值量与社会劳动生产率的关系。本考点在近年各地高考试卷中出现频率非常高,是高考常考考点,高考试题对本考点的考查一般都是选择题。解答时首先要注意区分社会劳动生产率(社会必要劳动时间)、个别劳动生产率(个别劳动时间)与单位商品的价值量、同一劳动时间的价值总量之间的关系,其次是要经过严格计算,切忌主观猜测,凭感觉判断。

以本题为例,假设社会劳动生产率提高以前,同一劳动时间生产的商品数量为 1,则其价值总量为 1×1;社会劳动生产率提高 25% 以后,相同的劳动时间生产的商品数量为 $1 \times (1+25\%)$,假设此时商品的价值量为 X,由于社会劳动生产率与商品价值总量无关,所以同一劳动同一劳动时间创造的价值总量不变,于是就有 $1 \times 1 = X \times 1 \times (1+25\%)$,由此可以得出 X＝0.8 元。

答案:B

3.价值规律及其表现形式

[考点解读]

(1)基本内容:商品的价值量由生产该商品的社会必要劳动时间决定,商品交换以价值量为基础实行等价交换。

(2)表现形式:商品价格受供求关系影响,围绕价值上下波动。

思维误区:价格围绕价值上下波动是对价值规律的否定

从单个交换过程来看,价格时涨时落,但从一段较长的时期来看,商品的价格总的来说仍然与价值相符合。不但不违背价值规律,反而正是价值规律的表现形式,而且是唯一可能的表现形式。

[真题展示]

(2010 重庆 24)下列违背价值规律的是(   )

A.钻石的稀缺程度比水高,因而钻石比水贵

B.古代少数民族用毛皮与汉族交换等价值的大米

C.甲用一块砖头充当秦代文物,换走乙一块黄金

D.制造火箭的成本比汽车高,因而火箭比汽车贵

分析:本题考查价值规律的知识,考查学生调动和运用知识的能力。解答本题的关键在于理解价值规律的基本要求和表现形式,并明确本题是一道逆向选择题。A、B、D项符合价值规律的要求。

答案:C

4.供给与需求

[考点解读]

(1)其他条件不变,商品的供给量越少,价格越高;供给量越多,商品的价格越低。

(2)其他条件不变,商品的需求量越少,价格越低;需求量越大,商品的价格越高。

[真题展示]

(2007 广东10)近年来我国商品房价格上涨过快。为了抑制房价涨幅,政府可以选择的措施有( )

A.扩大商品房需求

B.增加商品房用地的供给

C.规定商品房价格

D.减少商品房用地的供给

分析:此题以我国持续上涨的房价为背景,以社会热点与课本重点知识的结合考查供给、需求与价格的关系,体现高考试题的命制特点和发展方向。

结合题目选项,正确思路应该是:增加商品房用地的供给——增加商品房的供给——改变商品房供给与需求的关系——达到抑制房价涨幅的目的。A、D两项会促使房价上涨,C项不符合市场经济的要求。

答案:B

5.影响(均衡)价格的因素

[考点解读]

(1)影响价格的间接因素:如气候、时间、地域、生产等,甚至是宗教、习俗。

(2)影响价格的直接因素:商品的供求关系。

各种因素对商品价格的影响,是通过改变该商品的供求关系来实现的。当供不应求时,商品短缺,卖方在市场交易中处于有利地位,表现为卖方市场;当供过于求时,商品过剩,买方在市场交易中处于有利地位,表现为买方市场。

此外,影响价格的还有其它因素,如纸币的发行量,商品的地区差异,反季节差价,市场垄断,国家宏观调控,消费者的购买力,商品的新鲜程度,哄抬物价等。

[真题展示]

(2009 浙江28)春秋时期,齐国国王命令大臣们必须穿丝质衣服,但国内只准种粮食而不准种桑树,齐国蚕丝需求量大,价格上涨,邻近的鲁、梁等国纷纷停止种粮改种桑树。几年后,齐王又命令只准穿布衣,且不准卖粮食给其他国家。结果,鲁、梁等国因饥荒而大乱,不战而衰,齐国坐享其成,使疆土得以扩张。上述故事中蕴涵的经济生活道理有( )

①供求变化直接影响商品的价格 ②价格变动对生产具有调节作用 ③价格在本质上是由供求决定的 ④价格涨跌是通过行政手段实现的

A.①② B.②③ C.①④ D.③④

分析:本题考查的考点有影响(均衡)价格的因素,价格变动对生产的影响。近年高考试题对本考点的考查,主要是选择题。

解答时,要重点把握价格与供求的关系,区分价值对价格的决定作用和供求对价格的影响作用。③错误,应该是价值决定价格;价格涨跌是通过供求实现的,④错误;齐国国王命令先穿丝质衣服后穿布衣,影响了人们的需求,进而影响了邻国的生产,又影响了商品的价格。所以价格的涨跌还是因为供求(市场)的变化。

答案:A

6.价格变动对消费者(生活)的影响

[考点解读]

消费者对既定商品的需求,既受该商品价格变动的影响,也受相关商品价格变动的影响。

(1)商品本身的价格影响需求量:一般说来,当某种商品价格上升时,人们对该商品的需求减少,当某种商品的价格下降时,人们对该商品的需求会增加。(假定其他因素保持不变,商品的需求量与该商品的价格呈反向变动,这是经济学的重要规律:需求法则)

不同商品的需求量对价格变动的反应程度不同,生活必需品的需求弹性小;高档耐用品的需求弹性大。

(2)相关商品的价格影响需求量。

互为替代品的两种商品,一种商品价格上升会导致其替代商品需求量增加,即一种商品的需求量与其替代品的价格同方向变动。有互补关系的商品中,一种商品价格的上升,不仅该商品需求量减少,其互补商品需求量也会减少,即一种商品的需求量与其互补品的价格反方向变动。

[真题展示]

(2009 天津 3)汽车需求量(Q)随着汽车价格(P)、汽车购置税(T)、汽油价格(E)、居民收入(I)的变动而变动。下列曲线图中正确反映其变动关系的是(　　)

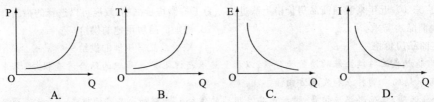

A.　　　　　B.　　　　　C.　　　　　D.

分析:本考点是新课程新增加的内容,是近年高考的常考考点,出现频率很高,高考试题主要以图形和表格的形式呈现,以选择题的形式考查。

本题考查相关商品价格与供求之间的相互关系、价格变动对消费者的影响等多个考点,反映出概念的理解很重要;同时考查调动和运用知识的能力。假定其他因素不变,从选项看,C项正确,汽油的价格越高,汽车的需求量越小。A项错误,汽车价格越高,人们对汽车需求量应该减少;B项错误,应该是汽车购置税越高,消费者对汽车的需求量会越小;D项错误,居民收入越高,对汽车的需求量将越大。

答案:C

7.价格变动对生产的影响(价值规律的作用)

[考点解读]

(1)调节生产规模

(2)提高劳动生产率

(3)促使企业生产适销对路的高质量产品

[真题展示]

(2008 海南 2)假设某国生产 M 商品的企业只有甲乙两家。2007 年甲企业的产量为 10 万件,每件商品的生产时间为 6 小时;乙企业的产量为 8 万件,每件商品的生产时间为 10 小时。如果 2008 年甲企业的劳动生产率提高 20%,其他条件不变,则 2008 年 M 商品的社会必要劳动时间为(　　)

A.5 小时　　　　　B.7 小时　　　　　C.7.5 小时　　　　　D.8 小时

分析:价格变动对生产的影响,主要是价值规律在起作用。高考试题对本考点的考查有时与公司的经营与发展结合起来,以主观题的形式出现。

此题既可以考查商品价值量的计算方法,也可以看出甲企业提高个别劳动生产率后,使其在价格竞争乃至生存竞争中更具优势。2008 年甲企业的个别劳动时间为 6÷(1+20%)=5 小时,年产量为 12 万件。因此(12×5+10×8)÷(12+8)=7 小时。

答案:B

8.价格变动对需求量的影响

[考点解读]

(1)价格变动对生活的影响是通过对商品需求量的变化体现的,一般说来,商品价格上升,人们对它的需求量会减少,反之会增加。

(2)价格变动会引起需求量的变动,但不同商品的需求量对价格变动的反应程度是不同的。价格变动对生活必需品的影响较小,对高档耐用品的影响较大。

(3)一商品价格变动会影响其替代品和其互补品的需求量。

[真题展示]

(2008 海南 3)上个世纪 90 年代末,某国中西部出现了罕见的灾害天气,导致该地区玉米产量比预计下降了 53%,造成玉米价格大幅度上升。玉米价格的上升,不仅造成玉米需求量小幅下降,还造成小麦需求上升。这说明(　　)

A.玉米的需求弹性较小,且玉米和小麦是替代商品　　B.玉米的需求弹性较大,且玉米和小麦是替代商品
C.玉米的需求弹性较小,且玉米和小麦是互补商品　　D.玉米的需求弹性较大,且玉米和小麦是互补商品

分析:本题考查的考点是价格变动对消费需求的影响,属于新课程新增加的内容,高考试题中本考点出现的频率很高,一般以选择题的形式出现。

玉米、小麦是互为替代商品,玉米需求下降,小麦需求相应上升,首先排除 C、D 选项;价格变动对生活必需品需求影响小,由题干"玉米价格的上升,造成玉米需求小幅下降"也可以看出玉米需求弹性较小。

答案:A

解题指导

1.(2010 北京 34)某商品的价格 p 变化 Δp 会引起其相关商品的需求量 x 变化 Δx,这种变化可表现为两种关系:① $\dfrac{\Delta x}{\Delta p}<0$,② $\dfrac{\Delta x}{\Delta p}>0$。在其他条件不变的情况下,下列描述正确的是(　　)

A.汽油价格变化和柴油需求量变化之间的关系符合①

B.汽油价格变化和原油需求量变化之间的关系符合②

C.煤炭价格变化和原油需求量变化之间的关系符合①

D.煤炭价格变化和天然气需求量变化之间的关系符合②

2.(2009 全国 24)某小企业 2008 年生产一件甲种商品的劳动耗费价值 8 元,产量为 10 万件,甲种商品的社会必要劳动时间价值 6 元。如果该企业 2009 年的劳动生产率提高 10%,其他条件不变,那么,该企业 2009 年甲种商品的销售收入与 2008 年相比(　　)

A.增加 8 万元　　　B.增加 6 万元
C.减少 14 万元　　D.不变

3.(2009 全国 27)某鸭梨产区建立恒温库储存鸭梨,为反季销售提供了条件,也为梨农增收提供了保障,据测算,每储存 1 千克鸭梨可增加收入 0.5 元,这一做法表明(　　)

A.商品的价格受供求关系影响

B.延长农产品储存时间可提高农民收入

C.商品销售坏节可创造更大的价值

D.商品的储存成本提高了商品价值

4.(2009 北京 29)北京市下调公交车车票价格,乘坐公交车的人次增加,能够正确反映这一变化的图形是(　　)

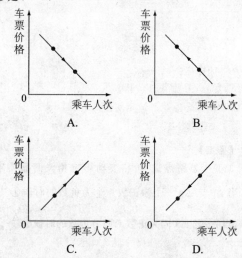

5.(2009 福建 27)周末,小陈同学陪妈妈逛商场,看到下图的情景,向妈妈解释了产生这一情景的下列几种原因,其中合理的是(　　)

A．不正当竞争引起洗衣机市场的混乱
B．洗衣机供过于求致使商家争抢客源
C．洗衣机质量优劣决定其销售量大小
D．劳动生产率提高降低了洗衣机价格

6．一般说来，当一种商品的价格下降时，消费者会增加该商品的消费（该商品可能"替代"了相关商品）；当一种商品的价格上升时，消费者会减少该商品的消费（该商品可能被相关商品"替代"），这就是价格变动的替代效应。替代效应普遍存在于现代经济活动中，从某种角度讲，市场竞争就是产品与产品之间的替代，甚至是企业与企业之间的替代。

运用"价格变动的影响"的相关知识，谈谈企业在市场竞争中如何才能避免"被替代"。

【答案】

1．D　思路点拨：价格变动影响相关商品需求量，当 Δp 与 Δx 一个为正数一个为负数的时候① $\frac{\Delta x}{\Delta p}$ <0，当 Δp 与 Δx 同为正数或同为负数的时候② $\frac{\Delta x}{\Delta p}$ >

0。汽油价格变化和柴油需求量变化之间是同方向变化，关系符合②，排除 A；汽油价格变化和原油需求量变化相反方向变化符合①，排除 B；煤炭价格变化和原油需求量变化之间的关系符合②，排除 C。

2．B　思路点拨：通过读题，首先要明确本题中"商品的劳动耗费价值"是指个别劳动时间；其次是"社会必要劳动时间价值"应理解为社会必要劳动时间决定的该商品的价值，所以某小企业生产的甲种商品只能按社会必要劳动时间决定的价值 6 元出售，即 10 万×6 元＝60 万元；又因为该企业劳动生产率（即个别劳动生产率）提高 10%，即单位时间内生产的商品数量增加 10%（10 万件×（1＋10%）＝11 万件），其它条件不变，该企业的销售收入为 11 万件×6 元＝66 万元。所以，该企业比上年度销售收入增加 6 万元。

3．A　思路点拨：商品的价值量由生产商品的社会必要劳动时间决定，C、D 项错误；从题中"反季节销售"、"梨农增收"等信息可以看出，鸭梨增收的主要原因是恒温储存，反季销售，这都是受供求关系影响，所以本题选 A；选项 B 说法过于绝对。

4．A　思路点拨："下调公交车车票价格，乘坐公交车的人次增加"，只有 A 项符合题意。

5．B　思路点拨：做好本题需要全面理解影响商品价格的因素。由于商品供过于求，出现买方市场，商家为扩大商品的销售量而采取多种措施，图中的现象就是典型事例，故 B 项正确；A 项把图中的做法归结为不正当竞争是错误的；商品销售量的大小既与商品的质量有重大关系，也与售后服务、价格等其他因素分不开，故 C 项错误；劳动生产率有社会劳动生产率和个别劳动生产率之分，个别劳动生产率与商品的价值量没有直接关系，故 D 项说法太笼统。

6．企业应根据商品的价格变动，及时调节生产规模，适应市场需求变化。企业应不断提高劳动生产率，降低生产成本，在竞争中更具优势。企业还应不断推陈出新，生产适销对路的高质量产品，获得市场份额，获取更多利润。（回答"制定正确的经营战略"、"提高自主创新能力"等，亦可）

思路点拨：题目明确要求运用价格变动的影响的相关知识，因而主要考查考生调动和运用知识的能力。回答本题需要熟练掌握考点内容。

第三课　多彩的消费

┃考点梳理┃

1.影响消费的因素

[考点解读]

消费水平受很多因素的影响,其中主要是居民的收入和物价总体水平。

(1)居民的收入水平

①居民当前收入水平对居民消费水平的影响:当前可支配收入的多少直接决定消费量大小,收入增长速度直接影响消费增长幅度。

②居民的未来收入预期对居民当前消费水平的影响:对未来收入乐观的预期,可预支未来收入;反之,会节制当前消费。

③社会总体消费水平的高低与人们收入差距的大小有密切的联系:收入差距过大则总体消费水平会降低,反之会提高。

所以,收入是消费的前提和基础。要提高居民的生活水平,必须保持经济的稳定增长,增加居民收入。

(2)物价总体水平

物价变动会影响人们的购买力,物价上涨,消费量会减少;反之,消费量会增加。

[真题展示]

(2010 安徽37)阅读材料,回答问题

材料　某市城市居民收入和消费增长率变化表

年份	城镇居民实际人均可支配收入增长率(%)	农村居民实际人均纯收入增长率(%)	城镇居民消费实际增长率(%)	农村居民实际增长率(%)
2007	12.4	9.6	15.8	5.8
2008	8.6	8.2	13.2	5.2
2009	10.1	8.7	13.7	5.4

注:2009年该市城镇居民人均可支配收入17215元,农村居民人均纯收入5365元。

运用收入影响消费的知识分析材料一所反映的经济现象。

分析:题目设问方式比较新颖、灵活。考生需要根据设问中的指导语和对背景材料的分析,调动和运用知识。解答图表类试题不仅要注意从图表和设问中获取有效信息,同时不能忽略"注"的作用。因为"注"的内容既有利于理解图表,有时在组织答案时也要在一定程度上体现出来。

答案:收入是消费的基础和前提,城乡居民实际收入增长率的变化影响其消费实际增长率的变化。收入预期影响居民消费,城镇居民实际消费增长率总体高于其实际人均可支配收入增长率,农村则相反,原因之一在于城镇居民收入预期高于农村居民收入预期。收入差距影响社会总体消费,城乡居民收入存在一定差距也会影响社会总体消费水平。

2.消费类型

[考点解读]

(1)按交易方式分:钱货两清消费、贷款消费、租赁消费

(2)按消费对象分:有形商品消费、劳务消费

(3)按消费目的分:生存资料消费、发展资料消费、享受资料消费

3.消费结构

[考点解读]

(1)消费结构的含义:反映人们各类消费支出在消费总支出中所占的比重。

(2)恩格尔系数:消费结构的变动,国际上通常引用"恩格尔系数"加以说明。

①含义:食品支出占家庭总支出的比例。公式:恩格尔系数＝食品支出/家庭总支出×100%

②变化原因:随经济发展,收入的变化而变化。

③评价标准:恩格尔系数减少,表明人们生活水平提高,消费结构改善。

思维误区:个人生活用于食品方面的支出越少,表明个人生活水平越高

用恩格尔系数衡量人们消费水平的高低和生活水平的变化,是从社会整体意义上讲的,不是针对个人而言的。

[真题展示]

(2008 江苏 14)江苏居民的恩格尔系数在 2000 年、2005 年和 2006 年分别为 42.5%、40.6%、38.8%,这一变化趋势表明,我省居民( )

A.食品支出占家庭总支出的比重增加 　　B.家庭食品支出额在减少

C.消费结构不断改善、生活水平提高 　　D.以发展资料和享受资料的消费为主

分析:此题考查对"恩格尔系数"的理解。恩格尔系数越小,说明生活越富裕;反之,说明生活越困难。江苏居民恩格尔系数逐年降低,表明生活水平提高,A、B、D被排除。

答案:C

4.消费心理

[考点解读]

(1)从众心理:消费行为易受别人评价的影响,受别人行为的带动。消费是否从众,要具体问题具体分析,盲目从众是不可取的。

(2)求异心理:消费时喜欢与众不同、标新立异的效果。这种消费有时可以推动新工艺新产品的出现,过分标新立异,是不可取的。

(3)攀比心理:消费不是为了实用而是为了炫耀。这种消费心理不健康。

(4)求实心理:消费讲究实惠,根据自己需要选择商品,这是一种理智的消费。

[真题展示]

(2008 广东 2)某优质大米在我国市场每公斤售价近 100 元,约为普通大米价格的 20 倍,但在北京、上海等发达城市其销售状况依然良好。这体现了( )

A.收入是影响消费的主要因素 　　B.求异心理是影响消费的重要因素

C.价格是影响消费的主要因素 　　D.攀比心理是影响消费的重要因素

分析:本题主要考查对影响消费的因素和消费心理的理解。近年高考试题对本考点的考查主要是选择题,一般考查消费心理对消费的影响。

优质大米价格高但销售状况依然良好,说明在本题中,价格并未对消费起到主要影响,故排除C,消费心理对消费的影响在材料中没有体现,故B、D不选,优质大米在北京等大城市销售状况好的原因是因为当地居民的收入较高,购买力强。故 A 符合题意要求。

答案:A

5.消费行为

[考点解读]

做理智的消费者,就要坚持正确的消费原则。

(1)量入为出,适度消费

①量入为出,使消费与自己的经济承受能力相适应,合理消费。

②坚持适度原则,提倡勤俭节约,反对超前和滞后消费。

(2)避免盲从,理性消费

避免跟风随大流,情绪化消费和只重物质忽视精神消费。

（3）保护环境,绿色消费
①含义:
绿色消费是以保护消费者健康和节约资源为主旨,符合人的健康和环境保护标准的各种消费行为的总称。核心是可持续性消费。
②原因:
资源严重短缺,环境破坏严重,我们应转变消费观念,保持人与自然环境之间的和谐。
③特征(5R):
节约资源,减少污染;绿色生活,环保选购;重复使用,多次利用;分类回收,循环再生;保护自然,万物共存。
（4）勤俭节约,艰苦奋斗
以艰苦奋斗为荣、以骄奢淫逸为耻,是社会主义荣辱观的体现。
思维误区:提倡勤俭节约、艰苦奋斗就是限制消费
勤俭节约、艰苦奋斗与提倡量入为出、适度消费是完全一致的。因为勤俭节约、艰苦奋斗,我们提倡的一种精神,而不是一种具体的消费行为和消费方式。

[真题展示]

(2010 四川 35)人们通常把尽可能减少二氧化碳排放的生活方式称为低碳生活。低碳生活离我们很近,把白炽灯换成节能灯、使用环保购物袋、教材循环利用、废物再利用等都能减少二氧化碳排放。这说明( )
①消费行为会对社会经济产生影响 ②家庭要超前消费,防止消费滞后 ③要改变消费习惯,提倡绿色消费 ④低碳生活要导致消费水平的降低
A.①② B.①③ C.①④ D.③④
分析:本题考查考生对低碳生活的认识。材料中的消费习惯于绿色消费,把白炽灯换成节能灯等消费行为对我国低碳经济产生重要影响,①、③正确;②的消费理念是错误的;④错误,低碳经济会促使人们科学消费,不会导致消费水平的降低。
答案:B

解题指导

1.联合国对消费水平的规定标准:恩格尔系数在59以上为绝对贫困;50－59为温饱水平;40－49为小康水平;20－40为富裕水平;20以下为极度富裕。根据下表推断某市的消费水平已经达到( )

某年某市社会消费品零售额一览表

项目	吃	穿	用	其他	总计
金额(亿元)	1700	500	1700	100	4000

A.温饱水平 B.小康水平
C.富裕水平 D.极度富裕

2.近年来,商品房价格过高越来越引起社会的普遍关注。调查显示,我国91.1%的购房者是贷款购房,其中31.75%的购房者每月还款额占到了其收入的1/2以上。按照国际通行的看法,月收入的1/3是每月还款额的一条警戒线。下列说法正确的是( )
①收入是消费的基础和前提,要量入为出 ②按交易方式划分,此消费属于租赁消费 ③用于还款的货币执行的是支付手段职能 ④按消费目的划分,此消费属于享受资料消费

A.①② B.①③
C.②④ D.③④

3.(2009 江苏 8)随着我国城乡居民人均可支配收入的增加,一直被视为高档耐用消费品的轿车正悄然走进寻常百姓家。这说明( )
A.收入是消费的基础和前提
B.消费拉动经济增长
C.物价水平影响人们的购买力
D.生产与消费相互影响

4.(2007 山东 18)目前,我国的一些商品存在着"过度包装"问题,如果请你针对其危害,向消费者写一份"倡导绿色消费,抵制过度包装"的倡议书,符合上述要求的选项是( )
①商品包装质量是价格和消费的决定因素 ②依法维护消费者的合法权益 ③国家宏观调控在资源配置中起基础作用 ④消费对生产有重要的反作用
A.①② B.②③ C.②④ D.③④

5.(2007 天津 32)推广使用节能灯对节能降耗意义重大。如果我国所有家庭都将白炽灯替换为节能

灯,年节电总量接近三峡水库一年的发电量。由于节能灯的价格是白炽灯的数倍,尽管全球 90% 以上的节能灯在我国生产,我国居民节能灯的使用率却不到 20%,这不利于缓解我国电力供应紧张的局面。从材料看,缓解我国电力供应紧张局面的途径是(　　)

①居民提高消费的科学性　②节能灯生产企业降低成本　③政府倡导节能消费方式　④家庭消费从经济能力出发

A.①②③　　　　　　B.②③④

C.①②④　　　　　　D.①③④

6.(2009 全国 38)阅读材料,回答下列问题。

材料一:改革开放 30 年来,我们党始终高度重视、认真对待、着力解决农业、农村、农民问题……

材料二:我国农村居民生活消费支出构成统计

年份	家庭人均纯收入指数 (1978 年=100)	食品支出%	交通通讯支出%	文教娱乐用品及服务支出%
1985	268.9	57.79	1.8	3.9
1990	311.2	58.80	1.44	5.37
1995	383.6	58.62	2.58	7.81
2000	483.4	49.13	5.58	44.18
2005	624.5	45.48	9.59	11.56

资料来源:《中国统计年鉴 2006》

根据表,描述我国农村居民消费结构的变化,指出这一变化说明了什么问题。

【答案】

1.B　思路点拨:计算该市居民生活的恩格尔系数,1700÷4000≈0.42,与材料中的数据进行对比,属于小康水平。

2.B　思路点拨:按交易方式分,贷款购房属于贷款消费,②错误;住房是关系亿万群众切身利益的重大民生问题。按消费目的分,贷款购房一般是生存资料消费和发展资料消费,④错误。

3.A　思路点拨:本题考查影响消费的因素。题目体现了收入是消费的基础和前提,故 A 项正确;其余各项均不符合题意。

4.C　思路点拨:商品的价格由价值决定,并受供求关系的影响,而不是由商品的质量决定;影响消费的决定因素是生产(经济发展水平),也不是商品的质量,①错误;在市场经济体制下,对资源配置起基础性作用的是市场,而非国家的宏观调控,③错误;"过度包装"导致商品的价格虚高,侵害消费者的权益;消费者的虚荣、攀比心理也能对生产活动产生误导。

5.A　思路点拨:①②③项分别从个人、企业、国家三个角度分析缓解电力供应紧张局面的途径。④项不符合题意。

6.从长期趋势看,食品支出比重下降,交通通讯支出、文教娱乐用品及服务支出比重上升。说明随着农村居民收入的提高,生存资料消费的比重下降,发展资料消费和享受资料消费的比重提高。说明我国农村居民消费结构改善,消费质量提高。

思路点拨:解答时要抓住表 2 的表头"我国农村居民生活消费支出构成",食品支出的降低意味着恩格尔系数的下降,交通通讯支出、文教娱乐用品及服务支出的增加,这一变化反映的是消费水平的提高。解答时既要全面又要简洁,不要罗列知识点,这样会容易失分。

周　练

一、单选题(每题 2 分,共 50 分)

1. 某农园的产品之一是每户收年租金 1000 元,由农园提供种子、农具服务,客户不定期到农园种植、收获。其中 1000 元租金是货币在执行(　　)的职能。

A. 价值尺度　　　　B. 流通手段
C. 支付手段　　　　D. 贮藏手段

2. 每公斤生猪价格和饲料类粮食价格之比被称为"猪粮比","猪粮比"6∶1 被视为农户盈亏的平衡点。当"猪粮比"低于 6∶1 时,对农户的影响可能是(　　)

①扩大养猪规模　②养猪成本增加　③减少养猪规模　④养猪成本降低

A. ①②　　　　　　B. ②③
C. ①④　　　　　　D. ③④

3. 实行塑料袋有偿使用后,某班同学对一超市塑料袋的使用情况进行了调查,发现塑料袋的使用量有较大幅度的下降,人们都改用布袋子来购物。这一现象可以得出的结论有(　　)

①商品的需求量受该商品价格的影响　②一商品的价格上升,该商品互补品的需求量上升　③一商品的价格上升,该商品替代品的需求量下降　④一商品的价格上升,该商品替代品的需求量上升

A. ①②　　　　　　B. ①③
C. ①④　　　　　　D. ②③

4. 防止经济生活出现过高通货膨胀是政府宏观调控的重要目标。发生通货膨胀时通常会出现(　　)

①商品普遍滞销　②正常的生产流通秩序被扰乱　③居民纷纷抢购消费品　④物价全面持续上涨

A. ①②③　　　　　B. ①②④
C. ②③④　　　　　D. ①③④

5. 在美国次贷危机的影响下,我国出口企业压力增大,他们努力提高自主创新能力,做"首脑"企业,不做"手脚"企业,不断提高劳动生产率。这是因为(　　)

A. 产品技术含量的高低决定价格的高低
B. 采用先进技术能提高产品质量和价值量
C. 减少个别劳动时间可以形成价格优势
D. 企业降低劳动消耗可以减少社会必要劳动时间

6. 马克思说:资本是不断地从一个生产部门向另一个生产部门流出或流入的。价格高就引起了资本的过分激烈的流入,价格低就引起资本的过分激烈的流出。近期,世界股市剧烈下跌引起各国政府"救市"政策出台。这说明(　　)

①价值规律自发调节资源的流动和分配　②价值规律刺激商品生产者提高劳动生产率　③价值规律促使商品生产者在竞争中优胜劣汰　④市场经济健康有序发展需要国家宏观调控

A. ③④　　　　　　B. ①②③
C. ①④　　　　　　D. ①②③④

汇率是两种货币之间的兑换比率。回答 7—8 题。

7. 去年年初,100 美元大约可以兑换 730 元人民币;年底,100 美元大约可以兑换 680 元人民币。这表明(　　)

A. 外汇汇率下降,人民币升值
B. 外汇汇率上升,美元贬值
C. 外汇汇率上升,人民币升值
D. 外汇汇率下降,美元升值

8. 从上题得出的结论,有可能出现下述情况(　　)

①外国货币购买力相对提高　②不利于出口,有利于进口　③外商在我国投资成本降低　④国内就业压力增大

A. ①②　　　　　　B. ②③
C. ②④　　　　　　D. ①③

9. 消费者在进行信贷消费时,要坚持量入为出的原则,绝不可盲目透支未来收入,导致资不抵债,使自己的生活陷入困境。这告诉我们(　　)

①信贷消费方式鼓励人们"花明天的钱圆今天的梦"　②信贷消费是超前消费,违背了艰苦奋斗的传统美德　③要坚持适度原则,树立科学的消费观　④应重视金融、信贷的风险性

A. ①③　　　　　　B. ①②
C. ②④　　　　　　D. ③④

10. "百元消费周"是指在一周的工作日期间,全部的餐饮、交通、娱乐等所有消费加起来,控制在 100 元之内。这引发了一场关于"节俭主义"的热议。赞同者认为该活动促使青年人反思,形成合理科学的消费方式;反对者则认为这种行为不利于扩大内需、促进生产。你为可以为双方提供的理论依据分别是(　　)

A. 建立健康消费方式;生产决定消费
B. 倡导适度消费的消费观;消费是生产的动力

C.物质消费与精神消费要协调发展;消费是生产的目的

D.要发扬艰苦奋斗、勤俭节约的精神;生产为消费创造动力

11.为缓解通货膨胀对经济和人民生活的影响,国家可以采取的措施有( )

①央行提高存贷款利率 ②扩大财政支出 ③提高个人所得税起征点 ④降低出口关税

A.①②   B.①③

C.①③④   D.②③④

12.依据《中华人民共和国价格法》的规定,国家发改委可以宣布启动临时价格干预措施,限制社会公共产品及人民生活必需品涨价,同时加大处罚力度,惩处行业协会经营者互相串通、操纵市场价格等违法行为。国家实行临时价格干预措施,是为了( )

A.发挥市场调节的基础性作用

B.稳定物价,防止通货膨胀

C.发挥消费对生产的拉动作用

D.政府定价,加大宏观调控力度

13.去年,中国汽车产销量为680万至700万辆,其中轿车需求量约为400万辆,增幅居世界各国之首。我国轿车消费量不断增长的原因可能有( )

①居民的家庭收入不断增长 ②轿车价格不断下降 ③入世后,我国关税的降低 ④外汇汇率跌落

A.①②③④   B.①②③

C.①②④   D.④

14.“中国麦当劳店一个麦香鱼汉堡套餐要人民币18.5元,在美国是4美元”。这里的4美元是( )

A.与18.5元人民币的价值相同

B.用于交换的劳动产品

C.充当国际支付手段的世界货币

D.麦香鱼汉堡套餐的价格

15.下图描述的是某商品在半年中的需求走势。这可能是由下列哪些情况所引起的( )

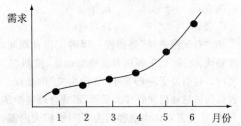

①该商品的替代商品需求增加 ②该商品的互补商品价格上涨 ③该商品的替代商品价格上涨 ④该商品的社会劳动生产率提高

A.①③   B.②④

C.①④   D.③④

16.根据我国统计部门的资料,平均来说,在过去用100元能够买到的消费品,现在大约需要353元才能买到。上述材料说明( )

A.人民币代表的黄金数量在减少

B.物价水平高低对消费水平高低有影响

C.市场上消费品的供给在减少

D.消费者在花钱方面变得越来越不理性

17.我国月饼生产存在过度包装的问题,数据表明:豪华包装的月饼能耗是普通包装月饼的6倍,是散装月饼的365倍。据测算每年生产礼盒消耗树木大约要4000—6000棵树。关于月饼的过度包装,以下说法正确的是( )

①豪华包装是市场经济中企业的逐利行为,无可厚非 ②豪华包装的月饼渲染了传统节日的气氛,应该鼓励 ③应该通过引导消费观念减少对过度包装产品的需求 ④包装设计要走健康、绿色、符合可持续发展的道路

A.③④ B.①③ C.②③ D.①④

18.近年来,美元对人民币呈现贬值的趋势,这使境内的外贸企业面临很大的汇率风险,而人民币在周边国家的地区却日益受欢迎。国务院常务会议决定在上海以及广东省内的4个城市开展跨贸易人民币结算试点。这样,企业的进口贸易可以不再使用美元等外国货币,只要通过试点城市的银行机构就可直接用人民币结算。这一举措将会产生的积极作用是( )

①出口企业收到货款后不必再担心人民币会贬值 ②出品企业可以节省将美元兑换成人民币的费用 ③上海银行机构办理外贸结算的业务量将会增加 ④推动我国与周边国家和地区之间经贸关系发展

A.①③④   B.①②④

C.②③④   D.①②③

19.下图(人民币元/100美元)表明( )

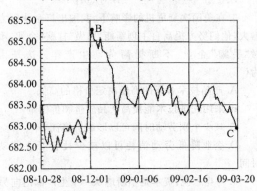

①A点到B点表示人民币升值趋势 ②B点到

C 点表示人民币升值趋势　③A 点到 B 点表示美元的汇率跌落　④B 点到 C 点表示美元的汇率跌落

A.①③　　B.①④　　C.②③　　D.②④

20. 政府给农民一定的家电购置补贴，会影响农民对家电的市场需求量。下列曲线图（横轴为需求量，纵轴为价格，d_1 为补贴前市场需求曲线，d_2 为补贴后市场需求曲线）能正确反映这一信息的是（　　）

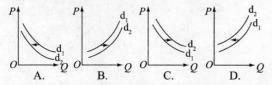

21. 2008 年某国生产甲种商品 100 万件，每件商品的价值量为 6 元。如果 2009 年该国生产甲种商品的劳动生产率提高 20%，其他条件不变，则甲种商品的价值总量与单位商品的价值量分别为（　　）

A.720 万元，6 元　　B.720 万元，5 元
C.600 万元，5 元　　D.600 万元，6 元

22. 假定当 A 商品的互补品价格上升 10% 时，A 商品需求变动量为 20 单位；当 A 商品的替代品价格下降 10% 时，A 商品需求变动量为 30 单位。如果其他条件不变，当 A 商品的互补品价格上升 10%、替代品价格下降 10% 同时出现时，那么，A 商品的需求数量（　　）

A. 增加 50 单位　　B. 减少 50 单位
C. 增加 10 单位　　D. 减少 10 单位

23. 某商品生产部门去年的劳动生产率是每小时生产 1 件商品，价值用货币表示为 260 元。该部门今年的劳动生产率提高了 30%。假定甲生产者今年的劳动生产率是每小时生产 2 件商品，在其他条件不变情况下，甲生产者 1 小时内创造的价值总量用货币表示为（　　）

A.364 元　　　　B.400 元
C.520 元　　　　D.776 元

24. 假定原先 1 台电脑与 4 部手机的价值量相等，现在生产电脑的社会劳动生产率提高一倍，而生产手机的社会必要劳动时间缩短为原来的一半，其他条件不变，则现在 1 台电脑与 1 部手机的价值量相等（　　）

A.2　　　　　　B.4
C.8　　　　　　D.16

25. 许多消费者慨叹：现在买菜不仅要看"口味"好不好，还要看"口袋"深不深。越来越高的蔬菜价格，引起了消费者的担心。要减轻消费者的担心，应该（　　）

A. 发展生产，保障蔬菜供应
B. 倡导消费者转变消费观念

C. 加大货币发行量，提高居民的购买力
D. 生产适销对路的产品，提供优质服务

二、问答题(26、28、29 题各 6 分，27 题 10 分，共 28 分)

26. 某班同学关于人民币币值问题展开讨论，有的同学认为升值好，有的同学认为贬值好，还有的同学认为……

请运用《经济生活》的相关知识，阐述你对这一问题的认识。（6 分）

27. 据《中国青年报》报道，一项全国调查显示，90.9% 的人对粮油价格上涨有切身感受，78% 的人认为粮油价格上涨影响了自己的生活。

有人认为：由于物价上涨，导致居民消费水平下降，所以，国家应降低物价。

请运用经济生活相关知识，评析这种看法。（10 分）

28.近一个时期,由于我国生产粮油成本的增加、农业耕地面积的减少和农业结构的调整以及受国际市场粮油价格上涨的影响,我国部分地区粮油副食品价格出现一定程度上涨,引起社会各方面的广泛关注。国务院发出关于做好粮油供应工作稳定粮食市场的通知,要根据市场需求情况,既要做到保证供应,又使粮价在合理水平上保持基本稳定。

(1)在经济学中,决定和影响粮油价格变动的因素有哪些?(3分)

(2)粮油副食品价格上涨对我国城镇居民和农民生活带来哪些影响?(3分)

29.近年来,中国网络购物市场迅速发展。统计数据显示,2008年网络购物交易规模突破千亿元,增速超过130%,网购用户规模达8000万,近三成的网民成为网络购物用户;网络购物占社会消费品零售总额的比重也首次突破1%。

对2007年大城市网络购物人群调查显示,上海的网络购物人群占上网总人数的50.4%。上海的网络购物金额达到118亿元,而全部连锁商业的零售总额是1362亿。

对消费者和企业而言,与传统购物方式相比,网络购物有何优势和局限性?(6分)

三、论述题(每题11分,共22分)

30.近年来,北京市经济和社会发展一直走在全国的前列,但城乡发展不平衡问题依然存在。某中学高一学生选择"城乡居民家庭消费差异的研究"这一主题,准备开展研究性学习活动。

(1)进行此项研究,需要关注消费方面的哪些数据?简要说明其经济学依据。(6分)

(2)获得这些资料信息的途径有哪些?(5分)

31.西方一位经济学家曾以蜜蜂作比喻,说在蜜蜂的"社会"里,奢侈之风盛行时,各行各业都兴旺;当节俭之风代替奢侈之风后,"社会"反而衰落了。由此他得出结论:个人的奢侈会推动社会的繁荣。

我们到底应该节俭还是奢侈,这是一个值得思考的问题。运用《经济生活》的相关知识,谈谈你对这一问题的认识。(11分)

｜第二单元　生产、劳动与经营｜

第四课　生产与经济制度

▌考 点 梳 理 ▌

1.生产决定消费

［考点解读］

(1)物质资料的生产是人类社会赖以存在和发展的基础。

(2)生产决定消费的对象、方式、质量和水平,生产为消费创造动力。

2.消费对生产的反作用

［考点解读］

(1)消费拉动经济增长、促进生产发展。消费对生产有重要的反作用,具体体现:

①生产出来的产品被消费了,这种产品的生产过程才算最终完成。

②消费所形成的新的需要,对生产的调整和升级起着导向作用。

③一个新的消费热点的出现,往往能带动一个产业的出现和成长。

④消费为生产创造出新的劳动力,能提高劳动力的质量,提高劳动者的生产积极性。

(2)社会再生产过程的环节及其作用

①环节:

社会再生产过程包括生产、分配、交换、消费四个环节。

②作用:

生产起决定性作用,分配和交换是连接生产和消费的桥梁和纽带,消费是物质资料生产总过程的最终目的和动力。

知识拓展:增强消费对经济发展的拉动作用

一个国家的经济增长是由消费、投资和外贸出口同时拉动的,消费和投资合称为内需,出口称为外需。长期以来,在我国经济发展中,投资和外贸成为强势的推动力量,而消费则处于弱势的状态。

温家宝总理指出,要"坚持扩大内需的战略方针,重点是扩大消费需求,增强消费对经济发展的拉动作用"。为此要解决以下三个方面的问题:

增加居民收入;

缩小居民的收入差距;

建立健全社会保障制度。

［真题展示］

(2009 全国 26)"家电下乡"活动的推出有利于(　　　)

①缩小城乡收入差距　②拉动国内的消费需求　③通过消费带动家电企业的生产　④调整农村的产业结构

A.①②　　　　　　　B.②③　　　　　　　C.①④　　　　　　　D.③④

分析:本题考查的考点是消费对生产的反作用,同时考查获取和解读信息的能力。本考点是高考常考考点,近年高考试题对本考点的考查既有选择题又有主观题。

实施家电下乡,对农民购买家电产品给予补贴,这有利于家电产品在农村的消费,也有利于带动家电企业的生产,故②③符合题意;对农民购买家电产品给予补贴并没有缩小城乡收入差距,舍去①;实施家电下乡与④

无直接联系。

答案:B

3.发展生产的意义

[考点解读]

(1)原因:

这是我国社会主义初级阶段的主要矛盾决定的,也是社会主义本质的要求。我国目前的主要矛盾是人民日益增长的物质文化需要同落后的社会生产之间的矛盾,解决这一矛盾必须大力发展生产力。

(2)意义:

大力发展生产力,才能为巩固社会主义制度建立雄厚的物质技术基础,才能缩小与发达国家的差距,显示社会主义的优越性,才能增强综合国力,提高国际地位。

(3)要求:

牢牢抓住经济建设这个中心,聚精会神搞建设,一心一意谋发展,不断解放和发展社会生产力;通过改革,调整生产关系中与生产力不相适应的部分、上层建筑与经济基础不相适应的部分。通过改革,完善社会主义的各项基本制度,使中国特色社会主义充满生机与活力。

4.**公有制为主体**

[考点解读]

(1)公有制经济包括国有经济、集体经济以及混合所有制经济中的国有成分和集体成分。

(2)生产资料公有制是社会主义的根本经济特征,是社会主义经济制度的基础。在所有制结构中,公有制居于主体地位。

(3)公有制主体地位主要体现:

①公有资产在社会总资产中优势。这是就全国而言,有的地方、有的产业可以有所差别。

②国有经济控制国民经济命脉,对经济的发展起主导作用。

(4)如何增强公有制主体地位:

深化国有企业公司制股份制改革,健全现代企业制度,优化国有经济布局和结构,增强国有经济活力、控制力和影响力;

必须推进集体企业改革,发展多种形式的集体经济、合作经济。

[真题展示]

(2009 四川25)在新农村建设中,某村民以土地承包经营权入股,村集体以农田水利设施和部分建筑物入股,与一花卉经营商合作成立了股份有限公司,村民和村集体都成为公司股东,村民同时成为公司的雇员。这种做法( )

①发展了农村公共服务体系 ②改变了农村集体经济的性质 ③有利于农业产业化经营 ④发展了家庭承包经营制度

A.①②   B.①③   C.②③   D.③④

分析:本考点是高考的常考点。本题以改革开放为背景,考查农村集体经济、土地承包经营权流转、企业经营等知识,同时考查调动和运用知识、分析和解决问题的能力。

土地承包经营权流转,农民仍然享有土地的占有权、使用权、受益权,但不是完全的所有权。所以经营权的自由流转并未从实质上改变土地集体所有的性质,②错误。之所以允许其自由流转,目的在于推进土地规模化经营,提高农业的经济效益和产业化水平。所以③④当选。①与题意无关。

答案:D

5.**国有经济及其主导作用**

[考点解读]

(1)含义:

指由社会全体劳动者共同占有生产资料(以国家所有的形式存在)的公有制形式。它同较高的生产力水平相适应。

(2)作用:

国有经济是国民经济的支柱,在国民经济中起主导作用。发展壮大国有经济,对于发挥社会主义制度的优越性,增强我国经济实力、国防实力和民族凝聚力,提高我国国际地位,具有关键作用。

6.多种所有制经济共同发展

[考点解读]

(1)我国现阶段的非公有制经济

①个体经济

个体经济以劳动者自己的劳动为基础,劳动成果直接归劳动者所有和支配。

②私营经济

以生产资料私有和雇佣劳动为基础,以获得利润为目的。

③外资经济

外国和港澳台投资者根据我国的法律、法规在我国大陆设立的独资企业以及中外合资企业、中外合作企业中的外商投资部分。

(2)我国现阶段的基本经济制度

①是什么?

我国现阶段的基本经济制度是公有制为主体,多种所有制经济共同发展。

②为什么?

这一制度适合我国社会主义初级阶段生产力发展不平衡、多层次的状况,符合社会主义的本质要求。

实践证明,它有利于促进生产力发展、增强综合国力、提高人民生活水平。

③怎么样?

毫不动摇地巩固和发展公有制经济,毫不动摇地鼓励、支持、引导非公有制经济发展,形成各种所有制经济平等竞争、相互促进的新格局。

思维误区:混合所有制经济是非公有制经济

混合所有制经济是各种不同的所有制经济按照一定的原则实行联合生产或经营的所有制形式,是把公有制和非公有制结合起来的新的所有制实现形式。其中既包含公有制经济,也包含非公有制经济,不能笼统地把它视为非公有制经济,也不能笼统地称之为公有制经济,只有混合所有制经济中的国有成分和集体成分,才属于公有制经济。

知识拓展:正确理解公有制经济和非公有制经济的地位

首先,二者在整个国民经济中的地位是不同的,公有制经济居于主体地位,是社会主义经济的基本特征,是社会主义经济制度的基础;非公有制经济是我国社会主义市场经济的重要组成部分。

其次,二者在市场竞争中的地位是平等的,都是平等的市场主体,都要受国家法律的保护和约束,都在市场中公平竞争。公有制主体地位的实现主要通过公有制经济和非公有制经济的公平竞争来实现。

[真题展示]

(2009 海南 7)某奶牛养殖大县的一百多农户自发成立"奶联社",将奶牛集中起来,由奶联社组织养牛能手对奶牛统一饲养、管理;每头牛作价 5000 元入股,固定分红,5 年返利 6000 元。入社后奶牛的饲养成本下降,奶牛的产量上升,奶价因原奶质量提高而上升。从所有制性质上看,奶联社属于(　　)

A.个体经济、混合所有制　　　　　　　B.集体经济、股份合作制

C.混合经济、股份合作制　　　　　　　D.私营经济、混合所有制

分析:本考点主要考查对企业所有制性质的判定。在高考试题中一般以选择题的形式出现。本题考查"能够从题目的文字表述中获取回答问题有关信息"的能力,同时考查"检索和选用自己'知识库'中有用知识、基本技能"的能力。

从题目可以看出,奶联社的经营从所有制性质看属于集体经济,"每头牛作价 5000 元入股,固定分红"体现了股份合作制的特点。

答案:B

解题指导

1.(2009 浙江 25)手机的使用越来越普及,人们对手机的功能和通信服务的要求也越来越高,这使得3G(第三代移动通信)应运而生,随着 3G 时代的到来,一个由设备生产、终端制造、信息服务构成的庞大产业链正在壮大。这表明(　)

①消费对生产的调整和升级起着导向作用　②消费量的增加带来产品质量的提高　③消费热点的出现能带动相关产业的成长　④消费是社会再生产过程中起决定作用的环节

A.①②　　　　　　　　B.①③

C.②③　　　　　　　　D.③④

2.(2008 上海 11)近年来我国私营经济保持平稳快速发展,至 2007 年底,私营企业户数占企业总数的60%以上,在全国工业增加值中私营经济产值增长率居首位。这一材料表明(　)

A.私营经济的发展促进了生产力的发展

B.私营经济在社会总资产中占有优势

C.私营经济已成为我国国民经济的主体

D.私营经济已成为我国社会主义经济制度的基础

3.(2008 全国 27)改革开放 30 年来,我国公有制经济主体地位不断得到加强的同时,个体经济快速发展。统计资料表明,1978 年全国个体经济从业人员为 15 万人,到 2007 年 6 月底,全国个体经济从业人员为 5309 万人。个体经济得以恢复和发展的原因在于(　)

①它是社会主义市场经济的重要组成部分　②它适应了我国现实生产力的状况　③它可以吸纳大量人口就业　④它是以劳动者自己劳动为基础的经济成分

A.①②　　　　　　　　B.①③

C.②③　　　　　　　　D.②④

4.(2007 广东 8)我国的基本经济制度是公有制为主体,多种所有制经济共同发展。对"公有制为主体"的正确理解是(　)

A.公有制在各个经济领域必须占支配地位

B.在混合所有制经济中,公有制成分必须保持在 50%以上

C.公有制在各个地方都必须保持量和质的优势

D.公有资产在社会总资产中占优势,国有经济要控制国民经济命脉

5.(2010 浙江 41)材料一

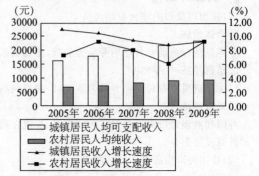

2005－2009 年浙江省城乡居民收入及其增速对比

2009 年浙江省农村居民人均纯收入结构

	人均纯收入（元）	占全部收入比重（%）
家庭经营收入	3788	37.9
在各类企事业单位从业或从事其他各种劳务活动获得的工资性收入	5195	51.9
转移性、财产性等非经营性收入	1024	10.2

材料二:近年来,浙江省政府在统筹城乡发展方面采取了一系列措施。在经济上,着力改变传统工业层次低、布局散、竞争力弱的状况,推进新兴产业,发展现代农业,培育各类专业市场,加大对"三农"的财政投入和转移支付的力度,推进农村住房改造和城镇化建设,力推"家电下乡",建立和健全城乡居民社会保障制度等。在文化上,实施农村文化基础设施建设、农村电影放映"2131"、送戏送书下农村、广播电视"村村通"等一系列文化工程,推进农村文化建设。

(1)指出材料一中图、表包含的经济信息。

(2)根据材料一的信息,运用社会再生产的知识,分析材料二中浙江省政府有关经济举措对统筹城乡发展的积极作用。

【答案】

1.B　思路点拨:本题为复合式选择题,首先排除错误题肢④;其次,题干和题肢要对应,抓住题干要义:"人们对手机的功能和通信服务的要求也越来越高,这使得3G(第三代移动通信)应运而生"并使其产业链发展壮大,①③符合题意,②侧重商品自身的质量,不合题意。

2.A　思路点拨:从题干提供的数据材料可以,判断私营企业本身的发展和私营企业对我国工业发展的贡献都在加大。B、C、D项都有明显的错误。

3.A　思路点拨:个体经济作为非公有制经济的一种形式,是社会主义经济的重要组成部分,发展过程中会得到国家政策方面的支持,①正确。个体经济作为一种所有制形式,其发展从根本上说是由生产力状况决定的,②也正确。③是其作用,④是其特征,都不是原因。

4.D　思路点拨:从公有制主体地位的两个主要表现可以看出A、C两项是错误的。混合所有制经济对公有制成分的比例没有要求,所以B项也错误。

5.(1)图显示,2005－2009年浙江省城镇居民人均可支配收入和农村居民人均纯收入都在增长,但前者大大高于后者。城镇居民收入增速大于农村居民收入增速,二者的差距有缩小的趋势,但农村居民收入的增速波动较大。表显示,2009年浙江省农村居民纯收入来源多样化,工资性收入比重大大高于其他项的比重。

(2)统筹城乡发展需要生产、分配、交换和消费等社会再生产四个环节有机结合。生产是起决定性作用的环节。省政府着力提升传统工业,推进新兴产业,发展现代农业,为工业反哺农业,发展农村经济,进一步拓宽农村居民收入来源,增加农村居民收入创造了条件。分配和交换是连接生产和消费的桥梁和纽带。省政府加大对"三农"的财政投入和转移支付的力度,建立城乡居民社会保障制度,有助于提高农业生产能力和农村居民的消费水平,培育各类专业市场;有助于促进商品流通和城乡生产发展。消费是最终目的和动力,省政府推进农村住房改造和城镇化建设,力推"家电下乡"、建立城乡居民社会保障制度等,既提高了农村居民的消费水平,又有助于扩大内需,促进生产发展。

思路点拨:试题提供了图表和文字信息,首先要求考生将图表材料转化为文字,准确解读和获取图表信息。其次,理解和运用社会再生产的知识,分析解决实际问题。

第五课　企业和劳动者

考点梳理

1.现代企业的组织形式

[考点解读]

(1)企业的含义

企业是以营利为目的而从事生产经营活动,向社会提供商品或服务的经济组织。

(2)企业的形式

现代企业主要的典型的组织形式是公司制。在我国,除公司外,还存在大量的个人独资企业和合伙企业。

[真题展示]

(2008 宁夏13)甲经营两年的个人独资企业由于市场不景气而破产。对企业债务,甲应( )

A.以个人财产承担无限责任 　　　　　　B.以注册资本为限承担责任

C.以法人资产为限承担责任 　　　　　　D.承担无限连带责任

分析:本考点主要考查对企业组织形式的理解。在高考试题中一般以选择题的形式出现。本题主要考查"根据从题目获取和解读的试题信息,有针对性地调动有关知识,并运用这些知识做出必要的判断"的能力。

个人独资企业是指由一个自然人投资,财产为投资人个人所有,投资人以其个人资产对企业债务承担无限责任的经济实体。根据个人独资企业的定义即可判断B、C、D选项不符合题意。

答案:A

2.公司的类型

[考点解读]

(1)含义:

公司是依法设立的,全部资本由股东出资,以营利为目的的企业法人。

(2)类型:

我国法定的公司形式有两种,即有限责任公司和股份有限公司。

知识拓展:股份有限公司和有限责任公司的异同

		有限责任公司	股份有限公司
不同点	公司的资本	公司的资本不必划分为等额股份,股东转让出资必须征得其他股东的同意。	公司的资本必须划分为等额股份,并以股票形式加以表现。股票可以自由流通、转让
	发起人数量	由50个人以下出资设立	应有2人—200人为发起人
	股东对公司承担的责任	股东以其认缴的出资额为限对公司承担有限责任	股东以其认购的股份为限对公司承担有限责任
	股东表决权	按出资比例行使表决权	一股一票原则
	公司财务	不必向全社会公开	上市公司必须向全社会公开
	注册资本限制	最低限额为3万元人民币	最低限额为500万元人民币
相同点		都是依法设立的企业法人,都具有独立的法人资格;股东均负有限责任,公司均以其全部资产对债务承担责任;一般有决策机构、执行机构和监督机构;都有利于筹集资金,实现企业的快速健康发展	

[真题展示]

(2010 江苏9)某人与几位朋友合作创办了一家有限责任公司。下列不符合设立有限责任公司规范的是( )

A.公司按出资比例行使表决权 　　　　　B.公司资本划分为等额股份

C.公司财务不必向社会公开 　　　　　　D.股份转让须征得其他股东的同意

分析:本题考查公司的类型,重在比较有限责任公司与股份有限公司的区别,属于较易题目。

答案:B

3.公司的组织形式

[考点解读]

(1)公司的组织机构:决策机构、执行机构和监督机构。这些机构之间权责明确,互相制衡,可以有效地提高公司的运行效率和管理的科学性。使公司的发展具有充分活力。

(2)公司制的优点:公司制具有独立法人地位、有限责任制度和科学管理结构等优点。

公司是独立法人实体。资产独立:股东不能抽回出资;责任独立:公司独立承担责任,相应的就是股东承担有限责任。

思维误区:国有企业进行公司制改造会损害公有制的主体地位

公有制的主体地位主要体现在两个方面:第一,公有资产在社会总资产中占优势。第二,国有经济控制国民经济命脉,对经济发展起主导作用。公司制下,如果国家、集体控股,可以扩大公有资本支配范围,增强公有制的主体地位。许多国有企业,通过规范的公司改革焕发了活力、增强了竞争力,更好地发挥了在经济发展中的主导作用。

[真题展示]

(2009 海南 6)某奶牛养殖大县的一百多农户自发成立"奶联社",将奶牛集中起来,由奶联社组织养牛能手对奶牛统一饲养、管理;每头牛作价 5000 元入股,固定分红,5 年返利 6000 元。入社后奶牛的饲养成本下降,奶牛的产量上升,奶价因原奶质量提高而上升。奶联社经营模式的成功之处在于(　　)

①积极发展规模化经营　　②增加资金和物质投入　　③降低农户的经营风险　　④对奶价实施有效控制

A.①②　　　　　　　B.②③　　　　　　　C.①③　　　　　　　D.②④

分析:本题主要考查公司制的优点,近年高考试题对本考点的考查既有选择题又有主观题。本题主要是以选择题的形式考查"能够从题目的文字表述中获取回答问题的有关信息"的能力。

从题干可以看出,奶联社经营成功之处在于统一饲养、管理,适度规模化经营,降低了农户散养的经营风险和饲养成本,故①③正确;②材料没有体现;奶价由价值决定,并受供求关系影响,④错误。

答案:C

4.公司经营与公司发展

[考点解读]

(1)公司要制定正确的经营战略。

(2)公司要提高自主创新能力,依靠技术进步、科学管理等手段形成自己的竞争优势。

(3)公司要诚信经营,树立良好的信誉和企业形象。

[真题展示]

(2009 天津 2)海尔集团在海外争创全球化品牌的同时,在国内抢抓"家电下乡"机遇,实施了"即需即供"的商业模式,建立了"销售到村"的营销网、"送货到门"的物流网、"服务到家"的服务网。目前,海尔集团"家电下乡"产品销量在全国已占到了 43% 的市场份额。海尔集团能取得上述业绩主要在于(　　)

A.制定了正确的经营战略　　　　　　　　B.依靠科技进步,增强竞争力

C.积极承担企业的社会责任　　　　　　　D.诚信经营,树立良好企业形象

分析:本考点是高考常考考点,近年高考试题对本考点的考查既有选择题又有主观题。本题以当前国际金融危机和"家电下乡"为背景,考查对企业成功经营因素的理解,同时考查调动和运用知识的能力以及探究参与的能力。

本题材料较长,但是抓住"实施了……"、"建立了……"、"为其赢得了 43% 的市场份额"等关键词,就不难选出 A 项。

答案:A

5.企业兼并与企业破产

[考点解读]

(1)企业兼并

①含义:经营管理好、经济效益好的优势企业兼并相对劣势企业。

②意义:有利于扩大优势企业规模,增强实力,以优带劣,提高资源利用效率,促进国家经济发展。

(2)企业破产

①含义:对长期亏损、资不抵债、扭亏无望的企业,按法定程序实施破产结算的经济现象。

②意义:有利于强化企业风险意识,提高其竞争力,有利于社会资源的合理配置和产业结构的合理调整。

(3)企业联合

①含义:企业合营或合并,大企业之间的联合通常叫做"强强联合"。

②意义:有利于增强市场竞争力、获取更大的经济效益。

知识拓展:企业兼并、企业联合和企业破产

企业兼并、企业联合和企业破产都是市场经济中价值规律作用之下企业竞争的必然结果,是社会化大生产发展的客观要求。

三者的共同作用在于:①对于企业,优化资源配置,提高经济效益,增强竞争力;②对于国家,减轻财政负担,调整产业结构,增强经济实力;③对于劳动者,促使其提高素质,维护其长远利益。

[真题展示]

(2009 海南3)在世界金融危机期间,一批依托科研机构进行技术研发的企业呈现逆势上扬的态势,新产品不断问世,企业的销售收入与利润也随之上升。这是因为( )

①产品创新增强了企业竞争优势 ②产研联合实现了双方优势互补 ③新产品的新功能增大了其价值 ④科技产品的需求弹性小利润大

A.①② 　　　　　B.②③ 　　　　　C.③④ 　　　　　D.①④

分析:本题也是考查公司经营与发展的知识,是高考试题中常见的形式,同时考查调动和运用知识的能力。企业依托科研机构进行技术研发,进而带动了新产品的问世及企业的销售和利润的增长,可以看出科技创新能增强企业的竞争力,故①正确;这样做可以实现科研机构和企业的联合,实现优势互补,故②正确;③的说法与题目设问不构成因果关系;科技产品应该属于高档耐用品,需求弹性较大,故④的说法错误。

答案:A

6.劳动与就业

[考点解读]

(1)劳动和劳动者

①劳动是物质财富和精神财富的创造活动,劳动是人类文明进步发展的源泉。

②劳动者是生产过程的主体,在生产力发展中起主导作用。

(2)就业是民生之本

①就业的重要性

就业是民生之本,对整个社会生产和发展具有重要意义。

A. 就业使得劳动力与生产资料相结合,生产出社会所需要的物质财富和精神财富。

B. 劳动者通过就业取得报酬,从而获得生活来源,使社会劳动力能够不断再生产。

C. 同时,劳动者的就业,有利于其实现自身的社会价值,丰富精神生活,提高精神境界,从而促进人的全面发展。

②就业的紧迫性

我国的人口总量和劳动力总量都比较大;劳动力素质与社会经济发展的需要不完全适应;劳动力市场不完善,就业信息不畅通。

③如何解决就业问题?

A. 对党和政府来说

实施积极的就业政策,加强引导,完善市场就业机制,扩大就业规模,改善就业结构。

B. 对劳动者来说

努力提高自身素质;树立正确的就业观念。

[真题展示]

(2010 全国Ⅱ26)就业是民生之本,企业的发展有利于就业市场的稳定,为了稳定就业,企业可采用的措施是( )

A. 与员工协商薪酬 　　　　　　　B. 完善失业保险制度

C. 提高生产效率 　　　　　　　　D. 缩短劳动合同期限

分析:本题考查劳动与就业的相关知识。B项的主体是国家,不合题意;C、D为无关选项。

答案:A

7.劳动光荣

［考点解读］

(1)在我们社会主义国家,要以辛勤劳动为荣,以好逸恶劳为耻。

(2)我国劳动者分工不同,地位平等,都为社会主义现代化建设作贡献,都应该受到承认和尊重。

8.树立正确的择业观念

［考点解读］

(1)自主择业观,根据个人兴趣专长条件自主择业。

(2)竞争就业观,通过劳动力市场竞争,实现自主择业。

(3)职业平等观,不管从事什么工作,只要脚踏实地,都能有所作为。

(4)多种方式就业观,通过各种方式选择职业,实现就业。

知识拓展:创业所具备的条件

第一,创业是艰苦的,具备良好的思想政治素质和自信心、意志力、竞争意识,诚实守信等良好的创业品质。第二,专业知识、经营管理知识、综合性知识等创业知识,是实现创业梦想必不可少的因素。第三,创业能力是创业意识、创业品质、创业知识的综合体现,是创业成功的必要条件。

［真题展示］

(2009福建26)近期,福建省对从事个体经营且符合条件的高校毕业生给予免收行政事业性收费、税收优惠、小额担保贷款和贴息等政策扶持。这表明(　　　)

A.实现就业必须通过市场竞争　　　　　B.高校毕业生应树立平等就业观

C.政府鼓励高校毕业生自主创业　　　　D.选择职业只能根据个人兴趣专长

分析:本题涉及的考点是劳动与就业,树立正确的择业观念,是高考的常考考点。本题主要考查能够从题目的文字表述中获取回答问题有关信息的能力。

题干强调了国家对大学生自主创业的扶持,行为主体是国家,据此可以排除A项;B项与题目无关;D项错误在于过分强调了个人的兴趣爱好。

答案:C

9.维护劳动者权益

［考点解读］

(1)原因:

①实现和维护劳动者权益,是社会主义制度的本质要求。

②我国《劳动法》规定了劳动者享有的各项权利。

(2)内容:

我国劳动者享有的权利:平等的就业和选择职业;取得劳动报酬;休息、休假;获得劳动安全卫生保护;接受职业技能培训;享受社会保险和福利;提请劳动争议处理;以及法律规定的其他权利。

(3)途径:

①自觉地履行劳动者的义务,是获得权利、维护权益的基础。

②我国实行劳动合同制度,依法签订劳动合同,是维护劳动者合法权益的重要依据。

③当自己的权益受到侵犯时,可以采用投诉、协商、申请调解、申请仲裁、向法院起诉等途径要求维护,而不能采用非法手段施加报复。

知识拓展:劳动者权利和义务的关系

(1)只有在社会主义制度下,劳动者的权利与义务才能得到统一。这是因为,社会主义是以生产资料公有制为基础的,人民成为生产资料的主人,国家的主人。

(2)权利与义务是相互依存、不可分离的。权利的实现总是以一定的义务的履行为条件。劳动者的主人翁地位是通过劳动者实现权利与履行义务体现出来的。

(3)劳动者的权利与义务是由法律规定并得到法律保障的,这也是劳动者主人翁地位的法律保障。

思维误区:维护劳动者权益是政府的事情

(1)对国家来说

①实施积极的就业政策,努力扩大就业。

②制定和完善维护劳动者权益的法律法规,加强执法力度和执法监督,进一步完善劳动合同制度。

③加强劳动保护,改善劳动条件,完善社会体系。

④做好舆论宣传工作,提高用人单位和劳动者的法律意识。

(2)对劳动者自身来说

①自觉履行劳动者的义务,是获得权利、维护权益的基础。

②依法签订劳动合同,是维护权益的重要依据。

③增强权利和法律意识,运用法律武器维护自身的合法权益。

(3)对企业来说

企业经营者应不断提高自身素质,增强法律观念,做到依法经营。

[真题展示]

(2009 江苏 9)实现和维护劳动者权益是社会主义制度的本质要求。劳动者获得权利、维护权益的基础是(　　)

A.依法签订劳动合同　　　　　　　　B.保障劳动者主人翁地位

C.建立和谐的劳动关系　　　　　　　D.自觉履行劳动者的义务

分析:维护劳动者的合法权益是近年高考常考的热点话题,一般是以选择题的形式出现。本题考查劳动者权利和义务的关系以及理解和运用知识的能力。

权利的实现要求义务的履行,故 D 项符合题意。

答案:D

解题指导

1.(2010 江苏 10)2010 年初,我国长三角,珠三角等地区"用工荒"加剧,不少企业拥有生产订单却招不满工人。下列有利于解决"用工荒"问题的措施有(　　)

①维护劳动者合法权益　②政府统筹安排劳动者就业　③引导劳动者树立正确的就业观　④加强对劳动者的技能培训

A.①②③　　　　　　　　B.①②④

C.①③④　　　　　　　　D.②③④

2.(2009 浙江 26)民营经济在建设浙江经济大省中发挥了极其重要的作用。但是,众多民营企业缺乏自主品牌,产品同构同质、附加值低,产业转型升级已成为浙江经济可持续发展的当务之急。为此,政府应该(　　)

A.拓宽融资渠道,挽救濒临破产企业

B.推动结构调整,鼓励企业科技创新

C.加强公共服务,拓展企业产品销路

D.增加财政支出,扩大企业生产规模

3.(2009 山东 18)面对激烈的国际竞争,中国企业必须走自主创新之路,尽快实现由"中国制造"到"中国智造"的转变。这一转变的实现,并不意味着企业(　　)

A.生产品价格的降低　B.产品结构的优化升级

C.核心竞争力的提高　D.发展方式的转变

4.(2009 海南 5)1980 年至 1990 年,我国 GDP 保持每年 9.5% 的增长,就业人口年增长率为 4.3%,就业弹性(就业人口年增长率/GDP 年增长率)为 0.543。1991 年至 2000 年,就业弹性下降至 0.11。2001 年至 2008 年,就业弹性下降到不足 0.1。下列措施中能有效提高我国就业弹性的有(　　)

①大力发展服务业　②保持经济快速增长　③支持中小企业发展　④提高劳动者工资水平

A.①②　　　　　　　　B.①③

C.②④　　　　　　　　D.③④

5.(2008 北京 28)某地采用工资集体协商制度,即选出职工代表与企业代表依法就工资分配形式、支付办法和工资标准等进行平等协商,在此基础上签订工资协议。该制度(　　)

①提高了劳动者的竞争意识　②实现了劳动者权利和义务的统一　③保护了劳动者获得合法报酬的权利　④体现了劳动关系双方当事人的意志

A.①③　　　　　　　　B.②③

C.②④　　　　　　　　D.③④

6.(2007 海南 25)H 企业利用资金优势和技术优势,有选择地兼并某些处于亏损状态的企业。实现了低成本扩张。目前,H 企业已经在湖北、广东、贵州等地建立起控股公司,产品涉及家电、信息、生物工程等多个领域,真正收到了"1+1>2"的经济效果。

根据材料,分析 H 企业能够实现"1+1>2"的经济学道理。

级已成为浙江经济可持续发展的当务之急"可以看出 B 项正确。其它选项没有针对性,均不符合题意。

3.A　思路点拨:本题属于逆向型选择题。企业走自主创新道路,有利于产品结构的优化升级,经济发展方式的转变,有利于提高市场竞争力,但是并不意味着生产品价格直接下降,因为产品价格是由价值决定,并受供求关系影响。

4.B　思路点拨:从就业弹性的计算公式看,要提高我国的就业弹性,可以从两个方面入手,一是扩大就业人口增长率,二是缩小 GDP 的年增长率。显然,只有第一个方面的措施可行,服务业和中小企业都具有吸纳劳动力的优势,故①③的做法正确;②④的做法均不符合题意。

5.D　思路点拨:通过工资集体协商制度表明保护了劳动者获得合法报酬的权利,而不是履行义务,②排除;签订工资协议体现了劳动关系双方当事人的意志,①与题目无关。

6."1+1"是指企业兼并,"1+1>2"是指兼并后的企业比原先两个独立企业的经济效益要高。"1+1>2"所蕴含的经济学道理:企业经营成功首先要有正确的经营战略,抓住机遇,加快发展。企业兼并可以扩大优势企业的规模,增强优势企业的实力,实现以优带劣的调整,优化资源配置,提高企业的经济效益。

思路点拨:归纳材料获取信息:H 企业利用优势兼并劣势企业,"1+1"是就是指企业兼并,"1+1>2"就是指实现了低成本扩张,所蕴含的经济学道理主要就是企业兼并的意义。

【答案】

1.C　思路点拨:本题具有综合性,涉及考点有维护劳动者权益、树立正确的就业观等。②错误,市场经济条件下,政府促进就业,而不是统筹安排。

2.B　思路点拨:从题目中"众多民营企业由于缺乏自主品牌,产品同构同质、附加值低,产业转型升

第六课　投资理财的选择

▌考点梳理▐

1.利息、利率与本金

［考点解读］

(1)利息:银行因为使用储户存款而支付的报酬,是存款本金的增值部分。计算公式:利息＝本金×利率×存款期限。

(2)利率:利率是存款利息和本金的比率。

知识拓展:利率变化对经济的调节

(1)利率是国家宏观调控的重要杠杆,是调节货币供给量的重要手段。利率调整属于货币政策的调整,属于国家宏观调控的经济手段。

(2)当社会总需求大于总供给,或出现通货膨胀时,提高利率会减少货币量,抑制总需求和物价上涨;当总需求小于总供给,降低利率会增加货币量,刺激总需求的增长。

［真题展示］

(2009 辽宁 12)某企业年初自有资本 400 万元,银行贷款 100 万元,当年贷款的年利率为 8％,企业的毛利

润率(毛利润/总资产)为10%,则企业的年净利润为( )

A.29.2万元 　　　　 B.32万元 　　　　 C.39.2万元 　　　　 D.42万元

分析: 高考试题对本考点的考查主要是以选择题的形式出现,本题知识考查涉及银行利息的算法、企业毛利润和净利润,能力考查涉及识记和计算的能力。

解答时读懂题意,列出公式就行。设企业的年毛利润为X,则企业的毛利润率为:X÷(400+100)=10%,算出毛利润为50万元。毛利润减去贷款利息就是企业的年利润,即50-100X8%=42万元。

答案: D

2.储蓄存款

[考点解读]

(1)含义:储蓄存款是指个人将人民币或者外币存入储蓄机构,储蓄机构开具存折或者存单作为凭证,并依照规定支付存款本金和利息的活动。

(2)分类:我国的储蓄主要有活期储蓄和定期储蓄。

①不同点:

A.流动性:活期流动性强,定期流动性较差;

B.收益:活期收益低,定期收益高于活期;

②相同点:低风险、低收益。

思维误区:储蓄存款越多越好。

指正:公民储蓄在国家经济生活中有重要作用:为国家积累资金,有利于促进生产。但是,在收入一定的前提下,储蓄过多,会导致消费率下降,阻碍企业再生产,不利经济发展,最终也会影响到人们生活水平的提高。

因此,公民储蓄不是越多越好,提倡公民科学适度的消费,合理地安排储蓄和消费,才能促进生产的发展。

[真题展示]

(2010广东25)2005~2009年,广东居民人民币储蓄存款余额从19051亿元增至31346亿元。若其间伴随如下变化:①利息税税率上升 ②利息率上升 ③居民收入上升 ④消费上升 ⑤储蓄机构增加

其中导致储蓄增长的原因是( )

A.①② 　　　　 B.①④ 　　　　 C.②③ 　　　　 D.④⑤

分析: 本题考查关于储蓄存款的相关知识。把题干给出的广东居民人民币储蓄存款余额大幅增加看作是结果,居民收入上升和利息率上升可以作为原因,故②③入选;而①利息税税率上升和②消费上升只可能导致储蓄减少,⑤储蓄机构增加与储蓄是否增长无关。

答案: C

3.中国商业银行体系

[考点解读]

(1)商业银行的含义:

指经营吸收公众存款、发放贷款、办理结算等业务,并以利润为主要经营目标的金融机构。

(2)商业银行分类:

以国家控股银行为主体,此外还有民营股份制银行和外资银行。

思维误区:我国的金融机构就是指商业银行

在我国,从事金融活动的主要机构有两大类,即银行金融机构和非银行金融机构。银行金融机构主要有中央银行、商业银行和政策性银行三类。非银行类金融机构主要有保险公司、信托投资公司、证券公司、基金公司、金融租赁公司、企业集团财务公司等。

4.商业银行的业务

[考点解读]

(1)存款业务:这是商业银行的基础业务。

(2)贷款业务。这是我国商业银行的主体业务,也是商业银行盈利的主要来源。

(3)结算业务。银行对货币收支提供的手段和工具收取一定的服务费用。

除上述三大业务外,商业银行还为我们提供债券买卖及兑付、代理买卖外汇、代理保险、提供保险箱等服务。

知识拓展:我国银行的分类以及中央银行的作用。

我国银行分为中央银行(中国人民银行)、商业银行、政策性银行。

中央银行是制定和实施货币政策的国家机关,是我国银行金融机构的领导力量。

[真题展示]

(2009 江苏 10)2008 年 12 月 16 日,国家开发银行股份有限公司挂牌成立,成为我国第一家由政策性银行转型而来的商业银行。转型后的国家开发银行的主体业务是(　　)

A.存款业务 　　　　B.贷款业务 　　　　C.结算业务 　　　　D.股票买卖业务

分析:本题是高考的常考考点,一般以选择题的形式出现。本题考查商业银行的业务,主要考查学生的识记能力。

存款业务是商业银行的基础业务;贷款业务是商业银行的主体业务,故 B 项正确;其余各项均不符合题意。

答案:B

5.投资收益与投资风险

[考点解读]

(1)风险与收益成正比:高风险高收益;低风险低收益。

(2)不同的投资方式,风险不同,收益也不同。

①存款储蓄:低收益,低风险。

②股票:高风险,高收益。

③债券:较为稳健,收益风险均居中。

④保险:规避风险

知识拓展:投资者要注意的投资原则

①注意投资的回报率,也要注意投资的风险性。

②注意投资的多元化。

③投资要根据自己的实际情况,量力而行。

④投资既要考虑个人利益,也要考虑国家利益,不得违反国家的法律法规。

[真题展示]

(2009 浙江 27)小张在 2007 年将 30 万资金全部用于投资股票,年底赚了 10 万。而 2008 年同样的投资却亏损了 16 万。小王在这两年内将 30 资金中的 5 万投资股票,6 万投资国债,18 万存入银行,1 万购买保险,共获利 2 万。上述事例从一个侧面说明(　　)

①盈亏取决于投资结构 　②分散投资有利于规避风险 　③风险与收益是对等的 　④投资项目越多收益越大

A.①② 　　　　B.③④ 　　　　C.①④ 　　　　D.②③

分析:本题考查投资收益与投资风险的关系。本题是新课程新增加的考点,试题呈现一般是选择题的形式。

①选项本身有误,盈亏取决于投资结构是否合理,而不是取决于投资结构,④明显说法错误,故选②③。

答案:D

6.股票

[考点解读]

(1)含义:股份有限公司在筹集资本时向出资人出具的股份凭证。

(2)性质:代表其持有者(即股东)对股份公司的所有权。这种所有权是一种综合权利,包括参加股东大会、投票表决、参与公司的重大决策、收取股息或分享红利等。

(3)收益来源:一部分是股息和红利收入,另一部分是股票价格上升带来的差价。

(4)股票价格:股票价格$=\dfrac{预期股息}{银行利率}$

(5)偿还方式:股票与其他的投资方式有一个很大的不同,就是股东不能要求公司返还其出资;对于公司来说,股票一旦售出,资金额就不能再减少。如果股东想从公司退股,只能将股票出卖给别人;还有一种情况可以改变股东身份,那就是公司破产清盘。

思维误区:股票也是商品

商品是使用价值和价值的统一体,价值是商品的本质属性。股票虽然可以买卖,但其本身没有价值,仅仅是股份公司发给股东的入股凭证,是股东取得股息的一种有价证券,所以不是商品。

[真题展示]

(2007 海南 5)五年前,小张在股市低迷时购买了某上市公司的股票,一直持有到今年才卖出。该股票为他带来了 3 万元的收益。这一收益的来源是( )

①上市公司的利润 ②商业银行的利息 ③证券公司的利润 ④股票的买卖差价

A.①② B.①③ C.②③ D.①④

分析: 此题考查股票收益的来源,能力考查主要是识记能力。高考试题对本考点的考查一般是以选择题的形式出现。

本题属于较易题目,通过理解股票收益的两个来源即可正确解答。

答案:D

7.债券

[考点解读]

(1)含义:债券是一种债务证书,即筹资者给投资者的债务凭证,承诺在一定时期支付约定的利息,并到期偿还本金。

(2)分类:国债、金融债券、企业债券

区别	国债	金融债券	企业债券
发行主体	中央政府	金融机构	企业
风险情况	小	中	大
收益情况	低	中	高
流动性	强	中	弱

思维拓展:股票与债券

比较		股票	债券
不同点	性质不同	入股凭证,体现股东对公司的所有权关系	债务证书,体现筹资者与债券持有者之间的债务债权关系
	受益权不同	以取得股息和红利为补偿条件,经营状况决定着股票的效益	以定期取得利息为条件,安全性比股票大
	偿还方法不同	股东不能退股,只能转让或出卖股票	有明确的付息期限,到期必须偿还本金
相同点		都是有价证券;都是集资手段;股票和债券持有者都能获得一定的收益。	

[真题展示]

(2009 安徽 1)为了"扩内需、保增长",2009 年国务院同意地方发行 2000 亿元债券,由财政部代理发行,列入省级预算管理。居民购买地方政府债券所获得的利息收入属于( )

A.债务收入 B.红利收入 C.劳动收入 D.资本收入

分析: 本题以发行政府债券扩大内需为背景,考查政府债券的有关知识。高考试题对本考点的考查一般是以选择题的形式出现。

政府债券对于债务人来说是一种集资方式,而对于债权人来说就是一种投资方式。居民购买地方政府债券所获得的利息收入,是非劳动收入,也是资本收入,既不是债务收入也不是红利收入。

答案:D

8.商业保险

[考点解读]

(1)购买保险的原因:购买保险,正是规避风险的有效措施。

(2)分类:人身保险、财产保险。

(3)订立原则:公平互利,协商一致,自愿订立。

[真题展示]

(2009 广东 10)一般来说,购买学生平安保险,投保人只要缴纳几十元的保费,就能获得最高保险金额 6 万元的风险保障。可见学生平安保险是(　　)

A.高风险高收益同在　　B.稳健的投资　　C.规避风险的措施　　D.便捷的投资

分析:本题主要考查对商业保险的理解,高考试题对本考点的考查主要是以选择题的形式出现。此题考查"能够从题目的文字表述中获取回答问题有关信息"的能力。

这里所说的平安保险是商业保险,商业保险是规避风险的有效措施。故选 C;A 项说的是股票;B 项说的是债券;D 项指的是储蓄存款。

答案:C

解题指导

1.(2009 上海 9)农民工小张返乡创业获得当地银行 40 万元贷款支持,贷款期限 2 年,贷款年利率 5%。如果按复利计算,贷款期满时小张须支付的贷款利息为(　　)

A.2 万元　　　　　　B.4 万元

C.4.1 万元　　　　　D.4.2 万元

2.(2009 江苏 11)现实生活中,我们可能面临各种各样的风险。下列属于规避风险的投资方式是(　　)

A.购买商业保险　　B.办理存款储蓄

C.参加社会保险　　D.购买企业债券

3.(2009 北京 25)美国爆发的金融危机通过多条路径对他国经济产生影响。发生在美国的下列经济现象,会形成一条连贯的路径,将危机传导到他国。这条路径是(　　)

①消费下降,消费资料进口减少　②失业增加,居民收入减少　③生产下降,生产资料进口减少　④融资困难,企业倒闭增多

A.①→④→③　　　　B.②→①→④

C.④→①→②　　　　D.④→②→①

4.(2008 四川 26)假定债券市场上一年期的债券的利率有 2.25%、2.50% 和 3.0% 三档。一般来讲,与此三档利率水平相对应的债券的发行主体分别是(　　)

A.政府金融机构工商企业

B.金融机构政府工商企业

C.政府工商企业金融机构

D.工商企业金融机构政府

5.(2008 江苏 16)股票与债券的相同点是(　　)

A.都可以上市流通　　B.收益是一样的

C.到期都还本付息　　D.都是筹资方式

6.(2008 上海 10)投资者在配置资产组合时需要

对风险与收益进行权衡取舍。从下图中可以看出(　　)

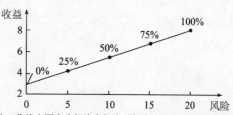

注:曲线上圈点为投资者投资总额中购买股票所占百分比

A.不投资股票,风险和收益均为零

B.投资股票越少,风险越小收益越大

C.投资股票越多,风险和收益就越大

D.恰当的资产组合,风险最小收益最大

【答案】

1.C 思路点拨:本题考查贷款利息的计算。解答时要明确贷款的复利计算就是利滚利,第一年是 40 万×5%=2 万,第二年是(40+2)万×5%=2.1 万,二者相加是 4.1 万,选 C。

2.A 思路点拨:本题主要考查对投资方式的识记和理解。A 项是规避风险的有效措施,C 项不属于居民的投资方式;B、D 项作为投资方式不具备规避风险的特点。

3.D 思路点拨:本题意在考查金融危机爆发的过程和后果。金融危机,顾名思义,首先一定是金融机构的信贷出现了问题,紧随其后的是企业的资金链断裂导致倒闭,企业倒闭的直接后果是工人失业,然后是居民收入减少和消费水平的下降。根据这样的因果关系选 D 项。

4.A 思路点拨:本题考查有关债券的知识。政府债券、金融债券和企业债券的利率依次升高,其风险也依次升高。根据题目中利率由低到高的关系,A 项符合题意。

5.D 思路点拨:只有上市公司的股票可以上市流通,排除 A。股票与债券受益权不同,收益也不同,排除 B。股票不能还本付息,排除 C。二者同属于筹集资金的方式,故选 D。

6.C 思路点拨:图中数据关系表明,投资中股票占得比例越高,其收益率和风险性同时增高,C 项符合题意。各种投资都是有风险的,A 项错误。投资收益和投资风险成正比,B 项错误。恰当的投资组合,可以找到风险和收益适中的结合点,但不可能风险最小收益最大,D 项错误。

▌周　练▌

一、单选题(每题 2 分,共 50 分)

1. 为应对金融危机,提高资源、能源利用率,国家出台了鼓励汽车、家电"以旧换新"政策,居民看到"以旧换新",既能享受国家补贴,还能让老式家电、汽车来个升级换代,纷纷购买。这表明(　　)

①积极的货币政策有利于促进经济发展　②财政可以拉动内需,促进消费结构升级　③国家通过行政手段调控经济　④财政可以带动工业生产、促进节能减排

A.①②　　　　　　　B.②④
C.②③　　　　　　　D.③④

2. 我国目前为三大运营商发放第三代移动通信(3G)牌照,各运营商表示要做好相关投资和建设工作,我国正式进入 3G 时代。由此,人们可以感受到 3G 带来的精彩生活,更高质量的通话,更快速度的上网,激发了居民的消费热情。这表明(　　)

①消费是社会再生产的重要环节　②消费对生产的调整和升级起导向作用　③消费的质量和方式是由生产决定的　④生产为消费提供对象并创造动力

A.①②　　　　　　　B.①③
C.②④　　　　　　　D.③④

3. 社会主义市场经济近 20 年的实践过程中,公司以其较高的运行效率、科学的管理逐渐成为我国经济社会发展的重要动力。公司之所以运行效率高、管理科学是因为(　　)

A.公司组织机构之间责权明确、相互制衡
B.公司是现代企业主要的典型的组织形式
C.公司是按照《公司法》规定登记成立的
D.公司必须接受公众监督、承担社会责任

4. 中石油公司目前收购了新加坡石油公司,此战略旨在加强炼化、贸易、海外运营中心的建设,提升下游资产的价值。收购后,中石油海外业务同比增长11.5%。它的成功说明(　　)

A.正确的经营战略可以促进企业的发展
B.积极参与国际竞争就能扩大国际市场份额
C.发展进出口贸易可以扩大优势企业的竞争力
D.中石油公司经营的直接目的是实现商品的使用价值

5. 就业是民生之本。"失业怪圈"(家庭成员失业——家庭贫困——教育支出减少——家庭成员科学文化素质和劳动技能低——引发新一轮就业困难)的破解成为政府特别关注的问题。如果请你为政府撰写建议书,你的观点可以包括(　　)

①发展经济、实施积极的就业政策　②改善就业结构、加强职业培训　③加强引导、完善市场就业机制　④劳动者转变就业观念、提高职业技能

A.①　　　　　　　　B.①②
C.①②③　　　　　　D.①②③④

6. "保险不会改变你的生活,但会使你的生活不改变"。这句保险宣传语说明(　　)

①保险让每个家庭拥有平安　②购买保险是规避风险的有效措施　③订立保险的原则是自愿、公平互利和协商一致　④购买保险,可以使投保人把风险转移给保险人

A.①②　　　　　　　B.①③
C.②④　　　　　　　D.③④

7. 一位石油大亨到天堂去参加会议,一进会议室发现已经座无虚席,没有地方落座,就灵机一动喊道,"地狱里发现石油了!"喊声刚落,人们纷纷向地狱跑去,天堂里只剩下自己。大亨看到大家都跑了过去,突然想到莫非地狱里真的发现石油了?于是,他也急匆匆地向地狱跑去。这就是著名的"羊群效应"。这一效应在消费行为中可表现为人们的_____,在投资理财中它可能会影响到_____。

A.求实心理,国债的价格
B.攀比心理,银行的利率
C.从众心理,保险的价格
D.从众心理,股票的价格

8. 下图中,该银行拒绝为上了黑名单的客户办理贷款,是因为(　　)

①商业银行的主体业务是存款　②商业银行是以营利为目的的经济组织　③商业银行要降低市场交易的风险　④商业银行要加强对结算业务的管理

A.①②　　　　　　　B.②③
C.②④　　　　　　　D.③④

目前股票市场投资低迷,企业债券却受到投资者

35

的青睐。回答9—10题。

9. 企业债券与股票相比( )

A. 有固定收益,风险较小

B. 流动性强,灵活方便

C. 有国家信用做担保,安全性高

D. 投资回报周期长,收益高

10. 李先生购买了五年期企业债券20万元,票面年利率为5.20%。债券到期后,公司应支付给李先生(不考虑其他因素)( )

A. 21.5万元　　　　B. 25.2万元

C. 26.2万元　　　　D. 5.2万元

11. (2010 浙江26)如果甲国年利率为1%,乙国年利率为3%,乙国货币对甲国货币呈贬值趋势,预期一年后贬值2%,那么,在不考虑其他因素的条件下,从投资的角度看( )

A. 更多的资金将会流向甲国

B. 更多的资金将会流向乙国

C. 甲乙两国资金出现等量流动

D. 甲乙两国之间停止资金流动

12. 一家饭店的广告语是:"快进来吃饭吧,否则你我都挨饿。"这句广告语的寓意有( )

①生产者和消费者是相互依存的 ②有时消费比生产更重要 ③利己是人的一切活动的出发点 ④消费是生产的目的和动力

A. ①②　　　　B. ②④

C. ①④　　　　D. ③④

13. 温家宝总理在视察某动画产业基地的时候表达了"不愿孙子看奥特曼,他应该多看中国的动画片"的意愿。这启示中国的动漫企业关键要( )

A. 以消费需求为根本出发点,提高产品质量

B. 降低价格,以更好地迎合大众消费水平

C. 加强文化基础设施建设,调整产业结构

D. 自主创新,开发有民族特色的动漫产品

14. "低碳经济"是指以低能耗、低污染为基础的经济。我国是温室气体排放大国,发展低碳经济既是长久之大计,也是当前的大事。为此,企业应该( )

①转变经济发展方式,努力扩大生产 ②承担社会责任和环境责任,实现可持续发展 ③加强科技开发与应用,成为技术创新的主体 ④以营利为企业生产经营的根本出发点

A. ①④　　　　B. ②③

C. ①②④　　　　D. ①②③

在首届全国职业院校技能大赛上,有近千家企业观看,其中位列世界500强的企业有20多家。有的企业老总还当起了"星探",亲自到赛场抢夺技能"明

星",这与当前的"就业难"形成强烈反差。回答15—16题。

15. 上述材料表明,劳动者( )

①要不断提高职业技能和技术水平 ②要增强市场竞争意识,转变就业观念 ③要依法履行平等就业和选择职业的义务 ④积极就业,创造良好的就业和创业环境

A. ①②

B. ③④

C. ①②③

D. ②④

16. 企业老总当"星探",亲自到赛场抢夺技能"明星",是因为( )

①劳动者是生产力发展水平的标志性因素 ②重视人才有助于提高企业竞争力 ③采用现代管理方式可以提高企业经济效益 ④劳动者职业技能的高低直接影响着企业劳动生产率

A. ①③

B. ②④

C. ②③④

D. ①②③

17. 新的《劳动合同法》规定,用人单位自用工之日起超过一个月不满一年未与劳动者订立书面劳动合同的,应当向劳动者每月支付二倍的工资。签订劳动合同( )

①体现了劳动者权利和义务的统一 ②有利于实现劳动者自身的社会价值 ③有利于国家在劳动力资源配置中发挥基础性作用 ④有利于维护劳动者合法权益,维护社会安定

A. ①④

B. ①②

C. ②③

D. ③④

18. 就业是民生之本。下列选项中,为人们就业提供了良好环境的是( )

①我国经济社会的快速发展 ②创新精神和创业能力 ③市场配置人力资源的机制 ④一定的求职知识和技巧

A. ①②

B. ①③

C. ②④

D. ③④

19. 北京市首家由外资银行控股的村镇银行——密云汇丰村镇银行开业。该银行根据农村市场的特点,开发和提供量身定制的农村金融服务,以此来解决农村的企业和农户缺乏抵押品的贷款瓶颈问题。这一事件的意义在于( )

①避免市场调节的缺陷,提升银行业的整体素质 ②可以推进农村金融体制改革和创新 ③鼓励消费,改善生活,拉动农村经济增长 ④发挥市场的作用,实现资源优化配置

A. ①③

B. ②③

C. ②④

D. ③④

20. (2010 安徽2)风险性是居民投资理财考虑的

一个重要因素。下列投资理财产品的风险性从低到高排序,正确的是(　　)

①金融债券　②企业债券　③国债　④股票

A.①③②④　　　　B.③①②④

C.④①③②　　　　D.②④①③

21.下列关于股票说法不正确的有(　　)

①股票是筹资者给投资者的债务证据　②公开向社会募股集资是公司的基本特征　③股票日益成为经济结算中常用的一种信用工具　④股票的价格与股息收入成正比,与银行利率成反比

A.①②③④　　　　B.①②③

C.②④　　　　　　D.①③

22.剪纸、泥塑、雕刻、花鼓灯、黄河号子……过去默默无闻的乡土文化的"声"与"像",如今吸引着越来越多中国人的目光。乡土文化热的出现,可以(　　)

①优化产业结构,为社会提供更多的就业机会②改善人民的生活质量,推动精神文明建设　③保证物质消费和精神消费协调发展　④带动生产,促进经济的发展

A.①②　　　　　　B.③④

C.①②③　　　　　D.①②④

23.在接连发生的食品安全事件中,一批跨国公司信誉"落水",数家国内大企业"湿脚"。有消费者称"再也不敢购买相关企业的产品"。这表明作为企业(　　)

①应依靠科技和管理提高经济效益　②只有树立良好的信誉和形象,才能在竞争中取得优势　③诚实信用是生存和发展的必要条件　④应积极参与市场竞争,树立危机意识、实行破产制度

A.①④　　　　　　B.②③

C.①②③　　　　　D.②③④

24.(2010浙江24)面对近年来原材料、劳动力等价格上升的压力,我国沿海某服装出口企业,把生产环节转移到劳动力、土地等生产要素具有优势的内陆地区,并致力于产品研发、品牌设计和营销推广,从而大大提高了产品出口竞争力。该企业竞争力提高的因素有(　　)

①调整经营战略,利用资源优势　②依靠技术创新,维持底价竞争　③加强品牌建设,拓展销售渠道　④调整产业结构,提高产品质量

A.①②　　　　　　B.②④

C.①③　　　　　　D.③④

25.经过多年发展,某地初步形成了汽车生产的完整配套网络,从而吸引了众多汽车厂商进入该地。从企业经营角度看,厂商选择该地的直接原因在于,进入该地能够(　　)

A.降低企业经营风险　B.提高企业管理水平

C.提高市场占有率　D.降低企业生产成本

二、问答题(第26、27题每题6分,第28、29题每题7分,共26分)

26.(2010天津12)阅读材料,回答问题。

低碳经济是以低耗能、低污染、低排放为基础的经济模式,是未来新的经济增长点。我国很多企业面对低碳经济的发展机遇摩拳擦掌,却面临资金、技术等困难,发展低碳经济不仅成本高、周期长、见效慢,而且少数发达国家还垄断着低碳经济的核心技术,不愿意转让,为推动企业走低碳发展之路,国家强化政策支持,包括加大财政投入力度,落实研发投入抵扣所得税政策,完善知识产权保护制度,鼓励国际合作等,从而坚定了企业发展的核心。

结合材料,运用经济生活知识,分析企业面对低碳经济发展趋势怎样实现自身发展。(6分)

27.低碳商品上市初期,价格往往会高于同类非低碳商品,但最终其价格会下降。运用马克思劳动价值论的有关知识,阐释低碳商品价格下降的必然性。(6分)

28.党的十七大提出建设生态文明的新要求。在东北老工业基地的改造过程中.某企业在承担社会和环境责任方面做出有益尝试。企业的每一项战略、每一项重大决策,都要考虑其对人、对社会、对环境的影响,设计上优先选择节能、无污染的产品,制造中必须达到国际环保标准,对废旧产品实行回收制,并号召

企业员工树立环保意识。

结合材料,分析企业承担社会和环境责任有何经济意义?(7分)

29.就业是民生之本,也是构建社会主义和谐社会的重要内容。在国际金融危机冲击下,我国面临空前的就业压力,解决就业问题成为我们面临的一个重要课题。

运用经济生活的相关知识,分析我国为什么要高度重视就业问题?(7分)

三、论述题(每题12分,共24分)

30.材料一:海关总署2008年12月10日发布的数据显示,受金融危机影响,11月我国进出口总值1898.9亿美元,同比下降9%。其中,出口下降2.2%,这是我国出口额7年来首次出现负增长。

材料二:当前,发达国家经济陷入衰退,国际需求大幅度收缩,而我国人口众多,正处在工业化、城市化进程当中,国内市场广阔,需求潜力巨大。2009年3月5日,国务院总理温家宝在十一届全国人大二次会议上作的《政府工作报告》中指出,要把扩大国内需求作为促进经济增长的长期战略方针和根本着力点,增加有效需求,加强薄弱环节,充分发挥内需特别是消费需求拉动经济增长的主导作用。

(1)结合材料一、二,分析说明当前我国特别强调扩大消费需求的原因。(4分)

(2)运用所学《经济生活》知识,请你谈谈如何扩大消费需求拉动经济增长。(8分)

31.我国2007年6月29日通过的《劳动合同法》规定,劳动者在试用期的工资不得低于用人单位所在地的最低工资标准。同时,《劳动合同法》还规定,劳动者在该用人单位连续工作满十年的,劳动者提出或者同意续订、订立劳动合同的,除劳动者提出订立固定期限劳动合同外,应当订立无固定期限劳动合同。但在2008年1月1日《劳动合同法》具体实施前,许多企业却针对那些工龄将到10年的员工发出了"裁员令"。

(注:最低工资标准,是指劳动者在法定工作时间或依法签订的劳动合同约定的工作时间内提供了正常劳动的前提下,用人单位依法应支付的最低劳动报酬。无固定期限劳动合同,是指用人单位与劳动者约定无确定终止时间的劳动合同。)

(1)分析实行最低工资制对劳动者的意义。(4分)

(2)如果企业不执行当地的最低工资标准,劳动者应该通过什么途径来维护自己的权益?(3分)

(3)运用所学经济知识,分析企业"裁员"行为的是与非。(5分)

┃ 第三单元 收入与分配 ┃

第七课 个人收入的分配

┃ 考点梳理 ┃

1. 生产决定分配

[考点解读]

生产决定分配,生产资料所有制决定分配方式。在社会主义初级阶段,实行公有制为主体,多种所有制经济共同发展的基本经济制度,相应地就必然实行以按劳分配为主体,多种分配方式并存的分配制度。

2. 按劳分配及其作用

[考点解读]

(1)含义

按劳分配是社会主义公有制经济中个人消费品分配的基本原则。其基本内容和要求是:在公有制经济中,在对社会总产品作了各项必要的扣除之后,以劳动者向社会提供的劳动(包括劳动数量和质量)为尺度分配个人消费品,多劳多得,少劳少得。

(2)原因

实行按劳分配,是由我国现实的经济条件决定的。

①可能性:生产资料公有制是实行按劳分配的前提。

②现实性:社会主义公有制条件下生产力的发展水平是实行按劳分配的物质基础。

③必要性:社会主义条件下人们劳动的性质和特点,是实行按劳分配的直接原因。

(3)作用

实行按劳分配,有利于充分调动劳动者的积极性和创造性,从而促进社会生产的发展;按劳分配作为社会主义性质的分配制度,体现了劳动者共同劳动、平等分配的社会地位。

(4)地位

公有制在我国国民经济中占主体地位,决定了按劳分配在我国分配方式中占主体地位。

思维误区:劳动收入一定是按劳分配收入

按劳分配收入一定是劳动收入,但是劳动收入未必都是按劳分配收入。例如,个体劳动者的收入,就不是按劳分配收入,因为实行按分配的前提条件是生产资料公有制。

[真题展示]

(2007 海南 3)在我国社会主义初级阶段的多种分配方式中,按劳分配居于主体地位。在公有制经济中,按劳分配的对象是( )

A. 社会总产品　　　　B. 个人消费品　　　　C. 生活必需品　　　　D. 物质总产品

分析:此题主要考查识记能力,明确按劳分配的含义即可解答,属于较易题目。

答案:B

3. 我国多种分配方式并存

[考点解读]

在我国社会主义初级阶段,除按劳分配以外,还存在其他多种分配方式。

(1)按个体劳动者劳动成果分配

①含义:个体劳动者个人占有生产资料,独立从事生产经营活动,其劳动成果扣除成本和税收后直接归劳

动者所有,从而构成他们的个人收入。

②特点:他们既是劳动者,又是经营者、投资者,不仅要付出劳动,还要承担经营风险。

(2)按生产要素分配

①含义:是生产要素所有者凭借对生产要素的所有权参与收益分配。

②原因:发展社会主义市场经济,要求确立按生产要素分配的原则。

③形式:主要有按劳动、资本、土地、技术和管理要素分配等。

④意义:

第一,确立按生产要素分配的原则,是对市场经济条件下各种生产要素所有权存在的合理性,合法性的确认,体现了国家对公民权利的尊重,对劳动、知识、人才和创造的尊重。

第二,有利于让一切劳动、知识、技术、管理和资本的活力竞相迸发,让一切创造社会财富的源泉充分涌流,以造福于人民。

思维误区:非劳动收入一定是剥削收入。

非劳动收入是相对于劳动收入而言的。目前在我国的非劳动收入中有的是剥削收入,如在私营企业中私营企业主的收入等,有的不属于剥削收入,如存款所获得的利息等。

知识拓展:按生产要素分配的形式

按劳动要素分配:私营企业和外资企业中,劳动者所获得的工资收入。

按资本要素分配:包括私营企业主生产经营取得的税后利润,债权人取得的利息收入,股息分红,债券,股票交易收入等。

按土地要素分配:如土地、房屋的租金和转让金。

按技术要素分配:技术入股、专利使用、技术转让的收入。

按管理要素分配:企业管理人才凭借管理才能在生产经营中的贡献而参与分配的形式。

按信息要素分配:提供市场信息、管理方案(点子)的收入。

[真题展示]

(2009辽宁14)某科技企业除对科技人员支付工资外,还采取科技成果入股的激励方式,调动科技人员积极性,企业效益不断提高,这说明( )

①按生产要素分配有利于缩小收入差距 ②分配关系的调整有利于推动生产力的发展 ③科技人员的脑力劳动能创造更大的价值 ④科技人员的收入取决于科技成果的使用价值

A.①③   B.②③   C.①④   D.③④

分析:本题主要考查对我国多种分配形式的理解,高考试题对本考点的考查主要是以选择题的形式出现。本题涉及的知识内容是生产要素分配中的技术要素分配及其作用,考查理解和运用知识的能力。

该企业采取科技成果入股的激励方式,激发了科技人员的生产积极性,促进生产力发展,②③符合题意。

答案:B

4.收入分配方式对效率、公平的影响

[考点解读]

合理的收入分配制度既能提高效率,也是社会公平的重要体现。

(1)收入分配公平的含义、原因和意义

①含义:

收入分配的公平,主要表现为收入分配的相对平等,即要求社会成员之间的收入差距不能过于悬殊,要求保证人们的基本生活需要。

②原因和意义:

公平的收入分配,是社会主义分配原则的体现,它有助于协调人们之间的经济利益关系,实现经济发展、社会和谐。

(2)我国实现社会公平在收入分配方面的政策措施

①制度保证:坚持和完善按劳分配为主体、多种分配方式并存的分配制度。

②重要举措:保证居民收入在国民收入分配中占合理比重、劳动报酬在初次分配中占合理比重。

具体措施:提高低收入者的收入,逐步提高最低工资标准,建立企业职工工资正常增长机制和支付保障机制。

③再分配更加注重公平是实现社会公平的另一重要举措。

具体措施:要加强政府对收入分配的调节,保护合法收入,调节过高收入,取缔非法收入。通过强化税收调节,整顿分配秩序,把收入差距控制在一定范围之内,防止出现严重的两极分化,实现公平分配。

[真题展示]

(2009 江苏 12)再分配更加注重公平是实现社会公平的重要举措。下列体现"再分配更加注重公平"的措施是( )

A.提高企业职工最低工资标准　　　B.调整银行存贷款利率

C.提高城市居民最低生活保障标准　D.建立企业职工工资正常增长机制

分析:本题考查注重公平的措施,主要考查理解和运用知识的能力。高考试题对本考点的考查主要是以选择题的形式出现,但也有主观题。

再分配的主体是国家,据此可以排除 A、D 两项;B 项行为主体虽然是国家,但不属于注重公平的措施。

答案:C

5.提高效率、促进公平

[考点解读]

(1)效率与公平的关系

①在社会主义市场经济条件下,效率与公平具有一致性:效率是公平的物质前提;公平是提高效率的保证。

②效率与公平分别强调不同的方面,二者又存在矛盾。效率意味着资源的节约和社会财富的增加,收入分配的公平主要表现为收入分配的相对平等。

(2)处理好效率与公平的关系

①发展社会主义市场经济,初次分配和再分配都要处理好效率与公平的关系。既要提高效率,又要促进公平。

②处理好效率与公平的关系,既要反对平均主义,又要防止收入差距悬殊。既要落实分配政策,又要提倡奉献精神。在鼓励人们创业致富的同时,倡导回报社会和先富帮后富。

[真题展示]

(2009 上海 10)公平与效率的关系已经引起全社会的高度关注。以下说法正确的是( )

①公平为效率提供持久动力　②效率为公平奠定必要基础　③公平是追求效率的社会条件　④效率是实现公平的物质前提

A.①　　　　B.①②　　　　C.①②③　　　　D.①②③④

分析:本题考查效率与公平的关系。本考点是高考常考考点,近年高考试题对本考点的考查既有选择题又有主观题。

在收入分配中,效率与公平是辩证统一的关系。②④是说效率对于公平的重要性,①③是说公平对于提高效率的重要作用,所以都选。

答案:D

解题指导

1.(2009 全国 I 26)当下,我国很多地方摊贩经营非常活跃,但存在经营不规范现象。有的地方以建立固定经营场所的方式给小贩提供经营空间,加强市场管理,规范摊贩的经营行为。促进这类个体经济的发展有利于( )

①实现按劳分配的收入分配原则　②扩大政府调控范围　③解决低收入群体的就业　④方便群众的日常生活

A.①③　　　　　　B.②③

C.①④　　　　　　D.③④

2.(2009 上海 6)"抓斗大王"包起帆及其领导的团队研发的"散货自动化装船系统和卸船系统",达到了国际最高水平,将大大提高上海港口的生产效率。这一智能化设备和工艺系统的研发所需要的主要生产要素了"科技"和"劳动"外,还有( )

A.资本、人口　　　B.土地、人口

C.管理、土地　　　　D.管理、资本

3.(2009 海南 4)十一届全国人大二次会议审议通过的 2009 年《政府工作报告》提出,要进一步提高居民的社会保障待遇,2009 年、2010 年我国企业退休人员基本养老金人均每年增长约 10%。如果其他条件不变,这一措施将(　　)

A.缩小个人和家庭收入差距
B.提高企业吸引力和经济效益
C.刺激消费、促进社会稳定
D.实现养老金保值、增值

4.(2008 海南 4)中共十七大报告指出,"初次分配和再分配要处理好效率和公平的关系,再分配更加注重公平"。下列选项中具有缩小收入差距功能的再分配措施有(　　)

①提高企业最低工资标准　②个人工薪所得实行超额累进税率　③扩大财产性收入　④完善最低生活保障制度

A.①②　　　　　　B.①③
C.②③　　　　　　D.②④

5.(2008 江苏 17)在企业分配中,如果过分压低劳动报酬,则不利于调动劳动者的生产积极性,终将限制企业的发展。这说明(　　)

A.公平是提高效率的保证
B.要贯彻"效率优先,兼顾公平"的原则
C.效率是公平的物质前提
D.初次分配和再分配都要注重公平

6.(2009 广东 41)根据下述材料,运用《经济生活》知识回答问题。

材料一:某村有 30 亩河滩地,因常发洪水被各承包农户撂荒。村委会协调将其转包给一养蟹人,农户获得每亩 100 元补偿款。养蟹人每年净收益 8 万元。合同到期后,农户见有利可图要求收回土地,但农户无养蟹技术,好处无从实现。经村委会协调,养蟹人每年每亩再补偿 100 元。养蟹人之所以让步续约,是因为若不承包,收益为零,现每年只是减少收益 3000 元。一年后,农户获得更多的土地补偿并参与蟹场生产,收入增加。养蟹人与农户关系改善,经营成本下降,且蟹的消费量上升,养蟹人净收益反而增加了 1000 元。

材料二:2003 年、2007 年我国收入分配状况

指标	2003 年	2007 年	年均增长速度
GDP	13.58 万亿元	25.73 万亿元	10.8%
财政收入	2.17 万亿元	5.13 万亿元	22.6%
城镇居民人均可支配收入	8472 元	13786 元	9.8%
农村居民人均纯收入	2622 元	4140 元	6.8%

材料三:我国政府 2008 年采取了一系列扩大内需、促进经济增长的措施,民生的分量越来越重。例如,在 4 万亿元政府投资计划中,2800 亿元用于保障性住房建设,400 亿元用于医疗卫生、文化教育事业发展,3700 亿元用于农村民生工程和农村基础设施建设等等。

(1)结合材料一说明效率与公平的关系。

(2)材料二反映了什么经济现象?

(3)根据以上材料,从效率与公平关系的角度为扩大内需提出你的建议。

【答案】

1.D　思路点拨:采用排除法,首先排除①,因为"按劳分配"是社会主义公有制经济范围内个人消费

品分配的基本原则,而本题材料和设问显然是个体经济;本题主要考查个体经济的作用,所以选③④。②不是个体经济的作用,不选。

2.D　思路点拨:本题考查生产要素的作用。"散货自动化装船系统和卸船系统",这种生产首先需要科学高效的管理,同时智能化设备的研发又需要资金,即资本要素。

3.C　思路点拨:本题考查理论联系实际的能力。社会保障待遇的提高,有利于减少居民的后顾之忧,刺激消费,促进社会稳定,故 C 项正确;其余各项的说法均不符合题意。

4.D　思路点拨:该题难度较大,可用排除法。解答时要注意关键词"再分配"。①工资是初次分配;②个人所得税是有助于缩小收入差距的再分配措施;③不能缩小收入差距;④完善低保是重要的缩小收入差距的再分配措施。

5.A　思路点拨:"过分压低劳动报酬"是违背公平原则的表现,会挫伤劳动者积极性,导致生产效率降低,选 A。选项 B、C、D 虽然观点正确,但与题目没有直接联系,不能入选。

6.(1)在社会主义市场经济条件下,效率与公平具有一致性。

①一方面,效率是公平的物质前提。养蟹人收益的增加,才有可能对农户每年每亩再补偿 100 元。另一方面,公平是提高效率的保证。农户获得了 100 元的再补偿,这不仅促进了财富的公平分配,而且随着农户收入增加蟹的消费扩大,也增加了养蟹人的收入,进一步提高了效率。

②效率和公平分别强调不同的方面,二者又存在矛盾。这表现在养蟹人与农户在利益上需要相互协调。

(2)①材料 2 中的各项经济指标都有增长,但城镇居民、农村居民收入增速都低于财政收入增速、GDP 增速。

②城乡居民收入差距较大,存在城乡差距进一步扩大的趋势。

(3)扩大内需的措施包括:①逐步提高城乡居民收入在国民收入分配中的比重。②多渠道增加农民收入,逐步缩小城乡差距。③加快建立覆盖城乡居民的社会保障体系。④加快推进以改善民生为重点的社会建设。⑤实施积极的财政政策和适度宽松的货币政策,扩大就业的发展战略,促进以创业带动就业。⑥协调区域发展。

思路点拨:本题考查对效率与公平关系、当前宏观经济政策等知识的掌握程度,以及获取和解读信息、调动和运用知识、描述和阐释事物的能力。

回答(1)时,一要辩证说明二者关系,二要注意结合材料。

回答(2)时,概括经济现象要言简意赅,使用学科术语。做好图表题要做到"三看两比较"。一看图表标题。图表标题指明此图表性质,标题或标于表首,或置于表底。二看图表内容。看图表时要做到"两比较",也就是"横向"和"纵向"比较。一般来讲,"横向"看差距,"纵向"看发展,要一分为二,要点要全。三看图表后是否有注释,这种注释在答题时是重要的补充说明,不能遗漏。注意既要读取显性信息,也要读取隐性信息。

回答(3)时,获取和解读材料信息、提出建议要层次清楚,注意逻辑性。

第八课　财政与税收

▌考点梳理▐

1. 财政收入的构成

[考点解读]

(1)财政:国家的收入和支出就是财政,财政收入和支出是国家参与社会分配的两个方面,通过国家预算和国家决算实现。

(2)财政收入:国家通过一定的形式和渠道筹集起来的资金,就是财政收入。财政收入包括税收收入、利润收入、债务收入和其他收入。

2. 税收与财政的关系

[考点解读]

税收是国家组织财政收入最普遍的形式,是财政收入最重要的来源。税收在财政收入中居主导地位,它是征收面最广、最稳定可靠的财政收入形式。在我国现阶段,税收收入占国家财政收入的 90% 以上。

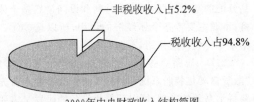

非税收收入占5.2%

税收收入占94.8%

2008年中央财政收入结构简图

[真题展示]

(2009 上海 4)读图可见(   )

A.税收是国家实行经济监督的重要手段

B.税收是财政收入的主要来源

C.税收增长是财政收入增长的原因

D.税收是调节经济的重要杠杆

分析:本题考查税收与财政的关系。近年高考试题对本考点的考查主要是选择题。能力考查主要是"能够快速、全面、准确地从图、表等形式中获取回答问题有关信息"的能力。

根据图表中的比例,可以看出税收收入占94.8%,说明税收是财政收入的主要来源。

答案:B

3.影响财政收入的因素

[考点解读]

影响财政收入的主要因素是经济发展水平和分配政策。

(1)经济发展水平对财政收入的影响是基础性的。

只有经济发展水平不断提高,社会财富不断增加,才能保证国家财政收入的持续增长。

(2)在社会财富总量一定的前提下,如果国家财政集中的收入过多,不利于企业生产的扩大和个人购买力的增加,最终将对财政收入的增加产生不利影响。如果国家财政集中的收入太少,将直接影响国家职能的有效发挥,尤其会降低财政对经济发展支持和调控的力度,最终也不利于企业的发展和个人收入的增加。

国家应当制定合理的分配政策,既保证财政收入稳步增长,又促进企业的持续发展和人民生活水平的不断提高。

4.财政支出

[考点解读]

财政支出是国家对筹集的财政资金进行分配和使用。

[真题展示]

(2008 上海 6)四川汶川大地震发生后,截至 5 月 22 日 14 时,中央财政已累计拨款 102.95 亿元。政府的这一救灾拨款属于(   )

A.财政收入   B.财政支出   C.财政节余   D.财政决算

分析:本题以汶川大地震为背景,考查对财政支出的理解。近年高考试题对本考点的考查一般是以选择题的形式,属于较易题目。

中央财政向灾区的拨款属于财政支出。

答案:B

5.财政支出的构成

[考点解读]

按照具体的用途,财政支出可以分为经济建设支出、科教文卫事业支出、行政管理和国防支出、社会保障支出和债务支出。

[真题展示]

(2009 上海 20 多选)在抗震救灾、重建家园的过程中,灾区人民得到了来自社会保障制度的巨大支持。以下属于社会保障制度范围的是(   )

A.银行为受灾群众办理储蓄兑现   B.我国政府财政救济拨款

C.国外政府和个人直接提供救援物资   D.民间公益事业团体组织慈善救助

分析:本题考查我国社会保障支出的范围。近年高考试题对本考点的考查一般选择题的形式。

社会保障是指国家为公民提供社会保险、社会救济、社会福利的各项费用。A项是银行的业务,不选;C项是国际间的人道主义援助,也不选。选项B、D都属于社会救助的范围。

答案:B、D

6.财政收支平衡

[考点解读]

(1)财政收入和支出的关系,不外有三种情况:财政收支平衡、财政盈余、财政赤字。

(2)收支平衡:当年财政收等于财政支出(几乎不存在),财政收入大于财政支出略有盈余、或财政支出大于财政收入略有赤字。

(3)财政赤字:当年的财政支出大于财政收入的部分。

(4)要求:国家应当根据具体情形,合理确定财政收支关系,促进社会总供求平衡。

知识拓展:财政政策与货币政策

区别		财政政策	货币政策
	含义不同	财政政策是指政府通过对财政收入和支出总量的调节来影响总需求,使之与总供给相适应的经济政策。包括财政收入和财政支出政策	货币政策是指一国中央银行为实现一定的宏观经济目标,对货币供应量和信贷量进行调节和控制所采取的指导方针和政策措施
	工具不同	凡有关财政收入和财政支出的政策,如税收的变动,发行国债,保护价收购粮食等都属于财政政策	和银行有关的一系列政策,如利率的调整。其特点是通过利率间接对宏观经济发生作用
	制定者不同	财政政策是国家制定的,必须经全国人大或其常委会通过	货币政策是由中国人民银行直接制定的
联系		(1)二者都是经济政策,都属于宏观调控的重要方式,属于经济手段。 (2)在一般条件下,财政政策与货币政策是相互配合起作用的。	

[真题展示]

(2009 广东 3)2009 年我国政府工作主要任务之一是加强和改善宏观调控,保持经济平稳较快发展。全国财政赤字预计达 9500 亿元。这表明本年度我国(　　　)

A.国债支出大于国债收入　　　　　　　B.财政收入大于财政支出

C.税收支出大于税收收入　　　　　　　D.财政支出大于财政收入

分析:本题考查对财政赤字的掌握。近年高考试题对本考点的考查一般是选择题,主要是通过试题提供的材料进行判断。

财政赤字是财政支出大于财政收入而形成的差额,由于会计核算中用红字处理,所以称为财政赤字。

答案:D

7.财政的作用

[考点解读]

(1)财政是促进社会公平、改善人民生活的物质保障。

(2)财政具有促进资源合理配置的作用。

(3)财政具有促进国民经济平稳运行的作用。

主要是通过扩张性或紧缩性财政政策实现社会总供给与社会总需求保持基本平衡。

知识拓展:扩张性财政政策与紧缩性财政政策

①扩张性财政政策:在经济增长滞缓(收大于支)、经济发展主要受需求不足制约时(供大于求),一部分经济资源未被利用。政府应采取扩张性财政政策,通过增加经济建设支出和减少税收,刺激总需求增长,降低失业率,拉动经济增长。

②紧缩性财政政策:在经济发展过热(供小于求)、经济正常运行受供给能力制约时(支大于收),物价会上涨。政府应采取紧缩性财政政策,通过减少财政支出,增加税收,抑制总需求,稳定物价,给经济"降温"。

[真题展示]

(2009 辽宁 15)2009 年 1 至 4 月份,我国居民消费价格总水平同比下降 0.8%;工业品出厂价格同比下降 5.1%,其中,原材料、燃料、动力购进价格下降 7.7%。在此情况下,政府若要刺激经济增长,可采取的财政政策有( )

①加大政府的社会保障支出 ②加大国企上缴财政的利润比例 ③扩大国债发行规模 ④扩大财政收支盈余

A. ①③ B. ②③ C. ①④ D. ③④

分析:本考点是高考常考考点,近年高考试题对本考点的考查既有选择题又有主观题。本题考查对积极的财政政策的理解,同时考查理论联系实际的能力。

刺激经济增长,实施积极的财政政策,应该加大社会保障支出,扩大国债发行。②④与题意相反。

答案:A

8.税收

[考点解读]

(1)税收是国家为实现其职能,凭借政治权力,依法取得的财政收入的基本形式。

(2)税法是税收的法律依据和法律保障。

9.税收的基本特征

[考点解读]

(1)特征:强制性无偿性固定性。这是税收区别于其它财政收入形式的主要标志。

(2)三个基本特征是紧密联系、不可分割的。税收的无偿性要求它具有强制性,强制性是无偿性的保障。税收的强制性和无偿性又决定了它必须具有固定性。

[真题展示]

(2007 广东 11)为了提高我国高收入群体自觉纳税的意识,2006 年 11 月 8 日,国家税务总局发布了《个人所得税自行纳税申报办法(试行)》,首次明确提出个人年收入所得 12 万元以上的纳税人须向税务机关自行申报纳税。该文件体现的税收特征是( )

A. 无偿性 B. 固定性 C. 强制性 D. 自觉性

分析:本题考查税收的基本特征。近年高考试题对本考点的考查一般多以选择题的形式出现。

题干中"个人年收入所得 12 万元以上的纳税人须向税务机关自行申报纳税"符合强制性的特征,不涉及 A 和 B 选项,D 项不是税收的基本特征。

答案:C

10.税收的种类

[考点解读]

(1)根据征税对象划分,目前我国税收分为流转税、所得税、资源税、财产税和行为税五大类,共二十多种。

(2)增值税和个人所得税是影响很大的两个税种

税种	征税对象	纳税人	税率	作用
增值税	生产经营中的增值额	境内销售货物或提供加工修理劳务以及进口货物的单位或个人	基本税率17%	免重复、防偷漏、专业化、利财政
个人所得税	个人所得	境内居满一年,境内外取得收入的个人;未满一年,境内取得收入的个人	超额累进税率和比例税率	财政收入重要来源,调节个人收入、实现社会公平的有效手段

[真题展示]

(2009 北京卷 30)右表是一个建筑公司某年度的部分经营信息,其中"税金及附加"包含了该公司应缴纳的

某种税,这种税的名称及计算正确的是(　　)

A. 营业税=1000 万元×税率

B. 增值税=1000 万元×税率

C. 营业税=650 万元×税率

D. 增值税=650 万元×税率

项目	金额 (万元)
工程收入	1000
减: 工程成本	-650
税金及附加	-33
工程利润	317

分析:本题考查营业税、增值税的计算。近年高考试题对本考点的考查主要是选择题。

正确解答要熟悉营业税和增值税的含义。营业税是以纳税人经营活动的营业额(销售额)为征税对象的税种。根据含义,图表中的营业额应该是工程收入 1000 万元,营业税=1000 万元×税率;增值税是将纳税人在生产经营活动中的增值额作为征税对象的一个税种。它的一般计税方法是:本企业商品销售额乘以税率,减去上一经营环节已纳税金。增值税=1000 万元×税率-(上一环节已纳税金)。

答案:A

11. 税收的作用

[考点解读]

从税收与财政的关系看,税收收入是财政收入最重要的来源。税收是调节经济的重要杠杆。

[真题展示]

(2010 重庆 27)经济学家拉弗用右图揭示了税率和税收收入之间的关系。由图可知(　　)

A. 税率越高,税收收入就越高

B. 政府若要增加税收,需要确定合理的税率

C. R_2 是政府调节经济的最佳税率选择

D. 从鼓励高新技术产业发展看,税率 R_3 优于 R_1

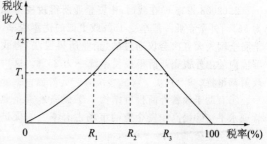

分析:本题考查税率与税收的关系,考查学生获取和解读信息、调动和运用知识的能力。属于较难试题。A 项说法绝对化,税率提高不一定带来税收的增加;C 项表述不正确,R_2 处是否是政府调节经济的最佳税率,要根据经济发展态势及政府调控目标决定;从鼓励高新技术产业发展来看,应采取低利率政策,R_3 与 R_1 税率相同,故排除 D 项。

答案:B

12. 依法纳税

[考点解读]

(1)依法纳税是公民的基本义务

在我国,税收取之于民、用之于民,国家、集体、个人利益在根本上是一致的;国家职能的实现要以税收为物质基础;每个公民在享受国家提供的各种服务的同时,必须承担义务,自觉诚信纳税。

(2)增强纳税人意识

公民要增强对公职人员及公共权力的监督意识,以主人翁的态度积极关注国家税收的征管和使用,对贪污和浪费国家资源的行为进行批评和检举,以维护人民和国家的利益。

(3)反对和检举偷税、欠税、骗税、抗税等违反税法的行为

①偷税,指纳税人有意违反税法规定,用欺骗、隐瞒等方式不缴或少缴应纳税款的行为;

②欠税,指纳税人超过税务机关规定的纳税期限,没有按时缴纳而拖欠税款的行为;

③骗税,指纳税人用欺骗手段获得国家税收优惠的行为;

④抗税,指纳税人以暴力、威胁等手段拒不缴纳税款的行为。

[真题展示]

(2009 全国Ⅰ25)餐馆适用的营业税税率为 5％。小明和爸爸去该餐馆吃饭共消费 200 元,在结算索要发票时被告知,如果不要发票,可以获得一瓶价值 4 元的饮料,小明和爸爸表示接受,上述做法(　　)

①使餐馆少缴纳 6 元税款　②使餐馆多获得 6 元收益　③不利于保护消费者的权益　④不利于刺激消费

需求

A.①③ B.②③ C.①④ D.②④

分析:本题以日常生活中的情景考查依法纳税的知识,生动灵活。最容易迷惑学生的就是选项①,也是学生错误最多的。因为在这次消费中,该餐馆应纳税额是200×5‰＝10元,不开发票,就意味着餐馆偷税10元。如减去4元的饮料成本,应是餐馆在偷税的基础上多获得6元的收益,但餐馆偷税额仍是10元。消费不开具发票,也不利于保护消费者的权益。

答案:B

解题指导

1.(2010 江苏 11)依法纳税是公民的基本义务。这是因为(　　)

①公民的权利与义务是统一的　②税收是国家财政支出的基础　③国家税收取之于民用之于民　④税收具有无偿性、固定性

A.①③ B.②③
C.②④ D.③④

2.(2008 海南 6)在我国,中资企业所得税税率原为33%,外资企业一般享受15%或更低的优惠税率。十届全国人大五次会议通过的《企业所得税法》将我国境内的中外资企业所得税税率统一为25%。这一政策调整将(　　)

①有助于改善外商投资结构　②提高外资企业管理水平　③提高中资企业的市场占有率　④促进中外资企业公平竞争

A.①② B.②③
C.①④ D.②④

3.(2007 上海 13)今年我国首次实行个人所得税纳税申报制度,在下图所示"所得项目"中属于资本要素分配的是(　　)

个人所得税纳税申报表（节略）

纳税人姓名	
所得项目	应纳税额
①工资、薪金所得	
⑤稿酬所得	
⑦利息、股息、红利所得	
⑧财产租赁所得	

A.①⑤ B.⑤⑦
C.⑦⑧ D.①⑧

4.(2007 宁夏 14)我国现行税法规定,工资薪金收入的个人收入所得税"起征点"为1600元;全月应纳税所得额不超过500元(含)的部分,税率为5%;超过500元至2000元(含)的部分,税率为10%;超过2000元至5000元(含)的部分,税率为15%。小明的爸爸月工资为3500元,则每月应纳的个人收入所得税为(　　)

A.165元 B.190元
C.400元 D.525元

5.(2009 北京 38)某班以"经济建设和社会建设协调发展"为主题,展开探究性学习。老师给出了一张柱状图,让同学们以小组为单位进行研究。

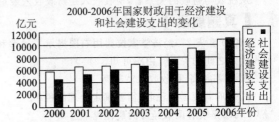

2000-2006年国家财政用于经济建设和社会建设支出的变化

甲组同学对图的内容产生了兴趣。甲同学问:"这张图是什么意思?"乙同学说:"我也不清楚,不过我查过资料,图中社会建设支出的内容包括教育、就业服务、公共医疗卫生和社会保障等方面"。

请你告诉他们图中反映了什么经济现象,并结合社会建设支出的具体内容,说明这些支出是如何对经济建设起到促进作用的?

【答案】

1.A 思路点拨:此题考查依法纳税是公民的基本义务,难度不大。

2.C 思路点拨:本题以调整中外资企业所得税税率为情境,考查税率这一经济手段对经济发展的调节作用。②③与题无关。由于我国市场环境已具备吸引外资的条件了,所以将外资企业所得税与中国企业所得税税率统一。这样会促进外资企业更加理性地投资,以优化投资结构,更能促进中外资企业公平竞争。

3.C 思路点拨:以"个人所得税纳税申报制度"为背景,结合"个人所得税纳税申报表"进行设问,能力立意明显,关键是要理解"资本要素分配"的形式。①可能是按劳分配,也可能是按劳动要素分配;⑤显然不是按资本要素分配。⑦⑧符合题意。

4.A 思路点拨:计算个人所得税是近几年高考经常出现的题目。小明的爸爸月工资为 3500 元,由于当时"起征点"为 1600 元,则应税额为 1900 元。其中 500 元应纳税 $500 \times 5\% = 25$ 元;其余 1400 元每月应纳的个人收入所得税为应纳税 $1400 \times 10\% = 140$ 元;合计 165 元。

5.(1)社会建设支出与经济建设支出的规模逐年增加;社会建设支出的增加快于经济建设支出的增加。

(2)发展教育可以提高劳动者素质,有助于提高劳动生产率。提供就业服务能够提高劳动者职业技能,促进就业。增加公共医疗支出,推进卫生事业发展,保障人民健康,有利于经济建设。增加社会保障支出,可以调节收入分配,促进社会公平,为经济建设营造良好的社会环境;可以更好地维护劳动者合法权益,提高劳动者积极性,深化企业改革,增强企业活力,完善社会主义市场经济体制。

思路点拨:本题无论从形式上还是从内容上都体现了新课程改革的方向,大力提倡探究意识。需要我们具有发散性思维,从多个角度回答。一是图表反映了什么内容,二是回答社会建设支出是如何促进经济发展的。换个角度思考,也可以回答社会建设支出有哪些意义。

周　练

一、单选题(每题2分,共50分)

1.我们在收入分配领域为实现共同富裕的目标,构建"和谐社会",深入贯彻我国的现行分配制度,需要正确处理好的分配关系,不正确的有(　　)

A.公有制经济与非公有制经济的关系

B.效率与公平的关系

C.国家、企业与个人的关系

D.先富、后富与共富的关系

2.(2010安徽3)李某是一国有企业工程师,去年工资收入是36000元,奖金8000元,个人专利转让收入5000元;其妻开一家个体杂货店,年收入15000元;家里有房出租,年收入6000元。去年,李某一家按劳分配收入和按生产要素分配收入分别是(　　)

A.44000元　26000元

B.36000元　19000元

C.49000元　21000元

D.44000元　11000元

3.我国去年连续发行三期国债,居民购买踊跃。购买国债所得属于按资本要素分配的收入。对这一分配方式认识正确的是(　　)

A.提高居民收入的主要途径

B.个人消费品分配的主要方式

C.与市场经济相适应的收入分配方式

D.由生产资料公有制决定的分配形式

4.西方经济学家斯蒂格里兹说:"竞争市场可能会带来很不公平的收入分配,这会使得一部分人缺乏赖以生存的基本生活资料。"经济学家奥肯则在《平等与效率》一书中指出:"在平等中注入一些合理,在效率中注入一些人道"。这主要说明(　　)

A.发展市场经济必然导致不公平

B.发展市场经济要坚持公平与效率的统一

C.合理的收入分配制度是社会公平的体现

D.提高效率是实现公平的目的

5.(2010北京33)按收入高低把总人口等分为高、中、低三组。图8所示为各组收入占总收入比重的两种不同状态。下列做法有利于由状态a向状态b转变的是(　　)

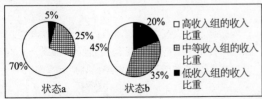

①加大扶贫开发与救济力度　②个人收入按超

额累进税率缴税　③发挥市场的自发调节作用　④降低劳动报酬占初次分配比重

A.①②　　B.①③　　C.②④　　D.③④

6.孔子曰:"不患寡而患不均,不患贫而患不安。"今天看来,这一观点中的合理成分对发展社会主义市场经济的有益启示是(　　)

①要高度重视个人消费品的分配问题　②要确立生产要素按贡献参与分配原则　③要防止收入分配差距过分扩大　④要建立健全社会保障体系

A.①②③　　　　　　B.②③④

C.①③④　　　　　　D.①②④

7.国家的财政包括财政收入和支出。影响财政收入的主要因素是(　　)

①国家经济发展的水平　②国家的分配政策　③居民收入的水平　④公民的纳税意识

A.①②　　　　　　　　B.①④

C.②③　　　　　　　　D.①③

8.9100亿元长期国债的投入,使我国集中力量建起了一批重大基础设施项目,如"三河三湖"流域水污染治理、"五纵七横"国道主干线、西气东输、西电东送等。这表明(　　)

①国家通过财政可以有效地调节资源配置　②只有发行国债,才能兴建基础设施项目　③国债是拉动经济增长的决定性因素　④国家通过财政可以促进经济的发展

A.①②　　　　　　　　B.②③

C.③④　　　　　　　　D.①④

9.为坚决遏制部分城市房价过快上涨,我国加强了对房地产市场宏观调控的力度:三套房贷关闸,首套、第二套房贷门槛也大大提高。这些政策是(　　)

A.财政政策　　　　　　B.税收政策

C.货币政策　　　　　　D.收入政策

10.财政政策和货币政策是国家宏观调控经常运用的经济手段,下列属于货币政策的有(　　)

A.调整利率　　　　　　B.发行国债

C.调节税率　　　　　　D.出台粮食保护价

11.为保持经济平稳较快发展,针对宏观经济形势,可以采取降息的措施。降息旨在(　　)

①降低储蓄意愿,扩大消费需求,促进经济增长　②降低储蓄意愿,扩大消费需求,控制物价上涨　③减轻企业负担,扩大投资规模,控制物价上涨　④减少投资成本,刺激投资需求,促进经济增长

A.①③　　　　　　　　B.①④

C.②④　　　　D.③④

12.下列对个人所得税的正确认识有( )

①个人所得税对调节个人收入、增加财政收入具有重要作用 ②依法缴纳个人所得税是公民的基本义务 ③每个有正当收入的公民都应该缴纳个人所得税 ④每个公民的所有收入都在纳税范围内

A.①②　　　　B.①③
C.②③　　　　D.③④

13.稳定物价可采取调节利率、汇率和变动财政收支等多种手段。从防止物价过快上涨角度看,下列选项中正确的是( )

①提高利率→投资下降→生产资料需求减少→商品价格水平下降 ②本币升值→商品出口量增加→外汇流入减少→商品价格水平下降 ③征收消费税→消费者税负增加→消费需求减少→商品价格水平下降 ④扩大政府投资→生产规模扩大→单位商品价值量下降→商品价格水平下降

A.①③　　　　B.①④
C.①③④　　　D.②③④

14.一般来讲,为刺激经济发展,政府可以采用的财政政策是( )

①减少税收 ②降低利率 ③发行国债 ④增加货币供应量

A.②④　　　　B.①②④
C.①③　　　　D.①③④

15.(2010 天津 4)图1所示为中央财政用于社会保障和就业、教育、医疗卫生的支出状况。

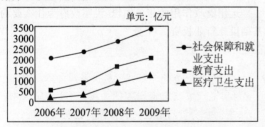

图中曲线的变化,突出体现的财政作用是( )

①巩固国家政权,维护社会秩序 ②健全社会保障体系,改善人民生活 ③调控收入水平,促使经济平稳运行 ④完善社会公共服务体系,创建和谐生活环境

A.①③　　　　B.①④
C.②③　　　　D.②④

16.历史经验表明,当一国人均 GDP 超过 3000美元时,就有可能进入以居民购买力充分释放、消费升级拉动经济增长为特征的快速发展期。2008 年我国人均 GDP 达到 3312.6 美元。为了有助于实现居民购买力的释放,可以实行的措施是( )

A.控制银行消费贷款规模

B.完善社会保障体系,实现社会保障全覆盖

C.提高消费品的零售价格

D.提高银行存款利率,增加居民的利息收入

17.日前,北京市海淀区人民法院审判一起偷税大案,判处被告人有期徒刑五年,并处罚金人民币五百万元。这一判决主要体现了税收具有( )

A.法制性　　　B.无偿性
C.固定性　　　D.强制性

18.某公司采取不列或少列收入、多列成本、进行虚假申报等手段逃税,这属于( )

A.偷税　　　　B.欠税
C.抗税　　　　D.骗税

19.根据北京市委、市政府部署,全市将安排投资1200 亿元至 1500 亿元,主要内容包括大力加强城市轨道交通建设、加快外部联络线和城市路网、公交枢纽建设、加大保障性住房和"两限房"(限价格、限面积)建设、加快城乡基础设施建设等。这说明( )

①财政是国家实现其职能的物质保证 ②增加财政收入是发挥财政作用的关键 ③北京市政府通过财政进行资源配置 ④合理的财政支出能够增加财政收入

A.①　　　　　B.①②
C.①②③　　　D.①②③④

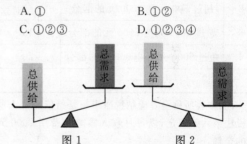

图1　　　　　图2

20.下列观点中,对上图认识正确的是( )

A.图 1 表明市场处于买方市场,物价上涨

B.图 2 表明市场处于卖方市场,物价下跌

C.针对图 1 状况,国家应降低利率,减少税收

D.针对图 2 情况,国家应增加货币投放,提高社会保障水平

21.近年来,我国 GDP 一直保持着 10% 左右的增长率,但居民消费支出对 GDP 的贡献比重不断下降。针对这一问题,国家应该( )

①大力发展生产→增加就业岗位→提高居民收入→提高消费水平 ②降低贷款利率→鼓励贷款消费→提高居民收入→提高消费水平 ③加强对收入分配的调节→提高低收入者收入→缩小收入差距→提高消费水平 ④建立现代企业管理模式→提高劳动生产率→提高劳动者工资→提高消费水平

A.①②　　　　B.①③
C.②④　　　　D.③④

22.成品油价税费改革的主要内容是在不提高现行成品油价格的前提下,通过提高成品油消费税取代公路养路费等收费。这一举措( )

①目的是增加国家财政收入　②可以促进节能减排,保护环境　③平衡了成品油的供求关系　④可以促进经济发展方式的转变

A.①③　　　　　　　B.②④

C.①②③　　　　　　D.②③④

23.下列属于个人所得税应税项目的是( )

①老王著书获得的 8000 元稿费　②小李购买彩票获得的 500 万奖金　③国有企业职工小孙的工资收入　④小王出租房屋获得的租金收入

A.①②　　　　　　　B.③④

C.①②④　　　　　　D.①②③④

24.刚参加工作不久的小李为自己成为纳税人而自豪。某月,他的工资纳税额是 60 元。不考虑其它因素,则小李的本月工资收入为( )

个人所得税税率表(工资、薪金所得适用)

级数	全月应纳税所得额(注)	税率(%)
1	不超过 500 元的	5
2	超过 500 元至 2000 元的部分	10
3	超过 2000 元至 5000 元的部分	15
4	超过 5000 元至 20000 元的部分	20
......		

注:本表所称全月应纳税所得额是指依照个人所得税法第六条规定,以每月收入额减除费用 2000 元后的余额。

A.2400 元　　　　　　B.2600 元

C.2850 元　　　　　　D.3200 元

25.按照税法规定,小王月收入 3500 元要交个人所得税,而小王认为工资是自己辛苦劳动所得,不该交税。如果请你说服小王,你可以采用的理由有( )

①我国税收取之于民用之于民,公民应自觉诚信纳税　②个人所得税的征收是调节个人收入分配、实现社会公平的有效手段　③国家财政收入的基本来源是税收,国家职能的实现都以税收作为物质基础　④公民的权利和义务是统一的,每个公民应自觉参与税收的征管和监督税款的使用

A.①②③　　　　　　B.②③④

C.①②④　　　　　　D.①③④

二、问答题(第 26、27、28 题各 7 分,第 29 题 5 分。共 26 分)

26.为应对金融危机,我国决定实行为期三年的家电下乡政策(2008 年 12 月－2012 年 11 月底)。家电下乡,政府补贴,这无疑是件农户、企业、政府"三赢"的大好事。一方面,农户受经济制约,不能购买高价位的高端家电产品,另一方面,由于家电产品更新快,企业来不及消化掉一些中低端产品,造成这类产品积压。农户需要买,企业需要卖,现在由政府出面来将他们配对,各方自然是皆大欢喜。

运用《经济生活》的相关知识,谈谈为什么家电下乡是一件"三赢"的大好事?

27.为促进经济平稳较快发展,我国实施了两年新增 4 万亿元的投资计划,其中有 1.5 万亿元投资于铁路、公路、机场、水利等重大基础设施建设,占到了总投资的 37.5%。

运用财政作用的相关知识,说明政府为什么要向基础设施行业投资。(7 分)

28.近年来,"幸福感"越来越为人们所关注。某班同学以"幸福感"为话题,展开讨论。同学们发现社会生活中存在的一些现象影响着人们的幸福感。

下表列举了我国当前几种分配不公的现象,结合《经济生活》的相关知识,填写表格。(7 分)

经济现象	解决措施	意义
1997至2007年,我国财政收入占GDP的比重从10.95%上升到20.57%,企业盈余从21.23%升至31.29%,劳动者报酬却从53.4%降至39.74%。	(范例)提高居民收入在国民收入中的比重;提高劳动报酬在初次分配中的比重。	
2008年我国20个行业门类收入差距为4.77倍,有的高达10倍。最高与最低行业平均工资之比为11∶1。	①	③
我国城乡居民的收入差距由2005年的3.22倍扩大到2009年3.33倍。	②	

29.新中国成立六十年来,中国共产党带领全国各族人民,取得了辉煌成就。

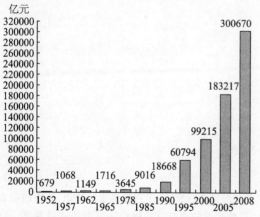

图1　1952—2008年我国国内生产总值

图2　1950—2008年我国财政收入

(1)结合《经济生活》的相关知识,分析说明图1和图2的关系。(2分)

(2)六十年来,国家财政在社会经济生活中发挥了巨大作用。请你谈谈国家财政是如何促进国民经济平稳运行的?(3分)

三、论述题(每题12分,共24分)

30.(2010江苏34)材料一:

图表1:江苏省GDP和财政收入情况　(单位:亿元)

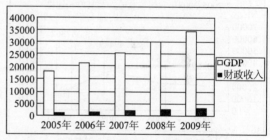

图表2:江苏省财政支出有关情况　(单位:亿元)

年份 项目	2007年	2008年	2009年
财政总支出	2506	3202	3956
教育支出	490	584	676
一般公共服务支出	433	511	570
社会保障和就业支出	206	232	288

材料二:2010年江苏省《政府工作报告》提出,要加强以改善民生为重点的社会建设,加大民生领域投入,使发展成效真正落实到人民福祉的提高上。

(1)你从材料一中获得哪些信息?

（2）结合上述材料，运用《经济生活》中的有关知识，阐述江苏省政府加大民生领域投入，促进社会建设的重要性。

31.近年来，党中央、国务院根据国内外经济形势的变化，审时度势，从容应对，对宏观调控政策进行了及时、灵活的调整。阅读材料，回答问题。

材料一：

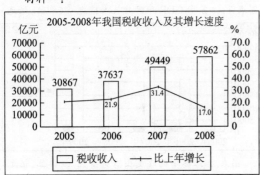

图1

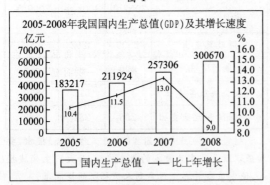

图2

材料二：2008年下半年以来，全球经济减速对我国的影响加深，我国财税政策进行了适时调整，释放出"保增长、扩内需、调结构"的强烈信号，并逐步形成"结构性减税"的基调（结构性减税是针对特定税种、基于特定目的而实行的减税，是"有增有减，结构性调

整"的一种税制改革方案）。

材料三：2008年下半年以来我国部分税收政策的调整情况

相关税收政策	调整情况举例说明
提高部分商品出口退税率	自2008年8月1日起，将部分纺织品、服装的出口退税率由11％提高到13％。
下调住房交易税	自2008年11月1日起，下调个人首次购买90平方米及以下普通住房的交易税率至1％。
增值税全面转型	自2009年1月1日起，允许企业抵扣新购入设备所含的增值税，以降低企业设备投资的税收负担；同时，为促进资源节约和综合利用，将矿产品增值税率从13％调至17％。

（1）描述图1表明的变化，并依据图2和材料三阐释变化的原因。（4分）

（2）结合材料二，运用经济生活知识，分别阐明表中税收政策的调整对我国经济发展的积极意义。（8分）

┃第四单元　发展社会主义市场经济┃

第九课　走进社会主义市场经济

▌▌▌考 点 梳 理▌▌▌

1. **市场与计划**

[考点解读]

在一定时期和范围内,社会能够加以利用的资源总是有限的。为了尽可能满足多方面的需要,社会必须合理配置有限的资源。

计划和市场是配置资源的两种基本手段。所谓"有形手,无形手,手拉手,往前走"中,"有形的手"是指国家的宏观调控,即计划调节;"无形的手"是指市场调节。

2. **市场调节及其弊端**

[考点解读]

(1)局限性

①市场调节不是万能的。市场解决不了国防、治安、消防等公共物品的供给问题;危险品、麻醉品不能由市场调节。

②市场调节存在自发性、盲目性和滞后性等固有弊端。

(2)单纯市场调节的危害

①资源配置效率低下,资源浪费。

②社会经济不稳定,发生经济波动和混乱。

③收入分配不公,差距拉大,导致两极分化。

知识拓展:市场调节的弊端

	原因	结果	侧重点
自发性	价值规律发挥作用与人们追求自身经济利益的行为是自发的、不需人为引导	出现不利于经济和社会健康发展的现象	自发追求经济利益而不择手段
盲目性	商品生产者和经营者不可能完全掌握市场各方面的信息,也无法控制经济变化的形势	造成经济被动和资源浪费	对生产某种商品以及生产数量"一哄而上"
滞后性	市场调节是一种事后调节,从价格形成、价格信号传递到商品生产的调整有一定的时间差	导致经济波动和资源浪费,尤其是在建设周期长的项目上	生产经营决策落后于经济形势的变化

[真题展示]

(2009广东27多选)村头路口夜晚常有行人跌倒,村委会从村财政出资安装该路灯和承担电费。这表明( )

A. 作为资源配置的手段,计划调节比市场调节更有效

B. 市场是一只"看得见的手",调节人、财、物的配置

C. 路灯是公共物品,在消费上具有非竞争性,非排他性

D. 市场难以解决公共物品的供给问题

分析:本考点是高考常考考点,近年高考试题对本考点的考查既有选择题又有主观题。

本题是一道不定项选择题,题面和设问比较灵活。主要考查对配置资源手段的理解。计划和市场作为资源配置的手段,各有特点,A项错误。市场调节是价值规律在起作用,价值规律像"看不见的手",B项错误。公共物品具有非竞争性,非排他性,C项正确。村头路口夜晚常有行人跌倒说明市场难以解决公共物品的供给问题,村委会从村财政出资安装该路灯和承担电费说明D项正确。

答案:C、D

3.市场配置资源

[考点解读]

市场能通过价格涨落比较及时、准确、灵活地反映供求关系的变化,传递供求信息,实现资源配置。

市场通过价格、供求和竞争调节人、财、物在全社会的配置,实质上就是价值规律在起作用。

[真题展示]

(2009山东17)下表为某市政府制定的自来水价格,该价格的制定(　　　)

用水分类		价格(元/m3)	备注
居民生活用水		1.03	洗车点如已安装并使用循环装置,用水价格按每立方米1.50元执行
工业及行政事业用水		1.30	
经营服务及其他用水		1.50	
特种用水	饮料生产用水	2.50	
	洗车用水	5.00	

①利用了价值规律的调节作用　②发挥了政府宏观调控的职能　③表明价格形成应以政府定价为主　④有助于引导绿色消费观念的形成

A.①②③　　　　　　B.①③④　　　　　　C.①②④　　　　　　D.②③④

分析:本考点是高考常考考点,近年高考试题对本考点的考查既有选择题又有主观题。

本题运用排除法,价格调控应以市场形成为主,而不是以政府定价为主,③项错误应排除。

答案:C

4.市场秩序

[考点解读]

(1)市场秩序

公平、公正的秩序有利于市场合理配置资源,有利于市场规则的正常运行;良好的市场秩序依赖市场规则来维护。

(2)市场规则

①形式:法律法规、行业规范和市场道德规范。

②内容:市场准入规则、市场竞争规则和市场交易规则。

其中市场交易原则包括自愿、平等、公平和诚实守信原则。

(3)社会信用制度

形成以道德为支撑、法律为保障的社会信用制度,是规范市场秩序的治本之策。国家要加强社会信用建设,健全社会信用体系,尤其要加快建立信用监督和失信惩戒制度。

总之,市场经济的健康发展需要需要法律、道德的规范和引导。

[真题展示]

(2009江苏13)2009年2月28日,十一届全国人大常委会第七次会议表决通过了《中华人民共和国食品安全法》。这部法律自2009年6月1日起施行。该法第三十八条规定:"食品、食品添加剂和食品相关产品的生产者,应当依照食品安全标准对所生产的食品、食品添加剂和食品相关产品进行检验,检验合格后方可出厂或者销售。"这一规定要求食品生产者必须(　　　)

A.严格遵守市场规则　　　　　　　　　　B.转变企业经营方式

C.明确企业经营战略　　　　　　　　　　D.提高自主创新能力

分析:本题考查的考点是市场秩序与市场规则,同时考查理解和运用知识的能力。本考点是高考常考考点,近年高考试题对本考点的考查既有选择题又有主观题。

食品生产者要依照食品安全标准进行生产、检验,这实际是要求食品生产者严格遵守市场规则,故 A 项正确;其余各项均不符合题意。

答案:A

5.社会主义市场经济的基本特征

[考点解读]

社会主义市场经济是同社会主义基本制度结合在一起的,市场在国家宏观调控下对资源配置起基础性作用。

(1)坚持公有制的主体地位,是社会主义市场经济的基本标志。

(2)最终实现共同富裕是发展社会主义市场经济的根本目标。

(3)能够实行强有力的宏观调控。

[真题展示]

(2007 山东 17)下列一组图片表达的共同主题是(　　　)

A.兼顾效率与公平　　　　　　　　B.统筹区域发展

C.统筹城乡发展　　　　　　　　　D.坚持共同富裕

分析:本题考查的考点是社会主义市场经济的基本特征,本考点是高考常考考点,近年高考试题对本考点的考查既有选择题又有主观题。

该题考查抽象思维能力,四幅图虽然有区别,但共同的主题是维护社会公平,实现共同富裕。图1,调节过高收入,实现社会公平;图2,通过再就业和社会保障制度,保障低收入者的基本生活;图3,实行保护"三农"的政策,维护农民利益;图4,实施西部大开发,统筹区域发展,实现坚持共同富裕。

答案:D

6.宏观调控

[考点解读]

(1)原因

①弥补市场调节的不足

②由我国的社会主义性质决定的。社会主义公有制及共同富裕目标要求国家必须发挥宏观调控职能。

(2)含义

国家综合运用各种手段对国民经济进行的调节和控制。

(3)目标

促进经济增长,增加就业,稳定物价,保持国际收支平衡。

(4)手段

①经济手段:国家运用经济政策与计划,通过对经济利益的调整来影响和调节经济活动的措施,最常用的经济手段是财政政策和货币政策。

②法律手段:国家通过制定和运用经济法规来调节经济活动的手段。包括经济立法和经济司法两个方面。

③行政手段:行政机构采取强制性命令、指示、规定调节管理经济的手段。

国家宏观调控应该以经济、法律手段为主,行政手段为辅,实现宏观调控的目标。

知识拓展:市场调节和国家宏观调控都是社会主义市场经济体制的有机组成部分,市场经济既要发挥市场的基础性作用,又要发挥国家宏观调控的作用,二者相结合才能实现资源的优化配置。

[真题展示]

(2009 安徽 2)面对国际金融危机对我国经济的冲击,我国政府审时度势,及时提出并实施了积极的财政政策和适度宽松的货币政策。2009 年我国政府所采取的下列措施中,属于运用货币政策调控经济运行的是( )

A.扩大信贷规模和优化信贷结构　　　　B.提高农村低收入人口的扶贫标准

C.提高小麦和稻谷的最低收购价　　　　D.实行结构性减税和推进税费改革

分析:本题考查的考点是宏观调控的手段,以金融危机为背景考查宏观调控中货币政策和财政政策的区别。宏观调控是经济生活的重点考点,也是近年高考常考考点,高考试题对本考点的考查既有选择题又有主观题。

只有 A 项属于货币政策,B、D 项属于财政政策,C 项属于价格政策。

答案:A

解题指导

1.(2009 海南 2)面对世界经济危机,我国出台积极的宏观经济政策,保增长、扩内需、调结构。下列宏观调控措施中能起到扩大内需作用的有( )

①降低银行贷款利率　②降低政府行政管理支出　③加大政府投资力度　④提高出口商品关税税率

A.①③　　　　　　　　B.②③

C.①④　　　　　　　　D.③④

2.(2008 北京 24)在社会主义市场经济条件下,国家根据经济运行的实际情况进行宏观调控,促进国民经济持续健康协调发展。从宏观调控目标看,图中宏观经济运行较好的时期是( )

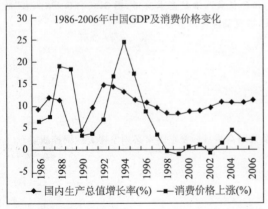

1986-2006年中国GDP及消费价格变化

◆—国内生产总值增长率(%)　■—消费价格上涨(%)

A.1986 年至 1990 年

B.1990 年至 1996 年

C.1996 年至 2002 年

D.2002 年至 2006 年

3.(2008 全国 I 24)中共十七大报告指出,我国"市场体系不断健全,宏观调控继续改善,政府职能加快转变"。下列行为属于宏观调控经济手段的是( )

A.国家提高农产品收购价格

B.物价部门核准公共交通的价格

C.国家修订个人所得税法

D.工商部门给新力企业发放营业执照

4.(2008 宁夏 14)维持市场平衡健康发展,防止股市泡沫,是政府宏观调控的主要任务之一。当股市增长过快时,政府可采取的调节措施是( )

①降低银行存贷款利率　②降低利息税　③上调股票交易印花税　④扩大基金发行规模

A.①②　　　　　　　　B.②③

C.①④　　　　　　　　D.③④

5.(2008 广东 A3)2007 年国家工商总局把农村食品市场作为强化农村市场监管的重点,开展农村食品市场整顿,切实保障农村食品消费安全。这表明( )

A.市场调节是资源配置的基础

B.政府运用经济手段监管市场

C.宏观调控是资源配置的基础

D.政府运用行政手段监管市场

6.(2008 北京 38)改革开放以来,我国社会主义经济体制发生了伟大的历史变革,经济建设取得举世瞩目的成就。

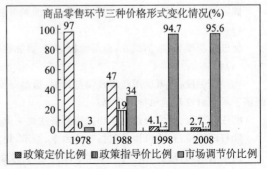

商品零售环节三种价格形式变化情况(%)

▨政策定价比例　▦政策指导价比例　▩市场调节价比例

图1

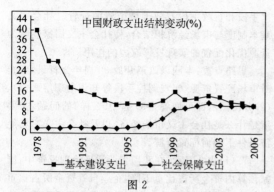

图2

(1)图1反映了三十年来我国经济发生了怎样的深刻变化?

(2)结合图1,分析图2中数据发生变化的原因。

(3)运用经济生活,说明社会主义市场经济是如何配置资源的。

7.(2008 宁夏39)阅读资料,完成下列要求。

材料:气候变化与工业生产带来的污染有密切的联系。在发展经济的同时,我国近年不断加大对工业污染治理的投资力度,政府通过政策引导企业减少污染排放,避免"先污染后治理"。

表3 中国工业污染治理投资来源构成

年份	投资总额(亿元)	国家预算内资金(%)	企业自筹(%)	国内贷款(%)	利用外资(%)	其他(%)
2001	174.48	20.83	4.29	38.46	4.14	—
2002	188.37	22.28	4.25	23.12	3.85	—
2003	221.79	8.45	64.00	11.32	3.06	—
2004	308.11	4.50	73.81	9.42	1.49	—
2005	458.19	1.70	78.93	8.51	1.55	—

(资料来源:根据《中国统计年鉴2006》数据计算)

(1)分析表3数据,指出我国工业污染治理投资来源的变化趋势以及导致这种变化趋势的成因。

(2)运用所学经济知识,提出政府在引导企业减少污染排放方面可采取的调控手段和措施。

【答案】

1.A 思路点拨:解答时注意设问的关键词"能起到扩大内需作用",降低政府行政管理支出,与扩大内需无关,故②不符合题意;④主要是影响商品的出口贸易,与题意不符合。①③的说法均符合题意。

2.D 思路点拨:本题以近年物价上涨过快为背景,考查我国宏观调控的目标。通过近20年国内生产总值增长率和消费价格上涨的两条曲线可以看出,只有2002年至2006年期间经济增长、物价稳定,说明宏观经济运行较好。

3.A 思路点拨：本题考查宏观调控手段的区别。A项是运用价格机制调节经济，符合题意。B、D项是行政手段；C项是法律手段。

4.B 思路点拨：当股市增长过快时，就要设法减少资金进入股市。①和④会助长资金流入股市；②能增加储户的存款收入，③会增加股票交易的成本，都会抑制资金进入股市。

5.D 思路点拨：材料的主语是"国家工商总局"，不是市场，A项不选。市场是资源配置的基础，C项错误。经济手段一般是货币政策和财政政策，此外还有经济计划，这些在材料中都没有涉及，排除B项。国家工商总局开展农村食品市场整顿是实施行政手段的表现，故D项正确。

6.(1)图10表明随着计划经济体制转变为社会主义市场经济体制，商品零售环节由政策定价占主导地位逐步演变为市场调节定价占主导地位，市场在资源配置中逐步发挥基础性作用。

(2)随着市场在资源配置中发挥基础性作用，政府经济职能相应发生转变，财政支出分配比例发生变化，基本建设支出比重下降并保持适度的比重；市场不能完全解决公平问题，财政用于社会保障支出的比重逐步上升。

(3)在市场经济条件下，价值规律通过价格、供求、竞争的变化和相互作用，自发地进行社会资源的配置。市场不是万能的，需要国家运用经济手段、法律手段和行政手段有效地调节资源配置。社会主义基本制度与市场经济相结合，使社会主义国家能够为资源优化配置的实现发挥有力的作用。

思路点拨：本题以改革开放30周年为背景，考查对市场配置资源、宏观调控手段等知识的理解。(1)、(2)分析图示即可回答，(3)是"怎么样"的问题，需要清楚什么是社会主义市场经济，以及社会主义市场经济条件下如何配置资源。

7.(1)表3显示，在我国工业污染治理投资中，国家预算内资金所占比重下降，企业自筹资金所占比重大幅度上升，国内贷款和利用外资所占比重下降。这说明企业在污染治理中发挥越来越重要的作用，体现了"谁污染谁治理"的原则。

(2)经济手段：对污染企业征收排污费、污染税，对节能环保企业优惠贷款利率，限制为污染环境的企业提供贷款(若回答出污染排放许可证交易之类的措施，可适当加分，但不能超过)，行政手段：强制关闭污染环境的企业或限产，发放排污许可证；法律手段：环境立法，追究污染环境企业的法律责任。

思路点拨：本题以时政热点为背景，考查宏观调控的手段等知识，能力考查主要是获取和解读信息的能力、调动和运用知识的能力以及描述和阐释事物的能力。本题属于综合性较强的题目，解答时要注意观点结合材料。

第十课　科学发展观和小康社会的经济建设

考点梳理

1.小康社会

[考点解读]

至20世纪末，我国人民生活总体上达到小康水平。微观上，城乡居民的生活水平、生活质量明显提高。宏观上，国家的整体经济实力大大增强。但我们已经到达的总体小康还是低水平、不全面、发展很不平衡的小康。

[真题展示]

(2008 海南 5)二十世纪末，我国基本实现了小康，但还是低水平的、不全面的、发展很不平衡的小康。我国要实现从总体小康到全面小康是(　　)

①经济体制改革不断深化的必然结果　②本世纪头二十年要实现的奋斗目标　③我国所有制改革的必然要求　④实现现代化建设"三步走"战略第三步目标的重要步骤

A.①②　　　　　B.①③　　　　　C.②③　　　　　D.②④

分析：本题考查对全面建设小康社会的理解。本考点是新课程新增加的考点，高考试题对本考点的考查一般是选择题。

①表述不正确，不断深化经济体制改革是全面建设小康社会的必要措施。③"必然要求"说法绝对化，且所有制改革与小康社会建设没有必然联系。②、④是对从总体小康到全面小康过渡过程的正确表述。

答案:D

2.经济建设的要求

[考点解读]

全面建设小康社会,在经济建设方面的新要求:
(1)增强发展协调性,努力实现经济又好又快发展
(2)全面改善人民生活
(3)建设生态文明

[真题展示]

(2009 广东 A4)《珠江三角洲改革发展规划纲要(2009－2020)》指出,到 2012 年,珠三角率先建成全面小康社会,初步形成科学发展的体制机制,自主创新能力明显增强,人民生活明显改善,区域城乡差距明显缩小。这表明全面小康社会建设(　　)

①要全面追求经济的增长速度　②要贯彻落实科学发展观　③要建立合理有序的分配格局,基本消除绝对贫困现象　④要增强发展协调性,努力实现经济又好又快发展

A.②③④　　　　　　　B.①②③　　　　　　　C.①②④　　　　　　　D.①③④

分析:本题考查全面建设小康社会的新要求,本考点是高考常考考点,高考试题对本考点的考查既有选择题也有主观题,一般是以主观题的形式出现。

广东 A 卷是文科基础,相对来说比较容易,此题可用排除法。全面小康社会建设,不能只追求经济效益。排除①,因此选 A 项。

答案:A

3.科学发展观

[考点解读]

实现全面建设小康社会的奋斗目标,必须深入贯彻落实科学发展观。科学发展观的第一要义是发展,核心是以人为本,基本要求是全面协调可持续,根本方法是统筹兼顾。

[真题展示]

(2010 天津 1)长期以来,对经济快速增长的片面追求已威胁到人类的生存环境,进而损害到人类自身的利益。在建的中新天津生态城以修复、保护生态为主旨,探索人类生存发展的新模式。生态城建成后,将实现可再生能源的广泛利用、节水生活化、城区无垃圾等目标。这体现了科学发展观中的(　　)

①以人为本　②全面发展　③协调发展　④可持续发展

A.①②③　　　　　　　B.①②④　　　　　　　C.①③④　　　　　　　D.②③④

分析:题目考查对科学发展观的理解。科学发展观的核心是以人为本,天津的做法都是使人生活得更好,①入选;材料并未涉及②;天津的做法是坚持人与自然和谐、实现可持续发展,故③④入选.

答案:C

4.国民经济又好又快发展

[考点解读]

(1)提高自主创新能力,建设创新型国家

提高自主创新能力,建设创新型国家,这是国家发展战略的核心,提高综合国力的关键。经济发展要紧紧依靠科技进步和自主创新。

(2)加快转变经济发展方式,推动产业结构优化升级

要坚持走中国特色新型工业化道路,坚持扩大国内需求特别是消费需求的方针,促进增长由主要靠投资、出口拉动向依靠消费、投资、出口协调拉动转变,由主要依靠第二产业带动向依靠第一、第二、第三产业协同带动转变,由主要依靠增加物质资源消耗向主要依靠科技进步、劳动者素质提高、管理创新转变。

(3)统筹城乡发展,推进社会主义新农村建设

要加强农业基础地位,走中国特色农业现代化道路,建立以工促农、以城带乡长效机制,形成城乡经济社会发展一体化新格局。

(4)加快能源资源节约和生态环境保护,增强可持续发展能力

把建设资源节约型、环境友好型社会放在工业化、现代化发展战略的突出位置,落实到每个单位和家庭。

(5)推进区域协调发展,缩小区域发展差距

深入推进西部大开发,全面振兴东北地区等老工业基地,大力促进中部地区崛起,积极支持东部地区率先发展。

[真题展示]

(2009 天津 1)2009 年初,我国政府推出新医改方案。该方案的目标是建立覆盖城乡居民的基本医疗卫生制度,为群众提供安全、有效、方便、价廉的医疗卫生服务,实现人人享有基本医疗卫生服务。这项改革有利于( )

A.提高收入水平,改善人民生活
B.完善分配制度,调节过高收入
C.实现社会公平,构建和谐社会
D.统筹城乡发展,实现优势互补

分析:本题以新医改方案为背景,考查对分配制度、社会公平与和谐社会等交叉知识点的理解,同时考查调动和运用知识、分析和解决问题的能力。

我国政府推出的新医改方案其目标在于实现人人享有基本医疗卫生服务,目的就在于实现社会公平,有利于构建和谐社会,应选C项。新医改方案的实施并不能从实质上提高居民的收入水平,故A项不选,其目的也不是在于调节过高收入,故B项不选,该题容易选D项,但是新医改方案的出台,并不体现优势互补,"覆盖城乡居民"只是说明对于城乡尤其是农村是有利的举措。

答案:C

解题指导

1.(2010 山东 20)通过加强和改善宏观调控,2009 年我国成功实现了"保增长"的经济目标。这表明宏观调控( )

①比市场调节更有优越 ②是经济发展的内在要求 ③能有效弥补市场的不足 ④是实现公平的有效途径

A.①② B.②③
C.③④ D.①④

2.(2009 上海 3)由于近年来的市场变化,上海居民使用自来水的价格已明显低于供排水企业运营成本,为此有关方面提出两种提价的方案。一种为单一制调价,即统一由现行的 1.4 元/m³ 提价为 2.8 元/m³,另一种为阶梯式累进制调价(具体方法见右表)。主张阶梯式累进制调价的人,认为该方案具有以下优点( )

	用水基数	调整后水价(元/m³)
第一级	15 立方米以下(含15 立方米)	2.61
第二级	15-25 立方米之间(含 25 立方米)	3.92
第三级	25 立方米以上	5.22

A.计算水费的方法并不比单一制调价复杂

B.比单一制调价更加有利于促进节约用水

C.有利于合用水表的多户家庭合理分摊水费

D.能减轻多人口低收入家庭用水的费用负担

3.(2009 广东 A5)按照国务院办公厅下发的《关于限制生产销售使用塑料购物袋的通知》,从 2008 年 6 月 1 日起,所有超市、商场、集贸市场等商品零售场所实行塑料购物袋有偿使用制度,一律不得免费提供塑料购物袋。不得免费提供塑料购物袋的做法是为了( )

A.增加零售商利润

B.保护塑料袋生产商利益

C.降低消费者对塑料袋的需求

D.增加国家税收收入

4.(2008 全国Ⅰ26)近年来,我国蔗糖产业逐步由福建、广东等地向广西、云南等地转移。"东蔗西移"、"东糖西移"一方面为东部产业发展提供了新的空间,另一方面也在西部形成新的蔗糖业基地,提升了我国蔗糖产业的国际竞争力。这一事例表明东部产业向西部转移有利于( )

①促进东部地区产业结构的优化和升级 ②通过东部地区工业化带动西部地区农业产业化 ③加强西部地区加工工业的基本地位 ④西部地区合理利用本地资源形成优势产业

A.①② B.①③
C.①④ D.②④

5.(2008 江苏 18)江苏省电力公司依靠自主创新

首创的"电网安全自动防控系统",将电网紧急状况处置时间缩短到 0.1 秒,使江苏电网在 2008 年初的雪灾中始终保持平稳运行。这说明( )

A.采用先进工艺能提高资源利用率

B.以信息化带动工业化的必要性

C.转变经济增长方式的重要性

D.科技创新使企业实现了经济效益与社会效益的统一

6.(2009 江苏 34)材料一:

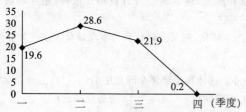

图 1 2008 年江苏省出口额比上年同期增长状况(%)

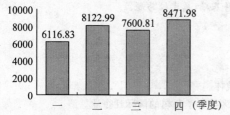

图 2 2008 年江苏省 GDP 实现情况(单位:亿元)

材料二:2008 年下半年以来,受国际金融危机的影响,江苏经济下行的压力加大。江苏省政府积极贯彻中央精神,及时实施了进一步扩大内需、促进经济增长的一系列调控措施。

(1)结合材料二,分别指出图 1、图 2 反映的经济现象。

(2)从《经济生活》的角度说明江苏省政府实施宏观调控的必要性。

【答案】

1.B 思路点拨:市场经济的发展需要市场和计划两种手段,各有长短,①说法不确切;宏观调控能弥补市场的不足,是经济发展的内在要求,②③正确;④与题意无关。

2.B 思路点拨:本题涉及的考点是可持续发展,但呈现形式非常灵活。阶梯式累进制调价,类似于超额累进税率,用水越多,水价就会越高,就越有利于节约用水。A 项不是优点,C 项与题目无关。不论是谁用水越多,负担越重,D 项也不符合题意。

3.C 思路点拨:从环保角度看,塑料袋的大量使用造成污染,违背科学发展观,要减少使用。

4.C 思路点拨:题目以东蔗西移为背景,考查关于区域经济协调发展的知识。"东蔗西移"为东部产业发展提供了新的空间,说明有利于优化东部地区的产业结构,①正确。材料中没有提到工业化的问题,②与题目无关。"加工工业的基本地位"说法错误,③不选。西部地区发展蔗糖产业,形成新的蔗糖业基地说明西部地区具有这方面的优势,④正确。

5.D 思路点拨:解答此题的关键在于读懂"电网紧急状况处置时间缩短,江苏电网在雪灾中平稳运行"的意思。能源利用属于经济效益范畴,而"电网在雪灾中平稳运行",保证了良好的社会秩序,这属于社会效益范畴。因此,A、B、C 项具有片面性。

6.(1)图 1 反映了 2008 年江苏省上半年出口额比上年同期增幅较大;受国际金融危机影响,下半年尤其是第四季度增幅明显回落。

图 2 反映了 2008 年上半年江苏省 GDP 增长势头良好;受国际金融危机影响,第三季度出现下降趋势;省政府及时实施宏观调控措施,第四季度又呈现增长态势。

(2)是贯彻落实科学发展观,保持经济平稳较快发展的迫切需要;是发展社会主义市场经济,弥补市场调节不足的必要措施;是促进经济增长由主要依靠投资、出口拉动向依靠消费、投资、出口协调拉动转变的必然要求;是应对国际金融危机,化解经济全球化带来的风险的必要手段。

思路点拨:本题通过江苏省 2008 年的出口额增长和 GDP 实现情况,考查解读和获取信息的能力。第(1)问的回答要注意结合材料二的有关信息分别解释反映的现象。回答第(2)问时,要注意观点和材料相结合。

第十一课　经济全球化与对外开放

考点梳理

1. 经济全球化及其表现

[考点解读]

(1)含义:指商品、技术、劳务、资金在全球范围内的流动和配置,使各国经济日益相互依赖、相互联系的趋势。

(2)表现:经济全球化的表现是多方面的,其中主要是生产全球化、贸易全球化和资本全球化。

[真题展示]

(2008 广东 A5)某公司在国外建了一个制造厂及配送中心。这体现了经济全球化中的(　　)

A.资本全球化　　　　　B.贸易全球化　　　　　C.生产全球化　　　　　D.劳务全球化

分析:经济全球化是高考的常考考点,近年高考试题对本考点的考查既有选择题,也有主观题。

本题主要考查对经济全球化表现的理解,广东 A 卷是文科基础,属于较易题。

答案:C

2. 跨国公司

[考点解读]

(1)跨国公司的迅速发展为经济全球化提供了强有力的载体。

(2)跨国公司是指在本国拥有一个总部,在其他国家或地区拥有子公司的国际性企业。

(3)跨国公司大大促进了资金、技术、人力和商品等在全球范围内的流动,推动了国际分工水平的提高。

3. 经济全球化的影响

[考点解读]

(1)影响

经济全球化促进了生产要素在全球范围内的流动、国际分工水平的提高以及国际贸易的迅速发展,从而推动了世界范围内资源配置效率的提高、各国生产力的发展,为各国经济提供了更加广阔发展空间。

(2)实质

现阶段,经济全球化实质上是以发达资本主义国家为主导的。这种经济全球化使世界经济发展更加不平衡,两极分化更加严重;加剧了全球经济的不稳定性,尤其对发展中国家的经济安全构成极大威胁。

(3)发展中国家应对经济全球化的正确态度

应当抓住机遇,积极参与,趋利避害,防范风险,勇敢迎接挑战。

[真题展示]

(2009 广东 B56)受全球金融危机的影响,美国和英国的工业生产出现了较大下降,对制造业出口依赖性更强的国家和地区,如东欧、巴西、马来西亚和土耳其,情况更为严重。这表明经济全球化(　　)

A. 对广大发展中国家没有好处　　　　　　B. 阻碍了世界范围内资源配置效率的提高

C. 是通过制造业的快速发展来实现的　　　D. 使世界各国的经济联系在一起

分析:本题以金融危机为背景,考查经济全球化的影响。经济全球化是高考常考考点,近年高考试题对本考点的考查既有选择题也有主观题。

本题属于较易题目。A、B、C 项与材料无关。

答案:D

4. 对外开放

[考点解读]

(1)对外开放是我的一项基本国策。

(2)我国逐步形成了全方位、宽领域、多层次的对外开放格局。

[真题展示]

(2009福建卷)如图示意全球 8 个始终开放与 40 个始终封闭的经济体年经济平均增长率(1966—1990年),读图回答1～2题。

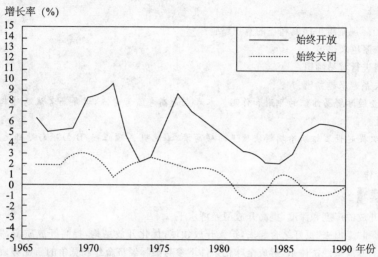

1.下列关于上图的解读,正确的有(　　)

①始终开放的经济体 70 年代经济波动最大　②始终封闭的经济体多数时期经济呈现负增长　③始终开放的经济体包括美国和欧盟　④本图所涉及的经济体不可能包括中国

A.①②　　　　　　B.①④　　　　　　C.②③　　　　　　D.③④

分析:此题以对外开放的世界经济形势为背景,考查"能够快速、全面、准确地从图、表等形式中获取回答问题有关信息"的能力。从图中内容容易判断①正确;②描述的情景应该是八十年代的头几年,多数时期还是有增长的,不合题意;始终开放的经济体包括美国,但欧盟是成立于 90 年代后,不选③;中国 1978 年前是封闭的,1978 年后是开放的,所以既不是始终封闭也不是始终开放,所以本图所涉及的经济体不可能包括中国,④正确。

答案:B

2.上图启示我国发展经济必须(　　)

A.坚持对外开放的基本国策

B.完善市场调节机制

C.保障外资经济的优先发展

D.保持人民币持续升值

分析:本题考查对外开放的意义。近年高考试题对本考点的考查一般是选择题的形式。

分析上图可以看出在始终开放时期,经济增长率均高于始终封闭时期,这就启示我们要坚持对外开放的基本国策,故 A 项正确;B 项强调市场调节的重要性,与题意不符;C、D 两项的说法不符合我国经济发展的实际。

答案:A

5.国际经济组织

[考点解读]

(1)世界贸易组织的地位、作用、基本原则

①地位:

世界上最大的多边贸易组织,与世界银行、国际货币基金组织并称为世界三大经济组织。

②作用:

积极组织多边谈判。为国际贸易制定一系列基本原则和协定。为成员提供解决贸易摩擦和冲突的场所。

③基本原则:

非歧视原则(最重要原则,包括最惠国待遇原则和国民待遇原则)、市场准入原则、互惠原则、公平竞争与公平贸易原则,以及贸易政策法规透明原则等。

(2)我国加入世界贸易组织的意义

为我国经济社会发展赢得了良好的国际环境,促进了社会主义经济体制的建立和健全,推动了开放型经济

水平的提高,带动了国内产业结构的优化升级,创造了大量就业机会,提高了人民群众的收入和生活水平。

[真题展示]

(2008全国Ⅱ28)2007年9月14日,中国政府通过常驻世贸组织代表团致函美方,就美对铜版纸反补贴暨反倾销措施提起世贸组织争端解决项下的磋商请求。这是中国政府首次在世贸组织中独立起诉他国的贸易政策。这表明( )

A.中国利用国际规则维护国家利益的意识增强

B.中美贸易摩擦越来越多

C.中国对美国进行贸易倾销

D.中美经贸关系越来越紧密

分析:本题考查国际贸易组织的原则和作用。本考点是高考常考考点,近年高考试题对本考点的考查既有选择题也有主观题。

"中国政府首次提起世贸组织争端解决项下的磋商请求"说明A项正确;B、D项与题目无关;C项。

答案:A

6.国际经济合作

[考点解读]

(1)拓展对外开放的广度和深度,提高开放型经济水平

要把"引进来"和"走出去"更好结合起来,扩大开放领域,优化开放结构,提高开放质量,完善内外联动、互利共赢、安全完善的开放型经济体系,形成全球化条件下参与国际经济合作和竞争的新优势。

(2)实行对外开放,发展对外经济关系,必须始终坚持独立自主、自力更生的原则

①中国是人口众多的发展中的社会主义大国,任何时候都不能依靠别人搞建设,必须把独立自主、自力更生作为自己发展的根本基点。

②独立自主、自力更生不是闭关自守,不是盲目排外,而是在立足于自身发展基础上实行对外开放。

[真题展示]

(2008全国Ⅰ28)我国1978年进出口贸易总额为206.4亿美元,外贸依存度(贸易总额/国内生产总值)为9.7%;1998年进出口贸易总额为3239.5亿美元,外贸依存度为31.8%;2007年进出口贸易总额达到21738亿美元,位列全球第三位,外贸依存度为73%。这表明( )

A.我国经济越来越脆弱   B.我国经济与世界经济的联系越来越紧密

C.我国出口商品结构越来越优化   D.我国经济发展的速度越来越快

分析:本题考查对我国参与国际经济合作的理解。近年高考试题对本考点的考查既有选择题也有主观题。

分析题目材料可以看出,我国外贸依存度越来越高,说明B项正确;A项不符合现实,C、D项与题目无关。

答案:B

7."引进来"与"走出去"相结合的战略

[考点解读]

(1)引进来

①原因:社会主义现代化单靠自身积累资金,不足以适应国民经济快速发展的需要。

②内容:要创新利用外资方式,优化利用外资结构,发挥利用外资在推动自主创新、产业升级、区域协调发展等方面的积极作用。

(2)走出去

①含义:通过到境外投资办厂、对外承包工程与劳务输出等各种形式,与其他国家进行经济技术合作。

②内容:要创新对外投资和合作方式,支持企业在研发、生产、销售等方面开展国际化经营,加快培育我国的跨国公司和国际知名品牌。

③意义:有利于拓展我国对外经济活动的空间,增强我国经济的竞争力。

[真题展示]

(2008江苏19)2007年,我国全年外商直接投资实际使用金额747.7亿美元,对外投资额187亿美元。这表明,我国在对外开放中( )

A.形成了全方位、宽领域、多层次的对外开放格局

B.坚持"引进来"与"走出去"相结合

C.积极利用外资发展经济

D.积极参与区域经济交流与合作

分析:本题考查的考点是"引进来"与"走出去"相结合的战略。本考点是高考常考考点,近年高考试题对本考点的考查既有选择题又有主观题。

"外商直接投资"体现了引进外资,"对外投资额187亿美元"体现了实施"走出去"战略,表明了我国政府坚持"引进来"与"走出去"相结合的战略。A、C、D选项与题干联系不紧密,应排除。

答案:B

解题指导

1.(2009辽宁17)2008年下半年以来,中国纺织品等劳动密集型商品出口增速呈明显放缓态势,且在总出口额中比重下降,其主要原因是(　　)

①外部市场疲软　②人民币升值　③中外贸易摩擦不断　④宏观经济政策趋紧

A.①②　　B.②③　　C.①④　　D.③④

2.(2009上海5)今年3月,中国商务部发布公告,正式否决了可口可乐公司对汇源集团的并购案。商务部称,这一否决根据《中华人民共和国反垄断法》相关条款作出,旨在防止可口可乐公司对中国饮料市场可能造成的垄断。从上述案例可以看出,在对外开放条件下,一国经济安全需要(　　)

①法律保护　②政策护航　③企业自觉　④外企退出

A.①②　　　　　　B.②③

C.③④　　　　　　D.①③

3.(2008山东16)2003－2007年,我国国内生产总值、货物进出口总额年均增长分别为10.6%、28.5%。这说明我国(　　)

①出口成为经济增长的第一动力　②国内发展与对外开放协同推进　③经济发展的对外关联程度提高　④进出口结构得到了进一步优化

A.①②　　　　　　B.①③

C.②③　　　　　　D.②④

4.(2007海南6)在经济学中,人们常说国际贸易是经济增长的"发动机"。之所以这样说,是因为国际贸易(　　)

A.能够发挥一国的经济优势

B.是一种复杂的交换活动

C.能够为一国赚取外汇

D.能满足人们消费多样性的需求

5.(2007上海18,不定项选择题)实施"走出去"战略是我国对外开放新阶段的重大举措,只有"引进来"与"走出去"同时并举,中国经济才能在更大范围内和更高层次上参与国际竞争与合作。下列情况中属于"走出去"的是(　　)

A.中国海尔集团在海外建立分公司

B.中国TCL集团收购法国汤姆逊公司

C.中国三家建筑公司承建约旦王宫工程

D.中国银行向美国花旗银行转让部分股权

6.(2009浙江40)材料一:金融危机爆发以来,西方发达国家为挽救本国经济,出台了一系列带有贸易保护主义倾向的政策。如美国要求接受政府援助的企业,在公共工程施工中必须使用美国制造的产品;法国要求接受政府救助金的企业不得向国外转移生产;德、日等国对本国重点支柱产业和中小企业采取广泛的减税、现金补贴政策。针对这些现象,一些国际组织在相继召开的会议上,强调要反对和遏制贸易保护主义、然而,这一努力至今没有收到预期效果,贸易保护主义还在继续蔓延。

材料二:1947年关税与贸易总协定签订之时,全世界的平均关税率超过40%。后经多轮多边贸易谈判,到1995年,发达国家的平均关税率降为4%,发展中国家的平均关税率降为12%。世界贸易组织成立以来,关税率继续下降。与此同时,世界贸易总额则从1947年的500多亿美元增加到2007年的142110亿美元。

材料三:

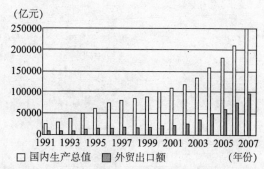

1991－2007年中国国内生产总值和外贸出口额变化情况

结合材料二、三,运用"经济全球化"的有关知识,阐述反对贸易保护主义的道理。

【答案】

1．A 思路点拨：本题以社会热点为背景,考查理论联系实际能力。中国纺织品等劳动密集型商品出口增速呈明显放缓态势,且在总出口额中比重下降,主要是由于人民币升值,不利于出口;还有金融危机影响,导致外部市场疲软,所以应选①②。

2．A 思路点拨：根据材料,我们知道要维护一国的经济安全,必须依靠国家的宏观调控,即要依靠宏观调控的法律手段和政策手段。

3．C 思路点拨：本题通过数据的变化,考查学生的综合分析能力,难度较大。①"第一动力"说法不准确,消费、出口、投资被称是拉动经济发展的三驾马车。④在材料中没有直接体现。通过 GDP、进出口总额的增长速度进行对比分析,可知②③符合题意。

4．A 思路点拨：国际贸易是经济增长的"发动机"实际上是说明将本国产品出口,利用国外消费对国内生产的反作用促进生产发展和经济增长。B、D项与题目无关;C项有一定干扰,但不是对经济增长"发动机"作用的理解。

5．A、B、C 思路点拨：本题属于不定项选择题。主要考查"走出去"战略。"走出去"是通过到境外投资办厂、对外承包工程与劳务输出等各种形式,与其他国家进行经济技术合作,根据"走出去"的含义,可以得出答案。

6．经济全球化是当今世界经济发展的基本趋势,使世界各国的经济联系在一起,促进了生产力的发展。事实表明,关税率持续降低,世界贸易额不断上升;中国国内生产总值的增加与外贸出口额的增加分不开。中国与世界的联系越来越紧密。贸易保护主义背离了经济全球化的趋势,不利于全球资源的优化配置和世界经济的发展,也不利于中国经济的发展。

思路点拨：本题以金融危机的爆发以及各国对此采取的不同贸易措施为背景,考查经济全球化这个考点,以及西方发达资本主义国家实施贸易保护主义的危害。

周 练

一、单选题(每题 2 分,共 50 分)

1. 在市场经济条件下,对资源配置不起基础性作用的是( )
A. 供求关系
B. 价格机制
C. 竞争机制
D. 宏观调控

2. 为鼓励居民和单位采用节能灯,国家财政对居民购买节能灯补助 50%,对单位大宗采购节能灯补助 30%;这是国家运用手段调节经济,这种手段之所以能发挥作用是因为( )
A. 经济手段直接关系市场主体的经济利益
B. 市场手段在配置资源中发挥基础性作用
C. 行政手段以政府的强制力为坚实后盾
D. 财政手段能够弥补市场调节的盲目性

据调查,目前我国每年返回餐桌的地沟油(泛指在生活中存在的各类劣质油)有 200—300 万吨,国内地沟油一年的总利润达到 15—20 亿元。回答 3、4 题。

3. 地沟油的生产和销售反映出( )
A. 市场交易必须遵循自愿、平等的原则
B. 市场经济是法制经济,禁止牟取暴利
C. 产品和服务质量是企业的生命和灵魂
D. 市场调节存在着自发性等固有的弊端

4. 将地沟油赶出餐桌,是涉及全社会的一个复杂工程,要靠合力。这说明( )
① 市场依靠市场规则来传递信息,实现资源配置 ② 市场经济的健康发展,需要加强国家宏观调控 ③ 国家要积极参与食品生产的各个环节,确保食品安全 ④ 必须健全以道德为支撑、法律为保障的社会信用制度
A. ①②
B. ①③
C. ②④
D. ③④

5. 根据中国人民银行公布数据,全国统一的企业和个人信用信息基础数据库已经建成,截至 2009 年 10 月初,企业征信系统收录企业及其他组织 1400 多万户,个人征信系统收录自然人数 6.4 亿人。中国人民银行建立企业和个人征信系统主要原因是诚实守信( )
A. 是市场经济的一般特征
B. 是社会主义市场经济的基本标志
C. 是现代市场经济正常运行必不可少的条件
D. 是社会主义市场经济的根本目标

6. 国务院出台的《医药卫生体制改革近期重点实施方案(2009—2011 年)》指出,三年内我国基本医疗保障制度将覆盖城乡全体居民。新医改方案进一步明确了公共医疗卫生的公益性质,提出了初步实现人人享有基本医疗卫生服务的目标。坚持医疗卫生姓"公"( )
① 是为了增强公有制的主体地位 ② 是为了使生产要素合理流动,获得高收益 ③ 可以弥补市场调节的弱点和缺陷 ④ 必须发挥财政在资源配置中的作用
A. ①②
B. ③④
C. ①③
D. ②③

7. (2010 全国新课程 15)我国南水北调工程是世界上规模最大的调水工程,它将建成"南北调配、东西互济"的巨大水网。截至 2009 年 4 月,国家对东、中线一期工程累计投资 538.7 亿元。这一工程将( )
① 带动新兴产业发展,提高社会劳动生产率 ② 通过加大政府投资,促进区域经济发展 ③ 改善南北水运条件,降低产品运输成本 ④ 改善水资源分布,促进经济结构调整
A. ①②
B. ①③
C. ②④
D. ③④

8. 近日,国家发改委依据《关于对部分重要商品及服务实行临时价格干预措施的实施办法》,对成品粮及粮食制品、猪肉、液化石油气等重要商品启动临时价格干预措施。实施价格干预主要是国家宏观调控的( )
A. 主要手段,具有直接、迅速、有效的特点
B. 经济手段,通过价格信号引导市场供求关系
C. 法律手段,是政府履行经济职能维护人民群众利益
D. 行政手段,可以有效维护市场的稳定和消费者的利益

9. 财政政策、货币政策是政府在宏观调控中常用的经济手段。一般来讲,为抑制经济过热,政府可以采取的措施有( )
① 减少税收 ② 提高存贷款利率 ③ 减少政府开支 ④ 增加货币供应量
A. ①②
B. ②③
C. ①③
D. ①④

10. 随着今年以来股市的持续走弱,居民存款重新回流到银行。居民存款重新回流到银行,从根本上说是由于( )
A. 股票的收益比储蓄的收益低

B.居民投资方式呈现多元化

C.市场对资源配置的调节作用

D.国家宏观调控的指导作用

11.近年来,国家房地产调控措施的出台十分密集,除了增加廉租房、经济适用房供应外,再加上央行加息,多个城市出现了房屋成交量下跌的态势,房价涨幅开始放缓。这表明(　　)

A.国家通过宏观调控平衡供求关系

B.价格的波动通过供求关系表现出来

C.宏观调控是资源配置的基础性手段

D.宏观调控可以克服市场调节的滞后性

12.我国确立社会主义市场经济体制时间不长,但传统文化所倡导的一些规范,如"真君子义内求财"、"大丈夫仁中取利"已蕴涵了现代市场经济所要求的(　　)

A.竞争原则　　　　　B.诚信原则

C.互利原则　　　　　D.逐利原则

一个人,一个民族乃至一个国家,守信于己,取信于人,是求得成功和发展的关键所在。回答13～14题。

13.建立社会主义市场经济就要大力倡导良好的信用意识。这是因为(　　)

①诚实信用是社会主义市场经济的基本特征
②诚实守信是现代市场经济运行必不可少的条件
③诚实信用能带来效益,对市场交易活动起促进作用
④不守信用会导致经济秩序的混乱

A.①②③　　　　　B.②③④

C.①②④　　　　　D.①③④

14."信用是求得成功和发展的关键所在"给我们的启示是(　　)

①要在全社会进行信用教育,树立起全民信用意识　②必须把强化信用意识作为我国当前的中心工作　③政府应促进社会信用体系的建立与完善　④企业应把信用意识教育作为提高自身素质的重要内容

A.①②③　　　　　B.②③④

C.①③④　　　　　D.①②④

15.2008年的国务院机构改革也称作"大部制"改革。"大部制"改革把加强和改善宏观调控作为重点,强化管宏观、抓大事的职责。这是(　　)

A.我国市场经济发展的要求

B.价值规律发挥作用的要求

C.健全现代市场体系的要求

D.市场经济一般特征的要求

16.目前我国每天要产生大量塑料垃圾,造成的白色污染触目惊心。为此财税部门将制定税收政策,调控塑料购物袋的生产、销售和使用,鼓励废塑料综合利用产业的发展。财税部门的做法是运用(　　)

A.法律手段促进消费升级

B.货币政策促进环境保护

C.行政手段调节企业行为

D.经济手段调整产业结构

17.漫画《补》说明我们现在的小康(　　)

A.是低水平的小康

B.是不全面的小康

C.是不平衡的小康

D.还不是现代小康

18.鄂尔多斯市的高新技术工业园利用独特的方法来生产,实现了经济效益与环境效益的统一。其上游企业的工业废弃物作为中下游企业的原料,中下游企业在生产过程中产生的二氧化碳等废弃物,经过提纯回收,还可以作为绿色环保材料的添加剂。这(　　)

①提高了资源的利用率,有利于资源的优化配置
②说明循环经济是解决中国资源问题的有效途径
③是通过企业联合实现了优势互补　④可以从源头上防治污染,彻底改善生态环境

A.①　　　　　　　B.①②

C.①②③　　　　　D.①②④

19.(2010江苏12)为了防止希腊债务危机蔓延对欧元产生负面影响,2010年5月10日,欧盟各成员国达成协议拿出7500亿欧元救市。受此消息影响,全球汇市和股市立即出现反弹。这表明(　　)

A.欧盟是最具代表性、权威性的国际组织

B.一国经济发展必然影响他国经济发展

C.世界各国经济相互依赖、相互联系

D.跨过公司促进资本在国际间快速流动

20.美国记者萨拉带领全家经历了一年不买中国产品的历险,为此写了《没有中国制造的一年》,感叹道:在美国不靠中国产品过日子,太难了。这表明(　　)

A.中国已成为世界制造业强国

B.中美之间的经济利益是一致的

C.中国产品有强大的技术优势

D.中美两国的经济联系日益紧密

21.随着经济全球化的发展,"中国制造"处处可见。有美国媒体报道:美国人的一天24小时,起床的闹钟、上班的公文包、吃饭的桌椅、旅游的休闲鞋、孩子的玩具、拖鞋、睡衣都离不开中国制造。通过材料可以推断(　　)

①价廉物美的中国商品给外国消费者带来实惠

②我国出口的商品品种齐全、结构合理 ③我国对外服务贸易具有相当大的优势 ④我国要进一步提高出口商品的附加值

A.①④   B.①③

C.②④   D.②③

22.国务院常务会议决定在上海以及广东省内的4个城市开展跨贸易人民币结算试点,实施这一措施后,企业的进口贸易可以不再使用美元等外国货币,只要通过试点城市的银行机构就可直接用人民币结算。这一举措将会产生的积极作用是( )

①出口企业收到货款后不必再担心人民币会贬值 ②出品企业可以节省将美元兑换成人民币的费用 ③上海银行机构办理外贸结算的业务量将会增加 ④推动我国与周边国家和地区之间经贸关系发展

A.①③④   B.①②④

C.②③④   D.①②③

23.我们要在更大范围、更高层次上加强与WTO的合作,利用WTO原则保护自己。WTO的原则较多,最重的原则是( )

A.最惠国待遇原则 B.无关税原则

C.透明度原则 D.非歧视原则

24.统计表明,2010年二季度中国GDP超过日本,成为全球第二大经济体,但"第二大"并不等于"第二强"。从人均GDP看,中国仅为日本的十分之一;从贸易结构看,中国出口产品中,相当部分是"设计和利润留在欧美日,GDP和能耗留在中国"……这启示我们要( )

①推动区域协调发展,缩小发展差距 ②坚持"引进来"与"走出去"相结合 ③聚精会神搞建设,一心一意谋发展 ④坚持自主创新,增强可持续发展能力

A.①②   B.①③

C.②④   D.③④

25.日前,欧盟境内首个中国经贸合作区在葡萄牙设立,标志着中国企业开始集群式迈出国门,加速"中国制造"向"欧盟制造"、"世界制造"的转型进程。这表明( )

A."引进来"是引进外资,"走出去"是对外直接投资

B.我国坚持"走出去"战略,适应经济全球化的发展

C.我国把实施"走出去"战略作为经济发展的根本基点

D.从"引进来"到"走出去",可以规避对外开放的风险

二、问答题(第26、29题6分,第27、28题8分。共28分)

26.目前我国食品安全问题时有发生,如部分食用油存在过度脱色带来的重金属污染、违规添加香精等问题。在行业标准上,有学者介绍,部分食品添加剂无质量标准,有的使用者存在盲目使用的情况。

(1)运用所学《经济生活》的相关知识,说明上述材料中所述问题的原因。(3分)

(2)构建"放心消费"的市场环境,是广大消费者的企盼,是政府的责任,也是企业的责任。运用《经济生活》相关知识,就如何构建"放心消费"的市场环境完成下列表格。(3分)

主体	措施
政府	①
企业	②
消费者	③

27."中东有石油,中国有稀土。"我国的稀土蕴藏量和产量世界第一。但是在过去十多年里,由于企业散乱、各自为政、乱采滥挖、产能过剩,恶性竞争、廉价竞销,非法盗采、走私出口,以至近十年间,我国稀土产量增加了31%,供应了全球近95%的稀土精矿需求,与十年前相比,出口量增长了10倍,但价格却降低了近50%,"黄金卖了萝卜价"。

日本、欧美等国看准了便宜的"中国货",甚至封存自己的矿,靠购买中国稀土满足其各行业及尖端科技领域对稀土资源的需求。

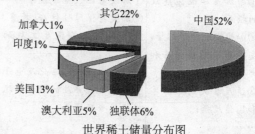

世界稀土储量分布图

结合材料,运用市场经济的有关知识,谈谈如何解决我国稀土资源行业中存在的问题。(8分)

28.当前我国面临的人地矛盾主要是一增一减。一减是耕地逐年减少;一增是人口逐年增加。解决这个矛盾必须贯彻我国"控制人口,保护资源、保护环境"这个基本国策,集约用地,实行土地资源的优化利用。

试运用经济生活的有关知识,谈谈我国政府应该如何解决人地矛盾问题。(8分)

29.就应对金融危机而言,目前我国采取了有别于应对1997年亚洲金融危机时的措施。

我国应对两次金融危机的措施对照表

应对亚洲金融危机的措施	应对当前世界金融危机的措施
①增加基础设施建设的投入; ②加快发展消费信贷,支持居民购买住房和大件耐用消费品; ③适度扩大财政赤字和国债规模; ……	①加快基础设施建设; ②加大对保障性住房、教育、卫生和文化等民生工程的投资; ③为汽车、钢铁、石化及电子信息等十大产业的调整和振兴提供专项资金; ……

比较两次应对金融危机的措施,就我国当前采取的不同于应对亚洲金融危机的一项财政措施,说明其经济意义。(6分)

三、论述题(第30题12分,第31题10分,共22分)

30.阅读材料,回答问题。

材料一

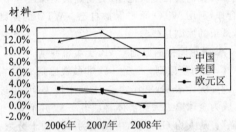

图1 国际金融危机爆发以来中、美、欧经济增长速度比较

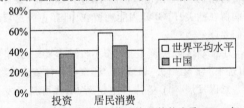

图2 投资和居民消费占国内生产总值的比重 (2007年)

(1)说明图1、图2各反映的经济现象。针对图2所反映的现象,回答我国应如何应对国际金融危机促进经济增长。(6分)

材料二 胡锦涛在伦敦金融峰会上指出:"虽然国际金融危机对中国实体经济的不利影响继续显现,但中国经济发展的基本态势和长期向好趋势没有发生根本变化,支撑中国经济持续较快发展的根基没有动摇。"

(2)运用经济生活中社会主义市场经济体制的相关知识,分析我国经济发展基本态势没有发生根本变化的主要原因。(6分)

物联网将使我们的世界更加智能化。通过物联网,主人在路上能够遥控家中的电器做家务;顾客在超市能够了解商品的生产和流通过程的主要信息,假冒伪劣商品将无从遁形;企业信息监控中心能够自动协调生产过程;农作物会"主动"发出该浇水、该施肥的各种信息。物联网还将促进新技术的研发,加快相关产业的成长,推动国民经济又好又快发展。

结合上述材料,运用《经济生活》中的相关知识,分析物联网对个人消费、企业经营和国民经济发展可能带来哪些方面的影响。(10分)

31.(2010 北京 38)你熟悉互联网,但你了解物联网吗? 下面,让我们一起来认识和感受奇妙的物联网世界吧。

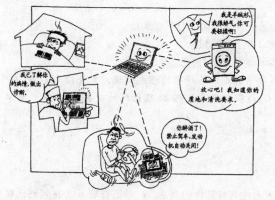

必修4 《生活与哲学》

▮第一单元 生活智慧与时代精神▮

第一课 美好生活的向导

▮**考点梳理**▮

1. **哲学与世界观与方法论**

[考点解读]

哲学是世界观,但不同于日常生活中产生的不自觉的世界观,哲学是系统化、理论化的世界观,是对自然、社会和思维知识的概括和总结。

世界观与方法论是一个问题的两个方面,人们关于世界是什么、怎么样的根本观点是世界观,用这种观点作指导去认识世界、改造世界,就成了方法论。世界观决定方法论,方法论体现世界观。

哲学既是世界观,又是方法论,是世界观与方法论的统一。

思维误区:哲学是世界观与方法论的统一,不能把"统一"理解为"总和"。不见得所有的哲学都是科学的世界观与方法论,马克思主义哲学是科学的世界观和方法论。

[真题展示]

(2009 上海 15)哲学是理论化系统化的世界观。以下属于哲学层面的意识现象是(   )

A. 民间的"实惠"思想　　　　　　　　B.《老子》的思想

C. 欧几里德《几何原本》的思想　　　　D.《本草纲目》的思想

分析:本题考查哲学与世界观这一考点。本考点在高考中都是以选择题的形式出现。考查频率不高。一般是给出具体观点来让学生判断是否属于哲学范畴。A、C、D项都不是系统化、理论化的世界观,不属于哲学层面。

答案:B

2. **哲学与其他学科的关系**

[考点解读]

哲学与其他学科的关系是一般与个别、共性与个性、普遍性与特殊性的关系。二者既有联系又有区别。联系主要表现在具体科学是哲学的基础,具体科学的进步推动哲学的发展,哲学为具体科学提供世界观和方法论的指导。

思维误区:认为"哲学是具体科学知识的总和"、"哲学是科学的科学"、"哲学是科学之母",这都是错误的,哲学与具体科学的关系不是整体与部分的关系,而是共性与个性、一般与个别、抽象与具体的关系。

[真题展示]

(2010 全国 20)"今天科学技术不仅仅是自然科学与工程技术,还是认识客观世界、改造客观世界的整个知识体系,而这个体系的最高概括是马克思主义哲学。"钱学森关于哲学与科学关系论断的合理性在于(   )

①认为哲学是科学之科学,是最高概括的科学　　②主张科学是哲学的知识前提,哲学是科学的最高概括
③强调离开了哲学世界观的指导,科学研究就不能取得进展　　④指出哲学与科学具有一致性,哲学对科学具有

方法论的指导作用

A.①②　　　　B.②③　　　　C.②④　　　　D.③④

分析:考查哲学与其他学科的关系。"哲学是科学之科学"的观点是错误的。科学研究需要哲学指导,钱学森并没有主张离开了哲学世界观的指导,科学研究就不能取得进展。①③错误。

答案:C

解题指导

1.(2010 江苏 24)为了推动群众性爱国主义教育活动的深入开展,中宣部、中组部等 11 个部门联合组织了"双百"人物的评选活动。2009 年 9 月 10 日,评选出了 100 位为新中国成立做出突出贡献的英雄人物和 100 位新中国成立以来感动中国人物。"双百"人物都具有崇高的社会理想、坚定的道德信念、忠诚的爱国之心和忘我的奉献精神。这表明( )

A. 理想信念对"双百"人物的成长起决定作用

B. 世界观是人们自觉形成的哲学理论体系

C. 世界观对人们认识世界和改造世界具有指导作用

D. 培养道德模范是社会主义精神文明建设的根本任务

2.哲学与各门具体科学的区别在于( )

A. 哲学是基础,各门具体科学是指导

B. 哲学研究世界某一方面的普遍规律,各门具体科学研究世界某一方面的特殊规律

C. 哲学是关于自然界、人类社会和思维发展的一般规律的学说,各门具体科学则是关于世界某一领域的特殊规律的科学

D. 各门具体科学是世界观,哲学是方法论,哲学为它们提供指导

【答案】

1.C 思路点拨:A 错肢,理想属于正确的意识,对"双百"人物的成长起促进作用而非决定作用。B 错肢,因为只有理论化系统化的世界观才是哲学。D 错肢,社会主义精神文明建设的根本任务是培养有理想、有道德、有文化、有纪律的社会主义公民,提高整个国家和民族的思想道德素质和科学文化素质。提取题面有效息,C 是正确的。

2.C 思路点拨:考查考点哲学与其他科学的关系,重点在区别,也可以运用排误法作答。B 错误,哲学与具体科学的主要区别在于哲学是人类对自然、社会和思维的各种知识进行概括、总结和反思的学问。具体科学揭示的是自然、社会和思维某一具体领域的规律和奥秘,哲学则对个别的规律和特性进行新的概括和升华,从中抽象出一般的本质和最普遍的规律。A 错误,具体科学是哲学的基础,具体科学的进步推动着哲学的发展。哲学为具体科学提供世界观和方法论的指导。这是哲学与具体科学的联系。D 错误,因为世界观是人们对于整个世界的以及人与世界关系的总的看法和根本观点。具体科学不是世界观,哲学既是世界观又是方法论,是世界观与方法论的统一。

第二课　百舸争流的思想

考点梳理

1.哲学基本问题的内容

[考点解读]

哲学的基本问题是思维和存在的关系问题,简单地说就是物质和意识的关系问题。其内容包括一是思维和存在何者为第一性的问题。对这个问题的回答是划分唯物主义和唯心主义的唯一标准。二是思维和存在有没有同一性的问题,即思维能否正确认识存在的问题。

思维误区:把哲学的基本问题物质和意识的关系等同于物质和意识的辩证关系。物质和意识的辩证关系是辩证唯物主义的基本原理即物质决定意识,意识对物质具有反作用。要区分哲学的基本问题和基本派别。哲学的基本问题是物质和意识的关系问题,哲学的基本派别是唯物主义和唯心主义。

2. 思维和存在的关系问题成为哲学基本问题的依据

[考点解读]

首先这一问题是人们在生活和实践中首先遇到和无法回避的基本问题。哲学的基本问题与我们的生活息息相关。其次这一问题是一切哲学都不能回避、必须回答的问题。思维和存在的关系问题贯穿哲学发展的始终,对这一问题的回答决定各种哲学的基本性质和方向,决定着它们对其他哲学问题的回答。

[真题展示]

(2007 江苏 10)哲学基本问题在人们的现实活动中表现为( )

A. 人与人的关系 　　　　　　　　　B. 社会与自然的关系

C. 人与世界的关系 　　　　　　　　D. 主观与客观的关系

分析:本题考查的考点是哲学的基本问题。本考点在高考考查中都以选择题形式出现,考查学生对这一知识点的理解。哲学的基本问题是思维与存在的关系或者物质与意识的关系,在现实活动中表现为主观与客观的关系。

答案:D

3. 古代朴素唯物主义的特点

[考点解读]

唯物主义认为物质是世界的本原。有三种基本形态即古代朴素唯物主义、近代形而上学唯物主义、辩证唯物主义和历史唯物主义。古代朴素唯物主义、近代形而上学唯物主义、都认为世界的本原是物质的,但都有局限性。古代朴素唯物主义认为金、木、水、火、土等是世界的本原。其局限性在于是一种可贵的猜测,没有科学依据。它把物质归结为具体的物质形态,把复杂问题简单化。

古代朴素唯物主义的经典观点:

五行说:生成万物的基本元素是金、木、水、火、土

阴阳说:天地合而万物生,阴阳接而变化起(荀子)

形神说:形存则神存,形谢则神灭(王充)

气理说:气者,理之依也(王夫之)

活火说:世界是一团永恒燃烧的活火(赫拉克利特)

水为始基:"水"是万物的"始基"(泰勒斯)

4. 近代形而上学唯物主义的特点

[考点解读]

近代形而上学唯物主义认为原子是世界的本原,原子的属性就是物质的属性。丰富和发展了唯物主义。局限性:仍然把物质的具体形态等同于物质。具有机械性、形而上学性和历史观上的唯心主义。

如:狄德罗:自然界由数目无穷、性质不同的异质元素构成;培根:万物的基础是原始物质,是基本元素,都属于近代形而上学唯物主义的观点。

5. 辩证唯物主义与历史唯物主义的特点

[考点解读]

正确地揭示了物质世界的基本规律,反映了社会历史发展的客观要求,反映了最广大人民群众的根本利益。它是现时代的思想智慧,是无产阶级科学的世界观和方法论,是我们认识世界和改造世界的武器。

[真题展示]

(2009 广东 15)唯物主义的发展形成了三种基本形态,唯物主义都认为( )

A. 物质可归结为某种具体事物 　　　B. 物质与运动不可分

C. 先有物质后有意识 　　　　　　　D. 意识反作用于物质

分析:考查考点是唯物主义。高考对唯物主义的考查一般是考查唯物主义的观点或者列出一些哲学家的观点让学生判断属于唯物主义的哪种基本形态,都是以选择题的形式出现。唯物主义分为古代朴素唯物主义、近代形而上学唯物主义、辩证唯物主义与历史唯物主义三种基本形态。它们都认为先有物质后有意识。A不选,它只是古代朴素唯物主义的观点。B、D只是辩证唯物主义的观点。

答案:C

6. **主观唯心主义**

[**考点解读**]

唯心主义把意识视为世界的本原,但由于对意识的不同理解,分为主观唯心主义和客观唯心主义两种基本形态。主观唯心主义的基本观点:把人的主观精神(如人的目的、意志、感觉、经验、心灵等)当作世界的本原。

主观唯心主义的经典观点:

孟子:万物皆备于我

王守仁:心外无物

慧能:心生种种法生,心灭种种法灭

陆象山:宇宙便是吾心,吾心即是宇宙

笛卡尔:我思故我在

康德:理性为自然界立法

贝克莱:存在即被感知、物是观念的集合

休谟:我们的知觉是我们的唯一对象

费希特:世界是自我创造的非我

普罗泰戈拉:人是万物的尺度

叔本华:万物是我们的表象

杜威:世界是我的观念,我的活动,我的经验

7. **客观唯心主义**

[**考点解读**]

基本观点:把客观精神(上帝、理念、绝对精神等)看作世界的本原。

客观唯心主义的经典观点:

中外"神创论"(盘古开天地、上帝创世纪)

柏拉图:理念论

黑格尔:绝对观念论

老子:道生一,一生二,二生三,三生万物

朱熹:理在事先,理在气先

知识拓展

	不同点	相同点	总体评价
主观唯心主义	把人的主观精神当作第一性的东西,认为客观事物以至整个世界都依赖于人的主观精神。	认为意识是世界的本原,物质依赖于意识,不是物质决定意识,而是意识决定物质	局限性:二者归根结底都是把人的意识当作世界的本原,其根本观点是错误的。
客观唯心主义	把客观精神看作世界的本原,认为现实的物质世界只是这些客观精神的外化和表现。		可取之处:就某局部范围而言,它对人们认识的发展有一定借鉴意义。

[**真题展示**]

(2009 江苏 25)下列选项与"我思故我在"观点相一致的是(　　)

A. 未有此事,先有此理　　　　　　　B. 吾心即宇宙,宇宙即吾心

C. 死生由命,富贵在天　　　　　　　D. 世界的本质是绝对精神

分析:考查考点是唯心主义。重点考查唯心主义两种形态的区别。高考考查本考点都是以选择题的形式,题干往往给出某个哲学家的观点或者俗语,让学生判断属于何种哲学派别。学生要注意对课本上哲学家观点的理解和区分。"我思故我在"表明我的思想决定我的存在,属于主观唯心主义,与此相一致的观点是B,A、C、D都把客观精神(理、天、绝对精神)看作世界的本原,属于客观唯心主义。

答案:B

解题指导

1.(2010 山东 25)有一首英语儿歌这样唱道"告诉我为什么星辰闪耀,告诉我为什么常春藤缠绕……因为上帝创造星辰闪耀,因为上帝创造常春藤缠绕……"美国一位著名科普作家这样改动了歌词:"核聚变让星辰闪耀,向性运动让常春藤缠绕……"这一改动反映了( )

①唯物主义与唯心主义的区别 ②直接联系与间接联系的区别 ③科学精神与宗教精神的区别 ④可知论与不可知论的区别

A.①③　　　　　B.②④

C.②③　　　　　D.①④

2.(2008 广东 24)将冰凉的手伸进一盆温水感觉到水热,将湿热的手伸进去又感觉到水凉,于是有人认为"物是感觉的集合"这种观点是( )

A.机械唯物主义　　B.主观唯心主义

C.客观唯心主义　　D.辩证唯物主义

3.(2008 广东 14)哲学史上的"两个对子"是( )

①可知论和不可知论 ②一元论和二元论 ③唯物主义和唯心主义 ④辩证法和形而上学

A.①②　　　　　B.③④

C.①③　　　　　D.②③

【答案】

1.A 思路点拨:提取题面有效信息即"上帝"与"核聚变""向性运动",儿歌承认上帝创造世界,而科普作家认为世界是客观存在的物质世界,这一改改动反映了①③;②④与题意不符合。

2.B 思路点拨:题目主要说明我的感觉决定了水的温度,进而得出"物是观念的集合",即人的感觉决定客观事物的存在,属于主观唯心主义观点。

3.B 思路点拨:本题属于识记类试题。需要在平时认真记忆。哲学上的两个对子是唯物主义和唯心主义,辩证法和形而上学。

第三课　时代精神的精华

考点梳理

1. 哲学与时代精神

[考点解读]

哲学属于思想文化范畴,一定形态的文化由一定形态的经济、政治决定并且反作用于它们。任何哲学都是一定的社会和时代的经济和政治在精神上的反映。任何真正的哲学都是自己的时代精神的精华。马克思主义哲学是我们时代精神上的精华和思想智慧,是人类美好生活的向导。

2. 哲学的作用

[考点解读]

首先,可以通过对社会弊端、对旧制度和旧思想的批判,更新人的观念,解放人的思想。还体现在可以预见和指明社会的前进方向,指出社会发展的理想目标,指引人们追求美好的未来,动员和掌握群众,从而转化为变革社会的巨大物质力量。

[真题展示]

(2007 山东 24)"几十年的经验使我深刻体会到,学点哲学的确可以使人做事情少犯错误,做研究少走弯路。"下列观点与"国家最高科学技术奖"获得者李振声的上述感悟相一致的是( )

A. 哲学是各门具体科学的基础

B. 哲学是人类对某一具体领域规律的概括

C. 哲学是科学的世界观和方法论

D. 哲学具有指导人们认识世界和改造世界的功能

分析:本题考查考点是哲学的作用,近年来高考题都以选择题的形式考查本考点。往往是设置一个情境或者一个生活中的事件,让学生体会其中哲学的作用。

各门具体科学是哲学的基础,A错误。具体科学揭示的是自然、社会和思维某一具体领域的规律和奥秘,哲学则对个别的规律和特性进行新的概括和升华,从中抽象出最一般的本质和最普遍的规律,因此B错误。哲学有正确和错误之分,不是所有的哲学都是科学的世界观和方法论,因此C错误。

答案:D

3.马克思主义哲学产生的历史条件

[考点解读]

马克思主义哲学的产生绝不是偶然的,它有着深厚的阶级基础、自然科学基础和理论来源。其产生的阶级基础是无产阶级的产生和发展。自然科学基础中最具代表性的是细胞学说、能量守恒和转化定律和生物进化论。马克思主义哲学的直接来源是德国古典哲学,其中主要是黑格尔的辩证法和费尔巴哈的唯物主义。

4.马克思主义哲学的基本特征

[考点解读]

马克思主义哲学第一次实现了唯物主义与辩证法的有机统一,唯物辩证的自然观和唯物辩证的历史观的有机统一。马克思主义哲学实现了实践基础上革命性和科学性的统一。

[真题展示]

(2009 江苏 24)马克思主义哲学的产生实现了哲学史上的伟大变革。它第一次实现了(　　)

①唯物主义与辩证法的有机统一　②唯物辩证的自然观与唯物辩证的历史观的有机统一　③世界观与方法论的统一　④实践基础上的科学性与革命性的统一

A.①②③　　　　B.①②④　　　　C.①③④　　　　D.②③④

分析:考查马克思主义哲学的基本特征这一考点,属于识记类试题,这一考点在高考中很少考查。近年高考试题很少单纯考查考点的识记,往往是通过一个情境或者事例来考查学生对哲学的观点的理解,本题的出现提醒学生该记忆的东西要准确记忆。任何哲学都是世界观与方法论的统一,所以不选③。

答案:B

5.马克思主义中国化的理论成果

[考点解读]

马克思主义在中国传播和发展的过程就是马克思主义中国化的过程。马克思主义中国化的重大理论成果是毛泽东思想、邓小平理论、三个代表重要思想以及科学发展观。

解题指导

1.(2010 江苏 26)马克思主义哲学之所以是科学的,就在于它坚持了(　　)

A. 实践的观点　　　B. 革命的观点
C. 阶级的观点　　　D. 历史的观点

2.下列说法正确的是(　　)

A. 任何哲学都可以成为社会变革的先导

B. 哲学的产生与当时时代的经济、政治有着密切的关系

C. 哲学作为社会变革的先导,可以对社会经济、政治发展起着决定作用

D. 任何哲学都正确地反映了时代的任务和要求

3.古希腊哲学家伊壁鸠鲁说:"当一个人年轻的时候,不要让他耽误了哲学的研究;当他年老的时候,也不要让他对他的研究产生厌倦。因为要获得灵魂的健康,谁也不会有太早或太晚的问题。"之所以要重

视哲学的研究,是因为(　　)

A. 哲学是科学的世界观、方法论

B. 哲学可以使我们正确地看待自然、社会和人生的变化与发展

C. 真正的哲学,能够指导人们正确地认识世界和改造世界

D. 真正的哲学产生于人类的实践活动和人们对实践的追问与对世界的思考

【答案】

1. A　思路点拨:是一道因果关系的试题,题干是果,要求学生在题肢中寻找原因。要注意题肢与题干是否构成因果关系,这是审题的关键。马克思主义哲学之所以是科学的,是因为它坚持了坚持科学的实践的观点,就在于它的全部理论都来自实践,又经过实践的反复检验,所以选A。而B、C、D选项与题干

设问不构成因果关系。

2.B 思路点拨:运用基础知识排除错误的选项。A是错肢,只有真正的哲学才可以成为社会变革的先导,C是错肢,哲学属于思想文化范畴,一定形态的经济和政治决定一定形态的文化,一定形态的文化又反作用于一定形态的经济和政治。D是错肢,只有真正的哲学才正确地反映了时代的任务和要求。B正确,正确反映了哲学与经济、政治的关系。

3.C 思路点拨:这是一道引述哲学家话语的题目。关键在于读懂哲学家的语言,归纳中心,与所学知识建立联系。哲学家话的主旨在于说明哲学的作用。题干是因果关系的设问。A错肢,哲学有正确和错误之分。马克思主义哲学才是科学的世界观和方法论。B错肢,只有真正的哲学才能使我们正确地看待自然、社会和人生的变化与发展。D对哲学的起源叙述正确,但与题干不构成因果关系。

周　练

一、单选题(每题2分,共50分)

1. 下列观点对哲学说法不正确的是(　　)
   A. 哲学是系统化、理论化的世界观
   B. 哲学是现世的智慧,是"文化的活的灵魂"
   C. 哲学是科学的世界观和方法论
   D. 是对自然、社会和思维知识的概括和总结

2. 人总是按照自己对周围世界和人生的理解做人做事。有人认为命由天定,因而深处困境是消极等待,逆来顺受;有人认为人定胜天,因而在困难面前积极奋争,不屈不挠。以上材料说明(　　)
   A. 哲学源于人们对实践的追问和对世界的思考
   B. 世界观决定方法论,方法论体现着世界观
   C. 哲学不等于自发产生的世界观
   D. 哲学是关于世界观的学说

3. 在实际生活中常常有这样的一种情况出现,即人们对某种事物的存在与否感到难以预料、心中无底时,往往就认为"信则有,不信则无"。这种观点从哲学上说,是认为(　　)
   A. 存在是世界的本原,存在与思维相互影响
   B. 社会存在是客观的,决定人的思维
   C. 思维是世界的本原,思维决定存在
   D. 世界观不同,对事物的看法就不同

4. "推动哲学家前进的,绝不像他们所想象的那样,只是纯粹思想的力量。恰恰相反,真正推动他们前进的,主要是自然科学和工业的强大而日益迅猛的进步。"上述材料说明(　　)
   A. 哲学是"科学之科学"
   B. 具体科学是哲学的基础,具体科学的进步推动哲学的发展
   C. 哲学对具体科学提供世界观和方法论的指导
   D. 哲学是世界观和方法论的统一

唯物主义和唯心主义的根本观点的分歧是围绕物质和意识的关系而形成的,回答5～6题。

5. 哲学的基本问题是(　　)
   A. 物质和意识的辩证关系问题
   B. 世界是什么和怎么样的问题
   C. 物质和意识的关系问题
   D. 认识世界和改造世界的问题

6. 哲学的两大基本派别是(　　)
   A. 唯物主义与唯心主义
   B. 主观唯心主义与客观唯心主义
   C. 可知论与不可知论
   D. 辩证法与形而上学

7. 下列各项属于哲学基本问题内容的是(　　)
   ①思维和存在何者为第一性　②思维能否产生理论　③思维和存在是否有同一性　④思维能否正确地反映存在
   A. ①②③　　　　　　B. ①②④
   C. ①③④　　　　　　D. ②③④

8. 唯物主义和唯心主义是两种根本对立的哲学派别。其根本区别是(　　)
   A. 是否承认世界具有可知性
   B. 是否承认意识对物质具有能动作用
   C. 是否承认物质决定意识
   D. 是否承认意识能够直接作用于物质

9. 下列说法正确反映思维和存在关系的是(　　)
   A. 眼开则花明,眼闭则花寂
   B. "形存则神存,形谢则神灭"
   C. 神灵天意决定着社会的变化
   D. "物是观念的集合"

10. 下列属于唯物主义观点的有(　　)
   ①巧妇难为无米之炊　②没有调查就没有发言权　③心外无物　④天地合而万物生　⑤不怕做不到,只怕想不到
   A. ①②③　　　　　　B. ①②④
   C. ①④⑤　　　　　　D. ②③④

11. 孔子认为:"死生有命,富贵在天。"孟子认为:"万物皆备于我。"这两种观点的主要区别是(　　)
   A. 前者强调客观条件,后者强调主观条件
   B. 前者是客观唯心主义,后者是主观唯心主义
   C. 前者属于唯物主义的观点,后者属于唯心主义的观点
   D. 前者是封建迷信,后者强调整个世界依赖于绝对精神

12. 科学家说哲学是科学之王;艺术家说哲学是艺术之母;社会学家说哲学是领导社会秩序的掌舵者;诗人说哲学的终点往往是诗歌的起点。哲学犹如一片水中漂浮的落叶,可以从多方面来理解,但归结到一点就是(　　)
   A. 哲学是仁者见仁,智者见智的学说
   B. 哲学是悬浮于空中的思想楼阁
   C. 哲学总是和人们的主观情绪联系在一起的
   D. 哲学是一门给人智慧、使人聪明的学问

13. "一个人不过是自然界一株脆弱的芦苇,但这

是一株会思考的芦苇,人因思想而伟大。"与此观点意义相同的是(　　)

A. 我思故我在

B. 思维是地球上最美的花朵

C. 物是观念的集合

D. 人是万物的尺度

14. 我们在实际工作中,都会面对处理工作计划与工作实际的关系,这在哲学上就是处理(　　)

A. 唯物主义和唯心主义的关系

B. 思维和存在的关系

C. 个人与社会的关系

D. 个人与他人的关系

15. 自有人类以来,思想领域内的斗争就一刻也没有停止过,而哲学上的斗争是最高形式的斗争。这里说的哲学上的斗争,最根本的是指(　　)

A. 物质和意识的斗争

B. 可知论和不可知论的斗争

C. 唯物主义和唯心主义的斗争

D. 辩证法与形而上学的斗争

16. 在古代欧洲,有过这样一首诗:那时候,上面的青天还没有称呼,下面的大地也没有名字,其阿玛诗(即海洋)是大家的生母,万物都和水连在一起。这首诗体现的是(　　)

A. 朴素唯物主义观点

B. 形而上学唯物主义观点

C. 辩证唯物主义观点

D. 唯心主义观点

17. 从右图漫画可以看出(　　)

①两者的观点反映了唯物主义与唯心主义的对立　②甲的观点是唯物辩证法的,乙的观点是形而上学的　③甲的观点是唯物主义的,乙的观点是唯心主义的　④两者的根本分歧在于物质与意识谁决定谁的问题

A. ①②③　　　　　　B. ①②④

C. ①③④　　　　　　D. ②③④

18. 十八世纪爆发于法国的启蒙运动向封建专制制度发动猛烈进攻,引发了法国大革命爆发。国王路易十六曾经哀叹道:是伏尔泰和卢梭毁灭了法国。下列关于哲学作用的认识中,正确的是(　　)

A. 哲学思想是社会发展的直接动力

B. 哲学是时代精神的总结和升华

C. 社会变革取决于哲学思想的进步

D. 哲学可以成为社会变革的先导

19. 一个民族的进步,不能没有哲学社会科学;一个民族的兴盛,离不开哲学社会科学的繁荣。我们要促进哲学的繁荣发展,是因为(　　)

①哲学是科学的世界观和方法论的统一　②哲学是指导人们生活得更好的艺术　③哲学具有世界观和方法论的功能　④哲学是社会变革的先导

A. ①②③　　　　　　B. ②③④

C. ①③④　　　　　　D. ①②④

20. 对社会生活中所说的"真正的哲学",我们应该如何看待(　　)

①真正的哲学都是自己时代的精神上的精华　②真正的哲学是社会变革的先导　③真正的哲学将会取代具体科学　④真正的哲学可以对生活、实践提供积极有益的指导

A. ①②③　　　　　　B. ①②④

C. ①③④　　　　　　D. ②③④

21. 马克思说:"哲学家并不像蘑菇那样是从地里冒出来的,他们是自己的时代、自己的人民的产物,人民的最好、最珍贵、最隐蔽的精髓都汇集在哲学思想里。"这段话的哲学内涵是(　　)

A. 任何哲学都是一定时代和社会的经济和政治在精神上的反映

B. 任何哲学都是时代精神的精华

C. 马克思主义哲学实现了哲学史上的伟大变革

D. 马克思主义哲学是时代变革的思想结晶

22. 现实的发展给我们提出了许多新的重大理论问题,所以我们对待马克思主义的态度应当是(　　)

①自觉把思想认识从教条主义的观念中解放出来　②坚持马克思主义的基本立场不动摇　③根据实践的发展,在坚持中发展　④一切行为和认识都以马克思主义经典著作中的论述为标准

A. ①②③　　　　　　B. ②③④

C. ①③④　　　　　　D. ①②④

23. 马克思主义是科学的,它始终严格地以客观事实为依据,而实际生活总是在不停地变动,这种变动的剧烈和深刻,近一百多年来达到了前人难以想象的程度。因此,马克思主义哲学必定随着时代、实践和具体科学的发展而不断发展,不可能一成不变。这一论断说明(　　)

A. 马克思主义哲学的发展推动了实践和具体科学的进步

B. 实际生活变动的加剧使马克思主义哲学变得难以捉摸和把握

C. 实践性是马克思主义哲学的鲜明特征

D. 科学发展观是对马克思主义的继承与发展

24. 列宁说，唯心主义是"一朵不结果实的花"，然而它却是生长在结果实的、活生生的人类认识之树上的一朵不结果实的花。这从一个侧面说明（　　）

A. 唯物主义的观点也不完全是科学的

B. 唯心主义对人们认识的发展也有积极的借鉴意义

C. 唯心主义是被无数实践证明了的空洞的学说

D. 唯心主义对人们认识和改造世界没有实际意义

25. 思想高尚的人，不会做偷鸡摸狗之事；思想龌龊的人，不可能成就惊天动地的事业。播种一种观念就收获一种行为，播种一种行为就收获一种习惯，播种一种习惯就收获一种命运。要改变命运，就要先改变行为；要改变行为，先要改变思想、解放思想。这是因为（　　）

A. 方法论决定世界观

B. 世界观和方法论互相转化

C. 世界观决定方法论

D. 世界观和方法论都有相对独立性

二、问答题（每题 7 分，共 28 分）

26. 德国古典哲学杰出代表之一费尔巴哈指出"如果小猫所看到的老鼠只存在于小猫的眼睛中，如果老鼠是小猫视神经的感觉，那么为什么小猫用它的爪子去抓老鼠而不去抓自己的眼睛呢？"从哲学角度回答下列问题：

（1）"小猫看到的老鼠"与"小猫眼睛中的老鼠"各指什么？（4 分）

（2）费尔巴哈的比喻说明什么问题？（3 分）

27. 有人认为：承认物质利益就是唯物主义，强调精神作用就是唯心主义。请你评析这一看法。（7 分）

28. 材料一：18 世纪的法国爆发了一场资产阶级启蒙运动，出现了一大批启蒙大师。他们高举自由、平等、人权和理性的旗帜，向封建专制制度和宗教神学发动了猛烈的进攻。正是这场伟大的启蒙运动，迎来了轰轰烈烈的法国资产阶级大革命。

材料二：正像在 18 世纪的法国一样，在 19 世纪的德国，哲学革命也作了政治崩溃的先导。——恩格斯

请用哲学与社会变革的关系原理分析上述材料。（7 分）

29. 有人认为：哲学是推动社会前进的唯一动力。请你谈谈对这一观点的认识。（7 分）

三、论述题(每题 11 分,共 22 分)

30. 材料一:贝克莱认为,"存在就是被感知",事物是由人的各种感觉构成的。黑格尔认为,整个世界是"绝对观念"的"外化"和产物。

材料二:古希腊第一位哲学家泰勒斯说,世界的本原是水,没有水就没有万物。我国北宋哲学家张载提出了以"气"为核心的宇宙结构说,认为世界是由两部分构成的,一部分是看得见的万物,一部分是看不见的,而两部分都是由"气"组成的。

(1)材料一两位哲学家的说法分别属于什么观点?二者有什么共同点?(5 分)

(2)材料二集中体现了什么观点?这一观点有何局限性?(3 分)

(3)在世界本原问题上,马克思主义哲学是如何解释的?(3 分)

31. 材料一:任何哲学思想都不是凭空产生的,马克思主义哲学的产生也不是偶然的,它有着深厚的阶级基础。自然科学基础和理论来源。

材料二:党的十七大报告指出,要巩固马克思主义指导地位,大力推进理论创新,不断赋予当代中国马克思主义鲜明的实践特色、民族特色、时代特色。繁荣发展哲学社会科学,推进学科体系、学术观点、科研方法创新,鼓励哲学社会科学界为党和人民事业发挥思想库作用。

回答问题:

(1)马克思主义哲学产生的阶级基础是什么?理论来源是什么?(3 分)

(2)简述马克思主义哲学的基本特征。(6 分)

(3)马克思主义中国化的理论成果是什么?(2分)

第二单元　探索世界与追求真理

第四课　探究世界的本质

考点梳理

1. 自然界的物质性与人类社会的物质性

[考点解读]

(1)自然界中的事物是按照自身固有的规律形成和发展的,它们都是物质世界的组成部分。

(2)人类社会是物质的。从产生上看,人类社会是物质世界长期发展的产物;从存在上看,人类社会在本质上是一个客观的物质体系,构成它的基本要素(地理环境、人口因素和生产方式)都是客观的物质要素,这些要素的客观性,集中体现了人类社会的物质性;从发展上看,人类社会发展受客观规律支配。这些规律,不以人的意志为转移。

归纳:自然界是物质的,人类社会也是物质的,因此,世界是物质的世界,世界统一于物质。

(3)物质:不依赖人的意识并能为人的意识所反映的客观实在。物质的唯一特性是客观实在性。辩证唯物主义的物质概念概括了宇宙间一切客观存在着的事物和现象的共同本质,而不是指某一种具体的物质形态。

思维误区:要把握两个区分,即哲学上的物质概念与物质的具体形态是一般与个别、共性与个性的关系。哲学上的物质概念与自然科学上的物质概念是一般与个别、共性与个性的关系。

[真题展示]

(2009上海4)古希腊哲学家泰勒斯提出"水是万物的始基"。中国春秋时代《管子》一书中也指出"水者,何也? 万物之本原也"。他们的观点属于(　　)

A. 唯心主义的观点　　　　　　　　B. 科学的物质观

C. 辩证唯物主义观点　　　　　　　D. 朴素唯物主义物质观

分析:考查考点是物质。对这一考点的考查基本还是以选择题的形式,一般以给出哲学家的观点的方式考查学生对物质概念的理解。两个哲学家的观点都承认水是世界的本原,属于朴素唯物主义的观点,把哲学的物质归结为具体的物质形态。所以选D。A、B、C不合题意。

答案:D

2. 运动和物质的关系

[考点解读]

二者不可分。运动是物质的运动,物质是运动的承担者;世界上的一切事物都处在运动和变化之中,物质是运动的物质,运动是物质的根本属性和存在方式;离开物质谈运动是唯心主义,离开运动谈物质是形而上学。

[真题展示]

(2010江苏27)子在川上曰:"逝者如斯夫,不舍昼夜"。这句话蕴含的道理是(　　)

A.运动是无条件的、绝对的　　　　B.世界万物是永恒发展的

C.运动是物质的唯一特性　　　　　D.运动是离不开物质的

分析:本题考查物质和运动的关系。本考点的考查近年来多以选择题形式,一般通过俗语、诗句、思想家的言论考查学生的理解能力。孔子的话主要是说一切都是变化的,因此选A。C错误。B、D与题意不符。

答案:A

3. 绝对运动与相对静止

[考点解读]

静止的含义,静止是运动的一种特殊状态,一是指事物在它发展的一定阶段和一定时期,其根本性质没有

发生变化,二是说物体相对于某一参照系来说没有发生某种运动,或者说物体在一定条件和范围内没有进行某种特殊的运动。

运动是绝对的、无条件的、永恒的,静止是相对的、有条件的和暂时的。

4. 规律的概念

规律是事物运动过程中本身所固有的本质的、必然的、稳定的联系。

思维误区:区分规律与规律的表现。如价格围绕价值上下波动是价值规律的表现形式。

区分哲学上的规律与各种具体规律。二者之间是共性与个性、一般与个别的关系。

区分规律和规则:规律是客观的,规则是主观的,是人制定的。

[真题展示]

(2007 江苏 9)赫拉克利特说:世界是一团永恒的活火,在一定的分寸上燃烧,在一定的分寸上熄灭。它包含的哲理有(   )

①世界是物质的   ②物质是运动的   ③物质运动是有规律的   ④规律是可以认识和利用的

A.①②③   B.①②④   C.①③④   D.②③④

分析:考查规律考点,这一考点在高考中经常考查,既以选择题的形式出现,也以主观题的形式出现。审题关键在于抓住题干信息,世界是火说明世界是物质的;世界是活火,燃烧和熄灭都在一定的分寸上,说明物质是运动的,运动是有规律的。④叙述科学,但与题干无关。

答案:A

5. 规律具有客观性和普遍性

客观性:规律是不以人的意志为转移的;既不能被创造,也不能被消灭。

普遍性:自然界、人类社会、思维在其运动、发展的过程中,都遵循固有的规律。

方法论要求:规律的客观性要求我们必须遵循客观规律,按客观规律办事。

思维误区:(1)认为规律是客观的,规律是永恒的。

一切事物都有其产生、发展、灭亡的过程,不存在永恒的事物;联系具有条件性,因此,事物运动过程中固有的本质的必然的联系也会随着事物存在的条件的变化而变化,即规律的存在和发生作用是有条件的,不存在永恒的规律。

(2)认为规律有好坏之分。

规律是客观的,无好坏之分,可以给人类带来积极作用,也可以给人类带来消极作用,但这不等于说人们在规律面前无能为力。人们能够利用对规律的认识,预见事物发展的趋势和方向,指导实践活动,改造客观世界;也可以改变或创造条件,限制某些规律发生破坏作用的范围,使人们少受其害或免受其害,直至变害为利,为人类造福。

[真题展示]

(2008 重庆 31)为满足北京奥运会期间各国运动员对蔬菜种类与营养的不同需求,中国农艺师引进了多种新品种洋菜,根据北京地区周边省市的海拔高度来确定各种蔬菜的种植与运输方案,使洋菜"本土化",打破了"橘生淮南则为橘,橘生淮北则为枳"的观念。农艺师打破"橘生淮南则为橘,橘生淮北则为枳"的观念,遵循的哲学依据是(   )

A. 人的理性为自然界立法

B. 人可以改变规律起作用的前提条件

C. 人不能改变规律,但能改变规律起作用的具体状况

D. 客观事物的规律是客观的,思维活动的规律是主观的

分析:本题考查对规律客观性考点,属于经常考查的考点,近年来高考试题往往以情境或者现实问题为切入点来考查关于规律的相关知识。需要学生对有关规律的相关知识进行整合,重点把握规律客观性与普遍性,客观规律与主观能动性的关系。题干主旨是农艺师打破"橘生淮南则为橘,橘生淮北则为枳"的观念,根据北京周边省市的海拔高度种菜,使洋菜本土化,说明人可以在尊重规律基础上,根据规律发生作用的条件和形式利用规律。A是唯心主义观点,B错肢。D错肢,思维规律也是客观的。

答案:C

解题指导

1.(2010 天津 10)亚洲有一种毛竹,最初 5 年里在地下生根长达十几米,人们几乎看不到它的生长。第 6 年雨季到来时,它钻出地面,以每天 60 厘米的速度迅速长到 30 米高。这种现象反映了(　　)

A.静止是相对的,运动是绝对的

B.只要发生量变,就有质的飞跃

C.事物发展是前进性与曲折性的统一

D.认识事物要坚持整体与部分的统一

2.(2009 江苏 26)"少年安能长少年,海波尚变为桑田。"唐代诗人李贺的这一诗句体现了(　　)

A. 运动是永恒的、绝对的和有条件的

B. 运动是物质的唯一特性

C. 运动是物质的固有属性和存在方式

D. 运动是静止的特殊状态

3.(2008 江苏 28)"天地之变,寒暑风雨,水旱螟蝗,率皆有法。"这句话包含的哲学道理是(　　)

A. 规律是事物本质的必然的联系

B. 只有自然界的运动是有规律的

C. 规律可以为人所认识

D. 一切事物的运动都是有规律的

【答案】

1. A　路点拨:抓住主要信息:毛竹一直在生长。因此 A 正确。B 错肢。量的积累达到一定程度才会质变。C、D 叙述科学但与题意不符。

2. C　思路点拨:诗歌经常作为哲学试题的题面,考查学生对其的哲学理解。诗句说明一切是运动变化的。A 错肢,运动是无条件的。B 错肢,物质的唯一特性是客观实在性。运动是物质的根本属性。D 错肢,静止是运动的特殊状态。

3. D　思路点拨:俗语的意思是说天地变化、寒来暑往、风风雨雨,洪水干旱、虫害的发生都是有规律的。A 错肢,对规律的定义不科学。B 错肢,自然界和社会运动都是有规律的。C 叙述科学,但与题意无关。

第五课　把握思维的奥妙

考点梳理

1. 意识的起源及生理基础

[考点解读]

从意识的起源看:意识是物质世界长期发展的产物;意识是自然界长期发展的产物;意识是社会发展的产物,是社会实践的产物。

从意识的生理基础看:意识是人脑的机能。

思维误区:意识是大脑的机能是错误的,因为动物没有意识,意识是人脑特有的机能。

2. 意识的内容与形式

[考点解读]

从意识的内容和形式看:意识是客观存在的反映

要形成意识,不仅需要人脑,还必须有被反映的客观存在。不管是错误的意识还是正确的意识,都是人脑对客观存在的反映,都是客观存在通过生活和实践的环节进入人脑、并在人脑中加工改造的结果。因此,意识是客观存在的主观映象。

思维误区:

(1)意识的形式与内容都是主观的

意识的形式是主观的,意识的内容是客观的,来自于客观实在。

(2)意识来源于人脑,有了人脑就有意识。

人脑是产生意识的生理基础,但有了人脑并不等于有了意识。人只有生活在一定的社会环境中,客观存在通过实践作用与人脑,人脑才会形成对客观存在的反映,才有了意识。

(3)错误意识是人脑主观自主地凭空想象的,不是对客观事物的反映。

从意识的本质来看,意识是客观存在在人脑中的反映。意识有正确和错误之分,正确的意识如实的反映了客观事物的本来面目,而封建迷信等错误的思想意识,也是客观存在在人脑中的反映,只不过是客观事物在人脑中的歪曲反映而已。

[真题展示]

(2010 重庆 30)正在上海世博会丹麦馆展出的"美人鱼"雕像,是根据安徒生童话中的"美人鱼"形象创作的,许多孩子都是读着安徒生童话长大的,但因为成长背景,生活习俗等差异,每个人心中都有一个不同的"美人鱼"形象。材料表明(   )

A.安徒生的童话世界是客观存在的

B.人们心中的"美人鱼"形象是以"美人鱼"雕像为基础的

C.人们对"美人鱼"认识的差异性,源于一定的主客观条件

D.安徒生心中的"美人鱼"是主观思维的产物,缺乏客观基础

分析:考查意识的本质考点。安徒生童话世界是安徒生主观创作的结果,是主观思维的产物,但它来源于客观的物质世界,材料表明人们根据安徒生的童话,结合自己的成长背景、习俗等形成自己对美人鱼的认识,说明人们对"美人鱼"的认识源于一定的主客观条件,C项正确。

答案:C.

3.意识能动性的特点

[考点解读]

人能够能动地的认识世界

(1)意识活动具有目的性和计划性

(2)意识活动具有主动创造性和自觉选择性

[真题展示]

(2009 江苏 28)"其实胸中之竹,并不是眼中之竹也,因而磨墨展纸,落笔倏作变相,手中之竹又不是胸中之竹也。"郑板桥的这句话蕴含的道理是(   )

A. 意识活动具有主动创造性   B. 意识活动具有客观实在性

C. 意识活动具有生动形象性   D. 意识活动具有主观随意性

分析:本题考查考点意识能动作用的特点。高考中经常考查的考点。胸中之竹不是眼中之竹、手中之竹也不是胸中之竹,人作画的过程是一个再创造的过程,说明意识活动具有主动创造性。B、C、D都是错肢。

答案:A

4.意识能动性的表现

[考点解读]

人能够能动地认识世界:意识不仅能够反映事物的外部现象,而且能够把握事物的本质和规律;

人能够能动地改造世界:意识对改造客观世界具有指导作用。人们在意识的指导下能动地改造世界,即通过实践把意识中的东西变成现实的东西,促进客观事物发展。

思维误区:

(1)意识直接作用与客观事物

意识的反作用不能直接引起物质具体形态的变化,只有借助于人的实践活动这一环节去促使客观事物发生变化。

(2)只有正确的意识才对客观事物具有反作用

意识对客观事物的反作用取决于意识的性质。不同性质的意识对客观事物具有不同的反作用。正确的意识反映客观事物及其发展规律的意识,对客观事物起指导、促进作用。歪曲反映客观事物及其发展规律的意识,对客观事物的发展消极、阻碍的作用。

(3)人们的意识都是一样的

人们的意识具有一致性,不论何种意识都是人们对客观事物的反映。但不同的人面对同一客观事物的进行反映时,由于受主、客观条件的制约,得出的结论可能各不相同。

知识拓展:物质和意识的辩证关系原理

(1)内容:物质决定意识,意识对物质具有能动作用。正确的意识对客观事物的发展起积极的促进作用,错误的意识对客观事物的发展起消极的阻碍作用。

(2)方法论:一切从实际出发,实事求是

(3)如何理解物质和意识的辩证关系?

物质的决定作用和意识的能动作用不可分割。只承认物质的决定作用,否认意识的能动作用,是形而上学唯物主义,只承认意识的能动作用,否认物质的决定作用,是唯心主义。

物质的决定作用和意识的能动作用是不同性质的作用,不能等量齐观。前者是前提、基础,是第一性的,因为物质决定意识。后者是第二性的,因为意识是物质的产物,人脑的机能,是客观存在在人脑中的主观映象,受客观世界的制约。

[真题展示]

1.(2009 全国Ⅱ31)胡杨树生长在中国西北浩瀚的沙漠中,它扎根深,抗干旱,迎风沙,耐盐碱,生命力极强。人们赞美它"生而千年不死,死而千年不倒,倒有千年不朽",称其为"英雄树",誉之为中华民族坚忍不拔精神的象征。弘扬中华民族精神(　　)

①可以激发人们昂扬的精神状态,体现了意识对物质的积极的反作用　②可以为现代化提供精神动力,体现了意识对物质的相对独立性　③可以调动人的精神能量,体现了意识对物质的特殊决定作用　④可以促进人的全面发展,体现了意识对物质的依赖关系

A.①②　　　　　　B.①③　　　　　　C.②③　　　　　　D.③④

分析:考查考点是意识的能动作用的表现。这一考点是高考选择题及主观试题的重要命题点,在近年来的考试中经常涉及。经常以时政热点问题为切入点或者设置生活情境来考查学生对这一考点的理解。比如科学发展观、中华民族精神、社会主义核心价值体系等都属于正确的意识,对事物发展起促进作用。

①②是正确的,因为中华民族精神属于正确的意识,对客观事物的发展起积极促进作用。③错肢,因为只有物质才决定意识。④不选,因为不符合题意。

答案:A

2.(2009 山东28)材料二:2008年下半年以来,全球经济减速对我国的影响加深,我国财税政策进行了适时调整,释放出"保增长、扩内需、调结构"的强烈信号,并逐步形成"结构性减税"的基调(结构性减税是针对特定税种、基于特定目的而实行的减税,是"有增有减,结构性调整"的一种税制改革方案)。

(4)结合材料二,分析"结构性减税"政策确立的哲学依据。

分析:本题考查意识能动作用、一切从实际出发、具体问题具体分析、系统优化等考点。是一道综合试题。要求学生综合运用哲学知识作答。试题以我国如何应对金融危机为切入点,考查学生对于我国实施"结构性减税"的哲学依据的认识。富有时代性、综合性的特点。从试题设问的角度说本题考查国家执行某一政策的哲学依据,也有的试题考查国家做事情是怎么样坚持哲学观点的?(如怎么样坚持一切从实际出发?怎么样坚持联系等)也有的试题是以某一哲学观点来分析一个具体的事件等。

答案:①坚持了一切从实际出发,具体问题具体分析。根据国内外经济形势的变化,针对特定税种、基于特定目的而实行结构性减税;

②发挥了意识的能动作用。实行结构性减税政策,是意识能动性的体现,有利于"保增长、扩内需、调结构"目标的实现;

③运用了系统优化的方法。实行结构性减税,将构成整体的各个部分进行优化组合,使整体功能大于部分功能之和。

5. 尊重客观规律与发挥主观能动性

[考点解读]

原理内容:尊重客观规律是发挥主观能动性的前提和基础,认识和利用规律要发挥人的主观能动性。要把尊重规律和发挥主观能动性相结合。

方法论:实事求是

[真题展示]

(2007 宁夏21)荒漠化治理是世界性难题。有专家根据部分地区的成功经验提出,对于人力治理效果不佳

的地区,可采用"人退"的方法,创造条件让自然界自我修复,实现"沙退"的目的。这种治理荒漠化的新思路体现的哲学道理是(　　)

①正确发挥主观能动性要以尊重和认识客观规律为前提　②适当放弃主观能动性的发挥体现对客观规律的尊重　③人的活动与自然生态存在着不可解决的矛盾　④人的活动是自然生态系统的重要影响因素

A.①②　　　　　B.③④　　　　　C.①④　　　　　D.②③

分析:考查主观能动性与客观规律的关系。是唯物论中的重大原理之一,高考常考的重要考点。既以选择题的形式也以主观题的形式考查过。学生在学习的过程之中要重点把握二者的辩证关系。尤其在倡导科学发展观,人与自然和谐发展的当代,这一原理更具有价值,在复习中要引起高度重视。以人类治理荒漠化为切入点,题干中心是人类如何创造条件治理荒漠化,这一过程是人类尊重客观规律,发挥主观能动性,根据规律发生作用的形式和条件利用规律,选①④。②③是错肢。

答案:C

(2009 北京 40)中华人民共和国成立以来,中国共产党领导全国各族人民沿着社会主义道路进行了不懈的探索。回答下列问题。

中国共产党把坚持马克思主义基本原理同推进马克思主义中国化结合起来,开辟了中国特色社会主义道路。中国特色社会主义道路的探索过程,是我们党在实践基础上不断深化对共产党执政规律、社会主义建设规律和人类社会发展规律认识的过程,是创造性地探索和回答一系列重大理论与实际问题的过程(如下图),是中国特色社会主义理论体系的形成过程。

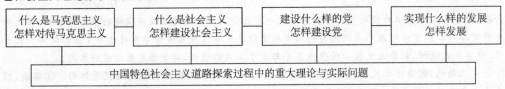

运用哲学常识中关于规律的相关知识,说明中国特色社会主义道路的探索过程。

分析:本题考查的考点有规律、规律客观性、认识的根本任务(旧教材)、客观规律与主观能动性的关系。试题以重大理论产生的过程为背景考查规律的相关知识,是对有关规律知识的高度概括和总结,要求学生运用哲学观点来分析理论探索的过程,综合性非常强。本题给学生的启示是对于哲学中有些观点要学会总结,如联系、发展、矛盾等,形成一个知识系统,这样有利于调动运用知识。试题设问的形式是近年高考试题常见形式,即以某一个哲学观点(原理)来分析现实问题。以往高考试题也有"上述材料反映了那些哲学观点"的设问,不同的设问需要不同的答题方法。

答案:①规律是事物运动过程中固有的本质的必然的联系。规律是客观的。中国特色社会主义道路的探索过程,是立足国情、尊重规律、实事求是的过程。②认识的根本任务是把握事物的本质和规律。中国特色社会主义道路的探索过程,是不断深化对共产党执政规律、社会主义建设规律和人类社会发展规律的认识,把握中国特色社会主义主义的本质和规律的过程。③认识事物的本质和规律是一个艰苦的探索过程,需要不断发挥主观能动性。在实践的基础上,认识不断深化、扩展和向前推移。中国特色社会主义道路的探索过程,是我们党创造性地探索和回答一系列重大理论与实际问题,不断推进马克思主义中国化,形成包括邓小平理论、"三个代表"重要思想以及科学发展观等重大战略思想在内的中国特色社会主义理论体系的过程。

6.一切从实际出发,实事求是

[考点解读]

(1)含义:我们做事情要尊重物质运动的客观规律,从客观存在的事物出发,经过调查研究,找出事物本身固有的而不是臆造的规律性,以此作为我们行动的依据。

(2)一切从实际出发,实事求是依据

哲学依据(理论):第一,世界的本原是物质,意识是物质的反映,物质决定意识,这要求我们一切从实际出发;第二,事物运动是有规律的,规律具有普遍性和客观性,规律的存在和发生作用不以人的意志为转移;同时人具有主观能动性,可以认识和利用规律。这要求我们实事求是。

具体分析(实践):这是我们做好各种事情的基本要求,也是无产阶级政党制定和执行正确的路线、方针、政策的前提和依据。

(3)坚持一切从实际出发、实事求是

坚持一切从实际出发,实事求是,要求我们充分发挥主观能动性,坚持科学理论指导实践,解放思想,与时俱进,探求事物的本质和规律,在实践中检验和发展真理。

要求我们把发挥主观能动性和尊重客观规律结合起来,把高度的革命热情同严谨踏实的科学态度结合起来。

既要反对夸大意识能动作用的唯意志主义,又要反对片面强调客观条件,安于现状、因循守旧、无所作为的思想。

知识拓展强调一切从实际出发,就是反对从主观出发,从主观出发有三种表现:从理论出发(教条主义、本本主义);从经验出发(经验主义);从个人主观好恶出发。

[真题展示]

(2008 海南16)某地利用当地特色民族文化资源打造旅游业:以民族文化为内容,以民族村寨为载体,以原汁原味为亮点,建立原生态文化旅游经济圈,取得了良好的经济效益。"原生态文化旅游经济圈"的创建思路所蕴含的哲学道理有( )

①从实际出发,发挥本地旅游资源的优势 ②在历史与现实、经济与文化的联系中发掘有利因素 ③发挥主观能动性,创造发展旅游业的规律、商机和条件 ④把握原生态文化凝固不变的特点,发展特色旅游经济

A.①②　　　　　　　B.①③　　　　　　　C.②④　　　　　　　D.③④

分析:考查一切从实际出发、联系的考点。高考常考考点。尤其是一切从实际出发作为重要的方法论,主观试题和选择题常常有涉及。因为无论是国家建设还是个人成长都要一切从实际出发。试题往往以国家经济建设中遇到的问题、采取的措施以及个人成长过程中遇到的问题、做出的选择为切入点,考查学生对于一切从实际出发的理解和运用。

抓住题干中心即某地利用当地特色民族文化资源(当地实际)打造旅游业,设问是蕴含的哲学道理是什么。①②符合题意。③错肢,因为规律是不能创造的。④错误,原生态文化不是凝固不变的。

答案:A

解题指导

1.(2010 福建35)某同学在学校感到自卑,影响了生活和学习。老师开导他,如果只看到自己的缺陷和不足就会产生消极情绪,我们要善于挖掘自身优势与潜力,积极体验成功。该同学根据老师的指导,经过不断努力,逐渐找回了自信。这告诉我们( )

A.转变思考问题的角度决定着自卑向自信的转化

B.人们能够在意识的指导下能动地改造客观世界

C.调动意识的自觉选择性是解决矛盾的首要条件

D.世界观不同的人对同一事物有不同的心理体验

2.(2010 山东24)下图既可以看成正在对视的两个人,也可以看成一个酒杯。这表明( )

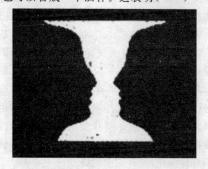

A.运动是客观事物的固有属性和存在方式

B.人们的认识结果是由认识的主体决定的

C.意识对客观世界的反映是主动而有选择的

D.人们的认识活动可以能动地改造客观世界

3.(2009 海南19)20世纪科学技术的发展,使19世纪法国作家埃勒·凡尔纳在其小说中描述的很多的科学幻想成为现实,如电视机,直升飞机,潜水艇和人类登月等,很多发明家承认他们从凡尔纳的科学幻想中受到启发,甚至有人说:"现代科学只不过是将凡尔纳的语言付诸实践的过程而已",作为人类意识花朵的科学幻想的付诸实现,表明( )

①意识不仅反映世界,而且能够通过实践改造世界

②意识怎样幻想世界,世界就会发生怎样的变化

③意识因其创造性,而具有直接现实性

④意识因其能动性,而可以成为实践的先导

A.①②　　　　　　　B.②③

C.①④　　　　　　　D.②④

4.(2008 上海 6)依据人物性别、年龄、职业、身份、性格和创作者对人物的褒贬不同,京剧的行当可以划分为生、旦、净、末、丑。每一行当都有不同地脸

谱造型,这些脸谱是对社会生活中形形色色人物形象进行抽象概括后艺术加工。用哲学的语言来说(　　)

A. 艺术源于艺术家的主观创作

B. 客观现实以艺术作为摹本

C. 艺术是对客观现实能动的反映

D. 客观现实是对艺术的再创造

5.(2008 宁夏 22)随着科学技术的发展,目前 72 小时的气象预报可以和 25 年前 36 小时的气象预报一样可靠。但由于受天气状况原始数据、计算手段、分析能力等条件的限制,气象预报难以避免误差。在这个意义上,气象预报仍然是一门不精确的科学。随着气象预报科学技术的发展,人们能够作出更精确和更长期的气象预报,其哲学依据是(　　)

①大气运动尽管复杂,但有规律并可以被认识

②大气运动的偶然性逐渐向有规律的必然性转化

③科学技术的发展使人们认识这些规律的能力不断提高

④科学技术的发展已使人们完全掌握大气运动的规律

A.①②　　　　　　　B.①③

C.②④　　　　　　　D.①④

6.(2007 上海 15)旅行家保罗·泰鲁在《游历中国》中写到,"有昆仑山脉在,铁路就永远到不了拉萨。"然而,青藏铁路的建设者们依靠智慧和勇气,破解了多年冻土、高寒缺氧和生态脆弱三大世界难题,创造了"天堑变通途"的人间奇迹。青藏铁路的建成表明(　　)

A. 人类可以认识和利用规律造福自身

B. 实践活动不受客观条件的制约

C. 发挥主观能动性可以创造一切奇迹

D. 人类已经全面把握自然规律

7.(2008 广东 40)材料1:随着地球生态环境恶化,自然灾害频发:全球气候变暖、飓风频频登陆、非洲洪水泛滥、美国南方龙卷风肆虐……人类既是受害者,又是肇事者。

材料2:2008 年春运高峰期间,冰雪给中国南方带来巨大灾难:交通中断,部分地区断水断电,严重影响国计民生。党和国家领导人亲临救灾第一线,制定周密的计划;全国军民发扬吃苦耐劳的精神,生产自救,重建家园,万众一心,取得抗灾救灾重大胜利。

根据上述材料,运用《生活与哲学》知识回答:

(1)结合材料1、材料2说明尊重客观规律与发挥主观能动性的关系。

【答案】

1.C　思路点拨:抓住题干中心:一同学转变观念,挖掘自身优势,由原来的自卑逐渐找回自信,说明 C 是正确的。"转变观念,挖掘自身优势"正是发挥了意识的自觉选择性,实现了矛盾转化。A 错肢。B、D 叙述正确但不合题意。

2.C　思路点拨:在本题中,首先要弄清楚题干中说"既可以看成……也可以看成……"这是人们对一事物的不同看法,反映了意识自觉选择性。B 错误。人的认识结果受主体的影响,不是由认识主体决定的。不同主体认识结构的差异有其客观根源,但都是对客观事物的反映。D、A 叙述正确但不符题意。

3.C　思路点拨:首先审查题干,抓住有效信息,即科学幻想通过人类的实践活动成为现实存在。主要考查对意识作用的理解。审查题肢选①④符合题意。人的意识不仅能认识世界,而且能够通过对实践的指导作用,来改造世界。②③错肢,意识对客观世界的指导作用必须通过实践活动,才能实现,不具有直接现实性。

4.C　思路点拨:考查意识是物质的反映。脸谱艺术(意识)来源于现实,但又有所创造,选 C。A 错肢,否认了意识的内容来自客观存在。B、D 错肢,颠倒了物质和意识的关系。

5.B　思路点拨:审题干,中心是气象预报的可靠性有所提高,但仍然存在误差。但未来人们可以更准确。审查题肢,选①③。②错肢,大气运动是有规律的。④错肢。人们对大气运动的规律的认识还有待于深化,没有完全掌握。

6.A　思路点拨:题干有效信息是人们建成青藏铁路,这一壮举是人类发挥主观能动性认识利用规律的结果。B、C、D 错肢。实践受主客观条件的制约;正确发挥主观能动性才能创造奇迹;人类对自然规律的认识有待深化,没有完全把握。

7.(1)①从材料1可见,生态环境的恶化、自然灾害频发与人类没有从根本上尊重客观规律有关。规律具有客观性、普遍性。人类如果违背了规律,就会受到规律的惩罚。地球生态环境恶化就是客观规律对人类的惩罚。②材料2说明,人的意识对客观事物具有能动作用。意识活动具有目的性、计划性、主动创造性和自觉选择性。中国人民在党和政府领导下从实际出发,制定切实可行的拯救计划,充分发挥主观能动性,生产自救,重建家园,最终取得了抗灾救灾的重大胜利。③尊重客观规律和发挥主观能动性要求我们一切从实际出发,实事求是,把革命的热情和科学的态度结合起来,才能处理好人与自然的关系。

思路点拨:这是一道材料题,材料题要抓住材料给出的有效信息,如果是几组材料要弄清楚材料之间的关系。提取材料一的有效信息是人类导致生态恶化等恶果,同时又深受其害。材料二人类怎样战胜冰雪灾害。两个材料之间的关系是:材料一是反面事例(人类不尊重客观规律),材料二是正面事例(人类正确发挥主观能动性)。设问要求是说明用一个具体的原理。本题要求学生提取材料有效信息说明尊重客观规律与发挥主观能动性的关系。值得注意的是答案的第三层往往为学生所忽略,所以在答哲学试题的时候,一般说来我们阐述原理的同时要把方法论也阐述之。

第六课　求索真理的历程

考点梳理

1. 实践的概念及特点

[考点解读]

实践是人们改造客观世界的一切物质性活动,实践都是以人为主体、以客观事物为对象的物质性活动,是一种直接现实性活动,它可以把人们头脑中的观念的存在变为现实的存在。

特点:实践具有客观物质性;主观能动性、社会历史性。

[真题展示]

(2009上海22)当甲型 H1N1 流感在全球许多国家传播时,世界各国通力合作,严加防范,以抗击这一流感的蔓延和肆虐。这种实践活动是一种(　　)

①客观的物质活动　②纯粹主观的活动　③自觉能动的活动　④社会历史的活动

A.①②③　　　　　　B.②③④　　　　　　C.①③④　　　　　　D.①②④

分析:考查实践的特征。以现实生活之中的问题切入,题干中心是世界各国合作,共同抗击非典,这是一种实践活动,具备实践的三个特征。②错肢。

答案:C

2. 实践是认识的基础

[考点解读]

(1)实践是认识的来源

(2)实践是认识发展的动力

(3)实践是检验认识真理性的唯一标准

要检验一种认识是否正确地反映了客观事物,只有通过实践,实践可以把主观与客观联系起来加以比较和对照,检验主观认识和客观实际是否符合。通过实践,人们可以把自己头脑中的观念的存在变为现实的存在。在这一过程中,人们把指导自己实践的认识和实践所产生的结果加以对照,从而检验认识是否正确反映了客观事物。

(4)实践是认识的目的

思维误区:"认识的来源"和"获得认识的途径"

人们获得认识的途径有两个:一是通过实践获得的直接经验,一是从他人那里主要是通过书本获得的间接经验。无论是直接经验还是间接经验归根到底都来自于实践,因为书本知识也是别人通过实践得来并且写成的,因此实践是认识的唯一来源。

在实际生活中,我们既要强调一切真知来源于实践,又要看到读书学习的重要性。

知识拓展:实践和认识的辩证关系

内容:实践决定认识,认识对实践有反作用。科学理论对实践有指导作用。

方法论:坚持理论和实践相结合。

[真题展示]

(2010 全国 21)木星是太阳系中体积最大的行星,人们对它充满无限遐想。为了解木星的形成、进化和结构等,在最新航天科技的支持下,美国预计于 2011 年 8 月发射新的木星探测器"朱诺"。对木星的科学探测活动将进一步佐证(   )

①人类的好奇、兴趣和遐想是推进有关木星认识的直接动力   ②现代科技和探测手段的发展推动有关木星认识的深化发展   ③实践发展提出的客观需要是推进有关木星认识的根本动力   ④严密的逻辑和精心的准备能确保木星探测实践的如期成功

A.①②   B.②③   C.②④   D.③④

分析:考查实践是认识的基础这一重要考点,高考经常考查。实践是认识发展的动力,实践的需要推动着人们去进行新的探索和研究,而实践提供的新的认识工具促进了认识的发展,故②③正确。①说法错误,实践是认识发展的动力;④说法绝对化,探测实践能否成功取决于能否把尊重客观规律与发挥主观能动性结合起来。

答案:B

3.真理

[考点解读]

(1)真理是人们对客观事物及其规律的正确反映,是标志主观同客观相符合的哲学范畴。

(2)真理的基本属性是客观性。这是因为:真理的内容是客观的,是不以任何人的主观意志为转移的;检验真理的标准是客观的,实践是检验真理的唯一标准。

(3)真理都是有条件的。任何真理都有自己适用的条件和范围,超出条件和范围,真理就会变成谬误。

(4)真理是具体的。任何真理都是主观与客观、理论与实践的具体的历史的统一。

[真题展示]

(2008 江苏 31)三角形内角之和等于 180,这是古希腊数学家欧几里得提出的定理。在此之后的两千多年里,人们一直把它当作任何条件下都适用的真理。但是,19 世纪初,俄国数学家罗巴切夫斯基提出:在凹曲面上,三角形内角之和小于 180。随后,德国数学家黎曼提出:在球形凸面上,三角形内角之和大于 180。这说明真理是(   )

①因人而异的   ②具体的   ③有条件的   ④客观的

A.①②   B.①③   C.①④   D.②③

分析:本题考查真理考点。对真理的考查多以选择题的形式,一般是考查真理的条件性和客观性。经常以名家之言或者历史事件为载体,考查学生对真理的理解。在不同的条件下(平面、凹曲面、球形凸面),三角形内角和是不一样的。说明真理是具体的、有条件的。①错肢,真理是客观的,是不以人的意志为转移的。④叙述科学,但与题意不符。

答案:D

4.认识过程

[考点解读]

(1)认识的反复性

从认识的主体来看,人们对客观事物的认识总要受到具体的实践水平的限制,还会受到不同的立场、观点、方法、知识水平、思维能力等条件的限制;从认识的客体来看,客观事物是复杂的、变化着的,其本质的暴露和展现也有一个过程。

人们对一个事物的正确认识往往要经过从实践到认识,再从认识到实践的多次反复才能完成。

(2)认识的无限性

认识的对象是无限变化着的物质世界,作为认识主体的人类是世代延续的,作为认识基础的社会实践是不断发展的。

人类认识是无限发展的。追求真理是一个永无止境的过程。

(3)认识的反复性和无限性,并不表明它是一种罗圈式的循环运动,相反,从实践到认识、再从认识到实践的循环是一种波浪式的前进或螺旋式的上升的过程。

知识拓展:怎样理解"世界上没有不可认识的事物,只有尚未认识的事物"?

(1)认识既是有限的,又是无限的。

(2)就每一个人或每一代人,或就认识的每一次来说,认识是有限的。从这个角度看,世界还有尚未认识之物。

(3)就整个人类,或就人类认识不断前进的历史趋势来说,认识是无限的。从这个角度看,世界没有不可认识之物。

[真题展示]

(2010 全国Ⅰ 28)1912 年,德国科学家魏格纳提出了大陆漂移说,否定了前人的大陆均衡说、路桥说,却被大多数科学家斥为"荒诞的怪论"。20 世纪 50 年代,支持大陆漂移说的新证据越来越多,大陆漂移说重新活跃起来。在此基础上,科学家通过进一步探讨,创立了后来成为主流的海底扩张说和板块构造说。人们对大陆漂移说认识的转变佐证了(　　)

①认识具有反复性,人们追求真理的过程总是曲折的　②认识具有无限性,人们追求真理的过程是永无止境的过程　③认识具有创新性,认识的进步以推翻已有理论为前提　④认识具有相对性,任何真理性认识都包含着谬误的成分

A.①②　　　　B.①③　　　　C.①④　　　　D.②③

分析:考查认识的过程这一考点。以历史事件为切入点,主要说明认识发展的曲折性和前进性。①②是正确的。③错误,认识的进步是在对已有理论"扬弃"的基础上的;④错肢,认识无相对性,真理有相对性,是指任何真理性认识都是在一定历史时期内对事物一定层次的认识,而非指包含谬误成分。

答案:A

解题指导

1.(2010 广东 34)关于"学习"有两种观点:其一,"人之岁月精神有限,诵说中度一日,习行中错一日,纸墨上多一分,身世上少一分。"其二,"教人必欲使其读尽天下书,将道全看在书上,将学全看在读上。"这两种观点没有处理好(　　)

A.物质与意识的关系　B.实践与认识的关系
C.真理与价值的关系　D.量变与质变的关系

2.(2009 浙江 32)一个科学研究小组对 5000 只"冰川豹蛛"进行测量后发现,1996－2005 年间,这种蜘蛛的体形平均增大了 8%－10%,同期当地每年的解冻期提前了 20－25 天,这支持了他们的猜想,剧烈的气候变化对当地蜘蛛的生长产生了影响。该研究小组负责人表示这种影响的后果很复杂,一下子无法估计出来,这一说法体现了(　　)

①事物间的联系是客观的、无条件的　②事物本质的暴露和展现有一个过程　③世界总有一些秘密不能为人所理解　④人的认识具有反复性、无限性

A.①②
B.③④
C.①③
D.②④

3.(2009 广东 16)"把学问用于装饰是虚假,完全依靠学问上的规则断事是书生的怪癖。"这表明(　　)

A.书本知识比亲身实践更为重要

B.实践是获得知识的唯一途径

C.实践是检验认识真理性的标准

D.书本知识要和具体实践结合

4.(2009 全国Ⅱ30)中国总理在英国剑桥大学做题为《用发展的眼光看中国》的演讲,指出:"我之所以强调用发展的眼光看中国,就是因为世界在变,中国也在变"。这是对中国改革开放带来的巨大发展的肯定,其中包含的深刻哲理是(　　)

①认识对象在变化发展,不能囿于静止的观点而无视其变化　②认识对象的改变,必然引起人们认识的改变　③看问题观点的改变,是认识结论变化的前提和基础　④看问题观点的不同,会导致对客观事物判断的差异

A.①②
B.①④
C.②③
D.③④

5.(2007 全国卷Ⅰ29)头孢曲松纳是一种常见的抗生素,临床应用十分广泛。但是,如果把它和某些药物一起服用,就会导致药效减弱、副作用增强,对人体造成损害。这种现象在医学上称为配伍禁忌。在没有发现这个问题的时候,曾出现病人服用该药物致死的案例。卫生主管部门在调查研究的基础上,并没有禁止使用这种药物,而是要求在药品使用说明书中写明配伍禁忌的有关情况。对一种药物及其配伍禁忌的认识,体现出认识(   )

①是一个永远不能达到真理的过程   ②是一个追求终极真理的过程   ③是一个永无止境的无限发展的过程   ④是一个包含矛盾的辩证发展过程

A.①②   B.②③
C.③④   D.①④

6.(2009 海南 23)辨析题:随着文明的发展,阅读已经成为人们学习知识、分享经验、塑造个人精神世界的重要途径。有人说:一个人的精神发展史,是他本人的阅读史。

运用认识论相关原理辨析:一个人的精神发展史,是他本人的阅读史。

【答案】

1.B 思路点拨:注意本题是逆向设问试题。其一是说:纸上谈兵的学问不是真学问,只有经历过实践历练出来的才是真学问、真本事。故前一句片面强调实践。其二中"将学全看在读上",则片面强调了读书的重要性,故选B。

2.D 思路点拨:题干中心是科学研究小组发现气候对动物生长有影响;且影响的后果复杂,一下子无法估计,说明②④正确。①错肢,事物之间的联系是有条件的。③错肢,世界上只有尚未被认识的事物,没有不能认识的事物。

3.D 思路点拨:题面是如何对待书本知识的问题,要把书本知识与实践相结合,D正确。A错肢,不能说谁比谁更重要。B错肢,人们获得知识的途径有两条:直接经验(实践)与间接经验(读书)。实践是认识的唯一来源。C叙述正确,但与题意无关。

4.B 思路点拨:总理的话主旨是如何看待中国(认识对象),因为中国(认识对象)在变,所以要用发展的眼光看中国。①④正确。②错肢,因为认识对象改变,人们的认识不见得发生改变,关键是用发展的眼光还是静止的眼光看问题。③错肢,实践是认识基础。

5.C 思路点拨:人们对药物及其配伍禁忌的认识不是一下子完成的,是不断认识的过程,选③④,①错肢,人们的认识是可以达到真理的,比如人们发现了此药的配伍禁忌。②错肢,世界上没有终极真理,真理是不断发展的。

6.一个人的精神发展是受多种因素影响的,其中起决定作用的是实践,实践是认识的来源,也是构成人的精神世界的基础。阅读的过程是能动地吸收、借鉴间接经验的过程,间接经验归根结底来源于直接经验,也来源于实践。阅读在个人精神世界的形成和发展中起重要的作用,是影响一个人精神世界的形成和发展的因素之一。

结论一:承认实践是精神发展的基础。强调个人的精神发展受阅读影响。学习间接经验的重要作用,则这个命题是正确的。

结论二:忽视实践在精神发展中的决定作用,夸大阅读对精神发展的作用,则这个命题不正确。

(结论写出一个即可)

思路点拨:辨析题要找到辨析点。本题辨析点较多,思维层次多。首先对命题判断,合理与不合理的地方是什么。一个人的精神发展史与阅读是什么关系?一个人的精神发展史究竟是由什么决定的?阅读与实践是一种什么样的关系。在逐个分析的基础上得出的结论要注意条件性。

周 练

一、单选题(每题2分,共50分)

1. 文字是意识的一种表现形式。东巴象形文字是一种十分原始的图画象形文字,它夸张、简约、气势生动,在丽江、中甸等纳西族地区沿用达十多个世纪。右图是东巴文中的"太阳"和"月亮",这说明( )

A. 意识是人脑特有的机能

B. 意识活动具有客观实在性

C. 意识活动具有主观随意性

D. 意识是客观存在的主观映象

2. 下列各项中体现出正确发挥意识能动性的选项有( )

①党对农村改革发展所处历史方位做出科学判断 ②在《中国应对气候变化国家方案》指导下减缓温室气体排放 ③我国政府积极调整过分依赖出口的发展策略以应对美国金融危机 ④三十年成就证明,改革开放是一条符合中国国情的正确发展道路

A.①③④ B.①②③

C.①②④ D.②③④

3. 我国民族传统文化中的成语、俗语蕴涵着深刻的哲理。下列成语、俗语与有关哲理对应正确的是( )

①日有所思,夜有所梦——意识是对客观存在的反映。 ②仁者见仁,智者见智——意识是客观存在的主观映象 ③种瓜得瓜,种豆得豆——认识对实践有反作用 ④不入虎穴,焉得虎子——实践是认识的基础

A.①②③ B.②③④

C.①③④ D.①②④

4. 开始于30年前的改革开放,孕育了中国特色社会主义理论,这理论将继续指引中国特色社会主义道路发展,并在这条大道上继续丰富和发展。这表明( )

①认识总要随着实践的发展而深化 ②探索真理的过程具有反复性与无限性 ③正确的意识对改造客观世界具有促进作用 ④实践是认识的来源和动力

A.①② B.③④

5. 我国首颗月球探测卫星"嫦娥一号"卫星拍摄制作的月球全图,是目前世界上已公布的最为清晰、完整的月球影像图。这体现的哲学道理有( )

①意识可以正确地反映客观事物 ②意识对客观事物的发展具有促进作用 ③世界上没有不可认识的事物,只有尚未被认识的事物 ④人们对月球的认识随着实践的发展而不断深化、扩展、向前推移

A.①②③ B.②③④

C.①②④ D.①③④

6. 在晏殊笔下,明月是近乎冷漠的不通人情:"明月不谙离恨苦,斜光到晓穿朱户"。而在张泌笔下,明月却是这样善解人意:"多情唯有春庭月,犹为离人照落花"。在不同诗人笔下,明月存在"无情"与"有情"的区别,这表明( )

A. 艺术创作是艺术家头脑自生的东西

B. 主体对客体的认识受主体主观因素的影响

C. 艺术创作的对象是艺术家独特主体意识的产物

D. 艺术创作的独特魅力就在于对客观对象的背离

7. 从植物成熟的周期,到太阳周而复始的轮回;从对季节更替的全程关注,到对播种与收获的适时测度……我们的先祖探索着自然运行的规律,并以此为指导安排农事和生活,也创造了春节与年的文化。上述材料体现了( )

①意识是客观存在的反映 ②亲身实践获得的认识才能促进实践发展 ③事物之间的联系是本质的、必然的、稳定的 ④发挥主观能动性可以认识、利用规律,为人类造福

A.①②③ B.①③④

C.②④ D.①④

8. "飞花两岸照船红,百里榆堤半日风。卧看满天云不动,不知云与我俱东。"这首诗说明( )

A. 万物都在概念中运动

B. 脱离物质的运动是存在的

C. 物质世界是绝对运动与相对静止的统一

D. 事物是静止的

9. 下列诗句中,与"天行有常,不为尧存,不为桀亡"包含同一哲理的是( )

A."旧时王谢堂前燕,飞入寻常百姓家"

B."桐花万里丹山路,雏凤清于老凤声"

C."谁挥鞭策驱四运?万物兴衰皆自然"

D."世人闻秋悲寂寥,我道秋日胜春潮"

10.《孟子》云"不违农时,谷不可胜食也","斧斤以时入山林,材木不可胜用也"。这表明( )

　　A. 自然界的变化是有规律的

　　B. 客观规律是可以被认识的

　　C. 自然界的发展规律是客观的

　　D. 改造世界必须遵循客观规律

11. 合成生物学家认为,生物的基因组图谱绘制正在完成,基因规律的揭示使得"细胞和基因可视作可编程的物质",人类能够创造出全新的物种,比如培育出一种自给自足的高效生物体,它能把太阳光转化为清洁的生物燃料,实现有害气体"零排放"。这表明( )

　　A. 规律是必须尊重的

　　B. 人们可以改造规律,为人类造福

　　C. 规律是事物的客观联系

　　D. 规律是可以认识和利用的

12. 人们能制造出神舟飞船、盖好鸟巢、研制出新的技术装备,成功的原因就在于( )

　　A. 听天由命　　　　B. 知命畏天

　　C. 从天而颂之　　　D. 制天命而用之

13. 从"发展才是硬道理"到"科学发展观"的提出,从"让一部分人先富起来"到"初次分配和再分配都要处理好效率与公平的关系,都要关注社会公平"。党的十七大对发展观和公平观的认识达到了一个新的高度,这说明( )

　　①真理都是具体的　　②认识对实践具有反作用　③认识到的真理总是在认识发展中不断被否定　④人类追求真理是一个永无止境的过程

　　A.①②　　　　　　　B.①④

　　C.①②④　　　　　 D.①③④

14. 如今,天气预报与人们的生活越来越密切。许多人在出门之前都要听听当天的紫外线指数、感冒指数、穿衣指数、洗车指数等。这些指数( )

　　A. 是客观存在的实际情况

　　B. 是人们与客观事物之间的主观联系

　　C. 可以预见事物发展的趋势,指导实践

　　D. 是正确的意识,能促进事物的发展

15. 列宁说:"当我们不知道自然规律的时候,自然规律是在我们的认识之外独立地存在着并起着作用,使我们成为'盲目的必然性'的奴隶,一经我们认识了这种不依赖于我们的意志和我们的意识而起作用的规律,我们就成为自然界的主人。"这表明( )

　　①规律是客观存在的　　②只要创造充分的条件就能改造规律　③人能够认识和利用规律　④人既是规律的主人又是规律的奴隶

　　A.①③　　　　　　　B.①④

　　C.①②④　　　　　 D.①③④

16. 一位成功的雕塑艺术家说:"在创作时,我常想人民在想些什么,想要些什么,时代需要些什么,我该怎样做才能使作品既有时代性,又能震动人心。"艺术家的创作( )

　　① 坚持了群众观点和群众路线　　② 坚持了两点论与重点论的统一　　③ 充分发挥了意识的能动作用　④ 坚持了主观与客观具体的、历史的统一

　　A.①②③　　　　　　B.①③④

　　C.①②④　　　　　 D.②③④

17.1919年的一次日全食,证实了爱因斯坦广义相对论的正确性。英国天文学家艾丁顿的观测结果与爱因斯坦事先计算的结果十分吻合,从此相对论得到世人的承认。材料主要体现了( )

　　A. 实践是认识的来源

　　B. 实践是认识的动力

　　C. 实践是检验认识真理性的唯一标准

　　D. 实践是认识的目的和归宿

18."纸上得来终觉浅,绝知此事要躬行",与这句古诗反映哲理相同的选项是( )

　　A. 锲而不舍,金石可镂

　　B. 不入虎穴,焉得虎子

　　C. 风定花犹落,鸟鸣山更幽

　　D. 近水楼台先得月,向阳花木易为春

19. 许多人认为,不要把所有鸡蛋放在同一个篮子里,这样即使某种金融资产发生较大风险,也不会全军覆没。但股神巴菲特却认为,投资者应该把所有鸡蛋放在同一个篮子里,集中精力小心看好它。从中我们可以看出( )

　　A. 认识的形成受主客体因素的影响

　　B. 没有亲身实践就不可能获得真知

　　C. 对同一确定对象会产生多种认识,真理不只一个

　　D. 投资行为成功与否取决于投资观念是否正确

20."做人要知足,做事要知不足,做学问要不知足。"这是中国科学院院士、中国外科医学奠基人裘法祖的座右铭。"做学问要不知足",是因为( )

　　A. 意识是客观存在的反映

　　B. 认识对实践具有反作用

　　C. 真理是客观的

　　D. 认识具有反复性和无限性

21. 金融危机从发生到蔓延,经济学家先后用英文字母 V、U、L、W 的形状来为世界经济走势画像。这传达一个信息:金融危机现象复杂,形势严峻,即使

是受过专门训练的经济学家也难以做到"一叶知秋",这说明( )

A. 实践是有意识、有目的的能动性的活动

B. 金融危机复杂多变,具有不可预测性

C. 正确认识需要在从实践到认识的循环往复中获得

D. 对客观事物的反映可以仁者见仁,智者见智

22. 通过百度对"金融危机预测"进行搜索,可以获得近 400 万条相关内容,也许正是因为金融危机现象复杂,变幻莫测,才吸引更多的人对其发展趋势进行研究。从哲学上看,这一研究的最终目的在于( )

A. 正确认识经济运行规律可以促使各国经济走向复苏

B. 透过复杂多变的经济现象把握经济运行的内在规律

C. 对金融危机的正确认识是世界经济由衰退转向复苏的动力

D. 通过不同的研究成果进一步感受此次金融危机的严峻性和复杂性

23. "各级领导干部都要讲实情,讲真话,实事求是地反映社情民意!"要做到这一点,在实际工作中就( )

①必须坚持一切从实际出发 ②必须坚持唯物主义立场 ③必须一切从正确的政策出发 ④必须坚持主观符合客观

A.①②③ B.①②④

C.①③④ D.②③④

24. 传统的"木桶理论"认为,木桶的容量取决于最低的那块木板。但最新的"木桶理论"认为,如果把木桶倾斜放置(向最长的木板倾斜),木桶的容量则取决于最长的那块木板。这主要说明真理是( )

①客观的 ②具体的 ③因人而异 ④有条件的

A.①③ B.②④

C.①②③ D.①②④

25. 十九世纪四十年代以前,西医外科手术都是在没有麻醉的情况下进行的,不仅增加了病人的痛苦,甚至会导致昏厥、休克和死亡。实现"刀下无痛",一直是梦想。一代又一代的医生努力,但效果有限。直到化学止痛剂一氧化二氮和乙醚的发现和应用,医学才真正进入了无痛手术时代。上述材料说明( )

①实践是社会性历史性的活动 ②认识是适应实践的需要产生的 ③实践是客观见之于主观的活动 ④获得正确的认识意味着认识过程的结束

A.①② B.①③

C.②③ D.②④

二、问答题(每题 7 分,共 28 分)

26. 经济发展和降低能耗是一对矛盾。GDP 位居全国前列的某省近年却对其妥善解决。其具体做法是:省、市政府针对企业的不同情况分别签订节能降耗责任书,并加强对其的监督,扶持关键节能技术改造和高效节能产品的应用。加速了对高耗能生产能力的淘汰,大力发展第三产业,该省服务业近年快速增长,产值占全省生产总值比重为 40.2%,高新技术产业总产值增长 33.9%。

结合材料,谈谈该省是如何从实际出发解决好经济发展和降低能耗这对矛盾的?(7 分)

27. 我国"嫦娥一号"首次探月成功。我国航天工程的成功实施,已探索出一套符合我国国情和重大科技工程的科学管理模式和方法,积累了新形势下组织实施重大科技工程的重要经验;突破了一大批具有自主知识产权的核心技术和关键技术,取得了一系列重大科技创新成果;证明了我国航天工程的计划、程序、步骤等举措是科学的。

结合材料说明我国探月工程的成功实施,是如何体现实践决定认识的?(7 分)

28. 由于30年前的真理问题大讨论,促进了人们思想解放,从而使中国进入了改革开放的新时期。在改革开放的实践中发展了马克思主义,形成了中国特色的社会主义理论体系。

运用关于认识的相关知识分析上述材料。(7分)

29. 我国社会主义市场经济建立之初,便有了促进经济"又快又好发展"的说法,"快"成为近年来中国经济发展的显著特征。正是多年的持续高速发展,使国力日益强盛。但快速发展的背后有隐忧:总量大而不强,增长快而不优。能源资源的高消耗以及由此造成的环境污染和生态破坏,愈来愈成为制约经济社会协调发展的突出问题。从2006年12月召开的中央经济工作会议,一改过去常用的"又快又好发展"的提法,"好"字排在了"快"字的前面。2007年12月的中央经济工作会议上,在"又好又快"基础上提出"好字优先"。这反映出发展理念的转变,我国经济步入科学发展的轨道。

结合材料说明我党发展观的演进是如何体现主观与客观具体的历史的统一的?(7分)

三、论述题(每题11分,共22分)

30. 人类从洪荒时代走到了文明的世纪,人类的智慧创造了经济的奇迹,但无知与贪婪却留下了可怕的后果:人类经历了禽流感、非典、海啸、地震等天灾,环境污染、生态恶化,地球发出了痛苦的呻吟……人类的科技发现、发明与发展,可能会降低天灾带来的危害,但不能根本消除这种灾害。人们渐渐从噩梦中觉醒:人与自然和谐共处,是可持续发展的唯一出路。

结合材料,从认识论的角度说明怎样使人与自然和谐共处,实现可持续发展?(11分)

31. 近年来,为保证国民经济平稳运行,我国的货币政策进行过多次调整:1997年,亚洲金融危机爆发,为了防范中国经济出现衰退,政府把"适度从紧"的货币政策调整为"宽松"的货币政策;2003年以来,政府开始适当紧缩银根,货币政策在"稳健"和"适度从紧"之间寻找平衡;2007年中央经济工作会议面对中国经济存在的投资增长过快、信贷投放过多、外贸顺差过大等问题,将货币政策由"稳健"改为"从紧"。2008年中央经济会议提出了2009年实行适度宽松的货币政策。

运用辩证的唯物论原理,说明我国运用和调整货币政策的哲学依据。(11分)

第三单元　思想方法与创新意识

第七课　唯物辩证法的联系观

考点梳理

1.唯物辩证法的总特征与唯物辩证法的实质与核心

[考点解读]

唯物辩证法的两个总特征是联系的观点和发展的观点。唯物辩证法的实质与核心是对立统一规律。

2.唯物辩证法的联系观

[考点解读]

联系的特点:普遍性、客观性、多样性。

(1)联系的普遍性

联系是指事物之间以及事物内部要素之间的相互影响、相互制约和相互作用。

联系是普遍的,世界上的一切事物都与周围的其他事物有着这样和那样的联系。没有一个事物是孤立的。

(2)联系的客观性

内容:联系是客观的,是事物本身所固有的,不以人的意志为转移。(不管是自在的联系还是人为的联系都是客观的。人为的联系只有通过实践这一客观的物质活动才能够形成,形成之后便独立于人的意识之外。)

方法论:联系的客观性要求我们,要从事物固有的联系中把握事物,切忌主观随意性。但人们可以根据事物固有的联系,改变事物的状态、调整原有的联系,建立新的联系。

(3)联系的多样性

内容:联系具有多样性,

方法论:联系的多样性要求我们注意分析和把握事物存在和发展的各种条件,一切以时间、地点、条件为转移。

思维误区:(1)联系是普遍的,所以任何两个事物之间都是相互联系的。

联系是普遍的,绝对的、无条件的,但具体事物之间的联系都是相对的,有条件的。不能认为任何两个事物之间都是相互联系的。这种观点否定了联系的条件性和客观性。

(2)联系是客观的,所以联系是不能改变的。

联系是客观的,但人有主观能动性,可以根据事物固有的联系,改变事物的状态,调整原有的联系,建立新的具体联系。如:南水北调、西气东输、西电东送、互联网等。

[真题展示]

(2010重庆28)2010冰岛火山爆发引起了一系列连锁反映。火山爆发使欧洲许多机场关闭,因此带来这些地区陆路交通的繁忙。有科学家认为火山喷发还可能引起全球气候变化。火山爆发(　　)

A.是欧洲陆路交通繁忙的内因

B.对交通和气候的影响体现了联系的普遍性

C.可能引起全球气候变化体现了事物间的主观联系

D.作为一种自然灾害,是对人类诸多不道德行为的警示

分析:考查联系。联系是常考考点,通常以现实问题或者生活问题为载体,考查学生的理解和应用能力。

抓住题干主旨:火山爆发影响交通和气候,说明B是正确的。A错误,火山爆发是交通繁忙的外因。C错误,火山爆发引起气候变化体现了事物之间的客观联系。D与题意无关。

答案:B

3. 用联系的观点看问题(坚持整体和部分的统一)

[考点解读]

整体和部分关系原理内容:整体与部分的区别:含义不同,二者有严格的界限,整体是事物的全局和发展的全过程,而部分是事物的局部和发展的各个阶段。整体和部分在事物发展过程中的地位、作用和功能各不相同。整体居于主导地位,统率着部分,具有部分所不具备的功能;部分在事物的存在和发展过程中处于被支配的地位,部分服从和服务于整体。

联系:整体与部分不可分割,整体离不开部分,部分也离不开整体;二者相互影响,部分的功能及其变化会影响整体的功能,关键部分的功能及其变化甚至对整体的功能起决定作用;整体的功能状态及其变化也会影响到部分。

方法论:应当树立全局观念和整体意识,立足整体,统筹全局,选择最佳方案,实现整体的最优目标,从而达到整体功能大于部分功能之和的理想效果(只有当部分以合理、有序和优化的结构形成整体时,整体的功能才会大于部分功能之和,反之则会小于部分功能之和);同时必须重视部分的作用,搞好局部,用局部的发展推动整体的发展。

思维误区:整体功能是否大于部分功能之和?

第一,当各部分以合理的结构形成整体时,整体功能大于部分功能之和;第二,当各部分以欠佳的结构形成整体时,就会损害整体功能的发挥。

[真题展示]

(2008 宁夏 21)"100-1=0"被一些管理学家奉为定律,意在提醒人们防止因 1% 的错误导致 100% 的失败。"100-1=0"蕴含的哲理是( )

①部分决定整体,整体的性质决定于部分的性质 ②整体决定部分,部分的作用取决于其在整体中的地位 ③整体与部分相互制约,关键部分的功能关系整体的成败 ④整体与部分相互联系,部分的作用有时大于整体的作用

A.①② B.①④ C.②③ D.③④

分析:考查整体与部分的关系,二者关系是常考考点,选择题与主观试题均有涉及。试题常常以社会现实问题、俗语或者情境为切入点考查学生对整体和部分关系的理解。题干强调"1"相对于"100"的重要性,即强调部分的重要性。②③正确。①错肢,整体统率着部分。④表述不科学。

答案:C

4. 用联系的观点看问题(掌握系统优化方法)

[考点解读]

(1)整体与部分的关系一定程度上就是系统和要素的关系。系统是由相互联系和相互作用的诸要素构成的统一整体。

(2)系统的基本特征

整体性、有序性、内部结构的优化趋向

(3)系统优化的方法

要求我们要着眼于事物的整体性,注意内部结构的有序性和优化趋向,注意遵循系统内部结构优化的趋向,整体的功能不是部分的简单相加,整体大于部分之和。

要用综合的思维方式来认识事物,统筹考虑,优化组合。

[真题展示]

(2009 北京 24)"蝴蝶效应"由气象学家洛伦兹于 1963 年提出,其大意是:南美洲亚马孙河流域热带雨林中的一只蝴蝶,偶尔煽动几下翅膀,可能在两周后引起美国得克萨斯的一场龙卷风。"蝴蝶效应"不仅体现惊人的想象力和迷人的美学魅力,更蕴涵着深刻的哲学内涵。它揭示了( )

①世界上万事万物无不处于相互影响、相互制约的关系之中 ②世界上所有重大事件的发生都是偶然因素相互作用的结果 ③世界上万事万物的普遍联系都是大胆想象和合理推论的结果 ④某个微小因素的变化在一定条件下会对系统产生决定性影响

A. ①②　　　　B. ①④　　　　C. ②④　　　　D. ①③

分析：考察系统和要素考点。蝴蝶效应揭示了事物联系的普遍性，①正确，也正是由于事物是普遍联系的才会导致某个微小因素的变化在一定条件下会对系统产生决定性影响，④正确。②④都否认了联系的客观性，是错肢。

答案：B

解题指导

1.（2010 新课程全国 23）生活在我国长江流域的中华鲟被誉为"活化石"。2009 年 10 月 4 日，我国某研究所在世界上第一次成功实现了中华鲟全人工繁殖。这是人类在保护这一濒危物种过程中取得的重大技术突破，具有里程碑意义。从联系的观点看，人工繁殖中华鲟的成功说明（　　）

①离开了人为事物的联系，自然事物的联系就不能实现　②认识事物的本质联系，能引导事物朝有利的方向转化　③发挥主观能动性，人可以创造有利于实践的具体联系　④离开了事物的真实联系，主观能动性就不能发挥作用

A. ①②　　　　B. ②③
C. ②④　　　　D. ③④

2.（2007 宁夏 23）农历丁亥年是 60 年一遇的"金猪年"，不少青年夫妇把孩子的出生时间锁定在该年，认为这一年出生的"金猪宝宝"有福气。从哲学上讲，将个人命运同生肖属相联系在一起是不足取的，其依据是（　　）

A. 想象的联系代替不了事物固有的联系
B. 基于主观目的的行为不会产生客观的联系
C. 非本质的联系掩盖不了本质的联系
D. 联系是客观的，与人的活动无关

3.（2006 全国 II 29）科基蛙是生活在大洋洲热带地区的一种青蛙，在原有的生态环境中与其他生物"和平共处"，但"入侵"夏威夷岛后却打破了那里的生态平衡，可以说明这个事例的哲学道理是（　　）

①联系是普遍的，因而具体事物在联系系统中的作用是确定不变的　②联系是普遍的，但具体事物之间的联系是特殊的可变的　③联系是普遍的，因而具体事物之间的联系是绝对的无条件的　④联系是普遍的，但具体事物之间的联系是相对的有条件的

A. ①②　　　　B. ③④
C. ①③　　　　D. ②④

4.（2009 广东 40）根据材料，运用《生活与哲学》知识回答问题。

材料一：地球孕育了生命，地球是人类的摇篮，但 21 世纪地球生态环境问题日益严峻。人类为了眼前的经济利益破坏性地利用自然；乱砍乱伐导致森林破坏，水土流失；过度耕种放牧导致土地沙化，沙尘肆虐；过度消费加剧空气污染，物种退化。

（1）结合材料 1 运用联系的观点分析生态问题。

5.（2009 全国 II 39）材料三：三国时期的荆州地区包括现在的湖北、湖南部分地区。这一区域位于我国经济梯次发展战略的中部。为统筹区域经济发展，近年来国家推进"中部崛起"战略，确定其为重点开发区域，拟加大对该区域基础设施建设等财政投入，从而使该地区面临吸纳资源、资金和人才的绝好时机。同时，东部发达地区进入产业升级换代的新阶段，也使该地区具有承接东部产业转移的区位优势。

改革开放 30 年来，尤其是在"中部崛起"战略的指导下，位于该地区的甲地的经济建设取得了很大成就，在经济总量不断增加的同时，产业结构也发生了变化……

（7）运用整体和部分辩证关系的原理，结合材料分析三国时期的荆州地区在当时和现在所处地位的不同。

【答案】

1. B 思路点拨:人工繁殖中华鲟的成功说明人们能够发挥主观能动性,正确认识和把握事物的真实的、本质的联系,建立新的具体联系,故②③正确。①错误,否认联系的客观性;④不合题意,题干强调的是发挥主观能动,而非强调联系客观性的制约。

2. A 思路点拨:青年夫妇把孩子的出生年份和福气联系在一起,属于主观臆造的联系,否认了联系的客观性。所以选 A。B错肢,联系是普遍的、客观的。C叙述正确,但与题意无关。D错肢,联系是客观的,但人可以根据事物的固有联系,建立新的联系,不能说与人的活动无关。

3. D 思路点拨:本题中心是关于生物的入侵打破了原有的生态平衡。说明联系是普遍的(普遍性是绝对的,无条件的),但是具体事物的联系都是相对的,有条件。条件不同,具体事物的联系不同,结果也不同。①③是错肢,否认联系的客观性。

4. (1)①从联系的普遍性看,人类为了眼前的经济利益破坏性地利用自然,导致生态环境恶化,与人类没有重视事物之间相互影响相互作用、不是孤立存在的有直接关系。②从联系的客观性看,地球生态系统是不以人的意志为转移的客观联系。要处理好人与自然的关系,就必须从事物客观联系中把握事物,不能肆意掠夺、破坏自然。③从联系的多样性看,生态环境问题的表现千差万别,人们往往从短期利益出发,只看到直接的、表面的、眼前的联系,忽视间接的、本质的和长远的联系,这加剧了地球生态环境的危机。

思路点拨:材料题,设问是用一个具体的哲学观点分析现实问题(生态问题)首先抓住材料有效信息是人类为了眼前利益破坏自然(反面事例),造成生态问题。设问是用联系观点分析生态问题,从材料看应该是分析生态问题产生的原因。其次,思考联系的观点包括什么(普遍性、客观性、多样性),组织答案即联系的观点辅以提取的材料,条理清楚,层次分明。

5. (7)整体由部分构成,部分影响整体;而各个部分之间的地位是不平衡的。三国时期荆州地区因其重要战略地位而成为整体中的关键部分,制约全局的形势,是兵家必争之地。整体统率部分,任何部分的发展都离不开与整体及相关部分的联系。现在荆州地区的发展受国家经济社会整体发展的影响,国家实施中部崛起战略为该地带来发展的有利条件;东部发达地区的产业转移为该地区的发展提供了机遇。

思路点拨:属于对比类试题,用一个哲学原理对古代荆州地区和现在荆州地区的地位进行对比。审题的关键是清楚古代荆州的地理位置非常重要,是关键的部分;现在的荆州地区属于中部,是国家大局中的部分。前者强调关键部分的重要性,后者强调整体对于部分的作用。

做答时,原理要结合材料有效信息,分清层次。

第八课　唯物辩证法的发展观

考点梳理

唯物辩证法的发展观
1. 发展的概念

[考点解读]

整个世界是变化发展的。自然界、人类社会和人的认识都是发展的。发展的实质是事物的前进和上升,是新事物的产生和旧事物的灭亡。

思维误区

(1)运动、变化就是发展吗?

不一定,只有前进的、上升的变化才是发展。

(2)发展是质变吗? 质变是发展吗?

发展是质变,但质变不见得是发展,只有前进的、上升的、新事物代替旧事物的质变才是发展。

[真题展示]

(2009 广东23)关于运动有几种看法:甲说:"太阳每天都是新的";乙说:"方生方死,方死方生";丙说"飞鸟之景未尝动也"。这些观点按照顺序分别是(　　　)

A. 辩证法、相对主义、形而上学　　　B. 二元论、形而上学、辩证法

C. 辩证法、相对主义、两点论　　　　　　　　　　D. 辩证法、形而上学、相对主义

分析：本题考查发展的观点。高考常考重要考点，主观题与选择题均有涉及。

题面"引言"切入，甲的观点承认了运动变化发展，属于辩证法，乙的观点否认了相对静止，属于相对主义，丙的观点是绝对静止的观点，属于形而上学。

答案：A

2. 前进性与曲折性(发展的趋势)

[考点解读]

(1)事物发展的前途是光明的(前进性)：新事物是符合客观规律、具有强大生命力和远大前途的事物，它在旧事物的母体中孕育产生，克服了旧事物中消极的、过时的和腐朽的东西，汲取了其中积极的、合理的因素，并增添了为旧事物所不能容纳的新内容，因而具有旧事物无可比拟的优越性，旧事物违背事物发展的必然趋势，因而最终会走向灭亡。

在社会历史领域中，新事物符合历史发展的必然趋势，反映了社会进步的基本要求，符合人民群众的根本利益和要求，得到人民群众的支持和拥护。

(2)道路是曲折的：新事物的发展总要经历一个由小到大、由不完善到比较完善的过程，在这一过程中，新事物本身不可避免地存在着弱点和不完善的地方，人们对新事物的认可也有一个过程。旧事物在开始时往往比较强大，因而总是顽强抵抗和极力扼杀新事物，新事物战胜旧事物不可能一蹴而就，必然经历一个漫长和曲折的过程。

(3)事物发展前进性与曲折性相统一

内容是：事物发展的方向是光明的、上升的，事物前进的道路是曲折的。

方法论：坚信前途是光明的，准备走曲折的路。

[真题展示]

(2009 重庆30)国有企业改革通过多次试验、反复比较，经历放权让利、承包制和股份制改造等阶段，增强了国有经济的控制力，巩固了公有制经济的主体地位。材料蕴含的哲理有(　　　)

①事物的发展要经历量的积累过程　②事物的发展是前进性和曲折性的统一　③对社会关系的变革是最基本的实践活动　④处理社会关系的实践要从根本上改变旧的生产关系

A. ①②　　　　　　　B. ①③　　　　　　　C. ②③　　　　　　　D. ②④

分析：考查量变质变、前进性与曲折性的统一。作为辩证法的重要原理在高考选择题与主观试题中经常会涉及，需要准确理解和把握。

以国企改革历程为切入点，引发设问。题干中心是国企改革经历试验，最后取得成功。①②符合题意，③错肢，生产实践是最基本的实践活动。④错肢。处理社会关系的实践不是从根本上改变旧的生产关系。

答案：A

3. 量变与质变(发展的状态)

[考点解读]

(1)发展的状态(形式)——量变和质变。

二者是事物变化发展过程中的两种不同状态，量变是指数量的增减和场所的变更，是一种渐进的、不显著的变化，如统一、相持、平衡和静止；质变是指事物根本性质的变化，是事物由一种质态向另一种质态的飞跃，是一种根本的显著的变化，如统一物的分解、平衡和静止的破坏等。

(2)量变与质变辩证关系

内容：任何事物的变化发展都是量变和质变的统一。

事物的发展总是先从量变开始，量变是质变的必要准备，质变是量变的必然结果；质变又为新的量变开辟道路，使事物在新质的基础上开始新的量变。

事物的发展就这样由量变到质变，又在新质的基础上开始新的量变，如此循环往复，不断前进。不能割裂二者的关系，片面强调某一方面，激变论与庸俗进化论都是错误的。

方法论：做好量的积累，为实现事物的质变创造条件；

抓住时机，促成质变。

反对拔苗助长、急于求成或优柔寡断、缺乏信心。

思维误区：

(1)量变必然引起质变吗？

量变只有达到一定程度才能引起质变。

(2)量变引起质变就是发展吗？

量变引起质变有两种情形,一是前进性的,二是倒退性的,只有前者是发展。

知识拓展：内外因辩证关系(发展的原因)

内容：事物的内部矛盾,是事物发展的根本原因；而事物的外部矛盾,则是事物发展不可缺少的条件。事物发展是内因和外因共同起作用的结果。内因是事物变化发展的根据,外因是事物变化发展的条件,外因通过内因起作用。

方法论要求：第一,内因和外因在事物发展中同时存在,缺一不可,我们在观察和分析事物的发展时,既要看到内因,又要看到外因,坚持内外因相结合的观点。

第二,对内因要给以充分重视,对外因,要作"一分为二"的分析。

【真题展示】

(2009 全国Ⅱ28)美国科研人员做过这样的实验：将一只青蛙放到沸水中,青蛙触电般立即窜逃出去；又将青蛙放在凉水中,然后用小火慢慢加热,青蛙虽然可以感觉到温度变化,却没有立即跳出去而逐渐丧失逃生能力。这种现象被称为"青蛙效应"。"青蛙效应"说明的关于事物发展状态的哲理是( )

①事物变化发展的实质是引起质变的量变　②事物的质变是由渐进的量变引起的　③事物的质变就发生在无形的量变之中　④事物的不显著的量变可以向质变转化

A.①②　　　　　　B.①③　　　　　　C.②④　　　　　　D.③④

分析：本题考查量变与质变关系。高考常考考点,选择题和主观试题均有涉及。

以科学实验的发现切入,设问是限定性的,注意设问的规定性在于关于事物发展状态的原理。题干所说的"青蛙效应",说明了量的积累达到一定程度引起质变。①错肢。事物发展变化的实质是质变。③错肢,质变是量变的必然结果。

答案：C

解题指导

1.(2010 上海 21)碘是人体必需的元素,但"一刀切"补碘会使有些人摄碘过量。作为非缺碘地区,上海市场增售无碘盐,市民可以根据实际情况自主调节摄碘量。材料体现的哲理有( )

①事情要把握度　②看问题要求全面　③具体问题要具体分析　④做事情要突出重点

A.①②③　　　　　　B.①②④

C.②③④　　　　　　D.①③④

2.(2009 广东 17)"爱情无须死去活来,温馨就行；朋友无须如胶似漆,知心就行；金钱无须取之不尽,够用就行；身体无须长命百岁,健康就行。"这段话体现的哲理是( )

A.重视量的积累　B.抓住时机促成质变

C.把握适度原则　D.抓住机遇赢得主动

3.(2008 江苏 32)下列诗句中蕴含新事物必然战胜旧事物这一哲学道理的是( )

①沉舟侧畔千帆过,病树前头万木春　②近水楼台先得月,向阳花木易为春　③芳林新叶催陈叶,流水前波让后波　④山重水复疑无路,柳暗花明又一村

A.①②　　　　　　B.①③

C.①④　　　　　　D.②③

4.(2008 海南 22)"人生的阴影,是自己遮挡阳光造成的。"这句话意在说明( )

A. 消除人生的阴影是违反客观规律的

B. 人与周围的事物处于普遍联系之中

C. 要从内因寻找摆脱困境的有效方法

D. 外因无助于解决人生所面临的难题

5.(2006 天津 32)犹太人有句名言：没有卖不出去的豆子。卖豆子的农民如果没卖出豆子,可以加水让它发芽,几天后就可以卖豆芽；如果豆芽卖不动,干脆让它长大些卖豆苗；如果豆苗卖不动,可以移植到花盆卖盆景；如果盆景卖不动,那么就把它移植到泥土里,几个月后,它就会长出许多豆子。上述材料给我们的启示是( )

A. 遭遇人生挫折是偶然的

B. 要正视前进道路的曲折性

C. 把握人生机遇是必然的

D. 要正视社会环境的复杂性

6.(2010 广东 37)

材料二:在中西文化交流中,"咖啡"、"芭蕾"、"沙发"等一些外来语已被汉语成功吸纳。近些年来,"OK 拜拜"、"雷人"、"粉丝"等用语渐趋流行。对于外来语、网络语、中英文混用语,有人认为这是使用者个人的自由,不会对社会造成危害,无须干涉;有人则认为这是语言使用的游戏化、粗鄙化,是对汉语规范性、纯洁性的侵蚀和亵渎,必须取缔;也有人认为需要具体分析它们是否符合汉语发展的内在规律,再决定取舍。

(2)结合材料二,阐述唯物辩证法的发展观。

【答案】

1. A　思路点拨:市民可以根据实际情况自主调节摄碘量,③正确;碘是人体必需的元素,但"一刀切"补碘会使有些人摄碘过量。①②符合题意。④与题意不符。

2. C　思路点拨:考查量变质变辩证关系原理的方法论。这段话体现了对待爱情、朋友、金钱、身体要坚持适度的原则。

3. B　思路点拨:解题的关键在于对诗歌的理解。抓住要点即"新"战胜"旧"。

4. C　思路点拨:人生的阴影是自己导致所以要从内因找摆脱的方法。A 错肢。B 叙述正确,但不符合题意。D 错误,外因是事物变化发展的条件。

5. B　思路点拨:属于启示类试题。题面是面对卖不出去的豆子农民怎么办,喻意人们面对挫折应该怎么办。犹太人的名言体现了要勇于面对挫折,B 正确。A、C 错肢。D 不符合题意。

6.(2)①发展具有普遍性。汉语也是不断发展的。②发展的实质是事物的前进和上升。新陈代谢是汉语发展不可抗拒的客观规律。③事物发展的前途是光明的。符合汉语自身发展规律的新的语言要素,具有强大生命力。④事物发展的道路是曲折的。汉语在其发展中总要经历一个由不完善到比较完善的过程,不可避免地存在着弱点和不完善的地方,人们的争议也表明对新生事物也有一个认识过程。⑤做好量变准备,促进事物的质变。要积极积累、吸收符合语言发展内在规律的新元素,为促进汉语进一步的发展做好准备。

思路点拨:本题关键在于提取信息:人们对于汉语的发展持有不同的态度。因此本题是问如何从发展观看待汉语的发展?调动关于发展观的相关知识,结合材料做答即可,注意理例结合。

第九课　唯物辩证法的实质与核心

考点梳理

1. 矛盾的同一性和斗争性

[考点解读]

(1)矛盾的含义:矛盾是反映事物内部对立与统一关系的哲学范畴,简言之,矛盾就是对立统一。

(2)矛盾的同一性与斗争性(矛盾的两个基本属性)

		同一性(统一性)	斗争性(对立性)
	含义	矛盾双方相互吸引、相互连结的属性和趋势	矛盾双方相互排斥、相互对立的属性
区别	表现	一定条件下相互依存;相互贯通(渗透、包含),并在一定条件下相互转化。	相互区别;相互排斥。哲学上讲的"斗争"与生活中讲的"斗争"是共性和个性的关系
	条件	相对的,有条件的	绝对的,无条件的
联系		同一性以斗争性为前提;斗争性寓于同一性之中,为同一性所制约。矛盾双方既对立又统一,推动事物运动、变化和发展,这就是对立统一规律	

矛盾的方法论:我们要在对立中把握统一,在统一中看到对立。(坚持两点论、反对一点论)

思维误区:

(1)不能将对立和统一分别理解为矛盾的双方。事物包含两个方面,两个方面之间的对立统一关系才称为矛盾。而"对立"和"统一"则是矛盾的两种基本属性,不能认为"统一"是矛盾的一方,而"对立"就是矛盾的另一方。

(2)矛盾概念是对万事万物所具有的对立统一关系的概括和总结,具体矛盾则是哲学上矛盾的具体表现。两者是一般与个别的关系。

(3)不能把哲学上的"斗争性"等同于日常生活中所说的"斗争",这两者是共性与个性的关系。

(4)不能把"两点"仅仅理解为优点和缺点、成绩和错误。"两点论"具有广泛的哲学意义,应根据不同的事物具体考察各自的"两点"是什么,两点是具体的、多样的。

[真题展示]

(2009 广东 34)下列选项蕴涵了矛盾同一性的是(　　)

①万物负阴而抱阳,冲气以为和　②世异则事异,事异则备变　③投之亡地然后存,陷之死地然后生　④物或损之而益,或益之而损

A.①②③　　　　　B.②③④　　　　　C.①③④　　　　　D.①②④

分析:考查对矛盾的理解。矛盾是近年高考常考考点,出现的频率非常高,关于矛盾、矛盾普遍性、矛盾特殊性、矛盾普遍性与特殊性的关系、主次矛盾、矛盾主次方面学生要准确把握原理内容和方法论,其中矛盾分析法尤其重要。这些关于矛盾的知识都是高考选择题以及主观题命制的重点知识。试题经常以俗语、寓言、哲学家的观点、社会事件、时政问题等角度切入,重点在于考查学生的辩证思维。

试题以一些古语作为切入点,审题关键是否能把对古语的理解和矛盾的同一性的理解之间建立正确的联系,属于较难的试题。矛盾同一性是指矛盾双方一定条件下相互依存,相互贯通(渗透、包含),并在一定条件下相互转化。答案选C。

答案:C

(2009 北京 38)某班以"经济建设和社会建设协调发展"为主题,展开探究性学习。老师给出了一张柱状图,让同学们以小组为单位进行研究。

丙组同学讨论柱状图时发生了争论:部分同学认为"经济建设更重要,国家应该把有限的财力投入到经济建设上来";部分同学则提出"社会建设更重要,应该加大社会建设投入"。

(3)你如何看待经济建设和社会建设的对立统一关系?(11分)

分析:以国家建设中如何处理经济建设和社会建设的关系为切入点,考查矛盾观点,需要学生准确理解矛盾概念并且运用之。

①对立:经济建设和社会建设是有区别的,它们的目标、内容和途径不同。在财政用于经济建设和社会建设支出一定的情况下,经济建设支出和社会建设支出存在此消彼长的关系。②统一:经济建设和社会建设是相互依存的,前者为后者提供物质基础和保障,后者是前者的出发点和落脚点。③片面强调经济建设或片面强调社会建设的重要性都是错误的。要全面地看待二者关系,坚持两分法,防止片面性,实现经济建设和社会建设协调发展。

2. 矛盾普遍性

[考点解读]

含义:矛盾存在于一切事物中(事事有矛盾),并贯穿于每一事物发展过程的始终(时时有矛盾)。矛盾也具有客观性。

方法论:承认矛盾的普遍性是坚持唯物辩证法的前提。要承认矛盾,分析矛盾,勇于揭露矛盾,积极寻找正确的方法解决矛盾。

思维误区:不能认为事事有矛盾,就是任何事物之间都存在着矛盾。

"事事有矛盾"是说每一个事物内部都包含着矛盾,而不是说每一事物同所有事物之间都存在着矛盾。两个毫不相干的事物不存在于一个统一体中,就不能构成矛盾。只有在一定的条件下,它们共处于一个统一体中,才构成矛盾关系。如教师与学生。

[真题展示]

(2009 上海 23)社会学家费孝通对处理好世界上不同文明之间的关系有这样的设想与心愿:"各美其美,美人之美,美美与共,天下大同"。其中蕴含的哲学道理有( )

①事物的矛盾具有特殊性 ②事物的矛盾具有普遍性 ③矛盾的普遍性寓于特殊性之中 ④矛盾的特殊性也离不开普遍性

A. ①②　　　　　　　B. ③④　　　　　　　C. ①③④　　　　　　　D. ①②③④

分析:考查矛盾普遍性、特殊性、普遍性与特殊性的关系。也是常考考点,需要重视。

题干中心是如何对待世界文明的多样性。费孝通先生的话主要是说:各种文明都有自己特色,应各美其美。美人之美说明矛盾的普遍性与特殊性是统一的。①②正确。世界文化之美存在于各民族文化之中,各民族文化包含世界文化之美的共性,美美与共,天下大同即矛盾的普遍性与特殊性是联结的。③④可选。

答案:D

3. 矛盾特殊性

[考点解读]

含义:矛盾着的事物及其每一个侧面各有其特点。

它有三种情形:第一,矛盾的特殊性表现在不同事物的矛盾都各不相同,具有不同的特点,(这种特殊矛盾就构成一事物区别于他事物的特殊本质。这是世界上的事物之所以千差万别的内在原因,或叫根据)

第二,矛盾的特殊性还表现在同一事物的矛盾在不同发展阶段各有不同的特点。

第三,矛盾的特殊性还表现为事物矛盾的双方也各有其特点。

方法论:想问题办事情要坚持具体问题具体分析。

[真题展示]

(2009 四川 32)今天,麻醉剂已经广泛应用于外科临床手术,但据医学统计,仍有千分之一至千分之二的病人麻醉失败。这表明( )

A. 矛盾双方的统一是无条件的　　　　　　B. 事物的矛盾具有各自的特点

C. 事物的性质是由主要矛盾决定的　　　　D. 矛盾的特殊性通过普遍性表现出来

分析:考查矛盾的特殊性。常考考点,主观试题和选择题都有所涉及。经常以俗语、警句、成语为载体考查,也以国家建设以及个人发展为载体考查过。

以麻醉剂的使用为题面,中心意思是麻醉使用中大部分成功,只有很少的失败,表明每一个病人的情况是不同的,即事物的矛盾具有各自的特点。选 B。A 错肢,矛盾双方的统一是无条件的。C 错肢,事物的性质是由矛盾的主要方面决定的。D 错肢,矛盾的普遍性是通过特殊性表现出来的。A、C、D 三个题肢也是平时学生学习过程中容易混淆的知识。

答案:B

4. **矛盾的普遍性和特殊性的辩证关系**

[考点解读]

内容:第一,矛盾的普遍和特殊性是相互联结的。一方面,普遍性寓于特殊性之中,并通过特殊性表现出来,没有特殊性就没有普遍性。另一方面,特殊性也离不开普遍性。不包含普遍性的特殊性也是没有的。

第二,矛盾的普遍性和特殊性在不同的场合又是可以相互转化的。

意义:矛盾的普遍性与特殊性辩证关系的原理,是关于事物矛盾问题的精髓,是马克思主义普遍真理同各国革命和建设和具体实践相结合原则的哲学基础,也是我们建设有中国特色社会主义的重要理论依据。

[真题展示]

(2009 福建 35)"小岗村的历史是改革开放的历史,小岗村是中国农村改革的缩影"。从中同学们可以领悟到哲学道理是( )

A. 事物发展的前途都是光明的 　　B. 矛盾的普遍性寓于特殊性中

C. 矛盾是事物发展的源泉和动力 　　D. 量变达到一定程度必然引起质变

分析:考查矛盾的普遍性与特殊性。常考考点,多以选择题形式,有些主观题也有所涉及。

本题以小岗村的历史与改革开放的关系切入,审查题干中心:改革开放的历史通过小岗村的历史体现出来,中国农村的改革通过小岗村的改革体现出来,说明矛盾的普遍性通过特殊性表现出来。A、C、D叙述正确但与题意无关。

答案:B

5. 主要矛盾和次要矛盾的关系

[考点解读]

矛盾特殊性的两种情形:主次矛盾和矛盾主次方面

主要矛盾与次要矛盾含义:在复杂事物发展过程中,存在许多矛盾,必有一种矛盾,在发展过程中处于支配地位、对事物发展起决定作用,它被叫做主要矛盾;其它处于从属地位、对事物发展不起决定作用的矛盾,叫做次要矛盾。

二者的关系:主要矛盾和次要矛盾互相联系、互相依赖、互相影响。在事物发展过程中,虽然主要矛盾处于支配地位和起决定作用,但次要矛盾反过来也会对主要矛盾的发展和解决发生影响。

主要矛盾和次要矛盾在一定条件下可以相互转化。

方法论:两点论与重点论统一。第一,要善于抓中心、抓关键、抓重点,集中力量解决主要矛盾。

第二,要统筹兼顾,适当处理次要矛盾。

[真题展示]

(2009 上海 26)上海"两个中心"的建设,有助于上海突破资源,环境承载力方面的制约,是实现上海经济社会全面发展的契机,而且可以促进长江三角洲地区及其他中心城市经济发展。从哲学的角度讲,着重抓上海"两个中心"建设以带动其他工作,符合辩证法的( )

A. 事物的性质主要是由矛盾的主要方面规定的观点

B. 主要矛盾在事物发展过程中处于支配地位的观点

C. 矛盾特殊性是造成事物存在差别的内在原因的观点

D. 认识和改造世界必须发挥人的主观能动性的观点

分析:考查考点是主次矛盾。多以选择题形式出现。在主观试题中也有所涉及,常常与其他哲学观点一起被考查。

现实问题切入,一般考主要矛盾考点时,在题干中出现着重抓、抓中心、抓关键、抓重点等词语。审题关键抓住"着重抓上海两个中心建设以带动其他工作",即抓重点、抓中心、抓关键,也就是抓主要矛盾,选 B。AC叙述正确但与题意无关。D不属于辩证法观点。

答案:B

6. 矛盾的主要方面和次要方面的关系

[考点解读]

含义:在每一个矛盾中,矛盾双方都有主次之分。在事物内部,处于支配地位起主导作用的方面,叫矛盾的主要方面。处于被支配地位,不起主导作用的方面,叫矛盾的次要方面。

二者关系:矛盾主要方面和次要方面是对立统一关系,它们互相排斥,又互相依赖。矛盾主要方面处于支配地位,起着主导作用,所以,矛盾的主要方面规定事物的性质。矛盾的主要方面不同,事物的性质就不同。矛盾次要方面对事物的性质有一定影响,是事物发展不可缺少的因素。

矛盾主要方面和次要方面在一定条件下可以相互转化。矛盾主次方面转化了,事物的性质也就随着发生变化。

方法论:坚持两点论与重点论的统一,即看问题既要全面,又要善于分清主流和支流,弄清事物的性质。

思维误区:区分主要矛盾与矛盾的主要方面

比较		主要矛盾	矛盾主要方面
区别	前提不同	在复杂事物的许多矛盾中	在同一矛盾的矛盾双方中
	作用不同	对事物发展的方向起决定作用	对某一事物的性质起决定作用
	研究问题不同	矛盾发展不平衡问题	矛盾两个方面发展不平衡问题
	方法论不同	抓住关键、中心、重点但又不忽视一般	正确认识事物的本质和主流又不忽视支流
	运用领域不同	一般运用到"做什么"事情上	一般用到"看什么"问题上
联系		都是矛盾发展不平衡的问题,是矛盾特殊性的两种情形;都要求两点论和重点论的统一;主次矛盾都有矛盾的主次方面。	

[真题展示]

(2007 广东 34 多选)有一则寓言:刺猬曾经上过很多次当,于是不再相信任何一个表示友好者,长了一身刺来保护自己。刺的效果当然明显,只是从此刺猬失去了很多朋友。这则寓言说明的哲学道理有( )

A. 事物具有两面性　　　　　　　　　　 B. 任何事物都有主要矛盾和次要矛盾

C. 任何矛盾都有主要方面和次要方面　　 D. 不能夸大矛盾双方相互排斥的属性

分析:考查考点是矛盾主次方面的关系。近年来这一考点的考查比较频繁,主要以社会热点为载体,考查学生是否可以两点论与重点论相结合来认识事物。

本题要读懂寓言的含义,刺猬浑身的刺,保护了自己却失去了朋友,说明事物有两面性,矛盾双方是可以相互转化的。A、C正确,B错肢,只有复杂事物中才存在主次矛盾。D与题意无关。

答案:A、C

7. 具体问题具体分析

[考点解读]

含义:要在矛盾普遍性原理的指导下,具体地分析矛盾的特殊性。

地位:它是马克思主义的一个重要原则,列宁称之为马克思主义最本质的东西,马克思主义活的灵魂。

具体问题具体分析之所以重要,首先在于它是人们正确认识事物的基础,还在于它是正确解决矛盾的关键。

知识拓展:全面理解"一切以时间、地点和条件为转移"

从唯物论角度:一切从实际出发,解放思想,实事求是,与时俱进;

从辩证法角度:联系的观点、发展的观点、具体问题具体分析的观点;

从认识论的角度:认识的不断发展。

[真题展示]

(2008 上海 23)所谓具体问题具体分析,是指在矛盾普遍性原理指导下,具体地分析矛盾的特殊性,并找出解决矛盾的正确方法。下列成语体现这个方法论的是( )

①对症下药,量体裁衣 ②欲擒故纵,声东击西 ③因时制宜,因地制宜 ④因材施教,因人而异

A.①②③　　　　　　 B.②③④　　　　　　 C.①③④　　　　　　 D.①②④

分析:考查具体问题具体分析。经常考查的方法论,要重点理解。

哲学试题经常以成语、俗语、哲学家话语切入。①③④分别体现了要针对"症、体、时间、地点、材、不同人"来做事情,符合具体问题具体分析,一切以时间、地点、条件为转移。

答案:D

8. 马克思主义普遍原理与中国实际相结合

[考点解读]

矛盾普遍性与特殊性是马克思主义普遍真理同各国革命和建设和具体实践相结合原则的哲学基础。

知识拓展：

(1)用对立统一的观点看问题(矛盾分析法)

①坚持两点论与重点论的统一：

含义：坚持两点论就是说在认识复杂事物的发展过程中，既要看到主要矛盾，又要看到次要矛盾；在认识某一矛盾时，既要看到矛盾主要方面，又要看到矛盾次要方面。树立两点论的观点。坚持重点论就是说在认识复杂事物的发展过程时，要着重把握住主要矛盾；在认识某一矛盾时，要着重把握住矛盾的主要方面，抓住主流。

两点论与重点论的关系：两点是有重点的两点，而不是均衡论；重点是两点中的重点，而不是一点论。我们要坚持两点论与重点论相结合的方法，反对形而上学的"一点论"或均衡论。

②坚持具体问题具体分析

(2)联系、发展、矛盾的关系

事物内部和事物之间相互影响相互制约的关系就是联系。整个世界是普遍联系的统一整体，一切事物都与周围的其他事物有条件地联系着，孤立存在的事物是没有的。联系的根本内容是矛盾双方的联系。

正是由于事物的普遍联系，他们之间相互作用、相互影响，才构成了事物的运动变化和发展。发展是新事物的产生旧事物的灭亡。没有联系就没有世界，也就没有发展。

事物的内部联系，就是事物的内部矛盾即内因，是事物发展的根本原因，事物的外部联系即外部矛盾(外因)，是事物发展必不可少的条件。事物的发展是内外因共同作用的结果。

解题指导

1.(2010 四川 30)"竹竿效应"源于对果农摘果实的观察，果农常用竹竿收取大树上的果实，只有竹竿最长的才能收得最多。"竹竿效应"蕴含了应将关键因素作为"竹竿"，"竹竿"有多长，水平就有多高的道理，这给我们的哲学启示是( )

①主要矛盾对事物的发展起决定作用，要集中力量解决主要矛盾　②矛盾双方是相互依赖相互联结的，要善于全面分析和处理矛盾　③全局和部分是相互制约的，要学会处理好关系全局的决定因素　④量变和质变是对立统一的，要学会有效促进事物从量变到质变

A. ①②　　　　B. ①③

C. ②③　　　　D. ③④

2.(2009 全国Ⅰ 29)自然灾害给人类带来磨难，同时又促使人类更加自觉地去认识和把握自然规律、增强抵御自然灾害能力，进而推动人类文明进步。正如恩格斯所说，"没有哪一次巨大的历史灾难，不是以历史的进步为补偿的"。从灾难到进步，其中体现的深刻哲理是( )

①"灾难"和"进步"作为矛盾双方，包含着向对立面转化的趋势　②"灾难"向"进步"转化是无条件的，体现了矛盾双方的互相贯通　③"灾难"在一定条件下可以向"进步"转化，体现了矛盾的同一性　④"灾难"促进"进步"在一定程度上体现了某些外因的决

作用

A. ①②　　　　B. ①③

C. ②③　　　　D. ②④

3.(2009 天津 4)丝瓜俯视南瓜说："我的藤蔓很长，可以爬得很高。清晨能看到朝阳冉冉升起，傍晚能看到夕阳徐徐落下。"南瓜说："我的果实很重，无法爬到高处。但我依托着泥土，感到踏实和温暖；也能观察到身边细微的变化。"下列说法中与该寓言寓意一致的是( )

A. 公说公有理，婆说婆有理

B. 尺有所短，寸有所长

C. 金无足赤，人无完人

D. 一叶障目，不见泰山

4.(2008 北京 30)在传统京剧表演中，同一类型角色的表演有大体一致的程式，就像唱歌、奏乐要遵循一定的乐谱一样。京剧演员在表演中要遵循一定的程式，又要努力创造富有特色的角色。这一艺术要求蕴含的哲学道理是( )

A. 矛盾普遍性是特殊性的前提

B. 矛盾普遍性是特殊性的表现

C. 矛盾普遍性寓于特殊性之中

D. 矛盾特殊性寓于普遍性之中

5.(2008 江苏 33)古有一父，为解决家中鼠患，买了一只猫。猫抓老鼠的同时，却也偷吃鸡，其子甚怨。

父道:"宁无鸡也不能无猫,因无鸡不会挨冻受饿,而无猫,则会挨冻受饿。"遂其子不再怨。这个故事启示我们在处理和解决问题时要注意(　　)

A. 整体与部分的辩证关系

B. 两点论和重点论的统一

C. 量变与质变的辩证关系

D. 矛盾的同一性和斗争性

6.(2008 山东 25)中华文化博大精深,处处闪烁着辩证法思想的光辉。"千里之行,始于足下"、"祸兮福所倚,福兮祸所伏"、"因地制宜,因材施教"、"金无足赤,人无完人"所蕴含的哲学道理依次是(　　)

①矛盾双方对立统一,在一定条件下相互转化
②量变是质变的必要准备,质变是量变的必然结果
③事物的性质是由主要矛盾的主要方面决定的,看问题要一分为二　④矛盾具有特殊性,要具体问题具体分析

A.①②③④　　　　　B.③①②④

C.②④①③　　　　　D.②①④③

7.(2008 四川 38)塑料购物袋是日常生活中的易耗品。它在为消费者提供便利的同时,由于过量使用及回收处理不到位等原因,造成了严重的能源资源浪费和环境污染。塑料购物袋问题引起了社会各界的广泛关注。

……国务院发布了《关于限制生产销售使用塑料购物袋的通知》(简称"限塑令"),并决定于 2008 年 6 月 1 日起在全国范围内实施。国务院通知要求,采取禁止生产、销售、使用超薄塑料购物袋,实行塑料购物袋有偿使用制度等六项措施,以促进资源综合利用,保护生态环境。

(3)运用矛盾主次方面的知识分析发布"限塑令"的哲学依据。

【答案】

1.B 思路点拨:本题考查学生对主次矛盾关系、整体和部分关系、量变和质变关系的理解,竹竿效应说明要将竹竿作为提高水平的关键因素,体现了集中力量解决主要矛盾;抓好关键部分以提高整体水平的观点,因此,①③正确。②④不合题意。

2.B 思路点拨:题干主旨是灾难带给人类危害的同时,推动了人类的进步。灾难和进步是矛盾双方,二者是可以转化的,但是是有条件的(灾难促使人类更加自觉地去认识和把握自然规律,增强抵御自然灾害能力)①③正确。②错肢,矛盾双方的转化是有条件的。④错肢。

3.B 思路点拨:明确寓言含义,不同事物矛盾不同,这些不同的矛盾构成了一事物区别于它事物的特殊本质。南瓜与冬瓜的对话体现了矛盾的特殊性。A 错肢,否认真理的客观性。C 体现矛盾主次方面懂得关系。D 形而上学的观点。

4.C 思路点拨:审题抓住京剧表演有一定程式(普遍性),但又要富有特色(特殊性),所以选 C。A 没有这一说法。B 错肢,矛盾的普遍性通过特殊性表现出来。D 错肢,矛盾普遍性寓于特殊性之中。

5.B 思路点拨:父亲既看到了猫抓老鼠,也看到了猫吃鸡,但更看重猫抓老鼠,使自己免于挨饿。坚持了两点论与重点论的统一。其他不合题意。

6.D 思路点拨:本题关键要了解这些俗语、成语的含义,理解哲学观点,二者正确对接。

7.(3)塑料购物袋的使用对社会的影响具有利弊两重性,既便利了消费者,也由于过量使用和回收处理不到位而造成环境污染,便利与污染构成了购物塑料袋使用产生的矛盾的两个方面。购物塑料袋过量使用造成的环境危害已经成为这对矛盾的主要方面,规定着事物的性质。发布"限塑令",禁止和限制使用购物塑料袋,要求消费者在享受塑料购物袋带来方便的同时,也必须履行保护环境的义务,以减轻塑料袋使用对环境的污染。

思路点拨:读材料,提取有效信息:塑料袋有利有弊;国家发布"限塑令"。设问要求运用矛盾主次方面原理说明这一政策的哲学依据。原理与材料结合答题,塑料袋有利有弊说明矛盾有两个方面,弊成为矛盾的主要方面,国家才发布"限塑令"。

第十课　创新意识与社会进步

考点梳理

1. 辩证否定

[考点解读]

(1)辩证否定是事物自身的否定,即自己否定自己,自己发展自己。

辩证的否定特点:辩证的否定是发展的环节,是实现新事物产生和促使旧事物灭亡的根本途径。辩证的否定是联系的环节,新事物产生于旧事物,它总是吸取、保留和改造旧事物中积极的因素作为自己存在和发展的基础。这是辩证的否定的第二个特点。

辩证否定的实质是扬弃,不是简单地肯定一切,也不是简单地否定一切,而是既肯定又否定,既克服又保留,克服的是旧事物中过时的消极的内容,保留的是旧事物中积极合理的因素。

(2)方法论

辩证否定观要求我们,必须树立创新意识,做到不唯上,不唯书,只唯实。不仅要尊重书本知识,尊重权威,还要立足实践,解放思想,实事求是,与时俱进,不断实现理论和实践的创新与发展。

[真题展示]

(2009 江苏 32)下列对辩证否定的理解,错误的是(　　　)

A. 辩证的否定是"扬弃"
B. 辩证的否定是既克服又保留
C. 辩证的否定是事物联系和发展的环节
D. 辩证的否定是"在绝对不相容的对立中思维"

分析: 本题考查考点是辩证否定,这一考点多以选择题形式出现,经常从创新的角度来命题。A、B准确表述了辩证否定的实质。C准确表达了辩证否定的特点。只有D把辩证否定与形而上学的否定观混为一谈了。

答案: D

2. 形而上学的否定观

[考点解读]

与辩证的思维方法相对立的是形而上学的思维方法,其基本特征是"在绝对不相容的对立中思维",要么肯定一切,要么否定一切,"是就是,不是就不是;除此以外,都是鬼话。"

知识拓展:

	辩证的否定观	形而上学否定观
否定的动力	否定是事物内部矛盾双方斗争的结果,是通过事物内部矛盾进行的自我否定	否定是外力强加于事物的,是外力作用的结果,是主观任意的否定
否定与肯定的关系	辩证的否定是"扬弃",是克服和保留,否定中包含着肯定,肯定中包含着否定。	把肯定和否定绝对地割裂,主张要么肯定一切,要么否定一切

3. 辩证法的革命批判精神与创新意识

[考点解读]

(1)辩证法从本质上来说是批判的革命的和创新的。表现为:对现存事物既肯定又否定;从暂时性方面去理解既成的形式;不崇拜任何东西。

(2)辩证法的革命批判精神和创新意识紧密联系,创新是对既有理论、实践的突破,要创新就要有批判和发展。

(3)辩证法的革命批判精神和批判性思维的要求:密切关注变化发展的实际,敢于突破与实际不相符合的成规陈说和落后的思想观念;注重研究新情况,善于提出新问题,敢于寻找新思路,确立新观念,开拓新境界。

[真题展示]

(2009 辽宁、宁夏22)科学难题征集活动有利于激发青少年探索未知世界的好奇心,培育青少年科技创新意识,引导他们

①超越已有书本知识,否定科学理论权威　②拓展自由想象空间,摆脱已有思想观念　③关注当代科学现状,探寻科学发展的新思路　④培育科学问题意识,发现科学发展的突破点

A.①②　　　　　　　B.②③　　　　　　　C.③④　　　　　　　D.①④

分析:考查考点是辩证法的批判的革命的精神。一般以选择题的形式出现,而且考查的次数不多。近年来此考点也出过主观试题。

就如何培养创新意识要求学生一要关注现状、不墨守陈规;二要研究新情况,提出新问题。选③④。①错误,对待书本知识要和实践相结合,对科学权威要尊重,不能全盘否定。②错误,原有的正确的思想观念还是要保留。

答案:C

3.创新的社会作用

[考点解读]

创新推动社会生产力的发展;推动生产关系和社会制度的变革;推动人类思维和文化的发展。

知识拓展:唯物辩证法与形而上学

(1)主要分歧

唯物辩证法主张用联系、发展、全面的观点看问题,它要求人们在观察分析问题时,要从事物之间的相互联系和相互作用入手,不能只看到一个个孤立的事物;要把事物的现状与它的过去未来联系起来观察;既要看到事物位置的移动和数量的增减,更要看到事物根本性质的变化和发展;在分析事物发展的原因时,要着重抓住事物发展的内部矛盾(内因),又不忽视事物的外部矛盾(外因)。

形而上学主张用孤立、静止、片面的观点看问题。只看到一个个孤立的事物,而看不到事物之间的相互联系和作用;只看到事物的现状,看不到事物的过去将来,或者只看到事物状态和场所上午变更,看不到事物根本性质的变化;只看到事物的某一个方面,看不到事物的整体;只看到事物发展的外部条件,看不到事物发展的内在原因。

(2)唯物辩证法与形而上学对立的焦点和根本的分歧

就在于是否承认矛盾,是否承认矛盾是事物发展的源泉和动力。

矛盾分析法是认识事物的根本方法。坚持具体问题具体分析,是马克思主义活的灵魂,是正确认识事物和处理一切矛盾的关键。

解题指导

1.(2010 浙江29)2004年以来,中国通过原始创新、集成创新和引进消化吸收再创新,取得了一系列重大技术创新成果,形成了具有世界领先水平的高速铁路技术体系。今天,中国已步入高铁时代,并正在成为高铁技术输出国。中国高铁的发展历程表明(　　).

①创新就是对既往的否定和对现实的肯定　②创新的过程必定是"扬弃"的过程　③创新推动科技进步和社会生产力发展　④创新推动生产关系和人类思维的变革

A.①②　　　　　　　B.②③

C.①④　　　　　　　D.③④

2.(2009 上海21)小提琴协奏曲《梁祝》是中国民族音乐与西洋音乐完美结合的典范,50年来一直受到不同文化背景的人们的喜爱。创作者洋为中用,扬长避短,充分展示了音乐的无穷魅力。《梁祝》的成功表明(　　)

①艺术创新必须是引进与输出的统一　②艺术创新必须是全新的　③艺术创新是一个"扬弃"的过程　④艺术创新离不开辩证思维

A.①②　　　　　　　B.②③

C.①④　　　　　　　D.③④

3.(2009 天津6)人民公园是天津市仅存的清代私家园林。该公园改造方案曾计划拆除砖砌围墙,引起社会各界热议,市民纷纷建言献策,网友踊跃发帖讨论。有关部门认真听取意见,汲取合理建议,决定遵循中式园林习制,不拆围墙,本着修旧如旧的原则,重塑昔日江南园林景观。人民公园改造方案的制定

过程是(　　)

A．肯定与否定的统一

B．两点论与重点论的统一

C．量变与质变的统一

D．普遍性与特殊性的统一

4．(2007 海南 18)在今天如何对待包括儒家学说在内的传统文化，按照唯物辩证法的观点应该(　　)

①以全面肯定的态度保护和弘扬传统文化　②以辩证否定的观点分析传统文化　③在新的时代背景下把批判继承与创新结合起来　④根据新时期的需要重新解读和构建传统文化

A．①②　　　　　　B．②③

C．①④　　　　　　D．③④

5．(2009 福建 39)乙同学：今非昔比，我们不能一味地"萧规曹随"，应根据形式变化适时做出反应。当前我国已拥有强有力的物质基础、良好的体制和稳健的市场潜力，具备了应对各种变化的实力。就应对金融危机而言，目前我国采取了有别于应对 1997 年亚洲金融危机时的措施，请看我收集整理的措施对照表(见下表)。

我国应对两次金融危机的措施对照表

应对亚洲金融危机的措施	应对当前世界金融危机的措施
①增加基础设施建设的投入；②加快发展消费信贷，支持居民购买住房和大件耐用消费品；③适度扩大财政赤字和国债规模；……	①加快基础设施建设；②加大对保障性住房、教育、卫生和文化等民生工程的投资；③为汽车、钢铁、石化及电子信息等十大产业的调整和振兴提供专项资金；……

(4)请根据辩证法的革命批判精神的要求，分析我国当前采取有别于应对亚洲金融危机措施的理由。

【答案】

1．B　思路点拨：创新是"扬弃"，是既否定又肯定，故①错误；②正确；从材料看，中国通过创新，取得了技术成果和生产力发展，而未涉及生产关系和人类思维的变革，故③正确，④不合题意。

2．D　思路点拨：《梁祝》是创作者洋为中用，扬长避短的杰作，是辩证否定(扬弃)的过程，取其精华、去其糟粕。选③④。①不合题意。②错肢。艺术创新不是完全否定，应该是扬弃。

3．A　思路点拨：题干中心是人民公园改造方案的制定是有关部门吸取合理建议，否定了其他不合理的意见的结果，是肯定与否定的统一。BCD 没体现。

4．B　思路点拨：题干中心是如何对待传统文化，应该是辩证否定，批判继承与创新的结合。①④错误，是全面否定的观点。

5．(4)①密切关注变化发展着的实际，敢于破除与实际不相符合的陈规。我国采取有别于应对亚洲金融危机的措施，是根据当前国内、国际经济形势的变化做出的正确判断。②注重研究新情况，善于提出新问题，敢于寻找新思路。当前我国应对世界金融危机的措施就是根据国内外出现的新情况、新问题采取的新措施。

思路点拨：乙同学的话的主要信息是应对本次金融危机我国根据实际情况作出了区别于亚洲金融危机的措施。图表列举不同措施。设问是根据辩证法的革命批判精神的要求，分析采取不同措施的理由。首先清楚辩证法的革命批判精神的要求是什么(怎么做)，包括两点①关注变化，去除陈规。②研究新问题，提出新思路。我国采取不同措施正是因为这两点理由。答案要把唯物辩证法革命批判精神的要求与材料相结合。

周　练

一、单选题(每题 2 分,共 50 分)

1. 据媒体报道,美国哥伦比亚大学的社会学家利用互联网技术做了一次实验,证明只要通过"电子邮件的 6 次信息接力",一个人就可以同世界上任何一个陌生人联系上。这表明(　　)

①世界是相互联系的统一整体　②事物之间的联系都是人为的　③世界的普遍联系是通过"中介"实现的　④世界上任何两个事物之间是相互联系的

A.①②　　　　　　　B.①③
C.①②④　　　　　　D.①③④

2. 鄂尔多斯市的高新技术工业园利用独特的方法来生产。其上游企业的工业废弃物作为中下游企业的原料,中下游企业在生产过程中产生的二氧化碳等废弃物,经过提纯回收,还可以做为绿色环保材料的添加剂。鄂尔多斯市高新技术工业园的这一做法说明(　　)

①事物之间的联系构成了事物的变化发展　②人们可以根据事物固有的联系建立新的联系　③矛盾双方在一定条件下相互转化　④人们可以改变、利用事物之间的客观联系

A.①④　　　　　　　B.②③
C.①②③　　　　　　D.②③④

3. 为保证中非论坛峰会期间的交通畅通,北京市政府采取了提高公交出行率,延长地铁运营时间;号召单位错开高峰上下班;采取交通预报制度等多种措施。你认为北京市政府在峰会交通管理中运用的哲理有(　　)

①具体问题具体分析是正确解决矛盾的关键　②办事情要从整体着眼,寻求最优目标　③办事情要善于抓重点,集中主要力量解决主要矛盾　④内因与外因在一定条件下相互转化

A.①　　　　　　　　B.①②
C.①②③　　　　　　D.①②③④

4. 一国外汇储备作为支付手段,如果其额度过低,则不能满足对外贸易需要;如果额度过高又使部分可用作投资的资产闲置。由此可见,对外汇储备额度要(　　)

A. 坚持发展的观点
B. 坚持适度的原则
C. 坚持两点论与重点论的统一
D. 坚持内外因相结合

5. (2010 福建 36)北极熊变瘦了! 科学家说,由于污染增多,污染物进入北极熊体内使其体型缩小;全球气候变暖,海洋冰面减少,北极熊要花费更多的能量猎食,这样就限制了它的生长。下列选项中与"北极熊减肥"现象所蕴含哲理相一致的是(　　)

①水集鱼聚,术茂鸟集　②对症下药,量体裁衣　③上律天时,下袭水土　④物我一体,心物一体

A.①③　　　　　　　B.②③
C.②④　　　　　　　D.①④

6. 中国传统的宗教建筑,往往都建在名山胜地,并且能依山就势、高低错落,可谓是人文景观和自然景观相得益彰,因而大多成了人们向往的旅游观光之地。由此可见(　　)

A. 任何事物的联系都呈现着"人化"的特点
B. 事物的联系是无条件的,不以人的意志为转移
C. 整体与部分相互联系,其功能总是大于部分之和
D. 整体功能的最佳发挥有赖于各部分结构的优化组合

7. "次贷"寒流袭击全球,在国际外汇市场上,美元交易占整个市场交易的 86.3%,一旦美国的金融和经济出现动荡(经济危机、美元贬值等),必然引起全球经济的波动。这体现了(　　)

A. 办事情要从整体着眼
B. 整体统率着部分,具有部分没有的功能
C. 整体的功能总是大于各部分功能之和
D. 关键部分在一定条件下对整体的性能状态起决定作用

科学、实用、安全、经济、美观、新颖等是产品设计评价的基本原则。回答 8~9 题。

8. 评价原则之间常存在矛盾。要提高产品的性能,就要增加成本,使产品的价格上升;要考虑经济性原则,就制约了产品性能的提升。此时最好的办法是分析产品的性价比,找到一个较好的平衡点。如图:G 点就是一个较好的选择点。这启示我们,企业确定一个好的选择点所运用的哲学方法是(　　)

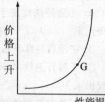

某产品性价比曲线图

A. 两点论　　　　　　B. 重点论
C. 均衡论　　　　　　D. 一点论

9. 一般说来,在对某种产品设计进行评价时应综合考虑上述原则,但有时也存在"一票否决"的情

况。例如对于一辆汽车而言,如果设计出来的产品缺乏安全性,那么尽管它美观,成本低廉,也必须否定。"一票否决"的做法体现了(　　)

A. 矛盾普遍存在于一切事物之中
B. 主要矛盾决定事物的存在和发展
C. 事物的发展是内外因共同作用的结果
D. 矛盾的特殊性是一事物区别于他事物的特殊本质

10. 猫和老鼠有着天然的关系:老鼠会"装死",猫则会"假眠";老鼠昼伏夜出,猫的眼则可以随光线的明暗而改变瞳孔的大小,夜间仍可看见东西……由此可见,矛盾双方(　　)

A. 对立是绝对的,有条件的
B. 统一是绝对的,不变的
C. 就是相互排斥、相互对立的关系
D. 相对应而存在,相斗争而发展

我国的探月工程已经取得突破性的成果。回答11～12题。

11. 未来的"嫦娥三号"将要实现在月球的软着陆和巡视探测任务。这个任务技术难度高、工程风险大,因此要先期对卫星的各个部分进行试验,以确保探月工作万无一失。这体现了(　　)

①整体由部分组成,部分会影响整体　②人们的意识活动具有目的性和计划性　③事物的发展是前进性和曲折性的统一　④人们发挥主观能动性就能认识和利用规律

A.①②③　　　　　　B.①③④
C.①②④　　　　　　D.②③④

12. 中国、印度、日本三国都实施探月工程,但印度最大特色在于将向月球表面发射撞击器;日本是探测月球的重力场;中国用微波辐射计来探测月球表面土壤的特征。这体现了(　　)

A. 矛盾特殊性寓于普遍性之中,并通过普遍性表现出来
B. 在矛盾特殊性指导下研究矛盾普遍性
C. 矛盾普遍性寓于特殊性之中,并通过特殊性表现出来
D. 矛盾的普遍性和特殊性在不同的场合可以相互转化

13. 杭州某集团面对金融危机带来的"寒流",不是采取"冬眠"的办法,而是以"冬泳"的积极姿态,做好产业的转型升级和换代,建立抗风险机制,保证企业在"严冬"中有所作为。该企业的做法体现了(　　)

A. 创造条件促使矛盾双方转化
B. 透过现象抓住事物的本质和规律

C. 内外因在一定条件下相互转化
D. 主次矛盾在一定条件下相互转化

14. 台湾魔术师刘谦以新颖的表演形式引起了广泛关注。他说:"在我决定要做一个职业魔术师时,我就开始广泛搜集资料,要成为一个成功的魔术师有很多东西要学。思考宽广,是我有别于其他魔术师的地方"。这段话蕴涵的哲学道理是(　　)

①要重视量的积累　②坚持用发展的观点看问题　③矛盾双方的转化是现实的、有条件的　④思考也是人们获得认识的来源之一

A.①②④　　　　　　B.①②③
C.①③　　　　　　　D.②④

15. 科学家研究发现,在不同人身上提取的免疫细胞在抗癌方面的能力大不相同,疗效可以相差近50倍。这说明(　　)

A. 矛盾存在于一切事物之中
B. 不同事物有不同的矛盾
C. 同一事物的矛盾在发展的不同阶段有不同的矛盾
D. 矛盾的双方各有其特殊性

16. 阴阳学说认为,自然界的任何事物都包括着"阴"和"阳"既对立又统一的两个方面,其基本内容包括阴阳对立、阴阳互根、阴阳消长和阴阳转化四个方面。下列语句与该观点相一致的有(　　)

①在纯粹的光明里就像在纯粹的黑暗里一样,什么也看不见　②一蝉不噪林愈静,一鸟不鸣山更幽　③人一次也不能踏进同一条河流　④祸兮福所倚,福兮祸所伏

A.①②　　　　　　　B.③④
C.②④　　　　　　　D.①④

17. 当经济过热、物价上涨时,政府一般采用紧缩性财政政策给经济"降温";反之,政府往往采用扩张性财政政策拉动经济增长。不同形势采取不同政策是体现了(　　)

①量变质变关系原理　②主次矛盾关系原理　③具体问题具体分析　④一切从实际出发

A.①②　　　　　　　B.③④
C.②④　　　　　　　D.②③

18. 2009年4月以来,甲型H1N1流感逐渐有肆虐全球之势,纵观人类各种传染疾病的历史,许多疾病早已被人类治愈。因此,我们坚信凭借着人类的探索精神,越来越发达的科学,甲型H1N1流感一定会被人类所破解。上述材料带来的启示有(　　)

①事物的发展是前进性与曲折性的统一　②充分发挥主观能动性,在实践中认识规律,发展规律　③坚持实践第一,人类就能取得认识世界、改造世界

的成功　④世界上只有尚未被认识的事物,没有不可认识的事物

  A.①③   B.②③

  C.①②   D.①④

19.著名画家范曾先生在《自述》中谈到自己的成功时说,"有人认为我的成功是由于钻营,由于机会,其实,人们应该记住我的一首抒怀诗:作画平生万万千,抽筋折骨亦堪怜。在艰难之时,我追逐着希望和光明。"由此可见,一个人要想取得成功,必须(　　)

  ①正确发挥意识的调节和控制作用　②努力创造条件,促使主次矛盾的转化　③脚踏实地,埋头苦干,积极做好量的积累　④既要看到前途是光明的,又要勇于克服前进路上的困难

  A.①②③   B.②③④

  C.①②④   D.①③④

20.在高三复习阶段每天都有诸多的学习任务等待我们去完成,这常常让我们手忙脚乱。如果善于按照下图所示将我们的学习任务进行管理,并按一定的顺序完成任务,就会大大提高学习的效率。这种做法主要体现了(　　)

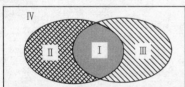

┌─────────────────────────────────┐
│ Ⅰ指重要且紧急的事　Ⅱ指重要但不紧急的事 │
│ Ⅲ指不重要但紧急的事　Ⅳ指不重要也不紧急的事 │
└─────────────────────────────────┘

  A.矛盾普遍性性原理

  B.主次矛盾关系原理

  C.矛盾的主次方面关系原理

  D.矛盾的普遍性与特殊性关系原理

21.中国书法历史悠久,从甲骨文、金文演变为大篆、小篆、隶书。到东汉、魏、晋时期,草书、楷书、行书基本定型,形成了百家争鸣的景象。但是回顾书法发展的过程,可以发现"晋人尚韵,唐人尚法,宋人尚意,元明尚志"。这说明(　　)

  ①不同事物的矛盾各不相同　②事物在批判与继承创新中发展　③事物的变化发展是前进性与曲折性的统一　④事物的矛盾在不同阶段具有不同的特点

  A.①②   B.②④

  C.②③   D.③④

22.著名养生专家洪昭光教授提醒大家,养生要讲辩证法,要讲个性化,千万不要盲从。他说,生命的复杂性和人的认识的局限性,造成许多的"养生悖

论",对待养生问题要在专家的指导下给自己"量身定做"健康计划,讲个性化,讲辩证法,才是理性、科学、负责的选择。上述材料告诉我们(　　)

  A.矛盾是普遍存在的

  B.不包含普遍性的特殊性是根本不存在的

  C.具体问题具体分析是正确解决矛盾的关键

  D.事物之间的联系是普遍的,无条件的

23.早期的电灯泡,在使用不久后灯泡内部会发黑。开始人们认为是其中的空气引起的,把解决这个问题的思路定在尽可能地把灯泡内部抽成真空,可是发黑的问题依然存在。后来,米尔兰博士提出向灯泡内充入某种气体解决这个问题。经过实验,最后确定用氩气替代真空,终于解决了灯泡发黑的问题。上述材料表明(　　)

  ①否定与肯定是辩证的统一　②创新推动了人类思维方式的变革　③从实践到认识、再从认识到实践的循环是螺旋上升的　④要敢于突破思维定势和自然规律的制约

  A.①②   B.①③④

  C.②③④   D.①②③

24.当前,如何控制通货膨胀是一个热门话题。有学者称:按CPI(消费物价指数)计算,通货膨胀主要是由一篮子商品价格决定的,一篮子商品中1/3是食品,食品中1/3是猪肉,所以,把猪管好就行了。这里的"把猪管好就行了"所蕴含的哲理与下列俗语、成语相同的是(　　)

  ①打蛇打七寸,擒贼先擒王　②人非圣贤,孰能无过　③兵来将挡,水来土掩　④好钢要用在刀刃上

  A.①④   B.②③

  C.①③④   D.①②④

25.冯骥才先生在《传统民间美术的时代转型》一文中指出:"人类文明的进程中,一边要更新,一边要传承。如果只更新没有传承,文明中断,就是一种破坏。更新本身也会成了无根之木,长不高大。"对这段话的恰当理解是(　　)

  ①人类文明的更新不以人的意志为转移　②文明的进程是既肯定又否定、既克服又保留　③更新与传承体现了矛盾对立统一的关系　④坚持联系观,承认前后相继的历史联系

  A.①②   B.③④

  C.②③④   D.①②③④

二、问答题(每题7分,共28分)

26.国际市场油价波动剧烈,油价的波动给企业造成了巨大影响。财富五百强之一的石油石化巨头埃克森美孚公司,无论在高油价下,还是在低油价时期,其公司的盈利始终保持在一个合理的范围内,既

没有因高油价而业绩大幅增加,也没有因低油价业绩大幅下降。追究其根本原因,就是采取了灵活的发展战略。在高油价时,这个公司将盈利资金充分运用在解决企业存在问题、加大技术研发、加大员工培训力度、增加装置的维修保养等方面。而在低油价时期,其先进的工艺技术、高素质的员工队伍、完善的生产装置则将发挥极大作用,更加有效地降低生产成本。

运用唯物辩证法的知识,分析上述材料给我国能源生产企业的发展带来的启示。(7分)

27.“农民得实惠、企业得市场、政府得民心、经济得发展”,这是近年来中央在全国范围内以扩大内需、普惠农民、改善民生、应对金融危机而实施的“家电下乡”政策所带来的成效和反应。但在一些地方,却发现家电下乡也存在诸如补贴不能及时到位,下乡产品品种不齐全,质量参差不齐,售后服务网点分布不平衡等问题。

运用联系的观点,结合材料二谈谈企业应如何开拓农村家电市场?(7分)

28.改革开放30年来,我们克服挫折与困难,从“摸着石头过河”到今天我们走出了一条有中国特色的社会主义道路:与30年前相比,我国人口增长不到一倍,GDP却增长了14倍,总体实力跃居世界第四,财政收入增长了30倍。绝对贫困人口由2.5亿人下降为2100多万人。人民群众由温饱不足到总体小康,现在正向着全面建设小康社会目标的迈进。

面对经济全球化趋势,坚持对内改革对外开放,不仅增强了自己的经济实力,也为世界的和平与发展做出贡献。

运用唯物辩证法发展的有关知识,分析上述材料。(7分)

29.有人说:发展就是对旧事物的“抛弃”,就是否定传统。请你谈谈对此观点的认识。(7分)

三、论述题(每题11分,共22分)

30.材料一:近些年来,西方的圣诞节、情人节、愚人节纷至沓来,国人过得津津有味;与此同时,我国具有鲜明民族特色的传统节日却被冷落。由于过度开发和不合理利用,许多重要文化遗产消亡或失传。在文化遗存相对丰富的少数民族聚居地区,由于人们生活环境和条件的变迁,民族区域文化特色消失加快。

材料二:近来,韩国的影视剧及小说等大量涌入中国,风靡一时,形成“韩流”。一些青少年模仿韩剧中人物的行为举止,成为“哈韩”一族。而从部分韩国影视剧中,我们却能十分清晰地看到中国传统文化对韩国的影响。高丽大学《韩国民俗大观》指出:“至今,儒教在韩国社会中也占有绝对的比重……韩国人所具备的纯韩国人式的性格、思考方式、行为规范仍带有中国传统文化的痕迹。"

(1)结合材料,从哲学角度谈谈如何加强我国文化遗产保护?（6分）

(2)运用矛盾的观点,谈谈如何认识不同文化之间的交流?（5分）

31.消费、投资和净出口是拉动一国经济增长的"三驾马车"。阅读材料,回答问题。

材料一:在经济发展的初期阶段,资本的缺乏使许多国家奉行侧重鼓励出口的政策,以积累外汇储备。然而,一旦对外贸易成为一国经济发展的主要拉动力量,该国经济发展受世界经济波动的影响就会加大。

材料二:稳定而不断扩张的国内居民消费需求是拉动一国经济持久增长的可靠力量。为应对外部冲击、保持经济增长,近日国务院常务会议确定了当前进一步扩大内需、促进经济增长的十项措施,强调把改善民生作为保增长的出发点和落脚点。

结合材料,用唯物辩证法发展观分析对外贸易对我国经济增长的影响。（11分）

第四单元　认识社会与价值选择

第十一课　寻觅社会的真谛

考点梳理

1. 社会存在与社会意识

[考点解读]

(1)含义：社会存在是指社会生活的物质方面，它的最主要、最根本的内容是物质资料的生产方式。

社会意识是指社会生活的精神方面，是人类社会中各种精神生活现象的总称，它既包括各种不同的风俗习惯和社会心理，也包括政治思想、法律思想、道德、科学、艺术、宗教、哲学等各种不同的社会意识形式。

(2)关系

社会存在决定社会意识，社会意识是对社会存在的反映，社会存在的变化发展决定社会意识的变化发展。

社会意识具有相对独立性。社会意识对社会存在具有能动的反作用。落后的社会意识对社会的发展起阻碍作用，先进的社会意识对社会的发展起积极的推动作用。

思维误区：

(1)社会意识的变化发展与社会存在的变化发展并不是完全同步的，社会意识的发展具有相对独立性。

(2)社会意识对社会存在的能动作用只有通过人的实践才能实现。

(3)社会意识对社会存在的反作用具有两重性，只有先进的社会意识才对社会发展起积极的促进作用。

[真题展示]

(2009 山东 23)国家语言资源监测与研究中心等多家单位联合发布的"2008 年中国主流媒体十大流行语(综合类)"有：北京奥运、金融危机、志愿者、汶川大地震、神七、改革开放 30 周年、三聚氰胺、降息、扩大内需、粮食安全。这些词语在 2008 年的流行表明(　　)

①社会意识是对社会存在的反映　②主观认识随着客观实际的变化而变化　③价值观对人们改造客观世界具有导向作用　④人们的价值选择应以价值判断为前提

A.①④　　　　　B.①②　　　　　C.②③　　　　　D.③④

分析：考查社会存在与社会意识的关系。多以选择题的形式考查。高考考查二者关系经常以流行语为切入点，流行语属于社会意识的范畴，之所以流行正是现实社会生活的反映，即是社会存在的反映，也说明了主观认识随着客观实际的变化而变化。③④叙述正确，但不符合题目要求。

答案：B

2. 生产力和生产关系

[考点解读]

物质资料的生产方式是人类社会存在和发展的基础，生产力与生产关系统一于物质资料的生产方式。

生产力决定生产关系，生产关系对生产力具有反作用。当生产关系适应生产力发展状况时，它对生产力的发展起推动作用；当生产关系不适合生产力发展状况时，它对生产力的发展起阻碍作用。

生产力和生产关系的相互作用与矛盾运动，表明生产力和生产关系之间内在的本质的必然的联系，这就是生产关系一定要适合生产力状况的规律。

[真题展示]

(2007 海南 20)资源的合理运用在社会经济发展中起着重要的作用。但社会发展的决定力量是(　　)

①科学理论的创新作用　②产业结构的合理布局　③生产力和生产关系的矛盾运动　④物质资料的生产

方式

A.①②　　　　　　　B.③④　　　　　　　C.①③　　　　　　　D.②④

分析:考查考点生产力和生产关系。都是以选择题的形式考查。高考试题中对本考点的考查比较少。

答案:B

3.经济基础与上层建筑的相互作用及其矛盾运动(　　　)

[考点解读]

(1)经济基础与上层建筑的含义:经济基础指生产关系的总和。上层建筑指一定社会的政治、法律制度和设施,以及该社会的意识形态。

(2)二者的相互作用及其矛盾运动:经济基础决定上层建筑;上层建筑对经济基础具有反作用。上层建筑的状况不同,对经济基础反作用的性质是不同的。当上层建筑适合经济基础状况时,它促进经济基础的巩固和完善;当它不适合经济基础状况时,会阻碍经济基础的发展和变革。当上层建筑为先进的经济基础服务时,它会促进生产力的发展,推动社会进步;当它为落后的经济基础服务时,则束缚生产力的发展,阻碍社会前进。

(3)结论:经济基础和上层建筑的相互作用及其矛盾运动,体现了两者之间的内在的本质的必然的联系,这就是上层建筑一定要适合经济基础状况的规律。

知识拓展:生产力和生产关系的矛盾,经济基础和上层建筑的矛盾是贯穿人类社会始终的基本矛盾。生产关系一定要适合生产力状况的规律,上层建筑一定要适合经济基础状况的规律,是在任何社会中都起作用的普遍规律。

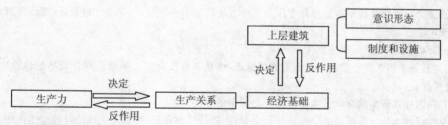

4.**社会历史发展的总趋势**

[考点解读]

(1)**社会发展的实现方式**

社会发展的总趋势是前进的、上升的,发展的过程是曲折的。

实现方式:社会发展是在生产力和生产关系、经济基础和上层建筑的矛盾运动中,在社会基本矛盾的不断解决中实现的。在阶级社会里,社会基本矛盾的解决主要是通过阶级斗争实现的。

(2)**社会主义社会基本矛盾的特点**

社会主义社会的基本矛盾仍然是生产力和生产关系、经济基础和上层建筑之间的矛盾。但这一矛盾是非对抗性的矛盾,它只能通过社会主义自我发展、自我完善加以解决。

我国社会主义改革的性质和根本目的:改革是社会主义的自我完善和发展。改革的根本目的,就是使生产关系适应生产力的发展,使上层建筑适应经济基础的发展。改革是推进中国特色社会主义各方面工作的强大动力。

[真题展示]

(2009 安徽 11)新时期我国农村改革是不断总结经验的基础上逐步展开、递次推进的,它经历了从"大包干"到税费改革,再到包括乡镇机构和管理体制等在内的综合改革过程,从而大大促进了我国农村经济和社会的发展。我国农村改革带来经济和社会发展所包含的历史唯物主义观点有(　　　)

①生产关系必须适合生产力状况　②生产方式变革社会性质的变化　③改革是社会主义社会发展的动力　④上层建筑适合经济基础状况就能促进生产力的发展

A.①③　　　　　　　B.①④　　　　　　　C.②③　　　　　　　D.②④

分析:考查社会历史发展的总趋势。高考对本考点都以选择题的形式考查并且考查次数较少。

以"农村改革"作为试题的载体,主要信息是改革促进农村发展,说明改革的根本目的,就是使生产关系适应生产力的发展,使上层建筑适应经济基础的发展。选①③。②错肢。改革是社会主义的自我完善和发展。

④错肢。上层建筑适合经济基础状况,促进经济基础的巩固和完善。上层建筑为先进的经济基础服务时,促进生产力的发展。当为落后的经济基础服务时,束缚生产力的发展。

答案:A

5. 人民群众是历史的创造者

[考点解读]

(1)人民群众的概念

人民群众是指一切对社会历史起推动作用的人们,既包括普通个人也包括杰出人物。

(2)人民群众是历史的创造者

唯物史观从社会存在决定社会意识、生产方式决定社会发展的基本观点出发,强调社会历史首先是物质生产发展的历史,是人民群众创造的历史。

人民群众是社会物质财富的创造者,是社会精神财富的创造者,社会变革的决定力量。

(3)群众路线和群众观点

①立党为公,执政为民,权为民所用,情为民所系,利为民所谋,实现好、维护好、发展好最广大人民的根本利益,是我们一切工作的根本出发点。

②群众观点

内容:相信人民群众自己解放自己,全心全意为人民服务,一切向人民群众负责,虚心向人民群众学习。

③群众路线

内容:是无产阶级政党的根本的领导方法和工作方法。基本内容是:一切为了群众,一切依靠群众,从群众中来,到群众中去。

④坚持群众观点和群众路线的意义

是我们党领导中国人民夺取民主革命胜利的保证,也是取得社会主义革命胜利并成功地建设中国特色社会主义的重要保证。

知识拓展:怎样理解实践在辩证唯物主义历史观中的地位?

(1)社会生活在本质上是实践的。无论是社会存在,还是社会意识,都是在实践的基础上生成的。

(2)社会基本矛盾也是实践中形成的,并在实践中不断解决,从而推动社会历史由低级向高级发展。

(3)人民群众是实践的主体,是历史的创造者,是推动历史进步的决定力量。

所以,马克思主义的实践观点是辩证唯物主义历史观的基本观点,是打开社会历史奥秘的钥匙。

[真题展示]

(2007上海22)胡锦涛同志指出,我们要把共同建设、共同享有贯穿于和谐社会建设的全过程,真正做到在共建中共享,在共享中共建。共建共享理论本身所蕴涵的道理是( )

①人民群众是社会变革的决定力量　　②人民群众可能创造真理　　③人民群众的实践是认识发展的动力　　④人民群众是社会财富的创造者

A.①②　　　　　　　　B.①④　　　　　　　　C.②④　　　　　　　　D.③④

分析:考查人民群众的作用。是历史唯物主义的重要考点,高考中选择题和主观题都有涉及,需要重视。共同建设、共同享有体现的哲理是人民群众的作用。选①④。②错肢。真理是客观的,不能被创造的。③错肢。实践是认识发展的动力。人民群众的实践范围缩小了。

答案:B

(2009广东40)材料二:人民群众在监督生产过程的环境污染控制、参与生活垃圾分类等方面发挥了积极作用。早在本世纪初,广东省人大代表开始就环境生态问题对政府职能部门进行依法监督,这被称为"广东现象"。2005年省政府提出建设"绿色广东"的口号,人民群众环保意识大为增强,积极参与绿色广东、生态广东的建设,2006年全省建成污水处理厂88座,日处理能力达到669万吨,居全国第一,同年广东单位GDP节能降耗和污染减排双双达标。

(2)结合材料二从人民群众历史作用角度谈谈你对建设生态文明的看法。

分析:考查考点是人民群众的历史作用。需要学生结合材料阐述人民群众的历史作用。

答案:①人民群众是社会历史的创造者。生态文明建设必须充分发挥人民群众的历史作用,全民动员对于建设生态文明具有重要意义。②人民群众是物质财富的创造者,这表现在人民群众参与环境和生态保护,在生产和消费过程中发挥积极作用。③人民群众是社会精神财富的创造者,这表现在人民群众环保意识大为加强,人民群众和人大代表依法对排污企业和政府相关职能部门进行监督,促进了政府重视生态环境。④人民群众是社会变革的决定力量,广东积极实践科学发展观,全民动员开展生态文明建设,必将为绿色广东建设发挥越来越大的作用。

解题指导

1.(2010 安徽 7)为了制定一个符合中国国情和时代特点的《国家中长期教育改革和发展规划纲要(2010－2020 年)》(简称《纲要》),政府有关部门通过专题调研、网上征集意见、召开座谈会等形式广纳群言、广集众智。《纲要》的制定体现的历史唯物主义观点有(　　)

①坚持群众观点和群众路线　②意识是客观存在的主观映象　③认识具有反复和无限性　④社会意识是社会存在的反映

A.①②　　　　　　　　B.③④
C.①④　　　　　　　　D.②③

2.(2009 广东 26)2008 年 7 月,我国曾对 15 个省级城市的公共环境、公共秩序、公益行动等文明指数进行了调查,调查结果公布后,促进了社会文明建设。这说明(　　)

A. 社会存在决定于社会意识
B. 城市文明建设要突出地方特色
C. 社会意识反作用于社会存在
D. 社会意识促进社会存在的发展

3.(2009 重庆 39)材料三:近年来,水资源利用中的民生问题引起我国政府高度重视。为此,我国政府加强以科学发展观为指导,进一步贯彻落实《水污染防治法》,规范取水许可管理,完善水资源综合规划,深化水价改革,加大政府投资力度,利用世界银行贷款,推动了饮水安全、节水改造等民生水利工程建设。

(8)运用社会存在与社会意识辩证关系原理分析材料三。

【答案】

1.C　思路点拨:本题考查历史唯物主义观点,政府部门制定《纲要》广集群众意见体现了①④符合题意。②是唯物主义观点;③是认识论观点。

2.C　思路点拨:题干主要信息是文明指数调查结果的公布促进的社会文明建设,说明 C 是正确的。A 说反了,社会存在决定社会意识。B 无关。D 忽视了社会意识作用的两重性。

3.(8)①社会存在决定社会意识,社会意识是社会存在的反映。水资源利用中的民生问题引起我国政府的高度重视,要求我们坚持科学发展观,努力解决这一问题。②社会意识对社会存在具有能动的反作用。正确的社会意识对社会存在具有促进作用。科学发展观是正确的社会意识,在科学发展观的指导下,采取一系列措施,能够有效推动民生水利建设。

思路点拨:抓住材料主要信息:水资源利用中的民生问题出现了,需要国家解决;国家采取各种措施解决这一问题促进、推动了饮水安全、节水改造等民生水利工程建设。设问要求运用社会存在与社会意识原理分析材料。答案按原理两层展开,要原理和材料相结合。

第十二课　实现人生的价值

考点梳理

1. **价值**

[考点解读]

(1)含义:是指一事物对主体的积极意义,即一事物所具有的能够满足主体需要的属性和功能。

(2)人的价值是什么

就在于创造价值,就在于对社会的责任和贡献,即通过自己的活动满足自己所属的社会、他人以及自己的需要。

(3)如何评价一个人的价值

对一个人的价值评价主要是看他的贡献,最根本的是对社会发展和人类进步事业的贡献,在今天,人的贡献主要是对工人阶级为代表的广大人民群众的贡献。评价一个人价值的大小,就是要看他为社会、人民贡献了什么。

[真题展示]

(2006 重庆 27)价值是人们生活中经常使用的概念。下列属于哲学价值判断的有(   )

①田野上的花儿开了   ②这些花儿很漂亮   ③山上的果树挂满了果实   ④这些水果真香甜

A.①②   B.②③   C.①④   D.②④

分析:考查考点价值,高考中对本考点的考查都以选择题的形式不常考查。本题属于区分基本概念的试题,考查学生的比较能力。

人们对事物的客观状况及其本质属性、发展规律做出判断我们称之为事实判断。①③是事实判断。价值判断是事物对主体的积极意义,即事物具有的能够满足主体需要的属性和功能的判断。②④中的"花很漂亮"和"水果真香甜"满足了人的需要,是哲学上的价值判断。

答案:D

2.价值观的导向作用

[考点解读]

(1)含义:是人们对事物价值的总的看法和根本观点。

(2)作用

价值观作为一种社会意识,对社会存在具有重大的反作用,对人们的行为具有重要的驱动、制约和导向作用。价值观对人们认识世界和改造世界的活动具有重要的导向作用。价值观对人生道路的选择具有重要的导向作用。寻找正确价值观就是寻找人生的真谛。

(3)我们倡导集体主义价值观:

主张集体利益与个人利益在集体利益基础上的辩证统一。它强调集体利益即人民群众的共同利益高于个人利益,当个人利益与集体利益发生冲突时,个人利益要服从集体利益;它不排除个人利益,而是重视和发展个人的正当利益,强调发挥集体中每个成员的积极性和创造性,并使之成为推动整个国家、民族进步的动力。

思维误区:

(1)价值观的导向作用是一种积极的作用吗?

不同性质价值观的导向作用不同。正确的价值观起积极的导向作用,错误的价值观起消极的导向作用。

(2)人的价值与物的价值有什么区别?

物只是价值的客体,而人既是价值的客体,又是价值的主体,因此人的价值具有双重性,是社会价值和自我价值的统一。

(3)价值观与社会意识有没有关系?

价值观是一种社会意识,是社会存在的反映。价值观人皆有之,但又因人而异。价值观的导向作用体现了社会意识对社会存在的反作用,不同性质的价值观其导向作用的性质不同。

[真题展示]

(2006 北京 34)"不知荣辱乃不能成人",这是千百年来传颂的至理名言、胡锦涛总书记提出的社会主义荣辱观,吸取我国传统荣辱观之精华,联系当前社会问题,面向中华民族未来,具有强烈的民族性和时代性,有利于构建和谐社会,上述材料说明(   )

①社会意识随着社会存在的变化而变化   ②价值观对人的行为有导向作用   ③事物处于前后相继的相互联系之中   ④认识的根本任务在于指导实践

A.②③   B.①②③   C.①③④   D.①②④

分析:考查考点社会意识与社会存在的关系、价值观的导向作用。价值观的导向作用在高考中经常考查,选择题与主观试题均有涉及。尤其在倡导科学发展观的今天,本考点具有现实重大意义,需要引起重视。

从产生看其吸取我国传统荣辱观之精华,体现事物处于前后相继的相互联系之中,③是正确的;它具有强烈的民族性和时代性,说明社会意识随着社会存在的变化而变化,①是正确的;从作用看它有利于构建和谐社会,说明价值观对人的行为有导向作用,②是正确的。④错肢。认识的根本任务是透过现象认识本质。认识的目的是实践。

答案:B

3. 价值判断和价值选择

[考点解读]

对事物能否满足主体的需要以及满足的程度作出的判断叫做价值判断,在价值判断基础上作出的价值选择叫价值选择。

(1)价值判断和价值选择的客观依据

做出正确的价值判断和价值选择,就必须坚持真理,遵循社会发展的客观规律,走历史的必由之路。

(2)价值判断和价值选择具有社会历史性

价值判断和价值选择因时间、地点和条件的变化而不同,这就是价值判断和价值选择的社会历史性特征。

把握价值判断和价值选择的社会历史性的意义:一是有助于我们正确评价历史和现实中的各种价值观念,防止简单化和片面化倾向;二是有助于我们的价值观念与时俱进,从而作出正确的价值判断,进行正确的价值选择。

(3)价值判断和价值选择的阶级性

从不同阶级的角度看,人们的社会地位不同,需要不同,价值判断和价值选择也就不同。在阶级社会中,面对同一事物或行为,不同阶级和阶层的人会作出不同的甚至截然相反的价值判断和价值选择。

(4)价值冲突及评价标准

价值判断和价值选择正确与否需要有一个根本衡量尺度:我们要自觉站在最广大人民的立场上,把人民群众的利益作为最高的价值标准。

思维拓展:价值判断与价值选择的影响因素

人们的社会地位不同,需要不同,价值判断和选择不同——从不同阶级的角度看,价值判断和选择具有阶级性。

价值判断与选择因人而异——从个人的角度看,人们认识事物的角度不同,价值评价也不同。

立场不同,价值判断与选择会因人而异——从不同的立场的角度看。

[真题展示]

(2007 广东18)"一人富了不算富,大家富了才叫富"的观点,体现的价值判断和价值选择是(　　　)

A. 自觉遵循社会发展的客观规律　　　　B. 自觉遵循自然发展的客观规律

C. 个人价值与社会价值的统一　　　　　D. 在劳动中创造价值

分析:本题考查价值判断与价值选择的特点。高考中本考点都是以选择题的形式出现的。考查的频率不高。题中观点是把个人与社会统一起来的价值判断与选择。A与题意不符合,A说的是价值判断和选择的评价标准。B无关。D是说个人价值实现的途径,与题意不符合。

答案:C

4. 价值的创造与实现

[考点解读]

(1)价值的实现方式

①在劳动和奉献中创造价值。积极投身于为人民服务的实践,是实现人生价值的必由之路,也是拥有幸福人生的根本途径。

②在个人与社会的统一中实现价值。实现人生价值的基础:社会提供的客观条件是人们实现人生价值的基础,人的价值,只能在社会中实现。只有正确处理个人与集体、个人与社会的关系,才能在奉献社会中实现自己的价值。

③在砥砺自我中走向成功。实现人生价值的主观条件:需要充分发挥主观能动性,需要顽强拼搏、自强不息的精神;需要努力发展自己的才能,全面提高个人素质;需要有坚定的理想信念,需要有正确价值观的指引。

(2)个人(自我)价值与社会价值的统一

原理内容:人的价值是社会价值和自我价值的统一。人的价值就在于创造价值,就在于对社会的贡献,即通过自己的活动满足自己所属的社会、他人以及自己的需要。人既是价值的创造者,又是价值的享受者。一方面人通过自己的活动,付出了心血和劳动,满足了社会和他人的需要(社会价值);同时自己也获得相应的劳动报酬,得到社会对自己价值的承认,从而实现了对自我的满足(自我价值)。二者是辩证统一关系,个人对社会的贡献是实现人生价值的基础和源泉,处于首要地位,社会对个人的尊重和满足是实现人生价值的基本前提和条件。

方法论:要求我们把社会价值和自我价值统一起来,在对社会的贡献中实现自身的价值。

[真题展示]

(2009 重庆 32)一个替政府看门的中学毕业青年,60年锲而不舍地专注于自己的业余爱好——打磨镜片。借助自己研磨的超出专业技师水平的复合镜片,他发现了当时人类尚未知晓的微生物世界,得到科学界广泛赞誉,被授予巴黎科学院院士头衔。他就是荷兰科学家列文·虎克。材料表明(　　)

①实践是个人与社会统一的基础　②生活理想是个人全部理想的基础和归宿　③人所特有的劳动创造力是人生价值的源泉　④获得社会认可是人生价值实现的基本标志

A.①③　　　　　　　B.①④　　　　　　　C.②③　　　　　　　D.②④

分析:考查价值的实现与创造,这是人生观部分重要考点,高考经常在本部分命制试题,考查学生对于人生价值有关知识的认识,从而对自身价值的实现引起思考。

本题以青年成才的实例作为题干,是人生观部分经常选用的材料。提取材料有效信息该青年普通的工作之中(实践),锲而不舍,研磨出复合镜片,发现了微生物世界,获得成功,即满足社会需要,又实现自己价值,说明①③是正确的,②④错肢。

答案:A

(2009 浙江 41)材料二:到目前为止,全国已有7.8万名"村官",小杨就是其中的一位。大学一毕业,小杨打破传统观念,只身来到千里之外的一个乡村任村委会主任助理。任职期间,在村党支部和村委会的领导下,她走访农户,宣传党和政府的有关方针和政策,传授农业科技知识,协助主任处理一系列村务。她刻苦学习雕刻知识,与该村艺人共同努力,使该村濒临失传的木雕工艺重放异彩,并将原先小打小闹的木雕品发展为人人喜爱的旅游纪念品。短短两年,该村的社会风气明显好转,村民的钱包鼓了起来。因此,"村官"小杨得到了领导和村民的一致好评。小杨自己也认为当"村官"是一个正确的选择。

(3)结合材料二,运用"实现人生的价值"的有关知识,说明"村官"小杨在乡村的精彩人生给我们的启示。

分析:以主观题的形式考查人生价值的实现。在以往的高考中,人生观部分在全卷比重所占比其他部分要少一些,但是总是有所涉及,尤其当今随着我国加强思想道德建设,本部分的知识要引起重视。

答案:小杨在做"村官"的实践中,不仅使该村的社会风气好起来,村民的钱包鼓起来,自己也得到了好评,表明人只有在奉献社会的实践中才能创造价值和实现价值。小杨的精彩人生离不开村党支部和村委会的领导,也离不开村民的共同努力,表明人的价值只能在个人与社会的统一中实现。小杨打破传统观念做"村官",运用自己的聪明才智,为乡村建设做出了贡献,说明实现人生价值需要有正确价值观的指引,需要充分发挥主观能动性,需要全面提高个人素质。

思路点拨:要抓住材料的中心,即小杨如何实现人生价值,设问的限定性是要运用"实现人生价值"的有关知识说明小杨在乡村的精彩人生给我们的启示。因此,本题要求从小杨实现人生价值的范例来启示我们自己如何实现人生价值。答案要求材料与价值的实现的相关知识相结合,本题的关键在于提取材料之中的有效信息与教材知识(价值的实现和创造)相结合。

解题指导

1.(2010 江苏 33)"权为民用,纵然是清风两袖,自当流芳百世传佳话;利为己谋,即便有豪宅千顷,也会遗臭万年殃后人。"这副对联给我们的启示是(　　)

A.人的价值就在于创造价值

B.实现人生价值需要价值观指引

C.个人应在与社会的统一中实现价值

D.价值判断和价值选择具有社会历史性

2.(2010 北京 28)北京某地铁站旁,有一个由退休老人组成的"志愿服务站点",这些退休老人在为行人提供义务指路服务的同时,感受到了自己的价值,获得了快乐。这表明(　　)

①劳动是人的存在方式　②实现人生价值取决于客观条件　③索取和奉献是统一的　④实现人生价值要发挥主观能动性

A. ①③　　　　　　　　B. ①④

C. ②③　　　　　　　　D. ②④

3.(2009 年辽宁、宁夏 39)阅读材料,回答下列问题。

在菲律宾马克坦岛上航海家麦哲伦遇难的地方,有一座纪念亭,亭中立一块石座铜碑。碑的正面有这样的文字:"费尔南多·麦哲伦。1521 年 4 月 27 日,费尔南多·麦哲伦死于此地。他在与马克坦岛首长拉普拉普的战士们交战中受伤身亡。麦哲伦船队的一艘船——维多利亚号,在埃尔卡诺的指挥下,于 1521 年 5 月 1 日升帆驶离宿务港,并于 1522 年 9 月 6 日返抵西班牙港口停泊,第一次环球航海就这样完成了。"

这块碑的背面,则刻着另一段文字:"拉普拉普。1521 年 4 月 27 日,拉普拉普和他的战士们,在这里打退了西班牙入侵者,杀死了他们的首领——费尔南多·麦哲伦。由此,拉普拉普成为击退欧洲人侵略的第一位菲律宾人。"

纪念碑正面和背面镌刻的文字都包含着对逝者的价值评价,其依据有何不同? 这种评价差异反映了价值判断的什么特点?

【答案】

1.C　思路点拨:对联告诫人们不要只考虑个人,应为人民大众办事,从人生价值的角度看,C 符合题意。

2.B　思路点拨:本题考查实现人生的价值的条件和途径,人生价值的实现受主客观条件的影响,②的观点错误,材料没有体现索取,③不选,①④符合题意。

3. 纪念碑正面的文字是对麦哲伦评价,评价依据是他领导了第一次环球航行,对人类文明做出了贡献;纪念碑背面的文字是对拉普拉普的评价,评价依据是他领导反侵略斗争,对祖国做出了贡献。

价值判断具有相对性,人们的社会地位不同、需求不同,价值判断也就不同,会对同一事物或行为做出不同甚至截然相反的判断;价值判断的相对性并不否定价值判断的客观性,做出正确的价值判断,必须遵循社会发展的规律。

思路点拨:材料题,该题主要信息是有关历史人物的评价。设问问这种评价的依据是什么,反映了价值判断的什么特点。结合材料运用关于价值判断的特点的相关知识即可。

周 练

一、单选题(每题 2 分,共 50 分)

1. 目前我国的改革已涉及经济、政治、文化等各个领域,新事物不断涌现。随之,也出现了一些新名词:十七大报告中出现了"人文关怀"、"心理疏导"、"票决制"、"文化软实力"等一系列新名词。这些新名词的出现说明( )

A. 社会意识对社会存在具有反作用

B. 社会意识具有相对独立性

C. 社会意识是社会存在的反映

D. 物质和意识是相互促进,互相依赖的

2. 当年马克思主义传入中国,使中国发生了巨大变化。今天,我们以科学发展观为指导,中国特色社会主义建设取得了巨大成就。这说明( )

①社会意识反作用于社会存在　②社会存在决定社会意识　③先进的社会意识对社会发展起促进作用　④科学理论能有效指导实践

A.①②③　　　　　　　　B.②③④

C.①②④　　　　　　　　D.①③④

3. 清朝著名思想家顾炎武说:"不廉则无所不取,不耻则无所不为。"荣辱倒错是当前各种不正之风和腐败现象的滋生蔓延的一个重要原因。这说明( )

A. 社会存在决定社会意识

B. 社会意识是社会存在的反映

C. 社会生活在本质上是实践的

D. 落后的社会意识对社会发展起阻碍作用

4. 恩格斯说"经济上落后的国家在哲学上仍然能演奏第一提琴"。恩格斯的话反映了( )

A. 一定的经济基础决定一定的上层建筑

B. 社会意识的发展具有相对独立性

C. 社会意识对社会存在具有反作用

D. 价值观对社会发展具有导向作用

5. 为推进农村经济的进一步发展,国家出台政策调整了农村土地制度,允许农民按照依法自愿有偿原则,以转包、出租、互换、转让、股份合作等形式流转土地承包经营权,发展多种形式的适度规模经营。这蕴含的哲学道理是( )

A. 上层建筑决定经济基础的发展程度

B. 只要调整生产关系就一定能促进生产力的发展

C. 生产力决定生产关系,生产关系对生产力具有反作用

D. 生产关系的调整必然引起经济基础的根本变化

6. 改革开放 30 年来,随着经济的发展和国内外形势的变化,我国进行了六次政府机构改革。从历史唯物主义角度看,这体现了( )

A. 经济基础决定上层建筑

B. 生产力必须适应生产关系的发展

C. 部分功能制约着整体功能

D. 要注重系统内部的优化趋向

7. 30 年前,真理标准大讨论,解放思想,实事求是,如同惊蛰春雷,炸开愚昧迷信的冰冻层,使中国的思想开始回归理性,使工作重心从阶级斗争转向经济建设,掀开了社会主义中国历史发展新篇章。从历史唯物主义角度看,这体现了( )

A. 意识是物质的正确反映

B. 辩证的否定是克服与保留的统一

C. 社会意识对社会发展起促进作用

D. 上层建筑对经济基础具有反作用

8. 生产力和生产关系、经济基础和上层建筑的矛盾之所以是社会基本矛盾,是因为它们( )

①影响和制约其他矛盾　②贯穿于阶级社会的始终　③贯穿于人类社会的始终　④体现社会发展的最一般规律

A.①④　　　　　　　　B.②③

C.①②④　　　　　　　D.①②③④

9. 经济条件是影响人们幸福程度的基础因素,但人们的幸福指数(幸福感)并不完全与物质生活的富裕程度成正比。当经济发展到一定水平后,诸多其他因素,如健康的身体、美满的婚姻、和谐的人际关系、成就感、安全感和对工作的满意度等,对人的幸福指数影响越来越大。这说明( )

①在生活中幸福没有真正确定的意义　②主体感受并不完全取决于外部物质条件　③认识是主体对客体的能动反映,意识活动具有主动性和创造性　④价值判断具有主观性

A.①②③　　　　　　　　B.①③④

C.②③④　　　　　　　　D.①②④

10. 500 家世界大公司,都有一个共同的特点,始终坚持以下四种价值观:人的价值高于物的价值,共同价值高于个人价值,社会价值高于利润价值,用户价值高于生产价值。它们之所以要坚持这样的价值观,是因为( )

A. 正确的社会意识决定社会的发展方向

B. 正确的价值观决定了企业是否营利

C. 坚持正确的价值观有利于促进自身的发展

D. 价值观对人们的行为有正确的驱动、导向作用

11. 传统的发展观坚持"唯 GDP 论",把经济总量的增长作为唯一追求,结果导致环境污染,经济和社会问题突出;"科学的发展观",追求人与自然关系的和谐,促进了经济、社会、环境的协调和可持续性发展。这说明( )

A. 价值观不同,人们对客观事物的评价就不同

B. 正确的社会意识对社会发展具有决定性作用

C. 价值观不同,人生道路和人生选择也就不同

D. 价值观不同,人们认识世界和改造世界的指向就不同

12. "上了青藏线,就是做奉献",数万名青藏铁路的建设者,在走上高原的第一天起,就是在这样的口号激励下,奋斗在条件异常艰苦的雪域高原,创造了人类铁路史上非凡业绩。这告诉我们( )

①人民群众是社会实践的主体 ②建设者们的精神贡献比物质贡献重要 ③只有在劳动和奉献中才能实现人生价值 ④人生价值的实现,需要充分发挥主观能动性,顽强拼搏、自强不息

A. ①②③   B. ①②④

C. ②③④   D. ①③④

13. 在我们身边,有那么一群人,他们的名字叫"自愿者",从对孤寡弱残人士的照顾到城市交通秩序的维持,从法律援助到心理咨询,无不出现他们辛勤的身影。"自愿者"们用实际的行动告诉我们( )

①实现人生价值,需要努力发展自己的才能,全面提高个人素质 ②人要在个人和社会的统一中实现价值 ③人要在劳动和奉献中创造价值 ④人生价值就在于得到别人和社会的认可

A. ①②③   B. ①③④

C. ①②④   D. ②③④

14. 2008 年《感动中国》人物评选将年度特别奖授予了全体"中国人"。组委会认为,2008 年的中国经历了太多的悲怆和喜悦,在抗击暴风雪、抗震救灾、举办奥运会、神七漫步太空等事件中,中国人用坚忍、勇敢、智慧向世界展示了令人震撼的民族力量。这表明( )

①我国人民用实际行动践行社会主义核心价值观 ②发挥主观能动性,要以尊重客观规律为前提 ③良好的精神状态对人们改造世界有促进作用 ④人民群众是实践的主体,是历史的创造者

A. ①③④   B. ①②④

C. ②③④   D. ①②③

15. 公民意识是指要树立社会主义民主法治、自由平等、公平正义的理念。加强公民意识教育,树立社会主义民主法治、自由平等、公平正义理念的哲学依据是( )

①社会意识对社会存在有反作用 ②人民群众中蕴藏着无穷的智慧 ③意识不仅能反映现象,还能反映本质 ④发挥主观能动性要积累正确的主观因素

A. ②④   B. ①④

C. ①②③   D. ①③④

16. 党和国家积极解决社会保障这一广大人民群众最关心、最直接、最现实的利益问题,维护社会公平正义,让全体人民在共建中共享,在共享中共建。这是因为( )

①人民群众创造了物质财富和精神财富 ②人民群众是社会变革的决定力量 ③人民群众要享有改革开放的成果 ④要走与群众实践相结合的道路

A. ①②   B. ③④

C. ①②③   D. ②③④

17. 《论语》记载孔子的马厩曾失火,孔子赶来后不问马只问人是否受伤;北宋时期有司马光曾经为救落水的小朋友不惜砸破缸的典故。这两个典故都体现了( )

A. 生存智慧和思维方法的统一

B. 价值判断与价值选择的统一

C. 求真务实和与时俱进的统一

D. 认识运动和把握规律的统一

18. 价值判断和价值选择的社会历史性特征是指,价值判断和价值选择会因为( )

A. 人们认识事物的角度不同而不同

B. 人们的需要不同而不同

C. 时间、地点和条件的变化而不同

D. 人们的社会地位不同而不同

19. "你不理财,财不理你。"这是央视二套《理财》节目的名言。这句话十分经典地道出了财富积累的主动性,表明人们正在逐步改变传统的被动等待的理财观念。这说明( )

A. 价值观有正确的导向作用

B. 要在个人与社会的统一中实现人生价值

C. 价值判断和价值选择具有社会历史性

D. 价值判断和价值选择具有阶级性

20. 某市政府建设的文化公园,不设围墙、不售门票,以文化普及、艺术生产为主,休闲健身为辅,兼顾文化商业设施,最大限度地满足广大市民的文化艺术需求。从马克思主义哲学看,该市政府在社会发展中坚持了正确的( )

A. 群众观   B. 辩证否定观

C. 实践观　　　　　　　D. 物质运动观

21. 人类在认识和处理自身与动物界的关系中经历了一个从颂扬"打虎英雄"到滥捕滥杀再到保护野生动物的过程，从而实现人与自然界共生共荣，和谐发展。这说明（　　）

①社会存在决定社会意识　②价值观对人们认识世界和改造世界的活动具有重要的导向作用　③价值观作为正确的社会意识对社会存在有重大的反作用　④人们的认识随着客观事物的变化而不断变化发展

A. ①②③　　　　　　　B. ②③④

C. ①③④　　　　　　　D. ①②④

22. 上题中的事实启示我们，要做出正确的价值判断与价值选择，必须（　　）

①自觉遵循社会发展的客观规律　②自觉站在最广大人民的立场上　③根据不同的社会地位和需要　④正确处理个人利益与社会利益、集体利益的关系

A. ①②③　　　　　　　B. ①②④

C. ①③④　　　　　　　D. ②③④

23. 在我党历史上，曾经出现过"左"倾和"右"倾错误，在错误理论的指导下，我国的革命和建设事业遭受到极大的破坏和阻碍；由于19世纪建立了电磁理论，人们根据这一理论制造了发电机和电动机，使人类进入了电气化时代，从而大大推动了社会生产力的发展。上述材料共同说明（　　）

①不同的社会意识对社会存在的发展所起的作用不同　②社会意识具有相对独立性，对社会存在具有能动的反作用　③社会意识对社会存在起能动的促进作用　④社会意识有时可以决定社会存在的发展

A. ①②　　　　　　　　B. ③④

C. ①③　　　　　　　　D. ②④

24. 就业是民生之本。鼓励和支持劳动者自谋职业和自主创业，通过推动创业来促进就业是促进就业的一条主干道，也是解决我国当前就业问题的主攻方向。择业观是职业价值观的重要组成部分。对人们的择业行为有着重要影响。有些人在择业时只是一味地追求"我想干什么"，而不考虑"我能干什么"，以至于在求职时四处碰壁。这说明（　　）

①价值观对人生道路的选择具有重要作用　②价值观不同，人们对客观事物评价就不同　③想问题办事情要从实际出发，实事求是　④有了正确的择业观就能实现就业

A. ①②③　　　　　　　B. ①③④

C. ①③　　　　　　　　D. ②④

25. 随着就业压力的不断加大，人们认识到仅有敬业精神是远远不够的，还必须做到"精业"。这表明（　　）

A. 社会意识具有相对独立性

B. 意识促进事物的发展

C. 社会意识随着社会存在的变化而变化

D. 认识的发展是没有规律的

二、问答题(每题7分，共28分)

26. 在旧西藏，农奴超过总人口的90%，不占有土地，没有人身自由。1959年3月，轰轰烈烈的民主改革，彻底摧毁了三大领主政教合一的旧政权，先后建立起西藏人民自己的各级政权机构；废除了生产资料的封建领主所有制，确立了农牧民的个体所有制。50年的沧桑巨变，西藏经历了从黑暗走向光明、从落后走向进步、从贫穷走向富裕的光辉历程，百万农奴翻身成为这片土地的主人，西藏社会实现了跨越式发展。

结合材料，简要说明西藏50年沧桑巨变的光辉历程是如何体现社会发展规律的？(7分)

27. 在2009年召开的十一届全国人大二次会议和全国政协十一届二次会议上，《政府工作报告》强调"'更加重视'让全体人民共享改革发展成果"让许多人思绪难平。有一位政协委员把报告中每一处与民生有关的具体措施都划上了一个勾，一路划下来，竟有二三十个。他说，"改革就是要让老百姓的生活越来越好，就是要让阳光照到每个人身上。"

请从历史唯物主义的角度，谈谈你对上述材料的看法。(7分)

28.(2010 山东 28)材料四:青年学生素有光荣的爱国传统,历来以爱国报国为己任。而在爱国情感的表达上,当代青年具有新的时代特点,他们正用新的方式表达对祖国的无限爱意。

(4)结合材料四,运用"认识社会与价值选择"的相关知识,分析当代青年在爱国情感的表达上具有新的时代特点的哲学依据。(7分)

29. 有人说,只有不断地改变价值判断,才能作出正确的价值选择。请你谈谈对这一看法的认识。(7分)

三、论述题(每题 11 分,共 22 分)

30.2008 感动中国人物有彝族村寨甘洛县乌史大桥乡二坪村教师李桂林、陆建芬,感动中国组委会授予这两位山村教师的颁奖词:"在最崎岖的山路上点燃知识的火把,在最寂寞的悬崖边拉起孩子们求学的小手,19 年的清贫、坚守和操劳,沉淀为精神的沃土,让希望发芽。"现在,二坪,这个过去的"文盲村穷山村",成了"文化村"。这与两位老师付出的心血是分不开的。他们为偏远山区的教育事业撑起了一片蓝天。

(1)结合材料谈谈如何评价一个人的价值?(5分)

(2)有人认为"只要有正确的价值观,就能实现人生价值。"请谈谈你对这句话的认识。(6分)

31. 大灾之中有大爱,每当灾难来临之时,总有平凡之人的非凡之举让我们感动。比如雪灾中高速公路处于瘫痪状态时,众多旅客被困途中,沿途涌现出很多无私奉献、热心助人的平凡人,在这些平凡人的身上表现出人间可贵的真情实意。

结合材料,运用《生活与哲学》知识论述如何实现人生的价值?(11分)

《生活与哲学》哲学原理及方法论总结

世界的物质统一性原理及方法论

［原理］：世界的本质是物质，世界上先有物质后有意识，物质决定意识，意识是客观存在在人脑中的反映。

［方法论］：这一原理要求我们在想问题、办事情的时候，要一切从实际出发。

［错误倾向］：反对不从实际出发的主观主义，反对本本主义（教条主义）、经验主义。

意识能动作用原理及方法论

［原理］(1)人能够能动地认识世界。人的意识不仅能反映事物的外部现象，而且能够把握事物的本质和规律，世界上只有尚未认识之物，而没有不可以认识之物。

(2)人能够能动地改造世界。(1)意识对物质具有反作用，正确反映客观事物及其发展规律的意识，能够指导人们有效地开展实践活动，促进客观事物的发展。歪曲反映客观事物及其发展规律的意识，则会把人的活动引向歧途，阻碍客观事物的发展。(2)意识对于人体生理活动具有调节和控制作用。高昂的精神，可以催人向上，使人奋进；萎靡的精神，则会使人悲观、消沉，丧失斗志。

［方法论］：要求我们一定要重视意识的作用，重视精神的力量，自觉地树立正确的思想意识，克服错误的思想意识。

［错误倾向］：反对否认意识能动作用的形而上学观点和片面夸大意识能动作用的唯心主义观点。

物质和意识的辩证关系原理及方法论

［原理内容］：物质决定意识，意识对物质具有能动作用。

正确意识对事物发展起促进作用，错误意识对事物发展起着阻碍作用。

［方法论］：一方面要坚持一切从实际出发，实事求是；

另一方面，要重视意识的作用，重视精神的力量，自觉地树立正确的思想意识，克服错误的思想意识。

［错误倾向］：反对夸大意识能动作用的唯意志主义和反对片面强调客观条件，安于现状、因循守旧、无所作为的思想

规律的客观性和普遍性原理及方法论

［原理内容］：所谓规律，就是事物运动过程中固有的本质的、必然的、稳定的联系。规律是客观的，是不依人的意志为转移的，它既不能被创造，也不能被消灭。规律是普遍的，自然界、人类社会和人的思维，在其运动变化和发展的过程中，都遵循其固有的规律。没有规律的物质运动是不存在的。

［方法论］：规律的客观性和普遍性要求我们，必须遵循规律，按客观规律办事，而不能违背规律。一旦违背客观规律，人们就会受到规律的惩罚。

［错误倾向］：反对否认规律的客观性和企图创造规律或消灭规律的唯心主义观点，反对不讲科学，不顾客观规律的冒险盲干的主观主义。

客观规律和发挥主观能动性辩证关系原理及方法论

［原理内容］：规律是客观的，不以人的意志为转移，它既不能被创造，也不能被消灭。但人在规律面前又不是无能为力的，人可以发挥主观能动性在认识和把握规律的基础上，根据规律发生作用的条件和形式利用规律，改造客观世界，造福于人类。

［方法论］：我们在想问题、办事情的时候，既要尊重客观规律，按规律办事，又要充分发挥主观能动性，把尊重客观规律和发挥主观能动性有机地结合起来。

［错误倾向］：反对片面夸大人的主观能动性、否认规律的客观性、盲目蛮干的唯心主义错误；也要反对片面夸大规律的客观性、忽视人的主观能动性、无所作为的机械唯物主义错误。

实践和认识的辩证关系及方法论

［原理内容］(1)实践是认识的基础（实践决定意识）：实践是认识的唯一来源，实践是认识发展的动力，实践是检验认识的真理性的唯一标准，实践是认识的目的和归宿。

(2)认识对实践具有反作用。真理是人们对客观事物及其规律的正确反映，真理能指导人们提出实践活动的正确方案，因而对于人们的实践活动有巨大的推动作用。

[方法论]:要求我们首先要坚持实践第一的观点,还要坚持理论和实践相结合的原则,做到理论和实践的具体的历史的统一。

真理的条件性和具体性及方法论

[原理内容]:真理是人们对客观事物及其规律的正确反映,但真理是具体的有条件的。任何真理都有自己适用的条件和范围,任何真理都是相对于特定的过程来说的,都是主观与客观、理论与实践的具体的历史的统一。

[方法论]:(1)真理的条件性和具体性要求我们,如果不顾过程的推移,不随着历史条件的变化而丰富、发展和完善真理,只是照搬过去的认识,或者超越历史条件,把适用于一定条件下的科学认识不切实际地运用于另一条件之中,真理都会转化为谬误。(2)真理的条件性和具体性表明,真理和谬误往往是相伴而行的。在人们探索真理的过程中,错误是难免的。犯错误并不可怕,可怕的是不能正确对待错误。

认识的反复性和无限性及方法论

[原理内容]:认识具有反复性,由于受主客观条件的限制,人类追求真理的过程不是一帆风顺的,这就决定了人们对一个事物的正确认识往往要经过从实践到认识,再从认识到实践的多次反复才能完成。认识具有无限性,认识的对象是无限变化着的物质世界,作为认识的主体的人类是世代延续的,作为认识基础的社会实践是不断发展的,因此,人类的认识是无限发展的,追求真理是一个永无止境的过程。

[方法论]:真理的反复性和无限性要求我们要与时俱进,开拓创新,在实践中认识和发展真理,在实践中检验和发展真理。

联系的普遍性原理及方法论

[原理内容]:所谓联系,就是事物之间以及事物内部诸要素之间的相互影响、相互制约和相互作用。联系是普遍的。世界上一切事物都与周围其他事物有着这样或那样的联系。世界是一个普遍联系的有机整体,其中没有一个事物是孤立存在的。

[方法论]:联系的普遍性原理要求我们要用联系的观点看问题,既要看到事物之间的联系,又要看到事物内部诸要素之间的联系。

联系的客观性原理及方法论

[原理内容]:联系是客观的。联系是事物本身所固有的,不以人的意志为转移。

[方法论]:联系的客观性要求我们,要从事物固有的联系中把握事物,切忌主观随意性。

联系是客观的,并不意味着人对事物的联系无能为力,人们可以根据事物固有的联系,改变事物的状态,调整原有的联系,建立新的联系。

联系的多样性原理及方法论

[原理内容]:世界上的事物千差万别,事物的联系也是多种多样的。

[方法论]:联系的多样性要求我们注意分析和把握事物存在和发展的各种条件。因此,我们在认识世界和改造世界的过程中,既要注重客观条件,又要恰当运用自身的主观条件;既要把握事物的内部条件,又要关注事物的外部条件;既要认识事物的有利条件,又要重视事物的不利条件。总之。要一切以时间、地点、条件为转移。

整体和部分辩证关系的原理及方法论

[原理内容]:整体和部分是相互区别的。整体是事物的全局和发展的全过程,从数量上看它是一;部分是事物的局部和发展的各个阶段,从数量上看它是多。整体和部分在事物发展过程中的地位、作用和功能各不相同。整体居于主导地位,整体统率着部分,具有部分所不具备的功能;部分在事物的存在和发展过程中处于被支配的地位,部分服从和服务于整体。

整体和部分又是相互联系、密不可分的。整体是由部分构成的,离开了部分,整体就不复存在。部分的功能及其变化会影响整体的功能,关键部分的功能及其变化甚至对整体的功能起决定作用。部分是整体中的部分,离开了整体,部分就不成其部分。整体的功能状态及其变化也会影响到部分。

[方法论]:树立全局观念,立足于整体,统筹全局,选择最佳方案,实现整体的最优目标,从而达到整体功能大于部分功能之和的理想效果,同时必须重视部分的作用,搞好局部,用局部的发展推动整体的发展。

系统优化的方法原理及方法论

[原理内容]:整体和部分的关系,在一定意义上就是系统和要素的关系。系统是由相互联系和相互作用的

诸要素构成的统一整体。系统的基本特征是整体性、有序性和内部结构的优化趋向。掌握系统优化的方法,要着眼于事物的整体性,要注意遵循系统内部结构的有序性;要注重系统内部结构的优化趋向。

[方法论]:系统优化的方法要求我们用综合的思维方式来认识事物。既要着眼于事物的整体,从整体出发认识事物和系统,又要把事物和系统的各个部分、各个要素联系起来进行考察,统筹考虑,优化组合,最终形成关于这一事物的完整准确的认识。

发展的观点及方法论

[原理内容]:世界上一切事物都处在永不停息地变化发展之中,都有其产生、发展和灭亡的历史,发展的实质是事物的前进和上升,是新事物的产生和旧事物的灭亡。

[方法论]:发展的观点要求我们要用发展的观点去看问题。

事物发展的总趋势(前进性与曲折性)原理及方法论

[原理内容]:事物发展的方向是前进的、上升的,事物前进的道路是曲折的、迂回的,这是一切事物发展的总趋势。

[方法论]:我们既要看到前途是光明的,对未来充满信心,积极鼓励、热情支持和悉心保护新事物的幼芽,促使其成长壮大,又要做好充分的思想准备,不断克服前进道路上的各种困难,勇敢地接受挫折与考验,在曲折的道路上问鼎事业的辉煌。

量变和质变辩证关系的原理及方法论

[原理内容]:事物的发展总是从量变开始,量变是质变的必要准备,质变是量变的必然结果,质变又为新的量变开辟道路,使事物在新质的基础上开始新的量变。事物的发展就是这样由量变到质变,又在新质的基础上开始新的量变,如此循环,不断前进。

[方法论]:积极做好量的积累,为实现事物的质变创造条件;在量变已经达到一定程度,只有改变事物原有的性质才能向前发展时,要果断地抓住时机,促成质变。

[错误倾向]反对两种倾向:拔苗助长、急于求成或优柔寡断、缺乏信心。

矛盾(客观性)的观点及方法论

[原理内容]:世界上的一切事物都包含着两个方面,这两个方面既相互对立,又相互统一。矛盾即对立统一。矛盾具有斗争性和同一性两种基本属性。

[方法论]:矛盾的观点要求我们必须用全面的观点看问题。

矛盾的普遍性原理及方法论

[原理内容]:矛盾的普遍性是指矛盾存在于一切事物中,不包含矛盾的事物是不存在的,即事事有矛盾;矛盾贯穿于每一事物发展过程的始终,每一事物从产生到灭亡都存在着自始自终的矛盾运动,即时时有矛盾。

[方法论]:矛盾的普遍性要求我们在任何时候,对任何事物,我们要承认矛盾,分析矛盾,勇于揭露矛盾,积极寻找正确的方法解决矛盾。

矛盾的特殊性原理及方法论

[原理内容]矛盾的特殊性,是指矛盾着的事物及其每一个侧面各有其特点。它主要有三种情形:一是不同事物有不同的矛盾,这些不同的矛盾构成了一事物区别于他事物的特殊本质;二是同一事物在发展的不同过程和不同阶段上有不同的矛盾,这些不同的矛盾形成了事物发展的不同过程和不同阶段;三是同一事物的不同矛盾、同一矛盾的两个不同方面也各有其特殊性。

[方法论]:矛盾的特殊性原理要求我们要具体问题具体分析,即在矛盾普遍性原理的指导下,具体分析矛盾的特殊性,并找出解决矛盾的正确方法。

矛盾的普遍性和特殊性辩证关系的原理及方法论

[原理内容]:矛盾的普遍性和特殊性的关系,也就是矛盾的共性和个性、一般和个别的关系。①矛盾的普遍性和特殊性相互联结。一方面,普遍性寓于特殊性之中,并通过特殊性表现出来,没有特殊性就没有普遍性。另一方面,特殊性离不开普遍性,世界上的事物无论怎样特殊,它总是和同类事物中的其他事物有共同之处,不包含普遍性的事物是没有的。②由于事物范围的极其广大和发展的无限性,在一定场合为普遍性的东西,在另一场合则是特殊性。反之,在一定场合是特殊性的东西,在另一场合则是普遍性。

[方法论]:矛盾的普遍性和特殊性辩证关系的原理要求我们要在矛盾普遍性原理的指导下,具体分析矛盾的特殊性,不断实现矛盾的普遍性与特殊性、共性和个性的具体的历史的统一。

主要矛盾和和次要矛盾辩证关系的原理及方法论

［原理内容］：在复杂事物的发展过程中，存在着许多矛盾，其中必有一种矛盾，它的存在和发展，决定或影响着其它矛盾的存在和发展。这种在事物发展过程中处于支配地位、对事物发展起决定作用的矛盾就是主要矛盾。其他处于从属地位、对事物发展不起决定作用的矛盾则是次要矛盾。主要矛盾和次要矛盾相互依赖、相互影响，并在一定条件下相互转化。

［方法论］：方法论要求：要着重把握主要矛盾，抓重点、抓中心、抓关键，又不忽视次要矛盾的解决，统筹兼顾。

矛盾的主要方面和次要方面辩证关系的原理及方法论

［原理内容］：每一个矛盾中的两个方面的力量是不平衡的。其中，处于支配地位，起主导作用的方面叫矛盾的主要方面。而处于被支配地位的方面叫矛盾的次要方面。事物的性质主要是由主要矛盾的主要方面决定的。矛盾的主要方面与次要方面既相互排斥，又相互依赖，并在一定条件下相互转化。

［方法论］：要着重把握矛盾的主要方面，重视主流，但又不忽视矛盾的次要方面，即支流。

主次矛盾、矛盾主次方面的辩证关系原理及方法论

［原理内容］：主要矛盾在事物发展的过程中处于支配作用，对事物的发展起决定作用。主次矛盾相互依赖、相互影响，并在一定条件下相互转化，事物的性质是由主要矛盾的主要方面决定的。矛盾的主次方面既相互排斥，又相互依赖，并在一定条件下相互转化

［方法论］：主要矛盾和次要矛盾、矛盾的主要方面和次要方面辩证关系的原理要求我们，要坚持一分为二的矛盾分析法，坚持两点论和重点论相统一的认识方法。

辩证否定观原理及方法论

［原理内容］：辩证的否定，是事物自身的否定，即自己否定自己，自己发展自己。辩证的否定既不是简单地肯定一切，也不是简单地否定一切，而是既肯定又否定，既克服又保留，克服的是旧事物中过时的消极的内容，保留的是旧事物中积极合理的因素。辩证否定的实质就是"扬弃"。

［方法论］：辩证的否定要求我们，必须树立创新意识，做到不唯上，不唯书，只唯实。因此，我们不仅要尊重书本知识，尊重权威，还要立足于实践，解放思想，实事求是，与时俱进，不断实现理论和实践的创新与发展，在认识世界和改造世界的活动中取得成功。

辩证法的革命批判精神原理及方法论

［原理内容］：辩证法在对现存事物的肯定的理解中同时包含对现存事物的否定的理解，即对现存事物必然灭亡的理解；辩证法对每一种既成的形式都是从不断的运动中，因而也是从它的暂时性方面去理解；辩证法不崇拜任何东西，按其本质来说，它是批判的革命的和创新的。

［方法论］：辩证法的革命批判精神和创新意识是紧密联系在一起的。辩证法的革命精神和批判性思维要求我们，密切关注变化发展着的实际，敢于突破与实际不相符合的成规陈说，敢于破除落后的思想观念；注重研究新情况，善于提出新问题，敢于寻找新思路，确立新观念，开拓新境界。这是我们事业不断取得成功的关键。

社会存在与社会意识的辩证关系原理及方法论

［原理内容］：社会存在决定社会意识，社会意识具有相对的独立性，对社会存在具有反作用。先进的社会意识可以预见社会发展的方向和趋势，对社会发展具有积极的推动作用；落后的社会意识对社会的发展具有阻碍作用。

［方法论］：尊重社会实际，树立实践第一的思想，坚持一切从实际出发，实事求是；同时要确立先进的正确的社会意识，反对落后的消极的社会意识，重视社会主义精神文明建设，加强社会主义政治文明建设。

两大基本规律的矛盾运动原理及方法论

［原理内容］：(1)生产力决定生产关系，生产关系对生产力具有反作用。当生产关系适应生产力发展状况时，就会推动生产力的发展；反之，就会阻碍生产力的发展。表明生产关系一定适合生产力发展状况的规律是人类社会发展的基本规律。

(2)经济基础决定上层建筑，上层建筑对经济基础具有反作用。当上层建筑适合经济基础状况时，就会促进经济基础的巩固和完善；反之，就会阻碍经济基础的发展和变革。表明上层建筑一定要适合经济基础发展的规律是人类社会发展的又一基本规律。

［方法论］：尊重社会发展的客观规律，自觉运用唯物辩证法的矛盾观点和矛盾分析方法，认识和把握阶级

社会的各种现象;树立改革创新的意识,不断调整生产关系和上层建筑中不适应生产力和经济基础发展的方面和环节,推进中国特色社会主义事业不断前进。

人民群众是历史的创造者的原理及方法论

[原理内容]:人民群众是历史的创造者。人民群众是社会物质财富和精神财富的创造者;是社会变革的决定力量。

[方法论]:坚持立党为公,执政为民,权为民所用,情为民所系,利为民所谋,实现好、维护好、发展好最广大人民的根本利益,是我们一切工作的出发点。树立群众观点和群众路线是我们的基本思想和根本方法。坚决反对脱离群众的倾向和作风。

价值观的导向作用原理及方法论

[原理内容]:价值观对人们的行为具有重大的导向作用。表现在对人们认识世界和改造世界;对人生道路的选择等方面具有重要的驱动、制约、导向作用。

[方法论]:自觉遵循社会发展的客观规律,自觉站在最广大人民的立场上,进行正确的价值判断和价值选择,牢固树立集体主义的价值观,正确处理个人利益、集体利益和国家利益三者之间的关系。

必修 2 《政治生活》

第一单元　公民的政治生活

第一课　生活在人民当家作主的国家

考点梳理

1. 宪法对我国国家性质的规定

[考点解读]

(1)从国家的阶级性看,国家是经济上占统治地位的阶级进行阶级统治的工具。阶级性是国家的根本属性。

(2)国家性质就是国体。

(3)我国宪法规定:"中华人民共和国是工人阶级领导的、以工农联盟为基础的人民民主专政的社会主义国家。"

[真题展示]

(2008 全国 33)恩格斯说:"国家无非是一个阶级镇压另一个阶级的机器,这一点即使在民主共和制下,也丝毫不比在君主制下差。"这句话的要义是(　　)

A. 民主共和制和君主制在政体上没有本质区别

B. 民主共和制与君主制在阶级属性上没有区别

C. 任何一种类型的国家都具有鲜明的阶级性

D. 无论过去、现在和将来国家的统治职能始终不会消亡

分析:本题考查国家的本质属性。A、B、D均为错误选项,C符合题意。

答案:C

2. 人民民主专政的本质与特点

[考点解读]

(1)人民民主专政的本质:人民当家作主。

(2)人民民主专政的最大特点:与剥削阶级掌握的国家政权不同,对占全国人口绝大多数的人民实行民主,对极少数敌视和破坏社会主义事业的敌对分子实行专政。

思维误区:人民当家作主就是人民直接参加国家管理

人民当家作主并不意味着人民直接参与国家和社会事务的管理。在我国,人民选代表组成人民代表大会作为国家权力机关,统一领导和管理国家事务。

[真题展示]

(2008 宁夏 16)如果说民主是指一种与个人专制独裁统治不同的、实行"多数人的统治"的国家形式,那么,这个"多数人"是指(　　)

A. 统治阶级中的多数人　　　　　　B. 全体国民中的多数人

C. 国家政权机关中的多数人　　　　D. 包括统治阶级在内的多数人

分析:本题考查民主的本质属性这一考点,重点考察学生的理解能力。这一考点不属于高考的常考考点。民主的本质属性是阶级性,因此,这个"多数人"是指统治阶级中的多数人。B选项抹杀了民主的本质属性;C、D错肢。故答案为A。

答案:A

3. 人民民主的广泛性和真实性

[考点解读]

(1)人民民主的广泛性,不仅表现在人民享有广泛的民主权利,而且表现在民主主体的广泛性。

(2)人民民主的真实性,表现在人民当家作主的权利有制度、法律和物质的保障,人民能够自己管理国家,也表现在随着经济的发展和社会的进步,广大人民的利益得到日益充分的实现。

思维误区:(1)人民民主的广泛性是指公民的政治权利不断扩大

人民民主的广泛性表现之一就是人民享有广泛的民主权利,但这并不等于公民的政治权利不断扩大,公民的政治权利是否不断扩大一定要看法律的规定和授予;另外,目前国家采取各种方式保障公民参与国家政治生活,保障公民政治权利的实现,这是公民民主权利实现的途径方式日益多样化,不等于公民政治权利日益扩大。

(2)把我国人民民主的特点与我国人民民主专政的特点混淆

人民民主的特点是广泛性、真实性;人民民主专政的最大特点是它与剥削阶级掌握的国家政权不同,对占全国人口绝大多数的人民实行民主,对极少数敌视和破坏社会主义事业的敌对分子实行专政。

[真题展示]

(2010 全国Ⅱ 33)2010年,十一届全国人大三次会议通过新修改的选举法,规定选举全国和地方各级人大代表时"应当设有秘密投票处"。这一规定(   )

A. 是对选民平等权利实现的保障　　　　B. 是对选民人格尊严权利的保护

C. 是对选民自由表达意愿的保障　　　　D. 是维护选举制度的重要措施

分析:本题以新修改的选举法的有关规定为背景,考查了人民民主的真实性。A、B、D为无关选项。

答案:C

4. 人民民主专政是正义的事情

[考点解读]

(1)坚持人民民主专政必要性和重要性

①坚持人民民主专政作为四项基本原则之一,是立国之本,是我国国家生存发展的政治基石,已被写入我国宪法。

②坚持人民民主专政是社会主义现代化建设的政治保证。

只有充分发扬社会主义民主,确保人民当家作主的地位,保证人民依法享有广泛的权利和自由,尊重和保障人权,才能调动亿万人民群众投身于社会主义现代化建设的积极性。只有坚持国家的专政职能,打击一切破坏社会主义建设的敌对势力和敌对分子,才能保障人民民主,维护国家的长治久安。

(2)坚持人民民主专政,在新的历史时期有了新的要求:扩大社会主义民主;实行依法治国;强化为社会主义经济社会服务的政府职能;发展和繁荣社会主义文化;改善民生,构建社会主义和谐社会;等等。

思维误区:任何国家都有民主

只有民主制的国家才有民主,封建制的国家只有独裁;但任何国家都有专政职能,因为专政是民主的保障。

联系实际:坚持人民民主专政是正义的事情

新疆"7·5"事件和西藏"3·14"事件等说明,从维护国家的主权、安全、统一和稳定的神圣职责来看,从警惕国内外极少数敌对分子和敌对势力的破坏活动的需要来看,运用人民民主专政的力量,巩固人民的政权,是正义的事情。

5. 我国政府关于人权问题的观点

[考点解读]

我国宪法规定:"国家尊重和保障人权。"尊重和保障人权,保障人民依法享有广泛的权利和自由,是发展社会主义民主政治的内在要求。

(1)生存权和发展权是根本的重要的人权,对中国来讲,最重要的是生存权。

(2)保护和促进人权必须从保障人民的生存权、发展权入手。

(3)实现人权的根本途径是促进经济发展和社会进步。

(4)国家主权是一国人民充分享有人权的前提和保障。中国反对别国借口人权问题干涉内政。

[真题展示]

(2007 广东9)2006年5月9日,第六十届联合国大会以不记名投票方式,选举产生了联合国人权理事会首届47个成员国,中国以146票高票当选,任期3年。这说明(　　)

A. 保护和促进人权,必须从加强国际人权合作入手

B. 选举权和被选举权是根本的人权

C. 实现人权的根本途径是在国际活动中获得

D. 中国在尊重和保障人权方面取得的成就,获得世界的认可

分析:考查我国政府关于人权问题的观点,非常考考点。重点考查学生获取和解读信息的能力。A、B、C选项错误。

答案:D

6. 我国公民享有的政治权利

[考点解读]

(1)含义:公民依法参与国家政治生活、管理国家事务和社会事务、表达意愿的权利和自由。

(2)主要内容

①选举权和被选举权

选举权和被选举权是公民基本的民主权利,行使这个权利是公民参与国家管理的基础和标志。

②政治自由

我国宪法规定:"中华人民共和国公民有言论、出版、集会、结社、游行、示威的自由。"这是人民行使当家作主权利的重要方式,是社会主义民主的具体表现。

③监督权

监督权是指公民有监督一切国家机关和国家工作人员的权利。它包括了批评权、建议权、检举权、申诉权和控告权等。

[真题展示]

(2010 山东 17)2010年3月,温家宝总理在政府工作报告中指出:"我们所做的一切都是要让人民生活的更加幸福、更有尊严,让社会更加公正、更加和谐。"对人民生活得"更有尊严"的理解,正确的是(　　)

①公民权益的保障更加完善　②社会利益的分配更加公平　③公民义务的履行更加全面　④政府权力的行使更加规范

A.①②③　　　　　B.②③④　　　　　C.①②④　　　　　D.①③④

分析:本题以政府工作报告中提出的"让人民的生活更有尊严"这一社会热点为背景,考查了学生对我国公民享有的政治权这一考点的理解。解答本题要紧扣题干,准确把握设问得指向——对人民生活得"更有尊严"的理解。③谈义务,与题干无关。

答案:C

7. 我国公民必须履行的政治义务

[考点解读]

我国宪法在规定公民享有广泛的政治权利和自由的同时,也规定了公民必须履行的政治性义务,即公民对国家、社会应承担的责任。它主要包括:

(1)维护国家统一和民族团结。国家统一、民族团结是我国顺利进行社会主义现代化建设的根本保证,也是实现公民的政治权利和其他权利的重要保证。

(2)遵守宪法和法律。宪法和法律是党的主张和人民意志相统一的体现,是公民根本的行为准则。

(3)维护国家安全、荣誉和利益。维护国家安全、荣誉和利益,是实现国家富强、民族振兴的重要保证,是公民爱国主义精神的具体表现,是每个公民义不容辞的职责。

(4)服兵役和参加民兵组织。

[真题展示]

(2009 广东 11)"你对国家的热爱更高于你对职业和薪水的追求。"这是某媒体对姚明回国参加奥运会的高度评价。姚明的行为体现了我国公民(   )

A. 积极履行公民义务,维护国家荣誉和利益　　B. 坚持个人利益与国家利益相一致的原则

C. 坚持享受权利与履行义务对等的原则　　D. 把个人命运与国家荣誉紧密联系在一起

分析: 本题考查公民的义务这一考点,近几年高考对这一考点的考查基本以时政热点和具体情境为载体,以选择题的方式进行,属于比较常考的考点。"你对国家的热爱更高于你对职业和薪水的追求。"这句话表明了公民对国家的义务,因此,A 选项符合题意。B、D 选项不符合题意;C 错肢。

答案: A

8. 我国公民参与政治生活的基本原则和主要内容

[考点解读]

公民参与政治生活,要遵循以下基本原则。

(1)坚持公民在法律面前一律平等的原则。

①含义:我国公民平等地享受权利、平等地履行义务、平等地适用法律。这是公民享有权利与履行义务必须遵循的一项重要原则。

②具体表现:任何公民都平等地享有宪法、法律规定的权利,同时,必须履行宪法、法律规定的义务;任何公民的合法权利都受到法律的保护;任何公民的违法犯罪行为都受到法律制裁,反对一切特权。

(2)坚持权利与义务统一的原则。

①在我国,公民的权利与义务是统一的,二者不可分离。权利与义务在法律关系上是相对应而存在的。

②公民在法律上既是权利的主体,又是义务的主体。权利的实现需要义务的履行,义务的履行确保权利的实现。

③公民要树立权利意识,珍惜公民权利;公民要树立义务意识,自觉履行公民义务。

(3)坚持个人利益与集体利益、国家利益相结合的原则。在我国,国家、集体与公民个人的利益在根本上是一致的。当个人利益与国家利益产生矛盾时,个人利益要服从国家利益,这是公民爱国的表现。

思维误区: 我国公民在法律面前一律平等,因此,全体公民在立法上也享有平等权。

我国公民在法律面前一律平等,是指法律实施上的平等,不是立法上的平等。因为我国法律只能反映和体现广大人民的意志和利益,不能反映敌对分子的利益。在法律执行过程中,对所有公民而言则是平等的。

[真题展示]

(2007 全国 33)2007 年 2 月 7 日,全国首例制作、传播计算机病毒大案告破,号称 2006 年度互联网"毒王"的"熊猫烧香"病毒的始作俑者李某等人落入法网。这表明(   )

①公民在网络虚拟世界的行为不受法律约束　②公民自由总是在法律规范内的自由　③公民是现实社会的权利主体,但不是网络世界的权利主体　④公民有使用网络的权利,也有维护网络安全的义务

A.①④　　　　　B.②③　　　　　C.②④　　　　　D.③④

分析: 本题考查了权利和义务的关系。近几年的高考题对这一考点多以选择题的方式进行考查,考查频率较高。本题以传播计算机病毒者被法律制裁说明②④是符合题意的。①③叙述错误,是错肢。

答案: C

解题指导

1.(2010 山东 33)第十一届全国人民代表大会第三次会议修改了《中华人民共和国全国人民代表大会和地方各级人民代表大会选举法》,规定全国人民代表大会代表名额,按照每一代表所代表的城乡人口数相同的原则,以及保证各地区、各民族、各方面都有适当数量代表的要求进行分配。这一规定的目的是(   )

A.扩大公民的选举权和被选举权

B.保障公民在国家政治生活中发挥同等的作用

C.保证城市和农村选举产生相同数量的全国人大代表

D.保障各地区、各民族、各方面在国家权力机关

平等的参与权

2.(2005 天津 30)房地产业作为我国国民经济的支柱产业,对一些城市的财政收入作出了贡献。近年来房价上涨过快,影响了社会经济的平稳发展和群众的切身利益。为此,国务院采取了调整放贷政策、对投机炒房所得收入征税等措施,使房价涨幅出现回落。这体现了政府力求实现(　　)

A. 国家利益与个人利益的统一

B. 整体利益与局部利益的统一

C. 公民权利与公民义务的统一

D. 中央与地方的国家权力的统一

3. 政府工作报告提出,要"大力推进政务公开,健全政府信息发布制度,完善各类公开办事制度,提高政府工作透明度,创造条件让人民更有效地监督政府"。这体现了(　　)

①人民民主的真实性　②社会主义民主政治的核心　③公民行使监督权的途径日益多样化　④中国共产党立党为公、执政为民

A.①②　　　　　　　B.②④

C.①②③　　　　　　D.①③④

4. 党和政府不断拓宽民主渠道,保障人民的知情权、参与权、表达权、监督权。下面体现公民行使政治权利的举措的是(　　)

①北京市民在奥运会上文明素养的表现令世界赞叹　②某市区县举行人大代表换届选举,选民踊跃投票　③群众向有关部门举报某官员的贪污、受贿问题　④某市政府广开言路,首创"信访民主听证评议制"

A.①④　　　　　　　B.②③

C.①②③　　　　　　D.①②③④

【答案】

1.D　思路点拨:题干的关键在于"这一规定的目的"。这一规定是指全国人民代表大会的代表名额,按照每一代表所代表的城乡人口数相同的原则,以及保证各地区、各民族、各方面都有适当数量代表的要求进行分配。"目的"在于保障人民平等地享有选举国家权力机关代表的权利。A、B、C 为错误选项。

2.A　思路点拨:题干中的"这体现了"中的"这"是指房地产业出现的问题和国务院对此进行治理。近年来房价上涨过快,既影响了社会经济的平稳发展又影响了群众的切身利益。所以,既涉及国家利益,又涉及个人利益,因此,答案是 A。

3.C　思路点拨:这体现了的"这"指政府政务公开,创造条件让人民监督政府这件事,主体包括政府和人民。政府这样做体现了我国人民民主的本质,同时也保证了人民当家作主的地位,所以,①②选项正确。政府这样做也为人民监督政府的工作提供了条件,所以,③选项正确。题干涉及的主体只有政府和人民(公民),没有党,所以,④选项是无关选项。

4.B　思路点拨:题干的关键点在于公民行使"政治权利"的举措,这就要求我们在选择时,一要从主体上筛选,排除党、政府等选项;二要从公民的权利和义务上筛选,排除公民义务的有关选项。①是公民履行维护国家安全、荣誉和利益的义务,与题干无关,所以排除。④是政府行为,与题干无关,所以排除。

第二课　我国公民的政治参与

考点梳理

1. 我国的选举制度及选举方式

[考点解读]

(1)我国现阶段存在的选举方式的优点和局限性

角度	分类	优点	缺点
选举人	直接选举	适用于人口较少且集中地区,能反映每一个人的意愿。	当人口太多和分散时耗费人力、物力、财力。
	间接选举	适用于人口多、居住分散地区。可以节约资源。	相比不能反映每一个人的意愿。
候选人	等额选举	比较充分地考虑当选者结构的合理性。	极少用,在一定程度上限制选民的自由选择,选民可能会认为当选者已经"内定",因而积极性受到影响。
	差额选举	有助于选民了解候选人,可以使选民自由选择,在被选举人之间形成竞争。	采用演讲、答辩等方式竞选,如果不加以有效规范,容易导致虚假宣传、金钱交易等。

(2)选择选举方式的主要依据:采用什么样的选举方式,在不同时期、不同地区,要根据社会经济制度、物质生活条件、选民的文化水平等具体条件确定。

(3)我国将在相当长的一段时间内采用直接选举和间接选举相结合的选举方式,这是由我国的国家性质和国情决定的。

(4)公民要珍惜自己的民主权利

①选举权是公民的基本民主权利,行使这一权利是公民参与国家管理的基础和标志。公民只有切实行使好选举权利,才能更好地管理国家事务,管理经济和文化事业,管理社会事务。

②是否积极参加选举、认真行使这一权利,是衡量公民参与感、责任感的重要尺度。

③怎样行使选举权,如何投出自己神圣的一票,是公民政治参与能力的体现,也是表明公民政治素养高低的重要标志。公民行使选举权应出于公心,以人民利益为重,了解候选人的品德和能力,理性判断,审慎投票。

[真题展示]

(2010 广东 27)十一届全国人大三次会议通过的新选举法规定:城乡按相同人口比例选举人大代表;选举委员会应组织候选人与选民见面,回答选民的问题。这些规定(　　)

①体现了国家机构民主集中制的组织原则　②有利于保障公民平等地享有选举权　③体现了差额选举和等额选举的结合　④有利于选民了解和鉴别候选人

A.①②　　　　　B.①③　　　　　C.②④　　　　　D.③④

分析:考查我国选举制度和选举方式等知识点。人民民主的特点等考点。城乡按相同人口比例选举人大代表体现了②,选举委员会应组织候选人与选民见面,回答选民的问题体现了④。①③选项题干没有显示。

答案:C

2. 公民参与民主决策的多种方式

[考点解读]

我国公民参与民主决策分为直接参与和间接参与。

公民间接参与民主决策是指公民通过选举,选出代表人民意志的人进入决策机关,参与、审议、监督、制定决策,这是使各项决策能够反映最广大人民根本利益的保证。

公民直接参与民主决策的渠道包括四种:通过社情民意反映制度参与决策;通过专家咨询制度参与决策;通过重大事项社会公示制度参与决策;通过社会听证制度参与决策。

联系实际:公民参与民主决策的方式

北京市社会民意网的开通;北京市信息化专家咨询委员会的成立;北京市发改委公示38种中西药最高限价并征求社会意见;北京市居民用水价格听证会的召开,说明公民可以通过社情民意反映制度、专家咨询制度、重大事项社会公示制度、社会听证制度参与民主决策。

[真题展示]

(2009 天津 7)人民公园是天津市仅存的清代私家园林。该公园改造方案曾计划拆除砖砌围墙,引起社会各界热议,市民纷纷建言献策,网友踊跃发帖讨论。有关部门认真听取意见,汲取合理建议,决定遵循中式园林习制,不拆围墙,本着修旧如旧的原则,重塑昔日江南园林景观。人民公园改造方案的完善体现了(　　)

A. 民主监督,有序参与　　　　　　B. 民主实践,亲力亲为

C. 民主管理,建言献策　　　　　　D. 民主决策,科学规划

分析:本题考查公民参与民主决策的方式这一考点。让学生通过具体的材料对什么是民主决策做出判断。随着政治文明的发展,本考点成为高考的常考考点,近年高考试题对本考点的考查既有选择题又有主观试题,全国各地的考题常以具体情境设置为载体对本考点进行考察。A、B、C选项与本题无关。故答案为D。

答案:D

3. 公民直接参与民主决策的意义

[考点解读]

公民通过各种渠道,采用多种方式参与决策过程,是推进决策科学化、民主化的重要环节。公民参与民主决策的重大意义有:

首先,有助于决策充分反映民意,体现决策的民主性;其次,有利于决策广泛集中民智,增强决策的科学性;再次,有利于促进公民对决策的理解,推动决策的实施;最后,有利于提高公民参与公共事务的热情和信心,增强公民的社会责任感。

思维误区:公民直接参与民主决策只对政府有益

公民直接参与民主决策的意义不仅对政府有益,有利于增强政府决策的科学化、民主化,推动决策的实施;同时,也对公民有益,有利于增强公民的社会责任感。

[真题展示]

(2009 安徽 38)网络已经渗透到当今社会生活的方方面面。某中学高二(2)班的同学以"网络与生活"为主题,开展综合探究活动,同学们通过走访、上网、咨询、查阅等途径得到如下信息:

信息 网络与政治

公民可以通过网络发帖子、留言、在线交流等方式,就教育、医疗、住房、就业、社保等国计民生问题,向各级政府决策部门进言献计,对各级政府及工作人员进行评议和监督。目前,各地政府陆续成立或指定专门机构负责网络上的社情民意,解决群众提出的问题或回答咨询,这已成为继信访、接访之外群众表达民意的一个新时尚。

请你参与探究并回答下列问题。

同学们经过讨论后认为,公民通过网络参与政治生活,推进了我国主、社会主义民主政治建议。请你结合信息二予以说明。

分析:本题以网络政治为载体考察公民参与民主决策这一考点,从近几年的全国各地考题来看,对这一考点的考查常以时政热点和具体情景设置为载体进行考查,从试题设问的逻辑角度,既有对民主决策的意义的考

察,也有公民参与民主决策的途径的考察。本题侧重考察民主决策的意义。公民通过网络参与政府决策,本身体现了公民参与政治生活的形式和渠道多样化,保障了人民当家作主。"公民通过网络对各级政府决策部门进言献计"有利于提高公民的政治参与热点和社会责任感;同时行使了监督权。"各地政府陆续成立或指定专门机构负责网络上的社情民意,解决群众提出的问题或回答咨询,这已成为继信访、接访之外群众表达民意的一个新时尚。"说明政府在贯彻对人民负责原则和提高依法行政的水平。

答案:公民通过网络表达意愿、进言献计和评议、监督政府,提高了公民的政治参与热情、能力和社会责任感,充分地行使自己的政治权利,更广泛地参与民主决策和民主监督。促进政府机关改进工作,密切政府与群众的联系,进一步贯彻对人民负责原则和提高依法行政的水平,促进决策的民主化和科学化。健全民主制度,丰富民主形式,拓宽民主渠道,保障人民当家作主。

4. 我国的村民自治与城市居民自治及其意义

[考点解读]

实行村民自治和居民自治是基层民主中公民参与政治生活的重要形式,也是最广泛的民主实践。

(1)我国村民自治

①村民委员会的性质:村民自我管理、自我教育、自我服务的基层群众性自治组织,是村民民主管理村务的机构。

②村民民主管理村务的形式:自己选举当家人,是村民自治的基础,也是村民参与民主管理的主要途径;通过村民会议等形式,参与本村公共事务与公益事业的决策与管理;通过村民自治章程或村规民约来管理村里的日常事务;要求村务公开,使村里的各项工作纳入村民的监督之下。

(2)我国居民自治

①居委会性质:是我国城镇居民自我管理、自我教育、自我服务的基层群众性自治组织。②居民委员会成员由居民民主选举产生;凡涉及居民切身利益的重要事务,要提请居民委员会讨论决定;居民委员会定期接受居民的监督和质询。

(3)实行农村村民自治和城市居民自治的意义:实行村民自治和居民自治,以保证人民群众依法直接行使民主权利,管理基层公共事务和公益事业,是人民当家作主最有效的途径;实行村民自治和居民自治,以扩大基层民主,保证人民群众依法管理自己的事情,创造自己的幸福生活,是社会主义民主最为广泛而深刻的实践,也是发展社会主义民主的基础性工作。

思维误区:村民委员会和居民委员会是国家机关

村民委员会和居民委员会不是政府机关,而是我国群众的自治组织,村委会干部不是国家公务员,不拿国家工资,他们的补贴是村民给的。

[真题展示]

(2010 北京 29)某社区居民委员会的一名成员提出一个事关居民利益的方案,建议在社区活动中心内设立日间照料室,以帮助老年人解决生活困难。该方案应该( )

A.由居民委员会主任决定   B.由居民委员会讨论决定

C.提请居民会议讨论决定   D.报请有关行政部门批准

分析:考查我国居民自治及意义。本题以社区公共事务的处理为情境,考查学生对基层民主自治的了解和依据原理提出解决实际问题思路的能力。根据我国居民委员会组织法规定,对于涉及居民切身利益的重要事务,要提请居民委员会民主讨论决定。

答案:C

5. 我国公民的民主监督权和实行民主监督的合法渠道

[考点解读]

(1)我国宪法和法律规定的公民的民主监督权有:批评和建议的权利;申诉或诉讼的权利;控告的权利;检举的权利。

(2)公民行使监督权,实行民主监督,有多种合法渠道:信访举报制度;人大代表联系群众制度;舆论监督制度;监督听证会、民主评议会、网上评议政府等活动。

(3)民主监督的积极作用:既有利于改进国家机关和工作人员的工作,也有助于激发广大公民关心国家大事、为社会主义现代化建设出谋划策的主人翁精神。

思维误区:民主监督的方式就是公民直接参与民主决策的方式

民主监督的方式和公民直接参与民主决策的方式是不同的。民主监督的方式有:信访举报制度;人大代表联系群众制度;舆论监督制度;监督听证会、民主评议会、网上评议政府等活动。公民参与民主决策的方式有:社情民意反映制度;专家咨询制度;社会公示制度;社会听证制度。要注意区分。

联系实际:公民行使监督权的途径日益多样化

总书记、总理以及各级地方官员上网与网民交流对话、问政于民;一批腐败案件、公共性事件在网上为网友揭露并得到有关部门的重视、处理;两会前夕,"提问人大代表"等人大代表与网民互动的网上栏目,遍及网络空间,不少网友将此称为"e两会";等等。这些都表明,我国公民行使监督权的方式日益多样化

[[真题展示]]

(2009 江苏 14)某市民发现,当地有关行政部门的个别工作人员没有切实履行食品安全监管职责,于是打电话给该部门反映问题并提出建议。该市民行使监督权的方式是(　　)

　　A. 社情民意反映制度　　B. 舆论监督制度　　　　C. 社会听证制度　　　　D. 信访举报制度

分析:考查我国实行民主监督的合法渠道。本题要求考生理解公民行使监督权的具体方式,并能结合材料准确做出区分和选择。本题 A、C 选项是公民直接参与民主决策的方式;B 选项属于民主监督的合法渠道但与题意无关,故排除。

答案:D

6.公民要负责地行使民主监督权利

[[考点解读]]

公民在行使监督权时,一方面,为了国家和人民利益,要敢于同邪恶势力进行斗争,勇于使用宪法和法律规定的监督权。另一方面,必须采取合法方式,坚持实事求是的原则,不能干扰公务活动。

思维误区:国家对监督权的方式和原则的规定是限制公民行使监督权

这一观点是错误的。因为权利和义务是统一的,自由和法律是统一的。国家规定公民行使监督权必须依法,坚持实事求是的原则,恰恰是真正保证公民享有监督权。

[[真题展示]]

(2010 江苏 14)某村在网上开办的"村民博客"不仅方便了村民直接参与村委管理,而且创新了农村基层管理模式。"村民博客"有助于村民(　　)

　　A.行使国家权利　　　　B.行使民主权利　　　　C.行使选举权　　　　D.履行政治性义务

分析:本题以村民博客为情境,考查学生对公民要负责任的行使民主权利这一考点的理解。"村民博客"方便了村民直接参与村委管理,行使了监督权这一民主权利。

答案:B

解题指导

1.(2009 福建 30)随着互联网的快速发展,越来越多的公民通过网络参与政治生活,以网络为媒介的"政府—民间"互动模式已成为我国政治文明的重要元素。"政府—民间"互动模式(　　)

①方便了公民直接管理国家事务　②保障了人民群众对政府的质询权　③拓宽了公民参与民主监督的渠道　④有利于政府了解民意和汇集民智

　　A.①②　　　　　　　　B.②③

　　C.①④　　　　　　　　D.③④

2.(2009 宁夏 16)在某省 2007 年的村民委员会换届选举中,有的实行指定候选人的差额选举,有的

实行"海选"(不指定候选人)。与差额选举相比,"海选"的局限性主要在于(　　)

①增加了选举成本　②加剧了被选举人之间的竞争　③不利于选民意愿的集中　④不利于增强选举结果的合理性

　　A.①②　　　　　　　　B.①③

　　C.②④　　　　　　　　D.③④

3.(2008 广东 57)某市政府开通热线电话,听取市民对公交车线路优化方案的意见。这体现了我国公民(　　)

　　A. 参加了民主管理　　B. 履行了政治性义务

C. 参与了民主监督　　D. 参与了民主决策

4.(2008 四川 33)在我国沿海一带,有的地方外来务工人员的数量大大超出当地人口。然而,由于某些原因,部分外来务工人员不能参与务工所在地地方人大代表的换届选举。对此,有人大代表提出,必须采取切实有效措施,保障外来务工人员的选举权和被选举权,因为(　　)

①在权力机关中外来务工人员需要有自己的政治代表　②我国公民平等地享有管理国家和社会事务的权利　③这有利于将人民群众的不同意见和要求集中到权力机关中来　④选举权和被选举权是我国公民法定的政治权利

A.①②③　　　　　　B.②③④

C.①③④　　　　　　D.①②④

5.(2008 宁夏 18)某市建设城市轨道交通线路方案公示后,很多市民通过打电话、写信、上访和网络评议等方式参加意见,对原方案进行调整修改,最后获得了大多数市民的认同。这体现了(　　)

A. 市政府和市民共同履行公共管理职能

B. 政府决策遵循少数服从多数的民主原则

C. 公民参与、民主决策的原则

D. 依法执政、民主执政的理念

【答案】

1. D 思路点拨:本题以网络政治为切入点,考查公民的监督权和通过互联网参与政治生活的意义。①选项错误,因为在我国公民不能直接管理国家事务;②选项错误,因为我国公民没有质询权。故答案为 D。

2. D 思路点拨:此题问题非常明确,即与差额选举相比,“海选”的局限性。①选项是差额选举和“海选”的共同局限性。②选项是优点而非局限性。

3. D 思路点拨:“某市政府开通热线电话,听取市民对公交车线路优化方案的意见”这是我国公民参与民主决策的体现,属于公民的政治权利。A、B、C 选项为无关选项。故答案为 D。

4. B 思路点拨:此题考查为什么要保障公民的选举权和被选举权。①选项错误,因为,我国的权力机关是代表人民行使国家权力的机关。故选 B。

5. C 思路点拨:题干中的“这”是指“某市建设城市轨道交通线路方案”的形成过程。这个过程中体现了公民通过社情民意反映制度参与民主决策,因此答案为 C。选项 A 是错误的,因为政府的职能不是市民共同履行的;B、D 选项为无关选项。

周　练

一、单选题(每题2分,共50分)

1.(2009 江苏 14)某市民发现,当地有关行政部门的个别工作人员没有切实履行食品安全监管职责,于是打电话给该部门反映问题并提出建议。该市民行使监督权的方式是(　　)

A.社情民意反映制度　B.舆论监督制度
C.社会听证制度　　　D.信访举报制度

2. 公民以民选代表为手段实现政治参与的"代议制民主"是当今各国民主的主导模式。但它也存在着民主不充分的局限性。弥补这一局限就要(　　)

①实现全民的民主　②丰富民主形式,拓宽民主渠道　③实行普遍的差额选举　④创造更多机会,公民直接参与

A.①②　　　　　　　B.③④
C.①③　　　　　　　D.②④

3. 下图中,某市领导干部通过媒体进行公开述职,把办公室搬到群众眼皮底下,由群众参与评议打分,这一举措(　　)

①是公民积极行使基本政治权利的具体体现　②有利于发扬民主,改进国家机关及其工作人员的工作　③表明我国公民具有自觉履行监督国家机关的义务　④表明我国公民对国家机关及其工作人员行使监督权

A.①②　　　　　　　B.①④
C.②④　　　　　　　D.②③

4. 近日,国务院新闻办公室发表了《国家人权行动计划(2009－2010 年)》,这是中国第一次制定的以人权为主题的国家规划。该规划的发表体现了(　　)

①人的生存权和发展权是最基本和最重要的人权　②我国在尊重和保障人权方面取得成就　③我国的人民民主具有真实性　④我国的人民民主具有广泛性

A.①②③　　　　　　B.②③④
C.①④　　　　　　　D.②③

5. 广东番禺政府就垃圾处理问题问计于民,广泛听取各方意见,在研究分析的基础上,要为番禺的生活垃圾找到一个科学、合理的出路。政府"问计于民"(　　)

①说明民意是正确决策的重要信息资源　②体现了我国的一切权力属于人民　③坚持了从群众中来到群众中去的工作方法　④说明公民可以与政府对话,直接行使国家权力

A.①②④　　　　　　B.①②③
C.①③④　　　　　　D.②③④

6. 云南省男青年李某在看守所中与狱友玩"躲猫猫"游戏时头部受伤,后经医院抢救无效死亡。"躲猫猫"事件经媒体报道后,在网络上迅速发酵,众多网民纷纷质疑事件真相,反应强烈。公民在这里行使监督权的渠道和方式是(　　)

A. 信访举报制度　　B. 人大代表联系群众制度
C. 舆论监督制度　　D. 监督听证会

7.2009 年初,党中央、国务院正式启动《国家中长期教育改革和发展规划纲要》研究制定工作,并向社会公开征求意见。这一做法(　　)

①表明在我国人民直接参与国家管理　②有助于充分反映民意,提高决策的民主性　③有助于广泛集中民智,增强决策的科学性　④有利于增强公民的社会责任感,推动决策的实施

A.①②③　　　　　　B.②③④
C.①②④　　　　　　D.①③④

8.备受关注的深圳水价听证会于2010 年1 月21日在深圳举行。来自各阶层的22 名市民代表在会上提出了意见和建议。这是公民通过_____参与_____(　　)

A.社会听证制度　民主管理
B.社会民意反映制度　民主决策
C.专家咨询制度　民主监督
D.社会听证制度　民主决策

在党的十七大报告中,将基层民主定位为"人民当家作主最有效、最广泛的途径"和"发展社会主义民主政治的基础性工程",凸显了基层民主的重要性。回答9～12 题。

9. 党的十七大报告将"基层群众自治制度"首次纳入中国特色政治制度范畴。这里讲的基层群众自治制度包括(　　)

①职工代表大会制度　②居民委员会制度　③人民代表大会制度　④村民委员会制度

A.①②③④　　　　　　B.①②③

C. ①③④　　　　　　D. ①②④

10. 在我国,实行村民自治和居民自治是(　　)

①村民和居民自我管理、自我教育的基层政权组织　②基层民主中公民参与政治生活的重要形式　③社会主义民主最为广泛而深刻的实践　④发展社会主义民主的基础性工作

A. ①②③④　　　　　B. ②③④

C. ②③　　　　　　　D. ①④

11. 在我国,村民参加村委会选举成为村民政治生活中的一件大事。参加村民委员会选举是村民(　　)

A. 参与国家管理的基础和标志

B. 必须履行的公民义务

C. 享有宪法规定的公民选举权的体现

D. 参与民主管理的主要途径

12. 近年来,山东各地实行"村级事务管理契约化"、"村务公决制度"和建立"村务监督委员会"等。这些做法促进了农村的经济社会发展。如果要将上述事实写成新闻报道,你认为最合适的标题是(　　)

A. 农民政治权利不断扩大

B. 农民监督政权机关的方式日益多样化

C. 农民参与民主决策的方式日益多样化

D. 完善我国基层群众自治制度的积极探索

13. 北京市朝阳区法院某法官在审理号称"中国人肉搜索第一案"时指出,用户可自由地通过网络发表自己的观点,但不得侵犯他人的合法权益。这表明(　　)

A. 公民应坚持权利与义务统一的原则

B. 公民有维护国家安全、荣誉和利益的义务

C. 公民要坚持个人利益与国家利益相结合的原则

D. 政治自由是人民行使当家作主权利的重要方式

深化医药卫生体制改革正在全国各地积极实施有序推进。回答14~15题

14. 在《关于深化医药卫生体制改革的意见(征求意见稿)》向社会公开征求意见的过程中,全国各省、自治区、直辖市的群众通过网络、信件等不同形式参与到征求意见活动中,充分体现了广大群众对于医药卫生体制改革的关心和支持。这表明(　　)

①基层民主自治进程速度加快　②公民政治表达的渠道拓宽　③公民政治参与的意识增强　④我国公民政治权利的扩大

A. ①③　　　　　　　B. ②④

C. ①④　　　　　　　D. ②③

15. 发展社会主义民主政治,要求从各个层次、

各个领域扩大公民的有序政治参与。从公民角度讲,有序参与政治生活需要(　　)

①遵循宪法和法律规定的权限、职责、程序和要求

②提高法律素养和依法参与国家政治生活的能力

③完善法律,为公民提供参与政治生活的法律保障

④增强依法行使权利、履行义务的公民意识

A. ①②③　　　　　　B. ①③④

C. ①②④　　　　　　D. ②③④

2008年北京奥运会给我们留下了太多震撼和感动人心的画面。回答16~17题。

16. 2008年北京奥运期间,纷至沓来的海外媒体除了采访比赛以外,还对中国社会发展感兴趣,更对奥运会期间中国公民展示的文明风貌发出由衷的赞叹。中国公民的做法属于(　　)

A. 履行维护国家安全和民族团结的义务

B. 行使当家作主的权利

C. 履行维护国家荣誉和利益的义务

D. 履行国际交流与合作的职能

17. 为保证2008年北京奥运会、残奥会期间交通正常运行和空气质量良好,履行申办奥运会时的承诺,北京市民积极配合市政府对本市机动车采取临时交通管理的措施。北京市民的做法(　　)

①坚持了权利和义务相统一的原则　②正确处理了个人利益和国家利益的关系　③坚持了公民在法律面前一律平等的原则　④坚持了对人民负责和依法行政的原则

A. ①②　　　　　　　B. ②④

C. ①④　　　　　　　D. ②③

18. 用什么样的人,不用什么样的人,是一根标杆,是一种导向,对干部队伍建设具有重要意义。重用"老实官",是有效抵制用人方面不正之风的重要手段。要让"老实官"得到重用,应让群众对官员的升降去留,拥有更多的发言权与决定权,这也就是要(　　)

A. 保障公民的政治权利

B. 承认选民的选举权

C. 保持和发展党的先进性

D. 使公民平等履行义务

新疆乌鲁木齐"7·5"严重暴力犯罪事件不仅给国家和人民群众造成严重后果,也震动了全世界。回答19~20题。

19. 新疆乌鲁木齐"7·5"严重暴力犯罪事件,给各族群众生命财产造成严重损失,给当地正常秩序和

社会稳定造成巨大的破坏。这一事件告诉我们(　)

A. 坚持人民民主专政是正义的

B. 政权是国家的生命和灵魂

C. 人民民主是社会主义的生命

D. 民主和专政在任何国家都是统一的

20. "7·5"事件发生后,许多受害群众的亲属,强忍悲痛,擦干眼泪,着眼大局,沉着冷静地战斗在维护民族团结、维护社会稳定的第一线。这体现了我国公民(　)

①自觉履行维护国家统一和民族团结的义务　②强烈的公民意识和良好的政治素养　③履行保障人民民主和维护国家长治久安的义务　④正确处理了个人利益和国家利益的关系

A. ①②　　　　　　　B. ③④

C. ①③④　　　　　　D. ①②④

21. 北京市政府开展"市民对话一把手"活动,将本市的工作重点、工作目标及兑现改善民生的各项承诺要在本市电台与市民直接交流。四十位政府一把手在电台陆续与百姓共谋发展、共话民生。这一活动(　)

①有利于公民依法充分行使监督权　②是我国人民当家作主的制度保障　③表明我国基层民主制度不断完善和发展　④有利于决策贯彻实施、增强公民的社会责任感

A. ①④　　　　　　　B. ②③

C. ①②④　　　　　　D. ①③④

近日,广州市财政局把全市 114 个职能部门 200 亿元的预算全公布在政府网站上,供社会各界浏览和下载。这是国内第一次在网络上将政府"账本"完全"晒"在阳光下。回答 22~24 题。

22. 实行政务公开的根本目的,是使政府(　)

A. 更好地发挥领导核心的作用

B. 更有效地塑造权威形象

C. 更加重视提高工作效率

D. 更好地为人民服务

23. 政务公开制度的建立是基于我国公民享有(　)

①知情权　②决定权　③监督权　④参与权

A. ②③④　　　　　　B. ①③④

C. ①②④　　　　　　D. ①②③

24. 通过政府网站向群众开放政府的"红头文件"查阅,有利于(　)

①公民积极参与民主决策　②激发公民的主人翁精神　③扩大政府公共服务职能　④政府自觉接受人民监督

A. ①②　　　　　　　B. ②④

C. ③④　　　　　　　D. ②③

25. 深圳市政府根据《深圳市近期改革纲要(征求意见稿)》的文件,将实施市、区两级的差额选举制度。实行差额选举的意义是(　)

A. 有利于保证当选者结构的合理性

B. 正式候选人名额多于应选名额

C. 为选民提供了更多选择余地

D. 容易导致虚假宣传、权钱交易现象

二、问答题(26、27、28 题各 6 分,29 题 10 分,共 28 分)

26. (2007 江苏 34)《中华人民共和国宪法》第四十一条规定:"中华人民共和国公民对于任何国家机关和国家工作人员,有提出批评和建议的权利。"

宪法赋予公民监督权利的根本原因是什么?公民如何正确行使监督权?(6 分)

27. 我国深化医药卫生体制改革进程走过了难忘的日日夜夜

时间	举措
2006 年 9 月 26 日	医改部及协调工作小组在网上开通"我为医改建言献策"栏目,并通过热线电话,听取社会各界的意见和建议。
2007 年 3 月 23 日	工作小组委托国务院发展研究中心、北京大学等机构开展"医改总体思路和框架设计"的独立研究。
2008 年 4 月 11 日	温家宝总理主持召开医改工作座谈会,听取医务工作者、药品生产和流通企业负责人、教师、城乡居民等群众代表的意见和建议。
2008 年 10 月 14 日	新医改(征求意见稿)向社会公布,问计于民。
2009 年 2 月 5 日	中共中央政治局常委会审议并原则通过了医改文件。

(1)请指出上述材料所体现的公民参与民主决策

的方式。(2分)

(2)公民参与民主决策有什么重大意义?(4分)

28. 国务院总理温家宝在十一届全国人大二次会议上作政府工作报告时说"要建立基层群众自治机制,扩大基层群众自治范围,完善基层民主管理制度,保障人民群众依法直接行使民主权利、管理基层公益事务和公益事业。"

结合《政治生活》的有关知识,回答为什么要发展基层民主,保障人民群众依法行使民主权利?(6分)

29. 为认真贯彻落实科学发展观,体现以人为本的行政理念,西安市委、市政府将用两个月的时间开展"问计于民"。两个月来,市民对市政府工作提出意见建议5000余条。政府对群众的意见认真对待,全市共解决了大约167件群众生产生活中的具体困难和问题。

请说明政府"问计于民"的政治学依据。(10分)

三、论述题(每题11分,共22分)

30. 阅读材料,回答下列问题。

据统计,截至2008年6月,中国网民人数达2.53亿,网站数共有191.9万个。25岁以下网民占到51%,30岁以下的网民占到70%左右。年轻人成为网民的主体,他们乐于对社会政治、经济、文化方面的话题发表自己的看法。互联网舆情成为社情民意中最活跃的部分。2008年6月,中共中央总书记、国家主席胡锦涛做客人民网与网民在线交流,并表示,"网友们在网上发给我的一些贴子,我会认真地去阅读、去研究"。

运用所学知识,说明公民应当如何利用网络参与政治生活。(11分)

31. 阅读材料,回答下列问题。

材料一:发生在新疆乌鲁木齐"7.5"事件是有预谋精心策划的,旨在破坏社会稳定,分裂祖国,属于严重的暴力犯罪事件。我国政府依法对此进行了平息,有效维护了人民群众的生命财产安全。

材料二:面对某些分裂势力分裂祖国的图谋,面对一些西方媒体歪曲事实的报道,中国人民的爱国主义激情如海啸般迸发。中国青年对西方媒体的歪曲报道和支持"疆独"的行径,进行了坚决的反击、抵制和抗议。

(1)结合材料一,运用国体有关知识回答我国政府依法平息新疆乌鲁木齐"7.5"事件的政治学依据。(5分)

(2)运用公民和国家关系的知识,评析中国青年的行为,并说明我国公民如何正确地参与政治生活?(6分)

第二单元　为人民服务的政府

第三课　我国政府是人民的政府

考点梳理

1. 我国政府的主要职能

考点解读

(1)我国政府的性质：国家权力机关的执行机关，是国家的行政机关。

(2)我国政府的主要职能

第一，保障人民民主和维护国家长治久安的职能。政府担负着保卫国家的独立与主权，保护公民的生命安全及各种合法权益，保卫国家、企业、个人的合法财产不受侵犯，保障人民民主，协调人民内部矛盾，惩治犯罪分子，维护社会治安及社会秩序等职能。

第二，组织社会主义经济建设的职能。在社会主义市场经济条件下，政府在经济建设中肩负着重要的职能，主要是进行经济调节、市场监管、社会管理和公共服务，以促进社会经济发展，提高生产力水平和人民生活水平。

第三，组织社会主义文化建设的职能。政府履行文化职能，宣传马克思主义科学理论，弘扬民族精神，组织教育、科学、文化事业，为经济建设提供正确的方向保证、不竭的精神动力和强大的智力支持。

第四，提供社会公共服务的职能。政府履行公共服务的职能，包括加强城乡公共设施建设，完善市场就业机制，建立基本医疗卫生制度，建立健全社会保障体系，控制人口增长，优化生态环境等。

政府职能的有限性。政府承担的重要的职能，但不意味着政府包办一切。政府应该在法定的范围内，既不"越位"，也不"虚位"，更不能"错位"。我国正在建设服务型政府，其根本目的是进一步提高政府为经济社会发展服务、为人民服务的能力和水平。

思维误区：政府具有组织社会主义经济建设职能，因此，政府可以直接干预经济活动。

政府具有组织社会主义经济建设的职能不是说政府可以直接干预经济活动，政府的管理活动属于宏观调控，是间接的，运用经济、法律、行政手段。

联系实际：转变政府职能

随着社会主义市场经济的日益发展，对政府履行职能要求提出了更高的要求。政府要在遵循客观规律的基础上履行职能，促进经济社会的发展，保证人民生活水平不断提高。

真题展示

1.(2010 福建 33)为形成城乡一体化新格局，各级政府切实履行职责，提供社会公共服务。以下体现我国政府履行这一职能的是(　　)

①2010 年修订的《选举法》变城乡居民的"同票不同权"为"同票同权"　②某省气象局利用自身的网络技术建立"农网"，为农民免费提供信息咨询　③2010 年我国政府加大对圈地不建、哄抬房价等违法违规行为的查处力度　④从 2009 年 10 月 1 日起，我国在 320 个县开展新型农村社会养老保险试点

A.①③　　　　　　B.②④　　　　　　C.①②④　　　　　　D.②③④

分析：主要考查的考点是政府职能。围绕政府改善民生的若干具体举措，有效地考查学生获取和解读信息的能力、调动和运用知识的能力。①说法体现《选举法》的修订，体现的是全国人大的职权，而不是我国政府的职能。③体现的是政府履行组织社会主义经济建设职能中的市场监管，而不是公共服务的职能。

答案：B

2.(2009 全国 38)2009 年 3 月，国务院颁布了《中华人民共和国抗旱条例》。按照《条例》，在紧急抗旱时期，

有关地方人民政府防汛抗旱指挥机构应当组织动员本行政区内各有关单位和个人投入抗旱工作,所有单位和个人必须服从指挥,承担人民政府防汛抗旱指挥机构分配的抗旱工作任务。

政府为什么必须承担抗旱救灾的职责?结合材料二分析我国政府在抗旱救灾中履行了怎样的国家职能?

分析:本题以抗震救灾这一时政热点为载体考察我国政府的职能和性质这一考点。从近几年的全国各地考题来看,常以时政热点和具体情景设置等方式进行考察,从试题设问的逻辑角度,既有对国家职能是什么的考察,也有为什么要履行职能和如何履行执行的考察。本题考查我国的国家职能是什么和为什么,侧重考查学生读材料、分析材料,提取有效信息等能力。从材料来看,政府之所以必须承担抗旱救灾的职责,是因为政府的性质、基本原则和服务性政府的要求。抗震救灾,调动公共资源保证粮食生产,本身体现了政府在履行组织社会主义经济建设和提供公共服务的职能。

答案:我国政府的宗旨是为人民服务,政府工作的基本原则是对人民负责;农民遇上严重旱害,需要国家帮助救灾,国家组织抗旱救灾是建设服务型政府的必然要求;是政府依法履行职责、依法行政的必然要求。为了抗旱救灾,政府调动公共资源保证粮食生产,主要履行的是组织社会主义经济建设的职能;各级政府组织力量帮助农村抗旱救灾,体现的是提供社会公共服务的职能。

2. 我国政府的作用

[考点解读]

(1)我国的政府是便民利民的政府:人们的公共生活受到政府的管理;人们享受着政府提供的公共服务。

(2)公民要正确处理与政府的关系

了解政府的性质职能,相信政府是为人民服务的政府,支持政府的工作,寻求政府的帮助,监督政府的行为,是我们公民意识和政治素养的体现。

[真题展示]

(2007 广东 57)至 2006 年年底,国务院 74 个部门、31 个省(区、市)已建立新闻发布和新闻发言人制度。新闻发布和新闻发言人制度的建立(　　)

A. 有利于公民直接行使国家权力　　　　B. 说明政府自觉增强群众意识、服务意识

C. 能使社会公众直接参与政府决策　　　　D. 能保证政府成为全能政府

分析:本题着重考查考生对我国政府作用的理解。A、D 选项是错误选项,故排除。C 选项具有很大的迷惑性,民主决策是公民参与政治生活的方式,公民可以通过多种途径向政府献计献策,参与民主决策,但公民不能直接参与政府决策,故排除。因此,答案为 B。

答案:B

3. 我国政府的宗旨和政府工作的基本原则

[考点解读]

(1)我国政府的宗旨:为人民服务

(2)我国政府的基本原则:对人民负责

坚持对人民负责的原则要做到以下三方面的要求:

①坚持为人民服务的工作态度:政府及其公职人员要牢固树立为人民服务、真心实意对人民负责的思想,为人民谋利益。这就要求政府公职人员一方面必须深入群众,关注民生,体察民情,尊重民意;另一方面,公职人员不能损害人民利益,不能以权谋私、搞钱权交易。

②树立求真务实的工作作风:求真务实,对于政府来说,就是实事求是,追求真理,掌握规律;就是要严谨扎实,一丝不苟地干实事、求实效。不断完善公共服务体系,提高行政效率,增强服务意识,努力使政府的各项工作经得起实践的、群众和历史的检验。

③坚持从群众中来到群众中去的工作方法:政府通过各种途径,利用各种群众组织、社会团体广泛收集群众的意见和建议,认真对待群众来信来访,为群众诚心诚意办实事,尽心竭力解难事,坚持不懈做好事。

(3)我国政府的宗旨、原则与我国政府性质、国体之间的关系

(4)求助有门,投诉有道

①政府是日常生活中与我们联系最密切的国家机关,当我们有困难时,可以向政府求助。

②政府为公民求助或投诉提供了多种途径:开设热线电话、设立信访部门、发展电子政务、依法建立行政仲裁、行政复议和行政诉讼制度。

③学会向政府部门求助或投诉,有助于解决自己的困难,维护自身的合法权益,也有助于政府不断改进工作。

思维误区:公民要维护自身的合法权益,求助、投诉必须依靠政府设立的信访部门

(1)政府是与我们联系最密切的国家机关。政府接收群众来信,接待群众来访,听取群众的声音,为群众排忧解难。所以,我们求助、投诉要到信访部门。

(2)同时,我们也可以通过政府向社会公布的热线电话,通过政府推行的电子政务,还可以通过政府依法建立的行政仲裁、行政复议和行政诉讼制度等法律途径。

(3)另外,我们还可以从单位、社会团体等方面得到帮助。

[真题展示]

(2010 四川 31)温家宝总理在 2010 年的政府工作报告中指出,创造条件让人民批评政府、监督政府,让权力在阳光下运行。这意味着(　　)

①政府的一切行为都要对人民负责　②政府的一切权力都是人民赋予的　③政府要把人民利益与谋求自身利益相统一　④公民对任何国家工作人员都有批评的权利

A.①②③　　　　　　B.①②④　　　　　　C.②③④　　　　　　D.①②③④

分析:我国政府的工作宗旨和基本原则是高考的常考考点,本题以温总理 2010 年政府报告为情景,考查考生对我国政府相关知识的理解和提取材料有效信息的能力。题干说明的是人民和政府之间的关系,而政府仅是我国的行政机关,并不能代表所有国家机关,所以选项④错误。

答案:A

解题指导

1.(2010 全国 I 32)温家宝总理在 2010 年新春团拜会上提出,"要让人民生活得更加幸福、更有尊严"。在十一届全国人大三次会议上,"人民的尊严"被首次写进了政府工作报告。这表明(　　)

①人民的尊严是经济社会发展的基础　②政府坚持以人为本的施政理念　③政府工作重心正逐步转移　④政府要为人的自由和全面发展创造有利条件

A.①②　　　　　　　B.①④

C.②③　　　　　　　D.②④

2.(2008 北京 34)下表是某县政府在 2002 年和 2007 年召开县长办公会的主要内容及次数统计。

时间	会议总数	会议主要内容及次数	
2002 年	20 次	研究招商引资问题	14 次
		研究社会治安管理问题	2 次
		研究提供就业信息和改善就业环境问题	2 次
		集体学习	2 次

2007 年	20 次	研究土地利用及征地补偿问题	3 次
		研究社会治安管理问题	2 次
		研究公路改造和基础设施建设问题	2 次
		汇集和传播经济信息	3 次
		研究低保和环保问题	6 次
		集体学习	4 次

如果从会议内容和次数来判断该县政府的行为,可以得出的合理结论是(　　)

A. 政府依然管了许多不该管的事

B. 文化职能得到了显著增强

C. 社会公共服务职能得到了加强

D. 政府职能的种类明显增加

3.(2008 海南 9)在 2008 年 1—3 月,国务院 19 个部委的主要负责人先后深入 14 个省区市的基层单位,对"三农"、社保和医改体制等问题进行考察调研,总计 45 人次。很多部长通过基层调研获得了大量第一手资料,及时发现并解决了许多问题。这表明政府(　　)

①高度关注民生问题　②自觉接受人民监督

③致力于构建服务型政府　④践行中国共产党的执政理念

　　A.①②③　　　　　　B.②③④
　　C.①③④　　　　　　D.①②④

　　4.(2008海南7)针对粮肉食用油等食品价格持续上涨，国务院法制办牵头修订了《价格违法行为处罚规定》。2007年全国共查处价格违法案件6.1万件,查处串通涨价、哄抬价格案件70起,有力地维护了市场的正常秩序。这从一个侧面表明,政府有效履行了(　　)

　　A.依法行政职能　　B.市场监管职能
　　C.经济调节职能　　D.公共服务职能

　　5.(2008山东45)社会建设与人民幸福安康息息相关。保障和改善民生,推动和谐社会建设,是党的"十七大"报告中的一项重要内容。下列不属于社会建设范畴的是(　　)

　　A.国家实施免费义务教育,在中等职业学校和高校建立贫困生资助体系

　　B.建立健全城市廉租住房制度,为城市低收入家庭提供住房保障

　　C.扩大养老、医疗、失业等社会保险的覆盖范围,逐步完善当前我国的社会保障体系

　　D.加快行政管理体制改革,转变政府职能,建设服务型政府

　　6.(2009江苏35)2009年4月以来,从墨西哥蔓延开来的流感,最初被诊断为猪流感。后来,世界卫生组织等权威机构研究发现,这种流感病毒实际包含猪流感、人流感和禽流感三种流感病毒的基因片段,于是将这种新型流感改称为A(H1N1)型流感,我国称之为甲型H1N1流感。随着研究的深入,诊断技术不断改进,防治手段逐步完善,疫苗研制加速推进。

　　国外疫情一经发布,我国政府高度重视,为确保人民群众健康和生命安全,全力开展防控工作。在广泛征求意见的基础上,卫生部、农业部专门制订并下发了诊疗方案和应急预案。各级地方政府及时采取措施,严格执行疫情零报告制度、指定定点收治医院、成立防控和救治专家组等,切实做好防控工作。

　　上述材料是如何体现我国政府坚持对人民负责的基本原则的?

【答案】

　　1.D　思路点拨:解题的关键在于弄清题干中的"这"是指"人民的尊严被首次写进政府工作报告",主要考查政府和人民的关系。经济社会发展的基础是物质资料的生产,①观点错误,在整个社会主义初级阶段,政府工作重心是经济建设,③观点错误。

　　2.C　思路点拨:此题考查的知识点是政府职能的转变。通过表格对比发现,政府研究低保和环保的次数明显增加,而低保和环保属于政府社会公共服务的职能。故选C。

　　3.C　思路点拨:题干中的"这"是指"国务院主要负责人深入基层单位,对'三农'、社保和医改体制等问题进行考察调研"。调研的内容体现了政府高度关注民生问题;调研本身体现了政府在打造服务型政府,①③选项符合题意。此题的④选项具有一定的难度,巧妙地考察了中国共产党和政府的关系。中国共产党是我国的执政党,是中国特色社会主义事业的领导核心,因此,政府要接受党的政治领导,践行中国共产党立党为公、执政为民的理念。故选C。

　　4.B　思路点拨:此题主要考查政府组织社会主义经济建设的职能,要求考生对经济职能中的经济调节、市场监管、社会管理和公共服务四个方面作出区分。政府依法查处价格违法案本身表明政府对经济活动进行监管。故选B。

　　5.D　思路点拨:题干的关键点是"不属于社会建设",社会保障体系、廉租房制度、贫困生资助体系都属于社会建设,而建设服务型政府则属于政治建设,属于政治文明的范畴,因此,D选项符合题意。

　　6.高度重视防控工作,确保人民群众的健康和生命安全,体现了我国政府坚持为人民服务的工作态度。及时采取措施,严格执行疫情零报告制度等,切实做好防控工作,体现了我国政府坚持求真务实的工作作风。在广泛征求意见的基础上,制订并下发诊疗方案和应急预案,体现了我国政府坚持从群众中来到群众中去的工作方法。

　　思路点拨:本题紧扣热点背景——甲型H1N1流感,考查学生理论联系实际的能力,调动运用知识的能力。设问中要考察的知识范围明确,答好此题的关键是材料与理论知识的有机结合。

第四课　我国政府受人民监督

考点梳理

1. 政府依法行政的意义和要求

[考点解读]

(1)含义:政府及其工作人员的权力由法律授予,行使行政权力必须依据宪法和法律规定。

(2)原因:是贯彻依法治国方略、提高行政管理水平的基本要求,体现对人民负责的原则。

(3)具体要求:合法行政、合理行政、程序正当、高效便民、诚实守信、权责统一。

(4)意义:有利于保障人民群众的权利和自由;有利于加强廉政建设,保证政府及其工作人员不变质,增强政府的权威;有利于防止行政权力的缺失和滥用,提高行政管理水平;有利于带动全社会尊重法律、遵守法律、维护法律,推进社会主义民主法制建设。

知识拓展:依法治国、依法执政、依法行政的关系

<table>
<tr><td colspan="2">内容</td><td>依法治国</td><td>依法执政</td><td>依法行政</td></tr>
<tr><td rowspan="2">区别</td><td>含义不同</td><td>依法治国就是广大人民群众在党的领导下依照宪法和法律规定,管理国家事务、管理经济文化事业、管理社会事务。它是党领导人民治理国家的基本方略。</td><td>依法执政就是坚持依法治国,领导立法,带头守法,保证执法,不断推进国家经济、政治、文化、社会生活的法制化、规范化。是党的基本执政方式</td><td>依法行政是指政府及其工作人员的权力由法律授予,行使行政权力必须依据宪法和法律。</td></tr>
<tr><td>主体不同</td><td>全体人民</td><td>中国共产党(执政党)</td><td>各级政府及其工作人员</td></tr>
<tr><td colspan="2">联系</td><td colspan="3">三者都是依照宪法和法律,都体现了对法律的尊重,崇尚法律权威;依法行政和依法执政都是贯彻依法治国基本方略的体现。</td></tr>
</table>

[真题展示]

(2010 安徽 6)为了制定一个符合中国国情和时代特点的《国家中长期教育改革和发展规划纲要(2010—2020 年)》(简称《纲要》),政府有关部门通过专题调研、网上征集意见、召开座谈会等形式广纳群言、广集众智。我国政府制定《纲要》做到了(　　　)

A.审慎用权,科学民主决策　　　　　　B.科学执政,民主执政,依法执政

C.依法执政,行使国家立法权　　　　　D.保障人民直接行使国家权力

分析:主要考查考生对"政府依法行政"这一知识的理解。《纲要》的制定过程体现了我国政府科学民主决策的过程,A 项正确。"执政"的主体是中国共产党,故 B 项错误。行使国家立法权的机关是全国人大及其常委会,故 C 项错误。人民通过人民代表大会制度间接使国家权力,而不是直接行使国家权力,故 D 项错误。

答案:A

2. 提高政府依法行政的水平

[考点解读]

提高政府依法行政的水平,要做到:加强立法工作,提高立法质量,以严格规范行政执法行为;加强行政执法队伍建设,促进严格执法、公正司法和文明执法,不断提高执法能力和水平;深化行政管理体制改革,努力形成权责一致、分工合理、决策科学、执行顺畅、监督有力的行政管理体制。

3. 对政府权力进行制约和监督的意义

[考点解读]

(1) 对政府权力进行监督的依据

我国是人民民主专政的国家,人民是国家的主人,我国政府是人民意旨的执行者和人民利益的捍卫者,只

有加强监督才能防止权力的滥用,因此需要对权力进行制约和监督。

(2)对政府权力进行监督的措施和途径

关键:建立健全制约和监督机制,这个机制,一靠民主,二靠法制。

建立全面的行政监督体系。

(3)对政府权力进行监督的意义

政府接受监督是坚持依法行政,做好工作的必要保证。其重要意义是:

政府只有接受监督,才能提高行政水平和工作效率,防止和减少工作失误;才能防止滥用权力,防止以权谋私、权钱交易等腐败行为,保证清正廉洁;才能更好地合民意、集民智、聚民心,作出正确的决策;才能真正做到权为民所用,造福于人民,从而建立起一个具有权威和公信力的政府。

思维误区:政府运用权力就会造福人民

权力是把"双刃剑"。政府权力运用得好,可以指挥得法、令行禁止、造福人民;权力一旦被滥用,超越了法律的界限,就会滋生腐败,贻害无穷。可见,判断政府运用权力是否一定会造福人民,前提是怎样运用,即以什么方式、在什么范围内运用权力。

[真题展示]

(2009 广东 13)某市政府为克服各部门行政处罚自由裁量权幅度过大带来的问题,将行政处罚权依法细化,将细化后的标准向社会公布,接受市民监督。这项措施(　　)

A. 保障了人民群众的表达权,扩大了人民当家作主的权利

B. 限制了政府的行政决策权,保障了人民群众的参与权

C. 增强了政府工作的透明度,保障了人民群众的知情权

D. 增加了政府工作的公开度,扩大了人民群众的监督权

分析:本题主要考查考生对政府权力进行制约和监督的意义这一考点的理解。随着民主政治的发展,高考日益重视对这一考点的考察。题干中该市政府将行政处罚依法细化,并将细化后的标准向社会公布的做法,增强了政府工作的透明度,同时保障了人民群众的知情权。答案 C 符合题意。A、B、D 选型均为错误选项。

答案:C

4. 我国行政监督体系

[考点解读]

(1)目前,我国已经依据宪法和法律,初步建立起全面的行政监督体系。行政系统外部监督包括国家权力机关的监督,中国共产党的监督,人民政协的监督,社会与公民的监督,司法机关的监督,行政系统内部的监督包括上级政府、监察部门、法制部门、审计部门的监督。

思维误区:建立全面的行政监督体系是有效制约和监督权力的关键

全面的行政监督体系可以有效制约和监督权力,但不是关键,健全完善的政府权力制约和监督机制,这是有效制约和监督权力的关键。这个机制,一靠民主,鼓励公民参与对政府权力的监督,发挥人民民主对权力的制约和监督,这才是最好、最有效的监督;二靠法制,使政府的决策、执法和执法检查都按法律行使,合理运行。

[真题展示]

(2008 广东 7)2007 年 9 月,我国正式成立国家预防腐败局,负责全国预防腐败工作的组织协调、综合规划、政策制定和检查指导等重要工作。这一举措旨在加强行政监督体系中的(　　)

A. 国家司法机关监督　　B. 行政系统外部监督　　C. 行政系统内部监督　　D. 国家权力机关监督

分析:我国政府的行政监督体系是高考的常考考点,近年高考试题对本考点的考查基本以选择题为主,也有主观题,常和公民的监督权等知识点一起考察。近几年高考题常以具体情境设置和时政热点为载体进行考察。本题着重考查我国行政监督体系的知识,重点考查学生的判断能力。国家预防腐败局直接隶属国务院,属于国家行政机关体系,所以,国家预防腐败局的成立旨在加强行政监督体系的内部监督。故答案为C。

答案:C

5. 政府的权威及其体现

[考点解读]

(1)政府权威是指政府在管理公共事务过程中形成的得到人们认同的威望和影响力。

（2）政府权威的体现：①有权威的政府必定是依法行政的政府，它会维护宪法和法律的尊严，从而维护人民群众的根本利益。②有权威的政府必定是廉洁、高效、团结合作、全心全意为人民服务的政府，它在广大人民群众中有较高的信誉。③有权威的政府必定是讲信誉的政府，有令必行，有禁则止，它得到广大人民的自觉认可和拥护。④有权威的政府对经济发展、政治文明、文化繁荣和社会和谐都有促进作用。

（3）区别政府有无权威的根本标志是：政府的管理和服务是否被人民自觉地认可和接受。

6. 我国政府权威的来源和树立

[考点解读]

（1）从根本上讲，一个政府是否具有权威是由国家性质决定的。

（2）政府权威的树立：政府权威是通过政府及其工作人员决策的科学性、依法行政的态度和能力、履行职责的效果以及政府工作人员的道德形象等树立起来的。政府树立权威，要做到以下几方面工作：

首先，政府及其工作人员要科学决策、依法行政、审慎用权、优化公共服务、完善社会管理，自觉接受人民监督，与人民群众保持和谐关系。

其次，政府及其工作人员要有良好的业绩。政府工作人员应成为科学发展观的忠实执行者、社会和谐的积极促进者，切实实现好、维护好、发展好人民的利益。

最后，政府工作人员要重品行、作表率，坚持权为民所用，情为民所系，利为民所谋。

[真题展示]

（2009 北京 27）1989 年，第七届全国人民代表大会第二次全体会议通过了《中华人民共和国行政诉讼法》。这是一部里程碑式的法律，标志着"民告官"有了法律保障。此后，全国人民代表大会及其常委会又通过了国家赔偿法、行政复议法、行政许可法等多部法律。上述立法的目的是（　　）

①扩大行政权力，增强政府权威　②规范公民行为，加强司法监督　③规范政府行为，保障公民权益　④健全法律制度，建设法治政府

A. ①②　　　　　　　　B. ①④　　　　　　　　C. ②④　　　　　　　　D. ③④

分析：题干的关键点是立法的目的，这里的"法"是指《中华人民共和国行政诉讼法》。近几年的高考对此考点的考查基本以选择题的方式呈现，出题的频率不高。这部法为"民告官"提供了法律保障，因此，《行政诉讼法》约束的是政府的行为，保障的是公民的合法权益；同时这部具有里程碑意义的法律，健全了我国的法律制度，为建设法治政府提供了条件。①②本身是错误选项，所以，正确答案为D。

答案：D

解题指导

1.（2010 全国Ⅱ 32）根据 W 市 2010 年 4 月起施行的《政府重大行政决策合法性审查规定》，政府决策承办单位向市政府报送重大行政决策备选方案时，市政府法制部门要进行合法性审查。重大行政决策未经合法性审查或经审查不合法的，不予提请市政府决策会议审议。这表明（　　）

①合法性审查时政府正确决策的重要环节　②政府没有法律授权不得行使权力　③政府法制部门形成对决策部门的制衡　④政府法制部门扩大了职能范围

A. ①②　　　　　　　　B. ①③

C. ②④　　　　　　　　D. ③④

2.（2010 广东 28）2009 年颁行的《关于实行党政领导干部问责的暂行规定》，要求对党政领导干部的失职行为实施问责。这一举措表明（　　）

A. 政府执政必须符合法律程序

C. 每个公民都有监督权和质询权

B. 党政领导干部的权力和责任是统一的

D. 我国已建立完整的行政监督体系

3.（2010 新课程全国 17）《中共中央关于深化行政管理体制改革的意见》提出，要加强依法行政和制度建设，健全对行政权力的监督制度。在国家机关中，对行政权力具有内部监督功能的是（　　）

①人民代表大会及其常委会　②各级人民法院和人民检察院　③国家监察部和地方监察机关　④国家审计署和地方审计机关

A. ①②　　　　　　　　B. ①③

C. ②④　　　　　　　　D. ③④

4.（2009 海南 11）《中华人民共和国政府信息公开条例》规定，政府部门应当建立健全政府信息公开工作制度，公民、法人或者其他组织认为行政机关不依法履行政府信息公开义务的，可向上级行政机关、

监察机关或者政府信息公开工作主管部门举报,这些规定旨在( )

①保障公众的知情权和监督权 ②提高政府工作的透明度 ③提高政府工作的效率 ④扩大公民的法定检举权

A.①② B.①③

C.②④ D.③④

5.(2010 浙江 40)全国法律法规对行政裁量权规定了一定的范围和幅度,但有的缺乏具体的实施细则和执法基准,这为行政机关滥用行政裁量权提供了可能。比如,道路交通法第99条规定,机动车行驶超速的罚款从200元到2000元,执法人员应根据案件实际情况合理做出处罚。而在实践中,出现了诸如本应罚款300元,执法人员却因素质、心情等原因处罚1000元的现象,群众对此非常不满。规范行裁量权,为政府权利设限,增强政府共公信力是我国政治体制改革的一个重要方向。在这背景下,一些地方政府主动出台并实施了一系列规范行政量权的办法。经过一段时间,这些地方政府依法行政水平将上了一个台阶。规范行政裁量权的做法得到了群众的普遍的认可,政府权威进一步提高。

为什么人民群众对地方政府主动规范行政裁量权的做法普遍认可?结合材料,运用《政治生活》的有关知识做出分析。

6.(2009 北京 38)在经济体制改革的同时,我国不断推进社会主义政治体制改革,积极发展社会主义民主政治,完善权力制约和监督机制。十七大报告明确指出:"确保权力正确行使,必须让权力在阳光下运行"。

运用政治常识,说明"必须让权力在阳光下运行"的理由。

【答案】

1.D 思路点拨:解题的关键在于弄清题干中的"这"是指"政府决策承办单位向市政府报送重大行政决策备选方案时,市政府法制部门要进行合法性审查"。这既有利于决策的科学性民主性,也是政府依法行政的表现。③④选项是错误选项。

2.B 思路点拨:对党政领导干部的失职行为实施问责体现了权力和责任的统一。执政的主体是党而不是政府,故 A 项错误;我国公民没有质询权,C 选项错误;目前,我国已经依据宪法和法律,初步建立起全面的而非完整的行政监督体系,D 项表述错误。

3.D 思路点拨:此题考查我国行政内部监督体系。①②选项具有对行政权力进行外部监督的功能。故答案为 D。

4.A 思路点拨:本题考查考生解读和获取信息的能力与分析问题的能力,属于中等难度题。政府信息公开保障了公民的知情权和监督权,故①正确;但并没有扩大公民的权利,故④错误;政府信息公开进一步提高了政府工作的透明度,但不一定会提高政府的工作效率,故②正确,③不符合题意。

5.我国是人民民主专政的社会主义国家,人民是国家和社会的主人。人民政府必须依法行政,为人民服务,对人民负责。行政裁量权过大,容易导致行政机关任意裁量和难以正确裁量,影响政府的公信力,甚至破坏法律的权威,背离人民的意志。政府主动规范行政裁量权,对正确履行职能,提高依法行政水平和政府权威,保障人民群众的权利和自由都具有重要意义。

思路点拨:本题以规范行政裁量权这一时政热点为背景,主要考查提取有效信息、调动和运用知识、分析与演绎等能力。此题的设问是"为什么人民群众对地方政府主动规范行政裁量权的做法普遍认可?"回答好此题我们可以从原因和意义两个层面组织答案。从人民群众的角度考虑,是因为人民群众的地位决定的。从政府的角度考虑,主要从政府宗旨、原则和依法行政的要求。最后,要说明之所以能得到认可是因为政府主动规范行政裁量权对政府和人民群众带来了积极的影响,即意义。

6.①我国是人民民主专政的社会主义国家,一切权力属于人民。人民有权监督权力的行使。②我国国家机构实行民主集中制的原则,对人民负责,为人民服务是一切国家机关及其工作人员的行为准则和工作宗旨,权力应该依法行使,公开透明,接受人民的监督。

③只有让权力在阳光下运行,才能保障监督权的实现,使权力健康有序地运行,最终达到维护国家利益和公民合法权益的目的。

④权力若不在阳光下运行,必然导致官僚主义,滋生腐败。

思路点拨:本题紧扣热点背景——十七大报告,主要考查学生理论联系实际的能力,演绎与分析的能力。此题的设问是"权力必须在阳光下运行"的理由。我们答案的组织主要从两大方面考虑:即谁的权力——政府的权力——接受监督的原因、意义;接受谁的监督——人民——原因、意义。此题影响得分的关键是思考的角度不全面,或只从政府角度考虑,或只从人民角度考虑。

周 练

一、单选题(每题 2 分,共 50 分)

1.漫画"民意上网"的政治学意义是( )

民意上网 　　　　　　　王唯岩/画

①创新了国家机构密切联系群众的新途径,有利于贯彻对人民负责原则 ②巩固了依法治国的基础,直接影响依法治国的进程 ③开辟了民主监督的新道路,有利于国家机关克服官僚主义和不正之风 ④加强了党的思想建设,有利于提高党的执政能力

A.①③ 　　　　　　　　　 B.②④

C.①② 　　　　　　　　　 D.③④

2. 按照《中华人民共和国政府信息公开条例》的要求,行政机关应将主动公开的政府信息,通过政府公报、政府网站、新闻发布会以及报刊、广播、电视等方式公开。这有利于( )

①增强政府工作的透明度 ②维护和实现公民的知情权 ③扩大政府公共服务职能 ④发挥社会舆论的监督作用

A.①②③ 　　　　　　　　 B.①②④

C.①③④ 　　　　　　　　 D.②③④

3.K 市市镇两级政府每年拿出两亿元资金,逐步实施农村基本养老保险、农村居民基本医疗保险和农村最低生活保障三项工程,为农民构建起社会保障体系,实现了农民老有所养、病有所医和贫有所济。在这件事中,政府的角色是( )

①经济建设的组织者 ②公共服务的提供者 ③经济活动的调控者 ④公共权力的所有者

A.①②③ 　　　　　　　　 B.①②④

C.②③④ 　　　　　　　　 D.①③④

4. 两会前夕,十三位基层群众代表被邀请进入中南海,对即将提请人大审议的《政府工作报告》提意见。温家宝总理亲切地对大家说:"其实你们是中南海的主人。"这体现了( )

①社会主义民主的本质和核心 ②我国公民的权利和义务是统一的 ③我国政府坚持对人民负责的原则 ④我国政府坚持为人民服务的工作态度

A.①② 　　　　　　　　　 B.③④

C.①③④ 　　　　　　　　 D.①②③④

5.

时间	事件
2008年6月1日	《商品零售场所塑料购物袋有偿使用管理办法》正式施行,北京市工商系统对此项工作展开全面检查。
2008年9月9日	"新型农村社会养老保险制度建设研讨会"在北京召开,中国人力资源和社会保障部副部长胡晓义主持了会议。
2008年10月14日	国务院常务会议审议并原则通过了《关于深化医药卫生体制改革的意见(征求意见稿)》,并向社会公开征求意见。

综合上述表格信息拟定一个标题,你会选择( )

A. 遵循规律,坚持民主决策

B. 强化经济职能,共享改革成果

C. 健全民主制度,维护民主权利

D. 关注民生,凸现社会公共服务职能

6.为了使基层文化建设资金的投入更加科学,更加符合社会的需求,北京市文化局决定面向社会开展基层文化建设意见、建议征集活动。市文化局的做法体现了( )

①我国国家意志是人民意志的集中体现 ②尊重公民的监督权 ③开门立法,实现决策的民主化 ④政府坚持对人民负责的原则

A.①③④ 　　　　　　　　 B.①②③

C.②③④ 　　　　　　　　 D.①②④

7. 平抑房价,民众呼声强烈,国家政策不断,"两限房"(限制价格,限制面积的房屋)便是政府为解决中低收入的家庭住宅问题而推出的政策之一。这一做法体现( )

①政府是国家权力机关的执行机关 ②政府协调各方利益的职能 ③维护人民的政治权利是政府的职能 ④政府是为人民服务的政府

A.①② 　　　　　　　　　 B.③④

C.①③ 　　　　　　　　　 D.②④

8.《反垄断法》明令禁止政府滥用行政权力影响消费者的行为。目前,政府解决这一问题最重要的环节是( )

A. 严格依法行政,进一步完善政府管理体制的改革

B. 严格立法,确保各项事业有法可依
C. 严格司法,有法必依、违法必纠
D. 严格法律监督,提高公众法制意识

9. 为了缓解北京市地面交通拥堵的现状,引导市民优先选择轨道交通出行,改善空气质量,北京市实行票制票价改革。在改革过程中,市委、市政府明确要求新的票制票价方案要坚持惠民、便民的原则,这一原则表明(　　)

①北京市政府是北京市的最高国家权力机关　②北京市政府对交通进行宏观调控　③北京市委坚持了民主执政　④北京市政府是人民意旨的执行者和利益的捍卫者
A. ①③　　　　　　　　B. ②④
C. ③④　　　　　　　　D. ②③

10. 陕西省林业厅公布的镇坪县农民周正龙所拍"华南虎"照片是一张假虎照,在社会上造成恶劣的影响。这一事件也折射出某些地方官员的行政不作为、乱作为。这告诫行政部门要(　　)

①坚持民主执政　②坚持依法行政　③坚持依法执政　④坚持对人民负责的原则
A. ①②④　　　　　　　B. ②③④
C. ①③　　　　　　　　D. ②④

11. 问政于民、问需于民、问计于民,成为我国民主政治建设中的一大亮点和特色。如今,不少政府部门每有重大决策出台,都要公开征求各方面的意见和建议。政府部门这种做法(　　)

①由我国的国家性质决定,体现了人民民主的真实性　②是打造服务政府的要求,有利于实现决策的民主化　③表明政府为人民服务,坚持求真务实的工作作风　④表明我国公民有质询权,有利于公民政治权利的实现
A. ①②③　　　　　　　B. ②③④
C. ①②④　　　　　　　D. ①③④

12. 右图《有意见尽管提》这幅漫画中,某官员的做法(　　)

①违背了为人民服务的宗旨　②滥用了权力机关的决定权　③使公民的监督权形同虚设　④没有坚持从群众中到群众中去
A. ①②③　B. ②③④
C. ①③④　D. ①②④

目前,我国已经依据宪法和法律,初步建立起全面的行政监督体系。回答13~15题。

13. 公共权力是一把双刃剑,要确保它成为维护公众权力的工具,而不转变为伤害人民的利器,就必须使国家公职人员对权力心怀敬畏。这种敬畏(　　)

①实质上就是对人民和法纪的敬畏　②根本目的在于限制公共权力的行使　③是有效制约和监督权力的关键所在　④要求国家公职人员的加强道德自律
A. ②④　　　　　　　　B. ①③
C. ①③④　　　　　　　D. ①②③

14. 目前,我国已经初步建立起全面的行政监督体系。下列选项中属于行政系统内部监督的是(　　)
A. 公共媒体的监督　　B. 司法机关的监督
C. 法制部门的监督　　D. 社会与公民的监督

15. 中国政府运用巨额资金刺激经济发展。为确保投资到位和避免腐败,政府在进行自我监督和管理的同时,特别要求社会舆论加强对资金使用的监督,提高工作的透明度。这表明(　　)
A. 政府是我国国家行政机关
B. 政府自觉地接受社会与公民监督
C. 政府应让公民间接参与民主决策
D. 政府要履行好组织社会主义经济建设的职能

我国政府是为人民服务的政府,政府时刻关注民生,百姓在温暖中前行。回答16~18题。

16. "毒乳业"再次掀起人们对食品问题的关注。为确保食品安全,切实维护消费者利益,国家质检总局从2008年9月17日起停止实行食品类生产企业国家免检制度。这表明我国政府坚持(　　)
A. 权责相统一、有权必有责的原则
B. 求真务实的工作作风,权为民所用
C. 政务信息公开,打造阳光政府
D. 提高立法质量,规范行政执法行为

17. "三农问题"始终牵动政府的心。为此,政府不断推进现代农业建设,大力发展农村公共事业,增加农民收入。政府行使的是(　　)
①保障人民民主和维护国家长治久安职能　②组织社会主义经济建设职能　③组织社会主义文化建设职能　④提供社会公共服务职能
A. ①②　　　　　　　　B. ①③
C. ③④　　　　　　　　D. ②④

18. 我国卫生部、财政部、国家中医药管理局联合下发指导意见,进一步规范新型农村合作医疗基金管理,逐步扩大农民受益面,推进新型农村合作医疗制度建设。这一做法主要体现,在我国(　　)
A. 政府是人民意旨的执行者和利益的捍卫者
B. 政府履行组织社会主义经济建设职能

C. 公民的利益与国家利益总是一致的

D. 社会主义民主具有广泛性

19. 现在北京等一些城市将百姓"幸福感"纳入到和谐社会指标体系的调查中。要提升百姓的"幸福感",政府应该( )

①执政为民,强化政府的权力 ②求真务实,把人民群众利益作为工作的着力点 ③以人为本,尊重老百姓的所有利益 ④转变职能,建设服务型政府

A. ①②   B. ②③

C. ②④   D. ③④

推行行政问责制是深化行政管理体制改革的重要内容,其根本目的在于强化行政监督、提高政府执行力和公信力。回答20~22题。

20. 近年来,从审计"风暴"到新闻发言人制度的建立,从政务公开到党务公开,中国社会在满足公民的知情权方面迈出了坚实的一步;"立法听证会"、"价格听证会"也成为老百姓耳熟能详的词语。如果让你用一句话概括我国社会的这一变化,你会选择( )

A. 中国共产党的领导核心地位日益巩固

B. 社会主义民主政治不断发展完善

C. 公民管理国家的途径日益广泛

D. 公民的基本政治权利逐步扩大

21. 在近期发生的安全生产重特大事故中,坚决查处安全生产责任事故背后的责任官员,既是群众的迫切要求,也是国家部门的庄严承诺。这是因为( )

①我国国家机关是人民利益的捍卫者 ②重特大事故严重损害了人民群众的利益 ③严格执法、公正司法是我国国家机关的职责 ④国家工作人员必须树立真心实意对人民负责的思想

A. ①②③   B. ①②④

C. ①③④   D. ②③④

22. 随着一批官员因重大责任事故被免职,"行政问责"四个字正成为越来越多人议论的热门话题。行政问责制的实行( )

①体现了中国共产党是中国特色社会主义事业的领导核心 ②有利于人民赋予政府的权力始终用来为人民谋利益 ③说明政府坚持依法行政,践行为人民服务的理念 ④表明有权必有责,政府要审慎行使权力

A. ①②③   B. ②③④

C. ①②④   D. ①③④

23. 每年两会,人大代表的议案很多涉及民生问题。有网民说,作为选民,我们寄希望于我们的代言人能在大会上代表我们行使权力——实施更好的医疗保障,管好我们的"钱袋子";希望他们能直言针砭,

推动改革。材料说明( )

①选民要珍惜选举权,审慎、理性投票 ②人大代表要密切联系群众,对人民负责 ③人大代表要认真行使提案权和决定权 ④要扩大基层民主,保障人民群众参与决策

A. ①②   B. ②③

C. ②④   D. ③④

24. 2009年重庆的"打黑风暴"备受关注。一些横行多年的黑恶势力团伙被摧毁,同时,部分充当黑社会"保护伞"的党政干部也被查处。这( )

①体现了法律面前人人平等的原则 ②能够杜绝腐败现象的产生 ③有利于提高政府依法行政的水平 ④是使我国的民主决策落到实处的根本措施

A. ①②   B. ①③

C. ③④   D. ②④

25. 某市工商局通过仔细审查,主动撤销了一例不合理行政处罚,受到当事企业的好评。这说明政府合理行政,要遵循( )

A. 公平、公正的原则   B. 法律、法规和规章

C. 法定程序   D. 诚实守信的原则

二、问答题(26题10分,27、28、29题各6分,共28分)

26. 材料一:淫秽色情信息通过手机、网络肆意传播,危害青少年身心健康,成为社会公害。

材料二:日前,我国联合开展深入整治淫秽色情手机网站专项行动。要求工商部门要加强监管,依法严厉查处非法广告代理商。公安部门要坚决打击为手机淫秽色情网站提供各种服务的运营商;全国"扫黄打非"举报中心已接到群众电话举报有效信息上千条;40多家单位代表共同签署倡议书,向互联网从业者和广大网民倡议"文明办网,文明用网"。

结合材料二,运用《政治生活》的相关知识谈谈如何解决材料一中所述问题。(10分)

27. 某校高二(1)班的同学在以"中国传统文化与社会变革"为课题的研究性学习活动中,结合当前社会现实,展开讨论。请你参与其中,并回答有关问题。

【相关链接】曹参任汉相三年,遵照萧何制定好的法规治理国家,主张清静无为不扰民,使汉初社会凋敝残破的局面得以改观。史称"萧规曹随"。

此后的"文景之治"又相继实行休养生息政策,使国家日益增强。汉武帝凭借丰富的物质积累和稳固的统治基础,开疆拓土,实施改革,实现了经济发展和社会稳定,成就了西汉盛世。

甲同学:"萧规曹随"反映曹参推崇的是"无为而治"的道家思想。他以"无为而治"的治国理念,促进了经济发展和社会稳定。所以,我国政府也应"无为而治"。

请从我国政府的基本职能和作用的角度,对"我国政府也应'无为而治'"的观点加以评析。(6分)

28. 材料一:"黑车"已成为城市治理顽症,取证环节尤为困难。而"钓鱼""倒钩"之类的做法却往往能立竿见影地取到证据。某市交通执法人员采取"钓鱼式"执法(即设下诱饵引人犯罪)查处黑车,此事一经披露引起人们广泛质疑,并引发行政诉讼。

材料二:日前,该市法院对"钓鱼执法"行政诉讼案做出一审判决,判决该市交通执法大队作出的行政处罚行为违法。该市监察局公布,对相关责任人给予行政警告处分。根据人民网发布的民意调查结果,该市行政执法部门因钓鱼执法案,政府公信力评价最低。

运用《政治生活》相关知识,回答问题:

根据材料一、二,请你谈谈政府如何才能提高公信力?(6分)

29. 山海关的长城是万里长城的杰出代表,山海关正向"中国长城文化之乡"冲刺。当地政府投资对长城文物实施保护;全力打造高档次长城文化展示平台;开展多种形式的长城文化交流活动,利用长城文化促进当地经济的发展,借助旅游推动长城文化的传播。以此,更加激发人们对长城的热爱。

结合材料,运用《政治生活》相关知识,谈谈当地政府是如何对待长城文化的?(6分)

三、论述题(30题12分,31题10分,共22分)

30. 政府及其工作人员的权力是由法律授予的,行使行政权力必须依据宪法和法律规定。

2010年下半年我国政府机构依法行政的案例

| 案例1 | 2010年9月6日,中国证监会通报了对三名基金经理"老鼠仓"的处理情况。根据《中华人民共和国刑法》和证券业相关管理条例,其中一名因获利较大,情节严重被移送公安机关依法追究刑事责任;一名除没收违法所得37.95万元外,另罚款200万元,并终身禁入市场;另外一名情节较轻者也受到相应处罚。 |
| 案例2 | 2010年11月24日,国家发改委披露了查处6家企业"擅自突破批零价差标准,高价销售柴油"、严重扰乱市场秩序的典型违法案件,责成当地价格主管部门严肃处理。发改委要求对恶意囤积、哄抬价格的违法行为,一经核实要依法从重从快严肃处理,并提请有关部门吊销其营业执照和经营资质,追究有关人员责任。 |

注:在基金行业里,老鼠仓是指基金从业人员在

使用公有资金拉升某只股票之前,先用个人资金在低位买入该股票,待用公有资金将股价拉升到高位后,其率先卖出个人仓位而获利的行为。

运用《政治生活》中的相关知识,分析案例怎样体现了依法行政的具体要求并概述依法行政的重要意义。

31. 阅读材料,回答下列问题。

2009 年初,天津市委市政府对我市经济发展提出了"保增长、渡难关、上水平"的总体要求。为落实这一要求,市政府着力推进大项目好项目建设,带动全市经济发展,并组织数千名干部下基层,为企业解难题办实事;为改善民生,推出了十八项增加群众收入的政策措施;为提高政府工作人员法律意识和履职意识,举办专门辅导讲座;为审慎行使权力,认真听取人大代表建议,广泛征求群众意见。上述举措收到良好效果,今年一季度我市主要经济指标增幅继续位居全国前列。

运用政治生活知识并联系材料,说明天津市是如何打造为人民服务的政府的。(12分)

▎第三单元 发展社会主义民主政治▎

第五课 我国的人民代表大会制度

▎考点梳理▎

1. 人民代表大会及其常设机关的法律地位

【考点解读】

我国宪法规定:"中华人民共和国的一切权力属于人民"。"人民行使国家权力的机关是人民代表大会和地方各级人民代表大会"。

(1)全国人民代表大会

性质:最高国家权力机关。

地位:在我国国家机构中居于最高地位,其它国家机关都是由它产生,对它负责,并接受它监督。

职权:最高立法权、最高决定权、最高任免权、最高监督权。

常设机关:全国人大常委会。

(2)地方各级人民代表大会

地方各级人民代表大会是地方各级国家权力机关。它是本行政区域内人民行使国家权力的机关,本行政区域内的一切重大问题,都由它讨论决定,并由它监督实施。它们与全国人民代表大会一起构成了我国国家权力机关的完整体系。

思维误区:人民代表大会在我国的国家机构中处于最高地位

人民代表大会是人民行使国家权力的机关。人民代表大会分为地方人民代表大会和全国人民代表大会,全国人民代表大会是最高国家权力机关,在我国的国家机构中居于最高地位。不能笼统地说人民代表大会在我国国家机构中处于最高地位。

知识拓展:人大与政协的区别

内容		人大	政协
区别	性质不同	是国家权力机关,人民行使国家权力的机关。	是中国共产党领导的、具有广泛代表性的爱国统一战线组织,是我国政治生活中发扬社会主义民主的重要形式
	职权及其效果不同	立法权、决定权、任免权、监督权。具有法律约束力和强制力。	具有政治协商、民主监督和参政议政的职能。不具有法律约束力。
	联系	都是中国特色社会主义民主的形式	

【真题展示】

(2009 海南10)为督促和支持国务院及其有关部门依法行政,推进我国义务教育事业的全面发展,2008年9月,全国人大常委会执法检查组分赴黑龙江、湖北、云南等省对当地义务教育法的实施情况进行检查。这表明( )

①最高行政机关必须向全国人大负责 ②国家机关必须贯彻依法治国原则 ③全国人大具有执法和检查职能 ④人大常委会是人大最高权力机关

A.①②　　　　　　B.①③　　　　　　C.②④　　　　　　D.③④

分析:本题主要考查人民代表大会的有关知识。这一考点是高考的常考考点,近年高考试题对本考点的考查基本以选择题的方式呈现,常以具体情境设置和时政热点为载体对本考点进行考查。人大是国家权力机关,具有决定权、任免权、监督权和立法权,不具有执法和检查职能,故③的说法错误;人大常委会是人大的常设机构,故④的说法错误;故答案为 A 项。

答案:A

2. 人民代表大会的职权

[考点解读]

(1)立法权,即制定法律的权力。全国人民代表大会及其常委会行使国家立法权。省、直辖市的人大及其常委会可以制定地方性法规,报全国人民代表大会常委会备案。

(2)决定权是宪法和法律规定的各级人大和县级以上各级人大常委会依照法定程序决定国家和社会或本行政区域内重大事项的权力。

(3)任免权是各级人大及其常委会对相关国家机关领导人员及其组成人员进行选举、任命、罢免的权力。

(4)监督权是监督宪法和法律的实施,监督"一府两院"工作的权力。

思维误区:我国的立法机关是全国人民代表大会和地方各级人民代表大会

全国人民代表大会及其常委会是我国国家的立法机关,有制定和修改法律的权力,行使国家立法权。地方各级人大及其常委会是授权立法,并不是立法机关;而县(不含民族自治县)人大及其常委会、乡(镇)人大都没有立法权。

[真题展示]

(2008 江苏 8)国务院机构改革方案的审议通过,表明全国人大在行使( )

A. 任免权   B. 监督权   C. 决定权   D. 立法权

分析:人大职权这一考点是高考的常考考点,近年高考试题对本考点的考查基本以选择题的方式呈现,常以具体情境设置和时政热点为载体对本考点进行考查。本题主要考查人民代表大会职权的有关知识。全国人大审议通过国务院机构改革方案,说明全国人大在行使决定权。此题主要考查学生的判断能力,属于比较容易的题。

答案:C

3. 人民代表的产生

[考点解读]

我国各级人民代表大会的代表,由民主选举产生。人大代表的产生方式有两种:

①全国、省、自治区、直辖市和设区的市、自治州的人民代表大会的代表由下一级人民代表大会选出,即间接选举。

②县、自治县、不设区的市、市辖区、乡、民族乡、镇的人民代表大会的代表由选民直接选举产生,即直接选举。

任期都是 5 年。

4. 人民代表的职责

[考点解读]

(1)人大代表的法律地位

人民代表大会的代表是国家权力机关的组成人员。是国家权力的直接行使者。全国人民代表大会的代表是最高国家权力机关的组成人员,地方各级人民代表大会的代表是地方各级国家权力机关的组成人员。

(2)人大代表的义务

人大代表代表人民的利益和意志,依照宪法和法律规定的各项职权,参加行使国家权力。人大代表在自己参加的生产、工作和社会活动中,协助宪法和法律的实施,与人民群众保持密切的联系,听取和反映人民群众的意见和要求,努力为人民服务,对人民负责,接受人民监督。

(3)人大代表的权利

人大代表代表人民在国家权力机关行使国家权力,除审议各项议案、表决各项决定外,还享有提案权和质询权。

思维误区：人大代表作为人大的组成人员,享有立法权、决定权、任免权和监督权

人民代表大会是国家权力机关。立法权、决定权、任免权和监督权是人民代表大会的权力,而不是人大代表的权利;人大代表作为人民利益和意志的代表者,除享有审议各项议案、表决各项决定的权利外,还享有提案权和质询权。我们一定要分清各项权利(权力)和义务的主体是谁,不能混淆。

[真题展示]

(2010 全国Ⅱ31)在 2009 年全国人民代表大会上,一位代表在对政府工作提出自己的看法之后,对参加讨论的温家宝总理说:"我讲出来供您参考,不是要求您。"总理认真回答说:"你是人民代表,有要求我的权利。"在这里人大代表行使的权利是(　　)

A.建议权和提案权　　　　　　　　　　B.提案权和问责权

C.问责权和质询权　　　　　　　　　　D.建议权和质询权

分析:主要考查的考点是人民代表的权利。围绕总理和人民代表的对话,有效地考查学生获取和解读信息的能力。人大代表有四权即审议、表决、提案、质询权,根据题干不能体现提案权,AB 选项排除;人大代表没有问责权,所以 C 选项排除。

答案:D

5.**人民代表大会制度的基本内容**

[考点解读]

(1)一个国家的政权机关的组织形式,叫做政体。

(2)在我国,同人民民主专政的国体相适应的政权组织形式,就是民主集中制的人民代表大会制度。

(3)我国人民代表大会制度的组织和活动的最重要特点,就是实行民主集中制。

①民主集中制的含义:是在民主基础上的集中和集中指导下的民主相结合的制度。

②民主集中制的表现:从人民代表大会和人民的关系来看,我国的权力机关是民主选举产生的,代表人民统一行使国家权力。因此,它要对人民负责,受人民监督。从人民代表大会与其它国家机关的关系来看,国家其他机关都是由人民代表大会产生,对它负责,受它监督。就中央和地方国家机构的关系而言,中央和地方的国家机关职权的划分,遵循在中央统一领导下,合理划分中央和地方国家机构的职权,充分发挥地方的主动性、积极性的原则。

(4)人民代表大会制度的含义:人民代表大会制度是指我国人民按照民主集中制的原则,由人民选举代表组成人民代表大会作为国家权力机关,统一管理国家社会事务的政治制度。

(5)人民代表大会制度的地位:以人民代表大会为基石的人民代表大会制度是我国的根本政治制度。

(6)人民代表大会制度的优越性:

①人民代表大会制度是由我国人民民主专政的社会主义国家性质决定的。这一制度以人民当家作主为宗旨,真正保障了人民群众参加国家管理,充分体现了人民的意志和利益,显示了我国社会主义民主政治鲜明特点。

②这一制度的优越性表现在:它保障了人民当家作主;动员了全体人民投身于社会主义建设;保证了国家机关协调高效运转;维护了国家统一和民族团结。

③实践证明,我国的人民代表大会制度是适合我国国情的好制度。发展社会主义民主政治,必须坚持和完善人民代表大会制度,绝不能照搬西方的政治制度模式。

思维误区:

人民代表大会是我国的根本政治制度

人民代表大会是我国的国家权力机关,以人民代表大会为基础的人民代表大会制度是我国的根本政治制度,是我国政体。二者有联系,也有区别,不能混淆。

知识拓展:我国的人民代表大会制度与资本主义国家议会制度的区别

比较		人民代表大会制度	西方议会制度
本质区别	经济基础	建立在公有制基础之上,为维护社会主义经济基础服务。	建立在私有制基础之上,是维护资产阶级私有财产的工具。
	行使权力的主体	人民代表大会是通过选举产生的代表组成的行使国家权力的机关。人大代表人民利益,受人民监督,对人民负责,人民代表大会的权力主体是人民。	议会是协调资产阶级内部利益关系的场所。议员由竞选产生,竞选则以金钱为后盾。议员不对选民负责,不受选民监督,选民无权撤换议员。议员都是维护资产阶级利益的。
	组织和活动的原则	实行民主集中制原则,其他国家机关由它产生、对它负责、受它监督。人民代表大会除了受人民监督,对人民负责外,不受任何国家机关的制约。所以,人民代表大会处于全权性的地位,集中统一行使国家权力。	一般是按照三权分立的原则组织起来的。立法、行政、司法三种权力互相制约、彼此平衡,以便协调和平衡资产阶级内部各集团的利益,维护资产阶级的整体利益。
联系		从形式上看,都是由定期选举产生的代表或议员组成,都属于一种间接民主,即代议制民主。	

解题指导

1.(2010 北京 31)某市人大常委会出台意见,规定了市政府的哪些重大事项需要报人大常委会备案或提请人大常委会审议,并制定了相关程序。该市这一举措(　　)

A. 缩小了政府的法定权力

B. 扩大了人大常委会的决定

C. 规定了人大和政府的关系

D. 推进了决策的科学化和民主化

2.(2008 重庆 33)新中国成立以来,根据我国民族状况自身特点,民族自治地方人民代表大会依据全国人民代表大会制定的有关法律,先后制定了若干自治条例和单行条例;全国依法建立了 155 个民族自治地方,少数民族当家作主的权利得到充分保障。同时,国家采取一系列举措,加大支持力度,促进了民族自治地方经济发展和社会进步。材料表明,我国(　　)

①人民代表大会是国家权力机关　②人民代表大会行使国家立法权　③依法保护公民的政治权利和自由　④各民族享有相同的权利

A. ①②　　　　　　B. ③④

C. ①③　　　　　　D. ②④

3.(2008 全国 34)W 市人大常委会向市民公开征集未来 5 年立法项目与建议草案,10 天内共收到市民意见 2081 件次,其中立法建议 221 件,60% 以上的市民建议被采纳。这表明(　　)

①W 市人大常委会在立法活动中坚持了民主集中制原则　②人大常委会在立法活动中有必要征求人民群众的意见　③地方人大常委会具有制定地方法规的权力　④人民群众在立法活动中享有提案权

A. ①②③　　　　　　B. ①②④

C. ①③④　　　　　　D. ②③④

4.(2008 上海 17 多选)人民代表是人民权力的受托者,这种受托性质表明(　　)

A. 人民代表由人民直接选举产生

B. 人民代表直接行使国家权力

C. 人民代表拥有国家权力的"最终控制权"

D. 人民代表必须是人民利益和意志的表达者

5.(2007 江苏 23)近年来,人大代表经常深入基层,倾听民声,了解民情,反映民意。在今年全国人大会议期间一位人大代表说了这样一段话:"吃动物怕激素,吃植物怕毒素,喝饮料怕色素,能吃什么心里没数。"以期引起政府高度关注食品安全。这一材料表明(　　)

A. 人民代表大会制度是我国的根本政治制度

B. 听取和反映群众的意见与要求是人民代表的职责

C. 全国人民代表大会是我国的最高国家权力机关

D. 人民代表代表人民的意志行使国家行政权力

6.(2009 广东 38)辨析:人民代表大会是我国国

家权力机关,政府由人民代表大会产生并对其负责,政府的权力属于人民代表大会。

【答案】

1．D　思路点拨:解题的关键在于弄清题干中的"这一举措"是指"市政府的重大事项需要报人大常委会备案或提请人大常委会审议"。这既有利于政府决策的科学化和民主化,也是人大监督权的体现。AB选项错误。C选项也符合题意,但没有D选项更准确的体现题意。

2．C　思路点拨:此题主要考查的知识点是人民代表大会和民族的有关知识。此题属于比较容易的题。②④选项是错误的。故答案为C。

3．A　思路点拨:此题主要考查人民代表大会和人民的关系,属于基础题,比较容易。④选项是错误的。提案权是人大代表的权利。答案为A。

4．B、D　思路点拨:此题主要考查的人民代表和人民的关系,属于基础题,比较容易。A、C选项是错误的。人大代表选举是直接选举和间接选举相结合。故答案为BD。

5．B　思路点拨:"这一材料"是指人大代表深入基层,替老百姓说话。这体现了人大代表与人民的关系——人大代表代表人民的利益和意志。人大代表在履行听取和反映人民群众的意见和要求的职责。A、C选项是无关选项;D选项错在行政权上。故答案为B。

6．①我国是人民当家作主的国家,人民是国家的主人,一切权力属于人民。广大人民通过民主选举各级人大代表,由他们组成各级国家权力机关,代表人民统一行使国家权力,统一管理国家社会事务。

②人民代表大会制度是我国的根本政治制度,政府由人大产生,对人大负责,受人大的监督,这有利于保证人民当家作主的权利。政府是国家权力机关的执行机关,是人民意旨的执行者和人民利益的捍卫者,政府的权力属于人民。

③政府是人民的政府,必须坚持为人民服务的宗旨,对人民负责的基本原则,政府及其工作人员要接受人民的监督,依法行政,保证把人民赋予的权力用来为人民谋利益。

④综上所述,题中说法是不确切的。

思路点拨:本题考查考生对我国的国体、我国政权的组织形式、人大和政府之间的关系这三个方面知识的理解;主要考查学生运用知识、探究和综合分析、辨析的能力。要求考生能熟练掌握教材相关知识点之间的内在联系,属于难度偏大的题。从题目来看,此题辨析的角度有三个:

第一,人民代表大会是我国的权力机关——为什么——由我国的国体决定的;

第二,政府由人民代表大会产生并对其负责——为什么——我国的政体决定的;

第三,政府的权力属于人民代表大会——这个观点为什么是错误的;正确的应该是什么。

第六课　我国的政党制度

考点梳理

1.中国共产党领导和执政地位的确立

[考点解读]

(1)中国共产党领导和执政地位的确立是历史的选择、人民的选择。中国共产党的领导和执政地位不是自封的,是中国人民经历长期的实践郑重作出的历史性选择。

(2)中国共产党的领导和执政地位的确立是由它的性质和宗旨决定的。

(3)中国共产党是中国特色社会主义事业的领导核心。只有坚持中国共产党的领导,才能始终坚持中国特色社会主义道路;才能维护国家的统一、民族的团结,为社会主义现代化建设创造稳定、和谐的环境;才能最广泛、最充分地调动一切积极因素,实现全面建设小康社会的奋斗目标。

思维误区:中国共产党是中国特色社会主义事业的领导核心,与全国人民代表大会在国家机构中处于最高地位是矛盾的。

人民代表大会是人民行使国家权力的机关,全国人民代表大会是最高国家权力机关,其他国家机构由它产生、对它负责,并受它监督,因此,全国在国家机构中处于最高地位。这一点是从国家机构之间的关系来说的。中国共产党是中国特色社会主义事业的领导核心,这是由中国共产党的性质和宗旨决定的。中国共产党既然是中国特色社会主义事业的领导核心,是中国的执政党,那么,全国人民代表大会就要接受中国共产党的领导。这里的领导主要是指政治、思想和组织领导。

知识拓展:人民民主专政、人民代表大会制度和中国共产党领导之间的关系

(1)人民民主专政是我国的国体,人民代表大会制度是我国的政体,中国共产党是我国的执政党,是我国社会主义事业的领导核心。

(2)国体决定政体,政体反映国体。人民代表大会制度直接体现我国人民民主专政的国家性质,人民民主专政通过人民代表大会制度实现自己的历史任务。

(3)工人阶级是我国的领导阶级,工人阶级的领导是人民民主专政国家政权的首要标志,工人阶级的领导是通过自己的先锋队组织——中国共产党的领导来实现的。人民民主专政的国家性质决定了在我国必须坚持中国共产党的领导。

(4)中国共产党实现对国家的领导主要表现在党制定正确的路线、方针、政策,并通过法定程序上升为国家意志,以确定社会发展的总方向和每个历史阶段的总目标;推荐优秀党员担任各级国家机关的主要领导职务。这些都要通过人民代表大会行使其职权来实现。

[真题展示]

(2008 山东 18)党的十七大提出推动社会主义文化大发展大繁荣的重大任务,是基于(   )

①中国共产党是中国特色社会主义事业的领导核心

②文化在综合国力竞争中的地位和作用越来越突出

③中国共产党承担着组织和管理文化建设的职能

④社会主义文化是社会主义市场经济的基础

A.①②   B.②③   C.①③   D.②④

分析:中国共产党的领导和执政地位这一考点是高考的常考考点,近年高考试题对本考点的考查既有选择题也有主观题,常以具体情境设置和时政热点为载体对本考点进行考察。本题主要考查的是中国共产党的地位这一知识点,主要考查学生的理解和辨别能力。③选项将国家机关的职能和党的执政方式相混淆,这也是平时答题中容易犯错误的一个地方。④选项错误。所以,答案为 A。

答案:A

2. **中国共产党的性质、宗旨和指导思想**

[考点解读]

(1)中国共产党的性质是中国工人阶级的先锋队,是中国人民和中华民族的先锋队。

(2)中国共产党的宗旨是全心全意为人民服务。

(3)中国共产党的指导思想

①中国共产党成立之初就将马克思列宁主义确立为党的指导思想。

②中国共产党人把马克思主义基本原理同我国具体实践相结合,创立了毛泽东思想。党的七大把毛泽东思想写在自己的旗帜上。

③党的十一届三中全会后,在改革开放的历史进程中,中国共产党与时俱进,不断推进马克思主义中国化,取得了马克思主义中国化的伟大成果,形成了中国特色社会主义理论体系。即包括邓小平理论、"三个代表"重要思想和科学发展观等重大战略思想在内的科学理论体系。

(4)中国共产党以人为本、执政为民。中国共产党的性质决定了决不为少数人谋利益,也没有自身的特殊利益。党的一切工作都是为了造福人民。党始终把实现好、维护好、发展好最广大人民的根本利益作为一切工作的出发点和落脚点,做到发展为了人民、发展依靠人民、发展成果由人民共享。

[真题展示]

(2009 海南 8)2008 年 10 月,中共十七届三中全会通过《中共中央关于推进农村改革发展若干重大问题的决定》。胡锦涛总书记指出,农业、农村和农民问题,始终是一个关系党和国家工作全局的根本性问题,必须始终作为全党工作的重中之重。解决"三农问题"(   )

①是缩小城乡差距构建和谐社会的必要条件　②是实现我国区域协调发展的前提　③是我国社会主义初级阶段的根本奋斗目标　④是党全心全意为人民服务宗旨的直接体现

A.①②　　　　　B.②③　　　　　C.①④　　　　　D.③④

分析:中国共产党性质、宗旨和指导思想这一考点是高考的常考考点,近年高考试题对本考点的考查既有选择题也有主观题,常以时政热点为载体进行考察。本题主要考查的知识是中国共产党的宗旨,主要考查考生理解和运用知识的能力与分析问题的能力,属于中等难度题。②的说法强调了区域协调发展,与题意不符合;我国现阶段的根本奋斗目标是建设富强民主文明和谐的社会主义现代化国家,故③的说法错误。因此,答案为 C。

答案:C

(2009 四川卷 38)阅读材料,回答问题。

由于污染物排放严重,几年前,该市发生了湖泊藻类疯长导致居民供水危机事件。事件发生后,市委积极组织各级党员干部认真学习和贯彻科学发展观,深入调研,在全市开展科学发展的思想解放大讨论,逐步认识到,按照现有环境和资源状况,如果继续原有发展方式,本市的经济发展将是不可持续的,最终受损的是该市人民的长远利益。

结合当地实际,该市市委围绕"构筑科学发展新优势"的新思路,确定了规划、产业发展、基础设施、公共服务、就业保障"五个一体化"战略和人才、科技、生态、民生、文化"五个互动"的转型路径,改变了干部实绩考评方法,以减排、节能、节地、科技创新、富民"五类指标"取代了原先 GDP 指标在发展中的核心导向地位。目前,该市环境状况已有明显好转,"可持续发展度"居全省前列。

结合材料,运用所学政治常识,分析该市市委上述做法的依据。

分析:本题以某地践行科学发展观为背景考察中国共产党的性质、宗旨等这一考点。本题侧重考查中国共产党为什么要坚持其宗旨和原则这一知识。侧重考查学生分析材料和正确运用信息的能力。该市市委的上述做法是践行科学发展观,之所以要这样做是因为党的性质、宗旨、地位、领导和执政方式和加强党建的需要。

答案:

①这是由中国共产党的性质决定的。先进性是中国共产党的本质属性,该市委的上述做法是中国共产党先进性的表现。

②这是同中国共产党在建设中国特色社会主义事业中的领导核心地位决定的。该市市委积极组织党员干部认真学习、深入调研、提出发展的思路和战略等做法,是中国共产党实现政治领导、思想领导和组织领导的体现。

③这是不断完善中国共产党的领导方式和执政方式的需要。该市市委按照科学发展的要求,坚持执政为民,问计于民等做法是中国共产党转变执政方式,坚持科学执政、民主执政和依法执政的具体体现。

④这是全面改进和加强中国共产党的建设的需要。该市市委通过供水危机事件深刻反思、深入调研、加强理论学习、问政于民、果断采取措施等做法,正是全面改进和加强党的执政能力建设、先进性建设和思想建设的具体体现。

3. 不断完善中国共产党的领导方式和执政方式

[考点解读]

(1)中国共产党不仅具有历史和法律赋予的执政资格,也具有与时俱进的执政能力。

(2)中国共产党坚持科学执政、民主执政、依法执政,不断完善党的领导方式和执政方式。

①科学执政:就是遵循共产党执政规律、社会主义建设规律、人类社会发展规律,以科学的思想、制度和方法领导中国特色的社会主义事业。

②民主执政:就是坚持为人民执政、靠人民执政,支持和保证人民当家作主,坚持和完善人民民主专政,坚持和健全民主集中制,以发扬党内民主带动人民民主,壮大最广泛的爱国统一战线。

③依法执政:就是坚持依法治国,领导立法,带头守法,保证执法,不断推进国家经济、政治、文化、社会生活

的法制化、规范化。

④三者关系:依法执政是中国共产党执政的基本方式,科学执政、民主执政要通过依法执政体现出来,又要靠依法执政来保证实现。依法执政有利于保证党始终发挥总揽全局、协调各方的领导核心作用。

思维误区:中国共产党是中国特色社会主义事业的领导核心,要积极履行组织社会主义经济建设等各项职能。

(1)中国共产党是中国特色社会主义事业的领导核心,这是由中国共产党的性质和宗旨决定的。中国共产党不仅有历史和法律赋予的执政资格,也具有与时俱进的执政能力。

(2)中国共产党对国家事业的领导是通过科学执政、民主执政、依法执政实现的。我国政府作为国家权力机关的执行机关,国家的行政机关,承担着组织社会主义经济建设等职能。

(3)这个观点将党的执政方式和政府职能相混淆。

[真题展示]

(2010 北京 30)依法执政是中国共产党执政的基本方式。下列选项能够体现中国共产党依法执政的是(　　)

A. 坚持民主集中制,发展党内民主

B. 加强党员干部教育,提高执政能力

C. 在平等的基础上,开展与国外政党的交流

D. 向全国人大常委会提出修改宪法部分内容的建议

分析:主要考查的考点是党的领导方式和执政方式。本题以概念的理解和事实的认定为基本测试目标,通过将抽象的概念还原于生活,在鲜活的情景中指认概念,从而达到测量考生认知和理解水平的目的。ABC选项不符合题干要求。

答案:D

4. 中国特色的政党制度

[考点解读]

(1)中国共产党领导的多党合作和政治协商制度,是我国特色的政治制度,是我国的一项基本政治制度。

(2)我国政党制度的内容

①中国共产党和民主党派的关系:通力合作的友党关系。中国共产党是执政党,各民主党派是参政党。各民主党派参政的基本点是:参加国家政权,参与国家大政方针和国家领导人选的协商,参与国家事务的管理,参与国家方针、政策、法律、法规的制定和执行。

②多党合作的首要前提和根本保证:坚持中国共产党的领导。中国共产党对民主党派的领导是政治领导,即政治原则、政治方向和重大方针政策的领导。

③多党合作的基本方针:长期共存、互相监督、肝胆相照、荣辱与共。

④多党合作的根本活动准则:遵守宪法和法律。

⑤多党合作的重要机构:中国人民政治协商会议(简称人民政协)。

人民政协性质是中国共产党领导的、具有广泛代表性的爱国统一战线组织,是我国政治生活中发扬社会主义民主的重要形式。人民政协围绕民主和团结两大主题,履行政治协商、民主监督、参政议政的职能。

(3)坚持和完善我国政党制度

它是适合我国国情的一项基本政治制度。

具有显著的优越性:它有利于发展社会主义民主政治,有利于发展社会主义经济和文化,有利于构建社会主义和谐社会,有利于推进祖国和平统一大业。

思维误区:

(1)中国共产党和民主党派是领导和被领导的关系。

中国共产党是执政党,各民主党派是参政党。多党合作的首要前提和根本保证是坚持中国共产党的领导。但中国共产党对民主党派的领导是政治领导,即政治原则、政治方向和重大方针政策的领导。所以,笼统地说中国共产党和民主党派是领导与被领导的关系是不科学的。

(2)人民政协可以作为国家机关,要履行好政治协商、民主监督和参政议政的职能,积极参与国家大政方针的制定和审议。

人民政协性质是爱国统一战线组织,是我国政治生活中发扬社会主义民主的重要形式。人民政协履行政治协商、民主监督和参政议政的职能。但人民政协不是国家机关,不履行国家职能,它具有法律赋予的参政权,可以参与国家大政方针政策的协商,而不是审议和表决。

[真题展示]

(2010 全国Ⅱ35)中共 G 市市委 2009 年颁发市委政治协商规程,规定重大政策在决策之前需经政治协商,在实施该地区改革发展规划纲要的专题协商中,该市政协共提出了 77 条意见,市政府采纳 54 条,部分采纳 18 条,其余 5 条给出了不采纳的决定,这一做法表明(   )

①政治协商是人民政协的主要职能之一   ②政治协商是科学民主决策的重要环节   ③人民政协拥有重大政策的决定权   ④政治协商的方式就是政协提出批评建议

A.①②   B.①③   C.②④   D.③④

分析:主要考查的考点是政协的职能。本题通过具体的生活情景考查学生解读和获取有效信息的能力、调动和运用知识的能力。③④选项是错误的。

答案:A

解题指导

1.(2010 重庆 32)在 2007 年的全国政协大会上,九三学社提交了《关于进一步完善我国食品安全保障体系的建议》明确提出我们应尽快出台食品安全法;2009 年 2 月,全国人大常委会通过了食品安全法。这表明(   )

①民主党派具有法律规定的参政权   ②全国政协履行了参政议政的职能   ③全国政协及全国人大常委会共同行使立法权   ④民主党派对食品安全法的制定做出了重要贡献

A.①②③   B.①②④

C.①③④   D.②③④

2.(2010 天津 3)随着"新型农村社会养老保险"试点在全国 10% 的县展开,一些年满 60 岁的老人已经陆续领到基础养老金。农民在"种地不交税、上学不付费、看病不太贵"后,又将实现"养老不犯愁"。这些德政工程集中体现了中国共产党(   )

A.把发展作为执政兴国的第一要务

B.立党为公、执政为民

C.在不断地加强自身执政能力建设

D.科学执政、依法执政

3.(2010 福建 30)在 2010 年全国政协十一届三次会议期间,来自各界的政协委员积极建言献策,向大会提交提案 5000 多件,涉及我国经济、政治、文化、社会以及生态文明建设各个方面,为党和政府决策提供重要参考。这一事实说明(   )

A.人民政协充分履行参政议政的职能

B.人民政协是各民主党派合作的组织形式

C.人民政协对国家大政方针有决定权和监督权

D.中国共产党与各民主党派是通力合作的友党关系

4.(2009 浙江 34)从 2008 年 11 月 13 日起,在持续一个月的时间里,包括省委书记在内的 10 位中共浙江省委常委就"学习实践科学发展观,推进转型升级新跨越"主题,通过网络平台与网民进行互动交流。这一举措有助于中共浙江省委(   )

①了解民情,汇聚民智   ②参政议政,执政为民   ③民主决议,依法行政   ④依法执政,民主执政

A.①③   B.①④

C.②③   D.②④

5.(2009 全国 34)2008 年,民主党派成员有 40 多人在中央和地方政府部门担任省部级领导职务。民主党派成员担任政府领导职务(   )

①表明民主党派在我国政治生活中参与执政   ②坚持了我国民主党派作为参政党的基本政治制度   ③是中国共产党与民主党派政治协商的重要形式   ④是保障我国民主党派实现参政议政的基本条件

A.①②   B.②③

C.①④   D.②④

6.(2010 江苏 35)重视和善于学习是中国共产党的优良传统和政治优势。面对复杂多变的国内外形势、日新月异的科学技术、碰撞激荡的多元文化,为了进一步完善党的执政方式,提高党的执政能力,中共十七届四中全会提出了建设马克思主义学习型政党的重大战略任务。

运用《政治生活》的知识,阐述建设学习型政党对完善党的执政方式的意义。

【答案】

1.B 思路点拨:解题的关键在于弄清题干中的"这"是指"九三学社在我国食品安全法出台中的做法"。这既体现了民主党派的参政权,体现了人民政协的职能,也体现了民主党派的作用。全国政协没有立法权,故③选肢是错误的。

2.B 思路点拨:解题的关键在于抓住题干中的"德政工程",主要体现了党的民主执政和立党为公、执政为民。ACD选项和题干中的"德政工程"无关。

3.A 思路点拨:解题的关键在于明确题干中的"这一事实",是指政协委员积极建言献策,提交议案,为党和政府决策提供重要参考,说明人民政协充分履行参政议政的职能。B项指人民政协的性质,与题干无关。C项说法错误,D项为无关选项。

4.B 思路点拨:题干中"中共浙江省委"表明行为的主体是中国共产党,"这一举措"本身是学习和实践科学发展观,据此,首先排除③选项,因为依法行政的主体是政府,然后排除②选项,因为参政议政的主体是政协。故答案为B。

5.B 思路点拨:本题以"我国民主党派担任政府领导职务"为背景,主要考查的是中国特色的政党制度的相关知识。①选项是错误的,因为我国的民主党派是参政党,具有法律所赋予的参政权,但民主党派只是参与国家大政方针的协商,却不是"参与执政";民主党派成员担任政府领导职务不是"保障我国民主党派实现参政议政的基本条件",所以④选项也是错误的。故答案为B。

6.努力学习和掌握一切科学的新思想、新知识、新经验,是保持党的先进性、提高执政能力、不断完善执政方式的要求。建设学习型政党,有利于遵循共产党执政规律、社会主义建设规律、人类社会发展规律,实现科学执政;有利于坚持为人民执政、支持人民群众当家作主,以党内民主带动人民民主,实现民主执政;有利于坚持依法治国,发挥党的总揽全局、协调各方的领导核心作用,实现依法执政。

思路点拨:本题以中共十七届四中全会提出了建设马克思主义学习型政党的重大战略任务为背景,考查学生对党的执政方式这一知识的理解。解题的关键有两个:一是建设学习型政党;二是完善党的执政方式。考查的是二者的关系即建设学习型政党对完善党的执政方式的意义。

第七课 我国的民族区域自治制度及宗教政策

考点梳理

1. 我国是统一的多民族国家

【考点解读】

(1)我国有56个民族,除了汉族外,其余55个民族为少数民族。中华民族是定居在中国土地上所有民族的总称。

(2)我国是统一的多民族国家,这是我国的重要国情之一。

2. 我国处理民族关系的基本原则

【考点解读】

(1)我国新型的民族关系

新中国成立后,我国铲除了民族压迫和民族歧视的阶级根源,逐步形成了平等、团结、互助、和谐的社会主义民族关系。

(2)处理民族关系,我国坚持民族平等、民族团结和各民族共同繁荣的基本原则。

①民族平等原则:这是我国处理民族关系的首要原则。各族只有人口多少和发展程度上的区别,绝无高低优劣之分;我国各族人民都是国家的主人,都依法平等地享有政治、经济、文化和社会生活等方面的权利,依法平等地履行应尽的义务。

②民族团结原则:民族的团结、民族的凝聚力,是衡量一个国家综合国力的重要标志之一,是社会稳定的前提,是经济发展和社会进步的保证,是国家统一的基础。坚持民族团结是我国处理民族关系的重要原则。

③各民族共同繁荣原则:这是由社会主义本质决定的,是国家实现现代化和中华民族伟大复兴的必然要求。

(3)民族平等、民族团结和各民族共同繁荣三项原则是互相联系,不可分割的。民族平等是民族团结的政治基础,民族平等和民族团结是实现各民族共同繁荣的前提条件,各民族的共同繁荣特别是经济发展,又是民族平等、民族团结的物质保证。

(4)我们应该十分珍惜、不断巩固和发展这种民族关系。自觉履行宪法规定的维护国家统一和全国各民族团结的义务,是每个中国公民的责任。作为当代青年学生,要把巩固和发展社会主义民族关系的责任付诸行动。

思维误区:我国坚持民族平等原则,所以,我国各民族之间已经没有差别。

民族平等是指我国各民族人民都依法平等地享有政治、经济、文化和社会等方面的权利,依法平等地履行应尽的义务。在现实生活中,我国各民族的平等权利得到了实现。如,宪法规定了各民族人民都有代表参加全国人民全国人民代表大会,这是实现民族平等和少数民族人民当家作主的最有效形式,这也证明各民族在政治权利、社会地位上实现了平等。但在现实生活中,由于各种原因,我国各民族在经济发展上等方面存在事实上的差别,并且,虽然各民族之间没有优劣之分,但总有大小、强弱、发展程度上的差别。

联系实际:西藏民主改革50年

西藏民主改革走过50年,西藏发生翻天覆地变化,经济迅速发展,社会不断进步,人民生活全面提高。这些变化,充分证明了我国的民族政策的正确性和优越性。

［真题展示］

(2010 江苏16)新疆维吾尔自治区建立以来,在党和政府的正确领导下,各族人民团结奋斗,经济社会各项事业蓬勃发展,这一事实表明( )

①经济发展是民族地区繁荣和稳定的关键　②民族团结是各民族共同繁荣的前提　③我国民族区域自治制度具有显著优越性　④民族团结是实现民族平等的政治基础

A.①③　　　　　B.②④　　　　　C.①④　　　　　D.②③

分析:我国处理民族关系的基本原则是高考的常考考点。本题以新疆维吾尔自治区的成就为背景,考查学生对我国民族政策的理解。①选肢与题干无关。④选肢是错误的,故排除。

答案:D

3.我国民族区域自治的法制化进程

［考点解读］

(1)进程:1949年9月,中国人民政治协商会议通过的共同纲领明确规定:中华人民共和国境内“各少数民族聚居的地区,应实行民族区域自治。”1954年9月,颁布第一部《中华人民共和国宪法》,民族区域自治制度被载入宪法。1984年10月,颁布了《中华人民共和国民族区域自治法》,作为基本法,它的颁布实施标志着民族区域自治进入了法制化建设的新阶段。2001年2月,全国人大常委会通过了新修改的民族区域自治法,正式确定民族区域自治制度作为我国一项基本政治制度的地位,扩大了民族自治地方自治机关的自治权。

(2)意义:目前,我国已初步形成了具有中国特色的民族法律、法规体系,有力地保障了民族自治地方的合法权益,巩固和发展了社会主义民族关系,促进了各民族共同繁荣。

4.我国的民族区域自治制度

［考点解读］

(1)地位:民族区域自治是我国解决民族问题的基本政策,是国家一项基本政治制度,它同人民代表大会制度、多党合作制度构成了我国社会主义民主政治制度的三种形式。

(2)民族区域自治制度的含义:在国家统一领导下,各少数民族聚居的地方实行区域自治,设立自治机关,行使自治权的制度。

(3)民族自治地方的自治机关:根据宪法规定,它是在少数民族聚居地区建立起来的。我国民族自治地方分为自治区、自治州、自治县(旗)三级。

(4)设立自治机关。我国宪法规定:“民族自治地方的自治机关是自治区、自治州、自治县(旗)的人民代表大会和人民政府。”自治机关是地方国家权力机关和行政机关,既行使一般地方国家机关的职权,又享有和行使自治权。

(5)民族区域自治制度的核心内容:自治权。

[真题展示]

(2008 重庆 34)新中国成立以来,根据我国民族状况自身特点,民族自治地方人民代表大会依据全国人民代表大会制定的有关法律,先后制定了若干自治条例和单行条例;全国依法建立了 155 个民族自治地方,少数民族当家作主的权利得到充分保障。同时,国家采取一系列举措,加大支持力度,促进了民族自治地方经济发展和社会进步。材料表明,我国民族区域自治制度(   )

①符合我国国情　②是我的一项根本政治制度　③体现了各少数民族平等、团结、共同繁荣的基本原则　④巩固和发展了平等团结互助和谐的社会主义民族关系

A.①③　　　　　　B.②③　　　　　　C.②④　　　　　　D.③④

分析:我国民族区域自治制度属于高考选择题的常考考点,近几年的全国各地高考题通常以时政热点为载体,多以选择题的方式进行考查。本题主要考查我国的民族区域自治制度这个知识点,重点考查学生的理解、判断和运用知识的能力。从题干看,此题说明的是实行民族区域自治制度的意义。②选项错误,因为我国的根本政治制度是人民代表大会制度;①选项为无关选项。故答案为 D 项。

答案:D

5.我国的民族区域自治制度的优越性

[考点解读]

(1)实行民族自治制度是适合我国国情的选择,是由我国的历史特点和现实情况决定的。统一的多民族国家的历史传统,"大杂居、小聚居"的民族分布特点,以及各民族在长期奋斗中形成的相互依存的民族关系,使我国的民族区域自治具有坚实的社会和政治基础。

(2)实践证明,民族区域自治制度具有显著的优越性。民族区域自治制度有利于维护国家统一和安全;有利于保障少数民族人民当家作主的权利得以实现;有利于发展平等团结互助和谐的社会主义民族关系;有利于促进社会主义现代化建设事业蓬勃发展。

6.我国的宗教政策

[考点解读]

(1)我国是多民族的国家,也是多宗教的国家。

(2)我国实行宗教信仰自由政策,依法管理宗教事务,坚持独立自主自办的原则,积极引导宗教与社会主义社会相适应。

①宗教信仰自由是我国一项长期的基本政策。

其一,宗教信仰自由政策的内涵是:公民有信仰宗教的自由,也有不信仰宗教的自由;有信仰这种宗教的自由,也有信仰那种宗教的自由;在同一宗教里,有信仰这个教派的自由,也有信仰那个教派的自由;有过去不信教而现在信教的自由,也有过去信教而现在不信教的自由。

其二,宗教信仰自由政策是全面的、完整的政策。既保护信仰宗教的自由,保护宗教信仰者正常的宗教活动,又保护不信仰宗教的自由。国家保护正常的宗教活动。

其三,宗教信仰自由政策的实质是使宗教信仰问题成为公民个人自由选择的问题。宗教信仰自由是宪法规定的公民的一项基本权利,是我国尊重和保护人权的重要体现,侵犯这一权利,必须承担法律责任。

②依法对宗教事务进行管理。

其一,所谓依法管理宗教事务,就是政府依法对涉及国家利益和社会公共利益的宗教事务进行管理。这是政府管理社会事务的一项重要职责,是建设社会主义法治国家、实行依法治国方略的必然要求。

其二,依法管理宗教事务的目的是为了"保护合法,制止非法,打击犯罪,抵制渗透"。

③我国宗教坚持独立自主自办的原则。一方面,在平等友好的基础上开展对外宗教交往,增进与各国人民及宗教界的相互了解和友谊,为维护世界和平作贡献。另一方面,坚持抵御并揭露境外势力利用宗教对我国进行政治和思想渗透,坚决打击宗教极端势力,决不允许境外宗教组织、团体和个人干预我国宗教事务。

④积极引导宗教与社会主义社会相适应。其一,宗教与社会主义社会相适应,既是社会主义社会对我国宗教的客观要求,也是我国各宗教自身的要求。其二,积极引导宗教与社会主义社会相适应,不是要求宗教界人士和信教群众放弃宗教信仰,而是要求教徒在政治上热爱祖国、拥护社会主义制度、拥护中国共产党的领导;要求宗教在宪法和法律范围内活动,以维护法律尊严、人民利益、民族团结、祖国统一为最基本的行为准则。

（3）贯彻宗教信仰自由政策,绝不是鼓励人们信仰宗教,而是要以科学的态度对待宗教。中学生作为中国特色社会主义事业未来的建设者,要自觉地用辩证唯物主义和历史唯物主义以及现代科学文化知识武装自己,接受无神论教育,弘扬科学精神,树立科学世界观,承担起党和人民赋予的历史责任和光荣使命。

思维误区:我国实行宗教信仰自由政策与依法加强对宗教事务的管理二者是矛盾的

实行宗教信仰自由政策和依法加强对宗教事务的管理不是矛盾的。这是因为:

（1）我国的宗教信仰自由政策是一个统一的整体。国家既要保障人们信教的自由,又要保障人们不信教的自由;既要保护正常的国际宗教往来,又要坚持独立、自主、自办的方针。

（2）国家既保护正常的宗教活动,又依法加强对宗教事务的管理。只有依法加强对宗教事务的管理,才能更好地、全面地贯彻执行宗教信仰自由政策。

（3）贯彻宗教信仰自由政策,依法加强对宗教事务的管理,目的是要引导宗教与社会主义社会相适应。

联系实际:新疆"7·5"和西藏"3·14"事件的实质

新疆7·5事件和西藏3·14事件,都是严重暴力犯罪事件,而不是民族和宗教问题。其主要根源在于分裂主义势力,他们披着宗教和民族主义的外衣,核心意图是把新疆和西藏从中国分裂出去。

［真题展示］

（2010 全国Ⅱ34）第二届世界佛教论坛 2009 年在江苏无锡举行,论坛主题是"和谐世界,众缘和合",论坛就佛教的修学体系,佛教的慈善关怀,佛教的国际交流等话题,进行了广泛研讨和交流,世界佛教论坛在我国举行（　　）

①表明佛教可以与社会主义社会相适应　②说明佛教作为意识形态发生了新变化　③是我国落实宗教信仰自由政策的体现　④凸显了佛教在我国的教化作用

A.①②　　　　　　B.①③　　　　　　C.②④　　　　　　D.③④

分析:本题以 2009 年在江苏无锡举行第二届世界佛教论坛为背景,考查学生对我国宗教政策的理解。在我国佛教仍然是唯心主义世界观,这种意识形态发生没有发生新变化,故排除②选肢。我国是无神论国家,任何个人和团体不得利用宗教干预国家学校教育何社会公共教育,故④选肢是错误的。

答案:B

解题指导

1.（2010 安徽 4）新中国成立后,我国逐步形成了平等团结互助和谐的社会主义民族关系,56 个民族紧密团结在祖国大家庭内。这一大好局面形成的原因主要有（　　）

①各族人民团结在党的领导下发挥了建设国家的积极性、创造性　②我国坚持民族平等,民族团结和各民族共同繁荣的原则　③我国坚持"和平统一、一国两制"的方针　④我国实行民族区域自治制度和宗教信仰自由政策

A.①②③　　　　　　B.①②④

C.②③④　　　　　　D.①③④

2.（2010 四川 32）2009 年兴边富民、人口较少民族地区和特困民族地区扶持发展、民族特色村寨保护与发展等工程。各级政府共投入民族专项资金 2.85 亿元,比上年增长 17.63%,民族自治地方社会生产总值比上年增长 12.4%。上述事实体现了（　　）

①民族特色是民族地区脱贫致富的关键　②国家投入是民族地区发展的根本动力　③我国坚持各民族共同繁荣的原则　④我国各民族享有平等的发

展权利

A.①②　　　　　　B.①④

C.②③　　　　　　D.③④

3.（2010 全国Ⅰ34）2010 年全国宗教工作会议强调,要认真贯彻实施《宗教事务条例》,充分发挥宗教界的积极作用,树立宗教和谐理念,推广宗教和谐价值。宗教和谐价值的推广是基于（　　）

①宗教团体已成为联系信教群众的爱国组织　②信教群众是建设中国特色社会主义的积极力量　③宗教和谐价值可以消除不同宗教教义上的差异　④宗教存在和发展的阶级根源已完全消失

A.①②　　　　　　B.①③

C.②④　　　　　　D.③④

4.（2010 天津 6）藏传佛教在玉树州老百姓的生活中占有重要地位。2010 年 4 月 28 日,在地震中受损严重的结古镇禅古寺的喇嘛们进行了灾后首场法事活动,为逝者超度,向救援者表达感恩,给全国人民及世博会祈福。材料表明我国（　　）

A.正常的宗教活动可以为社会和谐做贡献

B. 形成了平等团结互助和谐的民族关系

C. 少数民族有从事宗教活动的自由

D. 宗教坚持独立自主自办的原则

5.（2009 全国 34）民族区域自治制度是我国的基本政治制度。国务院公布的《全国年节及纪念日放假办法》第四条规定，少数民族习惯的节日，由各少数民族聚居地区的地方人民政府，按照该民族习惯，规定放假日期。从这里可以看出，民族自治地方的自治机关（　　）

①是该地方的最高权力机关　②可以依法根据本地实际制定相关法规　③有权根据国务院的授权制定行政法规　④其自治权即立法和文化管理自治权

A. ①②　　　　　　　　B. ②③

C. ③④　　　　　　　　D. ②④

【答案】

1. B 思路点拨：解题的关键在于抓住题干中的"原因"。我国形成和谐社会主义民族关系的主要原因有党的领导，坚持处理民族关系的原则，实行民族区域自治制度和实行宗教信仰自由政策，即是综合因素共同作用的结果。③选项与本题无关。故答案为 B。

2. D 思路点拨：解题的关键在于明确题干中的

"上述事实"是指通过兴边富民等工程和各级政府的资金投入，我国民族自治地方的经济取得了长足的发展。这体现了我国坚持各民族共同繁荣的原则和民族平等的原则。民族地区发展经济，根本动力来自地区人民的艰苦奋斗，因此，①②选项是错误。

3. A 思路点拨：解题的关键在于明确题干中的"宗教和谐价值的推广是基于"的意思，即为什么在宗教的和谐价值能在我国推广。这是因为，在我国现阶段宗教团体已成为联系信教群众的爱国组织；信教群众是建设中国特色社会主义的积极力量。③④选项是错误的。故正确答案是 A 选项。

4. A 思路点拨：题干通过藏传佛教在玉树地震中一系列活动，表明正常的宗教活动可以为社会和谐做贡献。BD 选项与题干不相符合。国家保护正常的宗教活动，从事正常的宗教活动是我国公民的权利，而非少数民族特有，因此 C 选项错误。

5. B 思路点拨：本题主要考查我国民族自治机关的相关知识。①说法是错误的，因为我国民族自治地方的自治机关既包括人大又包括政府。④选项是错误的，因为我国自治机关的自治权不仅包括立法和文化管理的权力，还包括经济自治权等。故答案为 B。

周 练

一、单选题(每题 2 分,共 50 分)

1. 在北京市人大第十三届二次全体会议上,《政府工作报告》获得高票通过。在这里,人大代表行使的职权是( )

A. 审议权和表决权 B. 监督权和表决权

C. 决定权和审议权 D. 质询权和决定权

2. 为提高人大代表对人民代表大会制度、职能和人大代表职责、作用的认识,提高人大代表的整体素质,各地加强对人大代表的系统培训。加强对人大代表的培训主要是因为,人大代表( )

A. 是最高国家权力机关的组成人员

B. 代表人民行使国家权力

C. 是由人民选举产生的

D. 要接受人民监督

3. 某县坚持开展人大代表定期向选民述职制度。通过人大代表的述职,人民群众对人大代表的监督由评议转变为对履职情况进行量化考核,当地百姓形象地把这种做法称为人大代表的"赶考"。该县人大代表的"赶考"( )

①表明人大代表对人民负责,受人民监督 ②有利于人大代表密切联系群众,行使国家权力 ③体现了公民具有对人大代表进行社会评议的义务 ④是公民对人大代表行使监督和质询权的体现

A. ①②   B. ③④

C. ①②③   D. ①②④

4. (2009 北京 28)1989 年,第七届全国人民代表大会第二次全体会议通过了《中华人民共和国行政诉讼法》。这是一部里程碑式的法律,标志着"民告官"有了法律保障。此后,全国人民代表大会及其常委会又通过了国家赔偿法、行政复议法、行政许可法等多部法律。上述法律有的由全国人民代表大会通过,有的由全国人民代表大会常务委员会通过。全国人民代表大会常务委员会是全国人民大会的( )

A. 领导机关   B. 常设机关

C. 执行机关   D. 监督机关

人大听审制度是指人大常委会组成人员或部分人大代表,对同级人民法院公开审理的案件进行旁听的制度,这是一种新的监督方式。回答 5~6 题。

5. 建立人大听审制度,有利于( )

①加强对法院审判人员的监督 ②增强审判人员严格执法,公正司法 ③人大常委会行使审议权 ④促进政府转变职能

A. ①②   B. ①③

C. ②③   D. ③④

6. 人大听审制度体现了人民代表大会( )

A. 是我国的最高权力机关

B. 是我国根本政治制度

C. 依法行使监督权

D. 是我国的法律监督机关

7. (2009 年全国Ⅰ32)2009 年初,在 G 市召开的人民代表大会上,一位人大代表提出:现在是金融危机期间,打工者有份工作就不错了,政府应废除最低工资标准,工资由市场决定。该代表的观点引发了社会广泛议论。在下列有关该问题的议论中,正确的观点是( )

①作为人大代表不能只站在企业经营者的立场发表意见 ②该代表在人大会上具有自由发言而不受追究的权利 ③该代表可以将自己的观点写成议案向市人代会提交 ④该代表的言论过于偏激,应撤销其人大代表的资格

A. ①②   B. ②③

C. ②④   D. ③④

8. 发展社会主义政治文明,必须坚持和完善人民代表大会制度。这是因为,人民代表大会制度( )

①是我国的根本政治制度 ②以人民代表大会为基石 ③最重要的特点是实行民主集中制 ④以人民当家作主为宗旨,真正保障了人民群众参加国家管理

A. ①④   B. ②③

C. ①②③   D. ①②③④

9. 依法执政,就是坚持依法治国、建设社会主义法治国家,领导立法,带头守法,保证执法,不断推进国家经济、政治、文化、社会生活的法制化、规范化。对依法执政理解正确的是( )

A. 加强党的立法工作,使党的主张通过法定程序上升为国家意志

B. 依法执政要求执政党要在宪法和法律的范围内活动

C. 中国共产党依法执政是各级人民政府依法行政的前提,

D. 依法执政是中国共产党执政的本质要求

中国共产党和各民主党派是通力合作的友党关系。回答 10~11 题。

10. 中国共产党与各民主党派形成团结合作的新型政党关系。中国共产党和各民主党派合

作（　　）

①以坚持中国共产党为领导根本保证　②以组织独立、政治平等为前提　③以宪法和法律为根本活动准则　④有利于构建社会主义和谐社会

A. ①③ 　　　　　　　　B. ②③

C. ①③④ 　　　　　　　D. ①②④

11.（2008 上海 2）中国共产党领导的多党合作和政治协商制度是我国的基本政治制度，是具有中国特色的社会主义政党制度。这一制度中党际关系的主要特点是（　　）

A. 中国共产党立法，各民主党派执法

B. 中国共产党领导，各民主党派合作

C. 中国共产党执政，各民主党派参政

D. 中国共产党监督，各民主党派协商

12. 中共中央就深化行政管理体制和机构改革等问题，举行民主协商会，向各民主党派、全国工商联和无党派人士通报情况，听取意见。这表明（　　）

A. 政治协商是党和国家科学民主决策的重要环节

B. 政协委员参与国家方针政策的制定和实施

C. 政协委员积极履行参政议政的职能

D. 人民政协是爱国统一战线组织

13.（2010 年广东 29）2009 年发生在新疆乌鲁木齐的"7·5"严重犯罪事件，破坏了社会稳定和民族团结，不得人心。党和政府采取果断措施，迅速对其进行了处置和平息。这说明（　　）

①妨害我国民族团结的因素将不复存在　②维护社会稳定和民族团结是各族人民的共同意志　③民族团结进步事业的发展符合人民的根本利益　④中国共产党的坚强领导是挫败民族分裂活动的根本保证

A. ①②③ 　　　　　　　B. ①②④

C. ①③④ 　　　　　　　D. ②③④

14. 党章增写了全面贯彻党的宗教工作基本方针，团结信教群众为经济社会发展作贡献。为此我们应该（　　）

①贯彻党的宗教信仰自由政策　②坚持依法管理宗教事务　③坚持独立自主自办的原则　④积极引导宗教与社会主义社会相适应

A. ① 　　　　　　　　　B. ①④

C. ②③④ 　　　　　　　D. ①②③④

我国重视少数民族地区的发展，回答 15～16 题。

15. 我国积极开辟少数民族文化艺术团体对外交流渠道，使少数民族文化借助各种"文化节"走出国门，其价值在于（　　）

A. 使少数民族拥有更多的自治权

B. 实现民族融合，促进共同繁荣

C. 完善了我国的民族区域自治制度

D. 促进少数民族地区经济、文化发展

16. 法蒂玛·马合木提作为全国政协十一届委员中的乌孜别克族委员，提出"在新疆塔城地区建立一个乌孜别克族文化交流协会"的提案得到了回复——国家正式批准在该地区建立乌孜别克族文化交流协会。上述材料表明（　　）

A. 政协委员可以直接行使国家权力

B. 人民政协是爱国统一战线组织

C. 政协委员通过政治协商，发展民族文化

D. 政协委员参政议政，促进民族地区发展

17. 在 2008 年全国两会上，人大代表建议出台《网络文化产业促进法》，以有效地监管垃圾短信、网络不良信息。这是人大代表行使（　　）

A. 审议权 　　　　　B. 提案权

C. 立法权 　　　　　D. 决定权

中国共产党领导的多党合作和政治协商制度是我国的一项基本政治制度。回答 18～21 题。

18. 中国首份国家人权行动计划指出，进一步把政治协商纳入决策程序，提高各民主党派和无党派人士参政议政的实效；适当提高民主党派和无党派人士担任政府部门实职、尤其是担任正职干部的比例。这表明，在我国（　　）

A. 中国共产党与各民主党派联合执政

B. 中国共产党对民主党派实行组织领导

C. 加强政治协商就能解决人权问题

D. 社会主义民主政治不断得到完善和发展

19. 在我国，人大和政协在国家建设中发挥着重要作用。下列属于二者共同作用的是（　　）

①都接受中国共产党领导　②都直接或间接影响着国家决策的科学性　③都是最广泛的爱国统一战线组织　④都是社会主义民主的重要形式

A. ①②③ 　　　　　　　B. ②③④

C. ②④ 　　　　　　　　D. ①③

20. 在十一届全国政协二次会议期间，政协委员、政协参加单位，政协专门委员会紧紧围绕保发展、保民生、保稳定这个大局，向大会提交提案 5571 件，认真履行职责。这说明（　　）

①人民政协是我国制定政策法律的重要机构　②提交议案是政协委员参政议政的重要形式　③提交议案是人民政协领导国家政权的根本途径　④人民政协建言献策是我国实现民主决策的重要环节

A. ①② 　　　　　　　　B. ②③

C. ②④ 　　　　　　　　D. ③④

21. 在《监督法》的制定过程中，中共中央多次召

开党外人士座谈会,就《监督法》草案内容坦诚向各民主党派中央、全国工商联领导人以及无党派人士征求意见。这是因为(　　)

A. 政治协商有利于实现立法科学化、民主化

B. 政治协商是人大制定法律的法定程序

C. 政治协商体现民主党派对国家的领导

D. 政治协商是我国公民享有的政治权利

22. 建设社会主义民主政治,最重要的是(　　)

A. 坚持和完善人民代表大会制度

B. 坚持和完善我国的政党制度

C. 坚持和完善我国的民族制度

D. 坚持党的领导、人民当家作主和依法治国的有机统一

民族自治机关在民族区域自治中发挥着重要作用。回答23~24题。

23. 下列属于民族自治机关的是(　　)

①内蒙古自治区高级人民法院　②安徽省某县回族乡人民政府　③云南省某民族自治州人民代表大会　④新疆维吾尔自治区某自治州人民政府

A.①④　　　　　　　　B.①③

C.②③　　　　　　　　D.③④

24. 下列对民族自治机关的自治权认识正确的是(　　)

①自治权是民族区域自治制度的核心内容　②自治权包括独立的立法权　③行使自治权的前提是国家的统一领导　④自治权是实现民族平等的物质保证

A.①③　　　　　　　　B.②④

C.①②③　　　　　　　D.①③④

25. "种田不用交公粮,没钱也能上学堂,千元以下有低保,生了大病党来帮。"这首歌唱出了农民的心声。这首歌表明(　　)

A. 我国的社会救助网络遍及城乡

B. 中国共产党坚持科学发展观

C. 提供社会公共服务是党的职能

D. 解决"三农"问题是党的中心工作

二、问答题(26、27题各8分,28、29题各6分,共28分)

26. (2010 山东 28)文化产业是市场经济条件下繁荣发展社会主义的重要载体。

近年来,《沂蒙》、《南下》等"红色"影视剧,从新的角度诠释革命英雄人物,顺应了当代观众的审美要求,实现了社会效益与经济效益的统一。2010 年山东省"两会"期间,如何进一步加快文化产业的发展成为人大代表和政协委员关注的热点。

假如你是人大代表或政协委员,运用政治生活常识,谈谈在推动文化产业发展方面应如何履职。(8分)

27. (2008 全国 39)土尔扈特人回归祖国的历史从一个侧面表明,各民族共同缔造了伟大的祖国。中华人民共和国建立以后,党和政府十分尊重各民族在祖国统一大业中的历史地位和作用,珍惜各民族的文化传统,根据马克思主义民族理论,制定了民族区域自治政策,确立了民族区域自治制度,并载入宪法。改革开放以来,党和政府又将民族区域自治作为一项基本政治制度长期坚持。

为什么党和政府要长期坚持民族区域自治制度?(8分)

28. 新中国建立之前,曾有民主人士问毛泽东,政权如何跳出"其兴也勃焉,其亡也忽焉"的历史周期率。毛泽东回答:"要靠民主。"

改革开放后,邓小平指出,跳出"周期率"的根本

途径,要靠民主,更要靠法治。

中国共产党坚持科学执政,民主执政,依法执政,不断完善党的领导方式和执政方式。

阅读上述材料,运用《政治生活》的有关知识,回答问题

怎样理解党的依法执政?(6分)

29.2008年12月中央经济工作会议召开。十年前应对亚洲金融危机行之有效的积极财政政策,在应对国际金融海啸中再次登台。然而,最大的不同是,改善民生扩大消费成为经济发展新思路。让百姓更多地分享经济发展的成果,这种分享,会为未来的经济发展提供充沛的、不竭的动力。

用《政治生活》相关知识说明党和政府怎样才能"让百姓更多地分享经济发展的成果"?(6分)

三、论述题(30题12分,31题10分,22分)

30.阅读材料,回答下列问题。

中国共产党的十七大报告提出进一步加强和完善人民代表大会制度的三项措施:

(中国共产党)支持人民代表大会依法履行职能,使党的主张通过法定程序成为国家意志;

逐步实行城乡按相同人口比例选举人大代表;

优化人大常委会组成人员知识结构和年龄结构。

(1)上述材料是怎样体现党的执政理念的?(6分)

(2)阐明"逐步实行城乡按相同人口比例选举人大代表"的政治学理由。(6分)

31. 北京市人代会召开期间,会外共有5655人次的"网上代表""列席"了会议,大会收到"网上议案"396件。人大信息网中的"市民心声"栏目接受并部分刊登市民发来的电子邮件,供市民发表意见;"网上人代会"栏目每天请部分人大代表,在网上与市民交流。

北京市人大的上述做法体现了"民主制度"的哪些知识?(10分)

第四单元　当代国际社会

第八课　走进国际社会

考点梳理

1. 主权国家

[考点解读]

(1)含义:在当代国际社会中,主权国家是最基本的成员,是国际关系的主要参加者。

(2)构成要素:人口、领土、政权和主权是基本要素,最重要的是主权。主权作为国家统一而不可分割的最高权力,是一个国家的生命和灵魂。

(3)主权国家的权利和义务

①主权国家在国际社会中享有的基本权利:

独立权:主权国家拥有按照自己的意志处理内政、外交事务而不受他国控制和干涉的权利。

平等权:主权国家不论大小、强弱,也不论政治、经济、意识形态和社会制度有何差异,在国际法上地位一律平等。

自卫权:主权国家拥有保卫自己的生存和独立的权利。

管辖权:主权国家对其领域内的一切人和物具有管辖的权利。

②主权国家也应履行不侵犯别国、不干涉他国内政,以和平方式解决国际争端等义务。

思维误区:国家政权是国家的生命和灵魂

国家的构成要素包括人口、领土、政权和主权。政权机关是国家权力的中心和体现,而主权则是国家的灵魂,在诸要素中居于首要地位。即使具备了人口、领土和政权机关,如果这个政府一切受命于或依附于外国,而本身没有自主权,它仍不能成为一个独立的国家。

[真题展示]

(2009 江苏 16)在国际社会中,任何国家都不得以任何方式强迫他国接受自己的意志,各国在外交文件上有使用本国文字的权利。这体现了主权国家在国际社会中享有(　)

A. 独立权　　　　　　　B. 平等权　　　　　　　C. 自卫权　　　　　　　D. 管辖权

分析:高考对主权国家的权力和义务这一考点的考查一般都以选择题的方式出现,考查频率不高。本题主要考查的知识是主权国家的权利,考查学生识记和理解知识的能力。题干中"任何国家都不得以任何方式强迫他国接受自己的意志,各国在外交文件上有使用本国文字",这体现了主权国家的平等权,故答案为B。

答案:B

2. 国际组织

[考点解读]

(1)含义:在当代国际社会中,一些国家、地区或民间团体,出于特定的目的,通过签订条约或协议的方式,建立了有一定规章制度的团体。

(2)分类:依据不同的标准,国际组织可分为不同类型。其中有政府间的和非政府间的,有世界性的和区域性的。

(3)作用:对每个国际组织的作用要具体分析。许多国际组织发挥着积极的作用。促进国家之间的政治、经济、文化、科学技术的交流与合作;协调国际政治、经济关系;调节国际争端,缓解国家间的矛盾,维护世界和平。

联系实际:国际组织的重要作用

随着 2009 年 12 月 1 日《里斯本条约》的正式生效,这意味着一个更加团结的欧盟将在世界舞台发挥影响力。在应对金融危机中 G20 国集团的作用,作为一个非政府间的组织,一年一度的"达沃斯年会"成为全球各界领袖研讨全球敏感问题最重要的非官方聚会场所……这些都表明,国际组织在发挥作用。

[真题展示]

(2009 北京 32)2009 年 5 月,世界卫生组织召开成员国会议研究防控甲型 HIN1 流感的对策。中国政府表示,在做好国内疫情防控的同时,将加强与世界卫生组织、有关国家和地区的交流与合作,并提供必要的防控物资、经费和技术支持。这表明(   )

①解决国际问题必须通过国际组织　②国际组织是国际合作的纽带　③中国在国际事务中发挥主导作用　④中国在国际事务中发挥建设性作用

A. ①③　　　　　　　　B. ①④　　　　　　　　C. ②③　　　　　　　　D. ②④

分析:高考对国际组织这一考点的考查一般都以选择题的方式出现,考查频率不高。本题以防控甲型 HIN1 流感作为时事背景材料,主要考查的知识是国际组织的作用,主要考查学生识记和理解知识的能力。"世界卫生组织召开成员国会议研究防控甲型 HIN1 流感的对策"说明了②选项是正确的;"中国政府表示,提供必要的防控物资、经费和技术支持"说明④选项是正确的;①③选项是错误的。故答案为 D。

答案:D

3. **联合国**

[考点解读]

(1)性质:联合国是当代国际社会中最具有代表性的世界性、政府间的国际组织。

(2)宗旨:维护国际和平与安全,促进国际合作与发展。

(3)原则:各会员国主权平等,履行宪章规定的义务,以和平方式解决国际争端,不得对其他国家进行武力威胁或使用武力,集体协作,不干涉任何国家的内政,确保会员国遵守上述原则。

(4)作用:在维护世界和平与安全,促进经济、社会发展,以及实行人道主义援助等方面发挥着积极的作用。但也有局限性。

(5)中国与联合国

①地位:中国是联合国的创始国和常任理事国之一。

②作用:中国一贯遵循联合国的宗旨和原则,支持按联合国宪章精神所进行的各项工作,积极参加联合国及其专门机构有利于世界和平与发展的活动。中国在世界裁减军队、环境保护、保障人权和解决地区冲突等一系列全球性问题上发挥重要作用,对世界和平和发展做出贡献。

[真题展示]

(2009 广东 30 多选)2008 年中国向联合国世界粮食计划署额外捐款 200 万美元,向联合国粮农组织捐款 3000 万美元设立信托基金,并响应联合国决议,派出维和人员执行维和任务。这说明我国(   )

A. 随着综合国力的增强,肩负国际责任的能力不断提高

B. 在国际事务中发挥着重要作用

C. 积极参与国际事务,促进共同发展

D. 遵循联合国宪章的宗旨和原则,积极履行义务

分析:高考对联合国一考点的考查基本以选择择题的方式出现,多考中国和联合国的关系。本题以中国在全球问题上发挥的重要作用,对世界和平与发展作出的贡献的一系列事件为切入点,主要考查的知识是中国和联合国的关系。ABCD选项都符合题意。此题属于基础题,提示我们掌握好基础知识的重要性。

答案:ABCD

4. **国际关系及其决定因素**

[考点解读]

(1)含义:国家之间、国际组织之间以及国家与国际组织之间的关系。其中,最主要的是国家与国家之间的关系。

(2)内容:有政治关系、经济关系、文化关系、军事关系等多个方面。

(3)基本形式:形式是多样的,但基本形式是竞争、合作和冲突。

(4)决定因素

①国家之间出现分离聚合,亲疏冷热的复杂关系是政治、经济等多种因素综合作用的结果。

②国家利益是国际关系的决定性因素。其一,国家利益是国家生存和发展的权益,维护国家利益是主权国家对外活动的出发点和落脚点。其二,国家利益是主权国家制定对外政策的基本依据。国家间共同利益是国家间合作的基础;国家之间利益相悖是导致冲突的根源。

③主权国家由于国家利益的变化,导致其对外政策的变化,因而引起国际关系的变化。

联系实际:国家利益是国家关系的决定因素

2009年中美首轮战略和经济对话在华盛顿举行,双方探讨了国际反恐、打击跨国犯罪以及防止核扩散等国际和地区热点问题,还就应对能源安全、气候变化等全球性问题进行了磋商并达成共识,说明国家利益是国际关系的决定性因素,国家间共同利益是合作的基础。

[[真题展示]]

(2010 安徽 5)2009年12月,在哥本哈根世界气候大全上,中国政府呼吁参会各方凝聚共识、加强合作,共同推进应对气候变化的历史进程。这表明(　　)

①维护国家利益是我国外交政策的宗旨　②国家间的共同利益是国家合作的基础　③国际关系健康发展需协调国家间利益　④当代国际竞争实质是综合国力的较量

A.①②　　　　　　　B.③④　　　　　　　C.②③　　　　　　　D.①④

分析:试题以举世关注的哥本哈根世界气候大会为背景,考查考生对国际关系的决定因素等考点的理解和运用能力。我国外交政策的宗旨是维护世界和平促进共同发展,因此,①选项错误;④选项与题干无关,故排除。正确答案为C。

答案:C

5.维护我国的国家利益

[[考点解读]]

(1)我国国家利益的内容:安全利益;政治利益;经济利益等。

(2)为什么维护我国国家利益?

我国是人民民主专政的社会主义国家,国家利益与人民的根本利益相一致。维护我国的国家利益就是维护广大人民的根本利益,是完全止当的、止义的。

(3)怎么维护我国的国家利益?

我国在坚定地维护自身利益的同时,尊重其他国家的正当利益,维护各国人民的共同利益。

思维误区:我国发展对外关系就是坚定地维护我国的国家利益。

这个说法是不科学的。维护我国国家利益是我国对外活动的基本依据。我国是人民民主专政的社会主义国家,国家利益与人民的根本利益相一致。维护我国的国家利益就是维护广大人民的根本利益,是完全正当的、正义的。我国在坚定地维护自身利益的同时,也尊重其他国家的正当利益,维护各国人民的共同利益。

[[真题展示]]

(2010 江苏 17)2009年9月24日,就美国对从中国进口的轮胎征收惩罚性关税这一贸易保护主义行为,我国政府正式启动了世界贸易组织争端解决程序。这表明,中国政府坚定地维护(　　)

A.国际政治秩序　　　　　　　　　　　　B.我的的国家利益

C.和平共处原则　　　　　　　　　　　　D.发展中国家的共同利益

分析:本题以中国和美国的贸易争端为背景,考查学生对维护我国的国家利益这一考点的掌握程度。通过鲜活的情景考查考生"指认事物"和"再现事实"的能力。题干属于经济问题而非政治问题,所以排除A选项。CD选项和题干无关。

答案:B

▌解题指导▌

1.(2010 四川 34)在国际气候谈判中,发达国家强调"所有"国家承担不加区别的责任,发展中国家则要求维护"共同但有区别的责任原则"。中国作为发展中大国,提出到2010年单位GDP二氧化碳排放比2005年下降40%—45%,且这一承诺不与任何国家的减排目标挂钩。材料不能说明在气候问题上(　　)

A.国家间存在着不同的利益

B.国家间存在着共同的利益

C.中国坚持独立自主的立场

D.国家间的冲突代替了合作

2.(2009 广东16)2008 年 11 月胡锦涛在访问古巴时强调,中国人民将一如既往地支持古巴人民维护国家主权、反对外来干涉的正义战争。这体现了( )

A.主权是国际关系中的决定性因素

B.主权完整是国家合作的基础

C.主权是一个国家的生命和灵魂

D.维护主权独立是我国外交政策的宗旨

3.(2009 安徽6)2008 年 6 月以来,联合国安理会多次通过决议,授权有关国家加强合作,进入亚丁湾、索马里海域打击海盗。2008 年 12 月,经联合国授权和应索马里政府的邀请,中国人民解放军海军前往亚丁湾、索马里海域实施护航任务。这说明( )

①安理会在解决国际争端方面发挥着决定作用

②中国支持联合国按宪章精神所进行的各项工作

③各国的根本利益因共同打击海盗而趋于一致

④中国在维护世界和平稳定中承担了应尽的责任

A.①④ B.②③

C.②④ D.③④

4.(2008 海南12)在现代国际社会中,一些国家、地区及民间团体之间,通过签订正式条约或协议的方式,成立了名目繁多的国际组织,如欧盟、非盟、东盟、联合国、世贸组织、国际货币基金组织、国际奥委会等。其中联合国是( )

A.参加国家和地区数量最多的国际组织

B.最具代表性的政府间的国际组织

C.负责处理各国经济危机的国际组织

D.解决发达国家与发展中国家政治纠纷的国际组织

5.(2006 重庆31)在 2006 年 4 月签订的《中华人民共和国和土库曼斯坦联合声明》中,土方重申"中华人民共和国政府是代表全中国的唯一合法政府,台湾是中国领土不可分割的一部分"。这表明土库曼斯坦尊重我国的( )

①平等权 ②独立权 ③自卫权 ④管辖权

A.①② B.①③

C.②③ D.②④

6.(2008 四川39)材料:20 世纪 80 年代以来.人类社会发展面临一系列新问题,如南北差距继续扩大、世界人口剧增、全球生态环境日益恶化等。1987年,联合国世界环境与发展委员会在对世界环境和发展中国家的关键问题进行全面调查研究的基础上,发

表《我们共同的未来》专题报告。系统阐述了可持续发展的战略思想和基本纲领,并把可持续发展定义为"既满足当代人的需求,又不对后代人满足其需求的能力构成危害的发展"。1992 年,在巴西召开的有 183 个国家和地区参加的联合国环境与发展大会上,通过了《里约热内卢宣言》和《21世纪议程》两个纲领性文件,可持续发展观被不同国家所认同。

联系材料,运用国际社会的知识,说明为什么可持续发展观能够被不同国家所认同?

【答案】

1.D 思路点拨:本题是一道逆向式选择题:"材料不能说明在气候问题上"。根据题干,在气候谈判中,发达国家和发展中国家分别提出了自己的原则,说明有不同利益,但气候问题关乎地球上每一个国家和地区,这说明各国有共同的利益,因此排除 A、B 选项。中国的承诺体现了我国坚持独立自主的立场处理问题,所以排除 C 选项。

2.C 思路点拨:题干中的"这"是指"中国人民将一如既往地支持古巴人民维护国家主权",因为主权是国家的生命和灵魂。C 选项符合题意。A 错误,因为国际关系的决定因素是国家利益而非主权;B 错误,因为国家合作的基础是共同的国家利益,并非主权完整;D 错误,因为维护世界和平、促进共同发展是我国外交政策的宗旨。故答案为 C。

3.C 思路点拨:题干中的"这"是指中国经联合国授权和应索马里政府的邀请实施护航任务。这说明中国支持联合国按宪章精神所进行的各项工作,为维护世界和平与稳定作贡献。②④选项符合题意。打击海盗不属于国际争端问题,所以①选项错误;各国的根本利益不可能一致,所以③选项错误。故答案为 C。

4.B 思路点拨:题干直接指出"联合国是",主要考察国际组织的分类这一知识点。联合国是世界上最大的政府间的国际组织,故答案为 B。此题属于基础题,主要考查学生对基础知识记忆的准确性。

5.D 思路点拨:题干中土方重申"中华人民共和国政府是代表全中国的唯一合法政府,台湾是中国领土不可分割的一部分"这一观点表明土方尊重我国

的独立权和管辖权。D选项符合题意。①③选项与题干无关。

6.①国家利益是每一个国家对外政策的出发点和归宿,但在全球化的背景下,每一国家既重视自己的国家利益,又努力寻求与其他国家的利益共同点。可持续发展是当今世界一个非常重要的利益共同点。它不仅关系到当代人的利益,也关系到下一代的持续生存和发展。不仅关系到发展中国家的经济发展,也关系到发达国家的利益。②在当今世界,联合国在协调国际关系、促进各国社会和经济的发展方面有着不可替代的重要地位。在发展问题上,经过联合国的努力。不仅达成了可持续发展观的共识,而且形成了有关可持续发展的纲领性文件,这也是可持续发展观能

够被不同国家所认同的原因之一。

思路点拨:通过审设问我们明确两点:第一,解答此题的理论范围是"国际社会的有关知识",即主权国家、国际组织、国际关系的决定因素、当今时代的主题和世界多极化的趋势。第二,要求我们回答的是"为什么可持续发展观能够为不同国家所认同"。能为不同国家认同体现了国家间的共同利益是国家合作的基础;另外,两个纲领性文件是在联合国环境与发展大会上签署的,体现了联合国在协调国际关系、促进各国社会和经济的发展方面有着不可替代的重要地位和作用。这道题启示我们,在平时的学习中我们要学会形成自己的知识体系;另外,要学会把审材料和审设问有机结合。

第九课 维护世界和平,促进共同发展

▌考点梳理▐

1. 时代的主题

[考点解读]

(1)和平与发展是当今时代的主题。

(2)和平问题:

①和平问题是指维护世界和平、防止新的世界战争的问题。

②和平问题成为当今时代主题的原因:世界和平是人类社会存在和发展的基本条件,维护世界和平将给各国经济发展和其他全球性问题的解决创造必要的前提。二战后,国际形势总体稳定,和平因素的增长超过了战争因素的增长,争取较长时期的和平的国际环境具有了现实可能性。

③影响和平的因素:霸权主义和强权政治仍然存在,有的大国常常打着"自由"、"民主"、"人权"的幌子,侵犯别国主权,干涉别国内政。局部冲突和热点问题此起彼伏。国际各种形式的恐怖活动危害着人们的安宁生活,贫困、毒品等问题更加突出。

(3)发展问题:

①发展问题是指世界经济发展,特别是发展中国家经济的发展问题。

②发展问题成为当今时代主题的原因:二战后,在相对和平的国际环境中,世界经济有了很大的发展,发展的规模和速度超越了以往的历史。经济全球化是当今世界的一个基本特征。世界经济发展更加注重提高质量,知识经济方兴未艾,经济可持续发展日益受到关注。

③当今世界仍是贫富悬殊的世界,发展中国家和发达国家的贫富差距越来越大。不公正、不合理的国际经济旧秩序还在损害着发展中国家的利益。全球发展的最突出问题是南北发展不平衡问题。

(4)解决和平与发展问题的主要障碍

①霸权主义和强权政治是解决和平与发展问题的主要障碍

②为了和平与发展,必须坚决反对霸权主义和强权政治,改变旧的国际秩序,建立以和平共处五项原则为基础的有利于世界和平与发展的国际新秩序。

(5)中国政府关于建立国际新秩序的主张

①中国主张,各国人民携手努力,推动建设持久和平、共同繁荣的和谐世界。为此,各国应做到:

政治上互相尊重、平等协商,共同推进国际关系民主化;

经济上相互合作、优势互补,共同推动经济全球化朝着均衡、普惠、共赢方向发展

文化上相互借鉴、求同存异，尊重世界多样性，共同促进人类文明繁荣进步；

安全上相互信任、加强合作，坚持用和平方式而不是战争手段解决国际争端，共同维护世界和平稳定；

环保上相互帮助、协力推进，共同呵护人类赖以生存的地球家园。

②中国人民将继续同各国人民一道，推动国际秩序朝着更加公正合理的方向发展。

思维误区：解决世界和平与发展问题的主要障碍是恐怖主义。

霸权主义、强权政治在当今世界依然存在，有时表现还非常突出。霸权主义、强权政治把本国的意志、利益凌驾于其他一切国家的意志、利益之上，凭借经济军事实力，对其他国家进行控制、干涉和侵略，造成世界动荡不安，成为威胁世界和平与稳定的主要根源。因此，解决和平与发展问题的主要障碍是霸权主义和强权政治。恐怖主义是危害世界和平与稳定的一大公害，但它并不是解决和平与发展问题的主要障碍。

[真题展示]

(2009 海南 14)国家主席胡锦涛 2009 年 4 月 2 日在伦敦二十国集团领导人会议上发表讲话指出：这场国际金融危机是在经济全球化深入发展、国与国相互依存日益紧密的大背景下发生的，任何国家都不可能独善其身，合作应对是正确抉择，我们强调国际合作，是因为(　　)

①我国经济的健康发展需要国际合作　②当今时代的主题发生了变化　③各国享有平等参与国际事务的权利　④国家之间的共同利益是国际合作的基础

A.①②　　　　　　　B.①③　　　　　　　C.①④　　　　　　　D.③④

分析： 当今时代主题是高考的常考考点，近几年的全国各地考题多以时政热点为载体，以选择题的方式对这一知识点进行考查。本题以胡锦涛主席在二十国集团的讲话为切入点，考查了当今时代主题、国际关系的决定因素等知识点。②选项是错误的，因为当今时代的主题仍然是和平与发展；③选项与题干不构成因果关系，故答案为 C。注意：因果联系的题要一定要注意选项和题干是否存在因果关系。

答案： C

2.世界多极化在曲折中发展

[考点解读]

(1)世界多极化不可逆转是当今国际形势的一个突出特点。

①世界呈现多极化趋势。目前，世界正在形成若干个政治经济力量中心。美国、欧盟、俄罗斯、中国、日本等大国和国际组织在国际社会中扮演着重要角色。广大发展中国家是促进世界和平与发展的主要力量。

②世界多极化是一个漫长曲折的、充满复杂斗争的演变过程。国际竞争越来越激烈。面对急剧变化的世界，许多国家都在调整目标，力图为自己确立有利的态势。

(2)世界多极化的意义

是时代进步的要求，符合各国人民的利益。由于世界多极化建立在多种力量相互依存又相互制约的基础上，因而有利于世界和平与发展。

(3)当代国际竞争

①国际竞争表现在各个领域，有经济竞争、文化竞争、军备竞争、人才竞争、科技竞争等。

②国际竞争的实质是以经济和科技实力为基础的综合国力的较量。综合国力是指一个国家生产和发展所拥有的各方面力量的总和，就是国家力量，即捍卫本国利益的能力。综合国力包括经济实力、科技实力、国防实力、民族凝聚力等。

③各国应对国际竞争的措施：世界多数国家都以发展经济和科技作为国家的战略重点，努力增强自己的综合国力，力图在世界格局中占据有利地位。我国一定要抓住和利用好重要的战略机遇，增强综合国力。这是我国自立于民族之林的根本。

思维误区：当代国际竞争的实质是经济和科技力。

综合国力包括经济力、科技力、国防实力、民族凝聚力等，但经济和科技是基础。在当今和未来的世界，经济是基础，科技是龙头。能否在科技发展上取得优势，增强以经济和科技实力为基础的综合国力，最终将决定本国在国际上的地位。因此，当代国际竞争的实质是以经济和科技实力为基础的综合国力的较量，而非只有经济和科技实力的较量。而且，现在各国越来越注重软实力的发展，重视核心价值观的争夺。

联系实际： 我国不断提高自主创新能力，提升综合国力

新型坦克轰然开进，洲际导弹傲指苍穹，预警机掠过长空……在新中国成立 60 周年阅兵盛典中亮相的所

有武器装备,全部由我国自主生产,等等。当今世界,发展经济和科学技术是世界各国普遍关心的问题,世界多数国家都以发展经济和科技作为国家的战略重点。我国把提高自主创新能力,建设创新型国家作为国家发展战略的核心,提高综合国力的关键。

[[真题展示]]

(2009 四川 29)进入新世纪以来"金砖四国"巴西、俄罗斯、印度、中国逐渐成为推动世界经济发展强有力的新发动机。统计显示,四国目前所占全球经济份额上升至 21.4%。有组织预计,2009 年四国对全球经济增长的贡献度可能达到 70%,2040 年四国经济规模可能会超过七国集团。上述事实表明:( )

A. 国际政治经济秩序发生了根本性变化　　　　B. 南北发展不平衡仍是全球最突出的问题

C. 发展经济是维护世界和平的重要基础　　　　D. 世界政治经济格局正逐步向多极化演进

分析:世界多极化这一考点在高考中基本以选择题的方式呈现,出现频率不高。本题主要考查学生的理解和运用知识的能力。"金砖四国"经济规模可能超过七国集团,说明世界政治经济格局出现了多极化的发展趋势。D 符合题意。A 选项是错误的;B、C 为无关选项。故答案为 D。

答案:D

3. 我国外交政策的基本目标、宗旨和立场

[[考点解读]]

(1)外交政策是指主权国家对外活动的目标及所采取的策略、方式和手段。

(2)我国的国家性质和国家利益决定了我国奉行独立自主的和平外交政策。

(3)我国外交政策基本目标:维护我国的独立和主权,促进世界的和平与发展。维护我国的独立和主权,就是维护我们国家和民族的最高利益。促进世界的和平与发展,符合中国人民和世界人民的共同愿望和根本利益,是时代的要求,是不可阻挡的历史潮流。

(4)我国外交政策的宗旨:维护世界和平、促进共同发展。

(5)我国外交政策的基本立场:独立自主。独立自主就是在国际事务中坚决捍卫国家的独立、主权和领土完整,对国际问题自主地决定自己的态度和对策。

联系实际:自"天安舰"事件、中日钓鱼岛争端,以及"南海核心利益论"的冲击,中国跟周边国家的外交遭遇考验。台湾军售等问题使中美关系显得更为复杂。为此,中国外交正在尝试新的合纵连横。胡锦涛主席的欧洲之行,参加二十国集团领导人峰会,出席亚太经合组织论坛;温家宝总理的印巴之行等;英国首相卡梅伦的第一次访华,美国国防部长盖茨的访华等。这一系列的密集出访,接待来访,都在向世界说明我国坚持独立自主的和平外交政策,维护世界和平,促进共同发展是我国外交政策的宗旨。

[[真题展示]]

(2010 广东 30)胡锦涛在第六十四届联大的讲话中提到,中国已向 120 多个国家提供了援助,累计免除 49 个穷国债务,对 40 多个最不发达国家的商品给予零关税待遇。这些措施( )

①反映了全球最突出的问题是南北发展不平衡　②体现了我国外交政策的宗旨　③体现了我国积极承担力所能及的国际义务　④表明了国际旧秩序已经瓦解

A. ①③　　　　　B. ①④　　　　　C. ②③　　　　　D. ②④

分析:本题以胡锦涛主席在第六十四届联大的讲话为背景,考查学生对我国外交政策这一考点的理解。通过具体的情景考查考生提取有效信息和调动知识的能力。①选项与题干内容无关,故排除。④选项属于错误选项,故排除。

答案:C

4. 我国对外关系的基本准则

[[考点解读]]

(1)和平共处五项原则是我国对外关系的基本准则。

(2)它包括互相尊重主权和领土完整、互不侵犯、互不干涉内政、平等互利、和平共处。五项原则构成了一个有机的整体。

5.我国的外交成就及其原因

[考点解读]

(1)建国60年来,我国在外交上取得的成就。

(2)原因:我国是人民民主专政的社会主义国家,决定我国奉行独立自主的和平外交政策,遵循联合国的宪章和原则,适应时代潮流,高举和平、发展、合作的旗帜。因此,正确、科学的外交政策是我国外交取得重大成就的原因之一;改革开放以来,我国的建设成就举世瞩目,国际地位日益提高,随着我国综合国力的增强,我国肩负国际责任的能力不断提高,这是我国从事外交活动的坚强后盾。

6.我国的和平发展道路

[考点解读]

(1)什么是和平发展道路?就是利用世界和平的有利时机实现自身发展,又以自身的发展更好地维护和促进世界和平;就是在积极参与经济全球化和区域合作的同时,主要依靠自己的力量和改革创新来实现发展;就是坚持对外开放,在平等互利的基础上,积极发展同世界各国的合作;就是聚精会神搞建设,一心一意谋发展,长期维护和平的国际环境和良好的周边环境;就是永远不称霸,永远做维护世界和平和促进共同发展的坚定力量。

(2)为什么要走和平发展的道路?这是中国政府和人民根据时代发展潮流和自身根本利益作出的战略选择。中华民族是热爱和平的民族,中国始终是维护世界和平的坚定力量。我国积极参与国际事务,努力为我国的改革开放和现代化建设争取有利的国际环境。

(3)我们坚持在和平共处五项原则的基础上同所有国家发展友好合作,继续同发达国家加强战略对话和深化合作,加强同周边国家的睦邻友好和务实合作,加强同广大发展中国家的团结合作。我们坚决反对各种形式的霸权主义和强权政治,永远不称霸,永远不搞扩张。

[真题展示]

(2010重庆35)2010年3月,温家宝总理指出:"中国不发达的时候不称霸,中国即使发达了也不称霸,永远不称霸",但"在涉及中国主权和领土完整的重大问题上,即使是在中国很穷的时候,我们也是铮铮铁骨"。总理的话说明(　　)

①霸权主义在当今世界愈演愈烈　②独立自主是我国外交政策的基本立场　③消除霸权主义是我国外交政策的基本目标　④维护国家的独立和主权是我国外交政策的首要目标

A.①③　　　　B.①④　　　　C.②③　　　　D.②④

分析:本题以温家宝总理的一段话为背景,考查学生对我国走和平发展道路这一考点的理解。通过具体的情景考查考生提取有效信息和调动知识的能力。①选项不切实际,霸权主义仍然存在,但并未愈演愈烈,故排除。③选项属于错误选项,故排除。

答案:D

解题指导

1.(2010天津11)2009年是中俄建交60周年,两国不断加深政治互信,在经贸、能源等领域展开务实合作,举行联合军事演习,使中俄战略协作伙伴关系更进了一步。这主要是因为(　　)

①中俄两国存在广泛的共同利益　②中俄两国人民存在着传统友谊　③我国一贯重视与周边国家的军事合作　④我国致力于维护世界和平,促进共同发展

A.①③　　　　B.②③

C.①④　　　　D.②④

2.(2010新课程全国16)根据联合国安理会有关

决议,自2008年12月20日起,中国政府已五次派军舰到海盗活动猖獗的亚丁湾和索马里海域参加对过往商船的护航。我国参加护航行动(　　)

①是我国作为联合国安理会常任理事国应尽的职责　②是巩固我国同联合国其他成员国战略联盟的需要　③是我国作为负责任国家承担国际义务的具体体现　④与我国国家利益和外交政策的基本原则相符合

A.①②　　　　B.①③

C.②④　　　　D.③④

3.(2009广东58)中国将始终不渝地走和平发展

道路,但影响世界和平与发展的不稳定、不确定因素很多。影响世界和平与发展的主要障碍是(　　)

A. 恐怖主义和种族歧视

B. 犯罪猖獗和毒品泛滥

C. 贫富差距和环境污染

D. 霸权主义和强权政治

4.(2008 上海 16 不定项)我国主张建立公正合理的国际政治经济新秩序,它包含的基本内容是(　　)

A. 在政治上相互尊重,共同协商

B. 在经济上相互促进,共同发展

C. 在文化上相互借鉴,共同繁荣

D. 在安全上相互信任,共同维护

5.(2007 山东 20)假如让你写一篇集中反映中国 2006 年度外交活动的年终专稿,需要确定一组体现中国外交主张的"关键词"。请结合政治生活知识,从下列选项中选出最准确的一组(　　)

A. 独立自主 和平共处 文化渗透

B. 和平发展 战略结盟 我国的独立和主权

C. 多边外交 和平发展 负责任大国

D. 经济全球化 政治多极化 文化多元化

6.(2008 上海 36)面对当前全球性金融危机的严峻形势,我国外交工作贯穿一条主线,即全力以确保国内经济平稳较快发展服务。去年下半年以来,外交部门协同国内有关方面大力加强经济金融外交工作,积极为国内经济发展营造有利外部环境。

同时,我国积极开展高层外交,推动国际对话与合作。胡锦涛主席和温家宝总理分别出席二十国集团领导人金融峰会和世界经济论坛 2009 年年会等国际会议,全面介绍中国应对危机的重大举措,表达了中国与各国携手应对全球性金融危机的诚意与决心,也表达了中国为妥善解决热点问题和全球性问题作出新贡献的诚意与决心。

运用"我国的对外政策"的相关知识对上述材料加以分析说明。

【答案】

1.C　思路点拨:本题是一道因果选择题,题干中俄关系取得的成绩是结果,要求考生选择形成结果的原因。国家利益是国际关系的决定性因素,共同的国家利益是合作的基础,而非友谊,故①选项正确,排除②选项。③选项表述不科学。我国坚持独立自主的和平外交政策,其宗旨是维护世界和平,促进共同发展。故④选项正确。

2.D　思路点拨:解答本题的关键在于审题。题干要求简单明了,要求考生准确理解"我国参加护航行动"的行为。我国参加护航行动和我国是安理会常任理事国的身份无关,故①选项排除。②选项表述错误,故排除。正确答案为 D。

3.D　思路点拨:题干直接指出要考查的知识点是"影响世界和平与发展的主要障碍",正确的答案为 D。

4.ABCD　思路点拨:本题考查国际政治经济新秩序的主要内容,ABCD 四个选项均符合题意。答好这样的题的关键是基础知识记忆准确。

5.C　思路点拨:本题主要考查考生对我国外交政策相关知识的理解和运用,试题灵活性较强,很好的考查了考生灵活运用知识的应变能力。B 选项错误,因为我国奉行"不结盟"政策;D 选项是无关选项,因为题干要求确定"我国外交活动的关键词",而非世界的发展趋势。

6.上述材料体现了我国独立自主和平外交政策的重要作用。"我国外交工作贯穿一条主线",体现了我国对外工作维护国家利益,在当前金融危机的严峻形势下,尤其要为国内的经济发展争取良好的国际环境;"我国积极开展高层外交",为维护全球金融稳定和解决热点问题作贡献,展现了我国负责任大国的形象,表明了我国维护世界和平、促进共同发展的外交政策宗旨,是我国坚定地走和平发展道路的实践体现。

思路点拨:本题以金融危机为切入点,考查我国的外交政策的有关知识。主要考查学生提取有效信息和分析问题的能力。做好此题的关键是注意材料和理论的有机结合。

周 练

一、单选题(每题2分,共50分)

1.(2010 浙江 32)于发达国家和发展中国家的减排责任,资金支持和监督机制等议题上分歧严重,哥本哈根联合国气候变化大会的会期不得不延长一天,最后才达成一个妥协性的不具法律约束力的《哥本哈根协议》。这表明( )

A. 气候变化问题不是一个发展问题

B. 国家利益存在于复杂的国际关系中

C. 全球化已使发达国家利益一致

D. 在国际法津地位上各国是不平等的

2. 中美关系在 2009 年基本保持了平稳发展。2010 年伊始,中美关系因美国对台军售、贸易保护、谷歌事件一波未平一波又起,中美关系陷入低迷。中美关系时而平稳发展时而低迷体现了( )

①国家间共同利益是国家合作的基础 ②国家间利益的对立是引起国家冲突的根源 ③国家根本利益的变化导致了国家间关系的变化 ④国际社会需要协调好国家间关系以促进国际关系健康发展

A.①② B.③④

C.①②③ D.①②④

平等相待、真诚合作、互利共赢成为中非关系快速良好发展的经验。回答3~4题。

3. 中国历届政府和领导人都十分重视非洲和中非关系,这说明( )

A. 我国是联合国安理会的常任理事国

B. 中国与非洲国家有广泛的共同利益

C. 国家领导人的态度决定国际关系

D. 中国与非洲国家利益一致

4.《中国对非洲政策文件》指出,"一个中国"原则是中国同非洲国家或其他地区建立和发展关系的政治基础。我国在对外关系中强调"一个中国"原则是因为( )

①国家主权是国家的生命和灵魂 ②国家主权是不能分割的 ③国家主权具有对内最高性的特征 ④主权国家应承担不干涉他国内政的义务

A.①② B.③④

C.①②③ D.①②④

邓小平曾指出:"考虑国与国之间的关系主要应该从自身的战略利益出发,同时也尊重双方的利益。"据此回答5~6题。

5. 中美两国已在华盛顿举行了首轮中美经济与战略对话,双方将在解决全球金融危机、地区安全关系、全球可持续发展、气候变化等共同挑战方面进行合作。这体现了( )

①中美两国存在合作的基础 ②国家间的根本利益是一致的 ③国家利益是国际关系的决定性因素 ④中美是推动建立国际经济新秩序的主要力量

A.①② B.①③

C.①②③ D.①③④

6. 中俄互办"国家年"两年来,两国经贸合作取得了又好又快的发展,双边贸易额不断创历史新高。中俄经贸合作的友好发展,根源于两国( )

A. 追求和平的共同理想

B. 共同的国家性质

C. 国家利益是相同的

D. 国家间的共同利益

7. 中华民族是热爱和平的民族,中国始终是维护世界和平的坚定力量。中国将始终不渝走和平发展道路。这体现了( )

①我国外交政策的宗旨 ②我国外交政策的基本目标 ③我国外交政策的基本准则 ④主权是一个国家的生命和灵魂

A.①② B.①③

C.①②③ D.②③④

8. 在第 62 届联合国大会开幕式上,新任联大主席克里姆将本届联大工作重点圈定在气候变化、发展筹资、千年发展目标、推进全面反恐公约的制定等五大领域。由此我们可以看出( )

①和平与发展仍是当今世界的主题 ②非传统安全威胁因素是解决和平与发展问题的主要障碍 ③经济和科技实力是当代国际竞争的实质 ④联合国宗旨是维护国际和平与安全,促进国际合作与发展

A.①④ B.①③

C.②③ D.①②

9. 中国积极参与联合国维和行动,累计派出维和人员上万人次,是联合国安理会 5 个常任理事国中派出维和人员最多的国家。这表明( )

A. 我国是联合国的创始国和常任理事国之一

B. 建立国际新秩序是我国外交政策的宗旨

C. 参加国际维和行动是主权国家的基本权利

D. 我国遵循联合国的宗旨和原则,积极履行国际责任

10. 哥本哈根会议前夕,我国将更大幅度提高减排力度,宣布到 2020 年中国单位国内生产总值二氧化碳排放将比 2005 年下降 40% 至 45%。这表明( )

A. 世界走向了多极化,国际竞争越来越激烈

B. 国家利益是国际关系的决定因素

C. 中国积极履行主权国家义务、承担国际责任

D. 维护和平、促进发展是我国外交政策的基本目标

哈佛大学教授约瑟夫·奈首创"软实力"概念后,软实力建设引起了世界各国的重视。回答11～12题。

11. 近年来,世界各国学习中文、了解中国,增进与中国交往的需求日益增强,全球"汉语热"持续升温。这种现象出现的根本原因是( )

A. 中国综合国力的增强和国际地位的提高

B. 世界各国在文化上相互借鉴、求同存异

C. 中国倡导和平共处五项原则

D. 中国文化的独特魅力

12. 我国政府采取很多措施提升国家的"软实力",下面属于政府提升软实力的措施有( )

①注重先进文化的建设和传播 ②中宣部深入开展社会主义荣辱观教育 ③积极贯彻落实以人为本的科学发展观 ④进行经济调节和市场监管,树立法制意识和诚信理念

A. ①③   B. ②④

C. ②③④   D. ①②③

发生在美国的次贷危机给全球带来了阵阵寒意,对全球经济造成重大影响。回答13～16题。

13. 由于美国房地产市场降温,导致次级房地产市场贷款出现危机,危机又蔓延至金融领域,形成席卷许多国家的金融"地震"。这表明( )

A. 美国是世界上头号经济强国

B. 经济全球化造成两极分化加剧

C. 经济全球化趋势日益明显

D. 各国对外贸易面临严峻挑战

14. 美国次级房贷危机爆发,并向全球金融机构深度蔓延,致使许多国家的金融业遭受严重损失,进而影响世界经济的发展。这一事件告诉我们( )

①经济全球化不利于经济发展 ②要高度重视国家经济安全 ③要放慢金融业的对外开放步伐 ④应增强抵御金融风险的能力

A. ①②   B. ②④

C. ①③   D. ③④

15. 温家宝总理强调,我们将继续深化与各方的务实合作,共同遏制国际金融危机蔓延,推动国际金融体系改革,反对贸易和投资保护主义,促进世界经济尽快复苏。这体现了( )

①中国是一个负责任的大国 ②国际竞争是导致金融危机的根源 ③我国外交政策的宗旨 ④我国外交政策的首要目标

A. ①②   B. ①③

C. ②④   D. ③④

16. 海外媒体普遍认为,经济快速发展的中国正在改变世界秩序,如果没有中国的参与,应对 2008 年世界性金融危机的困难将更大。由此可见( )

①中国是促进世界经济发展的决定力量 ②中国经济实力增强,综合国力提高 ③中国国际地位和国际影响力不断提高 ④中国与世界各国根本利益一致

A. ①②   B. ②③

C. ③④   D. ①④

17. 在大湄公河次区域经济合作第三次领导人会议上,与会的六国领导人围绕着"加强联系性、提升竞争力"这一主题,就加强基础设施互联互通、促进经贸投资、可持续的环境管理等方面的合作构想交换意见。这表明( )

A. 区域经济一体化是建立国际新秩序的体现

B. 发展国际交流与合作是各国合作的基础

C. 发展经济是维护和平的重要基础

D. 发展是当今时代的主题之一

18. 我国一直坚持独立自主的和平外交政策,始终不渝走和平发展道路。对下列外交现象的解读说法不正确的是( )

A. 中国派军舰到索马里地区保护我国船队是我国行使管辖权的体现

B. 中国政府积极倡导构建国际金融新秩序,有利于解决世界的发展问题

C. 中国政府通过联合国世界粮食计划署向莱索托捐粮,表明支持联合国一切工作

D. 中国政府因欧盟轮值主席萨科奇见达赖推迟中欧峰会,表明坚定维护国家利益

19. 温家宝总理在达沃斯会议上重申,应该建立公平、公正、包容、有序的国际金融新秩序,努力营造有利于全球经济发展的制度环境。这说明( )

①我国积极推动经济全球化朝互利共赢方向发展 ②我国积极推进国际政治关系的民主化 ③当代国际竞争的实质是经济和科技竞争 ④我国主张建设持久和平、共同繁荣的和谐世界

A. ①②   B. ③④

C. ②③   D. ①④

20. 中国国家主席胡锦涛在 2008 年博鳌亚洲论坛开幕式上发表演讲,强调中国愿同其他亚洲国家一道,共建和平、发展、合作、开放的亚洲。这说明( )

A. 国际政治经济新秩序已建立

B. 我国坚定不移走和平发展道路

C. 我国外交政策的基本立场是独立自主

D. 维护世界和平、促进共同发展是我国外交政策的基本目标

21. 近年来，我国积极开展全方位外交，我国的国际地位、作用、影响显著提高，并为世界及地区的和平、稳定和发展作出了重要贡献。我国外交成就的取得，是因为我国（　　）

①对外活动的根本出发点是维护世界各国人民的根本利益　②把和平共处五项原则作为我国对外关系的基本准则　③坚持独立自主的和平外交政策　④坚持了我国外交政策的宗旨

A. ①③④　　　　　　B. ①②③

C. ②③④　　　　　　D. ①②③④

22. 国家主席胡锦涛在访问墨西哥时曾引用该国著名诗人帕斯的一句名言："江水滔滔，奔流不息，百折不回，终归大海。"从国际关系的角度理解这句话，正确的是（　　）

A. 反对任意使用武力或以武力相威胁

B. 推动建设和谐世界是一个长期的过程

C. 我国始终不渝地奉行独立自主的和平外交政策

D. 世界各国的和平、发展、合作是历史潮流势不可挡

23. 针对美国众议院通过"涉藏决议"干涉中国内政的行径，藏族班的学生说，我们家乡的变化，各方面的成就是有目共睹的，但是，美国众议院却通过"涉藏决议"，颠倒黑白，无端攻击我国的民族宗教政策，其做法……他这段话中的省略号可以使用的观点是（　　）

A. 违背了联合国不干涉国内政的原则

B. 违背了我国平等互利的和平外交政策

C. 阻碍了我国宗教信仰自由政策的执行

D. 打破了已形成的国际政治经济新秩序

24. 温总理在会见美国国务卿时指出："一个健康发展的美国经济和稳定的美元对美国有利，对世界也有利。中方愿与美方一道为促进世界经济增长、维护金融市场稳定作出努力。"这反映了中国外交政策的（　　）

A. 保障经济安全的宗旨

B. 建立国际新秩序的主张

C. 促进世界发展的目标

D. 维护国际形象的基本点

25. "神舟七号"载人飞船成功发射，标志着我国综合国力的再一次提升，我国将在国际社会中发挥更加重要的作用。这说明（　　）

①当今发展科技是国家的战略重点　②综合国

力的决定性因素是经济力和科技力　③科技的发展有利于在国际竞争中掌握主动权　④各国之间的竞争只是经济和科技领域的竞争

A. ①②③　　　　　　B. ①②

C. ③④　　　　　　　D. ②③④

二、问答题（26、27、28 题各 6 分，29 题 8 分，共 26 分）

26. 在多边舞台上，中国作为联合国安理会常任理事国，继续在全球重大问题上发挥积极作用，展示了一个负责任的大国形象。在朝核、伊核、达尔富尔等地区热点问题上，中国所发挥的建设性作用得到国际社会的广泛认可。在能源和粮食安全、气候变化、国际金融等问题上，提出了按照自身的实际能力承担国际义务等主张，体现了广大发展中国家的利益，得到国际社会广泛赞同。

结合材料并联系实际，运用所学《政治生活》有关知识，谈谈中国为什么在国际事务中能够发挥建设性作用？（6 分）

27. 北京时间 2008 年 9 月 25 日 21 时 10 分 04 秒，我国航天事业又迎来一个历史性时刻，我国自行研制的神舟七号载人飞船在酒泉卫星发射中心发射升空，21 时 19 分 43 秒准确进入预定轨道，随后成功进行了太空行走。

请简要回答"神七"成功发射的政治意义。（6 分）

28. 胡锦涛在 2009 年 4 月 2 日在二十国集团领导人第二次金融峰会上发表讲话指出：中国作为国际社会负责任的成员，始终积极参与应对国际金融危机的国际合作。中国在面临巨大困难的形势下，保持了人民币汇率基本稳定。中国积极参与国际金融公司

贸易融资计划,并决定提供首批 15 亿美元的融资支持。中国尽最大努力向有关国家提供支持和帮助,同有关国家和地区签署了总额达 6500 亿元人民币的双边货币互换协议……

请回答"携手合作,同舟共济,积极参与应对金融危机的挑战"蕴含的政治生活的道理。(6分)

29.依据我国关于"建立国际新秩序"主张的相关内容完成下列表格(9分)

事例	政治学依据
中国迄今已累计对 49 个不发达国家免除到期政府债务 374 笔。中非合作论坛等,成为中国加强与发展中国家集体对话与合作的成功尝试。	
中国曾向国际社会庄严承诺,中国将全力落实应对气候变化国家方案,在发展经济的同时努力减缓温室气体排放。	
中国创造性地与一些国家互办"文化年"、"国家年"活动,如"俄罗斯年"、"中印友好年"等,成为推动世界文化和谐的创造者和建设者。	

三、论述题(30题12分,31题12分,共24分)

30. 阅读材料,回答下列问题。

材料一:2008 年 1 月印度总理辛格来华访问,两国共同签署《中华人民共和国和印度共和国关于二十一世纪的共同展望》,展望规定通过发展两国面向和平与繁荣的战略合作伙伴关系,推动建设持久和平、共同繁荣的和谐世界。2010 年,中印建交 60 周年。国务院总理温家宝在访问印度时说:"中印是互利共赢的合作伙伴,不是竞争对手。"双方应互为合作伙伴

而不是竞争对手,已成为两国领导人的重要共识和两国政府的政策。

(1)运用所学《政治生活》知识,分析"双方应互为合作伙伴而不是对手,这已成为两国领导人的重要共识和两国政府的政策"的理由。(8分)

材料二:"和谐世界"新理念是中国内政在外交上的延伸,是中国外交理念与传统文化的结合,其目标是建立持久和平、共同繁荣的世界。在和谐世界中,各国内部的事情由各国人民自己决定,世界上的事情由各国平等协商解决。各国互相尊重,平等相待,不将自己的意志强加于人,不将自身的安全与发展建立在牺牲他国利益基础之上。

(2)结合材料,谈谈和谐世界的理念体现了我国外交政策的哪些内容?(4分)

31. 文化,是国家软实力的核心因素,包含一国文化的影响力、凝聚力和感召力。2009 年里,作为德国法兰克福书展主宾国;作为比利时欧罗巴艺术节的唯一受邀国,中国文化大规模地走出去,走上世界舞台,发布中国声音,展现中国形象,软实力得到了越来越多的认同。

运用所学《政治生活》的有关知识,谈谈对"我国文化走出去"现象的认识。(12分)

必修 3 《文化生活》

▍第一单元 文化与生活▍

第一课 文化与社会

▋考点梳理▋

1. **文化的内涵与特点**

[考点解读]

(1)内涵:文化是相对于经济政治而言的人类全部精神活动及其产品。其中,既包括世界观、人生观、价值观等具有意识形态性质的部分,又包括自然科学和技术、语言和文字等非意识形态的部分。

(2)特点:

①文化是人类社会特有的现象,是人们社会实践的产物,纯粹"自然"的东西不能称之为文化。

②人的文化素养不是天生的,而是通过对社会生活的体验,特别是通过参加文化活动,接受文化知识教育而逐步培养起来的。人们在社会实践中创造文化和发展文化,也在社会生活中获得和享用文化。

③人们的精神活动离不开物质活动,精神产品离不开物质载体。文化是通过物质活动或物质载体体现出来的。

[真题展示]

(2010 广东 31)孟浩然《与诸子登岘山》诗:"人事有代谢,往来成古今。江山留胜迹,我辈复登临⋯⋯羊公碑字在,读罢泪沾襟。"该诗句可以体现(　　)

①文化是人类社会实践的产物　②文化是由文人创造的　③文化具有继承性　④文化影响人的精神世界

A.①②③　　　　B.①②④　　　　C.①③④　　　　D.②③④

分析:本题以古诗为背景,考查考生获取和解读信息、调动和运用知识的能力。本题可用逆向排除法,排除其中最不能入选的一个题肢即可。通过审题可判断出题肢②"文化是由文人创造的"本身有误,而题肢①③④符合题意。

答案:C

2. **文化的形式**

[考点解读]

(1)文化具有非常丰富的形式,如思想、理论、信念、信仰、道德、教育、科学、文学、艺术等都属于文化——文化的静态形式。

(2)人们进行文化生产、传播、积累的过程都是文化活动——文化的动态形式。

3. **文化的社会作用**

[考点解读]

(1)文化作为一种精神力量,能够在人们认识世界、改造世界的过程中转化为物质力量,对社会发展产生深刻的影响。这种影响,不仅表现在个人的成长历程中,而且表现在民族和国家的历史中。

(2)不同性质的文化对社会发展的作用不同,先进的、健康的文化会促进社会的发展,落后的、腐朽的文化则会阻碍社会的发展。

思维误区:

(1)文化是一种物质力量。

文化作为一种精神力量,能够在人们认识世界、改造世界的过程中转化为物质力量,对社会发展产生深刻的影响。

(2)文化对社会的发展都起着积极的促进作用。

文化作为一种精神力量,对人类社会的发展产生深刻的影响。先进的、健康的文化对社会发展产生巨大的促进作用,腐朽的、没落的文化对社会的发展起重大的阻碍作用。

4. 文化与经济、政治的关系

[**考点解读**]

(1)相互影响

经济、政治和文化是社会生活的三个基本领域,其中,经济是基础,政治是经济的集中表现,文化是经济和政治的反映。

文化由一定的经济和政治所决定,又反作用于一定的经济、政治,给予经济和政治以重大的影响。文化对经济、政治的反作用具有双重性,即不同的文化对经济、政治的影响不同,对社会发展的作用也不同。先进的、健康的文化会促进社会的发展,落后的、腐朽的文化则会阻碍社会的发展。

(2)相互交融

①文化与经济相互交融:科学技术和教育事业对经济发展的作用日益重要;文化产业、文化消费和文化生产力在现代经济的总格局中的作用日益重要。

②文化与政治相互交融:参与政治生活需要更高的文化素养;世界范围内的反对文化霸权主义的斗争,成为当代国际政治斗争的重要内容。

知识拓展:文化具有相对独立性

经济发展是文化发展的基础,但是并不意味着文化的发展始终和经济的发展亦步亦趋,文化可能会超前于经济的发展而发展,或者落后于经济的发展而发展。因此,文化有其自身的传承性和相对独立性。

[**真题展示**]

1.(2010 北京 25)《阿凡达》是一部运用 3D 技术制作的电影,目前已创造了超过 27 亿美元的全球票房,并带动了 3D 相关产业的发展。这体现了(   )

①文化对经济的重大影响　②文化是政治经济的反映　③文化生产力的日趋重要　④文化以经济发展为基础

A.①②　　　　　　B.①③　　　　　　C.②④　　　　　　D.③④

分析:本题主要考查文化与经济、政治的关系,考查学生理解材料信息和相关基础知识的能力。难度较小。"运用 3D 技术制作电影","创造 27 亿元的全球票房""带动了 3D 相关产业的发展"是强调文化对经济的重大影响,文化生产力的重要性。

答案:B

2.(2007 宁夏 40)阅读材料回答问题。

宁夏回族自治区经济社会发展相对落后,在全面建设小康社会进程中,自治区党委根据本地特点,提出了"小省区要办大文化"的思路。宁夏根据其"岩画文化、丝路文化、西夏文化神秘而璀璨,边塞文化、大漠文化、黄河文化悠远而豪放"的优势和特点,发展带有民间文化特色和塞上文化特色的旅游文化产业。实施"百县千乡文化工程"和"千里文明长廊工程",积极开展社区文化、校园文化、企业文化、农村文化等群众文化活动,带动了自治区经济社会的发展。

运用所学《文化生活》知识.说明在经济相对落后的条件下"办大文化"的重要意义。

分析:本题着重考查文化的相对独立性、文化对人的发展、对经济和社会发展的作用等方面的知识。如前所述,这些考点是重点考点,且常以鲜活的社会生活为考查背景,考查学生运用上述知识分析和说明问题的能力。此题以宁夏回族自治区从自身的实际情况出发,利用本地的资源优势发展文化产业,从而促进本地经济社会发展的事例为考查背景。解答此题要从文化的特性即相对独立性入手谈对精神文明、物质文明建设的作用,特别是要联系材料中把文化作为产业发展对当地经济发展产生的影响。

答案:文化发展具有相对独立性,经济落后的小省区可以"办大文化",用先进的、健康的文化促进人的全面发展,满足人们日益增长的精神文化需求,为物质文明建设提供精神动力、智力支持和思想保证。文化产业本身也是重要的经济部门,发展文化产业,可以直接促进经济发展。

　　5. 文化与综合国力

[考点解读]

　　(1)文化在当代国际竞争中的地位和作用

　　①文化越来越成为民族凝聚力和创造力的重要源泉。

　　②文化越来越成为综合国力竞争的重要因素。

　　(2)文化对我国提高国际竞争力的重要性

　　①在世界多极化和经济全球化进程中,处于弱势地位的发展中国家,在文化发展上面临严峻挑战。

　　②我国必须把文化建设作为社会主义现代化建设的重要战略任务,激发全民族文化创造活力,提高国家文化软实力,为经济建设提供正确的方向保证、不竭的精神动力和强大的智力支持。

　　思维误区:经济和科技是综合国力竞争的基础,因此,文化的发展对国家、社会的发展影响不大。

　　文化是一个民族和国家赖以生存和发展的重要根基,是区别于其他民族和国家的重要标志。文化不仅是综合国力的重要标志,也是经济发展和社会进步的强大精神动力。在当代,经济的发展,社会的进步,综合国力的增强,都有赖于科学技术的进步,有赖于文化发展水平及其影响力。文化在人类社会发展的作用日益突出。

　　知识拓展:文化竞争力

　　(1)文化竞争力是指各种文化因素在推进经济社会和人的全面发展中所产生的凝聚力、导向力、鼓舞力和推动力。

　　(2)为什么要高度重视文化竞争力?

　　①当今世界,各国之间综合国力竞争日趋激烈,文化越来越成为民族凝聚力和创造力的重要来源,越来越成为综合国力竞争的重要因素。

　　②发展中国家在文化发展上面临严峻的挑战。

　　③对于发展中国家来说,文化在综合国力的竞争中是维护自身文化安全的精神武器。

　　(3)怎样提升我国的文化竞争力?

　　①把文化建设作为社会主义现代化建设的重要战略任务,牢牢把握先进文化的前进方向,大力弘扬民族精神,优先发展教育和科技。

　　②大力发展文化产业,推动文化生产力的发展。

　　③做传播中华文化的使者,推动中华文化走向世界。

　　④发展文化产业过程中,必须关注和维护文化安全。

　　联系实际:本考点是高考常考考点。一般以选择题的形式进行考查,但并不说明该考点不会用来命制主观题,因为其内容是命制综合题的很好内容,我们要在这方面有充分的准备。因此,在复习时,要注意区分社会中的经济、政治和文化现象,明确三者之间的关系;用文化与经济、政治三者关系理解文化发展对政治文明、物质文明的重要性;用文化与经济、政治的知识分析建立社会主义和谐社会的必要性。

　　我们要结合各种文化产业博览会,如2010年上海世博会等活动来分析文化与经济、政治日益交融以及如何大力发展我国的文化产业,增强我国的综合国力。

[真题展示]

　　(2010 江苏 37)【世博之魅】

　　世博会被誉为世界经济、科技、文化的"奥林匹克"盛会。从1851年英国伦敦的第一届世博会开始,人类找到了一种大规模文明交流的新形势。世博会成为多国文化融汇和最新科技展示的平台,也是一个国家文化软实力集中展示和提升的重要途径。

　　上海世博会对中国的意义,不仅在于向世界展示中国的发展的巨大成就,更重要的是要充分利用世博会的影响,大力提升中国文化软实力,实现中华民族的伟大复兴。

　　发帖:如何以世博会为契机进一步提升我国的文化软实力

　　跟帖:经济发展了,文化软实力就自然提升了。

　　(2)请运用《文化生活》的有关知识,评析跟帖中的观点,并针对发帖中的问题提出你的看法。

　　分析:本题要求对发帖内容进行评析。考查学生评析问题的能力。从知识的角度看,核心知识是经济发展与文化发展之间的关系。题目还要求考生对如何以世博会为契机提升我国的文化软实力发表看法。

答案:①跟帖认识到了经济发展对提高文化软实力的决定作用,但没有认识到文化软实力的提高还需要其他条件。②提升我国文化软实力还要:充分发挥世博会的产业引领功能,更好实现文化与经济、政治的交融发展,增强我国的综合国力;充分发挥世博会的文化交流与传播功能,推动中华文化走向世界,增强中华文化国际影响力;充分利用世博会的文化融汇契机,既要面向世界、博采众长,又要继承传统、推陈出新,实现中华文化的创新;充分发挥世博会的文明推动功能,提高国民的科学文化修养和思想道德修养,培育既有民族性又有世界性的民族精神。

解题指导

1.(2009 福建31)2008 年 6 月 18 日,中国邮政发行了《海峡西岸建设》特种邮票和邮资封。《海峡西岸建设》特种邮票形象地展示了海峡两岸经济区经济社会发展成就。由此可见(   )

A. 文化成为地方经济发展的主要标志

B. 文化能够反映经济社会发展状况

C. 邮票成为展示文化软实力的载体

D. 发行邮票已成为文化传播的主要途径

2.(2009 江苏18)原生态文化资源的开发和利用,在丰富人们文化消费的同时,也促进了当地旅游经济的发展。由此可见(   )

A. 文化对经济发展具有推进作用

B. 文化与经济同步发展

C. 文化是经济繁荣发展的基础

D. 文化对经济发展具有重要影响

3.(2008 海南17)某地利用当地特色民族文化资源打造旅游业:以民族文化为内容,以民族村寨为载体,以原汁原味为亮点,建立原生态文化旅游经济圈,取得了良好的经济效益。开发原生态文化资源、发展旅游经济的成功经验表明(   )

①原生态文化具有普遍的积极价值 ②原生态文化具有传播和发展的价值 ③文化与经济相互联系、相互交融 ④文化的价值在于能否创造经济价值

A.①②   B.②③

C.①③   D.②④

4.(2008 广东25)洗星海在抗日战争时期创作了《黄河大合唱》等名曲,并产生了广泛的影响。这表明(   )

A. 人们在社会实践中创造并享用文化

B. 文化具有丰富的表现形式

C. 文化的发展与社会实践同步

D. 文化创造的主体是知识分子

5.(2008 广东21)中国有些历史文化资源成为外国文化产业资源,如日本版《三国演义》、美国版《花木兰》等。这启示我们(   )

A. 文化遗产是国家和民族的重要标志

B. 应该大力发展我国的文化产业

C. 用法律手段遏制外国的文化掠夺

D. 应该坚持正确的文化发展方向

【答案】

1.B 思路点拨:一定的文化由一定的经济政治所决定,经济是基础,文化是经济政治的反映,故 B 项正确;A 项夸大了文化的作用,认为是经济发展的标志是错误的;C 项说法夸大了"邮票"的作用;商贸活动、人口迁徙、教育是文化传播的主要途径,故 D 项错误。

2.D 思路点拨:本题考查文化与经济的关系,考查学生理解和运用知识的能力。题干反映了文化对经济发展的影响,故 D 项正确;但文化有先进和落后之分,只有先进的文化对经济发展起推动作用,故 A 项错误;经济决定文化,但并不是亦步亦趋的,故 B、C 项错误。

3.B 思路点拨:①④观点表述片面,错误在"普遍""能否创造经济价值";开发原生态文化具有传播发展价值,也有经济价值,这也体现了文化与经济的相互联系,②③正确。本题考查对开发原生态文化资源、发展旅游经济成功经验的认识,属于文化生活知识。难度中等。

4.A 思路点拨:本题考查文化与人们的实践之间的关系。文化是由人创造的,是人们社会实践的产物,人们在社会实践中创造和发展文化,也在社会生活中获得和享用文化。据此不难选出正确答案 A。题中不能体现文化形式的丰富,因此 B 项不符合题意;文化的发展虽然由社会实践推动,但作为社会意识范畴的文化具有相对独立性,因而并不一定同步,不选 C;文化创造的主体是人民群众,知识分子作用虽然重要,但也是人民群众的一部分,不能以部分代替整体,故不选 D。

5.B 思路点拨:"启示"类题目一般是要求回答材料中的内容为我们提供了一种什么样的工作、思想方法,侧重于"怎样做"。本题中 C 项的观点错误,A、D 两项与材料没有直接联系。

第二课　文化对人的影响

1. 文化对人的影响的表现

[考点解读]

文化对人的影响:文化是人创造的,文化又影响着每一个人。

(1)来源:文化对人的影响,来自于特定的文化环境和各种形式的文化活动。

启示:要创造良好的文化环境,开展丰富多彩的文化活动,丰富人们的精神文化生活,促进人们文明素质和社会文明程度的提高。

(2)表现:

①文化影响人们的交往方式和交往行为。

②文化影响人们的实践活动、认识活动和思维方式。不同的文化环境、不同的知识素养、不同的价值观念,都会影响人们认识事物的角度以及认识的深度和广度,影响人们在实践中目标的确定和行为的选择,影响不同思维方式的形成。

[真题展示]

(2010 天津 8)法国哲学家爱尔维修有句名言:"人是环境的产物"。某论坛上,主讲人让听众写下与自己关系最密切的 6 个朋友,并指出他们月收入的平均数大致就是你的月收入。测试结果的准确程度让所有听众惊讶不已。物以类聚,人以群分。每个人的朋友圈子都是一个特定的文化环境,它彰显着你的现在,也预示着你的未来。这种现象说明(　　)

A. 文化决定人们的交往行为和交往方式

B. 文化影响人们的实践活动和思维方式

C. 文化改变人们的价值观念,丰富精神世界

D. 文化提高人们的道德修养,塑造完美人格

分析:材料中文化环境"彰显着你的现在,也预示着你的未来",说明文化影响人们认识事物、进行实践的方式和思维方式,而非人们的交往行为和方式。C、D项说法不准确,因为文化有高尚、先进、优秀与庸俗、落后、腐朽之分。

答案:B

2. 文化对人的影响的特点

[考点解读]

(1)具有潜移默化的特点。

文化对人的影响一般不是有形的、强制的,也不都是消极被动,无目的地接受的,往往是自觉学习、主动感悟文化熏陶的结果。因此要积极参加健康向上的文化活动。

(2)具有深远持久的特点。

文化对人的影响,无论表现在交往方式、思维方式,还是表现在生活方式的其他各个方面,都是深远持久的。作为人们文化素养的核心和标志的世界观、人生观、价值观,是在长期的生活和学习过程中形成的,是各种文化因素交互影响的结果,对人的综合素质和终身发展产生深远持久的影响。

思维误区:

(1)处在一定的文化环境中就一定能形成较高的文化素养。

文化对人的影响具有潜移默化的特点,不是有形的、强制的。处在一定文化环境中有利于形成一定的文化素养。但人的文化素养的形成过程,往往是自觉学习、主动感悟文化的过程,只有主动接受健康向上的文化的熏陶,才会形成较高的文化素养。

(2)文化对人的影响是永远不变的

文化对人的影响是深远持久的,但不是永远不变的。

[真题展示]

(2010 福建 25)上海世博会福建馆茶文化的展示让许多游客叹为观止。一位美籍华人欣赏了茶艺表演后,

感叹道:"太精彩了! 这一表演让我们享受到了美,也让我们感受到祖国茶艺的博大精深。"这反映(　　)

A.文化对人的影响是潜移默化的　　　　　　B.优秀文化在交流与借鉴中创新

C.文化对人的影响是深远持久的　　　　　　D.优秀文化能增强人们的精神力量

分析:考查文化对人的影响的特点,文化的作用,文化交流。美籍华人欣赏了世博会福建馆茶文化的展示后,深受感染,由衷发出感叹,说明文化对人的影响是潜移默化的,D深远持久则不选。其它选项本身表述无误,但题干未涉及。

答案:A

3.丰富精神世界,促进全面发展——文化对塑造人生的作用

[考点解读]

文化塑造人生,这里的"文化"是指先进文化、优秀文化

(1)优秀文化能够丰富人的精神世界。积极参加健康有益的文化活动,是培养健全人格的重要途径。

(2)优秀文化能够增强人的精神力量。优秀文化作品以其特有的感染力和感召力,使人深受震撼、力量倍增,成为照亮人们心灵的火炬、引领人们前进的旗帜。

(3)优秀文化能够促进人的全面发展。优秀文化为人的健康成长提供不可缺少的精神食粮,对促进人的全面发展起着不可替代的作用。

知识拓展:全面认识文化的作用。

文化的作用概括起来表现在以下几个方面:

(1)文化反作用于经济与政治。先进的、健康的文化会促进社会的发展,落后、腐朽的文化则会阻碍社会的发展。

(2)文化的力量,深深熔铸在民族的生命力、创造力和凝聚力之中,成为综合国力的重要标志。

(3)文化影响人们的交往行为和交往方式。

(4)文化影响人们的实践活动、认识活动和思维方式。

(5)优秀的文化能丰富精神世界,增强精神力量,促进人的全面发展

思维误区:文化是个人成长的催化剂

文化对人生的塑造作用具有双重性。优秀文化能够丰富人的精神世界、增强人的精神力量和促进人的全面发展。因此只有先进的、健康的优秀文化才是个人成长的催化剂。

[真题展示]

(2010 山东 22)2009 年 12 月,山东省启动了"放飞梦想"绿色手机文化创作传播活动;2010 年 3 月,又开展了"诵读经典,爱我中华"活动。两大活动所体现的共同文化生活道理是(　　)

A.开展有益文化活动,提升公民文化素养　　　B.净化社会文化环境,实现文明健康交往

C.传播优秀传统文化,增强人的精神力量　　　D.创新文化传播方式,推动经典文化发展

分析:考查文化对塑造人的作用。"放飞梦想"绿色手机文化创作传播活动,"诵读经典,爱我中华"活动的共同之处在于都是有益的文化活动,有利于提升公民文化素养,其他选项不合题意。

答案:A

解题指导

1.(2009 江苏 21)2008 年 2 月,江苏省教育厅积极落实教育部的要求,安排南京、苏州等 8 个市作为京剧进中小学课堂的首批试点市。开展京剧进中小学课堂活动的依据是(　　)

①优秀文化能够丰富人的精神世界　②传统文化是健康有益的　③传统文化是文化发展的源泉　④教育是文化传承的重要途径

A.①②　　　　　　　　B.①④

C.②③　　　　　　　　D.③④

2.(2009 广东 17)温家宝在今年的"世界读书日"说,读书决定一个人的修养和境界。这表明读书(　　)

A.可以获得不同的文化知识

B.作为一种文化活动能够塑造人

C.是人们享用文化的表现

D.体现了人们对真善美的追求

3.(2009 天津 9)某校开展了以"纪念新中国成立 60 周年"为主题的读书活动。开展这项活动,有利于

激发学生的爱国热情,增强其历史使命感和责任感,有利于引导学生把握人生道理、实践人生追求。这是因为( )

①文化能促进社会的全面发展　②文化对人具有潜移默化的影响　③有文化知识才会有崇高的道德　④文化作为精神力量能转化为物质力量

A.①②　　　　　　　　B.②④

C.①③　　　　　　　　D.③④

4.(2007 广东 14)人的文化素养是多方面的,其中具有方向性作用、处于核心地位的是( )

A. 社会科学素养

B. 自然科学素养

C. 世界观、人生观、价值观

D. 社会公德、职业道德、家庭美德

5.(2009 浙江 41)材料二:到目前为止,全国已有7.8万名"村官",小杨就是其中的一位。大学一毕业,小杨打破传统观念,只身来到千里之外的一个乡村任村委会主任助理。任职期间,在村党支部和村委会的领导下,她走访农户,宣传党和政府的有关方针和政策,传授农业科技知识,协助主任处理一系列村务。她刻苦学习雕刻知识,与该村艺人共同努力,使该村濒临失传的木雕工艺重放异彩,并将原先小打小闹的木雕品发展为人人喜爱的旅游纪念品。短短两年,该村的社会风气明显好转,村民的钱包鼓了起来。因此,"村官"小杨得到了领导和村民的一致好评。小杨自己也认为当"村官"是一个正确的选择。

"村官"小杨给乡村带来的变化是如何体现《文化生活》道理的?

【答案】

1.B 思路点拨:本题考查文化对人的影响及教育对文化的传承的意义,考查学生理解和运用知识的能力。传统文化既有精华也有糟粕,故②的说法错误;社会实践是文化创新和发展的源泉,故③的说法错误;排除含②③的选项。

2.B 思路点拨:本题考查文化对人的影响的相关知识,考查学生的识记和理解分析能力。"读书决定一个人的修养和境界"强调优秀文化对人的塑造作用,故选 B 项。A、C、D 项本身表述正确,但与题意无关。

3.B 思路点拨:本题考查文化的作用这一核心知识点,这一考点是重点考点。本题以"纪念新中国成立 60 周年"的读书活动为背景,旨在考查学生调动和运用知识的能力。①不准确,文化有优秀和落后之分,作用亦不同。③不准确,并非只有文化知识才会有崇高的道德。只有②、④准确体现了题干的关键词"激发、增强""把握、实践"。

4.C 思路点拨:此题考查对世界观、人生观、价值观在人的文化素养中的作用与地位的理解能力。A、B、C、D 四项都是人的文化素养的内容,但其中只有世界观、人生观、价值观才是具有方向性作用并处于核心地位。A、B、D 三项都不符合题干的指向性。

5."村官"小杨向村民传授农业科技知识,推动该村传统木雕工艺品转化为旅游纪念品,使村民的钱包鼓了起来,表明文化能反作用于经济。"村官"小杨和艺人共同努力,使原先小打小闹的传统木雕工艺实现新的发展,表明文化的发展离不开继承与创新。该村社会风气明显好转,表明优秀文化可以促进人和社会的发展。小杨给该村带来的变化与她自身良好的素质密不可分,表明加强思想道德修养与知识文化修养的重要性。

思路点拨:本题综合考查文化的作用和文化继承与创新等知识。这都是重点考点,高考中常以鲜活的时政为考查背景。本题以大学生当村官为背景,角度新颖,紧跟社会热点,时代性强。本问考查模块界定为《文化生活》,体现类型的设问。解题关键在于学生从材料中提取信息和分析信息、调动运用知识的能力。答题时注意材料与知识的有机结合。

周　练

一、单选题(每题2分,共50分)

1. 下列选项中对文化的理解不正确的是( )

A. 文化是相对于经济、政治而言的人类全部精神活动及其产品

B. 文化是人们社会实践的产物

C. 文化就是世界观、人生观和价值观

D. 文化是由人所创造、为人所特有的

2. 礼仪是交往的产物,语法是说话的产物,逻辑是思考的产物。人们长期形成的做事情的方式和规范,无非是人类知识和经验的总结。这表明( )

①文化是人们社会实践的产物　②文化实质上是一种精神力量　③文化素养是逐步培养起来的　④文化现象无时不在、无处不在

A. ②③　　　　　　　　B. ①②

C. ①③　　　　　　　　D. ①④

3. 追溯中国结的渊源应从远古年代的结绳记事开始。东汉郑玄在《周易注》中道:"结绳为记,事大,大结其绳,事小,小结其绳。""结"与"吉"谐音,在漫长的演变过程中,小小绳结被人们赋予了各种情感愿望,"同心结"、"平安结"、"团圆结",一个个美丽中国结蕴含着人们对美好生活的向往。对上述材料中文化现象的正确解读是( )

①文化是人类社会实践的产物　②追求真善美是中华民族精神的核心　③从绳结之中可以透视人们的精神世界和精神生活　④结绳使人类文明得以传承,标志人类进入文明时代

A. ①③　　　　　　　　B. ②④

C. ①②　　　　　　　　D. ①④

4. 在长期的生产劳动和社会生活中,广东人民创作了《赛龙夺锦》、《旱天雷》、《步步高》、《雨打芭蕉》等一大批富有岭南特色的经典音乐,享誉中外。这说明( )

①人们在社会生活中获得和享用文化　②人们在实践中创造和发展文化　③文化就是人类的精神产品　④人民群众需要健康有益的文化

A. ①②③　　　　　　　B. ②③④

C. ①②④　　　　　　　D. ①③④

5. 汶川地震发生后,中国人民在抗震救灾中爆发出的巨大力量赢得了世界赞誉。海外媒体发表评论说,一个领导人在两小时内就飞赴灾区的国家,一个能够出动十多万救援人员的国家,一个企业和私人捐款达到数百亿的国家,一个因争相献血而排长队的国家,永远不会被击垮。这表明( )

①提高国际影响力是发展综合国力的关键　②民族凝聚力是衡量综合国力的标志之一　③动员和组织能力是综合国力的重要内容　④物质力和精神力都是综合国力的组成部分

A. ①②③　　　　　　　B. ①②④

C. ①③④　　　　　　　D. ②③④

6. 右图是一个德国人阐释的中国人与德国人表达个人观点的方式,这背后体现的是东、西方文化的差异,对此认识正确的是( )

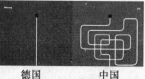

德国　　　　中国

①文化差异是由不同的经济、政治、历史等因素决定的　②不同地域的文化相互区别、相互交融　③文化对人的影响具有潜移默化、源远流长的特点　④文化影响人们的思维方式

A. ①②　　　　　　　　B. ②③

C. ①④　　　　　　　　D. ③④

7. 恩格斯说:"不论在法国或是在德国,哲学和那个时代的文学的普遍繁荣一样,都是经济高涨的结果。经济发展对这些领域的最终的支配作用,在我看来是无疑的。"这说明( )

A. 文化具有相对的独立性

B. 文化对社会生产方式产生重大影响

C. 经济是文化的基础,文化是经济的反映

D. 文化对经济的反作用有两种情形

8. "政治是骨骼,经济是血肉,文化是灵魂",这一比喻形象地揭示了政治、经济、文化之间的关系。下列对政治、经济、文化之间关系的正确表述是( )

A. 文化是基础,没有文化,政治和经济就不会存在

B. 政治是基础,经济和文化服从于政治发展的需要

C. 经济是基础,政治是经济的集中表现,文化是经济和政治的反映

D. 政治是基础,经济是政治的集中表现,文化是经济和政治的反映

9. 围绕教育公平的话题,有关专家指出,教育是

经济发展和社会进步的基本动力,但教育公平受到客观经济条件的制约,具有一定的相对性。这主要说明( )

A. 文化与经济相互交融,相互决定

B. 教育在经济建设中具有基础性、先导性、全局性的作用

C. 经济决定文化,文化对经济具有反作用

D. 必须把教育摆在优先发展的地位

10. 一位美国前总统说:"我们的政治和经济联系由于美国文化对全世界的吸引力而得到补充。这是我们可以利用的软力量。"美国一位专家评论说:"中国的软实力中文化的吸引力还相对较弱。相比较于美国的电影、音乐和其它文化产品,中国似乎没有一个突出的享誉世界文化品牌。"这两句话警示我们( )

①在当今世界,文化已经成为综合国力竞争的重要因素 ②在当今国际竞争中,文化软实力的作用已超过经济硬实力 ③文化软实力的强弱,关系到能否在国际竞争中掌握主动权 ④经济全球化使各国联系更紧密,也使文化安全问题更重要

A. ①②③ 　　　　　B. ①②④

C. ①③④ 　　　　　D. ②③④

11. 有一种现象耐人寻味,就是越注重文化建设的地方,人们的素质越高,当地经济发展得越好,社会治安环境也越佳。反之,不重视文化建设的地方,不仅经济建设的成果大打折扣,治安问题也比较突出,进一步发展的前景堪忧。这说明( )

①文化与经济相互交融 ②文化对经济、政治具有反作用 ③文化决定人的交往行为与方式 ④文化对人的影响是深远持久的

A. ①② 　　　　　B. ②④

C. ①③ 　　　　　D. ①④

12. 我国古人崇尚治身与治心和谐统一的理念。"身"是指人的身体、体魄,"心"是指人的精神世界,是人的精神素质。这启示我们( )

A. 人的全面发展是一个历史的过程

B. 必须从思想道德素质、科学文化素质和健康素质等方面促进人的全面发展

C. 优秀文化对人的全面发展具有不可替代的作用

D. 思想道德修养比科学文化修养更重要

13. 当代国画家刘海粟画集《黄山》,以艺术的形式展现了黄山的自然美。对此,下列说法正确的是( )

①画集《黄山》的创作属于文化活动 ②画集《黄山》的创作说明文化是人们社会实践的产物 ③黄山

的自然美也是一种文化 ④艺术是文化的一种表现形式

A. ①②③ 　　　　　B. ①②④

C. ①③④ 　　　　　D. ①②④

14. 有人形象地把知识经济时代的国家划分为"脑袋国家"和"躯干国家"。"脑袋国家"通过生产和输出知识支配"躯干国家","躯干国家"受"脑袋国家"的控制与盘剥。上述材料对我们的启示是( )

①文化在综合国力竞争中地位和作用越来越突出 ②把文化创新作为社会主义文化建设的中心环节 ③文化与经济、政治相互交融、相互决定 ④把文化建设作为社会主义现代化建设的重要战略任务

A. ①② 　　　　　B. ③④

C. ②③ 　　　　　D. ①④

15. 人们接受健康向上的文化影响,在态度上往往是( )

A. 消极被动 　　　B. 主动感悟

C. 深远持久 　　　D. 潜移默化

16. 人们从事文化活动,如阅读文学作品、外出旅游观光、参加体育活动等,得到思想的启示、精神的享受,或产生思想的困惑、精神的失落。对此正确的认识是( )

①文化对人的影响需要通过一定的形式来实现 ②人们只能被动地接受文化的影响 ③文化对人的影响是深远持久的 ④文化对人的影响是潜移默化的

A. ①② 　　　　　B. ①③

C. ②③ 　　　　　D. ①④

17. 被奉为"修身、齐家、治国、平天下"的经典——《论语》,成书已两千多年,至今仍然影响着我们的思想和生活。这体现了( )

A. 文化是思想家的精神产品的总和

B. 文化素养只有通过阅读经典才能获得

C. 文化经典是决定民族生存发展的根本

D. 文化对人的影响具有深远持久的特点

18. 一些学校在探索育人方式时,特别注重校园文化氛围的创设,例如把校训、校歌、格言警句等书写在校园中的醒目位置,"让墙壁说话"。校方之所以这样设计,原因在于( )

①文化对人的影响来自于特定文化环境 ②文化对人的影响具有潜移默化的特点 ③文化氛围影响人的思想和行为 ④文化活动促进文化理论的创新

A. ①②③ 　　　　　B. ①②④

C. ①③④ 　　　　　D. ②③④

19. 潮汕人有"放生积善"的习俗,即买一些活的

乌龟、鲤鱼、青蛙等野生动物放归大自然。这一习俗源于佛教,佛教在潮汕地区长期盛传养成了潮汕人崇尚善举,珍重生灵的精神风貌。这表明文化对人的影响,来自于( )

A. 世界观、价值观和人生观

B. 交往行为和交往方式

C. 实践活动、认识活动和思维方式

D. 文化环境和文化活动

20. 人们常常用"随风潜入夜,润物细无声"形容文化对人潜移默化的影响力,下列词句能体现同样意思的是( )

A. 蓦然回首,那人却在灯火阑珊处

B. 不战而屈人之兵

C. 以天下之至柔驰天下之至坚

D. 熟读唐诗三百首,不会做诗也会吟

21. 我国目前唯一一部红色革命历史题材的大型实景演出《井冈山》,在山水实景中再现了革命根据地那段血与火的峥嵘岁月。很多观众评价:这是看过的最逼真的演出。红军战士艰苦奋斗、坚守信仰的精神唤醒了内心深处的感动。观众的评价表明优秀文化( )

①能丰富人的精神世界 ②能增强人的精神力量 ③决定人们是否树立正确的人生观 ④对人的影响具有源远流长的特点

A. ①② B. ①④

C. ①②③ D. ①②④

22. 春节是中国最富有特色的传统节日。"除夕"夜,不管是中国大陆、港澳台地区,还是旅居海外的全球华人,都有家人团聚吃年夜饭、守岁的习俗。这种现象说明( )

A. 传统文化对人的影响深远而持久

B. 传统文化决定人的思维方式

C. 传统文化是民族生存与发展的基础

D. 传统文化促进人的全面发展

23. 2009 年 1 月 22 日,胡锦涛总书记在全国宣传思想工作会议上讲话强调,要推动社会主义文化大发展大繁荣,提高国家文化软实力。文化实力在综合国力中的地位主要表现在( )

①文化对社会的发展起促进作用 ②先进文化能为经济发展和社会全面进步提供方向保证、精神动力和智力支持 ③文化成为民族凝聚力和创造力的重要源泉 ④文化作为一种产业,是国民经济体系的重要组成部分

A. ①②③ B. ①②④

C. ①③④ D. ②③④

24. 在"八荣八耻"教育中,北京某中学在圆明园

开展了"弘扬民族精神"、"使命与责任"、"奥运与中国责任"、"航天精神与中国梦"等专题讨论,还为高三学生在这里举行成人仪式。圆明园承载了国家和民族太多的屈辱,我们必须从废墟与耻辱中站起! 让学生从自己的亲身体验中去感悟,才能更深入人心。上述事实表明( )

①参加健康向上的文化活动有利于提高人的道德素养 ②交往行为和交往方式影响人们的文化素质 ③文化丰富精神世界,增强精神力量,促进人的发展 ④青年学生需要主动感悟文化的熏陶

A. ①③ B. ②③

C. ①④ D. ②④

25. 在异国他乡,一声平常的问候,不经意间的举手投足,一幅耳熟能详的对联,都是一杯数千年中华文化的佳酿,令人心醉。这表明( )

A. 文化对人的影响,取决于不同的文化程度

B. 文化对人的影响,来自于特定的文化环境

C. 文化对人的影响是深远而持久的

D. 文化对人的影响是没有国界的

二、问答题(26 题 6 分,27、28、29 题各 8 分,共 30 分)

26. 从文化生活的方方面面,我们能够体味到文化的影响和作用。根据左栏提供的信息,在右栏中回答相应问题。(6 分)

文化现象与生活	文化对人的影响或对社会的作用
世界各地的礼仪带有各自的文化印记,欧美人见面时拥抱,泰国人行"合十礼",我国藏族同胞为尊贵的客人献哈达。	
《义勇军进行曲》诞生于中华民族危亡的关头,一经问世,即广为传唱,成为激励中国人民争取民族解放的号角。	
美国的文化产品在其对外贸易中占据首位,日本的文化产业产值已超过汽车工业,韩国已成为世界第五大文化产品与服务出口国。	

27. 《文化产业振兴规划》是贯彻落实党中央、国

务院战略决策,适应文化建设面临的新形势和人民群众的新期待,加快文化产业发展的重大举措,对于繁荣文化市场,满足人民群众多层次、多方面、多样化的文化需求,提高文化产业占国民经济的比重,增强国际竞争力具有十分重要的意义。

结合材料,运用《文化生活》的知识,说明出台《规划》的依据。(8分)

28. 管子曰:"仓廪实而知礼节,衣食足而知荣辱。"据此,有人认为,经济上去了,社会文化就发展了,社会文明程度就自然而然地提高了。

请运用《文化生活》的相关知识谈谈你的看法。(8分)

29.(2010 新课程全国 39)阅读材料,完成下列各题。

材料二:在我国改革开放的早期,文化成为招商引资的重要媒介。近年来,在很多地方,文化不仅仅是"陪衬红花的绿叶",而且直接登上了经济舞台并扮演着重要的角色,实现了从"文化搭台,经济唱戏"到"文化唱戏"的转变。据国家统计局的统计,2009 年以来,我国文化产业发展势头良好,产值月均增幅达17%,其中电影、图书和舞台剧等,收入增长更高达20%以上。

根据材料二,有人认为,从"文化搭台"到"文化唱戏",体现了人们对文化功能认识的深化。你赞同这种看法吗?运用文化知识简要说明理由。(8分)

三、论述题(30 题 8 分,31 题 12 分,共 20 分)

30.(2009 浙江 41)材料二:到目前为止,全国已有 7.8 万名"村官",小杨就是其中的一位。大学一毕

业,小样打破传统观念,只身来到千里之外的一个乡村任村委会主任助理。任职期间,在村党支部和村委会的领导下,她走访农户,宣传党和政府的有关方针和政策,传授农业科技知识,协助主任处理一系列村务。她刻苦学习雕刻知识,与该村艺人共同努力,使该村濒临失传的木雕工艺重放异彩,并将原先小打小闹的木雕品发展为人人喜爱的旅游纪念品。短短两年,该村的社会风气明显好转,村民的钱包鼓了起来。因此,"村官"小杨得到了领导和村民的一致好评。小杨自己也认为当"村官"是一个正确的选择。

"村官"小杨给乡村带来的变化是如何体现《文化生活》道理的?(8分)

31. 材料一:美国目前已控制了世界 75% 的电视节目和 60% 以上广播节目的生产和制作。美国好莱坞生产的电影产品,只占世界电影产量的 6%,但在世界电影市场的总体占有率却达到了 80%。麦当劳、肯德基、可口可乐、迪斯尼等等,也是风靡世界。它们不仅为美国带来了丰厚的商业利益,而且成为了美国文化的符号,到处宣传着经过精心美化的美国国家形象,到处推销着美国的生活方式和价值观,消解着别国的民族文化和民族精神。

材料二:当中国年轻人热衷于过"洋节"的时候,亚洲某国却要向联合国教科文组织申报"端午节"为本国的文化遗产。前几年,美国根据花木兰的故事制作的动画片曾经在全国热播。这些事实告诉我们,祖国几千年的传统文化,如果我们不开发,不使其形成具有特色的产业,就会被别的国家开发利用,反过来向我们出口。

(1)材料一、材料二分别说明了什么文化现象?(8分)

(2)上述材料对我国的文化建设有什么启示?(4分)

┃第二单元　文化传承与创新┃

第三课　文化的多样性与文化传播

┃考点梳理┃

1. 世界文化多样性的表现

[[考点解读]]

(1)世界文化多样性的表现:主要表现为民族文化的多样性。

文化多样性可见诸语言文字、宗教信仰、思想理论、文学艺术、民居建筑、风俗习惯等各个方面。从民族节日和文化遗产中,人们能够深切感受到世界文化多姿多彩的魅力。

(2)民族节日——是一个民族历史文化的长期积淀,是民族文化的集中展示,也是民族情感的集中表达。

(3)文化遗产——文化遗产是一个国家和民族历史文化成就的重要标志,它不仅对于人类文明的演进具有重要意义,而且对于展现世界文化的多样性具有独特作用,它是人类共同的文化财富。

联系实际:以各国的著名文化遗产为例,充分理解文化多样性的表现,以及尊重文化多样性的意义及应坚持的原则。

[[真题展示]]

(2010 安徽 9)截至 2009 年 10 月,我国已有昆曲、端午节等 29 个项目被联合国教科文组织列入"人类非物质文化遗产代表作名录",跃居世界第一。重视文化遗产的保护是因为(　　)

①文化遗产是维系人类生存和发展的基础　②文化遗产是人类历史文化成就的重要标志　③保护文化遗产有利于研究人类文明的演进　④保护文化遗产有利于实现人类文明的趋势

A.①②　　　　　　　B.②③　　　　　　　C.③④　　　　　　　D.①④

分析:考查考生调动和运用"文化多样性"的相关知识作出正确判断的能力。属于因果关系类试题。只有②③符合题意。

答案:B

2. 世界文化与民族文化的关系——共性与个性的关系

[[考点解读]]

(1)世界文化是由不同民族、不同国家的文化共同构成的。不同民族文化具有共性和普遍规律,又存在差异,是共性与个性的统一。

(2)由于世界各民族的社会实践有其共性,在实践中产生和发展的不同民族文化也有共性和普遍规律,各民族文化都是世界文化中不可缺少的色彩。

(3)各民族间经济的和政治的、历史的和地理的等多种因素的不同,又决定了各民族文化之间存在着差异,因此各民族都有自己的文化个性和特征。

文化既是世界的,又是民族的。

知识拓展:民族文化不只属于一个民族

一个民族的文化成就,不仅属于这个民族,而且属于整个世界。由于世界各民族的社会实践有其共性和普遍规律,因而各民族文化也有共性和普遍规律。我们不能只看到民族文化的个性和特征,还应认识到民族文化的共性和世界性。(共性和个性的统一)

[[真题展示]]

(2010 江苏 20)近年来,中国民乐在欧洲的主流音乐厅多次上演,为欧洲听众带去了充满中国韵味的音乐

享受,受到了较高的评价。这表明(　　)

A. 不同国家的文化各具特色　　　　　B. 文化既是民族的又是世界的

C. 世界各国的文化具有一致性　　　　D. 文化既是通俗的又是高雅的

分析:本题考查学生对世界文化与民族文化关系的理解,主要考查学生的识记、分析和理解能力。A材料没有涉及;C表述片面,不符合题意;D表述有问题。

答案:B

3. 尊重文化多样性

[考点解读]

(1)尊重文化多样性的原因:

①文化既是民族的,各民族都有自己的文化个性和特征;文化又是世界的,各民族文化都是世界文化中不可缺少的色彩。

②在经济全球化的浪潮中不同民族文化相互交融。文化多样性是人类社会的基本特征,也是人类文明进步的重要动力。

③尊重文化多样性是发展本民族文化的内在要求;尊重文化多样性是实现世界文化繁荣的必然要求。

(2)如何尊重文化的多样性

①民族文化是民族生存与发展的精神根基。尊重文化多样性,首先要尊重自己民族的文化,培育好、发展好本民族文化。

②正确态度:既要认同本民族文化,又要尊重其他民族文化。不同民族之间应该相互尊重,在发展本民族文化的同时,共同维护、促进文化的多样性

③坚持的原则:坚持各国文化一律平等的原则。在文化交流中,要尊重差异,理解个性,和平相处,共同促进世界文化的繁荣。

思维误区:(1)文化的多样性就是指世界各国、各民族的文化完全不同。

文化的多样性,不是指世界各国或民族没有完全相同的文化。由于世界各民族的社会实践有其共性,有普遍的规律,在实践中产生和发展的不同民族文化也有其共性和普遍规律。

(2)尊重文化的多样性就是承认和保护一切文化。

世界文化具有多样性,但不等于说所有文化的存在都是合理的。一些腐朽的、庸俗的文化现象和文化行为,将严重影响人们的身心健康,阻碍社会的进步。

联系实际:结合有较大影响的中外文化交流方面的事例材料,如2009年在中国举办"俄语年"、2010年在俄罗斯举办"汉语年"活动等综合复习文化多样性的表现,正确对待文化多样性的态度、原则以及多角度分析推动中外文化交流的意义。

[真题展示]

(2010天津14)阅读材料,回答问题。

世博会自诞生以来,一直讲述并预言着世界的改变,推动人类文明不断走向成熟。世博会是展示台:上海世博会吸引了246个国家和国际组织参展,集中展示了最新的科技成果、多元的世界文化以及悠久灿烂的中华文明。世博会是大课堂:上海世博会拓展了人们的知识视野,激励了全社会的创新热情,眺望了世界文明的未来。世博会是助推器:1933年芝加哥世博会使美国汽车业大放异彩;1993年大田世博会推动了韩国从出口加工型经济向自主创新型经济的转变;2010年上海世博会以"城市,让生活更美好"为主题,深化了人类对人与环境关系的思考和探索,成为人类文明发展的新驿站。

结合材料,运用文化生活知识,分析为什么说上海世博"成为人类文明发展的新驿站"。

分析:本题考查学生分析、理解和运用知识解决问题的能力,难度适中。解好本题的关键是能有效地获取有效信息,首先要将文字信息有效分层,逐层提取:世博会是展示台——说明世博会有利于促进世界文化的交流和繁荣,有利于中华文化在世界的传播;世博会是大课堂——说明世博会有利于激发人们的创新意识,进而促进人类文明的发展;世博会是助推器——说明世博会有利于将文化成果转化为物质力量,对经济社会发展产生积极影响。

答案:①尊重文化的多样性,有利于促进世界文化的交流和繁荣。②有利于中华文化在世界的传播,扩大中华文明的影响力。③有利于文化成果转化为物质力量,对经济社会发展产生积极的影响。④有利于激发人

们的创新意识,进一步促进人类文明发展。

4. 文化传播的多种途径

[考点解读]

(1)文化传播的含义:

文化交流的过程,就是文化传播的过程。人们通过一定的方式传播知识、信息、观念、情感和信仰,以及与此相关的所有社会交往活动,都可以视为文化传播。

(2)文化传播的途径

①商业贸易是文化交流的重要途径;

②人口迁徙是文化交流的重要途径之一;

③教育是文化传播的又一重要途径。教育具有选择、整理、传递、保存、改造和创造文化的重要功能,在文化传承中起着特殊的重要作用

思维误区:

(1)商业贸易、人口迁徙和教育是文化传播的全部重要的方式和途径

小到亲朋聚会、外出旅游,大到各种经济、政治、文化活动,都可以成为文化传播的途径

(2)所有文化传播都采取和平的方式和途径

文化冲突与碰撞、战争与征服的过程,也具有文化传播的重要意义。

[真题展示]

(2007 广东 59)文化传播有多种途径,其中具有全球同时、受众主动、双向互动特点的文化传播途径的是(　　)

A. 商贸活动　　　　　　B. 人口迁徙　　　　　　C. 互联网　　　　　　D. 教育活动

分析:此题考查文化传播的途径。文化传播的途径多种多样,各有特点。要符合"全球同时"这个要求,在备选的四个选项中,只有"互联网"才能做到,因此答案选C。

答案:C

5. 现代文化传播手段的特点

[考点解读]

(1)大众传媒的含义:随着经济和社会的发展,传媒大体经历了口语、文字、印刷、电子和网络等发展阶段。传媒真正开始面向大众传递信息,是以印刷媒体的推广为标志的。现代社会中的传媒有报刊、广播、电视、网络等多种形式,这类传媒被称为大众传媒。

(2)大众传媒的作用:依托现代信息技术,大众传媒能够最大程度地超越时空的局限,汇集来自世界各地的信息,日益显示出文化传递、沟通、共享的强大功能,已成为文化传播的主要手段。

思维误区:大众传媒的发展将促使旧的传媒的消失。

依托于现代信息技术的传媒叫大众传媒。它能够最大限度地超越时空的局限,汇集来自各地的信息,显示出其文化传递、沟通、共享的强大功能,已成为文化传播的主要手段。但是,旧的传媒并没有消失,仍在当今的文化传播中发挥着重要作用,具有传播渠道多、方法灵活、反馈及时等特点。

知识拓展:文化传播途径和传播手段

(1)区别:文化传播的途径即传播方式。商贸活动、人口迁徙、教育活动等各种经济、政治、文化活动都是文化传播的方式。文化传播手段是指文化传播媒介。传播媒介大体经历了口语、文字、印刷、电子和网络等几个发展阶段。在现代社会中,大众传媒成为现代文化传播的主要手段。

(2)联系:任何文化传播的途径都要借助一定的文化传播手段,文化传播手段的发展进一步促进了文化传播。

联系实际:以网络文化的发展和现代信息技术的进步等方面的事例,提高综合地运用文化的传播、大众传媒等知识认识和分析问题的能力。

6. 推动文化交流的意义

[考点解读]

(1)意义——推动文化交流,既有利于本民族文化的发展和进步,也促进了世界文化的发展。

①一方面,中华文化的交流与传播,可以推动中华文化走向世界,促进世界文化的繁荣与发展;

②另一方面,使外域优秀文化传入中国,促进了中华文化的发展和进步。

(2)态度或要求——我们既要更加热情地欢迎世界各国优秀文化在中国传播,又要更加主动地推动中华文化走向世界,做传播中外文化的使者,增强中华文化国际影响力。

知识拓展:文化多样性和文化传播的关系

(1)文化多样性是文化传播的前提条件。正因为各民族文化存在差异,所以才使得文化传播成为可能。

(2)文化传播能够促进各民族文化的繁荣和发展。只有加强世界各国之间的文化交流,才能促进各民族文化的发展和创新,使其充满生机和活力。

思维误区:文化无国界,可以任意交流和借鉴。

不同国家、不同民族的文化不是都适合每个国家和民族的发展需要的,所以不能盲目交流和借鉴。在借鉴其他国家或者民族文化时,应当取其精华,去其糟粕。

联系实际:文化外交已经成为我国继经济、政治外交之后的第三大支柱,成为国家整体外交战略的一个重要组成部分。目前,我国同世界上160多个国家和地区保持着良好的文化交流关系,先后与145个国家签订政府间文化合作协定和近800个年度文化交流执行计划,全方位的对外文化交流的新格局已经形成。对外文化交流渠道逐渐拓宽。实施品牌战略,从深度和广度上拓展活动的影响力,"春节品牌"、"相约北京"、"亚洲艺术节"、"中国上海国际艺术节"等已成为在世界上广泛传播中华文化的重要载体。

[真题展示]

(2010 浙江27)150多年来,一些重大发明,如照明、通信、汽车灯技术,都是在世博会上面世后才逐渐转化为主流产业的。从文化生活角度看,这是因为(　　)

A.各具特色的民族文化使世界文化多姿多彩

B.文化的传播与交融是历史发展的必然趋势

C.文化的交流与借鉴是人类文明进步的重要动力

D.现代大众传媒超越时空的强大功能加速了文化传播

分析:世博会就是文化交流的平台,一些重大发明通过"在世博会上面世后逐渐转化为主流产业"表明文化交流借鉴的作用,故 C 项符合题意。A、B、D 说法本身正确,但不符合题意。

答案:C

解题指导

1.(2010 江苏22)高铁时代的到来,人们可以"在广州喝早茶,到长沙听笑话,再到武汉赏樱花";"上午在西安吃泡馍,下午到嵩山看少林"。这说明科学技术的进步能够(　　)

①改变文化的存在形式　②方便人们的文化交流　③更新文化的传播方式　④扩展人们的文化视野

A.①②　　　　　　　　　　B.③④

C.①③　　　　　　　　　　D.②④

2.(2009 江苏19)2008 年 10 月,第31 届世界戏剧节在南京举行,来自五大洲16 个国家和地区的近40 个剧目登台亮相,赢得了广泛好评。这表明(　　)

A.其他民族的文化成果都可以为我所用

B.尊重文化的多样性首先要尊重其他民族的文化

C.不同民族的文化可以相互融合、走向统一

D.不同民族的文化可以平等交流、相互借鉴

3.(2009 江苏21)2008 年 2 月,江苏省教育厅积极落实教育部的要求,安排南京、苏州等 8 个市作为京剧进中小学课堂的首批试点市。开展京剧进中小学课堂活动的依据是(　　)

①优秀文化能够丰富人的精神世界　②传统文化是健康有益的　③传统文化是文化发展的源泉　④教育是文化传承的重要途径

A.①②　　　　　　　　　　B.①④

C.②③　　　　　　　　　　D.③④

4.(2008 广东10)关于历史文化遗产,下列说法正确的是(　　)

①对研究人类文明的演进没有意义　②对于展现世界文化的多样性具有独特的作用　③是一个国家和民族历史文化成就的重要标志　④是各个国家和民族的财富,而不是人类共同财富

A.①②　　　　　　　　　　B.②③

C.③④　　　　　　D.①④

5.(2008 江苏 22)孔子是中国古代儒家思想的创始人。中国在世界各地建立的孔子学院,作为中国语言和文化的传播平台。向世界展示了历史悠久的中华文化。这表明( )

A. 中华文化走向世界

B. 中华文化以开放的心态接受外来文化

C. 儒家思想是中华文化的核心

D. 儒家思想是特定历史时代的产物

6.(2010 山东 28)文化产业是市场经济条件下繁荣发展社会主义的重要载体。阅读材料,回答问题。

材料三:上海世博会上,各国展馆纷纷展示本民族文化的独特风采,如丹麦"小美人鱼"、卢森堡的"金色少女"像……同时,许多外国展馆也都嵌入了中华文化元素,如意大利馆的"福"字,挪威馆的"中国红"……

结合材料三,从文化生活的角度分析为什么文化既是民族的,又是世界的。(5分)

【答案】

1. D 思路点拨:本题考查科技对文化发展的影响,考查学生理解提取材料有效信息,准确调用相关知识的能力。随着高铁技术的发展,文化交流日益便利,说明科学技术是推动文化发展的重要因素,说明②④正确。科学技术是文化的具体内涵之一,不能改变文化的存在方式和文化的传播方式,所以排除①③。

2. D 思路点拨:本题考查文化的多样性及文化传播,考查学生理解和运用知识的能力。A 项说法题干材料没有体现;尊重文化的多样性首先要尊重本民族的文化,故 B 项错误;C 项中"走向同一"的说法是错误的;D 项正确的反映了题意。

3. B 思路点拨:本题综合考查文化对人的影响及教育对文化传承的意义,考查学生理解和运用知识的能力。传统文化既有精华又有糟粕,因此②的说法错误;社会实践是文化创新和发展的源泉,因此③的说法错误;排除含②③的选项,本题选 B 项。

4. B 思路点拨:文化遗产,是一个国家和民族历史文化成就的重要标志,不仅对于研究人类文明的演进具有重要意义,而且对于展现世界文化的多样性具有独特作用,它们是人类共同的文化财富。因此①④说法错误。

5. A 思路点拨:"中国在世界各地建立的孔子学院",在世界各地传播、展示中华文化。体现了中华文化走向世界。B 选项材料中没有体现,C 不是题干强调的重点,D 与题干无关,均应排除。

6.①各民族间经济、政治、历史、地理等因素的不同,决定了各民族文化之间存在着差异。上海世博会各展馆的文化特色反映了文化是民族的。②世界各族社会实践的共性和普遍规律,决定了不同民族文化也有共性和普遍规律。上海世博会不同民族文化的交融反映了文化是世界的。③尊重文化多样性是发展民族文化、繁荣世界文化的必然要求。

思路点拨:本问考查的题型是"为什么",要从必要性和重要性两方面作答;内容是"文化既是民族的,又是世界的"。要答出民族文化的特点以及与其它各民族文化的共性。

第四课　文化的继承性与文化发展

考点梳理

1. 传统文化的特点及其影响

[考点解读]

(1)传统文化的含义:传统文化是在历史发展中形成并保留在现实生活中的、具有相对稳定性的文化。

(2)传统文化继承的表现:

①传统习俗的继承,它是传统文化的基本形式之一

②传统建筑的继承,传统建筑被称为凝固的艺术,是展现中国传统文化的重要标志。

③传统文艺的继承,文化艺术被称为民族精神的火炬,传统文艺是中华民族灿烂文化的重要组成部分。

④传统思想的继承,传统思想,包括在长期历史沉淀中形成的理论观点、学术思想和道德观念等。传统思想对今天中国人的价值观念、生活方式和中国的社会发展具有深刻的影响。

(3)传统文化的特点

①历史继承性:在长期历史发展中形成并保留在现实生活中。

②相对稳定性:世代相传中保留基本特征(相对静止),具体内涵因时而变(绝对运动)。

③鲜明民族性:是一个民族在长期共同生活过程中创造的,是维系民族生存和发展的精神纽带(精神根基)

(4)传统文化的影响

①传统习俗对人们的物质生活、精神生活产生持久的影响。

②传统思想对人们的价值观念、生活方式和中国的社会发展具有深刻的影响。

③是维系民族生存和发展的精神纽带。

④传统文化的影响具有双重性。在社会发展过程中,随着生产力的发展,经济、政治的变化,传统文化的相应内容如果能顺应社会生活的变迁,不断满足人们日益增长的精神需求,就能对社会与人的发展起积极作用。反之,如果一成不变,传统文化也会起阻碍社会进步、妨害人的发展的消极作用。

联系实际:结合我国增加清明、端午、中秋等传统节日为法定假期,分析传统习俗的价值,说明传统文化的特征。

[真题展示]

(2010 江苏 21)中央电视台开播《百家讲坛》以后,一些艰涩高深的传统经典经过现代诠释变得通俗易懂,富有时代气息,为大众所接受。这说明(　　)

A.传统文化的具体内涵能够因时而变　　　　B.传统文化对人的发展具有积极作用

C.各族人民对中华文化具有认同感　　　　　D.中华传统文化具有鲜明的民族性

分析:本题考查了传统文化的特点,主要考查学生分析问题的能力。B表述片面;C、D与题目无关。传统文化的相对稳定性是指其在世代相传中保留着基本特征,同时它的具体内涵又能够因时而异,故选A。

答案:A

2. 对待传统文化的正确态度

[考点解读]

(1)"取其精华,去其糟粕",批判继承,古为今用。面对传统文化,要辩证地认识它们在现实生活中的作用,分辨其中的精华和糟粕。对于传统文化中符合社会发展要求的、积极向上的内容,应该继续保持和发扬。对于传统文化中不符合社会发展要求的、落后的、腐朽的东西,必须"移风易俗",自觉地加以改造或剔除。

(2)在继承的基础上不断发展创新。

[真题展示]

(2007 海南 18)在今天如何对待包括儒家学说在内的传统文化,按照唯物辩证法的观点应该(　　)

①以全面肯定的态度保护和弘扬传统文化　　②以辩证否定的观点分析传统文化　　③在新的时代背景下把

批判继承与创新结合起来　④根据新时期的需要重新解读和构建传统文化

A.①②　　　　　　　　B.②③　　　　　　　　C.①④　　　　　　　　D.③④

分析:此题考查对传统文化的态度、传统文化的继承和文化在继承中发展等方面的知识,同时也综合地考查了唯物辩证法的基本观点,考查学生的理解能力。对传统文化无论是全面肯定还是全面的否定都是错误的,对传统文化不是重新构建的问题,而是怎样继承和发展的问题。所以①④说法都是错误的。

答案:B

3.影响文化发展的重要因素

[考点解读]

(1)社会制度的更替。生产力和生产关系的矛盾运动,决定着社会制度的变化,也决定着文化的发展方向。

(2)科学技术的进步。科学技术的进步,是促进经济发展的重要因素,也是推动文化发展的重要因素。

(3)思想运动。思想运动往往成为社会变革的先导。不同思想文化在思想运动中相互激荡,催生着社会变革,也促进文化的发展。

(4)教育方式的变革。

①教育是人类特有的传承文化的能动性活动,具有选择、传递、创造文化的特定功能,在人的教化与培育上始终扮演着重要的角色。

②教育通过对受教育者的"传道、授业、解惑",把文化传递给下一代,使人们在有限的学习生涯中获得既有的文化财富。

③随着教育方式的不断变革,教育在人类文化的传承中将产生越来越大的影响。

联系实际:以私塾的兴起和一些高等院校开办"国学班"为例,说明教育与学习方式的变革对文化传承具有的深远影响。

[真题展示]

(2010北京24)随着网络和数字技术的发展,网络电视、手机报、电子书等新媒体日益深入人们的生活,催生了数字出版等新的文化产业。这说明,技术是(　　　)

①文化创新的不确定因素　②促进文化发展的重要因素　③文化多样性产生的根源　④推动大众传媒发展的基础

A.①②　　　　　　　　B.①③　　　　　　　　C.②④　　　　　　　　D.③④

分析:本题主要考查科学技术对文化发展和大众传媒的影响,考查学生理解提取材料有效信息,准确调用相关知识的能力。难度中等。随着网络和数字技术的发展,新媒体深入生活,说明④正确,催生了新的文化产业,说明科学技术是推动文化发展的重要因素,所以①错误,②正确。技术不是文化多样性的根源,排除③。

答案:C

4.文化继承与发展的关系

[考点解读]

(1)关系:文化继承不是原封不动承袭传统文化,而是有所淘汰、有所发扬,从而使文化得到发展。继承是发展的必要前提,发展是继承的必然要求。继承与发展是同一个过程的两个方面。

(2)怎么处理二者关系:在继承的基础上发展,在发展的过程中继承,批判地继承传统文化,不断推陈出新,革故鼎新。(辩证的否定:联系的环节、发展的环节)

知识拓展:文化传播与文化继承异同点

比较		文化传播	文化继承
区别	侧重	横向:不同国家和地区之间	纵向:同一国家历史与现实之间
	原因	文化具有多样性	文化具有继承性
	态度	洋为中用,对外推广	古为今用,发扬光大
共同点		1.都能促进文化的发展; 2.都存在精华与糟粕,要辩证分析; 3.教育在其中都发挥着重要作用。	

[真题展示]

1.(2009 广东 20)改革开放以来,广东在本土文化基础上产生了"新客家文化"。这体现了( )

A. 新文化在发展中偏离了本土文化　　B. 文化在批判中继承

C. "新客家文化"已取代本土文化　　D. 文化在继承中发展

分析:本题考查文化发展与文化继承的关系,主要考查学生分析问题的能力。A项表述错误,"新客家文化"没有偏离了本土文化。B项与题意无关,材料没有涉及对文化的批判问题。C项表述错误,"新客家文化"没有完全取代本土文化。广东在本土文化基础上产生了"新客家文化",这是文化在继承中发展的具体表现,故选D。

答案:D

2.(2007 广东 37)看漫画,运用《文化生活》的知识,回答下列问题。

注:本题漫画根据罗琪的《取之不尽》改编。

(1)这幅漫画反映了什么文化现象?如何看待这种现象?

(2)结合漫画,分析应该如何正确对待中国传统文化?

分析:考查学生对文化继承与文化发展、创新,对待传统文化的正确态度等知识,这是高考的重点考点,既以选择题的形式考查,也以主观题的形式考查,命题常以社会文化现象或漫画等既活泼又严肃的内容为考查背景。此题以一幅漫画为载体,考查学生对文化继承与发展创新,对待传统文化的正确态度等知识的掌握情况,以及运用历史的、辩证的观点和方法,分析、比较和解释有关的文化现象,认识事物本质等能力。回答本题的前提是要注意正确理解漫画的寓意。第一问要从漫画反映的文化现象出发,从漫画中可看出中国古典名著不断被翻拍,对于这种现象,要从其积极意义及消极意义分析;第二问直接结合相关知识回答如何正确对待传统文化。

答案:(1)漫画反映了社会上有些人热衷于对中国古典名著进行影视翻拍的现象。中国古典名著蕴涵取之不尽的思想源泉,用影视翻拍的方式对待中国古典名著,对它的普及有一定的作用。但是,漫画更主要的是提醒人们不应仅仅从中国古典名著中获得创作源泉,对待中国古典名著应有正确的态度。

(2)中国古典名著是中国传统文化的重要组成部分。对待传统文化的正确态度是:①"取其精华,去其糟粕",批评继承,古为今用。对于传统文化中符合社会发展要求的、积极向上的内容,应该继续保持和发扬;对于传统文化中不符合社会发展要求、落后的、腐朽的东西,必须加以改造和剔除。影视翻拍中国古典名著时不应该"全盘照搬"或"断章取义"。②对待中国传统文化,应该在继承的基础上发展、创新。

解题指导

1.(2010 福建 31)福建省惠安女服饰以其"花头巾,短上衣、银腰带、大筒裤"的特色,在中华民族的服饰文化中独树一帜。它适应了当地劳动的需要,汲取了吴越文化、中原文化和海洋文化的精华,在漫长的发展过程中不断完善。这体现了( )

A. 传统服饰文化对人们的物质和精神生活产生影响

B. 继承传统文化必须辩证地认识它们在生活中的作用

C. 服饰文化使中华文化呈现出多民族文化的丰富色彩

D. 坚持文化的包容性是形成和保持文化特色的重要因素

2.(2009 广东 25)"信"是我国历史上儒家倡导的"五常"之一,今天我们仍然提倡"诚信",表明传统文化具有( )

A. 较大的包容性　　　B. 较强的保守性

C. 相对的稳定性　　　D. 鲜明的民族性

3.(2007 广东 31 多选)2006 年 5 月,国务院公布了第一批非物质文化遗产名录,春节、中秋、端午等传统节日,白蛇传、梁祝、孟姜女等传说榜上有名。国家如此重视非物质文化遗产,说明( )

A. 非物质文化遗产是传统文化的重要组成部分

B. 重视非物质文化遗产只是为了经济利益

C. 非物质文化遗产有利于增强民族凝聚力

D. 非物质文化遗产能满足人们的物质需求

4.(2007 海南 15)"小时候,乡愁是一枚小小的邮票,我在这头,母亲在那头……而现在,乡愁是一湾浅浅的海峡,我在这头,大陆在那头。"台湾诗人的一首《乡愁》,在海峡两岸广泛流传,引起两岸同胞的广泛共鸣。这种激荡在两岸同胞心中的情感(　　)

①表达了海峡两岸人民热切盼望祖国统一的心情　②表明海峡两岸人民具有共同的文化认同感和归属感　③表明海峡两岸的所有人都赞同一个中国的原则　④体现出爱国主义深深地植根于海峡两岸人民的心中

A.①②③　　　　　　　B.②③④

C.①③④　　　　　　　D.①②④

【答案】

1.D　思路点拨:作答本题的关键在于解读材料,抓住中心和关键词。题干关键词在于两句话:独树一帜和汲取精华,综合之,说明坚持文化的包容性是形成和保持文化特色的重要因素。A、C两项本身都正确,但只说明第一层意思,B项则与题意无关。

2.C　思路点拨:本题考查了传统文化的特点,主要考查学生分析问题的能力。AD项与题意无关,B项表述错误。传统文化的相对稳定性是指其在世代相传中保留着基本特征,同时,它的具体内涵又能够因时而异,故选C。

3.A、C　思路点拨:此题以国务院公布了第一批非物质文化遗产名录为考查背景,考查学生综合运用文化生活的有关知识评价和说明问题的能力。解答本题的关键是根据题干的指向性正确地判断选项观点,排除观点错误的选项。B项错误,非物质文化遗产除了能带来经济利益外,还能带来社会效益,增强民族凝聚力,提高公民素质;D项错误,非物质文化遗产主要体现为满足人们的精神文化需求。

4.D　思路点拨:此题考查中华传统文化和民族精神等有关知识,考查学生的发散思维能力和理解能力。正确解答此题,一是要正确理解题干所引用诗句的含义,二是要理解上述诗句之所以能在海峡两岸广泛流传,引起两岸同胞的广泛共鸣的原因,从而正确理解这种激荡在两岸同胞心中的情感所体现的文化生活道理。①②④都是对上述问题的正确理解,③说法错误,因为　在我国还存在极少数破坏祖国统一的敌对势力和敌对分子。

第五课　文化创新

考点梳理

1. 文化创新的源泉和动力——文化创新的根本途径

[考点解读]

(1)文化发展的实质:文化创新

(2)文化创新的源泉和动力:社会实践

①社会实践是文化创作的源泉。

社会实践是一种有目的有意识的活动。人类在改造客观世界的活动中,创造出自己特有的文化。离开了社会实践,文化就成为无源之水、无本之木,人们不可能从事任何有价值的文化创造,社会实践是文化创新的源泉。

②社会实践是文化创新的动力和基础。

文化自身的继承和发展是一个新陈代谢不断创新的过程。一方面社会实践不断出现新情况,提出新问题,需要文化创新不断适应新情况,回答新问题;另一方面,社会实践的发展,为文化创新提供更为丰富的资源,准备了更充足的条件。

思维误区:

1. 文化创新来源于创作者的灵感,主要依靠文化创作者的聪明才智

(1)"文化创新来自创作者的灵感"是错误的。不能否认创作者的灵感和自身的聪明才智对文化创新的影响,但是,文化创新来源于社会实践。

(2)"文化创新主要靠文化创作者的聪明才智"是错误的。文化创作的主体是人民群众,文化创作者要真正实现文化创新,就必须坚定地走与人民群众的实践相结合的道路,必须发扬艰苦奋斗的精神。

2. 发展先进文化是文化创新的根本目的。

推动社会实践的发展,是文化创新的根本目的,也是检验文化创新的根本标准,但文化创新有利于发展先

进文化。

3. 文化创新的作用就是不断推动社会实践的发展。

不科学。文化创新的积极作用是表现为不断推动社会实践的发展,促进人的全面发展,这是文化创新的根本目的。同时文化创新能够促进民族文化的繁荣,从而也推动世界文化的繁荣。

知识拓展:文化创新的根本途径是社会实践。

文化创新的基本途径是"取其精华,去其糟粕""推陈出新,革故鼎新",不同民族文化相互交流、融合、借鉴等。

[真题展示]

(2009 广东 21)北京奥运会场建设取得了多项创新成果。这表明(　　)

A. 建筑文化有其自身的继承性　　　　　　B. 社会实践是文化创新的源泉

C. 建筑艺术是文化创造的主体　　　　　　D. 先进科技是文化创新的动力

分析:本题考查文化创新的源泉、主体、动力等知识,主要考查学生的理解和应用能力。A 项不符合题意,题干强调文化创新而不是文化继承。CD 项表述错误,人民群众是文化创造的主体,社会实践是文化创新的动力。北京奥运会场建设取得了多项创新成果表明社会实践是文化创新的源泉,故选 B。

答案:B

2. **文化创新的意义——文化创新的作用**

[考点解读]

①创新是一个民族进步的灵魂,是一个国家兴旺发达的不竭动力。

②文化创新可以推动社会实践的发展。推动社会实践的发展,促进人的全面发展,是文化创新的根本目的,也是检验文化创新的根本标准。

③文化创新能够促进民族文化的繁荣。文化创新,是一个民族永葆生命力和富有凝聚力的重要保证。

知识拓展:正确理解社会实践和文化创新的关系

(1)社会实践是文化创新的源泉和动力。文化创新的源泉是社会实践,同时,社会实践也是文化创新的动力。一方面,社会实践不断出现新情况,提出新问题,需要文化不断创新,以适应新情况,回答新问题;另一方面,社会实践的发展,为文化创新提供了更为丰富的资源,准备了更加充足的条件。

(2)文化创新可以推动社会实践的发展。推动社会实践的发展,促进人的全面发展是文化创新的根本目的,也是检验文化创新的标准所在。

因此,社会实践和文化创新是辩证统一的。

[真题展示]

(2007 广东 13)《国家"十一五"时期文化发展规划纲要》明确指出,要把文化创新作为"十一五"时期文化发展的重点。国家之所以重视文化创新,是因为(　　)

①文化创新可以推动社会实践的发展　②文化创新可以取代传统文化　③文化创新能够促进文化的繁荣　④文化创新是民族文化永葆生命力的重要保证

A. ②③④　　　　　B. ①③④　　　　　C. ①②④　　　　　D. ①②③

分析:这是一道因果关系型的选择题,考查对国家重视文化创新的原因的认识。文化创新是对传统文化的继承和发展,而不是取代。"文化创新可以取代传统文化"的说法是错误的,所以含②的选项是错误的。

答案:B

3. **文化创新与继承的关系(文化创新的基本途径之一)——传统文化与当代文化的关系**

[考点解读]

(1)文化创新的根本途径:立足于社会实践,是文化创作的基本要求,是文化创新的根本途径。

人民群众从来就是社会实践的主体,也是文化创造的主体。谁想成为一个有作为的文化创造者,谁就应该自觉地投身于发展中国特色社会主义的伟大实践当中,关注最广大人民群众的根本利益,理解人民群众对文化生活的基本需求,虚心向人民群众学习,从人民群众的伟大实践和丰富多彩的生活中汲取营养,才能创造出无愧于时代和人民的文化作品。

(2)文化创新的基本途径之一——继承传统,推陈出新着眼于文化的继承,"取其精华、去其糟粕","推陈出新、革故鼎新"。

一方面,我们不能离开传统文化,空谈文化创新。一个国家或民族,如果漠视对传统文化的批判性继承,就会失去文化创新的根基。

另一方面,体现时代精神,是文化创新的重要追求。社会实践的发展,带来了社会生活各个领域的变化,要求文化体现新的时代精神。文化创新,表现在为传统文化注入时代精神的努力之中。

知识拓展:如何对传统文化进行继承、发展、创新?

(1)正确的态度:取其精华,去其糟粕,批判继承,古为今用。

(2)辩证地认识传统文化在现实生活中的作用:对于传统文化中符合社会发展要求、积极向上的内容,应该继续保持和发扬。不符合社会发展要求的、落后的、腐朽的东西,必须加以改造和剔除。

(3)在继承的基础上发展,在发展的过程中继承,把握好文化继承和发展的关系,批判地继承传统文化。

(4)推陈出新,革故鼎新,不断革除陈旧的、过时的旧文化,推出体现时代精神的新文化,实现文化创新。

(5)面向世界,博采众长,要学习和吸收各民族优秀文化成果,做到以我为主,为我所用,不断提升文化生命力和文化竞争力。

(6)反对"守旧主义"、"封闭主义"和"民族虚无主义"、"历史虚无主义"两种错误倾向。

4. 文化创新与借鉴、融合(文化创新的基本途径之一)——民族文化与外来文化的关系

[考点解读]

实现文化创新,需要面向世界,博采众长,不同民族文化之间需要交流、借鉴与融合。

(1)含义:文化的交流、借鉴和融合,是学习和吸收各民族优秀文化成果,以发展本民族文化的过程;是不同民族文化之间相互借鉴,以"取长补短"的过程;是在文化交流和文化借鉴的基础上,推出融汇多种文化特质的新文化的过程。

(2)原因:文化多样性是世界的基本特征,也是文化创新的重要基础。

(3)怎样做

①在文化交流、借鉴、融合的过程中,必须以世界优秀文化为营养,充分吸收外国文化的有益成果,不同民族文化之间,应该平等交流、相互借鉴,共享世界文化创新成果。

②在学习和借鉴其他民族的优秀文化成果时,要坚持以我为主,为我所用。

思维误区:

1. 文化创新的根本途径与基本途径是一样的。

根本途径是社会实践;基本途径有两条:从传统文化中取其精华、去其糟粕、推陈出新、革故鼎新;与其他民族的文化相互交流、融合、借鉴,即面向世界、博采众长。

2. 文化交流中"以我为主"与"海纳百川"是矛盾的。

不矛盾。"以我为主",有利于永葆文化生命力和提升文化竞争力,有利于保持文化的民族特色;"海纳百川"表明文化竞争不排斥文化合作,不同文化之间可以相互借鉴、交流、融合、共处。

知识拓展:

应如何对待外来文化

(1)正确态度:既要认同本民族文化,又要尊重其他民族的文化。不同民族之间,应该相互尊重,在发展本民族文化的同时,共同维护、促进文化的多样性。

(2)必须遵循各国文化一律平等的原则。在文化交流中,要尊重差异,理解个性,和平相处,共同促进世界文化的繁荣。

(3)面向世界,博采众长。在文化交流、借鉴与融合的过程中,必须以世界优秀文化为营养,充分吸收外国文化的有益成果。

(4)在学习和借鉴其他民族优秀文化成果时,要以我为主,为我所用。

(5)反对"守旧主义"、"封闭主义"和"民族虚无主义"、"历史虚无主义"两种错误倾向。

[真题展示]

(2010 广东 37)阅读下列材料,结合所学知识回答问题。

材料一:扫墓、踏青、折柳、沐浴、吟咏等,体现了清明节缅怀、感恩和亲近自然的文化传统。近年来,网上祭奠、家庭追思、献花遥祭等,为清明祭扫添增了新的表现形式;人文纪念、公祭先烈、文化展览等,为清明文化注入了新的时代内涵。

结合材料一,运用《文化生活》的有关知识,分析文化创新的途径。

分析:本题设置的问题指向非常明确,即考查文化创新的途径的相关知识。解答本题应有如下思路。对本题的问题首先应明确文化创新的途径是什么? 文化创新的途径有根本途径和基本途径之分,根本途径是社会实践,基本途径有两条:一是继承传统,推陈出新;二是面向世界,博采众长。其次,进行文化创新还必须坚持正确方向,反对错误倾向。

答案:①立足社会实践。社会实践是清明文化创新的根本途径。②继承传统,推陈出新。发扬传统清明文化中健康有益的内容,去除封建落后的成分,采用节约环保的绿色过节方式,注入体现时代要求的新内容。③博采众长,以我为主。既吸取外来有益文化,又保持我国清明文化的民族特色。④坚持正确方向。克服"守旧主义"、和"封闭主义"、"民族虚无主义"和"历史虚无主义"等错误倾向。

5. 坚持文化创新的正确方向——坚持正确方向,克服错误倾向

[考点解读]

文化创新的过程中,把握好当代文化与传统文化、民族文化与外来文化的关系,既要克服"守旧主义"和"封闭主义"(一味固守本民族的传统文化,拒绝接受新文化和任何外来文化的倾向),又要克服"民族虚无主义"和"历史虚无主义"(一味推崇外来文化,根本否定传统文化的倾向)。

今天,我们必须立足于改革开放和社会主义现代化建设的实践,着眼于人民群众不断增长的精神文化需求,在历史与现实、东方与西方的文化交汇点上,发扬中华民族优秀文化传统,汲取世界各民族文化的长处,在内容和形式上积极创新,努力创造中华文化的新辉煌

解题指导

1.(2009 江苏20)北京奥运会开幕式将中华文化与奥林匹克精神完美结合,向世界奉献了一部奥运史上最华美的乐章。这充分说明(　　)

①文化创新需要博采众长　②中华文化具有包容性　③外来文化是中华文化创新的基础　④中华文化正在成为世界文化

A.①②　　　　　　　B.①③

C.②④　　　　　　　D.③④

2.(2008 江苏 23)南京中山陵是中西合璧的建筑。它是当时的设计者在潜心研究中国古代皇陵和欧洲帝王陵墓建筑风格的基础上,根据紫金山地形设计而成的建筑精品。这说明(　　)

A. 建筑是中华传统文化的重要标志

B. 文化创新可以推动社会实践的发展

C. 实现文化创新需要博采众长

D. 潜心思考是文化创新的基础

3.(2008 广东 20)我国城市建设中"南方北方一个样,大城小城一个样,城里城外一个样",这种"千城一面"现象(　　)

A. 体现了当代世界建筑文化的发展趋势

B. 是批判继承中国传统建筑文化的结果

C. 不符合人们对城市建筑文化多样化的需求

D. 符合城市建设统一规划的需要

4.(2009 安徽 37)阅读材料,回答下列问题。

历史表明,经济危机形成的倒逼机制,往往会对经济结构产生"洗牌效应",为一些产业提供了难得的发展机遇。安徽文化底蕴深厚,文化资源丰富。近年来,中共安徽省委、省政府提出并实施了"建设文化强省"的发展战略,将文化产业作为实现崛起的支柱产业之一,着力培育软实力。2008 年以来,全球性金融危机"寒风劲吹",安徽文化产业却凭借"厚积薄发"的底气,抢抓机遇,逆势而上,成为江淮大地加速崛起的新引擎。

请你结合《文化生活》的相关知识,就怎样推动安徽文化创新提出合理化建议。

【答案】

1.A　思路点拨:本题考查文化创新及中华文化的特点,考查学生解读和获取信息的能力。社会实践是文化创新的基础,故③的说法错误;各民族文化一律平等,④的说法错误;①②的说法正确地反映了题意。

2.C 思路点拨："潜心研究中国古代皇陵和欧洲帝王陵墓建筑风格"体现了"博采众长"，在此基础上形成了中西合璧的建筑精品，体现了 C 选项表达的意思。A 选项单纯强调中华传统文化，忽略了欧洲建筑风格。B 选项与题干联系不紧密，题干中没有提到社会实践的发展问题。D 与题干无关，应排除。

3.C 思路点拨：本题可巧用哲学思想来解。"千城一面"违背了矛盾的特殊性，没有具体问题具体分析，不符合人们多样化的需求，C 项正确。"体现发展趋势"即符合事物发展规律；"批判继承"体现辩证否定观；"统一规划"体现矛盾普遍性。"千城一面"违背矛盾特殊性，应该"贬"它。A、B、D 项均是"褒"它，不符合题意。

4. 以科学发展观为指导，立足安徽改革开放的实践，汲取营养，推动文化创新。继承我省优秀传统文化，兼收并蓄，面向世界、博采众长，加强交流，推陈出新。着眼于人民群众的文化需求，发挥广大人民群众在文化创新中的主体作用。推进文化体制、内容形式和传播手段等的不断创新，促进文化的全面繁荣。

思路点拨：本题具有两个大的特色：一是具有时代特色，紧跟当今重大的时政问题（经济危机）；二是具有地方特色，紧密结合安徽地方特色。本问，首先注意模块限定《文化生活》，其次，推动安徽文化创新措施既要结合材料，更要注重把握教材知识的归纳总结，此题在于平时的知识的积累和总结。

周 练

一、单选题(每题2分,共50分)

1. 日前,第16届人类学民族学世界大会在云南昆明召开。此届大会是世界人类学民族学学科五年一度的盛会,对促进自然与文化、不同文化之间的和谐共处起到了巨大的推动作用。对"不同文化之间的和谐共处"理解正确的是(　　)

A. 每个民族的文化都是优秀的,无可挑剔的

B. 文化是世界的,各民族文化都是世界文化中不可缺少的色彩

C. 和谐相处就是"拿来主义"

D. 首先要认同本民族文化,其次要尊重其他民族的文化

2. 在处理与外来文化关系时,我们应当求同存异、兼收并蓄,这样做有利于(　　)

①在和睦的关系中交流　②增强对自身文化的认同　③增强对外来文化的理解　④吸收外来文化的所有成分

A.①②③　　　　　　　B.①②④

C.①③④　　　　　　　D.②③④

3. 近几年中央电视台《百家讲坛》掀起了一股"国学热",也捧红了易中天、于丹等一批学者。平易近人而又富有学术气息的讲座,电视、报纸、网络等各种媒体铺天盖地的报道,再加上网络不胜枚举的帖子,使国学引起广泛关注。这说明大众传媒(　　)

A. 指报刊、广播、电视、网络等

B. 是现代文化传播的唯一手段

C. 在文化传播中发挥着重要作用

D. 是社会生活中最直观、最常见、最丰富的传播手段

4. "我和你,心连心,同住地球村。我和你,心连心,永远一家人",北京奥运会的主题歌《我和你》唱出了世界人民的心声,但地球不会因为成为"地球村"而拥有完全一致的价值观。这主要说明(　　)

A. 文化是民族的,又是世界的

B. 各民族文化都有自己的文化个性和特征

C. 不同的民族文化具有共性和普遍规律

D. 经济全球化背景下的文化冲突越演越烈

5. 古代两河流域人民在法律和天文学上的成就,古代埃及人民在建筑与医学上的成就,古代中国人民在四大发明上的成就,古代希腊人民在哲学与艺术上的成就等,都以其鲜明的民族特色丰富了世界文化,共同推动了人类社会的进步和发展。因此,我们应该(　　)

A. 坚持民族平等的原则

B. 认同本民族的文化

C. 尊重和保护不同的民族文化

D. 对外来文化全面吸收

6. 就文化而言,"世界因不同而精彩,交流因不同而必要,创新因交流而迸发"。这句话所体现的关于文化的正确观点是(　　)

①尊重各民族的文明成果,尊重世界文化的多样性　②世界上林林总总的文化,都值得我们弘扬　③文化交流促进各个民族的文化创新　④各国应在文化上相互借鉴,共同繁荣

A.①②③　　　　　　　B.①②④

C.①③④　　　　　　　D.②③④

7. "小孩小孩你别馋,过了腊八就是年。腊八粥你喝几天,哩哩啦啦二十三。二十三,糖瓜粘……三十晚上熬一宿"。这首儿歌描述的年俗活动早已成为烙在华夏儿女身上的中国印、系在炎黄子孙心头的中国结。以上材料说明(　　)

A. 中华文化源远流长,具有包容性

B. 传统文化具有民族性、相对稳定性

C. 传统习俗是中华文明进步的重要动力

D. 传统文化对社会的发展起积极的作用

"传统文盲"是与"现代文盲"相对应的。不懂电脑、不会英语是后者的标志,不读书(特别是不读传统经典)、少写字(至少不会正确规范地写)则是前者的表现。就年轻一代而言,"现代文盲"越来越少,"传统文盲"却越来越多。据此回答8~9题。

8. 这种现象的出现是很令人痛心的,这是因为(　　)

①传统文化是维系民族生存和发展的精神纽带　②我们必须固守本民族的传统文化,拒绝接受任何外来文化　③任何时代的文化,都离不开对传统文化的继承,否则民族文化就无根基　④坚持文化创新的正确方向就必须坚持"守旧主义",反对"历史虚无主义"

A.①②　　　　　　　　B.①③

C.②③　　　　　　　　D.①④

9. 针对这一现象,我们应该(　　)

①挖掘传统文化中的精华,教育年轻一代　②加大向年轻一代灌输传统文化的力度　③形式上加以创新,提高年轻人学习传统文化的兴趣　④大力抵制外来文化的传播

A.①③　　　　　　　　B.①④

C.①②　　　　　　D.②③

10. 张艺谋在谈到北京奥运会开幕式时说,使用一种中国人、外国人都看得懂的方式讲述了一个特别美丽的中国故事,这是北京奥运会开幕式得以成功的最关键因素之一。"用世界语言讲述中国故事"体现了(　　)

A. 消除文化差异是文化发展的必然要求

B. 传统文化的弘扬必须借助外来文化的形式

C. 中华文化具有源远流长、博大精深的特点

D. 各民族文化既有差异,又有共性和普遍规律

11. 功夫是中国的国粹,熊猫是中国的国宝,好莱坞影片《功夫熊猫》能够把两个如此鲜明的中国元素有机地结合起来,这一做法主要体现了(　　)

A. 文化具有民族特色

B. 不同民族文化相互渗透

C. 文化来源于社会实践

D. 文化发展需要博采众长

12. 明末清初著名的国画大师石涛说:"我之为我,自有我在。古之须眉,不能生在我之面目;古之肺腑,不能安入我之腹肠。我自发之肺腑,揭我之须眉。"石涛的这段话认为(　　)

A. 创新就是在传统模式的基础上进行修补

B. 创新就是要彻底抛弃传统

C. 在向传统学习的过程中,要突破传统,形成自己的风格

D. 创新就是要张扬个性,彻底否定传统

党的十七大报告提出,在经济发展的基础上,要更加注重社会建设。努力使全体人民学有所教、劳有所得、病有所医、老有所养、住有所居。报告把"学有所教"放在民生问题的第一位,体现了党对教育的高度重视。据此回答13～14题。

13. 之所以要高度重视教育,是因为(　　)

①教育是文化传播的主要手段　②教育是文化创新的根本途径　③教育是民族振兴的基石　④教育在现代化建设中具有基础性、先导性、全局性的作用

A.①②　　　　　　B.③④

C.①③④　　　　　D.①②④

14. "学有所教"的政策指向是指让每一个适学个体都能平等地享受到优质的教育资源。这一提法,与我国古代思想家、教育家孔子提倡的"有教无类"的教育观十分相似。这说明(　　)

①文化具有继承性　②传统思想对今天中国的社会发展具有深刻影响　③文化复古主义具有重要的现实意义　④传统文化具有相对稳定性

A.①②③　　　　　B.②③④

C.①②④　　　　　D.①③④

《达坂城的姑娘》、《掀起你的盖头来》,这些脍炙人口的歌曲已经传唱了半个多世纪,而且还会继续流传。回答15～16题。

15. 正是王洛宾先生创作的这些脍炙人口的歌曲广泛传唱,使得更多的人了解西北及西北民族的风情。这说明(　　)

A. 现代社会中,文化传播的主要手段是歌曲的传唱

B. 艺术创作必须根植于实践,离开实践就谈不上创作

C. 通过文化传播,文化得以存在和流传

D. 新的传媒的出现意味着旧的传媒的消失

16. 王洛宾在谈到创作时说:"是这片艺术的热土,孕育了我的灵感,我要用歌声去讴歌这片热土。"给我们的启示是(　　)

A. 要做文化传播的使者,就要进行艺术创作

B. 做文化传播的使者,就能成为艺术家

C. 民族感情、爱国热情是艺术创作、文化发展的源泉

D. 社会实践是艺术创作、文化创新的源泉

17. 封建社会韩非子推行"法治",其思想的实质是使法律成为君主治理天下的工具,维护封建君主的统治。现如今,我们党和政府坚持依法治国的原则,其根本目的是保证人民充分行使当家作主的权利,维护人民当家作主的地位。这一变化说明(　　)

①传统文化具有鲜明的民族性　②对传统文化要取其精华,去其糟粕,批判继承　③继承是发展的必然要求,发展是继承的必要前提　④传统文化应因时而变,同时保留基本特征

A.①②④　　　　　B.②③④

C.①③　　　　　　D.②④

18. 法国学者阿尔诺·多德里夫认为,每个艺术门类都可在与其他艺术表现形式的对话中丰富自己。我国著名美术理论家邵大箴也认为,一个民族的优秀文化成果,尽管有独特的不同于一般的表现形式,但它的精神追求,一定与其他民族的精神追求息息相通。对这两位学者的话理解正确的是(　　)

①尊重文化多样性是实现文化繁荣的必然要求　②既要认同本民族文化,又要尊重其他民族文化　③文化是世界性和民族性的统一　④发展民族文化应以引进世界先进文化为主

A.①②③　　　　　B.①②④

C.①③④　　　　　D.②③④

19. 徐悲鸿先生一生致力于中国绘画的创新实践,他认为革新中国绘画的要旨在于:"古法之佳者,

守之;不佳者,改之;垂绝者,继之;未足者,增之;西方画之可采入者,融之。"他的话告诉我们革新中国绘画要坚持( )

①取其精华、去其糟粕 ②继承传统,推陈出新
③面向世界,博采众长 ④批判传统,独领风骚

A.①②③   B.②③④
C.①③④   D.①②④

20. 京剧表演的每一个动作,都有规定的程式和讲究,但在热映的《梅兰芳》里,有这样一句台词"真正的好戏是人打破规矩"。最能概括这句话的观点是( )

A. 文化在交流中传播 B. 文化在传承中发展
C. 文化在激荡中融合 D. 文化在借鉴中发展

21. 具有北京民俗特色的文化大餐"庙会"这几年也被精明的商家"搬"至山城重庆,并结合当地特色,给重庆市增添一个休闲娱乐、喜过大年的好去处。庙会由北京"搬"到重庆,是通过文化传播的途径实现的。( )

A. 商业贸易   B. 人口迁徙
C. 亲朋聚会   D. 教育交流

22. 中国的舞龙、西班牙的斗牛、巴西的桑巴舞等表明文化的表现形式具有( )

①民族性 ②多样性 ③交融性 ④独特性

A.①②③   B.②③④
C.①②④   D.①③④

23. 近年来,我国在世界许多国家成功举办了"中国文化周"、"中国文化月"、"中国文化年"等活动,受到普遍欢迎。这说明( )

①中国文化要成为世界文化的主流 ②文化交流能促进中华文化的传播 ③文化是民族的,又是世界的 ④文化交流就是为了文化创新

A.①②   B.②③
C.②④   D.③④

24. 假如你看到了反映我国文化走向世界的成就展后,要求你写一篇读后感,需要确定一组体现符合我国对外文化交流的政策或主张的关键词。你认为下列各组中最准确的一组是( )

A. 相互借鉴融合统一维护我国文化安全
B. 和平相处文化渗透提升文化软实力
C. 尊重差异理解个性维护和固守传统文化
D. 相互尊重和睦相处各国文化一律平等

25. 自 2001 年文化部提出"把春节建成宣传中国和传播中华文化的新载体"以来,春节逐渐得到世界各国的认可和重视,春节文化在世界的传播( )

①可以展现中华文化的魅力 ②是我国综合国力提升的体现 ③有利于消除世界文化的差异 ④

能促进中华文化与世界文化的交流和融合

A.①②③   B.①②④
C.①③④   D.②③④

二、问答题(26题7分、27题9分、28题8分,共24分)

26."关于文明和文化多样性中的统一性",中国古代哲人曾有精辟的概括,如"和而不同"。不同的文化与文明都有相同的、合理的内涵,可以相互借鉴。中国古代哲学家所推崇的"亲仁善邻"、"己所不欲,勿施于人",都是讲如何处理不同文明国家之间关系的道理;欧洲也有同样的哲理。这就是"多样性中的统一性"。

阅读材料,请简要分析在当今世界坚持文化多样性的看法。(7分)

27. 调查结果显示:把互联网看作信息中心的人最多,占被访者的 79%;其次是新闻媒体,占被访者的 55.1%;在网络与媒介的使用调查中显示,电视仍然是强势媒体,看电视者占 97%,读报纸的占 86%,读书的占 56%,读杂志的占 53%,上网的占 49%,听广播的占 38%。

(1)这项调查说明,当前信息文化的传媒形式是什么?你还知道这类传播的哪些形式?这些形式统称为什么?其地位和作用是怎样的?(5分)

(2)你知道文化传播的途径有哪些?(4分)

28.2010 年 5 月 1 日至 10 月 31 日在上海召开的世界博览会主题是"城市,让生活更美好"。阅读材料,结合所学知识回答下列问题。

世博会的中国馆的轮廓像斗拱,类似中国传统木建筑,汲取了中国传统文化元素,一是从绘画、戏剧、文字、颜色等中捕捉最能代表中国的形象,二是从"出土文物",如斗冠、宝鼎、器皿等中汲取灵感,并对斗拱这一传统建筑构件进行挖掘与提炼,大胆革新,简约化的装饰线条,完成了传统建筑的当代表达。中国馆注重了环保、节能、新材料和新技术等方面的应用,这些都是它最能展现时代精神的地方。

结合上述材料,运用《文化生活》的相关知识,谈谈中国馆的设计是如何对待传统文化的?(8 分)

三、论述题(29 题 14 分,30 题 12 分,共 26 分)

29. 材料一:一位大字不识一个的中国农村妇女,为申请赴美国陪儿子读书,在大使馆表演了自己祖传的剪纸手艺,惊得美国签证人员当场通过签证,一切顺利。签证人员对此的理由是:"她有技术,那是文化。"是的,剪纸手艺是神奇而古老的中国传统文化。

材料二:一位美国总统访华时,曾提出要用美国一件珍品交换中国的一件历史古宝。周总理优雅而坚定地拒绝了,理由很简单:中国五千年历史不是美国发展的三百年交换得来的。

结合上述两则材料,回答下列问题。

(1)应如何看待我国的传统文化?(8 分)

(2)如果你遇到材料二中的类似情况,你会怎么做?(6 分)

30. 材料一:祝福美好新生活的歌曲《吉祥三宝》大胆突破人们对歌曲艺术的心理预期,把蒙古族传统的说唱与演唱结合起来,歌词简约得近似一幅稚拙的简笔画,一家三口几番设问,几番对答,音乐旋律从容、节奏轻盈、演唱生活化,把鲜明的时代气息、和谐的抒情意蕴、蓬勃的生命活力融为一体。

材料二:杂技剧《天鹅湖》在充分运用杂技艺术顶级技巧的同时,大胆采用芭蕾舞姿,使古老的东方杂技和优美的西方芭蕾这两种以刚柔相对立的艺术门类,在作品中被嫁接得天衣无缝,实现了东方神韵与西方经典的完美结合。受到国内外广大观众欢迎。

(1)运用文化创新的知识,分别对材料一、材料二加以说明。(6 分)

(2)两则材料给我们的启示是什么?(6 分)

第三单元 中华文化与民族精神

第六课 我们的中华文化

考点梳理

1. 中华文化源远流长、博大精深

[考点解读]

源远流长、博大精深是中华文化的基本特征

(1)源远流长的中华文化——从历史看

①表现:虽历经沧桑,却延续至今,始终显示出顽强的生命力和无穷的魅力。

②中华文化"源远流长"的重要见证:汉字与史书典籍

文字作为文化的基本载体,记载了文化发展的历史轨迹和丰富成果。汉字文化内涵丰富,是中华文明的重要标志。汉字为书写中华文化,传承中华文明发挥了巨大的作用。

史书典籍,是中华文化一脉相传的重要见证。从历史上看,我国历来十分重视历史资料的保存,我国历史上编撰的史书数量之多、规模之大,为世界所仅有。

(2)博大精深的中华文化——从内容看

中华文化的内容极为丰富,既包括教育、历史、哲学、道德方面的内容,也包括文学艺术、科学技术方面的内容。

①独特性——独树一帜、独领风骚

文学艺术,对于反映人们的精神生活、展示人们的精神世界有独特的作用,在世界文学艺术宝库中占有重要位置。

科学技术是一个民族文明程度的重要标志之一,是中国人民勤劳、智慧和艰苦奋斗的结晶,是中华民族生命力、创造力的生动体现。

②区域性——一方水土、一方文化

中华文化带有明显的区域特征的原因:我国幅员辽阔,各地自然条件千差万别,经济社会发展程度不同。受历史、地理等因素的影响,各地区的文化带有明显的区域特征。

不同区域文化之间的关系:长期相互交流、相互借鉴、相互吸收,既渐趋融合,又保持着各自的特色。

③民族性(中华之瑰宝、民族之骄傲)

中华文化呈现多种民族文化的丰富色彩,各兄弟民族文化的相互交融、相互促进,共同创造了中华文化。中华各民族的文化,既有中华文化的共性,又有各自的民族特性。

思维误区:

1. 中华文化源远流长得益于汉字和史学典籍的延续

(1)中华文化源远流长,得益于汉字和史学典籍,有其合理性。文字是文化的基本载体,记载了文化发展的历史轨迹和丰富成果。汉字为书写中华文化,传承中华文明,发挥了巨大作用。史书典籍的出现,能够使大量的历史经验、资料史实记载流传下来。

(2)但中华文化之所以源远流长,还得益于它所特有的包容性,即求同存异和兼收并蓄。它能与其他民族的文化和谐相处,吸收、借鉴其他民族文化中的积极成分。这种文化的包容性,有利于增强对自身文化的认同、对外域文化的理解。

2. 中华文化呈现多种民族文化的丰富多彩,民族不同,民族文化的色彩就不同。

(1)中华民族是多民族的共同体,中华文化也呈现多种民族文化的丰富色彩,但不等于各民族的文化之间无共性。

(2)中华各民族的文化,既有自己的民族特征,又有中华文化的共性,各民族文化相互交融、相互促进,各族人民对共同拥有的中华文化有认同感和归属感。

(3)各民族文化都是中华文化的瑰宝,都是中华民族的骄傲。

[[真题展示]]

(2010 江苏 19)我国各少数民族在长期的发展过程中形成了独具特色的优秀文化成果,如藏族的《格萨尔王传》、蒙古族的《江格尔》和柯尔克孜族的《玛纳斯》等一直流传至今,这些文化成果都是中华文化的瑰宝。这表明(   )

①中华文化是共性与个性的统一   ②中华文化具有兼收并蓄的特点   ③各民族文化的差异逐步消失   ④中华文化源远流长,博大精深

A.①②③　　　　　B.②③④　　　　　C.①②④　　　　　D.①③④

分析:考查中华文化的特点及包容性。①②④符合题干主旨,③叙述不科学。

答案:C

2. 中华文化的包容性

[[考点解读]]

(1)中华文化之所以源远流长在于它的包容性。中华文化的包容性包括求同存异和兼收并蓄两层意思。所谓"求同存异",就是能与其他民族的文化和谐相处;所谓"兼收并蓄",就是能在文化交往中吸收、借鉴其他民族文化中的积极成分。

(2)包容性的意义

①包容性使得中华文化源远流长、博大精深。

②有利于各民族文化在和睦的关系中交流。

③有利于增强对自身文化的认同、对外域文化的理解。

[[真题展示]]

(2009 安徽 7)京剧是中华民族的国粹。它是在 18 世纪下半叶安徽戏、秦腔、汉调的交融,并借鉴吸收昆曲、京腔之长而形成的。京剧的形成体现了(   )

A. 各具特色的文化艺术异彩缤纷　　　B. 中华文化薪火相传和一脉相承

C. 中华传统文化所具有的兼容性　　　D. 不同文化都能够实现融会贯通

分析:经徽戏、秦腔、汉调的交融,并借鉴吸收昆曲、京腔之长而形成了京剧。由题干可选 C。中华传统文化所具有的兼容性。A 直接不符合题干,B 光说继承,没有体现吸收借鉴,D 说法不准确。

答案:C

解题指导

1.(2010 天津 7)目前,在我国少数民族中,有 22 个民族的人口在 10 万以下,有的不足 5000 人。由于人口较少民族的核心文化区范围小,其文化传承的状况堪忧。面对这一现象,当务之急是(   )

A. 提高发展民族传统文化的能力

B. 增强对本民族文化的认同感

C. 抢救和保护少数民族特色文化

D. 加强与其他民族文化的融合

2.(2009 广东 11)"万物并育而不相害,道并行而不相悖。"这句话可以用来表达文化的(   )

A. 不平衡性　　　B. 包容性

C. 同一性　　　　D. 时代性

3.(2009 天津 11)《格萨尔王传》是藏族人民群众

创作的一部伟大的英雄史诗。近千年来,它主要由民间艺人口耳相传。随着许多民间说唱艺人步入高龄,这部英雄史诗濒临失传。为使这一优秀文化遗产得以传承,党和政府专门组织人力,拨出专款,抢救整理并出版了《格萨尔王传》。上述材料说明(   )

①中华文化源远流长,博大精深   ②中华文化具有兼收并蓄的特点   ③中华文化得到各族人民的认同   ④中华各民族文化都是中华文化的瑰宝

A.①②　　　　　　　　B.②③

C.③④　　　　　　　　D.①④

【答案】

1.C　思路点拨:针对少数民族文化传承的困境,急需要我们做的是抢救和保护少数民族特色文化

以维护文化的多样性。A项与现实状况不符;B项不能解决当前问题;D项与题意不符。

2.B 思路点拨:本题考查学生对文化包容性的理解,考查学生把握关键信息的能力和判断分析能力。包容性即求同存异和兼收并蓄。"万物并育而不相害,道并行而不相悖。"是求同存异的具体表现,所以选B。A、C、D项与题意无关。

3.D 思路点拨:本题考查的对中华文化特征的理解。旨在考查学生从材料提取有效信息,并调动和运用知识的能力。属于较易题。从题干的主题看,因为藏族人民的作品《格萨尔王传》流传千年,这体现了中华文化的源远流长和博大精深,而各民族文化又属于中华文化的不可分割的一部分,所以党和政府需要抢救并整理,保护中华文化的瑰宝。②在材料中并未得到体现。而由于各族文化的差异性很大,所以③是不准确的。

第七课　我们的民族精神

考点梳理

1. 中华民族精神的基本内涵

[考点解读]

(1)中华文化与中华民族精神的关系。

①文化是一种重要的社会精神力量,中华文化的力量集中表现为民族精神的力量。

②民族精神是一个民族在长期共同生活和社会实践基础上形成的优秀文化传统的结晶,它渗透在整个民族文化的各个方面。中华民族精神,深深植根于绵延数千年的优秀文化传统之中,是中华文化的精髓。

(2)中华民族精神的基本内涵:以爱国主义为核心,团结统一、爱好和平、勤劳勇敢、自强不息。

[真题展示]

(2009 广东 12)孙中山"集毕生之精力以赴之,百折而不挠"地从事革命事业所表现出的民族精神是(　　)

A. 善良朴实　　　　B. 爱好和平　　　　C. 自强不息　　　　D. 艰苦朴素

分析:本题考查学生对中华民族精神基本内涵的理解,主要考查学生理解问题和分析问题的能力。本考点非重点考点,多以选择题的形式来考查。自强不息是指中华民族所具有的独立自主、奋发向上、不断进取的精神。孙中山"集毕生之精力以赴之,百折而不挠"是自强不息的民族精神的具体表现,故选C。B项与题意不符。A、D项本身不属于民族精神基本内涵。

答案:C

2. 中华民族精神的核心——爱国主义

[考点解读]

(1)爱国主义不是抽象的,而是具体的。在不同的历史时期,爱国主义有共同的要求,也有不同的具体内涵。

(2)新时期爱国主义的主题:在当代中国,爱国与爱社会主义本质上是一致的。建设中国特色社会主义,拥护祖国统一,是新时期爱国主义的主题。

(3)爱国主义精神的作用:无论什么时期,爱国主义都是动员和鼓舞中国人民团结奋斗的一面旗帜,是各族人民风雨同舟、自强不息的精神支柱。

(4)爱国主义精神与其他民族精神的关系:爱国主义是中华民族精神的核心,它贯穿民族精神的各个方面。团结统一、爱好和平、勤劳勇敢、自强不息的精神,相辅相成,无不体现着爱国主义这个主题。

思维误区:爱国主义精神是综合国力的重要标志,因此我们要大力弘扬爱国主义精神

(1)爱国主义是中华民族精神的核心。爱国主义是动员和鼓舞中国人民团结奋斗的一面旗帜,是各族人民风雨同舟、自强不息的精神支柱。所以要大力弘扬爱国主义精神。

(2)当今世界,文化与经济、政治相互交融,文化越来越成为民族凝聚力和创造力的重要源泉,文化越来越成为综合国力竞争的重要因素。所以,"爱国主义精神已成为综合国力的重要标志"的说法是不确切的,夸大了爱国主义精神的作用,它包含在文化当中。

[真题展示]

(2010 江苏 23)为了推动群众性爱国主义教育活动的深入开展,中宣部、中组部等 11 个部门联合组织了"双百"人物的评选活动。2009 年 9 月 10 日,评选出了 100 位为新中国成立作出突出贡献的英雄模范任务和 100 位新中国成立以来感动中国人物。之所以要开展群众性爱国主义教育活动,因为爱国主义是(　　)

①中华民族精神的核心　②思想道德建设的重点　③中国人民团结奋斗的旗帜　④公民追求的最高道德目标

A.①②　　　　　　　B.①③　　　　　　　C.②④　　　　　　　D.③④

分析:本题是因果类选择题,所选题肢应与题干构成因果关系。考查爱国主义精神的作用,爱国主义是中华民族精神的核心,是动员和鼓舞中国人民奋斗的一面旗帜。②④项与题干不构成因果关系,故排除。

答案:B

3.民族精神的时代特征

[考点解读]

(1)民族精神随着时代变化而不断丰富和发展

民族精神作为民族文化的结晶,其形成和发展是长期历史积淀的过程,也是随着时代变化而不断丰富的过程

(2)中国共产党对中华民族精神的丰富和发展

时期	中华民族精神的丰富和发展	表现
新民主主义革命时期	中国共产党人的革命精神成为中华民族精神的主体,具有深厚的民族性、鲜明的时代性和先进性。	井冈山精神、长征精神、延安精神、红岩精神、西柏坡精神等。
社会主义革命时期	中国共产党继续弘扬中华民族精神,不断为中华民族精神增添新的时代内容,把中华民族精神提升到了一个新水平。	雷锋精神、"两弹一星"精神、大庆精神、抗洪精神和载人航天精神等。

4.弘扬和培育民族精神的途径和意义

[考点解读]

(1)弘扬和培育中华民族精神的原因

①必要性:

第一,弘扬和培育中华民族精神,是文化建设极为重要的任务。

第二,弘扬和培育中华民族精神,是提高全民族综合素质的必然要求。

第三,弘扬和培育中华民族精神,是不断增强我国国际竞争力的要求。

第四,弘扬和培育中华民族精神,是坚持社会主义道路的需要。

②重要性:

第一,理论意义:中华民族精神的力量。中华民族精神始终是维系中华各族人民共同生活的精神纽带,支撑中华民族生存、发展的精神支柱,是推动中华民族走向繁荣、强大的精神动力,是中华民族永远的精神火炬,是中华民族之魂。

第二,现实意义:弘扬和培育民族精神,是全面建设小康社会、建设社会主义现代化的重要保证。民族精神能够凝聚起全党、全国各族人民的力量,形成强有力的向心力,把全国各族人民聚集在党的周围,以全面建设小康社会,加快推进社会主义现代化的进程。

(2)弘扬和培育中华民族精神的途径

丰富和发展民族精神要立足于发展中国特色社会主义的伟大实践,人人都成为民族精神的传播者、弘扬者和建设者。

①弘扬和培育民族精神,最重要的是发挥毛泽东思想、邓小平理论和"三个代表"重要思想这一文化"主心骨"的作用。

②弘扬和培育民族精神,必须继承和发扬中华民族的优良传统。

③弘扬和培育民族精神,必须正确对待外来思想文化的影响。既要注意借鉴世界各国人民创造的先进文明成果,汲取世界各民族的长处,又要警惕西方敌对势力对我国进行西化、分化的图谋。

④弘扬和培育民族精神,必须与弘扬时代精神相结合。

思维误区:弘扬和培育民族精神就是要抵制一切外来文化的影响

弘扬和培育民族精神,必须正确对待外来思想文化的影响。既要注意借鉴世界各国人民创造的先进文明成果,汲取世界各民族的长处,又要警惕西方敌对势力对我国进行西化、分化的政治战略。可见,弘扬和培育民族精神与汲取世界先进文明成果二者并不矛盾。

[真题展示]

(2010 山东 29)材料三:在举国欢庆新中国成立 60 年周年之际,当人们回眸那段不平凡的历史时,爱国热情得到了再一次激发,民族精神获得了又一次振奋。

从文化传承的角度,说明中华民族精神为什么能永不泯灭。

分析:本问考查的是课本知识文化传承,内容是中华民族精神能永不泯灭的原因。结合课本①③能够很快想到,同时中华民族精神的永不泯灭在于他的与时俱进创新发展,答出第②点。

答案:①中华民族精神深深植根于优秀传统文化之中,具有继承性、稳定性。②中华民族精神富有创新性,实现了民族精神与时代精神的统一。③中华民族精神具有中华文化特有的包容性,能够做到求同存异和兼收并蓄。

解题指导

1.(2008 海南 18)情感因素和文化情结,成为中国传统文化中浪漫美好意向的形象符号。2007 年 11 月 26 日,由"嫦娥一号"卫星拍摄的我国第一幅月面图像向世人完美亮相,标志着我国第一次探月活动的圆满成功。我国探月活动的成功,可以说是以科学技术的成就续写传统文化中"奔月"理想的佳话。这种渗透在科技探索活动中的民族情感和文化情结( )

①凝聚着自信自尊,是维系民族生存和发展的精神纽带 ②体现着与时俱进,是进行科学技术探索的主要精神动机 ③蕴涵着美好憧憬,激励人们自强不息、奋发有为 ④充溢着浩然正气,对社会与人的发展起着积极推动作用

A.①② B.①③
C.③④ D.②④

2.(2008 广东 13)2008 年两会期间,中央政府作出决定:具有公益性的博物馆、纪念馆和全国爱国主义教育示范基地,今明两年内逐步向社会免费开放。这项举措有利于( )

①弘扬中华民族精神 ②加强社会主义思想道德建设 ③中国文化引领世界文化潮流 ④满足人民群众物质文化生活的需要

A.①② B.①④
C.②③ D.②④

3.(2007 海南 16)琼州胜景五公祠有副脍炙人口的对联:"只知有国,不知有身,任凭千般折磨,益坚其志;先其所忧,后其所乐,但愿群才奋起,莫负斯楼。"

这副对联生动体现了中华民族精神中( )

①天下兴亡、匹夫有责的爱国情操 ②公正廉明、崇尚平等的民主精神 ③淡泊名利、宁静致远的超然胸襟 ④自强不息、坚韧不拔的顽强斗志

A.①② B.②③
C.①④ D.③④

4.(2010 北京 40)一个民族在灾难中失去的,必须以民族的进步获得补偿。中华民族历来具有在艰难困苦中不屈不挠、团结奋战的光荣传统。不论多大的灾难,都压不弯地挺拔的脊梁。1998 年抗洪抢险,几十万官兵和百万民众同洪水展开殊死搏斗,形成了伟大的抗洪精神。2003 年"非典"疫情蔓延,党和政府带领全国人民群防群控、共克时艰。2008 年冰雪"封冻"半个中国,全国人民用爱心将冰雪融化。汶川、玉树特大地震撕裂了大地,全国人民心手相连,奋力救灾,形成了"万众一心、众志成城,不畏艰险、百折不挠,以人为本、尊重科学"的伟大抗震救灾精神。灾难考验了中华民族,也冶炼了中华民族。"任何困难都难不倒英雄的中国人民"。

运用《文化生活》中的相关知识,指出上述材料体现了什么精神,并说明这种精神在中国人民战胜灾难的过程中所起的作用。

【答案】

1.B 思路点拨:民族精神是中华力量的集中体现、是维系民族生存和发展的精神纽带,是中华民族生存发展的精神支柱,是推动中华民族走向繁荣发展的精神动力。①③正确,②④在材料中未能体现。以"嫦娥一号"探月活动的成功事例为题干,考查对民族情感的认识。难度较小。

2.A 思路点拨:免费开放博物馆、纪念馆和爱国主义教育示范基地,这明显能够弘扬中华民族精神,加强社会主义思想道德建设,因此①②正确。"免费开放博物馆、纪念馆和爱国主义教育示范基地"这项活动仅仅是国内行为,对世界文化潮流不会产生影响,因此不选③。"免费开放博物馆、纪念馆和爱国主义教育示范基地"这项活动是精神文化范畴,不属于物质文化范畴,因此不选④。

3.C 思路点拨:此题以五公祠的一幅对联为考查载体,考查中华民族精神方面的知识,考查学生的理解能力。这副对联是五公最好的写照。歌颂了他们的民族气节和崇高的风范,歌颂了他们身处逆境而不坠青云之志,不忘国家,不忘人民的"无我"的精神。由此不难看出应选①④,②③不符合题干材料的含义。

4.中华民族精神。中华民族精神是团结中华各族人民的精神纽带,是中华民族战胜灾难和困难的精神支撑和精神动力;能够转化为激励中国人民战胜灾难和困难的强大力量;在战胜灾难和困难的每一次过程中,中华民族精神都得到了丰富和发展,成为任何困难都难不倒中国人民的不竭力量源泉。

思路点拨:本题直接考查具体知识点——中华民族精神的作用。知识点理解的难度不大,关键是清晰的记忆。

周 练

一、单选题(每题 2 分,共 50 分)

1. 中国艺术有许多独到之处。以一种文字的书写方式和笔迹的律动,表现出书写者的情绪和审美的追求,从而使文字的书写升华为一种艺术,这就是中国书法的奥秘。与书法同源的中国画,同样表现出它的独特性,所谓梅兰竹菊的气节、松石的高风,正是艺术人生的写照。这说明( )

①书法、绘画艺术是中华文明的重要标志 ②中华文化博大精深 ③书法艺术和绘画艺术是中华文化特有的 ④多彩多姿的中华文化展示了中华民族的生命力和创造力

A.①② B.②③
C.①④ D.②④

2. 新中国成立以来规模最大、范围最广、展品最精的"国家珍贵古籍展"在国家图书馆举行,近 400 种古籍善本在此展出。下列有关史书典籍的说法正确的是( )

A. 史书典籍是中华文化源远流长的唯一见证
B. 史书典籍是中华文化一脉相传的重要见证
C. 史书典籍的出现标志着人类进入文明时代
D. 史书典籍是中华文化的重要标志

3. 北京奥运期间,羌族刺绣、徽墨制作技艺、歙砚制作技艺、厦门漆线雕技艺、苏绣、无锡精微绣、藏族唐卡、泉州提线木偶等项目的代表性传承人进行现场演示。这体现了( )

①中华文化的独特性 ②传统文化的继承性 ③传统文化的先进性 ④中华文化的区域性

A.①②④ B.①③④
C.②③④ D.①②③

4. 在我国,尊儒的也信道和佛,如《红楼梦》中贾府为秦可卿发丧,和尚、尼姑、道士、儒官,各色俱全。这从一个侧面说明中华文化( )

①包容性 ②求同存异 ③兼收并蓄 ④差异性

A.②③ B.①②③
C.②③④ D.①④

5.(2010 广东 32)当前,在大力弘扬中华文化过程中,广东省重点打造"岭南文化、活力商都、黄金海岸、美食天堂"四大品牌。这表明( )

A. 地域文化之间没有共性
B. 地域文化都是在本地域独立形成的
C. 地域文化具有各自的特色
D. 中华文化在性质上是全国地域文化的总和

6. "礼义廉耻,国之四维,四维不张,国乃灭亡"这一古训是我们民族精神的精髓,这表明( )

A. 提出"社会主义荣辱观"就是要求遵循古训
B. 中华民族精神深深根植于我国优秀传统文化之中
C. 弘扬民族精神是构建和谐社会的要求
D."社会主义荣辱观"已成为每个公民的道德选择

7. 文化传承需要承载体,从文字、音乐到传统节日,从挂春联、买桃花到吃粽子、划龙船、登高望远,一项项活动无不在做着传承中华文化的重要工作。这表明( )

①中华文化具有实用性和整体性的特点 ②我国的民族文化异彩纷呈 ③中华文化有其丰富而绚丽的内涵 ④文化继承是文化发展的必然要求

A.①② B.②③
C.①③ D.②④

近年来,全国政协高度关注中国优秀传统文化的继承与发展,先后对闽南文化、河洛文化、三晋文化和齐鲁文化等地域文化进行调研,不断推动全国对地域文化的研究、保护、开发和利用,以此弘扬民族精神,增强民族凝聚力,为现代化建设进行了大量卓有成效的工作。回答 8～10 题。

8. 在我国,之所以产生和存在着各具明显特征的不同区域文化,主要是因为( )

①我国幅员辽阔,各地自然条件千差万别 ②各地经济社会发展程度不同 ③受历史、地理等因素的影响 ④中华民族是多民族的共同体

A.①②③ B.②③④
C.①②④ D.①③④

9. 中华文化是一个恢弘的整体,融合了各具鲜明特色的区域文化和民族文化。各族人民对共同拥有的中华文化具有强烈的认同感,这主要显示了( )

A. 中华文化古代辉煌的历程
B. 中华文化源远流长的基本特征
C. 中华文化的博大精深
D. 中华民族厚重的文化底蕴和强大的民族凝聚力

10. 徽文化是中华文化的重要组成部分和宝贵资源,加强对徽文化的研究、保护、开发和利用,对于传承中华优秀传统文化,增强民族凝聚力,促进安徽在中部的崛起,加强与世界文化的交流,有着十分重

要的意义。这主要表明区域文化作为一种文化力量（　　）

A. 是一个地区经济和社会发展的决定力量

B. 可以促进文化资源的持续发展

C. 是构建和谐社会的根本动力

D. 是一个地区综合实力和国际竞争力的重要内容

11. 钱文忠教授在《百家讲坛》栏目讲到《三字经》的"三纲"，即"君臣义"、"父子亲"、"夫妻顺"，《三字经》的"三纲"包含着爱的思想，对现在而言仍是值得借鉴的，这说明（　　）

①传统文化具有相对稳定性　②文化继承是发展的必然要求　③传统文化具有继承性　④中华文化源远流长

A. ①②④　　　　　B. ①③④

C. ②③④　　　　　D. ①②③

12. 中国共产党领导人民在革命、建设和改革的各个历史时期，不断丰富和发展着中华民族精神。在改革开放进入新的阶段形成了"抗洪精神"、"载人航天精神"、"抗震救灾精神"等，这些精神是我们建设社会主义现代化和实现全面小康社会的新的精神财富。下列对中华民族精神看法错误的是（　　）

A. 中华民族精神有精华和糟粕之分

B. 中华文化的力量集中表现为民族精神的力量

C. 中华民族精神的核心是爱国主义

D. 中华民族精神是推动中华民族走向繁荣、强大的精神动力

13. 伴随中国经济的发展和对外交流，作为中华文化鲜明符号的春节，越来越为各国人民所了解和欢迎，许多外国人与华侨华人共庆新春佳节，世界各地庆祝中国春节活动的热度持续升温。这表明（　　）

A. 传统文化具有相对稳定性和鲜明的民族性

B. 春节文化源远流长、博大精深

C. 文化既是民族的，也是世界的

D. 综合国力的提高增强了文化的国际影响力

14. 北京奥运会开幕式将中华文化与奥林匹克精神完美结合，向世界奉献了一部奥运史上最华美的乐章。这充分说明（　　）

①文化创新需要博采众长　②中华文化具有包容性　③外来文化是中华文化创新的基础　④中华文化正在成为世界文化

A. ①②　　　　　B. ①③

C. ②④　　　　　D. ③④

15. 为推动社会主义文化的繁荣与发展，我国高度重视文化典籍的整理工作。这是基于（　　）

①文化典籍是中华文化一脉相传的重要见证　②优秀的文化典籍可以直接转化为物质力量　③整理文化典籍有利于挖掘和保护传统文化　④阅读文化典籍可以帮助人们认识中华文化

A. ①②④　　　　　B. ①③④

C. ①②③　　　　　D. ②③④

16. "素胚勾勒出青花笔锋浓转淡，瓶身描绘的牡丹一如你初妆"，韵味传神的青花瓷穿越千年的历史，向人们展示了中华文化的（　　）

A. 包容广纳　　　B. 推陈出新

C. 博大精深　　　D. 源远流长

17. 两千多年前，孔子提出了"君子和而不同"的思想。这一思想对中华文化产生了深远影响。"和而不同"反映了中华文化具有的特点是（　　）

A. 包容性　　　　B. 阶级性

C. 民族性　　　　D. 地域性

18. 在处理与外来文化关系时，我们应当求同存异、兼收并蓄，这样做有利于（　　）

①在和睦的关系中交流　②增强对自身文化的认同　③增强对外来文化的理解　④吸收外来文化的所有成分

A. ①②③　　　　　B. ①②④

C. ①③④　　　　　D. ②③④

19. 异彩纷呈的少数民族文化，对形成和发展中华文化作出了重要贡献。对此认识正确的是（　　）

①中华文化博大精深　②中国科学技术一直处于世界的前列　③中华文化具有包容性　④中华文化是各民族共同创造的

A. ②③④　　　　　B. ①③④

C. ①②④　　　　　D. ①②③

20. 在我国深受各地人民群众欢迎的歌舞主要有黄河以北各省的"秧歌"、西南各省的"花灯"、南方各省的"采茶"、东北的"二人转"、内蒙古和山西的"二人台"等。这从一个侧面说明，中华文化具有以下特点（　　）

A. 受大众传媒的影响

B. 不同的区域，文化一定不同

C. 丰富多彩，有区域特征

D. 通过社会体验获得

21. 2010 年广州亚运会会徽的图样是"一只火凤凰顶着一个火红的太阳"，核心理念是"五羊圣火"，会徽本身的设计融入了奥林匹克精神，中国特色和岭南标志性文化元素相映成趣。亚运会会徽将为广州、中国、亚洲乃至全世界留下一笔宝贵的亚运遗产。材料说明（　　）

①亚运会会徽是世界文化遗产　②文化的发展

离不开继承和创新 ③不同区域的文化有各自的特色 ④中华文化具有特有的包容性

A. ①②③　　　　　　B. ①③④

C. ①②④　　　　　　D. ②③④

22. 在中国格言的海洋里，有两个意义相近的古老成语："四海之内皆兄弟"(子夏)、"四海之内若一家"(荀子)。这主要体现了中华民族(　　)

A. 不畏强暴、英勇顽强的优良品格

B. 礼仪为本、诚实守信的传统美德

C. 开拓进取、自强不息的拼搏精神

D. 注重团结、呼唤统一的民族精神

23. 胡锦涛总书记指出，全面建设小康社会，必须大力弘扬和培育民族精神。之所以要大力弘扬和培育民族精神，是因为民族精神(　　)

①是维系中华各族人民共同的精神纽带 ②是支撑中华民族生存、发展的精神支柱 ③是推动中华民族走向繁荣、强大的精神动力 ④渗透在整个民族文化的各方面

A. ①②③　　　　　　B. ①③④

C. ①②④　　　　　　D. ②③④

24. 当今世界，充满着各种各样、错综复杂的冲突和危机。作为体现中华文化精神和标志的和合思想，能为化解冲突和危机提供有力的文化资源和有益的思想方法启迪。这意味着(　　)

A. 中华文化优于其他国家的文化

B. 要遵循各国文化一律平等的原则

C. 不同民族文化有共性和普遍规律

D. 中华文化有其独特的价值

25. 同说汉语、同说汉字、都推崇儒家思想，这些相同的传统深刻影响着13亿大陆人民与2300万台湾人民的行为方式与道德取向，也成为两岸人民不可分割的精神纽带。这说明(　　)

①不同的文化具有不同的地域特性 ②两岸人民有着共同的文化认同感和归属感 ③儒家思想是中华民族精神的核心和根本 ④各民族的传统文化是民族延续的重要标志

A. ①③　　　　　　B. ②③

C. ③④　　　　　　D. ②④

二、问答题(26、27题各10分，28题8分，共28分)

26. 阅读下列材料，运用《文化生活》的知识回答问题。

农历五月初五是我国的传统节日——端午节，在这一天，我国不少地区有龙舟竞渡、吃粽子、喝雄黄酒等风俗，以此来纪念伟大的爱国诗人屈原。2007年12月16日，国家法定节假日调整方案公布，端午节被正式纳入国家法定节假日。

(1)人们为什么要庆祝民族节日？(3分)

(2)谈谈当前弘扬和培育以爱国主义为核心的中华民族精神的必要性。(7分)

27. 阅读资料，完成下列要求。

被列入《世界文化遗产名录》的都江堰，是当今世界年代久远、凝聚我国古代科学技术成就的宏大水利工程，是全世界仅存的一项古代"生态工程"，在5月12日汶川大地震中，遭受了不同程度的损毁，根据国家文物局及有关部门的要求，应尽可能地保护、修复。

运用《文化生活》知识，请从文化传承和中华文化的角度阐述对都江堰保护、修复的理由。(10分)

28. 有人说,中华文化源远流长得益于汉字的延续。请你评析这一观点。(8分)

30. 2002 年 12 月 3 日,伴着《茉莉花》的神韵,蒙特卡洛的世博会申办会场一片欢腾;2010 年世博览会将在中国上海举行! 耐人寻味的是,在投票前最后陈述的宝贵时间里,中国代表团选择"中国文化"作为申办世博会的理由。除了今非昔比的强大国力、良好的国际形象和国际影响力等因素外,是五千年灿烂瑰丽的中华文明和当代融合中西、独具风格的文化魅力,蓬勃向上的民族精神,让中国闪亮地走向世界,打动了世界。

(1)中华文化有什么突出特点? (4分)

三、论述题(29题10分,30题12分,共22分)

29. 2008 年我们经历了太多的悲喜。然而,这个年度给我们的记忆不仅仅是悲伤或欣喜,还包括一种顽强向上生长的力量——在地震的阵痛中,我们重新认识了自己的不屈和坚韧;在奥运梦圆那一刻、在太空漫步那一瞬间,我们再次感受到中华民族的自信和自强;在金融风暴、奶粉事件等危机席卷而来的时候,我们更正视到了肩头的责任。历史将会记载下 2008 年中国不平凡的经历。运用《文化生活》的知识,回答下列问题:

(1)2008 年中国不平凡的经历,见证了伟大的中华民族精神。这一精神的基本内涵是什么? (2分)

(2)如何理解"五千年灿烂瑰丽的中华文明和""独具风格的文化魅力,蓬勃向上的民族精神"对中华民族发展壮大的作用? (8分)

(2)如果你班就如何培育和弘扬民族精神召开一次主题班会,请你列出发言提纲。(至少四点)(8分)

▌第四单元　发展中国特色社会主义文化▐

第八课　走进文化生活

▌考点梳理▐

1. 文化市场与传媒商业化的影响

[考点解读]

(1)文化生活的"喜"与"忧"

"喜"的主要表现:能够满足人们多样化的文化需求,充实人们的精神生活;可以通过灵活而有吸引力的表现方式,传播科学文化知识;便于采取群众喜闻乐见的方式,使人们潜移默化地接受正确的价值观念,提高思想道德素质;易于引导人们的消费观念,推动生产的发展。

文化市场的自发性和传媒的商业性,也引发了令人忧虑的现象。主要表现:经济利益的驱动下,不顾社会效益,肆意生产、销售品位低下的文化产品;借消遣娱乐的名义,以荒诞、庸俗的内容,迎合低级趣味;追求轰动效应,热衷于捕风捉影的"新闻"炒作,不负责任地传播"绯闻轶事"。

(2)对策:不能放任自流,必须对文化市场加强管理,正确引导。

[真题展示]

(2009 广东 22)目前我国文化产品种类繁多,良莠不齐,这说明我国文化市场要(　　　)

A. 严格规范,整齐划一　　　　　　　　B. 言论自由,顺其自然

C. 加强管理,正确引导　　　　　　　　D. 全面开放,海纳百川

分析:本题考查加强对文化市场的管理与引导的必要性及措施,主要考查学理解和分析问题的能力。对于文化市场的发展,我们既不能只看到其积极的一面而忽视其消极作用,也不能因为它存在消极作用而简单地拒绝或否认,所以排除 A、B、D 项。文化产品种类繁多,良莠不齐,需要加强管理,正确引导。故选 C。

答案:C

2. **发展大众文化的要求**

[考点解读]

(1)当前人们文化需求的特点

特点:经济社会发展和人民生活水平提高,人们对文化的需求日益呈现多层次、多样化、多方面的特点。

(2)针对人民群众文化需求的变化及特点,应该提供多种类型、多种风格的文化产品。无论什么类型、风格的文化,人民大众真正需要的,都是先进、健康有益的文化。

(3)我们所倡导的大众文化:面向广大人民,反映人民的利益与呼声,为人民大众所喜闻乐见的社会主义文化。它具有两个特点:一是在内容上它是先进的、健康的、有益的文化,是社会主义文化;二是在形式上为人民群众所喜闻乐见,能够满足人民大众多层次、多样化的需求。

知识拓展:

1. 不是所有的大众文化都是我们倡导的。

大众文化中既有文化的精华,也可能包含庸俗和糟粕的成分,不能将大众文化等同于先进文化。而我们所提倡的大众文化是指面向广大人民,反映人民的利益与呼声,为人民大众所喜闻乐见的社会主义文化,这样的文化当然是先进文化。

2. 不是所有的时尚文化都是我们倡导的大众文化。

时尚文化是现代大众文化的一个重要组成部分,指在短时期内特定社会群体所崇尚的文化消费或文化体

验。时尚文化并不等于先进文化,有些时尚的东西往往是披着时尚的外衣宣扬落后甚至是腐朽的文化。

3. 在不同历史时期,先进文化有不同的内涵。

在新民主主义革命时期,中国共产党领导中国人民创造的新民主主义文化是当时中国的先进文化。在当代中国的先进文化就是指中国特色社会主义文化。

3. 如何看待落后文化和腐朽文化

[考点解读]

(1)落后文化:

含义:各种带有迷信、愚昧、颓废、庸俗等色彩的文化,都是落后文化。表现:以传统习俗表现出来。

态度:通过科学文化教育,予以改造和剔除。

(2)腐朽文化

含义:封建主义和资本主义的腐朽思想,殖民文化,法轮功邪教,淫秽色情文化等,都是腐朽文化。

危害:腐蚀人们的精神世界、侵蚀民族精神、阻碍先进生产力发展、危害社会主义事业。

态度:坚决抵制,依法取缔。

(3)我国当前仍存在落后文化和腐朽文化的原因

①我国长期处于封建社会,封建思想的残余和旧的习惯势力根深蒂固,封建文化并没有完全退出历史舞台;

②经济全球化和信息网络技术的发展,为文化传播提供了更广阔的空间,加剧了西方资本主义腐朽思想文化对我国思想文化的冲击;

③社会主义市场经济带来的不同社会群体价值取向、文化选择的多样化;市场经济的弱点,反映到人们的精神生活中,诱发拜金主义、享乐主义、个人主义等不良思想,滋生唯利是图、损人利己等现象。

(4)克服落后文化与腐朽文化的影响

应对的措施:

①公民应该:加强自身修养,提高辨别不同性质文化的眼力,增强抵御落后文化、腐朽文化的能力。

②国家应该:奏响主旋律,文化激荡看主导——发展中国特色社会主义文化

坚持中国特色社会主义文化的主导地位:中国特色社会主义文化,始终坚持以科学的理论武装人,以正确的舆论引导人,以高尚的精神塑造人,以优秀的作品鼓舞人,无论是思想内容还是表现形式,都发挥着强有力的导向和示范作用。社会主义文化以其自身的科学性和先进性,并依靠社会主义政治和经济力量,在人民大众的文化生活中始终占据着主导地位。大力发展先进文化、支持健康有益文化、努力改造落后文化、坚决抵制腐朽文化。

要发展人民大众喜闻乐见的大众文化,还要利用法律手段,加强立法工作,规范文化市场。

思维误区:传统习俗等于落后文化

落后文化经常以传统习俗的形式表现出来,但落后文化并非仅以传统习俗的形式表现出来,而通过传统习俗表现出来的也并非都是传统文化。我国传统习俗中既有前人积累的精华,也有糟粕。

联系实际:暴力、色情、低俗信息近年来借助互联网的快速发展大行其道。这些信息大肆传播毒化社会风气,损害广大网民尤其是广大青少年的身心健康,祸国殃民。因此结合国家大力整顿互联网的低俗之风,深刻理解加强网络文化建设的意义。

[真题展示]

(2009 广东 37)(卷)看漫画,运用《文化生活》的知识,回答下列问题。

注:漫画 1、2 分别根据华君武的《阎王开发中心》、方成的《最新配方》改编

(1)漫画 1、2 分别反映了怎样的不良文化现象?

(2)这两类文化现象有何不同? 如何解决漫画中反映的问题?

漫画1　阎王理发中心

漫画2　文艺创作

分析: 本题考查考生对不良文化现象的区分和如何发展先进文化等。如何大力发展先进文化是《文化生活》非常重要的考点,是频考考点,这几年的高考中既以选择题也以主观题来考查。本题以漫画为切入点,来考查考生对不良文化现象的区分和如何发展先进文化等知识掌握以及辨别、分析、解决问题的能力。

答案: (1)漫画1反映了落后文化现象,漫画2反映了腐朽文化现象。

(2)两种文化现象的区分:①各种带有迷信、愚昧、颓废、庸俗等色彩的文化都是落后文化。落后的文化常常以传统习俗的形式表现出来,如人们常见的看相、算命、测字、看风水等。②封建主义和资本主义的腐朽思想、殖民文化、"法轮功"邪教、淫秽色情文化等,都是腐朽文化。

解决方法: ①始终坚持以科学的理论武装人、以正确的舆论引导人,以高尚的精神塑造人,以优秀的作品鼓舞人。②大力发展先进文化,支持健康有益文化,努力改造落后文化,坚决抵制腐朽文化。③必须大力建设社会主义核心价值体系。④加强自身科学文化修养和思想道德修养。

解题指导

1.(2009 江苏 22)用现代动画技术制作的电视动画片《喜羊羊与灰太狼》,受到广大观众的喜爱,获得了上海炫动卡通卫视 2008 年度收视排行的年度特别奖,同名动画电影也取得了高达 8500 万的票房。这主要说明,为人们提供的文化产品应当(   )

A. 具有较高的经济效益

B. 运用先进的技术手段制作

C. 满足人们娱乐的需求

D. 采取群众喜闻乐见的形式

2.(2008 海南 13)近年来,流行歌曲、小品等大受欢迎,交响乐、歌剧、民族戏曲则有些受冷落,各种文化艺术形式的发展出现了不平衡现象。一些有识之士呼吁"文化艺术领域也需要生态平衡",因为(   )

①不同文化艺术形式共同发展,可以满足不同层面大众的需求　②在文化艺术领域,经济效益与社会效益同样重要　③扶持高雅文化艺术、适当限制通俗文化艺术是当务之急　④各种文化艺术形式相互依存、共同发展,才能繁荣中国特色社会主义文化

A. ①②　　　　　　B. ②③

C. ③④　　　　　　D. ①④

3.(2008 广东 59)我们要发展为人民群众所喜闻乐见的文化,就必须(   )

①遵循弘扬中华民族传统文化的原则　②遵循弘扬主旋律、提倡多样化的原则　③坚持为人民服务、为社会主义服务的方向　④坚持百花齐放、百家争鸣的方针

A. ①②③　　　　　B. ②③④

C. ①②④　　　　　D. ①③④

4.(2007 广东 39)辨析:人创造了文化,文化又促进人的全面发展,所以要大力发展各种文化。

【答案】

1. D　思路点拨:本题考查发展大众文化的措施,主要考查学生获取信息的能力。从材料中看出,采取群众喜闻乐见的形式是文化产品取得成功的最重要因素,故 D 项正确;其余各项说法均不符合题意。

2. D　思路点拨:文化多样性可以满足不同层面大众的需要,也是实现文化繁荣的必然要求。②与题干无关;③叙述错误,与文化建设多样化相悖。本题考查多种文化艺术形式共同繁荣即文化多样性的意义。难度较小。

3. B　思路点拨:识记题,在发展为人民群众所喜闻乐见的文化的要求中,没有遵循弘扬中华民族传统文化的原则,因此不选①

4.(1)文化是人创造的,是社会实践的产物,是人类社会特有的现象。

(2)文化有进步与落后、先进与腐朽之分,只有先进、健康的文化,才能促进人的全面发展;而落后、腐朽的文化则危害人的进步。

(3)我们要大力发展先进文化,支持健康有益的文化,努力改造落后的文化,坚决抵制腐朽文化。在当代中国,发展先进文化就是以马克思主义为指导,以培养有理想、有道德、有文化、有纪律的公民为目

标,发展面向现代化、面向世界、面向未来的、民族的、科学的、大众的文化。

思路点拨:本题考查学生对文化内涵、文化对人的影响、发展先进文化等知识的理解,以及运用历史的、辩证的观点和方法,分析、比较和解释有关的文化现象的能力。

解答辨析题的基本方法就是首先要弄清材料中有几种观点,然后紧扣题目中的辨点逐一进行辨别和分析即对每一种观点用科学的态度一分为二地加以分析,并一定结合教材中相关原理和有关知识进行解答。本题有三个辨点:第一,文化是人类实践特有的产物;第二,不同性质文化对人的作用不同;第三,对于不同性质的文化,我们要采取不同的态度,我们应发展大众的、科学的、先进的社会主义文化。

第九课　推动社会主义文化的大发展大繁荣

▌考点梳理▌

1. 如何看待传统文化和外来文化

[考点解读]

(1)对待传统文化:我们既要"取其精华、去其糟粕、批判继承、古为今用"(对其符合社会发展要求的、积极向上的内容,应该保持和发扬;对不符合社会发展要求的、落后的、腐朽的东西,要加以改造和剔除);又要"推陈出新,革故鼎新",为传统文化注入时代精神,反对"守旧主义""封闭主义"和"文化复古主义"。

(2)对待外来文化:我们要"面向世界,博采众长"。一方面充分吸收外来文化的有益成果,另一方面要"以我为主,为我所用";反对"民族虚无主义""历史虚无主义"和"全盘西化论"。

[真题展示]

(2008 山东 28)山东省深入贯彻落实科学发展观,围绕建设"大而强、富而美"社会主义新山东的发展目标,真抓实干,取得显著成就。阅读材料,回答问题。

山东文化底蕴深厚。请运用文化生活知识,说明应如何充分利用山东传统文化资源优势,加快实现由文化资源大省向文化强省的跨越。

分析:科学发展观是近年来的热点命题,出题的角度多,考查的知识点较广。从长远看这将是一个长效命题热点。设问要求运用文化生活的知识回答如何继承和发扬传统文化,实际就是回答如何建设中国特色社会主义文化。本部分内容条理较为清晰,不难回答。

答案:①利用传统文化资源,建设文化强省,必须牢牢把握社会主义先进文化的前进方向(或"坚持马克思主义的指导地位"等)。

②继承山东传统文化,"取其精华,去其糟粕",批判继承,古为今用。

③立足山东改革开放的实践,创新文化内容和形式,创作人民群众喜爱的文化精品;同时博采众长,吸收、借鉴其他优秀文化成果;进一步促进山东文化产业发展。

④人民群众是文化创造的主体,应充分发挥人民群众建设文化强省的积极性。

(若答出"不断融入时代精神"、"发展教育、科学和文化事业,培育文化人才"等言之有理的答案亦可)

2. 发展先进文化指导思想和要求

[考点解读]

(1)基本内涵:在当代中国,发展先进文化,就是以马克思主义为指导、以培育有理想、有道德、有文化、有纪律的公民为目标,发展面向现代化、面向世界、面向未来的,民族的科学的大众的社会主义文化。

指导思想:马克思主义

目标:有理想、有道德、有文化、有纪律的公民

特点:面向现代化、面向世界、面向未来的,民族的科学的大众的

本质:社会主义文化。

(2)坚持先进文化的意义:是推动社会主义文化大发展大繁荣的根本要求和根本保证。

3. 建设社会主义核心价值体系

[考点解读]

(1)基本内容及其关系

①基本内容:马克思主义指导思想、中国特色社会主义共同理想、以爱国主义为核心的民族精神和以改革创新为核心的时代精神、社会主义荣辱观。

②四个方面内容间的关系:相互联系、相互贯通、相互促进,是有机统一的整体。马克思主义指导思想是社会主义核心价值体系的灵魂;共同理想是社会主义核心价值体系的主题;民族精神和时代精神是社会主义核心价值体系的精髓;社会主义荣辱观是社会主义核心价值体系的基础。

(2)建设社会主义核心价值体系的意义(为什么)

①社会主义核心价值体系是社会主义意识形态的本质体现,是全国人民团结奋斗的共同思想基础。

②当前,我国社会主义文化更加繁荣,同时人民精神文化需求日趋旺盛,人们思想活动的独立性、选择性、多变性、差异性明显增强。面对文化发展的这一阶段性特征,推动社会主义文化大发展大繁荣,必须坚持以马克思主义为指导,用社会主义核心价值体系引领社会思潮,既尊重差异、包容多样,又有力抵制各种错误和腐朽思想的影响,不断增强社会主义意识形态的吸引力和凝聚力。

(3)建设社会主义核心价值体系的基本要求(怎么办)

①巩固马克思主义指导地位,坚持不懈地用马克思主义中国化最新成果武装全党、教育人民;

②用中国特色社会主义共同理想凝聚力量;

③用以爱国主义为核心的民族精神和以改革创新为核心的时代精神鼓舞斗志;

④用社会主义荣辱观引领风尚。

思维误区:社会主义核心价值体系就是中国特色社会主义理论体系

社会主义核心价值体系的基本内容包括马克思主义指导思想,中国特色社会主义共同理想,以爱国主义为核心的民族精神,以改革创新为核心的时代精神,社会主义荣辱观。

而中国特色社会主义理论体系,就是包括邓小平理论、"三个代表"重要思想以及科学发展观等重大战略思想在内的科学理论体系。因此,我们不能把两者混淆起来。

联系实际:文化越是具有多样性,就越需要核心价值体系建设。

4. 社会主义精神文明建设的根本任务和主要内容

[考点解读]

(1)必要性和重要性

必要性:社会主义社会是全面发展、全面进步的社会,是物质文明、政治文明和精神文明相辅相成、协调发展的社会。物质文明为政治文明、精神文明发展提供物质基础,政治文明为物质文明、精神文明发展提供政治保障,精神文明为物质文明、政治文明发展提供精神动力和智力支持。

重要性:在当代中国,发展先进文化,就是建设社会主义精神文明,这是社会主义社会的重要特征,是全面建设小康社会的重要目标,是全面提升综合国力的重要途径,可以为经济发展和社会全面进步提供强大的精神动力和智力支持。

(2)根本任务:社会主义精神文明建设的根本任务与发展先进文化的根本目标是一致的,都是培育一代又一代有理想、有道德、有文化、有纪律的公民,提高整个中华民族的思想道德素质和科学文化素质,以适应社会主义现代化建设的需要。

(3)重要内容:发展教育、科学和文化事业

①大力发展教育事业。

地位:教育是发展科学技术和培养人才的基础,在现代化建设中具有基础性、先导性和全局性的作用。

基本要求:优先发展教育,办好人民满意的教育,建设人力资源强国;要全面贯彻党的教育方针,坚持育人为本、德育为先,实施素质教育,提高教育现代化水平,培养德智体美全面发展的社会主义建设者和接班人。

②大力发展科学事业。

地位:科学技术是第一生产力。

基本要求:要充分认识科学技术是第一生产力,大力加强科学基础设施建设;普及科学知识,弘扬科学精神;坚持社会科学和自然科学并重,在全社会营造崇尚科学、鼓励创新、反对迷信和伪科学的良好氛围。

③积极发展文化事业和文化产业。

要扶持公益性文化事业、发展文化产业、鼓励文化创新,营造有利于出精品、出人才、出效益的环境。

坚持把发展公益性文化事业作为保障人民基本文化权益的主要途径,加大投入力度,加强社区和乡村文化设施的建设。

大力发展文化产业,繁荣文化市场,增强国际竞争力。

知识拓展:区分文化事业和文化产业

凡是弘扬主旋律,倡导高雅文化的文化产品和活动都属于文化事业,如公益性宣传、公共的科研、卫生、教育、体育、防疫和医疗保健等。

文化产业是指为满足人们的文化消费需求而产生的一种产业。发展文化产业最终目的和最大的宗旨就是最大限度地满足人们和社会的文化消费需求,就是提高人们的生活质量。文化产业有报刊出版、广播电视、电影广告、文化娱乐、文物保护等。

[[真题展示]]

(2007 山东 28)2007 年中央"一号文件"强调,要着力推进农业科技创新,强化建设现代农业的科技支撑。根据以下材料回答问题。

表1　目前中国与发达国家农业科技状况比较

农业科技贡献率(%)		每万人农村人口农业科技人员数(人)	
中国	发达国家	中国	发达国家
48	70——80	1.7	40

注:20 世纪 70 年代末,中国农业科技贡献率不到 30%;目前中国农村劳动力中具有初中以上文化程度的占 12.4%

针对上表反映的我国农民科技文化程度状况,运用《文化生活》知识,说明发展现代农业必须提高农民科技文化素质的原因。

分析:本题综合考查文化的作用、社会主义精神文明建设等知识,这是《文化生活》的重点考点,近年试题通常以综合考查的形式出现。此题以推进农业科技创新,发展现代农业,促进社会主义新农村建设为宏观的考查背景,考查学生运用文化生活的有关知识分析说明发展现代农业必须提高农民科技文化素质的原因。解答此题,必须从农业科技创新在现代农业中的地位出发,具体联系到农村经济结构调整,农民素质提高,农业劳动生产率的提高等方面进行论述。

答案:①文化作为一种精神力量,能够在认识世界、改造世界的过程中转化为物质力量,会促进经济和社会的发展。提高农民科技文化素质,可以帮助农民更好地掌握农业生产新技术,促进农业增长方式转变,加快社会主义新农村建设。②亿万农民群众是农村社会主义精神文明建设的主体。提高农民科技文化素质,可以培养有文化、懂技术、会经营的新型农民,为发展现代农业提供人才智力支持。

5. 建设和谐文化,培育文明风尚

[[考点解读]]

社会主义精神文明建设的重要途径——开展群众性精神文明创建活动,努力建设和谐文化,培育文明风尚。

(1)原因:

①社会实践是文化创新的源泉和动力,人民群众是社会实践的主体,社会主义精神文明创建活动,也应该是亿万群众参加文化建设的伟大实践。

②和谐文化是全体人民团结进步的重要精神支撑,也是社会主义和谐社会的一个重要方面。

(2)要求:

①建设社会主义精神文明,要立足于发展中国特色社会主义实践,要广泛发动亿万人民积极参加精神文明创建活动。

②建设和谐文化,要开展群众性精神文明创建活动,完善社会志愿者服务体系,形成男女平等、尊老爱幼、互爱互助、见义勇为的社会风尚。

③当代青年应积极投身于社会主义精神文明建设的伟大实践,为建设和谐文化,培育文明风尚作贡献、做新时期中国先进文化的传播者和建设者。

[真题展示]

(2009 福建33)新中国成立60年来,成千上万的劳动模范在平凡岗位上做出了不平凡的贡献。"劳动光荣、知识崇高、人才宝贵、创造伟大"是劳模精神不变的精髓,也是时代精神永恒的内涵。表彰劳模能够(　　)

①提高公民的科学文化修养　②弘扬和培育民族精神　③奏响先进文化的主旋律　④杜绝好逸恶劳的思想意识

A.①③　　　　　B.②③　　　　　C.②④　　　　　D.①④

分析:劳模精神是民族精神在新时期的具体体现,表彰劳模实际上更注重表彰劳动模范的精神价值,弘扬和培育民族精神,奏响时代的主旋律,故②③说法正确;表彰劳动模范更重要的是发扬他们的精神,提高人们的思想道德修养,故①的说法错误;表彰劳模有利于引导人们热爱劳动,但不可能杜绝好逸恶劳的思想意识,故④的说法错误。

答案:B

▌解题指导▐

1.(2008 宁夏20)海伦·凯勒曾说,假如给我有视觉的一天,我将"向过去和现在的世界匆忙瞥一眼",而要做到这一点,"当然是通过博物馆"。为更好地发挥博物馆、纪念馆的作用,2008 年 1 月 23 日中央宣传部等单位下发《关于全国博物馆、纪念馆免费开放的通知》。博物馆、纪念馆免费开放是(　　)

①加强社会主义核心价值体系建设和公民思想道德建设的有效手段　②国家实现和保障人民群众基本文化权益的积极举措　③对某些文化产品经济价值的否定和社会价值的肯定　④把文化产业从市场中分离出来加以发展的措施

A.①②　　　　　B.①③
C.②③　　　　　D.②④

2.(2007 宁夏20)社会主义核心价值体系是建设和谐社会的根本,核心价值体系的首要内容是马克思主义指导思想,因为马克思主义是(　　)

①把握社会主义先进文化前进方向的根本指针②判明各种文化真理性的主要标准　③推动各种文化创新的动力和源泉　④引领社会思潮的旗帜、抵制各种错误思想的武器

A.①②　　　　　B.②③
C.①④　　　　　D.③④

3.(2007 山东卷21)党的十六届六中全会提出的"建设社会主义核心价值体系"与"文化多样性"、"坚持先进文化的前进方向"的内在联系是(　　)

①社会主义核心价值体系与文化多样性统一于社会主义文化建设中　②建设社会主义核心价值体系有利于坚持先进文化的前进方向　③尊重文化多样性不能违背社会主义核心价值体系　④把握先进文化的前进方向关键在于尊重文化多样性

A.①
C.①②③
B.①②
D.①②③④

4.2009 年是新中国成立60周年。60年来,中国人民凝心聚力,奋发图强,高举马列主义、毛泽东思想和中国特色社会主义理论体系的伟大旗帜,取得了辉煌成就。在中华民族发展历程中,形成了自己特有的伟大民族精神。在中国革命、建设和改革的实践中,这种民族精神得到了丰富和发展,促进了社会主义文化的大发展大繁荣。

有人认为,"推动社会主义文化大发展大繁荣,就是要弘扬和培育中华民族精神。"请谈谈你对这种观点的看法。

【答案】

1. A　思路点拨:材料中中宣部和国家有关部门要求免费开放博物馆和纪念馆,是为了更好地发挥文化产品的社会价值,而不是否定其经济价值;在社会主义市场经济条件下,社会主义文化的发展和繁荣也离不开市场。因此③④都不正确。①②本身正确且合乎题意。故选 A 项。

2. C　思路点拨:此题考查马克思主义是社会主

义核心价值体系的首要内容的原因,考查学生对基本理论观点的辨别能力。实践是检验真理的唯一标准、是认识发展的动力,所以②③都是错误观点,含②或③的选项是错误的。

3.C　思路点拨:④表述错误,把握先进文化的前进方向关键在于与时俱进。

4.(1)中华民族精神是推动中华民族走向繁荣、强大的精神动力,因此,推动社会主义文化大发展大繁荣,必须弘扬和培育中华民族精神。

(2)推动社会主义文化大发展和大繁荣,还必须

牢牢把握先进文化的前进方向,坚持马克思主义在意识形态领域的指导地位,加强社会主义核心价值体系建设;要立足于发展中国特色社会主义实践,继承传统、推陈出新,面向世界、博采众长;要充分发挥人民群众在文化建设中的主体地位,永葆文化发展的生机和活力。

思路点拨:回答评析类问题首先要弄清材料中有几种观点,对每一种观点用科学的态度一分为二地加以分析,并一定结合教材中相关原理和有关知识进行解答。

第十课　文化发展的中心环节

考点梳理

1. 思想道德建设在文化建设中的地位

[考点解读]

思想道德建设是中国特色社会主义文化建设的重要内容和中心环节。

思想道德建设规定着文化建设的性质和方向,是文化建设的灵魂。

2. 社会主义思想道德建设的主要内容

[考点解读]

坚持以为人民服务为核心,以集体主义为原则,以增强诚信意识为重点,以爱祖国、爱人民、爱科学、爱劳动、爱社会主义为基本要求,以社会公德、职业道德、家庭美德、个人品德为着力点,深入进行党的基本理论、基本路线、基本纲领、基本经验的教育,引导人们树立中国特色社会主义共同理想,树立正确的世界观、人生观和价值观。

思维误区:

联系实际:结合《公民道德建设实施纲要》、未成年人思想道德建设和近期国家开展的彻底整治互联网和手机涉黄现象,充分掌握社会主义思想道德建设方面的知识。

[真题展示]

(2009 江苏 23)"一诺千金"是中华民族的传统美德。在社会主义市场经济条件下,增强诚信意识是(　　)

A. 思想道德建设的重点　　　　　　　　　B. 思想道德建设的核心

C. 思想道德建设的原则　　　　　　　　　D. 思想道德建设的着力点

分析:本题考查社会主义思想道德建设的主要内容,考查学生的识记能力。社会主义思想道德建设以为人民服务为核心,以集体主义为原则,以增强诚信意识为重点,以社会公德、职业道德、家庭美德、个人品德为着力点。

答案:A

3. 社会主义荣辱观与公民道德建设基本规范

[考点解读]

(1)地位:社会主义荣辱观是社会主义思想道德的集中体现,是社会主义核心价值体系的基础。

(2)内容:以热爱祖国为荣、以危害祖国为耻;以服务人民为荣、以背离人民为耻;以崇尚科学为荣、以愚昧无知为耻;以辛勤劳动为荣、以好逸恶劳为耻;以团结互助为荣、以损人利己为耻;以诚实守信为荣、以见利忘义为耻;以遵纪守法为荣、以违法乱纪为耻;以艰苦奋斗为荣、以骄奢淫逸为耻。

(3)意义

①社会主义荣辱观全面表达了社会主义思想道德与社会主义市场经济相适应、与社会主义法律规范相协调、与中华传统美德相承接的要求和特征。

②社会主义市场经济条件下,为全体社会成员作出道德选择、判断行为得失,提供最基本的价值取向和行为准则。

③社会主义荣辱观与充分反映了我国公民"爱国守法、明理诚信、团结友善、勤俭自强、敬业奉献"的基本道德规范。既有先进性的导向,也有广泛性的要求,有利于引领良好社会风尚的形成和发展。

联系实际:联系"三鹿奶粉"事件引发的人们对企业信用和企业经营者道德良知的讨论和思考,理解在发展社会主义市场经济过程中树立社会主义荣辱观的重要意义。

4. 思想道德修养与科学文化修养

[考点解读]

(1)科学文化修养与思想道德修养的关系

区别:科学文化修养指的是人们在科学知识、文史知识、艺术欣赏等方面自我教育、自我提高的过程,学习自然科学、社会科学知识,用人类创造的科学文化知识武装自己的头脑是其重要内容。思想道德修养指的是人们通过自律、自省等方式,不断提高思想道德认识、思想道德判断水平,陶冶思想道德情感,养成良好的行为习惯,形成正确的世界观、人生观和价值观,树立崇高理想的过程。

联系:①良好的科学文化修养,能够促进思想道德修养。②加强思想道德修养,能够促进科学文化修养。

(2)科学文化修养的根本意义,在于通过参加健康有益的文化活动,自觉接受先进文化的陶冶,使自己的思想道德境界不断升华,为人民服务的本领不断提高,成为一个有益于人民的人。一个真正有知识文化涵养的人,也应该是具有崇高理想和高尚思想道德的人。

(3)在加强自身修养的过程中,追求更高的思想道德目标。要脚踏实地,不空谈,重行动,要从我做起,从现在做起,从点滴小事做起,在践行社会主义思想道德的过程中,不断追求更高的目标。

知识拓展:如何发展中国特色社会主义文化(如何发展先进文化)

(1)发展中国特色社会主义文化,牢牢把握先进文化的前进方向,关键在于坚持马克思主义在意识形态领域的指导地位。

(2)发展中国特色社会主义文化,要大力加强社会主义核心价值体系建设。(灵魂、主题、精髓、基础)

(3)发展中国特色社会主义文化,要立足于发展中国特色社会主义的实践,着眼于世界文化发展的前沿,发扬民族文化的优秀传统,汲取世界各民族的长处,不断创新。

(4)发展中国特色社会主义文化,是全体人民的共同事业。广大人民群众应广泛参与,充分发挥积极性、主动性和创造性。

思维误区:

1. 科学文化修养高的人,思想道德修养也高,反之亦然。

思想道德修养与科学文化修养能够相互促进,但二者并不一定是完全同步的。有着较高的知识文化修养并不一定就有较高的思想道德修养,反之亦然。因此,我们应该在加强科学文化修养的同时,自觉加强思想道德修养,在加强思想道德修养的同时,自觉学习科学文化知识,提高自己的科学文化修养。这样,才能真正做一个有益于社会、有益于人民的人。

2. 提高自身的思想道德修养只能依靠社会实践。

(1)提高自身的思想道德修养,要脚踏实地、不尚空谈、重在行动,要从我做起、从现在做起、从点滴小事做起。

(2)要提高自身的思想道德修养,还要不断改造自己的主观世界,树立正确的世界观、人生观、价值观,才能真正提高自身的道德修养。为此,要努力学习马克思主义的科学理论,在遵守公民自身思想道德规范的基础上,追求更高的思想道德目标。

(3)良好的科学文化修养能够促进思想道德修养。我们要提高自身的思想道德修养,还必须努力掌握科学知识和文史知识。

[真题展示]

(2009 安徽 8)科学文化修养和思想道德修养是一个人应当同时具备的基本素养。下列古语中蕴含二者关系的有( )

①"富贵不能淫,贫贱不能移,威武不能屈"(战国·孟子)　②"才者,德之资也;德者,才之帅也。"(北宋·司马光)　③"前辈谓学贵知疑,小疑则小进,大疑则大进。"(明代·陈献章)　④"德不称其任,其祸必酷;能不称其位,其殃必大。"(东汉·王符)

A.①②　　　　　　B.②④　　　　　　C.②③　　　　　　D.③④

分析:本块内容是新教材刚刚修改的部分,①体现了要自强不息,③强调了"疑"的重要性,都与两个修养无关。②"才者,德之资也;德者,才之帅也。"④"德不称其任,其祸必酷;能不称其位,其殃必大。"强调了两个修养的关系。

答案:B

解题指导

1.(2009 安徽8)科学文化修养和思想道德修养是一个人应当同时具备的基本素养。下列古语中蕴含二者关系的有(　　)

①"富贵不能淫,贫贱不能移,威武不能屈"(战国·孟子)　②"才者,德之资也;德者,才之帅也。"(北宋·司马光)　③"前辈谓学贵知疑,小疑则小进,大疑则大进。"(明代·陈献章)　④"德不称其任,其祸必酷;能不称其位,其殃必大。"(东汉·王符)

A.①②　　　　　　B.②④

C.②③　　　　　　D.③④

2.(2008 广东22)某些旅行社以"超低价"、"零团费"、减少旅游点、增加购物点等方式进行服务欺诈。这表明我国思想道德建设应该(　　)

①与社会主义市场经济相适应　②与社会主义法律规范相协调　③与中华民族传统道德相承接　④以诚实守信为重点

A.①②③　　　　　　B.②③④

C.①②④　　　　　　D.①③④

3.看漫画,运用《文化生活》的知识回答下列问题。

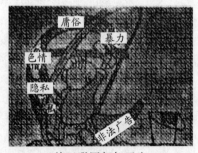

给互联网打扫卫生

(1)你从漫画中得到什么启示?

(2)我们怎样推动社会主义文化大发展大繁荣?

【答案】

1.B　思路点拨:解题的关键在于正确理解两个修养的关系,正确解读古语。①体现了要自强不息,③强调了"疑"的重要性,都与两个修养无关。②④强调了两个修养的关系。

2.C　思路点拨:题干中所列出的现象,表明需要加强思想道德建设,①②④符合题目要求。社会主义思想道德建设应与中华民族传统美德相承接,③所述中华民族传统道德有美德和糟粕之分,因此③错误不能选。

3.(1)我们要整顿互联网的低俗之风,净化网络环境。我们要明辨是非、丑恶、美丑,践行社会主义荣辱观,在全社会扶正祛邪、扬善惩恶,引领良好风尚的形成和发展。我们要提高辨别不同性质文化的能力,拒绝不良文化的污染。我们要大力发展先进文化,支持健康有益文化,努力改造落后文化,坚决抵制腐朽文化。

(2)①推动社会主义文化大发展大繁荣,必须坚持以马克思主义为指导,用社会主义核心价值体系引领社会思潮,既尊重差异、包容多样,又有力抵制各种错误和腐朽思想的影响,不断增强社会主义意识形态的吸引力和凝聚力。

②要正确处理继承与创新的关系，全面认识中华传统文化，既要取其精华，去其糟粕，保护民族性，又要发展创新，体现时代性，增强文化发展动力。

③要面向世界、博采众长，吸收和借鉴一切先进的文化成果，增强中华文化的国际影响力。

④要进一步培育和弘扬中华民族精神。

思路点拨：漫画题是高考命题者喜欢采用的一种题型，因为它文字少，容量大，能综合考查学生的各种能力。解答此类试题，先要看漫画的标题，再看漫画的内容，尤其是漫画中的提示性语句。第(1)问，从漫画的标题和提示性语句中可以看出互联网要进行整顿，净化网络环境，同时要提高眼力，拒绝污染等。第(2)问可以从指导思想，正确处理继承与创新的关系，面向世界、博采众长，以及弘扬和培育中华民族精神等方面回答。

周 练

一、单选题(每题 2 分,共 50 分)

1. 时下,一些中学生中人情消费风蔓延:生日、节日互赠高档礼物,到饭店请客吃饭,这种现象被称为时尚文化消费。关于经典与时尚,向来有不同看法,下列说法中正确的是( )

A. 时尚文化就是落后文化,必须坚决遏止

B. 时尚文化代表新文化,我们应积极提倡

C. 经典与时尚并存,是文化繁荣的体现,不应加以干预

D. 对时尚文化,我们应采取正确措施,加以引导

2. 在"有文化"与"没文化"的争议中,小品《不差钱》以整体得票率最高,获 2009"我最喜爱的中央电视台春节联欢晚会节目评选"小品类第一名。可见( )

A. 通俗文化就是我们所倡导的大众文化

B. 通俗文化能满足人们多层次精神需求

C. 文化活动要贴近生活,贴近群众

D. 草根文化在大众文化中占主导地位

3. 有人说:"我国目前各种思想相互涤荡,各种文化相互交融,各种观念相互碰撞,是当今时代的特征。用一种思想观念来统一人们的思想,没有必要,也不现实。"这种观点的错误在于( )

①否认了用社会主义核心价值体系引领社会思潮的必要性 ②忽视了人们思想文化的差异性与选择性 ③主张放弃指导思想的一元化 ④主张不同思想观念对人的影响不同

A.①③ B.②③

C.①④ D.②④

4. 诚实守信是中华民族的传统美德。随着市场经济的发展,人们对信用的理解从伦理道德的范畴提升到制度建设的层面。今天,诚信不仅是一种品行,更是一种责任;不仅是一种道义,更是一种准则;不仅是一种声誉,更是一种资源。这表明社会主义思想道德建设( )

A. 要坚持以为人民服务为核心

B. 引导人们树立中国特色社会主义共同理想

C. 应该与社会主义市场经济相适应

D. 要以社会公德、职业道德、家庭美德为着力点

5.(2010 新课程全国 19)近年来,我国开展道德模范评选活动,树立来自基层、来自群众的道德楷模,推动了社会主义思想道德建设。我国重视思想道德建设是因为它( )

①是发展中国特色社会主义文化的重要内容和中心环节 ②能提供精神动力和正确价值观,决定社会发展进程和方向 ③体现了先进文化性质和前进方向,有利于培育"四有"新人 ④为我国经济社会发展提供了智力支持

A.①② B.①③

C.②④ D.③④

6. 文化市场包括文化产品的生产和文化消费,是社会主义精神文明建设的重要阵地。因此建设文化市场必须( )

①充分发挥先进文化的引领作用,为社会发展提供正确的价值导向 ②丰富文化产品的市场供给,满足人民群众多方面、多层次、多样化的文化需求 ③引导人民群众形成健康向上的文化消费习惯 ④始终把经济效益放在首位,努力实现社会效益与经济效益的统一

A.①③④ B.①②③

C.①②④ D.②③④

7. 每年中央电视台春节晚会节目丰富多彩,有歌舞、相声、小品、戏曲、杂技等。这些节目从不同角度满足了人们多样化的文化需求。这说明( )

A. 优秀文化是时尚文化不是经典文化

B. 优秀文化就是满足群众多样化选择的文化

C. 优秀文化贴近生活、贴近实际、贴近群众

D. 优秀文化离不开优秀艺术家的文化创新

8. 道德常常能填补智慧的缺陷,而智慧永远也填补不了道德的缺陷。这说明了( )

①思想道德修养的提高,有助于增强学习的自觉性 ②思想道德修养的提高,有助于提高科学文化修养水平 ③不注重思想道德修养,即使掌握了丰富的知识,也难以造福社会 ④科学文化修养难以促进思想道德修养的提高

A.①②③ B.②③④

C.①②④ D.①③④

9. 该漫画的寓意是( )

A. 腐朽文化常常以传统习俗的形式出现

B. 要不断加强科学文化教育,树立科学世界观

C. 封建迷信是腐朽文化,侵蚀民族精神

D. 对待落后文化必

须坚决抵制,依法取缔

10. 多读书、读好书,你的生命一定会浸透了书香,你一定会成为熠熠生辉的发光体,能够创造文明和书写历史,能够引导、照耀、温暖别人和后人。这表明( )

A. 加强思想道德修养有助于增强学习的自觉性

B. 读书的根本意义在于提高自己科学文化修养

C. 要在科学文化的陶冶中不断升华自己的思想道德境界

D. 加强自身修养必须脚踏实地、不尚空谈、重在行动

11. 有人说,大众文化是"眼球文化",只有得到大众的关注,文化传播才变得有意义。此观点的合理性在于( )

A. 遵循了弘扬主旋律、提倡多样化的原则

B. 牢牢把握了先进文化的前进方向

C. 认为大众文化必须贴近实际、贴近生活、贴近群众

D. 看到了创新内容、创新形式、创新手段在文化发展中的作用

12. "周杰伦的《蜗牛》入选上海中学生爱国主义歌曲"这个新闻一出来,舆论便纷至沓来,有的赞赏,有的批评。这个现象表明了( )

A. 大众文化以流行为主要特点

B. 人们对文化的需求呈现出多层次、多样化的特点

C. 传统的革命歌曲已不受大众欢迎

D. 我国承认世界文化的多样性,遵循各国文化一律平等的原则

13. 针对品位低下,内容荒诞、庸俗的文化产品,我们青少年学生应该( )

A. 用先进文化武装自己,提高对落后、腐朽文化的辨别和抵御能力

B. 根据自己的实际适当吸收,并予以创新发展

C. 创新形式,将它们发展成为人们喜闻乐见的大众文化

D. 聚拢思绪,认真感悟,在继承、借鉴基础上升华自己的道德境界

14. 互联网上出现大量淫秽色情信息,主要原因在于部分网络文化单位只讲经济效益,无视社会效益,放弃了其作为文化传播单位必须承担的社会道德责任。因此国家( )

①要依法取缔传播淫秽色情信息的网站　②要加强科学文化教育,改造落后文化　③必须加强社会公德、职业道德教育　④必须摆脱低级趣味,追求更高的思想道德目标

A. ①②　　　　　　B. ③④
C. ②④　　　　　　D. ①③

15. 2009 年中国工程院院士增选的标准和条件中首次明确增加了"品行端正"的内容。下图"安检"的寓意是( )

"安检"

A. 思想道德建设是文化发展的中心环节

B. 具有良好的思想道德修养才能运用知识为人类造福

C. 良好的科学文化修养,能够促进思想道德修养

D. 思想道德修养决定着人们的科学文化修养

16. 为加强网络文化建设和管理,国家重拳出击,开展整治互联网低俗之风专项行动。这一行动( )

①是发展社会主义先进文化的客观要求　②是建设社会主义核心价值体系的基础　③有利于提高全民族的思想道德素质　④有利于提高国家的文化软实力

A. ①②③　　　　　B. ①②④
C. ②③④　　　　　D. ①③④

17. 我国经典故事很多,而且家喻户晓,但近年来有逐渐消沉之势。而美国公司根据中国文化元素制作的动画片《花木兰》《功夫熊猫》等以轻松的节奏、大胆的创新、时尚的格调赢得了广阔的市场,这一事例给我们的启示是( )

A. 严肃文化没有市场,应停止生产

B. 文化必须注重创新,应摒弃一切传统的东西

C. 应充分开发我国文化资源,提升民族文化的竞争力

D. 时尚文化总是优于传统文化

18. 发展中国特色社会主义文化要大力加强社会主义核心价值体系建设。社会主义核心价值体系的主题是( )

A. 社会主义荣辱观

B. 马克思主义指导思想

C. 中国特色社会主义共同理想

D. 弘扬和培育民族精神和时代精神

19. "众志成城是民族的成熟,百姓高贵是历史的正常。当苦难酿造出大爱大智,更心怀敬畏;祖国永恒,人民至上!"这首讴歌抗震救灾精神的诗体现了(　　)

①以爱国主义为核心的伟大民族精神　②人民群众是历史的创造者　③青年是最有生命力的群体　④尊重和敬畏生命的人文精神

A. ①②③　　　　　　B. ②③④

C. ①③④　　　　　　D. ①②④

20. "互联网有点杂草难免,但不能有毒草。"对这个观点我们可以这样理解(　　)

A. 网络文化都是我们所倡导的先进的健康的有益的大众文化

B. 应该支持健康有益文化,努力改造落后文化,坚决抵制腐朽文化

C. 应借鉴外来文化,继承和发展传统文化

D. 应倡导经典文化,抵制和拒绝流行文化

有人形象地把知识经济时代的国家划分为"脑袋国家"和"躯干国家"。"脑袋国家"通过生产和输出知识支配"躯干国家","躯干国家"受"脑袋国家"的控制。回答21～22题。

21. 上述材料对我们社会主义精神文明建设的启示是(　　)

A. 知识正日益成为社会发展的强大推动力

B. 知识经济的发展依赖于知识与信息的生产、扩散和应用

C. 当代国际竞争的实质是以经济和科技为基础的综合国力的较量

D. 建设社会主义精神文明,必须大力发展教育事业,提升国民文化素质

22. 发展教育事业,必须(　　)

①坚持教育为社会主义现代化建设服务　②坚持教育为人民服务　③坚持教育与生产劳动和社会实践相结合　④坚持以提高经济效益为根本出发点

A. ①②③　　　　　　B. ①②④

C. ②③④　　　　　　D. ①③④

23. 目前,在我国的广告传播中,存在一些不容忽视的问题。一些广告主、广告公司及广告媒介急功近利,为最大限度地获取利润,不惜迎合低级趣味,设计制作不良广告,在社会上造成了恶劣的影响。出现上述不良文化现象的原因是(　　)

A. 现代文化产业的发展

B. 文化市场的自发性和传媒的商业性

C. 社会主义市场经济的发展

D. 出现了专门从事文化产品制作的群体

24. 以现代创意"激活"传统文化是提升国家文化软实力的重要途径。近年来,《红楼梦》、《杜十娘》等经典名著以及昆曲《公孙子都》等传统戏曲被艺术家们以新的形式重新演绎。2008年2月,大型原创舞剧《红楼梦》在纽约林肯中心举行了在美国的首场演出,获得广泛好评。以现代创意"激活"传统文化表明(　　)

A. 必须以全面肯定的态度保护和弘扬传统文化

B. 传统文化的现代化是我国文化建设的中心环节

C. 在新的时代背景下必须创新弘扬传统文化的方式

D. 必须根据新时期的需要重新解读和构建传统文化

25. 北京师范大学于丹教授在《百家讲坛》栏目以其"大众口味、学者品位"解读《论语》,使更多老百姓了解了《论语》。这说明(　　)

①电视文化比传统经典文化更能丰富人的精神世界　②最受人民大众欢迎的是传统经典文化　③发展人民大众所喜闻乐见的文化必须贴近群众,创新形式,创新手段　④电视等现代传媒手段的发展有利于传统文化的传播

A. ①②③　　　　　　B. ②③④

C. ③④　　　　　　　D. ①④

二、问答题(26、27、28题各6分,29题各12分,共30分)

26. "中国红歌会"节目自2007年举办以来,共有13万多人报名参与,3000多人通过卫视荧屏演唱红歌,收看节目的观众超过2亿,100多万人次通过短信、电话、网络表达对红歌的喜爱,在全国掀起了一股"红色旋风"。(红歌主要是指红色经典革命歌曲,如红军歌曲、抗日歌曲、解放歌曲、社会主义时期和改革开放时期的各类健康进步的歌曲。)

中国红歌会从内容到形式的变化对我们推动社会主义文化大发展大繁荣有何启迪?(6分)

27. 推进天津滨海新区经济发展的同时,必须建设先进文化,在发挥经济上引擎作用的同时,也要发挥文化上的示范作用。这是贯彻落实科学发展观的必然要求,也是实现党中央、国务院确定的滨海新区功能定位的题中应有之义。

运用《文化生活》的相关知识,对滨海新区如何发展先进文化提几条合理化建议。(8分)

28. 辨析:建设社会主义和谐文化,就是要在文化建设上尊重差异,包容多样。(6分)

29. 三鹿企业在奶粉中添加三聚氰胺,以此伪装蛋白质含量,造成全国数万婴儿患肾结石。随着调查的深入,更多乳制品企业被牵涉进来。通览"三鹿奶粉"事件中企业的表现,有见利忘义的冲动,有明知故犯的傲慢,有心知肚明的"默契",就是没有起码的道德良知约束。"三鹿奶粉"事件的发生引发了人们对企业信用和企业经营者道德良知的讨论。

试从《文化生活》的角度谈谈在发展社会主义市场经济中树立社会主义荣辱观的重要性。(12分)

三、论述题(每题 10 分,共 20 分)

30. 在高三某班的主题辩论会上,同学们对大众传媒对文化生活的影响展开了激烈的辩论,甲乙双方有不同的观点和理由。

甲方:大众传媒为低俗化的文化推波助澜,助长了中学生狂热的追星现象,一些落后腐朽文化借助大众传媒肆意扩散。

乙方:大众传媒使内容丰富、格调高雅的文化作品得到更好地传播,人们在紧张的学习和工作之余,看看电视,读读报刊,玩玩电脑游戏,满足了精神上的需求。

请你根据《文化生活》的知识对甲乙两方的观点进行评析。(10分)

31. 材料一:东汉哲学家王符说:"德不称其任,其祸必酷;能不称其位,其殃必大"。北宋史学家司马光说:"才者,德之资也;德者,才之帅也"。

材料二:但丁说:"道德常常能填补智慧的缺陷,而智慧永远也填补不了道德的缺陷"。塞缪尔·约翰逊说:"有知识而不正直是可怕的"。爱因斯坦说:"科学虽然伟大,但它只能回答世界是什么的问题,至于应当确立怎样的价值目标,却在它的视野和职能范围之外。"

(1)上述名言反映的共同主题是什么?(2分)

(2)请你运用思想道德修养和科学文化修养关系的知识,说明加强思想道德修养的重要性。(8分)

政治选修练习(高考试题)

一、《国家与国际组织》

1.(2009 海南 27)我国全国人大与英国议会定期交流机制建立于 2006 年 1 月。2007 年 9 月 6 日,应全国人大中英友好小组的邀请,以本查普曼为团长的英国议会中国小组代表团来京,出席双方交流机制第二次会议。双方同意,今后将正式会议每年举行一次增加为每年两次。

我国深化政治体制改革,是不断推进包括人民代表大会制度在内的社会主义政治制度的自我完善和发展。要积极借鉴人类社会创造的文明成果包括政治文明的有益成果,但绝不能照搬西方的那一套,绝不搞多党轮流执政,"三权分立"、两党制。

说明我国人民代表大会制度与英国议会制度在政体结构上的差异及本质区别。

2.(2010 山东 36)2009 年 6 月,胡锦涛在上海合作组织峰会上指出:中国愿提供 100 亿美元的信贷支持,帮助上海合作组织成员国应对国际金融危机冲击,推动本地区实现共同繁荣。2009 年 12 月,温家宝在联合国气候变化大会上指出:中国将坚定不移地履行承诺,到 2020 年单位 GDP 的二氧化碳排放比 2005 年下降 40%~45%。2009 年中非合作论坛上,中国政府表示,将继续在力所能及的范围内增加对非援助、减免非洲国家债务,帮助非洲国家改善民生。

(1)从成员性质和职能范围的角度分别指出上海合作组织的类型。

(2)如果以"活跃在世界舞台上的中国"为题写一篇时政评论,请结合材料列出要点。

3.(2009 福建 42)材料一:2008 年 10 月 29 日,全国人大常委会向社会全文公布防震减灾法修改草案。在广泛征求修改建议,充分听取"5.12"抗震救灾一线干部群众的意见,并经过进一步修改和审议后,十一届全国人大常委会第六次会议表决通过了修订后的防震减灾法。

材料二:一年来,全国各级检察机关依法打击抢劫、盗窃和故意编造、散布谣言等危害抗震救灾群众利益的刑事犯罪,严肃查处和积极预防救灾款物管理、恢复重建工程建设中的职务犯罪,保障了抗震救灾和灾后重建顺利进行。

上述两则材料共同说明我国实施哪种基本治国方略?《防震减灾法》的修订和实施如何体现这一基本治国方略的要求?

4.(2009 江苏 36B)英国在 17 世纪中期爆发资产阶级革命,曾一度推翻国王、建立共和国;"光荣革命"后君主制经过改造得以保留下来,并逐步形成了为资产阶级政权服务的君主立宪制政体。法国在 18 世纪资产阶级大革命中,彻底摧毁了封建专制制度,确立了资产阶级政权,其政权组织形式几经变化,形成了半总统半议会制政体。

(1)简述英法两国在政体结构上的差异。

(2)结合材料说明国体与政体的关系。

二、《经济学常识》

5.(2010 北京 39)随着世界经济的发展,二氧化碳的排放量不断增加。目前,碳排放已成为全球普遍关注的问题。在市场经济中,企业在利润的驱使下,进行大规模的商品生产,导致化石能源大量消耗,二氧化碳排放剧增,引发一系列环境问题。一些学者建议政府依据企业生产过程中燃烧煤炭、石油等化石燃料排放的碳量,对其征收碳税,以减少二氧化碳的排放。

(4)运用《经济学常识》中的相关知识,分析市场在调节二氧化碳排放方面存在的问题,并说明学者建议政府征收碳税的经济学道理。(8分)

三、公民道德与伦理常识

6.(2009 海南 28)据报道,"三聚氰胺有毒奶粉"事件是一起人为制造的食品安全事件,有关责任人已受到法律的严惩。但这起事件的蓄意性质,既表明肇事者漠视法律,也表明其缺乏基本的道德良知。这一事件昭示着这样一个道理:"企业要贯彻国家政策,关心社会,承担必要的社会责任。企业家不仅要懂经营、会管理,企业家的身上还应该流着道德的血液。"

为什么说企业家的身上"应该流着道德的血液"?

7.(2010 山东 37)阅读材料,回答问题。

"低碳"不仅是经济发展的生态原则,也是一种健康的生活方式。以下选取的是生活中的几个镜头:

①饭店里,有顾客拒绝使用一次性筷子。②集市上,有购物者向销售者一次次索要塑料袋。③学校里,空无一人的教室灯火通明。④在写字楼里,有人上下楼不乘电梯走楼梯。⑤农家院里,做饭、照明使用自家生产的沼气。

(1)指出材料中不符合"低碳"要求的做法。

(2)"低碳"体现了人类对人与自然和谐关系的追求。如果以"实现人与自然和谐是环境伦理的应有之义"为题写一篇小论文,请列出要点。

四、科学思维常识

8.(2009 福建 42B)世界著名作曲家莫扎特曾师从伟大的作曲家海顿。有一次莫扎特写了一段曲子让海顿弹奏,海顿弹奏了一会儿惊呼起来:"这是什么曲子呀,当两手分别在钢琴两端弹奏时,怎么会有一个音符出现在键盘中间呢?看来任何人也无法弹奏这样的曲子。"

莫扎特接过乐谱弹奏,遇到那个出现在键盘中间的音符时,只见他俯下身,用鼻子弹奏出来。这一动作令海顿感慨不已。

上述材料反映了思维创新的什么特征?(要求写出两个特征)材料如何体现思维创新的这些特征?

时政专题训练一

热点专题一　促进国民经济平稳运行

一、稳定物价，管理通胀预期

1.2011年，物价指数成为最大的不确定因素，管理通胀预期成为人们的关注点之一。

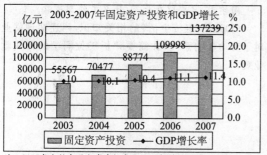

2003-2007年固定资产投资和GDP增长

注：2007年全社会固定资产投资比上一年增长24.8%，仍然偏快。

(1)结合上图反映的信息，从《经济生活》角度，谈谈如何正确认识投资规模与经济发展的关系？

(2)2010年，宏观调控目标中居民消费价格总水平涨幅预计控制在3%左右，由于经济运行的复杂性，国家虽然采取了各种调控措施，但实际涨幅为3.3%。

从唯物论角度，谈谈宏观调控预期目标及实际结果之间产生差异给我们的启示。

(3)"把稳定价格总水平放在更加突出的位置"，这是中央经济工作会议确定2011年经济工作总体要求时一个引人注目的表述。

试分析国家采取措施控制物价的政治学依据。

二、调整经济结构

2.2011年我国经济工作的主要任务之一是，加快经济结构战略性调整，增强经济发展协调性和竞争力。目前我国钢铁、水泥、平板玻璃、多晶硅等行业产能过剩。

阅读材料，结合所学知识回答下列问题。

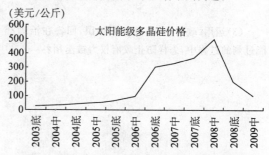

太阳能级多晶硅价格

图1　2003年—2009年多晶硅的价格走势图

材料一：受多晶硅市场的驱动，2006年开始，国内掀起投资多晶硅项目的热潮。到2009年6月底，我国已有19家企业投产，另有10多家企业在建，若这些产能全部兑现，将超过全球需求量的2倍以上。目前，我国的多晶硅行业生产技术落后，成本高（我国多晶硅70美元/公斤，国外30—50美元/公斤）、能耗高、环境污染严重。据专家预测，该行业即将经历大洗牌，有些企业面临转产或者倒闭的命运。

材料二：多晶硅行业只是我国产能过剩产品的一个缩影。形成产能过剩的原因有很多，其中，某些地方政府具有很强的以投资拉动经济的冲动。同时，政府权力被滥用也是形成我国产能过剩的原因之一。

(1)运用《经济学常识》中价值规律的理论,结合图1,对材料一加以分析。

(2)运用《经济生活》的相关知识,回答国家应如何解决材料一、二中存在的问题。

(3)运用《政治生活》的相关知识,回答在治理产能过剩的过程中,怎样防止政府权力被滥用?

热点专题二　努力扩大就业(民生问题之一)

3.大学生就业难是近年来社会普遍关注的问题之一。阅读材料,回答下列问题。

材料一:以下是北京某大学即将毕业的学生就择业问题发表的看法:

同学甲:我要根据自身专业特长,兴趣爱好和能力找份自己满意的工作。

同学乙:我想考公务员,因为工作比较稳定、也更体面。

同学丙:只要留在北京,什么工作都可以。

(1)运用《经济生活》的相关知识,阐述实现就业对于劳动者的意义,并简要评析三位同学的择业就业观。

材料二:人们把那些大学毕业后选择留在大城市工作的低收入群体称做"蚁族"。他们和蚂蚁有许多相似的特点:高智、弱小、群居。仅北京一地就有至少10万"蚁族",既然大城市不好生存,为何不回家乡去?"家乡太小,放不下我的理想,也无法实现我的人生价值。"这句话道出了大部分"蚂蚁"的心声。

(2)从价值创造与实现的角度分析,你认为"蚁族"群体如何更好实现自身价值?

材料三:人大代表、政协委员多次去北京"蚁族"聚居地唐家岭实地调研,在两会上他们提出了许多有关解决"蚁族"问题的有价值的议案、提案。目前,北京市海淀区政府唐家岭地区整体改造全面启动。这一改造工程旨在建设公租房提供给外地人口和大学毕业生。

(3)运用《政治生活》相关知识,请你谈谈人大代表、政协委员、政府为什么都致力于"蚁族"问题的解决?

(2)合理的收入分配制度,既要提高效率,又要促进公平。用对立统一的原理,说明效率和公平的关系。

(3)运用《政治生活》的相关知识,说明党和政府提出"制定收入分配改革方案,努力扭转收入差距扩大趋势"的必要性和可能性。

热点专题三 深化收入分配制度改革
(民生问题之二)

4.材料一:数据显示,近年来我国居民收入在国民收入中的比重呈持续下降的趋势,而政府、企业则持续上升。国际经验表明,居民收入比重持续下降会严重影响内需中消费与投资的合理结构,进而影响经济、社会的和谐发展。

材料二:2011年中央经济工作会议指出,要研究制定收入分配改革方案,努力扭转收入差距扩大趋势。

(1)运用《经济生活》的相关知识,说明"调整国民收入分配格局,是实现社会公平的重要举措"的原因。

热点专题四 节能减排,应对气候变化

5.哥本哈根会议涉及各国从高碳排放的工业文明向低碳消耗的生态文明的革命性转型,世界必然走向低碳经济的绿色发展道路。应对气候变化,发展低碳经济成为人类正确处理人与自然关系的必然趋势。我国W市正是提前洞察了这一趋势,在发展低碳经济理念的指引下,率先布局,结合自身特点采取了一系列措施,发展新能源、改进电力技术、创新低碳经济发展模式,取得了丰硕的成果。

运用意识能动作用分析W市是如何发展低碳经济保护环境的?

时政专题训练二

热点专题五 建设政治文明,构建和谐社会

阅读材料,回答下列问题。

1.《中共中央关于制定国民经济和社会发展第十二个五年规划的建议》提出加强社会主义政治文明建设。坚持党的领导、人民当家作主、依法治国有机统一,发展社会主义民主政治,保障人民知情权、参与权、表达权、监督权。

材料一:改革开放以来,我们积极推进政治体制改革,我国社会主义民主政治展现出更加旺盛的生命力。

(1)我国的社会主义民主制度有哪些?

材料二:《中华人民共和国各级人民代表大会常务委员会监督法》对监督主体作了特定限制,监督主体为各级人大常委会,主要侧重于各级人大常委会对"一府两院"工作本身的察看与督促。

(2)结合人民代表大会制度的有关知识,谈谈你对"监督主体为各级人大常委会"的认识。

材料三:A市某村在推进民主管理中实行把审核财务的一枚印章分成五瓣,分别由5名村民代表各管一瓣,经他们审核同意后把印章合起来盖印,村里花出去的钱才能报销。

(3)说明材料三的政治学依据。

2.从20世纪90年代开始,互联网开始在中国蓬勃发展。伴随着互联网的迅速发展,网络政治也正在悄然兴起,并开始对中国的社会生活产生深刻的影响。

网事一:网络已成为中国公民表达社情民意的重要载体之一。燃油税改革方案向全社会公开征求意见,网民在一周内提出5万多条反馈建议,引起有关部门的高度重视;一个拟在国家5A级风景名胜区——新疆天山天池附近修建煤矿的项目,在网民的强烈反对下并经科学环评后,被环保部门否决。事件表明,"网络民意"已成为一股不容忽视的力量。

(1)有人认为,网络具有匿名性、虚拟性的特点,政府通过网络民意的方式进行民主决策不可取。请用《政治生活》的有关知识评析这一观点。

网事二:在2009年洛阳市新一届人大、政协换届中,当地知名网民张某(网名"老牛")当选市人大代表,网民刘某(网名"flush")、董某(网名"爱我洛阳")被推荐为市政协委员。"这件事反映了洛阳市党委对网民这一新兴群体的重视,以及对虚拟世界中的声音的关注。我们会一如既往地依靠网络去搜集意见和建议,并把网友提出的问题作为提案或议案递交上

去。"董某一段话道出了三人的心声。

(2)运用《政治生活》相关知识,结合材料二,分析洛阳市党委为什么重视网民当选人大代表、被推荐为政协委员?

网事三:在 2010 年全国"两会"召开前夕,国务院总理温家宝来到中国政府网、新华网访谈间,同海内外网民进行了两个多小时的在线交流,坦诚回答网民们提出的 24 个问题,以"真心真情真意"回应网民关切,感动了亿万网民,传递了中国网络问政新风。

(3)运用《生活与哲学》中人民群众的知识,分析温总理对待网友为什么很"真诚"?

网事四:网民言论是言论的一种新的传播形式。在我国,公民的网上言论如果不违反《宪法》《刑法》、《民法通则》《合同法》等法律中的禁止性规定,则任何其他机关、个人、团体、党派均无权干涉。但网民也不能为了宣泄自己的情绪而侵犯他人合法权益甚至国家利益。

(4)运用《政治生活》的有关知识,谈谈你对上述材料的认识。

3.近些年来,国内接连发生重特大煤矿安全生产事故,造成严重的人员伤亡和财产损失,一批相关政府官员因此被行政问责。温总理曾强调要"对矿工负责、对人民负责、对后代负责"。为了有效遏制矿难事故多发的势头,保障人民群众的生命财产安全,国务院发布了《关于预防煤矿生产安全事故的特别规定》,提出国家公务人员必须退出煤矿生产股份、加强对煤矿生产的监督检查、关闭有安全隐患的矿井、加重对责任人员的处分等措施,以遏制煤矿重大事故多发的势头,把保证煤矿生产安全和职工生命纳入法制化轨道。

(1)结合上述材料,运用《经济生活》的相关知识,分析煤矿事故频发的原因及遏制的措施。

(2)国家重视生产安全的举措体现了唯物论的哪些道理?

(3)煤矿安全生产事故发生后,为什么必须对相关政府官员进行行政问责?结合煤矿安全生产提出建设责任政府的建议。

4. 材料一:近五年来,我国 GDP 从 12 万亿元增加到 24 万亿元。财政收入从 2 万亿元增加到 5 万亿元。全国财政用于教育、医疗卫生、社会保障的支出,分别比前五年增长 1.26 倍、1.27 倍、1.41 倍。同时,政府提高企业职工工资水平、连续三年提高企业退休人员基本养老金水平、落实职工带薪休假制度、增加农民收入。

材料二:胡锦涛主席指出:"只有把经济发展的成果合理分配到群众手中,才能得到广大群众的拥护,才能促进社会的和谐。"

温家宝总理也指出,政府工作与人民的期望还有不小的差距:政府职能转变还不到位,社会管理和公共服务比较薄弱;对权力的监督和约束机制不健全,形式主义、官僚主义问题比较突出,弄虚作假、奢侈浪费比较严重……政府要做到"有权必有责、用权受监督、侵权要赔偿、违法要追究"。

材料三:2008 年 5 月 1 日《政府信息公开条例》正式实施以来,各地陆续出现了公民依法向政府部门提出信息公开申请。

(1)运用《经济生活》的有关知识,分析材料一说明了什么?

(2)运用矛盾分析法,结合材料二,谈谈如何促进社会和谐?

(3)运用《政治生活》的相关知识,结合材料二,谈谈如何改进政府工作,更好地满足人民的期望?

(4)运用《政治生活》的相关知识,结合材料三,说明公民要求政府公开信息的依据及意义。

热点专题六 走和平发展道路推动世界和谐发展

阅读材料,回答下列问题。

5. 材料一:胡锦涛总书记指出,"中国将始终不渝走和平发展道路",要把中国建设成为"对外更加开放、更加具有亲和力、为人类文明作出更大贡献的国家"。

材料二:中国的经济增长离不开世界。同时,中国经济增长为跨国公司提供了重大的发展机遇,为主要经济体和周边国家创造了大量需求。韩国《中央日报》曾载文指出,中国对世界经济增长的贡献率,2008 年是 23%,2009 年达到 40% 左右。这证明中国经济增长成为世界经济增长的重要引擎。

(1)运用《政治生活》相关知识,分析中国为什么选择和平发展道路?

(2)从唯物辩证法联系的角度,谈谈"中国发展离不开世界,世界繁荣稳定也离不开中国"观点的合理性。

6.每年一次的中日韩三国外长会议今年在上海如期举行。三国外长一致认为,三国应共同努力,继往开来,不断深化面向未来、全面合作的伙伴关系。

结合材料,从《政治生活》的角度回答:

(1)有人认为,中日韩建设面向未来、全面合作的伙伴关系是取决于各国的国家利益,你如何评析这一观点?

(2)三方应怎样建设面向未来、全面合作的伙伴关系?

7.材料一:在中美关系建交30多年的历史中,历经波折,起起伏伏。2010年,美国曾因贸易问题、西藏问题、对台军售等问题伤害过中方利益。但2011年伊始,美国国防部长盖茨访华,中国国家主席胡锦涛访美为新时期两国关系的发展拉开新的一幕。胡锦涛曾强调,中美两国国情不同,存在一些分歧是正常的,关键是要尊重和照顾双方的核心利益和重大关切。奥巴马也曾表示,美国两国有很多重要的共同的利益,双方的共同点远远超过分歧和差异。

(1)试用两点论和重点论相统一的观点,分析中美关系的发展状况。

材料二:"驼峰航线"增进了中美两国人民的友谊。但新中国建立后相当长一个时期,由于意识形态等原因,美国政府采取敌视中国的政策。1979年中美正式建交后,两国关系在政治、经济、文化等方面有了长足的发展。冷战结束以来,美国政府采取既接触又遏制的对华政策,从而使中美关系一直处在既相互借重与合作、又相互制约的复杂状态。运用所学的政治常识回答:

(2)中美关系的曲折变化说明了什么?依据我国的外交政策,你认为应怎样处理当前复杂的中美关系?

材料三:美国文化产业在一次次的经济危机中遇挫愈勇,以百老汇和好莱坞为代表的演艺、影视业往往成为萧条时期的经济增长点。更为重要的是,它们也成为普通美国人精神与梦想的救助站与孵化器。

从"军事立国"到"经济立国",最终落实在"文化立国",这既是日本国家发展战略的调整,也是为应对经济发展问题而进行的经济增长方式的调整。

以亚洲金融危机为契机,韩国大力加强文化投入,文化产业实现跨越式发展,"韩流"不仅拉动了巨大的本土消费,也带动了庞大的国际贸易。

(3)请运用《文化生活》的有关知识,谈谈在经济萧条时期文化产业对经济发展的独特作用。

热点专题七　维护民族团结促进国家统一

阅读材料,回答下列问题。

8.材料一:2009年是西藏民主改革50周年。50年来,西藏经历了从黑暗走向光明、从落后走向进步、从贫穷走向富裕、从专制走向民主、从封闭走向开放的光辉历程。50年来,党和政府始终高度重视西藏经济社会发展,实施了一系列优惠政策,西藏的经济建设实现了跨越式发展,社会面貌日新月异。以交通为例,旧西藏没有一条公路,如今,以公路建设为重点,航空、铁路、管道运输协调发展,形成了以拉萨为中心的四通八达的交通运输网络。

(1)分析说明党和政府重视西藏经济社会发展的经济学依据。

(2)请用《政治生活》知识说明西藏自治区50年沧桑巨变的原因。

材料二:2009年7月8日,中共中央政治局常务委员会召开会议强调,我们要高举各民族大团结旗帜,大力发扬新疆各族干部群众同呼吸、共命运、心连心的优良传统,牢固树立汉族离不开少数民族、少数民族离不开汉族、各少数民族之间也相互离不开的思想,引导各族干部群众倍加珍惜各民族共同团结奋斗、共同繁荣发展的大好局面,不传谣、不信谣、不受挑拨煽动、不参与违法活动,坚决同不法分子的违法犯罪活动作斗争,自觉维护民族团结和社会稳定。

(3)请运用《政治生活》知识对上述材料进行分析。

材料三:新疆"7.5"事件引起了爱国青年的强烈愤慨,同时也让我们深刻体会到维护和巩固民族团结的重要性。维护和巩固民族团结,就是要高举爱国主义旗帜,反对民族分裂,维护祖国统一。因此有人说:爱国主义精神是综合国力的重要标志,因此我们要大力弘扬爱国主义精神。

(4)请运用《文化生活》知识谈谈你对此观点的看法。

┃时政专题训练三┃

热点专题八　人与自然的关系

1.阅读材料,回答下列问题。

材料一:我国北方有大面积的缺水地区,干旱灾害时常威胁农业生产和人民生活。2008年冬到2009年春,我国北方冬小麦主产区的8个省市遭遇50年来的特大旱灾,受灾面积达1.57亿亩。在中央统一部署下,遭遇旱灾地区的各级政府迅速启动抗旱救灾应急预案,紧急调拨资金、物资,组织干部群众和解放军官兵,全力抗旱救灾,取得显著成果。

材料二:2009年3月,国务院颁布了《中华人民共和国抗旱条例》。按照《条例》,在紧急抗旱时期,有关地方人民政府防汛抗旱指挥机构应当组织动员本行政区内各有关单位和个人投入抗旱工作,所有单位和个人必须服从指挥,承担人民政府防汛抗旱指挥机构分配的抗旱工作任务。

材料三:以往,有些干旱地区每逢大旱即靠抽取地下水和引河水漫灌抗旱,加剧了地下水的枯竭和河水的断流;有些干旱地区却发展诸如高尔夫球场、造纸厂等高耗水型产业,造成雪上加霜;有些地区采取人工增雨作业,但受雨云条件限制难以及时解决干旱问题;有些地方因资金困难,农田水利设施严重缺位,只能靠天吃饭。

(1)结合材料分析应如何运用经济手段推动抗旱工作。

(2)运用相关经济知识,说明如何协调水资源利用与三大产业的可持续发展。

(3)政府为什么必须承担抗旱救灾的职责?结合材料二分析我国政府在抗旱救灾中履行了怎样的国家职能?

(4)结合材料,说明在抗旱问题上应坚持辩证唯物主义的哪些观点。

2.阅读材料,回答下列问题。

材料一:全球性的金融危机使得世界经济增长速度明显放慢。发端于北美洲的甲型H1N1流感疫情在全球蔓延,再次加深了人们对全球经济前景的担忧。

材料二:党中央、国务院高度重视甲型流感疫情的发展情况和我国的防范工作,有关部门迅速采取措施,加强防控工作,切实保障人民群众健康生命安全。

材料三:纵观人类各种传染疾病的历史,许多瘟疫早已被人类征服。因此,我们坚信凭借着越来越发达的科学,甲型H1N1流感一定会被人类所征服。

(1)从《经济生活》角度,分析为什么说甲型流感疫情给全球经济前景带来新的变数?

(2)从《政治生活》角度看,党中央、国务院为什么高度重视甲型流感疫情的发展情况和我国的防范工作?

(3)从唯物论和认识论角度,说明人们有能力战胜甲型流感疫情的理论依据。

热点专题九　弘扬民族精神,繁荣中华文化

3.阅读材料,回答问题。

历史表明,经济危机形成的倒逼机制,往往会对经济结构产生"洗牌效应",为一些产业提供了难得的发展机遇。安徽文化底蕴深厚,文化资源丰富。近年来,中共安徽省委、省政府提出并实施了"建设文化强省"的发展战略,将文化产业作为实现崛起的支柱产业之一,着力培育软实力。2008年以来,全球性金融危机"寒风劲吹",安徽文化产业却凭借"厚积薄发"的底气,抢抓机遇,逆势而上,成为江淮大地加速崛起的新引擎。

(1)结合材料分析安徽省大力发展文化产业的现实经济意义。

(2)从《生活与哲学》角度说明安徽省的做法是如何发挥主观能动性的?

(3)请你结合《文化生活》的相关知识,就怎样推动安徽文化创新提出合理化建议。

4.阅读材料,回答问题。

材料一:文化创意产业被北京市"十一五"规划确定为新的经济增长点。

材料二:2008年,北京市人均GDP已经突破9000美元,居民文化消费的需求日渐旺盛。与全国许多城市相比,北京市具有十分丰厚的资源禀赋。这里有3000多年的建城史、850多年建都史。走在大街小巷,我们浏览到的一个门脸、一座院落都可能流传着一段故事。如果经过创意,这些老北京的"故事"就可能在想象力的作用下,转变成市场需要的文化产品及审美意趣,直接创造出经济财富来。

材料三:为了留下城市的记忆,北京市人大常委会制定了《北京历史文化名城保护条例》;《北京市非物质文化遗产保护条例》的起草工作也已完成。北京市正把保护历史文化遗产逐步纳入到法制轨道。

(1)结合上述材料,运用《经济生活》的知识分析北京市发展文化创意产业的有利条件。

(2)分析"想象力创造经济财富"的认识论依据。

(1)材料一对我们发展传统文化有何辩证法启示?

(2)运用矛盾的观点,谈谈如何认识不同文化之间的交流?

(3)北京市的相关组织和机关应该如何把保护历史文化遗存纳入法制轨道?

(3)运用所学《经济生活》相关知识说明应如何发展文化产业、提高"文化竞争力"?

5.阅读材料,回答问题。

材料一:听到的是京腔京韵的侯宝林的相声,看到的却是卡通人物在说学逗唱;看到的是原汁原味的生、旦、净、末、丑的表演,听到的却是流行歌曲,借助Flash等现代化手段,传统戏曲也逐渐地被"80后"甚至"90后"所喜欢。传统戏曲的这一个漂亮转身,让我们看到了摆脱尴尬境地的希望。

材料二:近年来,韩国的影视剧及小说等大量涌入中国,风靡一时,形成所谓"韩流"。一些青少年模仿韩剧中人物的行为举止,成为"哈韩"一族。而从部分韩国影视剧中,我们却能十分清晰地看到中国传统文化对韩国的影响。高丽大学《韩国民俗大观》指出:"至今,儒教在韩国社会中也占有绝对的比重……韩国人所具备的纯韩国人式的性格、思考方式、行为规范仍带有中国传统文化的痕迹。"

(4)结合《政治生活》知识说明党和政府为什么要高度重视"文化竞争力"?

附录：时政专题训练的背景材料

热点专题一　促进国民经济平稳运行

一、稳定物价，管理通胀预期

【背景材料】

中央经济工作会议提出，2011年宏观经济政策的基本取向要积极稳健、审慎灵活，重点是更加积极稳妥地处理好保持经济平稳较快发展、调整经济结构、管理通胀预期的关系，加快推进经济结构战略性调整，把稳定价格总水平放在更加突出的位置，切实增强经济发展的协调性、可持续性和内生动力。

【相关考点】

■ 经济生活

1.通货膨胀

通货膨胀是经济运行中出现的全面持续的物价上涨的现象，纸币发行量过多是引发通货膨胀的主要原因之一。通货膨胀一般会引起纸币贬值，物价上涨，影响人民生活和社会经济秩序。国家一般采取适当从紧的财政政策和货币政策，以减少市场货币量，平抑物价，促进经济平稳发展。

2.影响消费的因素

影响消费水平的因素很多，其中主要是居民的收入和物价总体水平。

3.影响（均衡）价格的因素

影响价格的因素很多，除商品的供求关系外，还有其它因素，如纸币的发行量，哄抬物价等。

4.宏观调控的目标

我国宏观调控的目标是促进经济增长，增加就业，稳定物价，保持国际收支平衡。防止通货膨胀要综合运用宏观调控的各种手段。

■政治生活

1.我国政府的主要职能

提高宏观调控水平，保持物价稳定体现国家行使经济职能。

2.我国政府的宗旨和政府工作的基本原则

我国国家机构是人民利益的执行者，应坚持对人民负责原则，维护广大人民的根本利益。

3.中国共产党的性质、宗旨和指导思想

防止通货膨胀，保持物价稳定体现党坚持"三个代表"，贯彻落实科学发展观及全心全意为人民服务的宗旨。

■生活与哲学

1.坚持内外因相结合的观点

分析通货膨胀、物价上涨的原因，要坚持内外因相结合的观点看问题。

2.坚持联系多样性、因果联系的观点

分析通货膨胀的影响，预见经济发展中可能存在的问题要坚持联系多样性、因果联系的观点。

二、经济结构调整

【背景材料】

当前我国经济回升的基础还不牢固，结构性矛盾仍很突出。积极变化和不利影响同时显现，短期问题和长期问题相互交织，国内因素和国际因素相互影响，保持经济平稳较快发展、推动经济发展方式转变和经济结构调整难度增大。

【相关考点】

■经济生活

1.宏观调控

经济结构调整要综合运用宏观调控的各种手段。

2.贯彻科学发展观

科学发展观的基本要求是全面协调可持续。

3.国民经济又好又快发展

加快转变经济发展方式,推动产业结构优化升级。

■政治生活

1.我国政府的主要职能

经济结构调整体现国家的经济职能。

2.我国政府的宗旨和政府工作的基本原则

我国国家机构是人民利益的执行者,应坚持对人民负责原则,维护广大人民的根本利益。

3.中国共产党的性质、宗旨和指导思想

经济结构调整体现贯彻落实科学发展观及全心全意为人民服务宗旨。

■生活与哲学

1.联系的普遍性和客观性

提高宏观调控水平,保持经济平稳较快发展。要处理好保持经济平稳较快发展、调整经济结构、管理通胀预期的关系,巩固和增强经济回升向好势头。

2.坚持用发展的观点看问题

做好经济工作,必须把保持经济平稳较快发展与结构调整结合起来,切实提高发展的可持续性。

3.坚持两点论和重点论的统一。

保持宏观经济政策的连续性和稳定性,继续实施积极的财政政策和适度宽松的货币政策,根据新形势新情况着力提高政策的针对性和灵活性,特别是要更加注重提高经济增长质量和效益,更加注重推动经济发展方式转变和经济结构调整。

热点专题二 努力扩大就业(民生问题之一)

【背景材料】

教育部近日在京召开2011年全国普通高校毕业生就业工作视频会议。据了解,2011年全国大学毕业生增至660万,比去年增加约30万,教育部坦承当前高校毕业生就业形势依然严峻,工作任务十分繁重。

中央经济工作会议提出,2011年要坚持更加积极的就业政策,把促进充分就业作为经济社会发展的优先目标,多渠道开发就业岗位,完善城乡公共就业服务体系,重点做好高校毕业生、农村转移劳动力、城镇就业困难人员、退役军人就业工作,保障劳动者权益,构建和谐劳动关系。

【相关考点】

■经济生活

1.经济建设的要求

全面建设小康社会,就要增强发展协调性,努力实现经济又好又快发展。社会就业更加充分、覆盖城乡的社会保障体系基本建立、合理有序的收入分配格局基本形成。

2.非公有制经济的发展

经过30多年的改革与发展,民营经济已成为我国国民经济最富活力的经济增长点,成为扩大就业的重要渠道。

3.树立正确的择业观念

缓解就业压力,实现高校毕业生初次就业率的基本稳定和就业人数的继续增长需要高校毕业生树立正确的择业观念。

4.宏观调控

我国宏观调控的目标是促进经济增长,增加就业,稳定物价,保持国际收支平衡。

■政治生活

1.我国政府的主要职能

努力扩大就业,国家要履行政治职能、经济职能和社会公共服务职能。努力扩大就业,着力保障和改善民生,全力维护社会稳定。

2.我国政府的宗旨和政府工作的基本原则

我国国家机构是人民利益的执行者,应坚持对人民负责原则,维护广大人民的根本利益。

3.中国共产党的性质、宗旨和指导思想

"三个代表"重要思想的本质是立党为公、执政为民。科学发展观的核心是以人为本,努力扩大就业,全心全意为人民服务。

4.中国共产党的领导方式和执政方式

制定路线方针政策,努力扩大就业。加强领导,继续把高校毕业生就业工作摆在突出重要位置,全力抓好落实。民主执政就要坚持为人民执政。

■生活与哲学

1.坚持联系的观点

就业是民生之本,劳动者的就业关系改善民生、社会和谐稳定。

2.两点论和重点论的统一

把高校毕业生就业工作摆在突出重要位置,全力抓好落实。

3.坚持群众观点和群众路线

坚持立党为公,执政为民,权为民所用,情为民所系,利为民所谋,实现好、维护好、发展好最广大人民的根本利益,是我们一切工作的根本出发点。

4.树立正确的价值观

努力扩大就业,劳动者要树立正确的择业观念。

热点专题三 深化收入分配制度改革(民生问题之二)

【背景材料】

国际通用的、反映贫富差距的基尼系数显示,2010年中国已达0.48,大大超过了0.4的警戒线。而在改革开放之初,中国基尼系数在0.3左右,2000年开始超过0.4,并逐年上升。

专家认为,合理的收入分配向来被视为和谐社会的"定盘星"。收入分配中存在的问题不仅影响到人民群众共享改革成果,更关系到社会稳定。

收入分配差距问题早已引起中共高层和中国政府的关注。中央经济工作会议提出,2011年要"研究制定收入分配改革方案,努力扭转收入差距扩大趋势"。

【相关考点】

■经济生活

1.我国的社会保障制度

中央经济工作会议指出,要完善社会保障体系,提高社会保障水平。

2.收入分配方式对效率、公平的影响

公平的收入分配,是社会主义分配原则的体现,它有助于协调人们之间的经济利益关系,实现经济发展、社会和谐。

3.分配制度

要坚持和完善按劳分配为主体、多种分配方式并存的分配制度,健全劳动、资本、技术、管理等生产要素按贡献参与分配的制度,实现居民投资渠道的多元化。

4.社会主义市场经济的基本特征

最终实现共同富裕是发展社会主义市场经济的根本目标。

5.财政的作用

通过财政转移支付,实现城乡、区域之间协调发展,有效解决区域、城乡居民收入差距。逐步建立覆盖城乡居民的社会保障体系,保障低收入群体的基本生活需求。

6.全面建设小康社会的经济目标

全面改善人民生活:社会就业更加充分、覆盖城乡的社会保障体系基本建立、合理有序的收入分配格局基本形成。

■政治生活

1.我国的国家性质

我国是人民民主专政的社会主义国家,广大人民群众都平等地享有各项权益。

2.中国共产党的性质、宗旨和指导思想

中国共产党是我国各项事业的领导核心,代表中国最广大人民的根本利益的客观要求,体现了立党为公、执政为民的本质。

3.我国政府的宗旨和政府工作的基本原则

我国国家机构是人民利益的执行者和捍卫者,国家关注社会公平,体现了坚持对人民负责的原则。

4.我国政府的主要职能

国家要履行经济、社会公共服务、文化等职能,创造条件让更多群众拥有财产性收入。

■生活与哲学

1.坚持发展的观点。

中央经济工作会议提出,要加大国民收入分配调整力度,增强居民特别是低收入群众消费能力。

2.用对立统一的观点看问题

矛盾是对立统一的,要正确处理效率与公平的关系,将二者辩证地统一起来。

3.主要矛盾和次要矛盾的关系

集中力量解决主要矛盾,再分配更加注重公平。

4.具体问题具体分析

矛盾具有特殊性,要坚持具体问题具体分析,初次分配与再分配效率与公平的侧重不同。

5.人民群众创造历史的作用

人民群众是实践的主体,是历史的创造者,实现发展成果由人民共享。

热点专题四　节能减排,应对气候变化

【背景材料】

人类共同应对气候变化、拯救地球的漫漫征程,始终处于坎坷与希望的交织中。

2010年12月,联合国气候变化大会在墨西哥坎昆闭幕。经过近两周的紧张磋商,会议通过了两项应对气候变化决议。尽管决议并不完美,但与会的绝大多数代表都认为,决议是与会各方努力争取的结果,可以接受。

2011年11月,联合国气候变化大会将在南非德班召开,会议达成全面气候协议的难度仍然较大。

中国政府承诺,坚定不移地走绿色、低碳和可持续发展道路,继续采取综合措施,减缓温室气体排放增速,争取早日达到减排峰值。

【相关考点】

■经济生活

1.树立正确的消费观

"节能减排"要求树立正确的消费观,建立文明的消费模式,倡导绿色消费。

2.全面建设小康社会的经济目标

增强发展的协调性,努力实现经济又好又快发展。转变发展方式取得重大进展,优化结构、提高效益、降低能耗、保护环境。

3.财政的作用

我国不断增加应对气候变化科技研发投入,努力减缓温室气体排放,增加森林碳汇,提高适应能力。

4.国家的宏观调控

决定到2020年我国控制温室气体排放的行动目标,并提出相应的政策措施和行动,是加强国家的宏观调控的体现。

5.坚持科学的发展观

科学发展观的基本要求是全面协调可持续,节能减排就是要实现经济社会永续发展。

■政治生活

1.国家性质和国家职能。

国家要求有关部门切实抓好节能减排工作,强化目标责任制,加快节能环保重点工程建设,积极应对气候

变化,体现了国家的社会公共服务职能。

2.对人民负责是我国政府工作的基本原则。

节能减排,应对气候变化是对人民负责的具体体现,体现了坚持为人民服务的工作态度和求真务实的工作作风。

3.国家利益是决定国际关系的决定性因素

中国政府主张加强各国协调配合,维护共同利益,为应对气候变化和实现可持续发展作出贡献。

4.我国独立自主的和平外交政策

中国主张坚持《联合国气候变化框架公约》和《京都议定书》基本框架,坚持"共同但有区别的责任"原则,主张严格遵循巴厘路线图授权,加强《公约》及《议定书》的全面、有效和持续实施,统筹考虑减缓、适应、技术转让和资金支持,推动哥本哈根会议取得积极成果。

■生活与哲学

1.自然界的存在与发展是客观的

承认自然界的客观性是人类有意识地处理人与自然关系的基本前提。尊重自然、顺应自然、保护自然,学会与自然和谐相处。

2.意识的能动作用

国务院常务会议研究部署应对气候变化工作,决定到2020年我国控制温室气体排放的行动目标,并提出相应的政策措施和行动。

3.物质与意识辩证关系

中国政府从本国国情和长远利益出发,本着对世界人民福祉高度负责的精神,制定了控制温室气体排放行动目标和一系列政策措施。

4.具体问题具体分析

中国坚持《联合国气候变化框架公约》和《京都议定书》基本框架,坚持"共同但有区别的责任"原则。

5.规律的普遍性和客观性

事物的运动变化和发展都是有规律的,规律具有普遍性和客观性。必须遵循规律,按客观规律办事,而不能违背规律,否则就要遭到规律的惩罚。

6.坚持联系地、发展地、全面地看问题

应对气候变化,事关我国经济社会发展全局和人民群众根本利益,事关各国人民的福祉和长远发展。

7.价值观的导向作用

国务院常务会议,研究部署应对气候变化工作,决定到2020年我国控制温室气体排放的行动目标,并提出相应的政策措施和行动,正是坚持正确的价值观的体现。

8.认识对实践具有反作用

我们要重视认识的反作用,特别是科学理论对实践的巨大指导作用,坚持理论和实践相结合的原则,做到理论和实践的具体的历史的统一。

热点专题五 建设政治文明,构建和谐社会

【背景材料】

我国人民民主的本质是人民当家作主,具有广泛性和真实性的特点。党的十七大报告指出,人民民主是社会主义的生命。发展社会主义民主政治是我们党始终不渝的奋斗目标。建设社会主义民主政治,最根本的是要坚持党的领导、人民民主和依法治国的统一。

网络民意不断推进民主前行:微博以其简单性、低门槛、即时性等功能给公民参与政治生活提供了新的途径。仅2010年,微博促成了如"宜黄拆迁案"等25例重要网络维权事件,给公民维权带来巨变;网络引发网民自发进行网络监督,如"我爸是李刚"在网络一经公布,即遭一致讨伐;总书记、总理和网民在线交流带动了各级官员的网络听证、议政、问政之风……中国网络政治获得了前所未有的新发展,并在中国政治文明建设中发挥着越来越重要的作用。

由于受经济发展程度、历史文化等因素的制约,我国的民主发展程度还不是最先进的。

【相关考点】

■经济生活

社会主义市场经济健康发展的要求;社会主义本质的要求,全面建设小康社会的必然要求等

■政治生活

可以运用我国的国体、政体、公民的政治参与、政府的有关知识点;政府与人民、党与人民的关系、中国共产党的相关知识、民主制度等知识点进行分析。

■文化生活

可以结合文化的作用等知识点分析我国为什么要发展政治文明等。运用文化对政治的作用的知识,说明只有不断地提高文化素养,才能更好地参与政治生活等。

■生活与哲学

运用一切从实际出发的知识分析我国民主政治建设的现状和如何建设我国的政治文明;运用联系、发展、全面的观点分析政治文明建设和经济建设、社会建设之间的关系;另外还可以运用实践和认识的关系;真理的有关知识;人民群众的地位和作用;正确价值观的作用等知识分析相关问题。

热点专题六　走和平发展道路推动世界和谐发展

【背景材料】

奥运会和世博会进一步提高了中国的国际地位和国际影响力。过去的一年,我国在外交方面取得了丰硕的成果:巩固了与非洲等第三世界国家的友好关系;通过外交手段解决了台湾军售、美韩黄海军演等一系列问题。

全面加强与主要大国的关系。中美关系虽经历波折,但总体呈现积极全面发展的良好势头;中俄战略协作伙伴关系进一步提升;中国与欧盟的沟通合作继续加强;我们加强与日新政府交往,中日战略互惠关系稳步发展,双方经济、文化、教育、人文等各领域合作活跃展开。

我们不断深化与周边国家的睦邻友好,努力维护和平稳定的周边环境。深化与周边国家全方位、多领域的合作;大力巩固与发展中国家的传统友谊,继续加强与新兴发展中国家的协调合作。

【相关考点】

■经济生活

运用经济全球化的知识;我国对外开放的措施和原则的知识;市场经济的有关知识分析我国企业如何更好地走出去等;运用企业的有关知识,分析金融危机中中国企业如何更好地发展,增强它们的国际竞争力;运用宏观调控的知识,分析国家如何应对国际金融危机的影响。

■政治生活

运用国际关系的有关知识分析我国为什么要加强国际合作,共同发展;运用我国外交政策、走和平发展道路分析我国的外交成果和外交活动。

■生活与哲学

运用一切从实际出发、具体问题具体分析的知识,分析我国的外交策略的变化;运用矛盾的观点、联系的关系、发展的观点分析我国提出的构建和谐世界和开展国际交流。

■文化生活

运用文化的多样性、尊重文化多样性和坚持各国文化一律平等的原则,分析为什么要开展文化交流和如何开展文化交流;运用文化与政治的关系,说明加强国家软实力建设的重要性;运用文化创新与借鉴、融合的关系,说明我国的文化怎样走出去?

热点专题七　维护民族团结促进国家统一

【背景材料】

新疆大力推进就业再就业、实施"富民工程"、"富民兴牧"工程等改善各族民众的生产生活条件。宁夏、西藏两个民族自治区的经济、社会等各个方面都取得了巨大进步,证明了我国民族政策的正确性和优越性。但我们也看到,某些分裂势力还在打着民族利益的旗号进行着分裂活动,给社会稳定和人民生活造成恶劣的影响。我们必须要坚持正确的民族政策和宗教信仰政策,促进民族地区繁荣发展。

翻阅2010,两岸交流好戏连台、"动作"频频:双方签署了《海峡两岸经济合作框架协议》(简称 ECFA),标志着两岸经济关系进入新阶段;全国人大常委会展开《台湾同胞投资保护法》执法检查,提出进一步做好台湾同胞投资权益保护工作的五点建议;大陆高层领导率团赴台交流访问,带旺两岸交流人气;两岸旅游协会互设办事

处开业揭牌,大陆各省区市居民赴台游全面开放,全年大陆居民赴台旅游近 120 万人次……但是我们也看到,不利于两岸关系发展的因素依然存在,民进党"逢中必反",仍然是两岸关系和平发展的最大变数。

【相关考点】

■经济生活

运用社会主义市场经济的根本目标、社会主义本质的知识分析民族地区的经济发展。

■政治生活

运用处理民族关系的原则、我国的民族区域自治制度、我国的国体和社会主义民主的本质等知识分析民族地区的 50 年巨变;运用公民与国家的关系、公民的义务等知识分析面对民族分裂行为,公民应该如何做;运用主权的知识,分析两岸关系。

■生活与哲学

运用联系的观点分析少数民族地区和发达地区的经济关系;运用发展的观点、意识反作用的观点分析两岸关系的发展等;运用社会存在和社会意识的关系、真理的相关知识,分析弘扬民族精神的重要性。

■文化与生活

从文化的作用来谈弘扬民族精神的重要性;中华民族文化是联系中华民族感情的纽带。

热点专题八　人与自然的关系

【背景材料】

当今科技和经济的飞速发展创造了前所未有的极为发达的物质文明,提高了人类的生活质量,然而,当我们为丰富的物质生活的到来而欢呼雀跃的时候,与此同时也带来了一系列的负面效应,雪灾、地震、旱灾、洪涝灾害等严酷的现实,不仅影响着人类的健康发展,而且威胁着人类的生存。因此,我们不得不重新审视人与自然的关系,深刻反思我们自身的行为,探寻造成当代环境问题的实质和根源,切实落实科学发展观,以期实现人与自然的和谐、可持续发展。

2010 年由于气候变暖所引发的极端天气事件多次在中国出现。为了应对气候变暖所可能对社会和经济带来的负面影响,减少极端天气发生的次数和范围,提倡低碳的理念显得尤为重要。2010 年度,无论是人民代表大会或者政府的发言或者提案,还是普通老百姓日常生活的各个环节,低碳的提倡随处可见。

【相关考点】

■经济生活

1.市场调节存在固有的弱点和缺陷,需要加强国家的宏观调控。

2.财政的作用。财政可以调节资源配置,促进经济发展。

3.商业保险的相关知识。

4.贯彻落实科学发展观。

5.经济全球化。经济全球化使各国的经济联系进一步加强。各国联系的加强会使甲型流感有在全球迅速蔓延的危险。

■政治生活

1.我国是人民民主专政的社会主义国家,人民是国家主人。国家机关是人民意旨执行者和利益的捍卫者,坚持对人民负责原则。

2.国家性质决定国家职能,国家职能体现国家性质。我国国家职能归根到底是为了实现和维护人民的根本利益。我国应对各种突如其来的灾害积极履行经济职能、社会公共服务职能和对外交流与合作职能。

3.公民要自觉履行应尽的义务。

■生活与哲学

1.自然界存在发展是客观的,承认自然界的客观性是正确处理人与自然关系的前提。

2.规律是客观的,要尊重客观规律,按规律办事。对各种自然灾害的应对与预防要尊重规律,按规律办事,即天灾不由人。

3.充分发挥主观能动性,认识、利用规律,变害为利,造福人类,即抗灾不由天。

4.事物是普遍联系的,要坚持联系的观点看问题。在经济全球化背景下,世界各国联系在一起,自然灾害的预防需要加强各国的合作。

5.树立正确的价值观,发挥正确价值观的导向作用。正确处理人与自然的关系,切实落实科学发展观,以实现人与自然的和谐、可持续发展。

6.人生价值的真谛及实现。

■文化生活

1.发扬爱国主义精神。

2.培育和弘扬民族精神的必要性和途径。

3.社会主义核心价值体系的建设。

热点专题九　弘扬民族精神繁荣中华文化

【背景材料】

当今时代,文化越来越成为民族凝聚力和创造力的重要源泉、越来越成为综合国力竞争的重要因素。胡锦涛做客人民网,温家宝与网友见面,抵制网络低俗风,抗震救灾、奥运会、神七、感动中国十大人物等热点都是命题者青睐的良好素材。

在党的十七大报告中,围绕"推动社会主义文化大发展大繁荣"特用了一个专题来论述:"在时代的高起点上推动文化内容形式、体制机制、传播手段创新,解放和发展文化生产力,是繁荣文化的必由之路"。

【相关考点】

■经济生活

1.要发挥市场在资源配置中的基础性作用,调动各种社会资源,投资文化产业。

2.市场调节存在固有的弱点和缺陷,运用经济、法律、行政等手段加强宏观调控。

3.积极推进股份制改革,通过股份制把文化产业做大做强。

4.充分发挥财政的作用,实现资源的优化合理配置。

5.坚持对外开放,将"引进来"和"走出去"相结合。

■政治生活

1.国家性质,我国是人民民主专政的社会主义国家,人民民主专政的本质是人民当家作主。

2.我国政府有组织领导社会主义经济建设的职能,组织领导社会主义文化建设的职能,提供社会公共服务的职能。

3.我国政府的宗旨和工作原则。

4.中国共产党坚持科学执政、民主执政和依法执政,不断完善党的领导方式和执政方式。

■生活与哲学

1.意识的反作用。意识能够能动地认识世界,能够能动地改造世界。意识对改造客观世界具有指导作用,意识还对人体生理活动具有调节和控制作用。这要求我们重视意识的作用。

2.辩证否定观。辩证否定,是事物自身的否定。辩证否定是发展的环节,是联系的环节。辩证否定实质就是"扬弃"。我们要立足实践,解放思想,实事求是,与时俱进,要有革命的批判精神和创新意识。

3.创新意识。创新是民族进步的灵魂。创新推动社会生产力的发展,推动生产关系和社会制度的变革,推动人类思维和文化的发展。树立创新意识是唯物辩证法的要求。

4.人民群众是实践的主体,是历史的创造者,是社会物质财富和社会精神财富的创造者,是社会变革的决定力量。我们要树立群众观点,坚持群众路线。

5.坚持正确价值观的导向作用。

■文化生活

1.运用文化与经济、政治的关系,文化与综合国力关系来分析文化现象的意义,如保护传统文化,发展文化产业等。

2.文化创新。文化领域的发展也离不开创新。通过推进文化创新,增强文化发展的活力。

3.发展先进文化,构建社会主义核心价值体系。

4.大力发展教育、科学、文化事业,建设和谐文化,培育文明风尚。

5.灿烂的中华文化。联系弘扬中华文化,建设中华民族共有精神家园来理解如何对待传统文化,如何弘扬中华文化,加强中外文化交流等。

6.社会主义思想道德建设的意义、主要内容、目标。

参考答案

必修1 《经济生活》

第一单元　生活与消费

一、单选题(每题2分,共50分)

1.C　2.B　3.C　4.C　5.C　6.C　7.A　8.C
9.D　10.B　11.B　12.B　13.A　14.D　15.D
16.B　17.A　18.C　19.D　20.C　21.C　22.B
23.B　24.B　25.A

二、问答题(26、28、29题各6分,27题10分,共28分)

26. 人民币升值或贬值对我国经济发展、人民生活的影响各有利弊,要具体问题具体分析。(2分)人民币币值应保持基本稳定,即对内保持物价总水平稳定,对外保持人民币汇率稳定。(2分)人民币币值基本稳定对人民生活安定、国民经济又好又快发展,对世界金融的稳定、经济发展具有重要意义。(2分)

27.(1)居民消费受很多因素的影响,主要是收入水平和物价水平,其中收入是消费的基础。物价水平是影响消费的重要因素。(3分)因此,在收入一定的情况下,物价持续上涨,必然会影响到居民的消费水平,从这个意义上说,该看法有一定的合理性。(2分)

(2)物价上涨不一定导致居民消费水平下降。(1分)如果物价上涨幅度高于收入增长幅度,则居民消费水平下降;反之,居民消费水平提高。由此,该看法是片面的。(2分)

(3)针对物价持续上涨,国家应该加强宏观调控,稳定物价。在社会主义市场经济中,商品价格由市场形成,宏观调控应遵循价值规律,政府不能简单地降低价格或提高价格。由此,该看法中认为"国家应降低物价"是错误的。(2分)

28.(1)价格由价值决定,受供求关系的影响,当前粮油市场供不应求,形成卖方市场;此外,价格还受货币发行量、国家宏观调控、市场竞争的影响。(3分)

(2)有利于增加农民收入,保护农民生产积极性,扩大内需。影响城市低收入困难群众的基本生活,不利于社会稳定。(3分)

29.(1)优势:对消费者:获得价格优惠;方便购物,节约购物时间;商品信息获取便捷、充分。(2分)(答出任意一项可得1分,有其他答案且言之成理者亦可得分,但总分不超过2分)对企业:降低销售费用(中间

环节成本);拓宽销售渠道,扩大销售量;扩大(潜在)消费者的数量;获得消费者更多的相关信息。(2分)(答出任意一项可得1分,有其他答案且言之成理者亦可得分,但总分不超过2分)

(2)局限性:消费者无法获得对商品的直观感受;企业不便全面展示新产品的功能;企业无法与消费者进行面对面的营销;(2分)(答出任意一项可得1分,有其他答案且言之成理者亦可得分,但总分不超过2分)

三、论述题(每题11分,共22分)

30.(1)①家庭的人均收入状况:收入是消费的基础和前提,在其他条件不变的情况下,可支配收入的差异,决定了消费量的差异;②家庭的人均消费支出状况:消费支出的数量直接关系到消费水平;③各类消费在家庭总消费中的比重:消费结构的变化也是消费水平的一种表现;④城乡居民家庭的恩格尔系数:食品开支比重的大小,关系到其他消费支出的数量,从而影响人们消费水平。(答出以上两点即可满分6分;若从物价因素、储蓄量、消费观念等角度分析差异,言之有理,也可酌情给分)

(2)可以通过去图书馆查阅经济年鉴,到国家统计局官方网站下载,设计调查问卷进行数据分析;也可以通过选择城乡典型家庭实地调查进行案例研究等。(5分)

31.消费对生产具有反作用。(或消费是生产的目的、动力;消费调节生产;消费为生产创造劳动力。)(2分)节俭对于个人和社会都是一种美德,但在社会有效需求不足的情况下,过分节俭不利于扩大内需,不利于促进经济发展。(3分)奢侈性消费作为一种消费行为也会对生产起促进作用,但是如果以浪费资源为代价,不顾自己实际消费能力,是不可取的。(3分)我们应坚持适度消费、理性消费,同时要根据我国的国情,发扬勤俭节约、艰苦奋斗的优良传统。(3分)

第二单元　生产、劳动与经营

一、单选题(每题2分,共50分)

1.B　2.D　3.A　4.A　5.C　6.C　7.D　8.B
9.A　10.B　11.A　12.C　13.D　14.B　15.A
16.B　17.A　18.B　19.C　20.A　21.B　22.D
23.B　24.C　25.D

二、问答题(第26、27题每题6分,第28、29题每题7分,共26分)

26.企业要利用国家宏观调控的优惠政策,赢得发展机遇。(1分)企业需要制定准确的经营战略,在生产经营中注重节能减排。(2分)企业要加强自主创新,掌握自主知识产权,形成竞争优势。(1分)企业要坚持"引进来"和"走出去"相结合,提高对外开放水平。(1分)企业在追求利润的同时,也要承担相应的社会责任。(1分)

27.价值是凝结在商品中的无差别的人类劳动。商品的价值量由生产商品所耗费的社会必要劳动时间决定。价格以价值为基础。(2分)商品生产者通过改良技术、改善经营管理手段降低个别劳动时间,客观上促进了社会劳动生产率提高,缩短了社会必要劳动时间,降低单位商品价值量,因而价格会下降。(2分)受供求关系的影响,价格围绕价值上下波动是价值规律发挥作用的表现。低碳商品供给的增加,使价格下降。(2分)

28.企业承担社会和环境责任,有利于转变经济发展方式,提高企业经济效益;(2分)有利于保护环境,落实可持续发展;(1分)有利于树立企业良好的信誉和形象;(1分)有利于走新型工业化道路;(1分)有利于建设资源节约型、环境友好型社会。(2分)

29.社会主义生产目的是满足人们日益增长的物质文化生活的需要,社会主义市场经济以实现共同富裕为根本目标。因此要重视就业问题,实现充分就业。(2分)生产决定消费,消费对生产有反作用。重视就业问题,努力扩大就业,有利于增加收入,改善人民生活,有利于扩大内需,促进经济发展。(2分)劳动者的主人翁地位是通过劳动者的权利和义务体现出来的。劳动者依法享有劳动的权利。重视就业工作,是维护劳动者权利的要求。(1分)增加就业是国家宏观调控的目标之一,因此要充分重视就业问题。(1分)重视就业问题是贯彻科学发展观、构建和谐社会的必然要求。(1分)

三、论述题(每题12分,共24分)

30.(1)①受国际需求大幅收缩影响,我国出口受挫,必须扩大内需特别是扩大消费需求。(2分)②消费是生产的最终目的和动力,消费可以促进经济增长、促进生产发展。(2分)

(2)①保持经济稳定增长,增加居民收入。(2分)②缩小收入差距,提高社会总体消费水平。(2分)③建立健全社会保障体系,增强人们对消费的信心。(2分)④优化需求结构,由主要依靠投资、出口拉动经济增长向依靠消费、投资、出口协调拉动转变。(2分)(若从其他角度回答,言之有理也可酌情给分)

31.(1)保障劳动者的基本生活需要,维护社会稳定;保障劳动者合法收入,稳定收入水平,使劳动者享受到改革发展成果;可以缩小收入差距,缓解消费需求不足的问题;调动劳动者积极性,有利于提高劳动生产率。(4分,答出其中任意3项即可得4分)

(2)可以通过投诉、协商、申请调解、申请仲裁、向法院起诉等途径,维护自己的权益。(3分,答出其中任意3项即可得3分)

(3)短期内实行突击"裁员"可以降低一定的劳动成本,是企业追求利润的一种选择;(2分)但从长期看,突击"裁员"牺牲了员工利益,造成劳动关系紧张,忽视了企业的社会责任,企业的社会形象和长远利益会因此受到损害。(3分)

第三单元 收入与分配

一、单选题(每题2分,共50分)

1. A 2. D 3. C 4. B 5. A 6. C 7. A 8. D
9. C 10. A 11. B 12. A 13. A 14. C 15. D
16. B 17. D 18. A 19. C 20. C 21. B 22. B
23. D 24. C 25. A

二、问答题(第26、27、28题各7分,第29题5分,共26分)

26.政府:扩大农村消费,促进了经济增长。(2分)

企业:可以消化过剩产能,资源合理配置;进行产品结构调整,发展生产。(3分)

农民:生活条件得以改善,消费水平有所提高,消费结构有所改善。(2分)

27.政府向基础设施行业投资,有利于资源的合理配置。(2分)基础设施建设是社会经济生活正常运行与发展的必要条件。(2分)这些行业资金投入量大,建设周期长,投资风险大,需要国家财政大力支持,才能实现资源的合理配置,促进经济平稳较快发展。(3分)

28.①有效调节过高收入,深化垄断行业改革,加大税收的调节作用。(2分)②加大对农村的财政、税收支持力度,统筹城乡发展,加快社会主义新农村建设。(2分)③提高社会总体消费水平;实现共同富裕的根本目标;维护劳动者合法权益,提高生产效率;贯彻落实科学发展观,全面建设小康社会。(3分,回答3点即可。其它答案言之有理也可酌情给分,但意义总分不超过3分)

29.(1)经济发展水平对财政收入的影响是基础性的。(1分)我国国内生产总值的增长决定着财政收入的增长。(1分)

(2)经济平稳运行要求社会总供给与社会总需求平衡。(1分)国家根据总供给与总需求的具体情况,采取不同的财政政策,调整财政支出,利用税率杠杆

促进经济平稳运行。(2分)

三、论述题(每题12分,共24分)

30.(1)图表1表明近年来江苏省地区生产总值(GDP)不断增长,财政收入随之逐年增多。(2分)图表2表明江苏省财政支出逐年增多,对教育、社会保障等民生领域的投入逐年增加。(2分)图表1、2表明经济发展是财政收入和财政支出增长的基础。(2分)

(2)江苏省政府以改善民生为重点,加大对民生领域的投入,加强社会建设,是贯彻落实"以人为本"的科学发展观的要求;(2分)发挥了财政在促进社会公平、改善人民生活中的物质保障作用;(2分)对于实现全面建设小康社会的奋斗目标具有重要意义。(2分)

31.(1)变化:2005—2008年我国税收收入总量不断增加,2005—2007年我国税收收入增速不断提高,2008增速下降。(2分)

原因:①经济发展水平是税收收入的基础。我国国内生产总值的变化趋势决定着税收收入的变化趋势;②税收政策是影响税收收入的重要因素。2008年下半年我国税收政策的调整,影响了税收收入的增长。(2分)

(2)①提高出口退税率,有利于出口保持稳定增长,提高企业的国际竞争力;(2分)②下调个人住房交易税,有利于降低交易成本,鼓励住房交易,扩大消费需求;(2分)③增值税全面转型,有利于鼓励企业进行设备更新,促进企业技术进步,扩大投资需求;(2分)④税收政策的调整,有利于转变经济发展方式,促进产业结构优化升级。(2分)(若回答关注民生、共建和谐社会、体现科学发展观等,言之有理,可酌情给分。)

第四单元　发展社会主义市场经济

一、单选题(每题2分,共50分)

1.D　2.A　3.D　4.C　5.C　6.B　7.C　8.D
9.B　10.C　11.A　12.B　13.B　14.C　15.A
16.D　17.B　18.B　19.C　20.D　21.A　22.C
23.D　24.D　25.B

二、问答题(第26、29题6分、第27、28题8分)。共28分)

26.(1)市场调节具有自发性的缺陷;某些生产经营者违背"诚实信用"的市场交易原则;行业规范等市场规则的不健全。(3分)

(2)①运用经济、法律、行政手段加强调节和监管。(1分)②遵守法律、法规,加强行业自律。(1分)③学习和运用法律维护自身权益。(1分)

27.市场调节有局限性,需要加强国家宏观调控。(2分)运用经济手段,通过产业规划,鼓励优势企业兼并重组,避免恶性竞争、乱采滥挖;(2分)运用必要的行政手段协调开采总量和出口配额,避免产能过剩、廉

价竞销;(2分)运用法律手段,打击盗采、走私。(2分)

28.①加强政府宏观调控,(1分)制定、完善保护耕地的法律法规,严格执法;(1分)②严格占用农田耕地开发项目的行政审批制度,坚决制止滥用农田耕地;(2分)③综合运用各种经济政策,加大农业投入,提高农产品价格,支持鼓励农业种植业的发展;(2分)④贯彻科学发展观,树立生态文明观,继续控制人口、保护耕地、保护环境。(2分)

29.

	措施	意义	
答案1 (6分)	加大对保障性住房、教育、卫生和文化等民生工程的投资。	①有利于促进资源合理配置(1分) ②有利于促进国民经济平稳运行。(1分)	④有利于促进社会公平,保障人民生活。(1分) ⑤有利于扩大消费需求。(1分) ⑥有利于完善社会公共服务体系。(1分)
答案2 (6分)	为汽车、钢铁、石化及电子信息等十大产业的调整和振兴提供专项资金。	③有利于经济社会发展,全面建设小康社会。(1分)	④有利于产业结构优化升级,提高企业水平和效益。(1分) ⑤有利于加快经济发展方式转变,走新型工业化道路。(1分) ⑥有利于提高企业自主创新能力。(1分)

三、论述题(第30题12分,第31题10分,共22分)

30.(1)①图2表明受国际金融危机影响,中、美、欧经济增速均下滑,但中国经济增速仍高于美、欧;(2分)

图3表明我国的投资比重明显高于世界平均水平,居民消费比重明显低于世界平均水平。(2分)

②扩大居民消费需求。实行积极的财政政策,适度宽松的货币政策,提高居民收入水平,完善社会保障制度等。(2分)

(2)①公有制为主体,增强了国家对经济的控制力。(2分)②不断完善的市场体系,为经济发展提供了良好的运行基础;(2分)③强有力的宏观调控体系,增强了政府调控经济的有效性。(2分)

31.对个人消费的影响:将改变人们的消费方式,提高消费的质量和水平。(2分)

对企业经营的影响:使生产管理更加科学,降低生产成本,促进诚信经营,有助于树立良好的信誉和形象。(4分)

对国民经济的影响:有助于规范市场秩序,提高市场配置资源的效率;有助于提高国家的整体技术水平和创新能力,优化产业结构,促进就业。(4分)

必修4 《生活与哲学》

一、单选题(每题2分,共50分)

1.C 2.B 3.C 4.B 5.C 6.A 7.C 8.C 9.B 10.B 11.B 12.D 13.B 14.B 15.C 16.A 17.C 18.D 19.B 20.B 21.A 22.A 23.C 24.B 25.C

二、问答题(每题7分,共28分)

26.(1)"小猫看到的老鼠"指意识所反映的客观存在;(2分)"小猫眼睛中的老鼠"指客观存在反映到人脑中的主观映象。(2分)

(2)思维和存在何者为本原的问题。(2分)表达了唯物主义的基本观点,即物质是本原,意识是派生的,先有物质后有意识,物质决定意识。(1分)

27.(1)思维和存在何者为第一性是划分唯物主义和唯心主义的唯一标准。凡是承认世界的本原是物质,物质决定意识,就是唯物主义;反之,就是唯心主义。(4分)

重视物质利益和强调精神文明并不是划分唯物主义和唯心主义的标准。(1分)

(2)追求物质利益不一定就是唯物主义,如果违背社会发展规律,不顾客观条件,主观蛮干地追求物质利益,就是唯心主义。(2分)

28.哲学对社会变革的作用,首先体现在它可以通过对社会的弊端、对旧制度和旧思想的批判,更新人的观念,解放人的思想;(2分)哲学对社会变革的作用,还体现在它可以预见和指明社会的前进方向,提出社会发展的理想目标,指引人们追求美好的未来;(2分)动员和掌握群众,从而转化为变革社会的巨大物质力量。(2分)

法国和德国的哲学思想,动员和发动了群众,打击了封建专制和宗教神学;对社会变革起了先导作用。(1分)

29.(1)哲学是世界观和方法论的统一,它的内容有正误之分,因此它既可以成为推动社会进步的力量,也可能成为阻碍社会进步的力量。(2分)真正的哲学它正确地反映了时代的任务和要求,正确地总结和概括了时代的实践经验和认识成果,是自己时代精神上的精华,是社会变革的先导。(3分)

(2)哲学只有通过应用才能成为现实的力量,真正的哲学只有回到实践中去,才能推动社会的进步。(1分)

(3)哲学作为一种思想文化的范畴,是社会变革的一支重要力量,但不是唯一力量,还有其他重要力量。(1分)

三、论述题(每题11分,共22分)

30.(1)贝克莱把人的主观精神当成第一性的东西,属于主观唯心主义观点;(2分)黑格尔把客观精神看作世界本原,其说法属于客观唯心主义观点。(2分)二者都颠倒了物质和意识的关系,把意识当作世界的本原。(1分)

(2)材料二中的观点把物质的具体形态当作世界的本原,属于古代朴素唯物主义观点。(2分)这一观点只是一种可贵的猜测,没有科学依据;它把物质归结为具体的物质形态,把复杂问题简单化了。(1分)

(3)马克思主义哲学科学地揭示了世界本原,认为世界的本原是物质,这种物质是对物质具体形态的概括和总结。物质第一性,意识第二性,物质决定意识,意识对物质具有能动作用。(3分)

31.(1)马克思主义哲学产生的阶级基础是无产阶级的产生和发展,理论来源是德国古典哲学。其中最主要的是黑格尔的辩证法和费尔巴哈的唯物主义。(3分)

(2)①第一次实现了唯物主义与辩证法的有机统一;唯物辩证的自然观与唯物辩证的历史观的有机统一;马克思主义哲学实现了实践基础上的科学性和革命性的统一。(6分)

(3)马克思主义中国化的理论成果:毛泽东思想、邓小平理论、"三个代表"重要思想、科学发展观。(2分)

一、单选题(每题2分,共50分)

1.D 2.B 3.D 4.D 5.D 6.B 7.D 8.C 9.C 10.D 11.D 12.D 13.B 14.C 15.A 16.B 17.C 18.B 19.A 20.D 21.C 22.A 23.B 24.B 25.A

二、问答题(每题7分,共28分)

26.坚持一切从实际出发,具体问题具体分析。该省针对不同能企业的实际采取不同的解决办法,解决好了这一矛盾。(4分)正确发挥了主观能动性。该省坚持科学发展观,积极调整产业结构,促进了经济的发展和能源的节约。(3分)

27.实践是认识的来源。航天工程的成功实施,探索出一套符合我国国情和重大科技工程的科学管理模式和方法,积累了新形势下组织实施重大科技工程的重要经验。(3分)实践是认识发展的动力。航天工程的成功实施,突破了一大批具有自主知识产权的核心技术和关键技术,取得了一系列重大科技创新成果。(2分)实践是检验认识真理性的唯一标准。航天工程的成功实施,证明了我国航天工程的计划、程序、步骤等举措是科学的。(2分)。

28. 实践决定认识,正是由于改革开放的实践活动,才推动了马克思主义在中国的发展;(2分)认识对实践有反作用(或者正确的认识推动实践的发展),由于真理问题的讨论,解放了人们的思想,促使中国进入了改革开放的新时期;(2分)真理是具体的、有条件的,认识具有反复性和无限性,马克思主义在中国需要不断发展。(3分)

29. ①物质决定意识要求我们想问题办事情必须坚持一切从实际出发,使主观符合客观,做到主观与客观具体的历史的统一(2分)。②对于中国共产党来说,就是从中国的国情出发,它是建设中国特色社会主义事业必须解决的首要问题,也是科学制定和坚决执行党的基本路线的基础(2分)。③我们党针对经济发展中的不同特点,制定了正确的发展战略,并根据国家的经济社会形势,及时调整方针政策,使主观认识符合当时中国社会的实际,并随着客观实际的变化而变化,做到了主观与客观具体的历史的统一。(3分)

三、论述题(每题 11 分,共 22 分)

30. 人和自然和谐共处的实质是人在实践过程中,如何正确处理主观能动性与客观规律的关系问题。这要求在人们在尊重客观规律的基础上,正确发挥主观能动性。人类经历的很多灾难,是人类活动违背自然规律的结果。(4分)

认识需要在实践的基础上不断地深化、扩展,向前推移。人与自然和谐相处,要不断加深对人与自然关系的认识。这需要人们在改造世界的实践中不断反思、深化对人与自然的关系的认识。(4分)

认识对实践有反作用。人类的实践活动,只有在对人与自然关系的正确认识指导下进行,才能实现人与自然的和谐相处,推动可持续发展。(3分)

31. 物质和意识的辩证关系原理,要求我们要一切从实际出发,同时发挥正确意识的能动作用。(3分)我国从适度从紧到宽松,到寻找"稳健"和"适度从紧"间的平衡,从从紧的货币政策,再到宽松的货币政策的调整,都是从当时国民经济运行的具体实际出发的。同时,货币政策的运用和调整也体现了意识的能动作用。(3分)

尊重规律与发挥主观能动性的辩证关系原理,要求我们既要尊重规律,又要充分发挥人的主观能动性。(3分)国民经济的运行有其固有的规律,人们不能随意调整货币政策,要在尊重和利用经济规律的基础上,充分发挥人的主观能动性。(2分)

第三单元　思想方法与创新意识

一、单选题(每题 2 分,共 50 分)

1. B　2. C　3. B　4. B　5. A　6. D　7. D　8. A
9. B　10. D　11. A　12. C　13. A　14. B　15. B
16. D　17. B　18. D　19. D　20. B　21. B　22. C
23. D　24. A　25. C

二、问答题(每题 7 分,共 28 分)

26. 事物之间都存在着相互联系相互制约的关系。能源生产企业的发展与能源价格波动密切联系,一般说来,当价格高的时候,成本增加,利润减少,反之亦然。该企业做法启示我们正确认识事物之间的联系,把握并运用市场规律。(3分)事物是变化发展的,发展就是创新。该企业做法启示我们用发展的观点看问题,采用灵活发展战略。在油价高的时候,运用利润来加大科技创新的力度,以应对未来油价的波动。(2分)矛盾具有特殊性,要坚持具体问题具体分析。该企业做法启示我们在不同的时期采用不同的策略,实现了企业的赢利。(2分)(用其他原理,言之有理,可酌情给分)

27. 把握联系的普遍性和客观性。(2分)企业开拓农村家电市场,必须联系国家政策、农村的具体实际以及自身产品结构与质量等因素。(1分)

把握联系的多样性。(1分)企业应既要看到开拓农村家电市场的直接联系、眼前联系,又要看到家电下乡活动之中存在的间接联系、长远联系,调整产品结构,完善售后服务。(1分)联系的多样性还要求我们注意分析和把握事物存在和发展的各种条件。(1分)企业应利用国家优惠政策的有利条件,克服销售网点少等不利条件,创造有利条件,一切以时间、地点、条件为转移。(1分)

28. 促进事物发展必须坚持创新精神。(1分)从"摸着石头过河"到走出中国特色社会主义道路是我们坚持改革创新的结果。(1分)事物的发展是量变与质变的统一。改革开放 30 年我国总体实力跃居世界第四,人民生活达到总体小康,正是我国注重量的积累、实现了质的飞跃。(1分)事物的发展是前进性和曲折性的统一。(1分)30 年来,我们克服了重重困难,迎来今天的巨大成就。(1分)事物发展是内外因共同起作用的结果。(1分)我国坚持改革开放,积极利用全球化带来机遇,提高了综合国力和国际地位。(1分)

29. 发展实质是前进性和上升性的运动和变化,新事物的产生、旧事物的灭亡。(1分)辩证的否定观认为,否定是事物自身的否定,否定是发展的环节和联系的环节,是包含肯定的否定。(1分)辩证否定的实质就是扬弃,既克服又保留。新事物在旧事物的母体中孕育产生,克服了旧事物中消极过时的腐朽的东西,汲取旧事物中积极合理的因素,不是"抛弃",是"扬弃"。(2分)对待传统的东西,不能简单地否定。应继承其积极合理的成分,抛弃其过时的消极的内容。在继承的基础上发展,在发展的过程中继承。(2分)题中观点错误。属于形而上学否定观,否定一切。既割断了事物的联系,又使发展中断。(1分)

三、论述题(每题11分,共22分)

30.(1)坚持联系、发展观点,要继承、保护优秀文化遗产,赋予其新的时代内涵并加以弘扬;(2分)坚持两点论、全面地看问题,对文化遗产既保护又开发,实现社会效益和经济效益的统一;(2分)坚持适度原则,对文化遗产要合理利用,避免过度开发;(1分)坚持内外因相结合,以民族文化为主体,又要吸收外来有益文化。(1分)

(2)矛盾具有特殊性,各种文化都具有其价值,各自的特点和优点。在彼此尊重的基础上加强文化交流,十分必要。(2分)事物是一分为二的。对外来文化要善于分析,要吸取精华,去其糟粕。(2分)外因是事物变化发展的条件,内因是事物变化发展的根据。文化交流中要善于利用外来文化的精华,促进民族传统文化的不断创新发展。(1分)

31. 事物是变化发展的,我们要用发展的观点看问题,要明确事物在发展中所处的阶段。(2分)在经济发展的初期阶段,外贸可以直接有效地促进经济增长,当经济发展到一定阶段,外贸仍然作为拉动经济增长的主要力量就会影响经济增长的稳定。(2分)

矛盾是事物发展的根本动力。要着重抓住事物的内部矛盾,又不忽视事物发展的外部矛盾。(2分)外贸会对一国经济增长起促进作用,但是毕竟是外部矛盾(外因),我们更要注重事物发展的内部矛盾(内因),所以,国务院强调国内居民消费需求是拉动一国经济持久增长的可靠力量,强调把改善民生作为保增长的出发点和落脚点。(2分)

量变和质变是事物发展的两种不同状态。我们要把事物的现状和它的将来联系起来。量变只有在一定的范围和限度之内,事物才能保持其原有的性质。所以,我国的经济增长不能过分地依赖国外市场(3分)。

第四单元 认识社会与价值选择

一、单选题(每题2分,共50分)

1.C 2.D 3.D 4.B 5.C 6.A 7.D 8.D
9.C 10.C 11.D 12.D 13.A 14.A 15.B
16.C 17.B 18.C 19.C 20.A 21.D 22.B
23.A 24.A 25.C

二、问答题(每题7分,共28分)

26.①生产关系一定要适应生产力状况的规律、上层建筑一定要适应经济基础状况的规律,是在任何社会中都起作用的社会发展的普遍规律。(2分)②生产力决定生产关系,生产关系对生产力具有反作用,民主改革废除了生产资料的封建领主所有制,推动了西藏生产力的发展。(3分)经济基础决定上层建筑,上层建筑对经济基础具有反作用,民主改革彻底摧毁了三大领主政教合一的旧政权,确立了农牧民的个体所有制,百万农奴翻身成为这片土地的主人,西藏社会实现了跨越式发展。(2分)

27. 人民群众是历史的创造者,是社会物质财富和精神财富的创造者,是社会变革的决定力量,关注民生,让人民共享改革发展的成果体现了人民是国家的主人和社会历史创造者的地位。(4分)

把人民群众的利益作为最高的价值标准,以维护人民群众利益为最高的价值追求,让全体人民共享改革发展成果,这是政府做出的正确的价值判断和价值选择。实现好、维护好、发展好最广大人民的根本利益,是我们一切工作的根本出发点。(3分)

28.①社会存在决定社会意识,社会存在的变化发展决定着社会意识的变化发展。随着社会历史条件的变化发展,当代青年在爱国情感的表达上具有新的时代特点。(4分)

②价值选择具有社会历史性,随着时间、地点和条件的变化而变化。作为一种价值选择,当代青年的爱国情感表达也体现了社会历史性的特点。(3分)

29. 价值判断是指人们对事物能否满足主体的需要以及满足程度做出的判断。人们的价值选择是在价值判断的基础上做出的。(1分)价值判断和价值选择会因时间、地点和条件的变化而不同。把握价值判断和价值选择的这一历史性特征,有助于价值观念的与时俱进,从而做出正确的价值判断和价值选择。(3分)要做出正确的价值判断和价值选择,就必须坚持真理,遵循社会发展的客观规律,走历史必由之路。从根本上讲,只有站在广大人民立场上,以人民利益作为最高的价值标准,才能保证我们的价值判断和价值选择的正确性。因此,要反对那种不符合广大人民根本利益的价值判断,反对在此基础上进行价值选择。(2分)

三、论述题(每题11分,共22分)

30.(1)人的价值就在于创造价值,就在于对社会的责任和贡献。(2分)对一个人的价值的评价主要是看他的贡献,最根本的是看他对社会发展和人类进步事业的贡献。(2分)李桂林、陆建芬19年如一日,不计个人得失,扎根在峡谷绝壁上的彝寨,教书育人,为偏远地区的教育做出贡献,实现了人生价值。(1分)

(2)实现人生价值需要有正确价值观指引,因为价值观对人们认识世界和改造世界的活动有重要的导向作用,对人生道路的选择具有重要的导向作用。但认为"只要有正确的价值观,就能实现人生价值。"的观点是错误的。(2分)要实现人生价值,还必须在劳动和奉献中创造价值,在个人与社会的统一中实现价值,在砥砺自我中走向成功。(2分)实现人生价值,需要充分发挥主观能动性,需要顽强拼搏、自强不息的精神;需要努力发展自己的才能,全面提高个人素质;需要有坚定的理想信念和正确价值观的指引。(2分)

31. 人的价值体现在奉献社会的实践活动中,努力奉献的人是幸福的。爱家人,爱朋友,爱祖国,积极投身于为人民服务的实践,是实现人生价值的必由之路。(2分)雪灾中不计个人利益解救他人于危难之中的行为,赢得了社会对这些平凡人的尊重,从而也实现了他们的人生价值。(2分)

人的价值,必须在个人与社会的统一中实现。只有正确处理个人与集体、个人与社会的关系,才能实现自己的价值。(2分)在灾难面前涌现的无私奉献、热心助人的平凡人,没有计算个人利益的得失,考虑的是他人的危难,难能可贵,体现了灾难面前的人间真情。(2分)

实现人生的价值,需要顽强拼搏、自强不息、充分发挥主观能动性;(2分)需要发展自己的才能、提高个人素质;还需要有坚定的理想信念、正确价值观的指引。(1分)

必修2 《政治生活》

第一单元 公民的政治生活

一、单选题(每题2分,共50分)

1. D 2. D 3. C 4. D 5. B 6. C 7. B 8. D 9. D 10. B 11. D 12. D 13. A 14. D 15. C 16. C 17. A 18. A 19. D 20. D 21. A 22. D 23. B 24. B 25. C

二、问答题(26、27、28题各6分,29题10分,共28分)

26. (1)我国是社会主义国家,人民是国家的主人。(2分)

(2)公民正确行使监督权必须坚持权利与义务相统一的原则;必须依法行使。(4分)

27. (1)社情民意反映制度;专家咨询制度;重大事项社会公示制度。(2分)

(2)有利于决策充分反映民意,体现决策的民主性;有利于决策广泛集中民智,增强决策的科学性;有利于促进公民对决策的理解,推动决策的实施;有利于提高公民参与公共事务的热情和信心,增强公民的社会责任感。(每点1分,共4分)

28. 我国是人民民主专政的社会主义国家,人民是主人。发展基层民主,有利于保障人民享有更多更切实的民主权利,是我国发展社会主义民主政治的重要内容。(2分)实行村民自治和居民自治,以保证人民群众依法直接行使民主权利,管理基层公共事务和公益事业,是人民当家作主最有效的途径。(2分)实行村民自治和居民自治,以扩大基层民主,是社会主义民主政治最为广泛而深刻的实践。(2分)

29. ①我国是人民民主专政的国家,国家一切权力属于人民。人民是国家的主人。"问计于民"是人民当家作主地位的要求,有助于维护广大人民群众的权益(2分)②人民民主具有广泛性和真实性,"问计于民"是民主真实性的要求。(2分)③政府的重大决策牵涉社会各阶层的利益,关系千家万户的生活,决策是否科学、合理,至关重要。拓宽民主决策的渠道,让公民有更多的机会直接参与决策,对科学决策的形成会发挥更加积极的作用。(2分)④我国政府是人民利益的捍卫者和意旨的执行者,是为人民服务的政府,这种做法是我国政府以为人民服务为宗旨,坚持对人民负责原则的要求。(2分)⑤"问计于民"是贯彻落实科学发展观,以人为本的行政理念的要求。(2分)

三、论述题(每题11分,共22分)

30. 通过网络参与公共决策的讨论,提出个人的意见、建议;(3分)利用网络参与对国家机关及其工作人员的监督,促进依法治国;(3分)利用网络方式维护国家和集体利益,维护公民的合法权益;(3分)遵守法律和道德,规范自己的网络行为,抵制网上违法现象。(2分)

31. (1)我国是人民民主专政的社会主义国家。人民民主专政是民主与专政的统一。坚持人民民主专政是社会主义现代化建设的政治保证。(2分)针对新疆乌鲁木齐"7.5"打砸抢烧事件属于严重的暴力犯罪事件,坚持国家的专政职能,有利于有效打击破坏社会主义现代化建设的敌对势力和敌对分子,有利于保证人民民主,维护国家的长治久安和社会稳定,构建和谐社会。(2分)我国政府依法对新疆乌鲁木齐"7.5"打砸抢烧事件进行了平息,有利于维护人民群众的生命财产安全,维护国家和人民的利益,贯彻和落实科学发展观,真正做到以人为本。(1分)

(2)在我国,公民与国家是和谐统一的新型关系。

(1分)面对热比亚集团分裂祖国的图谋,面对一些西方媒体歪曲事实的报道,面对"疆独"分子破坏的行径,中国青年的反击、抵制和抗议行为,维护了国家的统一和民族团结,维护了国家安全、荣誉和利益,履行了公民的义务,是爱国主义的具体体现。(2分)公民参与政治生活的基本原则是:坚持在法律面前一律平等的原则,坚持权利和义务相统一的原则,坚持个人利益与国家利益相结合的原则。(3分)

第二单元　为人民服务的政府

一、单选题(每题2分,共50分)

1. A　2. B　3. A　4. C　5. D　6. D　7. D　8. A　9. C　10. D　11. A　12. C　13. C　14. C　15. B　16. B　17. D　18. A　19. C　20. B　21. B　22. B　23. A　24. B　25. A

二、问答题(26题10分,27、28、29题各6分,共28分)

26. 国家要从立法、执法等各个环节入手净化网络环境。

政府要履行好惩治犯罪分子的职能,开展"扫黄"专项行动;(2分)政府要履行好组织文化建设的职能,通过宣传教育,引导青少年自觉抵制"黄"毒。(2分)政府要加强对市场的监管,净化网络环境。(2分)

社会舆论要发挥监督作用,促使企业树立社会责任感,实现社会效益和经济效益的统一。(2分)公民要积极行使监督权,举报非法网站,为净化网络环境做贡献;坚持权利和义务的统一,公民有依法使用网络的权利,也有依法维护网络安全的义务,因此要"文明办网,文明用网"。(2分)

27. ①我国政府是国家权力机关的执行机关,必须履行其承担的主要职能;(2分)我国政府是便民利民的政府,必须为人民提供公共服务,对人民的社会生活进行管理。因此,政府应有所为。(2分)②我国政府不能包办一切,因此,政府应有所不为。(2分)

28. 政府必须坚持依法行政,维护法律的权威和尊严,即维护人民群众的根本利益。(2分)政府要提高依法行政的能力和水平,廉洁、高效、令行禁止,有错必纠。(2分)

政府既要自觉接受社会、人民群众、司法机关等各方面的监督。(2分)

29. 政府履行了社会公共服务的职能。保护长城文物。(2分)履行了组织社会主义文化建设的职能,利用长城文化推动精神文明建设,推动文化事业的发展。(2分)履行了组织社会主义经济建设的职能,利用长城文化推动当地旅游业等第三产业的发展。(2分)

三、论述题(30题12分,31题10分,共22分)

30. 证监会、发改委依据《刑法》和证券业管理条例及国家有关价格政策,处理基金老鼠仓和企业价格违法行为,体现了"合法行政";(2分)发改委披露查处价格违法案件,责成有关部门严肃处理,体现了"程序正当";(2分)要求依法从重从快严肃处理,体现了"高效便民";(2分)案件处理过程遵循了公平公正的原则,体现了"合理行政"。(2分)

有利于维护人民群众的合法权益;(1分)有利于防止行政权力的缺失和滥用;(1分)有利于增强政府的权威;(1分)有利于推进社会主义民主法制建设。(1分)

31. ①市政府为企业解难题办实事,推动大项目好项目建设,切实履行了组织经济建设的职能。②推进促进经济发展、增加群众收入的措施,坚持了对人民负责的原则。③举办专门辅导讲座,提高政府工作人员法律意识,增强了政府依法行政的能力。④认真听取人大代表和群众的意见,自觉接受人民的监督。(每点3分)

第三单元　发展社会主义民主政治

一、单选题(每题2分,共50分)

1. A　2. B　3. A　4. B　5. A　6. C　7. B　8. A　9. B　10. C　11. C　12. A　13. D　14. D　15. D　16. D　17. B　18. D　19. C　20. C　21. A　22. D　23. D　24. A　25. B

二、问答题(26、27题各8分,28、29题各6分,共28分)

26. (1)人大代表

①积极进行社会调研,广泛听取和反映群众的意见和建议。(1分)②通过行使提案权,审议相关议案以及表决相关决定,支持文化产业发展。(2分)③就文化产业的发展对相关部门进行质询、监督。(1分)

(2)政协委员

①积极进行社会调研,广泛听取和反映群众的意见和建议。(1分)②积极提交支持文化产业发展的提案,建言献策,参政议政。(2分)③就文化产业的发展对相关部门进行民主监督。(1分)

27. ①我国是统一的多民族国家;各民族大杂居、小聚居的人口分布格局没有变。(2分)②历史和实践表明民族区域自治制度符合国情,顺乎民意,具有很大的优越性。坚持民族区域自治制度,有助于把国家的集中统一和少数民族自治结合起来;有助于把国家方针政策和少数民族地区具体特点结合起来。(4分)③民族区域自治制度已载入《中华人民共和国宪法》,并成为我国的一项基本政治制度。作为法治国家,党和政府必须依法行事。(2分)

28. 党坚持依法执政,就是坚持依法治国,领导立法,带头守法,保证执法,不断推进国家经济、政治、文化、社会生活的法制化、规范化。(1分)

依法执政是中国共产党执政的基本方式。(1分)科学执政、民主执政要通过依法执政体现出来,又要靠依法执政来实现。(2分)依法执政有利于保证党发挥总揽全局,协调各方的领导核心作用,有利于人民政权稳固、国家长治久安,只有这样,才能跳出"周期率"。(2分)

29. ①中国共产党要坚持民主执政、科学执政,尊重人民群众的首创精神,按客观经济规律办事;(3分)②政府要坚持对人民负责的原则,认真履行国家经济职能和社会公共服务职能,促进社会经济发展,提高人民生活水平。(3分)?

三、论述题(30题12分,31题10分,共22分)

30.(1)①坚持科学执政。(1分)报告提出党对人民代表大会制度进一步加强和完善的三项措施,符合社会主义民主政治建设的规律。(1分)

②坚持民主执政。(1分)三项措施都体现了党坚持为人民执政、靠人民执政,支持和保证人民当家作主。(1分)

③坚持依法执政。(1分)第一项措施体现了党的领导遵循依法治国原则,且必将使执政党和国家权力机关的关系更加规范和顺畅。(1分)

(2)①我国是人民民主专政的社会主义国家,人民当家作主。(1分)农民是建设社会主义的基本力量。(1分)消除选举中的城乡差别,是由我国国家性质决定的。(1分)

②进一步完善人民代表大会制度,扩大农民在国家权力机关中的发言权,是发展社会主义民主政治、构建社会主义和谐社会的内在要求。(2分)

③我国公民在法律面前一律平等,城乡居民都平等享有宪法和法律规定的被选举权。(1分)

31.①我国实行人民代表大会制度,地方各级人民代表大会是地方各级国家权力机关,是人民行使国家权力的机关。(2分)人大信息网设立"市民心声"栏目让市民发表意见,有利于推进决策的科学化、民主化,促进我国的民主政治建设。(2分)②人民代表是国家权力机关的组成人员,是人民利益的代表者,必须同人民保持密切联系,人大代表在网上与市民交流,可以让代表的决策更加符合人民的意愿。(2分)③北京市人大的上述做法体现了人民代表大会制度是我国的根本政治制度,这一制度直接反映了人民民主专政的国家性质。(2分)④北京市人大的上述做法也体现了社会主义民主的本质是人民当家作主。(2分)

第四单元 当代国际社会

一、单选题(每题2分,共50分)

1.B 2.A 3.B 4.D 5.B 6.D 7.C 8.A
9.D 10.C 11.A 12.A 13.C 14.B 15.B
16.B 17.D 18.C 19.D 20.C 21.C 22.D
23.A 24.C 25.A

二、问答题(26、27、28题各6分,29题8分,共26分)

26. 和平、发展是当今时代主题。(1分)当前,发展中国家的崛起和大国实力的均衡化使国际格局呈现多极化趋势,这种趋势有利于世界的和平稳定发展和国际关系的民主化,为中国发挥建设性作用提供了良好的国际环境。(1分)

改革开放30年大大增强了中国的综合国力,提高了国际地位。中国的发展带动了周边国家和贸易伙伴的经济繁荣,对世界经济的贡献和国际影响力不断提升。(2分)中国作为联合国的常任理事国,在联合国的各个领域中发挥着重要的建设性作用。(1分)中国始终如一地坚持独立自主的和平外交政策使中国能够在国际事务中发挥建设性作用。(1分)

27.①载人航天的成功大大增强了我国的科技实力、经济实力和国防力,增强了我国的综合国力和国际竞争力,提高了我国的国际地位。(2分)②有利于增强民族自尊心和自豪感,增强民族凝聚力,有利于调动全国各族人民的积极性和创造性,全面建设小康社会。(2分)③有利于世界和平力量的壮大,促进世界的和平与发展事业。(2分)

28.①国家利益决定国际关系,国家间的共同利益是国家合作的基础。中国密切同其他国家的协调和配合,符合各方的国家利益。(2分)②中国政府坚持独立自主的和平外交政策,在和平共处五项原则的基础上积极发展同世界各国的友好关系。(2分)③中国是维护世界和平与稳定的积极因素和坚定力量,是促进世界经济发展的重要力量,对国际事务发挥着重要的建设性作用。(2分)(其他言之有理的也可酌情给分,该题总分不得超过6分。)

29.

事例	政治学依据
略	经济上相互合作,优势互补,共同推动经济全球化朝着均衡、普惠、共赢方向发展。(3分)
略	环保上相互帮助、协力推进,共同呵护人类赖以生存的地球家园。(3分)
略	文化上相互借鉴、求同存异,尊重世界多样性,共同促进人类文明繁荣进步。(3分)

三、论述题(30题12分,31题12分,共24分)

30.(1)①国家关系的决定因素是国家利益。两国有共同的利益,中印经贸合作具有互利性。(2分)②当今时代的主题是和平与发展。中印在维护世界和平、促进共同发展、应对全球挑战,存在广泛共识和共同利益。(2分)③符合建立国际新秩序的要求。政治上各国相互尊重,共同协商。安全上各国应该相互信任,共同维护,树立互信、互利、平等和协作的新安全观。经济上各国应相互促进,共同发展。(4分)

(2)和谐世界的理念体现了我国外交政策的宗旨是维护世界和平、促进共同发展;促进世界和平与发展是我国外交政策的基本目标,(2分)在和谐世界中,各国内部的事情由各国人民自己决定这一观点体现了独立自主是我国外交政策的基本立场,(1分)各国互相尊重,平等相待,不将自己的意志强加于人,不将自身的安全与发展建立在牺牲他国利益基础之上。

体现了和平共处五项原则是我国对外关系的基本准则。(1分)

31.①国际关系是多方面的,文化关系是国际关系的内容之一。(2分)②文化走出去加强了我国同世界各国的交流。有利于让世界更好地了解中国,增进我国同世界各国的合作与友谊。(2分)③中国主张,各国人民携手努力,推动建设持久和平、共同繁荣的和谐世界。文化上应该相互借鉴、求同存异,尊重世界的多样性,共同促进人类文明繁荣进步。(2分)

④坚持对外开放是我国的基本国策。文化走出去有利于吸收国外的一些先进文明成果,为社会主义建设服务。(2分)⑤文化竞争是国际竞争的重要内容,在综合国力竞争中地位和作用越来越突出。文化走出去可以向世界各国宣示我们的价值观和和平发展的思想。(4分)

必修3 《文化生活》

第一单元 文化与生活

一、单选题(每题2分,共50分)

1.C 2.C 3.A 4.C 5.D 6.C 7.C 8.C 9.C 10.C 11.A 12.B 13.B 14.D 15.B 16.D 17.D 18.A 19.D 20.D 21.A 22.A 23.D 24.C 25.C

二、问答题(26题6分,27、28、29题各8分,共30分)

26.

文化现象与生活	文化对人的影响或对社会的作用
世界各地的礼仪带有各自的文化印记,欧美人见面时拥抱,泰国人行"合十礼",我国藏族同胞以尊贵的客人献哈达。	影响人的交往行为和交往方式(2分)
《义勇军进行曲》诞生于中华民族危亡的关头,一经问世,即广为传唱,成为激励中国人民争取民族解放的号角。	增强人的精神力量(2分)
美国的文化产品在其对外贸易中占据首位,日本的文化产业产值已超过汽车工业,韩国已成为世界第五大文化产品与服务出口国。	当今世界,文化越来越成为综合国力竞争的重要因素(2分)

(其他答案言之成理,可酌情给分)

27. 文化与经济相互影响、相互交融,文化对经济有反作用,文化生产力在现代经济总格局中的作

用越来越突出。文化产业振兴有利于提高文化产业在国民经济中的比重,促进生产力的发展。(3分)②文化越来越成为民族凝聚力和创造力的重要源泉,越来越成为综合国力的重要因素。作为发展中国家,必须把文化建设作为现代化建设的重要任务,提高国家"软实力",增强国际竞争力。(3分)③振兴文化产业,能够满足人民群众的文化需求,丰富人的精神世界,增强人的精神力量,促进人的全面发展。(2分)

28.(1)从整体上讲,经济是基础,经济的发展会决定或带动文化的发展。但又不能认为文化与经济的发展是绝对同步的,二者的发展既有同步性的一面,也有不同步的情况。(2分)

(2)一方面,经济是文化发展的基础。"仓廪实而知礼节,衣食足而知荣辱",强调了社会经济的发展决定着文化的发展水平。从这种意义上说,观点是有一定道理的。(3分)

(3)另一方面,经济发展是文化发展的基础,并不意味着文化的发展始终与经济的发展同步。文化有其自身的传承性和相对的独立性。那种认为只要物质条件好了,精神文化自然而然地就会好起来,物质条件差一点,精神文化就不可能搞好的观点,不符合历史发展的事实,是不正确的。(3分)

29.答案一:不赞同(1分)。文化具有满足人们精神需要,为经济社会发展提供思想保证和精神动力、智力支持等功能(3分)。材料二中,从"文化搭台"到"文化唱戏",只强调了文化对经济的服务功能(3分),而忽视了其他功能(1分)。

答案二:赞同(1分)。"文化搭台"只看到文化对

经济的服务功能(3分),"文化唱戏"则认识到文化本身的经济功能(2分)。文化产业的快速发展,体现了文化具有满足人们精神需要的功能(2分)。

(答出两个答案之中的任意一个即可)

三、论述题(30题8分,31题12分,共20分)

30.“村官”小杨向村民传授农业科技知识,推动该村传统木雕工艺品转化为旅游纪念品,使村民的钱包鼓了起来,表明文化能反作用于经济(2分)。“村官”小杨和艺人共同努力,使原先小打小闹的传统木雕工艺实现新的发展,表明文化的发展离不开继承与创新(2分)。该村社会风气明显好转,表明优秀文化可以促进人和社会的发展(2分)。小杨给该村带来的变化与她自身良好的素质密不可分,表明加强思想道德修养与知识文化修养的重要性(2分)。

31.(1)材料一反映出,人类社会发展到今天,文化与经济、政治相互交融的特点日益显著。(2分)发达国家的文化产业迅速崛起,获得了丰厚的商业利益,在世界文化产品市场竞争中处于优势地位。(2分)随着世界多极化的发展,一些国家奉行文化霸权主义,借助于文化渗透的方式,推销自己的生活方式和价值观念,企图削弱和取代别国的民族文化。(2分)

材料二反映出,我国对传统文化的重视、开发不够,文化产业发展滞后,在文化发展上面临着严峻的挑战。(2分)

(2)我国是世界上最大的发展中国家,要想在激烈的国际竞争中立于不败之地,必须把文化建设作为社会主义现代化建设的重要战略任务,牢牢把握先进文化的前进方向,大力弘扬民族精神。要重视对民族优秀传统文化的研究和开发,大力发展文化事业和文化产业,不断提升文化竞争力,加强国际文化交流与合作,维护国家的文化安全。(4分)

第二单元　文化传承与创新

一、单选题(每题2分,共50分)

1.B　2.A　3.C　4.B　5.C　6.C　7.B　8.B
9.A　10.D　11.D　12.C　13.B　14.C　15.C
16.D　17.D　18.A　19.A　20.B　21.A　22.C
23.B　24.D　25.B

二、问答题(26题7分、27题9分、28题8分,共24分)

26.文化是民族的,也是世界的。(2分)

尊重文化的多样性是发展本民族文化的内在要求,也是实现世界文化繁荣的必然要求。(2分)尊重文化的多样性对维护国际和地区的和平与稳定,建立和谐的国际社会具有重要的现实意义。(1分)尊重

文化的多样性要遵循各种文化一律平等的原则,既要认同本民族文化,又要尊重其他民族文化。(2分)

27.(1)网络传播,还有报刊、广播、电视等。这些形式统称为大众传媒。(1分)大众传媒是现代文化传播的手段,(1分)它能够最大程度地超越时空的局限,汇集来自世界各地的信息,日益显示出文化传递、沟通、共享的强大功能,已成为文化传播的主要手段。(3分)

(2)文化传播的途径有商业贸易活动、人口迁徙、教育等。(2分)小到亲朋聚会、外出旅游,大到各种经济、政治、文化活动,都可以成为文化传播的途径。(2分)

28.对传统文化“取其精华,去其糟粕”,批判继承,古为今用。(2分)中国馆斗拱等元素的使用,植根于中国传统文化元素,体现了鲜明的中国特色。(1分)

立足社会实践,(2分)对传统文化进行创新(推陈出新,革故鼎新)。(1分)传统文化的创新需要注入新的时代精神。(1分)对中国馆传统的斗拱造型大胆的革新,简约化的装饰线条,完成了传统建筑的当代表达,同时,环保、节能等新技术的使用也体现了时代精神。(1分)

三、论述题(29题14分,30题12分,共26分)

29.(1)我国的优秀传统文化是人类的瑰宝之一,是中华民族的宝贵精神财富。材料一中的剪纸艺术就是优秀传统文化的代表之一;我国的优秀传统文化具有相对稳定性和鲜明的民族性特点,它至今仍对人们的生活产生深远的影响;(4分)对待我国的传统文化,应发挥它的积极作用;我们应该“取其精华,去其糟粕”,批判继承,古为今用,在继承中发展,在发展中继承。(4分)

(2)①应当发展和保护优秀传统文化;(1分)②做优秀传统文化的传承者和传播者;(1分)③积极弘扬优秀传统文化,剔除传统文化的糟粕;(2分)④积极创新,发展社会主义新文化。(2分)

30.(1)材料一说明,文化创新离不开对传统文化的继承。体现时代精神,是文化创新的重要内容。《吉祥三宝》把蒙古族传统的说唱与演唱结合起来,把鲜明的时代气息和传统的内容结合起来。(3分)

材料二说明,文化创新要面向世界,博采众长。文化的交流过程是学习和吸收各民族优秀文化成果,以发展本民族文化的进程。杂技剧《天鹅湖》实现了东方神韵与西方经典的完美结合。(3分)

(2)文化只有不断创新,才能充满生机与活力。文化创新,要把握好当代文化与传统文化、民族文化与外来文化的关系。(2分)今天我们应立足于社会

实践,着眼于人民的文化需求,在历史和现实、东方和西方的文化交汇点上,发扬中华民族优秀文化传统,汲取世界各民族文化的长处,在内容和形式上积极创新,努力铸造中华文化的新辉煌。(4分)

第三单元　中华文化与民族精神

一、单选题(每题2分,共50分)

1. D　2. B　3. A　4. B　5. C　6. B　7. B　8. A　9. D　10. C　11. B　12. A　13. D　14. A　15. B　16. D　17. A　18. A　19. B　20. C　21. D　22. D　23. A　24. D　25. D

二、问答题(26、27题各10分,28题8分,共28分)

26.(1)庆祝民族节日,是民族文化的集中展示,也是民族情感的集中表达,有利于增强对民族文化的认同感,满足人民群众的文化消费需求。(3分)

(2)以爱国主义为核心的中华民族精神,展示了中华民族的整体风貌和精神特征,凝结了中华民族共同的价值追求,是中华民族永远的精神火炬。(2分)它始终是维系中华各族人民共同生活的精神纽带,是支撑中华民族生存、发展的精神支柱,是推动中华民族走向繁荣、强大的精神动力,是中华民族之魂。(2分)弘扬和培育中华民族精神,是当前文化建设的极为重要的任务,是提高全民族综合素质的必然要求,是不断增强我国国际竞争力的要求,也是坚持社会主义道路的需要。(3分)

27.(1)①文化遗产,是一个国家和民族历史文化成就的重要标志。作为世界文化遗产,对都江堰进行保护、修复,不仅对于研究人类文明的演进具有重要意义,而且对于展现世界文化的多样性具有独特作用,它是人类共同的文化财富。(4分)

②中国古代建筑,是展现中国传统文化的重要标志。作为全世界仅存的一项古代"生态工程",对都江堰进行保护、修复,可以推陈出新,使我国古代的建筑艺术得以传承和发展。(4分)

③科学技术是一个民族文明程度的重要标志之一。作为凝聚我国古代科学技术成就的宏大水利工程,对都江堰进行保护、修复,可以展现、弘扬博大精深的中华文化。(2分)

28.(1)中华文化源远流长的一个重要原因是汉字的延续,数千年来,汉字的演变和使用,为书写中华文化、传承中华文化发挥了巨大的作用。(2分)

(2)中华文化之所以源远流长,还得益于史书典籍的传承,中华文化的史书典籍规模庞大,存留颇丰,是中华文化一脉相承的重要见证。(3分)

(3)中华文化之所以源远流长,还得益于它特有

的包容性,即求同存异、兼收并蓄,它能与各民族文化和睦相处,吸收、借鉴其他民族文化中的积极成分,增强对自身文化的认同、对外域文化的理解。(3分)

三、论述题(29题10分,30题12分,共22分)

29.(1)中华民族精神是以爱国主义为核心,团结统一、爱好和平、勤劳勇敢、自强不息。(2分)

(2)①弘扬和培育民族精神,最重要的是发挥"主心骨"的作用。②必须继承和发扬中华民族的优良传统。③必须正确对待外来思想文化的影响。④必须与弘扬时代精神相结合。⑤必须立足建设中国特色的社会主义伟大实践,随着时代的变化而不断丰富和发展。⑥要脚踏实地,从我做起、从现在做起、从点滴小事做起。(每点2分,答出以上任意四点即可给满分8分。从其他角度,言之有理,可酌情给分)

30.(1)中华文化源远流长、博大精深。(4分)

(2)中华文化是中华民族延续和发展的重要标识。(2分)中华文化的力量,深深熔铸在中华民族的生命力、创造力和凝聚力之中。(2分)以爱国主义为核心的伟大民族精神,是中华民族赖以生存和发展的精神支撑。(4分)

第四单元　发展中国特色社会主义文化

一、单选题(每题2分,共50分)

1. D　2. C　3. A　4. C　5. B　6. B　7. C　8. A　9. B　10. C　11. C　12. B　13. A　14. D　15. B　16. D　17. C　18. 　19. D　20. B　21. D　22. A　23. B　24. C　25. C

二、问答题(26、27、28题各6分,29题各12分,共30分)

26.①推动社会主义文化大发展大繁荣,必须坚持以马克思主义为指导,用社会主义核心价值体系引领社会思潮。(2分)

②必须运用大众喜闻乐见的形式,不断探索和创新,着力增强吸引力、感染力和震撼力。(2分)

③必须坚持面向群众,服务群众,在潜移默化中传播先进文化。(2分)

27.(1)把握先进文化的前进方向,关键在于坚持马克思主义在意识形态领域的指导地位。

(2)大力加强社会主义核心价值体系的建设。

(3)立足实践,发扬民族文化的优秀传统,汲取世界各民族长处,积极创新。

(4)充分发挥人民群众在发展先进文化中的积极性、主动性、创造性。

(5)大力发展教育、科学、文化事业等。

(每点2分,只要答出上述答案的任意3点即可得6分。若答出其它观点,言之有理,可酌情给分)

28.①由于人们对文化需求日益呈现多层次、多样化、多面性的特点,因此,对于人民群众喜闻乐见的社会主义文化,要尊重差异,包容多样,提倡多样性,以更好地满足人民群众多样化的精神文化需求。(2分)

②文化有先进与落后、腐朽之分,建设社会主义和谐文化既要大力发展先进文化,支持健康有益的文化,也要努力改造落后文化,坚决抵制腐朽文化。(2分)

③建设社会主义和谐文化,还必须坚持以马克思主义为指导,坚持先进文化的前进方向,保证社会主义文化的健康发展。所以,题目中的观点是片面的。(2分)

29.①社会主义思想道德建设是发展中国特色社会主义文化的中心环节。社会主义荣辱观是社会主义思想道德的集中体现,是社会主义核心价值体系的基础。它为社会主义市场经济条件下全体社会成员做出道德选择,提供了最基本的价值取向和行为准则。(4分)

②文化与经济相互交融,文化反作用于经济,优秀文化可以促进经济的发展。树立社会主义荣辱观,有助于增强企业信用,规范市场秩序,促进社会主义市场经济健康发展。(4分)

③文化是一种社会精神力量,优秀文化可以丰富人的精神世界,促进人的全面发展。树立社会主义荣辱观,有助于企业经营者树立正确的义利观,做一个有道德良知和社会责任感的企业家(4分)

三、论述题(每题10分,共20分)

30.(1)甲方描述了大众传媒对文化生活的消极影响,乙方描述了大众传媒对文化生活的积极影响,二者都是片面的。(2分)

(2)应全面认识大众传媒对文化生活的影响。文化市场和大众传媒的发展,有助于满足人们多样化的精神文化需求,丰富人们的精神生活,提高人们的科学文化素质和思想道德素质;(2分)引导人们的消费观念,促进文化产业的发展,从而推动社会经济发展。(2分)同时,文化市场的盲目性和商业性,也会给我们的社会生活带来消极影响,一些不良文化产品的生产和传播,危害人们的身心健康,影响社会主义文化建设的顺利发展。(2分)

(3)对文化市场和大众传媒要加强管理,正确引导。(2分)

31.(1)上述名言反映的共同主题是知识与道德相互影响、相互促进,必须坚持思想道德修养和科学文化修养的统一。(2分)

(2)①思想道德修养和科学文化修养是相辅相成、相互促进的关系。思想道德修养能够促进科学文化修养。(3分)

②提高思想道德认识,重视思想道德情操,坚定理想信念,有助于增强学习的自觉性,掌握更多的科学文化知识,提高科学文化修养水平。(3分)

③具有良好的思想道德修养,才能运用所掌握的知识为社会造福;不注重思想道德修养,即使掌握了丰富的知识,也难以避免人格上的缺失,甚至危害社会。(2分)

政治选修模块练习

1. 差异:在我国。全国人民代表大会是最高权力机关,统一行使国家权利。国家元首和"一府两院"由全国人大产生,对人大负责,受人大监督;英国议会包括下议院和上议院。英国作为国家元首实行世袭制,不产生议会,下议院中的多数党组阁,多数党领袖担任政府首脑。

本质区别:我国人民代表大会制度体现了国家一切权力属于人民,体现了中国共产党的领导,体现了人民民主专政的社会主义国家性质,英国议会制度体现了英国资产阶级掌握国家政权的政治本质。

2.(1)政治间国际组织 一般性国际组织

(2)①中国坚持独立自主的和平外交政策,在国际事务中发挥着积极作用。

②作为联合国安理会常任理事国,中国在人类和平与发展事业中发挥着建设性作用,积极参加联合国

气候变化大会,致力于维护人类共同家园。

③中国坚持以互利合作实现共同繁荣,积极参与上海合作组织等国际组织的活动,加强与非洲等广大发展中国家的合作,实现互利共赢。

④中国勇于承担国际责任,凸显负责大国地位,树立了良好的国际形象。

(若答出"中国坚持走和平发展道路""倡导构建和谐世界"等言之有理的答案,也可。)

3.(1)依法治国

(2)①全国人大常委会经过全文公布草案、征集意见、修改和审议等立法程序,修订《防震减灾法》,体现了立法机关严格按照法律程序制定或修改法律,确保国家各项事业有法可依。②检察机关依法打击各种危害抗震救灾和群众利益的犯罪行为,严肃查处和预防抗震救灾和灾后重建中的职务犯罪,体现了司法

机关严格执法,确保司法公正,监督有力。

4.(1)英国议会是最高立法机关和最高权力机关;法国议会只是立法机关。英国国王是"虚位君主";法国总统则是国家行政权力的中心。英国是两党制,由议会多数党组阁;法国议会中有许多党派,往往是几个党派联合才能形成议会多数派并组成多党联合政府。英国首相由议会中多数党领袖担任,权力很大。法国总理由总统任命,权力较小。

(2)英法两国国体相同,都是资产阶级政权;政体不同,但都属于资本主义国家的统治形式,都是为资产阶级利益服务的。这说明,国体决定政体,并通过一定的政体来体现;政体体现国体,并服务于特定的国体;适当的政体能够巩固国体,不适当的政体会危害国体。

5.(4)①在市场经济中,由于价格规律的自发调节,许多企业为了自身利益,大量排放二氧化碳,导致环境问题,这是一种市场失灵的表现。②政府通过征收碳税,增加碳排放企业的生产成本,激励企业生产向低碳方向发展,弥补市场调节的不足。

6.道德规范是市场经济的必要条件,要保证企业社会责任的履行和市场经济活动的健康有序,除必须遵守法律外,还要遵守道德规范。道德缺失就会见利忘义,甚至越过法律的界限谋取私利,既损害群众利益,破坏市场次序;也会导致企业失去信誉,失去市场,受到舆论的谴责甚至法律的制裁。

7.(1)②③

(2)①人与环境的关系同人与人、人与社会的关系一样,需要伦理道德来调节。

②环境伦理是调整人与自然之间关系以及体现在其中人与人之间关系的行为规范的总和。

③只有坚持环境正义原则和尊重自然原则,才能实现人与自然的和谐。

(若从其他方面作答,言之有理,亦可)

8.(1)思路具有多向性,步骤具有跨越性,结果具有独特性。

(2)①莫扎特根据自己谱写的曲子弹奏,无法用手弹出键盘中间的音符时,用鼻子来弹奏,体现了思维创新的思路具有多向性。②莫扎特不采用常规的方法,凭借灵感用鼻子弹奏键盘中间的音符,体现了思维创新的步骤具有跨越性。③莫扎特用鼻子弹奏键盘中间的音符,产生的效果新,出乎意料,体现了思维创新的结果具有独特性。

时政专题训练

时政专题训练一

热点专题一　促进国民经济平稳运行

1.(1)投资是拉动经济增长的因素之一。合理的投资规模,是带动经济增长,增加财政收入、扩大就业的重要手段。

投资规模过大,导致生产资料的需求量大幅增加,价格上涨,可能引发通货膨胀,从而影响经济稳定发展;经济形势增长粗放,导致资源浪费。

(2)物质决定意识,意识是物质的反映。客观实际是变化发展的。对于变化发展的经济形势,国家应采取相应的措施及时应对,真正做到主客观具体的、历史的统一,这样才能最大限度地达到预期目标。

主观能动性的发挥受主客观因素的制约。宏观调控过程受到各种主客观因素的制约,应积极创造主客观条件,遵循经济运行的规律,实现宏观调控目标。

(3)我国是人民民主专政的国家,一切国家机构都是人民意旨的执行者和利益的捍卫者,应坚持对人民负责的原则。物价关系国计民生,因此政府采取各种措施稳定物价。政府具有管理经济的职能。所以要进行经济调节、市场监管、稳定物价。

2.(1)当多晶硅价格上扬时,引发投资热潮,资源流入该行业。反之,价格下降,资源将流出该行业,说明价值规律自发地使社会资源在不同的生产部门之间流动。商品的价值量是由生产它所需要的社会必要劳动时间决定的。生产多晶硅的企业只有提高劳动生产率,降低成本才能在竞争中获胜,说明价值规律刺激商品生产者改进技术,提高劳动生产率。在竞争中,技术先进、管理水平高的企业处于有利地位,有些企业面临转产或者倒闭的命运,说明价值规律可以实现优胜劣汰。

(2)国家要在尊重市场的基础性作用的前提下,同时综合运用经济、法律和行政手段加强宏观调控,实现多晶硅行业的结构优化。

要贯彻和落实科学发展观,加快转变经济发展方式,由主要依靠增加物质资源消耗向主要依靠科技进步、管理创新等转变。促进经济增长主要依靠投资拉动向依靠消费、投资、出口协调拉动转变。

(3)政府权力的行使包括决策、执行、监督等各个环节,防止政府权力被滥用,要在各个环节加强对权力的监督和制约。

有效制约和监督权力的关键,是建立健全制约和监督机制。这个机制,一靠民主,二靠法制,二者缺一不可。

发挥人民民主对权力的监督要求切实保障广大人民的选举权、知情权、参与权、监督权,使人民能够真正约束掌权者的行为。加强法制对权力的制约和监督要求实现国家政治生活的制度化、规范化、程序化,确保权力按法律行使,合理运行。

要充分发挥行政监督体系的作用。既要发挥人大、人民政协、社会与公民、司法机关等行政系统外部的监督作用;同时,也要发挥审计部门、监察部门、法制部门等行政系统内部的监督作用。

政府应该坚持为人民服务的宗旨,坚持对人民负责的原则,自觉接受监督。

热点专题二　努力扩大就业

3.(1)就业是民生之本。劳动者通过就业获得报酬,从而获得生活来源,使社会劳动力能够不断再生产。劳动者的就业有利于其实现自身的社会价值,丰富精神生活,提高精神境界,从而促进人的全面发展。

甲同学根据自身条件择业,体现自主择业观,但考虑自身条件的同时还要看到社会的需要。乙同学选择公务员无可厚非,但认为其更体面,不符合职业平等观。丙同学应该结合自身实际,从社会需要出发实现就业,而不仅仅考虑地域。

(2)要在劳动和奉献中实现人生价值。实现人生价值有多种途径,无论是在城市还是乡村,只有通过劳动为社会做贡献,才能实现自身价值。

社会提供的客观条件是人们实现人生价值的基础。"蚁族"只有把个人的理想和社会需要相结合,正确处理个人与社会的关系,才能更好实现自身价值。

实现人生价值需要充分发挥主观能动性,全面提高个人素质。"蚁族"群体只有在正确价值观的指导下,顽强拼搏、自强不息才能更好实现自身价值。

(3)我国的一切权力属于人民。人大代表是我国权力机关的组成人员,代表人民行使国家权力。人大代表要密切联系群众,反映人民群众的意见和要求。依法行使提案权。

政协委员作为爱国统一战线的成员,应该在参政议政、政治协商、民主监督方面发挥作用。我国政府的宗旨是为人民服务,对人民负责是政府工作的原则,组织经济建设、社会公共服务等是政府必须履行的职能。

人大代表、政协委员、政府各司其职,共同积极解决这一问题,才能实现社会公平、改善民生、科学发展。

热点专题三　深化收入分配制度改革

4.(1)保证居民收入在国民收入分配中占合理比重,劳动报酬在初次分配中占合理比重,有利于理顺国家、企业和个人三者之间的关系,维护劳动者利益,

也有利于合理调整投资与消费的关系,促进经济社会协调健康发展。

(2)效率和公平的关系是对立统一的。效率和公平具有一致性。效率是公平的物质前提,公平是提高效率的保证。效率与公平又分别强调不同的方面,二者又存在矛盾。

(3)必要性:中国共产党和人民政府都是人民利益的代表者,全心全意为人民服务,立党为公,执政为民是其基本执政理念。科学发展观的核心是以人为本,改革发展是为了造福人民,为了实现好、维护好、发展好最广大人民的根本利益。

可能性:要坚持民主执政、科学执政,尊重人民群众的首创精神,按客观经济规律办事;要坚持对人民负责的原则,认真履行国家经济职能和社会公共服务职能,促进社会经济发展,提高人民生活水平。

热点专题四　节能减排,应对气候变化

5.意识具有目的性、计划性、主动创造性和自觉选择性(人能够能动地认识世界),某市提前洞察了发展低碳经济这一必然趋势,率先布局。

正确意识对改造世界有促进作用(人能够能动地改造世界)。某市在发展低碳经济理念的指引下,取得了丰硕的成果。

坚持了一切从实际出发、实事求是。把发挥主观能动性与尊重客观规律相结合。某市把握必然趋势,率先转变发展方式,结合自身特点采取措施,发展低碳经济,取得硕果。

时政专题训练二

热点专题五　建设政治文明,构建和谐社会

1.(1)人民代表大会制度;中国共产党领导的多党合作和政治协商制度;民族区域自治制度;基层民主制度。

(2)①我国根本的政治制度是人民代表大会制度,人民代表大会及其常务委员会是我国国家权力机关,具有监督权。

②我国国家机构组织活动的原则是民主集中制,"一府两院"由人大产生,对人大负责,受其监督。

③此次出台的监督法,对监督主体也作了特定限制(监督主体为各级人大常委会),表明我们加强民主政治建设,坚持和完善人民代表大会制度。

(3)①社会主义民主的本质是人民当家作主。

②发展社会主义民主,建设社会主义政治文明是全面建设小康社会的重要目标。

③基层民主制度是人民当家作主的制度保障。

④我国公民具有监督权。

2.(1)①信息是决策的基础,民意是正确决策重

要的信息资源。②政府通过网络民意的方式进行民主决策,有利于增强决策的民主性、科学性;有利于促进公民对决策的理解,推动决策的实施,增强公民的社会责任感;③针对网络的匿名性、虚拟性,政府要加强调查研究,防止虚假信息;同时,综合运用专家咨询制度、社会公示制度、社会听证制度等多种方式进行民主决策。

(2)①我国是人民民主专政的社会主义国家,人民是国家的主人。在当今社会,网民是一支不可忽视的社会力量,有参与政治生活的权利。

②中国共产党代表最广大人民的根本利益,是中国特色社会主义事业的领导核心,对人大、政协进行政治领导。洛阳市委坚持科学执政,遵循执政规律和社会主义建设规律。

③人大是人民行使国家权力的机关,人大代表是其组成人员。当选市人大代表的网民,与人民群众有密切的联系,可以更好地反映群众的意见和要求,参加行使国家权力。

④政协是我国政治生活中发扬社会主义民主的重要形式。被推荐为市政协委员的网民,可以更好地反映社情民意,发挥政协委员的作用。

(3)①人民群众是实践的主体,是历史的创造者。他们创造物质财富和精神财富,是社会变革的决定力量。

②必须树立群众观点,坚持群众路线。主要应做到:相信群众,依靠群众,为人民群众的利益而奋斗。

③对网友的真诚实质上是对人民群众的真诚。领导干部倾听民意,问政于民,采集网友的智慧,能够使决策更加科学,实现好最广大人民群众的根本利益。

(4)①网络言论是言论的一种新的传播方式,我国宪法规定公民享有言论自由。

②坚持权利和义务相统一的原则。网民既要依法行使自己的权利,又要尊重他人的合法权利,不能为了宣泄自己的情绪而侵犯他人合法权益。

③坚持个人利益与国家利益相结合的原则。网民在行使权利与履行义务时,必须把个人利益与国家利益结合起来。不得损害国家利益。

3.(1)①原因:市场经济具有自发性、盲目性的弱点,某些煤矿主片面追求经济利益,忽视安全生产;国家有关职能部门监管不力;有关法律法规有待完善。

②措施:国家综合运用经济、法律、行政手段,综合治理。加强对经营者的管理、教育,提高经营者的职业道德素质;提高劳动者的法律意识;不断加强监管力度。

(2)①针对矿难频发的现状,国家制定了一系列法律法规,体现了物质决定意识的原理,坚持了一切从实际出发的原则;②国家出台相关政策,以人为本安全观的提出,将有利于遏制矿难频发的势头,保障广大矿工的切身利益,体现了正确的意识对事物发展具有积极的促进作用。

(3)为人民服务是政府的宗旨,对人民负责是政府工作的基本原则;政府有维护煤矿安全生产的职责;实行行政问责,有利于纠正各种不负责任的现象,提高政府及其工作人员的责任意识。

进一步完善煤矿安全生产相关规章制度;明确政府责任,强化对企业安全生产的监管;强化对政府部门的监督考评,严格行政问责制度。

4.(1)①经济发展水平对财政收入的影响是基础性的。我国经济持续健康发展,为财政增长奠定了坚实的基础;②财政收入和支出的增加,有力地促进科、教、文、卫事业的发展,改善了民生、提高了人民生活水平。

(2)①矛盾即对立统一,矛盾是普遍存在的。要促进社会和谐,既要解决好经济问题又要解决好政治问题,具体说就是处理好经济发展和收入分配、政府与人民之间的关系。②矛盾具有特殊性,要坚持具体问题具体分析。要处理经济发展和收入分配这一关系民生的矛盾,必须在经济发展的基础上,改革完善分配制度。要缩小政府工作与人民期望之间的差距,必须转变政府职能,依法行政,才能促进社会和谐。

(3)①转变政府职能,建设服务型政府,强化社会管理和公共服务职能;②建立健全有效的权力制约和监督机制,加强人大、政协、司法机关、新闻媒体、公民对政府权力的监督;③坚持对人民负责原则,密切联系群众,克己奉公、廉洁自律;④坚持从群众中来到群众中去的工作方法。加强依法行政,切实维护人民群众切身利益。

(4)①我国是人民民主专政的社会主义国家,人民是国家的主人。公民意识的核心是权利意识,公民享有对政府信息的知情权,以及对政府工作的监督权。

②提高公民政治参与能力、增强政府办事的透明度、促进政府廉政建设、密切政府与群众的关系等。

热点专题六　走和平发展道路,推动世界和谐发展

5.(1)①和平与发展是当今时代的两大主题。中国选择和平发展道路,就是争取和平的国际环境来发展自己,又以自身的发展促进国际和平。这符合中国人民和世界人民的根本利益。

②我国的国家性质和国家利益决定着我们必然

选择和平发展道路。我国的社会主义现代化事业（或构建社会主义和谐社会）亟需一个和平的国际环境。

③中国作为世界上最大的发展中国家和联合国安理会常任理事国，致力于维护国际和平与安全，促进国际合作与发展，推进国际新秩序的建立。

(2)①世界上的一切事物都处于相互联系之中，孤立的事物是不存在的。中国与世界不可能分离。

②整体的性能状态会影响到部分的性能状态及其变化；部分也制约着整体，甚至在一定条件下，关键部分的性能会对整体的性能、状态起决定作用。国际环境制约着中国发展，而中国也会影响世界繁荣稳定。

③联系构成事物的运动、变化和发展。中国与世界通过经贸关系等纽带联结在一起，获得共同发展与稳定。

(3)①意识能够反作用于客观事物，正确意识促进客观事物的发展。以"和"为核心的中华文化符合当今时代的主题，对世界和平与发展起促进作用。

②事物运动是有客观规律的。要发挥主观能动性，按客观规律办事。我国弘扬中华文化符合社会发展规律，有助于推动建设和谐世界。

6.(1)①国家利益是国家生存和发展的权益，是国际关系的决定性因素。维护国家利益是主权国家对外活动的出发点和落脚点。因此，国家合作取决于各国的国家利益，具有合理性。

②各国存在着复杂的利益关系，既存在着某些共同利益，也存在着利益差别乃至对立。国家间的共同利益是国家合作的基础。三个国家能够合作是因为三个国家之间有着共同的利益。因此，认为国家合作取决于仅仅由于各国的国家利益，具有片面性。

③考虑国与国之间的关系主要应该从国家自身的战略利益出发，同时也应尊重对方的正当利益，维护各国人民的共同利益。

(2)①中日韩三国应该求同存异，通过对话妥善解决彼此分歧。②中日韩三国应该多方面寻求共同利益，加强三国间的对话与合作，增进政治互信。③中日韩三国应该在推进东亚合作以及重大国际和地区问题上加强沟通与协调，发挥积极和建设性作用。④中日韩三国应该遵照联合国宪章的宗旨和原则积极维护亚太地区的稳定；维护世界的和平与发展；推动建立公平、公正、合理的政治经济新秩序。

7.(1)①两点论要求我们在分析事物的矛盾时，既要看到矛盾的主要方面，又要看到矛盾的次要方面。中美关系在其建交30多年的历史过程中，合作与冲突始终存在。

②重点论要求我们在分析事物的矛盾时，要着重把握它的主要方面。由于共同应对金融危机的需要，双方的共同利益决定合作成为矛盾的主要方面。③我们要把两点论和重点论统一起来，既要全面，又要抓住主流和方向。

(2)国际关系的内容和形式是多方面的。国际关系是发展变化的。国家间出现分离聚合、亲疏冷热的复杂关系，主要是由各国的国家利益和国家力量决定的。

在中美关系中努力维护我国的独立和主权，促进世界和平与发展。在和平共处五项原则的基础上积极发展同美国的合作关系，努力化解分歧，推进中美建设性合作关系发展。

①当代国际竞争的实质是以经济和科技实力为基础的综合国力的较量。提高综合国力是维护国家经济安全的根本。②坚持对外开放，加强国际交往。积极参与国际合作与竞争，趋利避害，充分利用经济全球化带来的有利条件和机遇发展自己。③坚持独立自主、自力更生的原则。建立独立的国民经济体系和工业体系，增强抵御和化解风险的能力，切实维护我国的经济安全。④在和平共处五项原则的基础上建立国际经济金融新秩序，充分发挥世界贸易组织在全球经济发展中的作用，加强国际合作，共克时艰。

(3)①文化与经济相互交融。在经济萧条时期发展文化产业，有利于刺激经济、拉动内需，促进经济的增长。②文化是一种精神力量，对经济社会发展产生深刻的影响。在经济萧条期，繁荣文化艺术，提供丰富的文化产品和服务，具有满足精神需求、凝聚人心、增强信心的效益。③文化产业发展，能够提高国家文化软实力，为经济发展提供正确的方向保证、不竭动力和智力支持。

热点专题七　维护民族团结,促进国家统一

8.(1)①这是社会主义的本质决定的。西藏地区的发展直接关系到我国整个现代化建设目标的实现。②这是由社会主义市场经济以实现共同富裕为根本目标所决定的。在社会主义市场经济条件下，只有加强国家的宏观调控，加大中央财政对西藏地区的支持力度，才能促进少数民族地区经济的发展，最终实现共同富裕。

(2)新中国成立后，在党的正确领导下，坚持以经济建设为中心，大力发展生产力，加快民族地区的经济文化发展；我国建立了平等、团结、互助的社会主义新型民族关系；坚持了民族平等、民族团结和各民族共同繁荣的基本原则；实行了民族区域自治，使少数民族人民当家作主，充分调动了他们的主动性、积极性；自治区少数民族人民自力更生、艰苦奋斗，充分利用了本地区的优势，发展本地的经济、文化；同时，也是中央和发达地区大力支持的结果。

（3）①民族团结是社会稳定的基础，是经济发展和社会进步的保证，是国家统一的基础。因此，我们必须高举各民族大团结旗帜，大力发扬新疆各族干部群众同呼吸、共命运、心连心的优良传统，维护民族团结。②公民要自觉履行维护国家统一和民族团结的政治性义务。因此，各族干部群众要倍加珍惜各民族共同团结奋斗、共同繁荣发展的大好局面，自觉维护民族团结和社会稳定。③公民要有序地参与政治生活。因此，各族干部群众要做到不传谣、不信谣、不受挑拨煽动、不参与违法活动，坚决同不法分子的违法犯罪活动作斗争。

（4）①文化在综合国力竞争中的地位和作用越来越突出。文化越来越成为民族凝聚力和创造力的重要源泉，越来越成为综合国力竞争的重要因素。爱国主义精神只是构成了综合国力的重要文化因素，而非重要标志。②中华民族精神的核心——爱国主义。它贯穿民族精神的各个方面，是动员和鼓舞中国人民团结奋斗的一面旗帜，是各族人民风雨同舟、自强不息的精神支柱。③7.5事件激发了海内中华儿女的强烈爱国热情，这正说明爱国主义精神这一文化的力量所起的巨大作用，我们每个中华儿女都应把反对民族分裂、维护祖国统一和尊严贯彻到实际行动中。

时政专题训练三

热点专题八　人与自然的关系

1.（1）加大财政支农投入，建设农田水利基础设施；加大技术推广力度，改革灌溉方式；运用价格杠杆提高水资源的利用效率，促使人们节约用水。

（2）在水资源有限的情况下，首先要保证农业生产用水，确保粮食安全；要转变经济发展方式，加强水资源开发与循环利用，大力发展节水型产业；合理分配用水，保证三大产业协调发展。

（3）我国政府的宗旨是为人民服务，政府工作的基本原则是对人们负责；农民遇上严重旱害，需要国家帮助救灾，国家组织抗旱救灾是建设服务型政府的必然要求；是政府依法履行职责、依法行政的必然要求。

为了抗旱救灾，政府调动公共资源保证粮食生产，主要履行的是组织社会主义经济建设的职能；各级政府组织力量帮助农村抗旱救灾，体现的是提供社会公共服务的职能。

（4）坚持实事求是观点，发挥主观能动性努力认识抗旱的规律，按客观规律办事；坚持实践观点，在实践中不断总结经验改进工作；坚持具体问题具体分析，认识矛盾的特殊性，因地制宜，采取适合当地情况

的抗旱措施；坚持联系和发展的观点，把抗旱当作一个系统工程来对待，并考虑抗旱活动对自然较近的和较远的影响。

2.（1）流感疫情的暴发，将对一些国家的旅游、食品和交通运输业等带来冲击，还可能对国际贸易和投资带来不利影响，这有可能进一步动摇人们对全球经济脆弱的信心，从而使经济出现继续萎缩的不利局面。

（2）①中国共产党是我国的执政党，是中国特色社会主义的领导核心，它始终代表人民群众的根本利益，坚持立党为公、执政为民，全心全意为人民服务是它的宗旨。②政府以为人民服务为宗旨，坚持对人民负责原则，具有提供社会公共服务的职能。国务院高度重视甲型流感疫情的发展情况和我国的防范工作，有关部门迅速采取措施，加强防控工作，切实保障人民群众健康生命安全是国务院职责所在。

（3）①在客观规律面前，人并不是无能为力的，人可以发挥主观能动性认识和利用规律，改造客观世界，造福人类。②意识活动具有能动性（或主动性和创造性），能够揭示事物的本质和规律。③实践是认识发展的动力，实践的发展为人们提供了日益完备的认识工具，能够促进认识的发展。

热点专题九　弘扬民族精神，繁荣中华文化

3.（1）有利于调整优化产业结构，转变经济发展方式，实现安徽经济又好又快发展。有利于扩大投资和消费需求，保持经济的稳定增长，克服国际金融危机对我省的冲击和影响。有利于提升安徽的综合实力，实现文化强省和安徽崛起的目标。

（2）能动地认识世界。制定"文化强省战略"体现了意识活动的目的性、计划性；辩证地看待金融危机的影响，变挑战为机遇，化危为机。能动地改造世界。实施文化强省战略，提升软实力，实现快速崛起。坚持一切从实际出发，实事求是。立足于文化底蕴深厚、文化资源丰富的省情，遵循文化发展的规律，做到主观符合客观。

（3）以科学发展观为指导，立足安徽改革开放的实践，汲取营养，推动文化创新。继承我省优秀传统文化，兼收并蓄，面向世界、博采众长，加强交流，推陈出新。着眼于人民群众的文化需求，发挥广大人民群众在文化创新中的主体作用。推进文化体制机制、内容形式和传播手段等不断创新，促进文化的全面繁荣。

4.（1）①北京市较快的经济发展水平，从根本上决定了居民文化消费需求的增长。消费是生产的目的和动力，北京市文化创意产业的市场前景非常广阔。

②北京市的历史文化遗存是发展文化创意产业的一种资源。与全国许多城市相比,北京市的文化资源禀赋十分丰厚,发展文化创意产业的优势比较明显。

③国家宏观调控包括经济手段和法律手段。北京市制定了发展文化创意产业的规划,加强立法保护历史文化资源,这必将营造出一个文化创意产业发展的良好环境。

(2)①合理想象与人的创造性思维是密不可分的。文化创意本身就是一种蕴含着合理想象、创造性思维的活动。

②要认识世界和改造世界就要发挥主观能动性,合理想象有利于人们认识世界和改造世界。在想象力的作用下,那些文化资源会转变为市场需要的产品,创造出经济财富来。

(3)①从总体上讲,北京市要坚持依法治国的原则。

②北京市党委要依法执政,领导立法,带头守法,保证执法,不断推进国家经济、文化生活的法制化、规范化。

③北京市人大要严格按照立法程序制定法规,确保有法可依。

④北京市政府要严格依法行政。

⑤北京市各级人民法院、人民检察院要严格执法、公正司法。

⑥此外,还要加强执法监督工作,确保法律的有效实施;并且切实做好普法教育工作,为把保护历史文化遗产纳入法制轨道奠定坚实的群众基础。

5.(1)①矛盾具有普遍性,要求我们坚持两点论、两分法,一分为二对待传统文化,取其精华,去其糟粕。

②事物是变化发展的,要用发展的观点看问题,与时俱进,勇于创新,对传统文化要在继承的基础上发展,在发展的过程中继承,不断推陈出新,革故鼎新。

(2)①矛盾具有特殊性,各种文化都具有其特殊价值。在彼此尊重的基础上加强文化交流,十分必要。

②事物是一分为二的。对外来文化要善于分析,要吸取精华,去其糟粕。

③外因是事物变化发展的条件,内因是事物变化发展的根据。文化交流中要善于利用外来文化的精华,促进民族传统文化的不断创新。

(3)①发展文化产业,提高文化竞争力,要坚持以公有制为主体,鼓励多种所有制经济共同发展。

②发展文化产业,提高文化竞争力,要发挥市场在资源配置中的基础性作用,调动各种社会资源,投资文化产业。

③运用经济、法律、行政等手段加强对文化产业的宏观调控。

④尽快建设一批国有或国有控股的大型文化企业和企业集团,发挥其支柱作用,提高文化竞争力。

⑤加强文化产业的对外交流、将引进来和走出去相结合。

(4)①中国共产党始终代表中国先进文化的前进方向,重视"文化竞争力"能体现中国共产党的先进性。

②重视"文化竞争力",加强文化建设有利于加强党的思想领导。(党的地位亦可)

③推进社会主义文化建设是我国的国家职能,是发展社会主义精神文明的具体表现,能保证经济建设的正确发展方向,为经济建设发展提供精神动力、智力支持和思想保证。

④"文化竞争力"也是一国综合国力的重要体现,加强文化建设有利于增强综合国力,提高国际地位。